HORROR-TASCHENBUCH

BAND 30

Die Reihe HORROR TB:

01 Graham Masterton: *Der Ausgestoßene*
02 Brian Hodge: *Nightlife*
03 Sean Costello: *Der Cartoonist*
04 Richard Laymon: *Parasit*
05 Brian Lumley: *Titus Crow 1 – Sie lauern in der Tiefe*
06 S. P. Somtow: *Dunkle Engel*
07 Frank Festa (Hg.): *Necrophobia 1 – Meister der Angst*
08 Steve Vance: *Der Mr. Hyde-Effekt*
09 Steve Vance: *Das Mr. Hyde-Erbe*
10 Graham Masterton: *Die Opferung*
11 Jeffrey Thomas: *MonstroCity*
12 Dan Simmons: *Lovedeath – Liebe und Tod*
13 Brian Hodge: *Rune*
14 F. Paul Wilson: *Das Kastell*
15 Brian Hodge: *Totenstadt*
16 David J. Schow: *Der Schacht*
17 F. Paul Wilson: *Die Gruft*
18 Richard L. Tierney: *Im Haus der Kröte*
19 *Hot Blood 1: Bis dass der Tod euch vereint*
20 *Hot Blood 2: Fremder in der Nacht*
21 Frank Festa (Hg.): *Necrophobia 2 – Die graue Madonna*
22 F. Paul Wilson: *Die Gabe*
23 Frank Festa (Hg.): *Necrophobia 3 – Zart wie Babyhaut*
24 F. Paul Wilson: *Erweckung*
25 Howison/Gelb (Hg.): *Dark Delicacies*
26 Kim Paffenroth: *Dying to Live – Vom Überleben unter Zombies*
27 F. Paul Wilson: *Angriff*
28 Brett McBean: *Die Mutter*
29 F. Paul Wilson: *Nightworld*
30 Greg F. Gifune: *Blutiges Frühjahr*
31 Richard Laymon: *Vampirjäger*
32 Frank Festa (Hg.): *Kannibalen – 20 Leckerbissen*
33 Kim Paffenroth: *Dying to Live – Die Traurigkeit der Zombies*
34 Jeffrey Thomas: *Briefe aus dem Hades*
35 Brett McBean: *Die Bestien*

GREG F.
GIFUNE

Blutiges Frühjahr

Aus dem Amerikanischen von Michael Weh

FESTA

Die amerikanische Originalausgabe *The Bleeding Season*
erschien 2003 im Verlag Delirium Books.

Titelbild: iStockphoto.com

ISBN 978-3-86552-097-5

Danksagung

Dank an meine rechte Hand, John Roux,
weil er immer zur Stelle ist.
Ebenso danke ich meiner Familie
für ihre Liebe und Unterstützung.
Ein besonderer Dank geht an Shane Ryan Staley
für seine Freundschaft, Hilfe und seinen
unerschütterlichen Glauben an mich.

Dies widme ich jedem aus der alten Gruppe, tot oder lebend.
Auf die Erinnerung, gut oder schlecht.

Und auf Jimmy B., der gegangen aber nicht vergessen ist.
Ich treffe dich auf der anderen Seite.

Und wie immer, für meine Frau Carol, in Liebe.

»Du sagst dir, dass es ein böser Traum ist. Du sagst dir, du musst gestorben sein – du, nicht die anderen – und in der Hölle aufgewacht sein. Aber du weißt es besser. Du weißt es besser. Es gibt ein Ende der Träume, und dies ist kein solches Ende. Wenn Menschen sterben, sind sie tot – aber wer sollte das besser wissen als du?«

Jim Thompson, *The Getaway*

WINTER

Kapitel 1

Damals wusste ich es noch nicht. Aber es war unmöglich, die dunkelsten Winkel seines Geistes zu überleben, ohne zunächst meine eigenen dunklen Bereiche zu überstehen. Ich bewegte mich auf dieselben Tiefen der Hölle zu, in die er bereits hinabgestiegen war, und obwohl wir aus unterschiedlichen Gründen durch jene Flammen schritten, waren unsere Wege doch auf ewig miteinander verbunden. Seine Geschichte kann nicht erzählt werden, ohne auch meine eigene zu schildern, und vielleicht soll es genau so sein. Denn das Gute ist ein Zustand der Gnade.

Das Böse – das ist ein Zustand des Geistes.

Plötzlich tauchte etwas in der Dunkelheit auf. Ein kurzes, orangefarbenes Schimmern und das leise Fauchen eines entzündeten Streichholzes, die aber beide schnell wieder verloschen. Zurück blieben der Geruch von Schwefel sowie eine Glut, die wie ein Punkt an einem ansonsten düsteren Horizont leuchtete. Ich drehte mich zu der Silhouette auf dem Bett um. Die Zigarette hing von ihren Lippen, Finger aus Rauch umkreisten und liebkosten sie, und ich fragte mich, ob es dieses Mal einen guten Grund gab, vor der Dunkelheit Angst zu haben.

Da ich müde und immer noch verwirrt war, wandte ich mich von ihr ab und versuchte den Wirbel von Gedanken zu ordnen, der mir den Verstand vernebelte ...

Vermutlich hatte ich geglaubt, dass wir für immer Freunde sein würden. Selbst damals kam es mir immer noch so vor, als ob wir alle an der kosmischen Hüfte zusammengewachsen und unsere Lebenswege Verästelungen des jeweils anderen wären. Egal, ob wir das so wollten oder nicht.

Ursprünglich waren wir zu fünft gewesen. Tommy kam schon während der Highschool um. Wir sprangen aus dem Bus und liefen achtlos auf die Straße. Später behauptete die Frau, die Tommy anfuhr, sie habe die blinkenden Lichter und das Stoppzeichen an der Seite des Busses nicht gesehen. Eben noch redeten und lachten wir miteinander, dann folgte ein dumpfer Aufschlag, der so unnatürlich klang, dass ich ihn zunächst gar nicht wahrnahm. Dann sah ich Tommy durch die Luft fliegen, im Nichts treibend, während das Auto nah an mir vorbeiraste. Für den Bruchteil einer Sekunde glaubte ich, mich hätte es ebenfalls erwischt. Dann taumelte ich ein paar Schritte zurück, als ich sah, wie sein Körper zuckte und sich wand, als wäre er ein Turner, der von einem Dämon besessen und gequält wird. Gleichzeitig kam der Wagen quietschend gerade in dem Moment zum Stehen, als Tommy auf der Motorhaube landete. Durch das Abbremsen wurde er wieder in die Höhe geschleudert wie eine menschliche Kanonenkugel, die lautlos aufstieg, bis Tommy sich schließlich auf dem Asphalt überschlug und mit dem Kopf aufprallte, wodurch sein Hals in einem unmöglichen Winkel abgeknickt wurde. Sein Körper rutschte, begleitet von dem Geräusch klatschenden Fleisches, schlaff über den Gehweg, als hätte er keine Knochen.

Nach dem Unfall blieb der Körper aufgrund der lebenserhaltenden Maßnahmen noch zwei Tage lang lebendig, aber ich wusste von dem Moment an, als er am Straßenrand zum Liegen kam, dass Tommy tot war. Diese ruhigen Augen, die ausdruckslos in den auffällig schönen Himmel starrten, ein Rinnsal Blut, das aus seinem blonden Haaransatz herabfloss und dessen dunkelrote Farbe einen Kontrast auf das Gesicht malte, in dem sogar in diesem Moment ein wissendes Grinsen eingezeichnet war.

Tommy war so gestorben wie er gelebt hatte: als sei nichts es wert, allzu ernst genommen zu werden, und man habe alle Zeit der Welt – oder das Leben könnte schon im nächsten Moment enden und letztlich nichts wirklich eine Rolle spielen. Ironischerweise hatte ihn immer etwas unbestreitbar Spirituelles umgeben, als sei ihm etwas mitgeteilt worden, von dem wir Übrigen nichts wussten und das er geschworen hatte, geheim zu halten.

Das Leben ging weiter, so wie es das immer tut. Aber auch Jahre später hatten mich diese Bilder niemals verlassen – sein Gesicht an jenem Tag, ein weiß drapierter Sarg, der bis vor den

Altar aus poliertem Holz und glitzerndem Gold getragen und dann abgesetzt wurde.

Ich habe es kein einziges Mal jemandem gegenüber erwähnt, aber wenige Tage nach Tommys Tod begann ich, seine Anwesenheit um mich herum zu spüren. Vielleicht war es das Schuldgefühl desjenigen, der überlebt hat, vielleicht war es Tommy, der sich auf die einzige ihm mögliche Weise verabschiedete. Vielleicht bildete ich mir alles nur ein.

Davon abgesehen stellte Tommys Tod ein einschneidendes Erlebnis in unser aller Leben dar. Eine Zeit lang gingen wir getrennte Wege, wie die meisten Leute es tun, nachdem die Highschool geschafft ist und der Ernst des Lebens beginnt. Bernard ging zu den Marines, Donald aufs College, Rick landete im Gefängnis und ich heiratete meine Freundin aus Schulzeiten. Aber schon innerhalb eines Jahres verließ Bernard die Marines wieder und kehrte zurück, da er sich bei einem schlecht abgeschätzten Sprung von einer Übungs-Plattform das Knie schwer verletzt hatte. Er arbeitete dann als Autoverkäufer. Rick saß seine Strafe wegen Überfalls und Körperverletzung ab. Donald brach das College ab. Ich hing bereits in demselben schlecht bezahlten Job als Wachmann fest, wie schon seit kurz nach dem Schulabschluss. Die einstige Gruppe von unzertrennlichen Teenagern war zu einer Gruppe junger Männer geworden, die versuchten, mit der Vergangenheit, der Gegenwart und dem, was auch immer die Zukunft bereithalten mochte, zurechtzukommen. In guten wie in schlechten Zeiten und auch Zeiten oft gleichgültiger Distanz, die durch Langeweile zustande kommt, blieben wir eng miteinander befreundet.

Als ich Toni heiratete, war Donald unser Trauzeuge. Bernard und Rick kümmerten sich um die Gäste. Doch die drei nahmen niemals selbst eine der Hauptrollen bei einer Hochzeit ein. Rick wohnte zwar ein paar Jahre lang mit einer seiner Freundinnen zusammen, aber er konnte ihr nicht treu bleiben und letzten Endes zerbrach die Beziehung. Die anderen blieben Junggesellen. Für Donald war das Eheleben einfach nicht vorherbestimmt, und Bernard hatte nie viel Erfolg mit dem anderen Geschlecht gehabt. Über sein Privatleben außerhalb unserer

Gruppe erfuhren wir kaum etwas. Obwohl er uns oft von seinen Eroberungen berichtete, bekamen wir sie nie zu sehen. Wir nahmen seine Geschichten als das hin, was sie waren – eben nur Geschichten. Bis zum Tod seiner Mutter wohnte er bei ihr. Kurz danach holte sich die Bank wegen der ausbleibenden Hypothekenzahlungen das Haus. Bernard kapselte sich ab und wurde ziemlich depressiv. Er zog in die Kellerwohnung im Haus seines Cousins in New Bedford, das etwa eine halbe Stunde entfernt lag. Aufgrund der räumlichen Entfernung und Bernards zunehmend schlimmer werdender Niedergeschlagenheit bekamen wir ihn immer seltener zu Gesicht.

In der Highschool hatten wir uns damals alle die gleiche silberne Satinjacke gekauft und uns *The Sultans* getauft – die einzige Gang in Potter's Cove, Massachusetts, einer ansonsten ruhigen und bescheidenen Arbeiterstadt an der Küste südlich von Boston. Das war natürlich ein Witz, aber es drückte doch unseren Zusammenhalt aus. Wir waren Freunde fürs Leben, immer füreinander da, dieselben Blutsbrüder, zu denen wir schon als Kinder geworden waren, als wir uns in Tommys Garten im Baumhaus zusammendrängten, uns in die Daumen schnitten und unser Blut mengten wie in den schlechten Western.

Neunzehn Jahre nach der Highschool fand ich mich in unserem Schlafzimmer stehend wieder und hielt die alte *Sultans*-Jacke hoch. Ich fragte mich, wie wir es hinbekommen hatten, dass alles so schiefgelaufen war.

Frustriert ... Auf der Stelle tretend ...

Und jetzt waren wir nur noch zu dritt.

Ich hängte die Jacke wieder auf ihren Plastikbügel, schob die Schranktür zu und ging zum Fenster. Meine Hände zitterten.

Ich hörte gar nicht, wie sie aus dem Bett stieg, fühlte nur die Wärme, als sie mich von hinten umarmte. Ihre Stimme drang durch die anderen in meinem Kopf und lenkte mich von den Erinnerungen und dem beginnenden Sonnenaufgang ab.

»Warum hat er das getan?«, hörte ich mich fragen. »Warum hat er mit niemandem von uns darüber gesprochen?«

In meinen Gedanken spielte ich die Szene wieder ab, in der uns das Klingeln des Telefons aus dem Schlaf riss. Mein verwundertes und wütendes »Hallo?« – immerhin war es mitten in der Nacht –, das von Donalds Stimme beantwortet wurde. Er klang zerbrechlich, unsicher, lallte vom Wodka. Ihm fehlte die übliche Selbstsicherheit, die oft an Arroganz grenzte. *Alan, ich ... Himmel, tut mir leid, dich aufzuwecken, aber ... Alan, etwas Furchtbares ist passiert.*

Ohne mich noch länger dafür zu schämen, dass Toni meine Tränen sehen könnte, schaute ich sie an und begriff, dass sie versuchte, mich zu beruhigen, versuchte, für mich da zu sein, alles zu tun, was sie konnte.

Sie blinzelte und ihre braunen Rehaugen hellten sich auf. »Alles in Ordnung?«

Ich berührte ihre Schulter, die sich unter dem karierten Nachthemd aus Flanell so sanft anfühlte. Mir fiel der Albtraum wieder ein, den Donalds Anruf unterbrochen hatte – ein Schrecken folgte auf den nächsten. Ich atmete tief ein und sortierte meine Gedanken. Bernard war tot, und die Welt hatte es nicht einmal bemerkt. *Wir* hatten es nicht einmal bemerkt. »Ich werde mich in einer Stunde mit Donald und Rick treffen.«

Sie tapste wortlos zum Bett, nahm ihre Zigarette aus einem Aschenbecher auf dem Nachttisch und nahm einen letzten Zug, bevor sie in ihre Pantoffeln schlüpfte, die aussahen wie Häschen mit schlaffen Ohren.

Ich wollte mich wieder zum Fenster umdrehen. Ich wollte mir den Sonnenaufgang ansehen, ins Wohnzimmer laufen, die Kopfhörer meiner Anlage aufsetzen und *The Mamas & The Papas* zuhören, wie sie von Kalifornien und Träumen sangen und davon, in den Straßen zu tanzen, während es in Strömen aus einem grauen Himmel regnete. Ich wollte den ganzen verdammten Mist vergessen.

»Du hattest einen Albtraum«, sagte Toni plötzlich, als hätte sie sich in diesem Moment daran erinnert. »Ich wollte dich gerade aufwecken, als das Telefon geklingelt hat.«

Ich kniff die Augen zusammen. In den wenigen verschwommenen Sekunden, bevor ich dem Schlaf entrissen und ans Telefon gegangen war, hatte ich schon gewusst, dass Bernard tot war.

»Er ist seit fünf Tagen tot.« Ich starrte auf den Graupelmatsch, der über das Fenster rutschte. Regen wurde zu Schnee, die Nacht zum Tag. »Er hat noch nicht mal eine Nachricht hinterlassen.«

»Komm«, sagte sie und griff sanft nach meiner Hand. »Ich mache uns Kaffee.«

Als wir durch den Flur gingen, versprach mir Toni, dass alles gut werden würde.

Das war eine Lüge.

Kapitel 2

Wir standen bei den Gleisen und unterhielten uns. Aus der Ferne drang das Pfeifen eines näher kommenden Zuges zu uns und ein eisiger Wind wehte durch das hohe Gras um uns herum. Der Schnee hatte sich wieder in leichten, aber matschigen Regen verwandelt.

Nichts wirkte echt.

Donald warf uns mit blutunterlaufenen Augen einen genervten Blick zu. »Gibt es einen Grund, weshalb wir hier draußen sind?«

»Niemand stört uns.« Rick starrte über das Gras und den Parkplatz, der uns von dem Diner trennte. Dann schaute er auf seine Uhr. »Außerdem machen die erst in ein paar Minuten auf.«

Donald suchte in den Taschen seines Regenmantels nach Zigaretten und einem Feuerzeug. Er verdrehte die Augen und seufzte. Sein Atem verwandelte sich in Dampfwolken, die umherwaberten und sich mit denen von uns vermengten wie einander bekriegende Gespenster. »Verdammt, es ist eisig kalt.«

»Sei kein Weichei, Donny.« Rick streckte seine Brust vor wie ein Hahn und verschränkte die Arme davor. »Also, was genau hat sein Cousin gesagt?«

Ich vergrub die Hände in den Taschen meiner Lederjacke, trat von einem Fuß auf den anderen und wechselte einen Blick mit Rick. Ihm schien das Wetter nichts auszumachen. In diesem Augenblick trat unsere Unterschiedlichkeit irgendwie besonders deutlich zutage, und ich fragte mich unwillkürlich, wie wir es geschafft hatten, so eng miteinander verbunden zu bleiben, obwohl uns offenkundig viel voneinander trennte.

Die Teile eines Ganzen, hatte Tommy damals in der Highschool gesagt. Er, unser ursprünglicher Anführer, der nun schon lange tot war und irgendwann durch Rick, das ultimative Alphatier, ersetzt worden war. Rick erinnerte uns immer gerne daran, wie schwächlich wir seien, dass mit uns im Vergleich zu früher nichts mehr los wäre, aber gleichzeitig war er immer da, um uns zu helfen und zu verteidigen, wenn wir ihn brauchten.

Bei dem stärker werdenden Wind hatte Donald Schwierigkeiten, die Zigarette anzuzünden. Seine Augen waren von tiefen schwarzen Ringen umgeben und sahen dadurch noch eingesunkener aus als sonst. Sein Teint war blasser als normalerweise, die Gestalt dünner, fast schon ausgemergelt. »Ich hab ihn ungefähr um zehn angerufen.« Endlich schaffte er es, die Zigarette zum Glühen zu bringen. »Ich hatte was getrunken und nicht mitbekommen, dass es schon so spät war. Ich glaube, ich habe seinen Cousin aufgeweckt, er klang ziemlich müde am Telefon. Bernard hatte mich ein paarmal angerufen und mir auf den Anrufbeantworter gesprochen, aber ich hab's dann nicht geschafft, mich bei ihm zu melden. Deswegen wollte ich fragen, wie es ihm geht.«

Er wurde von dem vorbeirasenden Zug unterbrochen. Das Pfeifen war ohrenbetäubend. Wir drehten uns um und sahen der scheinbar endlosen Prozession von Güterwaggons hinterher, bis sie sich nach einer Gleiskurve davongeschlängelt hatte. »Ein Müllzug«, verkündete Rick, als wäre dieser offensichtliche Umstand nur ihm bekannt.

Donalds drahtiger Körper schwankte im Wind, während er sein dünner werdendes Haar mit langen, schlanken Fingern glättete. »Als ich nach Bernard fragte«, fuhr er fort, »antwortete sein Cousin nicht, und ich glaubte für einen Moment, die Leitung sei tot. Aber dann hörte ich ihn atmen, und ich wusste – ich *wusste,* dass etwas nicht stimmte. Schließlich meinte er, dass es ihm leid tue und Bernard verstorben sei. So hat er sich ausgedrückt: *verstorben*.«

»Ich kann es immer noch nicht glauben.« Rick schüttelte den

Kopf, wodurch er meine Aufmerksamkeit auf das blaue Tuch lenkte, das er darum gebunden hatte, und auf das kleine Goldkreuz, das von seinem Ohr baumelte. Dank seiner dunklen Hautfarbe, dem guten Aussehen und sportlich-muskulösen Körperbau wirkte Rick jünger und attraktiver als Donald und ich, was ihm auch bewusst war. Er war in Form geblieben, indem er verschiedene Sportarten betrieb und Gewichte hob, er hatte noch alle Haare, rauchte nicht und trank nur selten. Eitelkeit, Konkurrenzdenken und Sex mit jungen Frauen – das waren Ricks Laster. Sein Job als Türsteher eines Clubs im Ort gab ihm die Möglichkeit, allen drei zu frönen.

»Ich habe ihn gefragt, was passiert ist«, erklärte Donald mit stumpfer Stimme und rauchte seine Zigarette mit mechanischer Gleichmäßigkeit. »Er sagte, dass er Bernard am Dienstagnachmittag gefunden habe.«

»Unglaublich!«, seufzte Rick. »So lange ist er schon tot, und wir wussten es nicht einmal.«

Donald schaute weg. »Als er nicht weiter mit der Sprache rausrückte, fragte ich noch einmal, was passiert war. Erst dann sagte er, dass sich Bernard erhängt hätte.«

Ich ignorierte das Bild eines von Dachsparren baumelnden, schlaffen Körpers, das vor meinem geistigen Auge aufblitzte. Ich spielte mit dem Gedanken, meinen Albtraum zu erwähnen, entschied mich aber dagegen.

»Bei nicht bezeugten Todesfällen schreibt das Gesetz vor, dass eine Autopsie durchgeführt wird«, erklärte Donald. »Natürlich wurde Bernards Tod als Selbstmord eingestuft, aber anscheinend konnte sich sein Cousin die Beerdigungskosten nicht leisten, und Bernard war pleite, deswegen ...«

»Warum hat der Arsch keinen von uns angerufen?«, schnappte Rick. »Hast du ihn das gefragt?«

Donald ließ die Zigarette fallen, zerquetschte sie unter seiner Schuhsohle und legte die Arme um den eigenen Körper. Er schüttelte den Kopf als Verneinung. »Ich stand unter Schock, ich ... ich wollte nur noch weg vom Telefon. Ich wollte nichts mehr hören.«

»Und wo haben sie ihn nun beerdigt?«

»Der Staat hat die Begräbniskosten übernommen, aber bestimmt nur das absolute Minimum. Sein Cousin meinte, auf einem der Friedhöfe in der Stadt gäbe es eine Ecke für solche Fälle. Dort liegt Bernard beerdigt. Er hat noch nicht mal einen Grabstein.«

Rick stemmte die Hände in die Hüfte und nahm unfreiwillig eine heroische Haltung ein, die unter anderen Umständen lustig gewesen wäre. »Wir kümmern uns später darum. Ich kenne jemanden, der uns da helfen kann. Aber was ist mit Bernards Sachen?«

»Ich kann mir nicht vorstellen, dass er noch viel besessen hat.« Donald deutete mit dem Kinn in Richtung des Diners. Die Lichter flackerten auf. »Gehen wir aus dem Regen.«

Normalerweise herrschte in dem Diner schon früh am Morgen ein Riesenbetrieb, aber da ein Großteil der üblichen Gäste am Wochenende nicht arbeiten musste, fingen Samstage eher gemächlich an. Abgesehen von zwei älteren grauhaarigen Stammgästen, die schon auf Hockern am Tresen zusammengesunken saßen, Kaffee schlürften und Geschichten austauschten, hielt sich niemand außer uns in dem Diner auf.

Donald und ich rutschten in eine Sitzecke im hinteren Teil, während Rick sich am Tresen einen Zahnstocher aus einem Becher schnappte, ihn im Mundwinkel rollen ließ und kurz mit der Kellnerin plauderte. Er schlenderte durch den Gang, der zwischen zwei Reihen aus Sitznischen verlief, und setzte sich zu uns. »Hab uns Kaffee bestellt«, sagte er und nahm mir gegenüber Platz, neben Donald. »Ich habe letzte Nacht gearbeitet, war noch nicht im Bett, aber jetzt bin ich eh zu aufgedreht, um zu schlafen. Ich finde, wir fahren nach New Bedford und unterhalten uns mal mit Bernards Cousin.«

»Na komm, wir kennen den Typen überhaupt nicht«, sagte ich. »Vielleicht will er uns nicht treffen.«

»Wen interessiert, was er will?«

Donald fummelte seine Zigaretten hervor. »Und wozu das Ganze?«

»Ich will wissen, was passiert ist.«

»Meine Güte, ich habe dir gerade erzählt, was passiert ist.«

Die Kellnerin unterbrach uns gerade rechtzeitig. Sie stellte dampfende Kaffeebecher vor uns ab und fragte, ob wir etwas zum Frühstück wollten. Mit einem erzwungenen Lächeln teilte ich ihr mit, dass uns der Kaffee genüge. Sobald sie außer Hörweite war, lehnte Rick sich vor, seine Unterarme auf den Tisch zwischen uns gestützt: »Was meinst du?«

Ich wärmte meine Hände an dem Becher und starrte in den Regen. »Bernard ist tot, Mann. Daran ändert sich nichts, egal was wir machen.«

Rick federte zurück und lehnte sich gegen die Bank. »Von mir aus, ihr könnt tun was ihr wollt. Aber ich fahre nach New Bedford.«

»Warum?«, fragte Donald. »Was genau soll das bringen?«

»Erstens«, blaffte Rick, »will ich wissen, wo er begraben ist. Zweitens will ich wissen, ob noch irgendwelche Sachen von ihm übrig sind. Wäre doch nett, etwas von ihm zu besitzen, oder? So wie damals, als Tommy gestorben ist und seine Mutter uns Sachen von ihm gegeben hat, erinnert ihr euch?«

Ich erinnerte mich daran. Insbesondere an eine Zeichnung, die Tommy in der Grundschule gemacht hatte. Seine Mutter gab sie mir kurz nach seinem Tod. Ich bewahrte sie immer noch zu Hause in einer Schreibtischschublade auf, und obwohl ich seit Jahren keinen Blick darauf geworfen hatte, war es irgendwie ein gutes Gefühl zu wissen, dass die Zeichnung dort lag – ein Stück von Tommy, seinem Dasein, das greifbar war. Ich blickte zu Donald, der eine Serviette zerknüllte, als hätte sie ihn beleidigt. »Wir müssen wirklich wissen, wo er begraben ist.«

»Ich weiß noch nicht einmal, wo das Haus ist«, sagte Donald.

Rick kippte einen Schluck Kaffee hinunter. »Aber ich. Vor ein paar Wochen sind wir zusammen zum Mittagessen gegangen. Ich habe ihn vor der Hautür abgeholt.«

»Hast du ihn da zum letzten Mal gesehen?«, fragte ich. Rick nickte und sah zur Seite. Ein unangenehmes Schweigen breitete sich scheinbar ewig lange aus und verstärkte die Geräusche des Regens. Mich durchzuckten blitzartige Erinnerungen an den Albtraum. Vom Nacken aus durchlief mich ein Schaudern. »Ich hatte ihn seit gut einem Monat nicht mehr gesehen«, sagte ich endlich.

»Ich auch nicht.« Donald warf die Serviette zur Seite. »Ich hätte ihn eher zurückrufen sollen, ich ...«

»Mann, tu dir das nicht an.« Rick knackte laut und deutlich mit den Knöcheln, eine nervöse Angewohnheit, die er seit seiner Kindheit hatte. »Es ist nicht unsere Schuld. Bernard hat Probleme gehabt – so wie wir alle – und er hat eine Entscheidung getroffen. Das ist alles.«

Ich schlürfte meinen Kaffee. »Warum hat er das getan? Warum ...«

»Verdammt feige, wenn ihr mich fragt.«

Donald warf Rick einen wütenden Blick zu. »Niemand hat dich gefragt.«

»Er hat noch nicht einmal den Mumm gehabt, eine Nachricht zu hinterlassen.«

Donald drückte die Zigarette in einem kleinen Aschenbecher aus Glas aus und schob ihn voller Ekel von sich. »Manchmal bist du so ein Arschloch! Könnten wir vielleicht erst einmal um ihn trauern, bevor du mit deinen üblichen hochnäsigen Kommentaren ankommst? Das schulden wir ihm ja wohl.«

»Wir waren seine Freunde. Wie Brüder. Wenn es ihm tatsächlich dermaßen schlecht ging, hätte er zu uns kommen sollen. Er hätte ...«

»Hat er dich denn in den zwei Wochen, seit du ihn zum letzten Mal gesehen hast, angerufen? Ja? Mich hat er angerufen. Ich weiß, dass er Alan angerufen hat. Dich auch, Rick?«

»Ich habe ihn nie zurückgerufen«, gab ich zu. »Ich hatte es vor, doch ...«

Rick nahm einen Schluck Kaffee und knallte den Becher auf den Tisch. »Scheiß drauf. Das Leben ist hart, und Bernard hat sich vorzeitig verabschiedet. Er hat die einfache Lösung gewählt, mehr will ich dazu gar nicht sagen.«

»Die einfache Lösung«, sagte Donald mit einem aufgesetzten Kichern. »Gibt es so etwas?«

Ich griff über den Tisch nach Donalds Zigarettenpackung und schüttelte eine davon heraus. Ich hatte ein paar Monate zuvor mit dem Rauchen aufgehört, aber angesichts von Stress und Trauer lockte die Sucht wieder mal. Ich rollte die Zigarette zwischen meinen Fingern hin und her. »Wenn wir das echt tun, dann lasst es uns wenigstens schnell hinter uns bringen.«

»Das hast du nicht nötig.« Rick griff über den Tisch, schnappte sich die Zigarette und zerdrückte sie. »Du hast Monate gebraucht, um aufzuhören, also warum willst du es jetzt vermasseln?«

Donalds Kiefer sackte herunter. »Na klar, zermalm die ganze Packung! Ist ja nicht so, als ob ich etwas dafür bezahlt hätte.«

»Das interessiert mich einen Scheiß. Die Dinger bringen einen um.« Rick öffnete seine Hand, ließ das zerrissene Papier und die Tabakkrümel auf den Tisch fallen und drängte sich aus der Sitznische. »Los jetzt!« Er fischte ein Bündel Geldscheine aus seiner Tasche, zählte ein paar davon ab und schmiss sie auf die Überreste der Zigarette. »Wir nehmen meinen Jeep.«

Der Regen trommelte auf das Dach und lieferte sich mit den rubbelnden Scheibenwischern einen Wettbewerb um unsere Aufmerksamkeit. Das Innere von Ricks Jeep Cherokee war so makellos aufgeräumt, dass es schon neurotisch wirkte. Da Rick das Rauchen in seinem Wagen nicht erlaubte, wurde Donald auf dem Rücksitz unruhig. Er lehnte sich vor und steckte den Kopf zwischen die Vordersitze. »Was zum Teufel macht er da drin?«

Ich schielte durch das verschwommene Fenster. »Sieht aus, als würde er mit dem Tankwart reden.«

»Meine Güte, er soll das Benzin bezahlen und weiter geht's.« Donald lehnte sich zurück und schlug die Beine übereinander, wobei seine Jeans auf dem Lederbezug quietschte. »Manchmal könnte ich den Penner erwürgen, Alan.«

»So ist Rick nun mal. Du weißt, dass es nichts zu bedeuten hat.«

»Mir hängt es langsam zum Hals raus, *wie Rick so ist*. Und wehe, er zeigt mal ein anderes Gefühl als Glücklichsein oder Wut. Das wäre ja unmännlich.«

Ich änderte meine Sitzhaltung, um nach hinten schauen zu können. »Das ist halt Rick. So war er immer, und so wird er immer bleiben. Ihn macht das Ganze genauso fertig wie uns, er würde es bloß nie zeigen.«

»Genau wie bei Tommys Tod. Der Scheißkerl hat keine Träne

vergossen«, sagte Donald, und es klang fast so, als spräche er zu niemandem. »Ich bin nicht überrascht, dass zwei von uns gestorben sind, bevor wir die vierzig erreicht haben. Mich überrascht nur, welche beiden das sind. Ich hätte nie geglaubt, einen von euch zu überleben. Vielleicht ist das Leben doch sehr willkürlich.«

»Vielleicht bist du auch einfach unzerstörbar, du armselige Pfeife.«

Wir schauten einander an. Hinter seinen mit einem Netz aus Äderchen durchzogenen Augen über den dunklen Ringen erhaschte ich eine Spur der Vergangenheit in Donalds Gesichtsausdruck, einen schelmischen Humor und eine extreme Ausgelassenheit, die in der Vergangenheit typisch für ihn gewesen waren. Vor dem Alkohol, vor der Dunkelheit.

Obwohl uns der Zeitpunkt unangemessen vorkam, lachten wir. Es verging schnell wieder und wurde von dem Lärm des unablässigen Regnens verschluckt.

Die rostige Stimme des örtlichen Sportmoderators dröhnte aus der Stereoanlage des Autos. Die Bruins bemühten sich, noch ins Playoff zu kommen und hatten am Abend zuvor verloren. Normalerweise hätte mich das interessiert, aber ich konzentrierte mich lieber auf das Zischen, mit dem die Reifen über den nassen Asphalt rollten, und die rasch näher kommenden Umrisse von New Bedford.

»Die scheiß Bruins!«, jammerte Rick. »Wenn ihr mich fragt, müssen die mal aufhören, wie Mädchen zu spielen und die Samthandschuhe ausziehen. Diese ganzen Musterknaben ruinieren noch alles.«

Ich wandte mich gerade lange genug vom Fenster ab, um ihm rasch in der Hoffnung zuzunicken, er würde meinen Wink verstehen und Ruhe geben, bevor Donald sich über ihn aufregte.

»Sogar in der Highschool spielen sie jetzt ganz anders. Wir haben damals noch gespielt, um zu gewinnen – wie echte Männer! Erinnert ihr euch noch an das Spiel gegen ...«

»Wenn ich dir einen Dollar gebe«, meldete sich Donald von hinten, »hörst du dann auf mit dem Gequassel?«

Rick grinste. »Du bist bloß neidisch, weil du niemals Footballer warst.«

»Ja, absolut gelb vor Neid.«

»Mach dich ruhig lustig, aber ich weiß, dass es stimmt.«

»Können wir über etwas anderes reden?«, fragte ich schnell.

Donald spottete: »Wie wäre es mit gar nichts?«

Ricks Griff um das Lenkrad verstärkte sich. Er ging vom Gas, als wir den Highway verließen und auf die Ausfahrt in Richtung der Stadtmitte von New Bedford fuhren. »Es ist wie im Football«, sagte er. »Ich war einer der besten Spieler, die unsere Schule jemals hatte, aber du hast immer so getan, als wäre das nichts Besonderes. Typen wie du machen das immer so, weil sie selber kein Talent dafür haben.«

»Typen wie ich. Interessant.«

»Du weißt schon, was ich meine, sei nicht so empfindlich.«

Donald steckte den Kopf zwischen die Sitze. »Es freut mich, dass deine Football-Spiele dir so viel geben, Rick, wirklich. Aber du bist beinahe vierzig, vielleicht wird es Zeit, den Schwerpunkt auf etwas zu setzen, das ein winziges bisschen erwachsener ist.«

»Du bist nur verbittert. Dieser ganze hochtrabende Quatsch – Bücher, klassische Musik und das restliche schwule Zeug – hat dir letztlich überhaupt nichts gebracht. Du kannst ein Gedicht aufsagen, das ein Typ vor hundert beschissenen Jahren geschrieben hat, und du weißt alles über Theaterstücke und Gemälde und so'n Schrott. Und wozu? Du hast das College geschmissen und lebst in Potter's Cove mit einem hundsgewöhnlichen Job, so wie wir alle. Immerhin habe ich ...«

»Haltet einfach beide die Schnauze, ja?«

Donald verschwand im hinteren Teil des Wagens, und Rick schaute mich mit ehrlicher Überraschung an. Ich drehte mich zur Seite, hörte aber, wie er etwas Unverständliches murmelte, und aus dem Augenwinkel sah ich, wie er den Kopf schüttelte.

Wir bewegten uns auf den Süden der Stadt zu, eine eher heruntergekommene Gegend von New Bedford. Selbst bei diesem Wetter waren die Straßen ungewöhnlich leer und die Stadt unnatürlich ruhig, wie in Erwartung unserer Ankunft.

»Hübsch hier«, murmelte ich.

»Ein beschissenes Scheißloch.«

»Wie Melville schon sagte: ›Was für trostlose Gassen!‹«, warf Donald leise ein. »Eine historisch so bedeutsame Stadt, so viele unterschiedliche, anständige und hart arbeitende Menschen, und doch so trostlos an vielen Stellen. Was Herman wohl heute von ihr halten würde?«

»Die verdammten Drogen sind das Problem«, sagte Rick und bog in eine Nebenstraße ab. »Drogen ruinieren dieses Land, das sage ich euch ...«

»Gibt es irgendetwas, zu dem du *keine* Meinung hast?«, fragte Donald. »Mit der Stadt geht es schon seit einiger Zeit bergauf.«

»Wie man vor allem *hier* sehen kann. Mausetot alles.« Der Jeep wurde langsamer, und Rick parkte ihn auf dem einzigen freien Platz kurz vor Ende des Häuserblocks. Die schmale Straße bestand aus zweistöckigen Wohnhäusern mit winzigen, umzäunten Gärten und einer Auffahrt an der Seite. Die meisten davon waren marode und befanden sich in unterschiedlichen Verfallsstadien. Trotz des Dauerregens verstopften der überall herumliegende Müll und Dreck aufmüpfig die Abflussrinnen. Hier schien es dunkler zu sein als in den Vororten der Stadt, so als hätte die Nacht New Bedford noch nicht ganz freigegeben und als wären die trostlosen Gassen, über die Melville in *Moby Dick* geschrieben hatte, rund 150 Jahre später immer noch gegenwärtig.

Rick deutete über meine Schulter. »Da drüben ist es.«

Das Haus stand an der Ecke. Der Vorgarten war von einem verrosteten Maschendrahtzaun umgeben, das wenige Gras ungeschnitten. Dazwischen lagen Spielzeug und Unrat. Mein Magen verkrampfte sich, als ich ein kleines Fenster im Keller des Hauses bemerkte. Irgendwo hinter dieser schmutzigen Glasscheibe hatte einer meiner besten Freunde die letzten Tage seines Lebens verbracht und sich anschließend getötet. Meine Blicke wanderten zu den Fenstern im Erdgeschoss. Aus einem der Straße zugewandten Fenster drang Licht.

Wie konnte jemand nach dem, was Bernard getan hatte, hier noch wohnen?

Ich versuchte mir vorzustellen, wie er durch die Nachbarschaft spazierte, durch das klapprige Gartentor und ins Haus ging. Ich versuchte, ihn mir lebendig und an diesem Ort vorzustellen, doch ich spürte nur den Tod.

»Gehen wir.«

Ricks barscher Tonfall rief mich zurück in die Wirklichkeit. Ich stand im Regen – ohne nachzudenken war ich aus dem Jeep gestiegen. Donald, der blass war und aussah, als wäre ihm übel, tat das Gleiche, gerade als Rick um die Vorderseite des Wagens ging und den Alarm mit dem Druck auf einen Knopf an seinem Schlüsselbund aktivierte. Wir alle blieben einen Augenblick stehen und schauten uns das Gebäude an wie Kinder, die das örtliche Spukhaus begaffen.

Am Ende der nächsten Querstraße befand sich ein riesiger leer stehender und von Unkraut überwucherter Platz, hinter dem eine der berüchtigtsten Sozialbausiedlungen in den Himmel ragte, die die Stadt zu bieten hatte. Ich konnte mich dunkel daran erinnern, vor fast zwei Jahrzehnten, noch zu Schulzeiten, durch die Siedlung gefahren zu sein, um vor einer Party im nahe gelegenen Westport noch schnell Gras zu kaufen.

Das kam mir wie ein komplett anderes Leben vor, und vielleicht war es auch so.

»Okay.« Donald seufzte tief. »Lasst mich das Reden übernehmen.«

Mit Donald voran gingen wir durch das Tor und kauerten vor der Eingangstür. Ich konnte die Nähe des Meeres spüren, seine Gerüche, Klänge und physische Gegenwart waren unausweichlich. Es flüsterte uns zu, damit wir nicht vergaßen, dass es immer noch die Lebensader der Stadt war. Wie ein aufmüpfiges Kind würde es nicht zulassen, dass es ignoriert wird. Obwohl ich mein ganzes Leben lang nur einen Katzensprung vom Atlantik entfernt gelebt hatte, wurde ich daran erinnert, wie unwohl ich mich in seiner Nähe fühlte. Das Meer ist ein Lebewesen und kam mir immer geheimnisvoll und bedrohlich vor, ein bösartiger Wächter, der nur darauf wartete, mich bei erstbester Gelegenheit vollständig zu verschlucken. Die Vorstellung zu ertrinken, im Meer zu sterben, fand ich entsetzlich. Im Gegensatz zu den meisten Bewohnern des südöstlichen Massachusetts war ich kein leidenschaftlicher Schwimmer, betrat nur im äußersten Notfall ein Boot und weigerte mich, Fisch und Meeresfrüchte zu essen – selbst wenn man mir eine Pistole an den Kopf gesetzt hätte. Ich hatte das Meer immer faszinierend gefunden, aber nur in einem fatalistischen Sinn schön – so wie ein Tornado oder ein besonders wütender Sturm schön sein kann –, da seine Größe und Macht eine gewisse Prächtigkeit ausstrahlt. Aber ich wollte es nur aus einer bequemen und vermeintlich sicheren Entfernung genießen. Hier zu leben bedeutete, dass das Meer immer bei einem blieb – immer in der Nähe –, selbst wenn man es nicht sehen, hören oder riechen konnte. *Fühlen* konnte man es.

Warum ich in diesem Moment so intensiv über das Meer nachdachte, wusste ich nicht. Der Tod beschäftigte mich und verband sich in meinem Hirn mit dem ersten Anzeichen von Angst. Hinter dieser Tür, irgendwo im Inneren des langsam verfallenden Hauses, war Bernard gestorben – *hatte er tot gehangen* – und wie man es auch drehte oder wendete, wir kamen zu spät.

Donald pochte an die Tür, und das Geräusch riss mich aus meinen Gedanken. Als niemand antwortete, übernahm Rick das Klopfen, und Sekunden später wurden auf der anderen Seite Schlösser entriegelt. Ich atmete tief ein und langsam wieder aus, während sich die Tür ein Stück weit öffnete. Dahinter stand eine müde aussehende, leicht übergewichtige Frau. Als sie uns sah, kniff sie ihre dunklen Augen ein Stück zusammen. Tief aus der Wohnung drang die Stimme eines Kindes, vermischt mit Fernsehergeräuschen. Sie starrte uns fragend an.

»Hallo.« Donald rang sich ein Lächeln ab. »Ist Sammy vielleicht zu Hause?«

Die Frau nickte, hob einen Finger in die Höhe und schloss die Tür.

»Spricht die Alte überhaupt Englisch?«, murmelte Rick.

Bevor Donald einen Streit mit ihm anfangen oder ich den beiden sagen konnte, sie sollten sich abregen, öffnete sich die Tür ein zweites Mal, dieses Mal ganz. Ein großer Mann in einem ärmellosen Shirt und Dickies-Hosen stand vor uns. Mit seinen dicken, muskulösen Armen, einem dunklen Haarbüschel und dem Bartwuchs von mehr als einem Tag sah er bedrohlich aus und keinesfalls erfreut darüber, dass wir auf seiner Treppe standen. »Ja?«

»Entschuldigen Sie die Störung ...«

»Was wollt ihr? Kenne ich euch?«

Ricks Gesichtsausdruck verriet mir, dass er sich herausgefordert fühlte und etwas entgegnen wollte. Er öffnete den Mund, aber Donald antwortete, bevor Rick eine Chance dazu hatte. »Ich bin Donald LaCroix. Wir haben gestern Nacht telefoniert.«

Der Mann entspannte sich ein wenig. »Ach so, du bist Bernards Freund?«

»Ja, wir haben letzte Nacht miteinander gesprochen.«

»Richtig, richtig, okay.«

Donald deutete auf Rick und mich. »Rick Brisco und Alan Chance.«

Er nickte uns kurz mit einem ehrlich gemeinten Lächeln zu und schüttelte unsere Hände. »Bernard hat dauernd von euch Jungs gesprochen. Kommt rein, raus aus dem Regen. Tut mir leid, es kommt nicht häufig vor, dass so früh morgens jemand an die Tür klopft, erst recht nicht an einem Samstag. Heutzutage weiß man nie, stimmt's?«

Als er zur Seite trat und uns durchließ, traten wir in eine dunkle und enge Diele. Ein Flur führte in eine hell beleuchtete Küche auf der Rückseite des Gebäudes. Direkt zu unserer Rechten befand sich ein bescheiden möbliertes, aber behagliches Wohnzimmer, in dem zwei kleine Mädchen vor einem Fernseher saßen und Müsli aßen. Links gab es eine verschlossene Tür, von der ich sofort wusste, dass sie zum Keller führte.

Sammy schloss die Haustür und verriegelte sie. »Also, was kann ich für euch tun?«

»Ich möchte mich entschuldigen, dass ich letzte Nacht so plötzlich aufgehängt habe«, sagte Donald. »Ich war einfach – nun – wie auch immer, wir dachten uns, dass wir mal vorbeikommen und uns erkundigen, ob wir irgendwie helfen können.«

»Nett von euch. Ich wollte einen von euch anrufen, hatte aber keine Nummer, deswegen nahm ich einfach an, ihr würdet euch schon irgendwann bei mir melden. Es gibt eigentlich nichts mehr zu tun.« Er blickte in das Wohnzimmer. Seine Frau hatte sich zu den Mädchen gesetzt. Alle drei schauten gebannt auf den Fernseher. »Wie ich gestern schon sagte, man hat ihn am anderen Ende der Stadt beerdigt, wo der Staat einen Flecken Land für Leute ohne Geld reserviert hat. Er hat keinen Grabstein oder so, aber wenn ihr zur Friedhofsverwaltung geht, können die Arbeiter euch zeigen, wo er liegt. Ich hab ein schlechtes Gewissen bei der Sache, ich meine, ich hätte gern mehr getan, aber ihr wisst ja, wie das so ist: Ich hab zwei Jobs, meine Lady arbeitet auch, wir haben zwei Kinder, dann noch die Miete, das Auto ... Das Geld ist jeden Monat knapp, und Beerdigungen sind teuer.«

Donald sagte: »Du musst dich nicht vor uns rechtfertigen, wir verstehen voll und ganz. Es tut mir nur leid, dass wir nicht helfen konnten.«

Sammy verschränkte die Arme vor der Brust und lehnte sich gegen die Wand. »Ehrlich gesagt dachte ich, dass sich die Armee um alles kümmern würde. Wenn ein ehemaliger Soldat pleite ist und stirbt, kümmern die sich um die Beerdigung und die Kosten, einfach um alles.«

»Ja, Bernard war ein Jahr lang bei den Marines gewesen, bevor er sich verletzt hat«, meinte ich.

»Die Story ist komplett erfunden.«

Wir standen allesamt sprachlos in der Diele und warteten darauf, dass Sammy eine Erklärung für das nachlieferte, was er gerade gesagt hatte.

»Bernard hat gelogen. In der Armee gibt es keine Aufzeichnungen über ihn. Er war nie bei den Marines.«

»Das kann doch nicht sein!« Ich sah die anderen an, um irgendwie Unterstützung zu bekommen. »Direkt nach der Highschool ist er der Armee beigetreten.«

»Das hat er euch erzählt, aber es stimmt nicht.«

»Wie hat er sich dann am Knie verletzt?«, fragte Rick. »Er hat behauptet, auf einer Übungs-Plattform das Gleichgewicht verloren zu haben. Dabei hat er sich das Knie demoliert, und er wurde vorzeitig entlassen.«

»Irgendwohin ist er jedenfalls für ein Jahr gegangen«, sagte ich.

»Die Marines waren es zumindest nicht.« Sammy zuckte die

Achseln. »Ich weiß, es ist verrückt. Ich war auch ganz durcheinander, als ich es erfahren hab. Bernard hat immer behauptet, er sei ein Marine gewesen, aber das war einfach – und ich will nichts Schlechtes über einen Toten sagen oder so – nicht wahr. So ist das nun mal. Um ehrlich zu sein, standen wir uns nicht besonders nahe. Ihr kanntet ihn wahrscheinlich sehr viel besser als ich. Unsere Familie ist klein, es gibt nicht mehr viele von uns, und Bernard tat mir leid, weil er niemanden hatte, keine Frau oder Freundin oder sonst jemanden. Irgendwie fand ich's traurig, wie er immer alleine zu Hause saß. Und nach Tante Lindas Tod kam er nicht mehr auf die Beine. Bernard war ein komischer Typ, irgendwie geheimnistuerisch. Ich war mir oft nicht sicher, ob er die Wahrheit sagte oder nicht. Er hatte Probleme, ihr wisst schon, was ich meine.«

Plötzlich fragte ich mich, ob wir das wirklich wussten.

»Nachdem er seinen Job verloren hatte, ging es mit ihm bergab. Als sich die Bank das Haus krallte, war er bereits ziemlich am Ende. Wie gesagt, wir standen uns nie nahe, aber er gehörte zur Familie. Er hätte ansonsten auf der Straße leben müssen. Er fragte, ob er bei mir unterkommen könnte, bis er sich wieder aufgerafft hat, deswegen hab ich ihm den Keller angeboten.« Wieder wanderten seine Blicke in das Zimmer nebenan, bevor sie zu uns zurückkehrten. »Wenn ich gewusst hätte, was er vorhat, dann wäre ich niemals ... Was, wenn eines meiner Kinder ihn gefunden hätte? Versteht ihr? Verdammt.«

»Nun«, sagte Donald, »wir wollten nur vorbeischauen, um zu fragen, ob wir irgendetwas tun können.«

»Das ist echt nett von euch, aber was geschehen ist, ist geschehen, und ich will es einfach hinter mir lassen. Die Mädchen«, sagte er sanft, »wissen noch nicht mal, dass er hier gestorben ist. Schlimm genug, dass meine Lady es weiß, sie ist immer noch ganz fertig wegen der Sache. Ich auch, aber was will man machen?«

»Hat Bernard irgendwas hinterlassen?«, fragte Rick plötzlich.

Sammy sah ihn an und gab sich keine Mühe, sein Misstrauen zu verbergen. »Was meinst du damit? Er hatte kein Geld, falls es darum geht. Ich sagte bereits, dass er pleite war.«

»Ist schon klar. Ich meinte auch nicht Geld. Ich fragte mich nur ...«

»Er hatte nur sein Auto, einen alten Buick, und einen Seesack, in dem er sein Zeug mit sich trug, als er hier eingezogen war. Das Auto habe ich einem Typen von der Arbeit verkauft. Hab nicht viel dafür bekommen, es war eine Schrottkarre, aber damit konnte ich immerhin den Anzug bezahlen, in dem Bernard beerdigt worden ist. Den Seesack hab ich mir am Tag nach seinem Tod angeguckt, aber darin war keine Kohle. Gerade mal zwei Dollar hatte er in seinem Portemonnaie. Ich hab ihm keine Miete abgenommen, und wenn er zu Hause war, haben wir ihn eingeladen, mit uns zu Abend zu essen. Keine große Sache. Trotzdem brauchte er Geld für Benzin und so weiter, und zum Schluss war er völlig pleite. Ein paarmal hat er mich angepumpt, ein Zehner hier, ein Zwanziger da, aber ich bin schließlich keine Bank. Ich muss meine Rechnungen bezahlen.« Sammy wandte sich wieder Donald zu. Die Diskussion mit Rick war anscheinend beendet. »Wieso, sucht ihr etwas Bestimmtes?«

»Nein«, meinte Donald. »Wir dachten bloß, er hätte vielleicht irgendwelche persönlichen Andenken hinterlassen. Keiner von uns besitzt etwas von Bernard, manchmal wäre es schön ...«

»Ich weiß, was du meinst.« Sammys Blicke sprangen zwischen uns dreien hin und her, blieben am längsten auf Rick hängen und kehrten dann zu Donald zurück.

»Der Seesack ist noch unten. Ich wollte ihn schon seit Tagen zur Heilsarmee bringen, doch ich bin nicht dazu gekommen. Wenn ihr wollt, könnt ihr ihn euch anschauen. Nichts Besonderes darin, ein paar Klamotten und so, aber falls ihr etwas von dem Kram behalten wollt – ist okay für mich.«

Schon als er auf die Tür zuging, wusste ich, dass er nicht vorhatte, einfach in den Keller zu gehen und die Tasche hervorzuholen. Etwas in seinen Augen, die Art, in der er unsicher auf die Tür zuging und sein Zögern, als er den Knauf in der Hand hielt, verrieten mir, dass wir ihn in den Keller begleiten würden.

»Kommt«, sagte er, »hier geht's runter.«

Die Tür öffnete sich, und ich zwang mir ein Schlucken ab. Donald sah mich an, er stand kurz vor einem Panikanfall. Ich schaute zu Rick. Er zwinkerte mir zu und trat als Erster vor, aber ich erkannte, dass er sich hinter seinem ritterlichen Auftreten genauso unbehaglich fühlte wie Donald und ich, wenn nicht sogar noch mehr. Aber wie so oft führte Rick uns an und trat durch die Tür. Unter seinem Gewicht knarrten die alten Treppenstufen, während er in der Dunkelheit verschwand.

Noch bevor ich das Ende der Treppe erreichte, drang mir ein modriger Geruch in die Nase. Sammy legte irgendwo hinter mir einen Schalter um, und im Licht erschien die kleine Ecke des Kellers, die Bernard in einen Wohnbereich umgewandelt hatte. Es gab keine Lampe, nur eine nackte, aber hell leuchtende Glühbirne, die am Ende eines dicken Kabels direkt von der Decke baumelte. Sobald wir in dem Keller standen, wurde mir klar, dass er in zwei unterschiedliche Bereiche aufgeteilt war. Direkt vor uns befand sich eine weitere Tür, die verschlossen war und den Zugang zu dem zweifellos größeren der beiden Bereiche blockierte.

Sammy kam als Letzter die Treppen herunter, zögerte aber, als er auf der letzten Stufe stand. Er beugte sich vor und zeigte auf ein altes Feldbett, das an der gegenüberliegenden, aus Betonziegeln bestehenden Wand stand. »Dort hat Bernard gewohnt«, sagte er mit einer Stimme, die verzerrt und unvertraut klang, als sie durch die grabähnliche Zementzelle vibrierte. »Wir benutzen den restlichen Keller als Lagerraum.«

Am Kopf des Feldbettes fungierte eine umgedrehte Preiselbeerkiste als behelfsmäßiger Nachttisch. Die Decken, die er benutzt haben muss, waren am anderen Ende des Bettes säuberlich zusammengefaltet. Während ich den winzigen Keller in Augenschein nahm, ignorierte ich die Balken an der Decke und blickte stattdessen auf das einsame kleine Fenster, das ich von außen gesehen hatte. Die Vorstellung, auch nur eine kurze Zeit in dieser engen und schäbigen Unterkunft wohnen zu müssen, war nicht zu fassen. Aber es deutete auch nichts darauf hin, dass hier tatsächlich jemand gelebt hatte. Der Keller roch nach Tod und sah auch so aus. Wie eine Art Verlies, eine Kammer, in die man gesteckt wird, um zu verwelken und zu sterben, und genau das hatte Bernard getan. Doch spürte ich nichts von ihm an diesem Ort, nichts deutete auf seine frühere Anwesenheit hin – oder überhaupt die eines Menschen –, als wäre er nie hier gewesen. Vielleicht lag es an dem Keller selbst, in dem auch die kleinste Spur von Leben verschluckt wurde.

Sammy deutete auf einen Beutel aus Segeltuch, der an der Wand neben der Treppe lehnte. »Das ist sein Seesack.« Er beugte sich weiter in den Raum hinein, ohne die Treppe zu verlassen und zeigte mit dem Finger auf einen Holzbalken, etwa einen Meter von mir entfernt an der Kellerdecke. »Ich hab ihn genau dort gefunden.«

Mit zwei Schritten durchquerte Rick den Raum und griff sich den Seesack. Donald und ich blieben dort stehen, wo wir waren. Ein wenig Ellenbogenfreiheit fühlte sich gut an. Seitdem wir das Haus betreten hatten, waren wir eingeengt gewesen, und der klaustrophobische Eindruck hatte sich nach unserem Abstieg in den Keller nur noch verschlimmert.

»Er war schon eine Weile tot, als ich ihn entdeckt habe«, fügte Sammy hinzu.

»Willst du die Tasche wirklich hier unten durchsuchen?«, fragte ich Rick.

»Schon in Ordnung, ihr findet mich dann oben. Kommt hoch, wenn ihr fertig seid. Achtet nur darauf, das Licht auszumachen und die Tür hinter euch abzuschließen.«

Sammy verließ uns. Ich wünschte mir, ihn begleiten zu können. Die Weise, in der er die Tür hinter sich schloss, hatte etwas Endgültiges. Wieder lief der Albtraum vor meinem geistigen Auge ab. Ich unterdrückte ihn. »Also los«, sagte ich zu niemandem im Speziellen, »machen wir, dass wir hier rauskommen.«

»Was sollte der Scheiß mit den Marines?«, fragte Rick. »Wie konnte das eine Lüge sein? Und wir haben nichts geahnt?«

»Lasst uns später darüber sprechen, in Ordnung?«

»Nun bekommt nicht alle das Gruseln!«

»Mann, Bernard ist hier gestorben. Ganz genau hier. Ich will abhauen, mir ist dieser Keller zu unheimlich.«

»Ich komme mir auch seltsam vor, aber in einem Krankenhaus ist es genauso«, sagte Rick. »Dort sterben andauernd Leute.«

»Ich hasse Krankenhäuser.«

»Mein Gott«, flüsterte Donald wie hypnotisiert. »Was für ein schrecklicher Ort.«

»Beeil dich, verdammt noch mal«, murmelte ich.

Trotzig hievte Rick den Seesack auf das Feldbett, öffnete ihn und kippte seinen Inhalt auf die Matratze. Hauptsächlich fiel Schmutzwäsche aus dem Beutel, zerknittert und alt. Ich konnte mich an die meisten Kleidungsstücke erinnern und wie Bernard sie mal getragen hatte. Ich gab mir alle Mühe, mich auf den Inhalt des Seesacks zu konzentrieren, bemerkte aber, dass Donald ängstlich auf die Deckenbalken starrte. Tränen schimmerten in seinen Augen, deswegen tat ich so, als hätte ich nicht hingesehen.

»Hey!«, rief Rick, der sich über die verschiedenen Gegenstände beugte. »Guck mal, Alan.«

Meine Beine fühlten sich an wie mit Blei gefüllt, aber ich zwang mich, zu ihm zu gehen. Er hielt ein altes Foto in die Höhe, das von meiner Hochzeit stammte. Rick, Donald, Bernard und ich zusammen am Empfang, wir lächelten, prosteten dem Fotografen mit Drinks oder Bierflaschen zu, in unseren Gesichtern ein breites Lächeln. Wir sahen so jung aus. »Ich kann mich daran erinnern, wann das geschossen worden ist«, sagte ich.

»Ich mich auch.« Rick durchwühlte wieder den Haufen vor sich.

Das Foto wackelte, und ich bemerkte, dass meine Hände erneut zitterten. »Ich kann mich an den Augenblick erinnern ... den genauen Augenblick.«

»Er hat einen ganzen Haufen davon.« Rick reichte mir ein kleines Bündel und setzte seine Suche fort.

Ich ging die Fotos durch, es waren insgesamt sechs. Davon stammten vier von meiner Hochzeit, eines war Tommys Foto aus dem Highschool-Jahrbuch, und das sechste zeigte eine Frau, die ich nicht kannte. Ich reichte Donald die übrigen Fotos. »Wer ist das?«

Rick schaute auf und zuckte die Achseln. »Keine Ahnung, muss irgendeine Tussi sein, die er gekannt hat. Vielleicht eine Verwandte?«

Etwas verriet mir, dass die Frau keine Verwandte war. In der Haltung und dem Gesichtsausdruck der Frau lagen eine Lockerheit, die andeutete, dass sie gegenüber demjenigen, der das Foto geschossen hatte – wer auch immer das sein mochte –, mehr gewesen sein könnte. Sie war weder sonderlich blass noch gebräunt, hatte dichtes, kastanienbraunes Haar bis zu den Schultern und dunkle Augen. Ihre Lippen waren zu einer Mischung aus Lächeln und Grinsen verzogen, als wäre kurz vor der Aufnahme ein Witz, den nur die beiden verstehen konnten, gerissen worden. Auf dem Foto war sie von der Hüfte aufwärts zu sehen. Sie trug eine kurze Bluse, die knapp über ihrem Bauchnabel zusammengeknotet war. Sie hatte etwas offen Sexuelles an sich. Das Lächeln war mehr als nur freundlich, das Glitzern in ihren Augen eindeutig, aber auch mysteriös. Das Foto war anscheinend in einer Kochnische oder etwas Ähnlichem aufgenommen worden, die Frau lehnte sich gegen eine Küchenzeile. Die Umgebung war mir unbekannt. Ich zeigte Donald das Foto. »Weißt du, wer sie ist?«

Er nahm das Foto, betrachtete es einen Augenblick, dann schüttelte er verneinend den Kopf.

Inmitten der Kleidung fand Rick einen alten Walkman und ein halbes Dutzend Kassetten. »Will die jemand haben?«

»Das ist einfach zu morbide«, seufzte Donald.

»Ja, bitte, Rick! Ich flehe dich an, Mann, zischen wir ab!« Ich kam mir wie ein Bussard vor, der einen Kadaver absuchte und Fleischstückchen von menschlichen Knochen nagte.

Er warf den Walkman zur Seite und begann, alles wieder in den Seesack zu stopfen. Da fiel etwas von der Art einer kleinen Mappe auf das Bett. Wir sahen zu, wie es lautlos über die Matratze hüpfte, und nachdem es endlich liegen blieb, hob Rick den Gegenstand auf – ein Terminplaner von Filofax mit Nylonumschlag. Rick beäugte es kurz und stellte fest, dass es mit einem Reißverschluss verschlossen war. Als er es öffnete, fielen mehrere Zettel und andere Dinge heraus. »Verflucht, das ist ja vollgestopft!«

»Stammt wahrscheinlich noch von seinem Job«, sagte ich.

Rick lächelte, und es kam mir obszön vor, dies hier zu tun. Aber ich sah, dass seine Aufmerksamkeit von einer Eishockey-Sammelkarte beansprucht wurde, die in einem Plastiktütchen steckte und aus dem Filofax gefallen war. Er hob sie auf und sah sie sich eine Weile an. »Das ist seine Karte von Bobby Orr als Anfänger«, sagte Rick. »Ich wundere mich, dass die Dummbratze von da oben sie sich nicht geschnappt und verkauft hat. Er muss sie übersehen haben.«

Rick steckte die ganzen Zettel zurück in den Terminplaner und zog den Reißverschluss zu, sein Blick blieb jedoch auf der Karte hängen. Zum ersten Mal war in seinen Augen etwas anderes als der übliche Ausdruck zu erkennen. »Jungs, kann ich die behalten?«

Bevor ich antworten konnte, senkte Donald eine Hand auf Ricks Schulter und sagte: »Ich bin mir sicher, dass Bernard es so gewollt hätte.«

Rick lächelte immer noch und nickte langsam.

»Auf jeden Fall«, stimmte ich zu. »Jetzt lasst uns aber gehen, ja?«

Rick stopfte die Sammelkarte in seine Jacke, und Donald nahm die Fotos mit. In dem Moment wurde mir plötzlich klar, dass ich selber nichts von Bernard hatte, also schnappte ich mir das Filofax, klemmte es mir unter den Arm und erklärte, dass ich es mir nachher genauer ansehen würde.

Den Keller zu verlassen war in gewisser Weise so, als ob wir uns erstmals richtig von Bernard verabschiedeten. Bisher hatte keiner von uns dies tun können, außer in unseren Träumen, deswegen blieben wir schweigsam am Ende der Treppe stehen. Erst jetzt konnten wir uns alles vergegenwärtigen, auch den Deckenbalken, an dem er gehangen hatte, als er gefunden worden war. Da wir nun die Endgültigkeit des Ganzen verstanden, hatten wir zum ersten Mal den Eindruck, dass es tatsächlich vorbei war. Bernard war wirklich tot, und die Zeit war gekommen, um still zu trauern, nachzudenken, in schönen Erinnerungen zu schwelgen, aber auch, um weiterzuleben.

Auf unsere Weise schlossen wir Frieden mit dem grausamen kleinen Keller, dann nahmen wir die Treppe nach oben. Doch die Dunkelheit, die so oft wie ein Wesen aus Fleisch und Blut wirkt, folgte uns.

Sie hatte noch einiges mit uns vor.

Kapitel 3

Auf dem Rückweg nach Potter's Grove sagte kaum jemand etwas. Vielleicht war es so auch am besten. Der Regen floss weiterhin in Strömen aus dem dunklen Himmel, und wir drei – zusammen in einem Auto und doch voneinander getrennt – zogen uns für die Dauer der Fahrt in uns selbst zurück. Ich überlegte, ob ich Bernards Lüge über seine Zeit als Marine ansprechen sollte, aber was brachte das schon? Ich schob sie, so wie den Albtraum, zur Seite und erinnerte mich stattdessen an glücklichere Zeiten.

Bevor ich mich versah, hatten wir schon wieder den Parkplatz vor dem Diner erreicht.

Rick stellte den Wagen ab, ließ aber den Motor laufen und die Scheibenwischer eingeschaltet. »Ich muss nach Hause und mich schlafen legen.«

»Ich auch«, sagte Donald sanft.

Rick glaubte ich, aber ich wusste, dass Donald zunächst in einer Bar oder einem Getränkemarkt Halt machen würde, um sich eine Zeit lang mit einer Flasche zurückzuziehen. Hätte er sich mir anvertraut, wäre ich mitgekommen, aber er tat's nicht. So verstaute ich den Terminplaner in meiner Jacke und bereitete mich auf den Sprint zu meinem Auto vor. »Ich ruf euch an«, sagte ich geistesabwesend.

»Was glaubt ihr, weshalb er in dem Keller geblieben ist?«

Rick sah mich an, dann zur Seite, kurz bevor ich über den Sitz hinweg auf Donald schaute. »Wie meinst du das?«

»Warum hat er nicht oben gewohnt?« Donald starrte mich an, als wüsste ich die Antwort und weigerte mich, sie kundzutun. »Warum lässt jemand seinen eigenen Cousin in diesem elenden kleinen Loch schlafen, wenn er ihm auch einfach das Sofa hätte anbieten können?«

»Ich weiß nicht«, sagte ich, »vielleicht war es bloß einfacher ...«

»Warum? Warum würde jemand das tun?«

»Donald, ich weiß es nicht.«

»Der Pisskopf hat mir nicht gefallen«, murrte Rick.

»Dir gefällt niemand«, erinnerte ich ihn.

Er schüttelte den Kopf, und sein herunterhängender Ohrring tanzte, als wäre er lebendig. »Nee, irgendwas stimmte mit dem Kerl nicht, ganz und gar nicht. Fast so, als hätte ihm die ganze Sache mit Bernard Angst gemacht.«

»Ja sicher, wenn du in deinem Keller jemanden findest, der sich erhängt hat, macht einem das auch ganz schön Angst.«

»So meinte ich das nicht. Mir kam's so vor, als hätte er sich davor gefürchtet, dass Bernard dort wohnte. Deswegen hat er ihn in den Keller verfrachtet, wo er aus dem Weg war.«

»Weshalb sollte er sich vor Bernard fürchten? Niemand hat sich vor Bernard gefürchtet.«

»Was ist mit der Marines-Geschichte?«, fragte Donald plötzlich. »Warum hat Bernard uns eine Lüge aufgetischt? Das ergibt doch keinen Sinn. Ich verstehs einfach nicht.«

Ich verstand es auch nicht, aber ich war mir ziemlich sicher, dass wir das Rätsel nicht hier und jetzt lösen würden. Ich rieb mir die Augen. Hinter ihnen hatte sich ein schwaches Kopfweh breitgemacht. »Hört zu, wir alle müssen uns ein wenig ausruhen.«

»Ja, ich hab seit gestern Nachmittag nicht mehr geschlafen, und ich muss heute Abend arbeiten«, seufzte Rick. »Lasst uns in ein paar Tagen zusammen was essen gehen oder so.«

»Klingt gut.« Ich blickte Richtung Rücksitz. »Kommst du klar, Donald?«

Seine Augen verdunkelten sich. Ich war mir nicht sicher, ob ich unbeabsichtigt eine wunde Stelle berührt hatte oder ob da etwas war, das er mir mitteilen wollte, ohne es zu können, aus welchen Gründen auch immer. »Natürlich.«

»Fahrt vorsichtig«, sagte Rick. »Übles Wetter.«

»Bis bald, Jungs.« Ich drückte die Tür auf und sprang in den Regen.

Potter's Cove liegt an der Küste südlich von Boston und war einst aufgrund seiner vielen Mühlen wohlhabend, aber heute ist der einstige Reichtum der Stadt, ebenso wie der Rest ihrer sagenumwobenen Geschichte, nur noch eine verschwommene Erinnerung.

In der Main Street gab es mehrere günstige Gasthäuser, kleine

Geschäfte und auch leer stehende Läden. Im Norden der Stadt standen mehrere riesige, mit Brettern vernagelte Gebäude – Denkmäler an frühere Zeiten, an die sich nur noch die Alten deutlich zu erinnern vermochten. Mehr als fünfhundert Einwohner arbeiteten bei einem Kleidungshersteller und dem Ableger eines landesweiten Kaufhausgiganten, aber die meisten Leute aus Potter's Cove waren Arbeiter, die gezwungen waren, sich an einem anderen Ort einen Job zu suchen.

Ich fuhr quer durch die Stadt, bog in die Hauptstraße ab und parkte hinter einem Pizzaladen. Sobald ich aus dem Auto gestiegen war, zögerte ich und schaute auf die Schienen und das Wasser, das dahinter lag – das die *Cove* bildete, die kleine Bucht. Ich beobachtete zwei Enten, die an der Wasseroberfläche entlangglitten und sich vom Regen nicht stören ließen. Plötzlich drängte sich mir die Erinnerung an meine Mutter auf. Bis zu ihrem Tod vor einigen Jahren hatten wir unzählige Male an genau dieser Stelle gestanden, die Enten gefüttert und leise über Gott und die Welt geredet.

Im Winter dachte ich oft an sie.

Ich stieg die abgenutzten Treppen auf der Rückseite des Hauses hinauf und betrat die Wohnung. Das zweistöckige Haus war in Gewerbe- und Wohnraum unterteilt. Eine Hälfte des Erdgeschosses bestand aus der beliebtesten Pizzeria der Stadt; die andere stand schon seit mehr als drei Jahren leer. Unsere Wohnung machte den gesamten ersten Stock aus. Dort war es zwar sicher und einigermaßen gemütlich, aber wir wohnten schon über ein Jahrzehnt in der Bude. Sie hatte unsere Einstiegswohnung sein sollen, aber zwölf Jahre später waren wir immer noch nicht in eine neue gezogen. Sofern wir nicht im Lotto gewannen, blieb die Vorstellung, irgendwann ein richtiges Haus zu besitzen, bestenfalls eine wilde Fantasie.

In der Wohnung war es dunkel, nur eine Lampe auf einem Beistelltisch im Wohnzimmer brannte. Ich legte Bernards Filofax auf den Couchtisch, schüttelte meine regennasse Jacke aus, hängte sie in den Schrank und suchte nach Toni.

Ich fand sie in der Küche. Sie stand an der Spüle und starrte durch das doppelt verglaste Fenster, von dem aus man die

Feuertreppe sehen konnte. Ich war mir nicht sicher, ob sie schon wusste, dass ich hier war, deswegen bewegte ich mich weiter vor, und unter meinen Schritten knarrte der Boden. Schatten rangen mit den wenigen Lichtflecken, die durch das Fenster fielen, und tauchten ihr Profil abwechselnd in helle und dunkle Streifen. Sie hatte sich immer noch nicht zu mir umgedreht, aber ihr Gesichtsausdruck verriet mir, dass sie mich bemerkt hatte. Sie blinzelte langsam, sah auf die nebeneinander aufgereihten Kräutertöpfe auf der Feuerleiter.

»In ein paar Wochen fängt der Frühling an«, sagte sie und trocknete ihre Hände mit einem Geschirrtuch.

»Hoffentlich beeilt er sich.«

»Ja, finde ich auch.« Sie drapierte das Geschirrtuch über dem Wasserhahn. »Dieses Jahr werde ich ein paar Kräuter anpflanzen. Vielleicht Petersilie. Ich kann mich gar nicht mehr daran erinnern, wie es ist, einen richtigen Garten zu haben, so lange ist es schon her, aber ...«

Während sie verstummte, ging ich zum Schrank, nahm einen Becher und schenkte mir aus den Überresten in der Kanne etwas Kaffee ein. »Ich fasse es nicht, dass du mir heute blöd kommst. Ich gebe wirklich mein Bestes, Toni.«

Endlich wandte sie sich von dem Fenster ab und lehnte sich gegen die Spüle. »Das war kein Vorwurf.« Plötzlich waren ihre Augen weit geöffnet und sie sah unschuldig aus. »Nicht alles, was ich sage, ist ein Vorwurf, weißt du?«

Ich nippte an meinem Kaffee. Lauwarme Pisse. »Ich glaub, ich geh duschen.«

»Willst du frühstücken?«, fragte Toni. »Ich muss zum Laden rüber, aber wir haben ein paar Eier.«

Ich blickte auf meine Uhr. Es war erst kurz nach elf, kam mir aber viel später vor. »Nein, schon okay. Ich will mich nur waschen und hinsetzen. Und mir ein paar von Bernards Sachen angucken, die ich mitgebracht habe.«

»Ist alles in Ordnung?«

»Wir verstehen einiges nicht, aber das ist wohl immer so, wenn sich jemand das Leben nimmt.« Ich beugte mich an ihr vorbei und kippte den Kaffee in das Spülbecken. Anschließend stellte ich den Becher auf den Tresen. Toni roch schwach nach Kokosnuss und einem anderen seifigen Duft, den ich nicht ganz einordnen konnte. »Du bist nicht überrascht, dass er es getan hat, oder?«

Obwohl sie wusste, dass es mehr eine Behauptung als eine Frage war, antwortete sie mit einem leichten Nicken. »Es tut mir leid, dass er es getan hat«, meinte sie sanft, »aber überrascht bin ich nicht.«

»Warum nicht?«

»Das Leben ist manchmal hart. Nicht jeder kommt damit klar.«

»Du hast Bernard nie sonderlich gemocht.«

»Ich kannte ihn nicht gut.«

Ich beobachtete ihre Augen. »Du bist eine wirklich schlechte Lügnerin!«

Sie kam auf den Tisch zu. »Lassen wir das lieber, ja?«

»Auch du kanntest ihn jahrelang.«

»Und es tut mir leid, dass er tot ist, Alan.« Sie schnappte sich ihre Tasche, die auf einem der Küchenstühle lag, hängte sie sich über ihre Schulter und sah mir ins Gesicht. »Aber du hast mich gefragt, ob ich überrascht bin. Nein, bin ich nicht. Bernard war ein eigenartiger Typ. Er wohnte zu Hause bei seiner Mutter bis sie starb, er hatte nie eine Freundin oder eine Beziehung mit einer Frau, von der ich wüsste – oder auch einem Mann oder sonst was. Er verkaufte Autos, anscheinend ohne jemals zu begreifen, dass er die lebende Karikatur eines ausgebrannten Autohändlers war. Ja, er konnte ein Schatz sein und war mir gegenüber immer auf vorbildlichste Weise freundlich, aber wir wissen beide, dass er es mit der Wahrheit nicht so ernst nahm und immer ausweichend reagierte. Etwas an ihm war zutiefst unheimlich, Alan.«

Sie hatte recht, und mir fiel nichts zu Bernards Verteidigung ein.

»Außerdem war er sehr traurig. Man konnte es in seinen Augen sehen, wenn man sich die Mühe machte.«

»Klar«, sagte ich und sah sie jetzt finster an. »Hätte ich das bloß getan!« Der Albtraum hatte sich wieder in mein Bewusstsein geschlichen, und ich hatte zunehmend weniger Kraft, ihn zu verdrängen. Ich hatte schon immer Albträume gehabt – auch als Erwachsener –, aber noch nie etwas Vergleichbares wie diesen, der mich noch nicht einmal in Ruhe lassen wollte, während ich völlig wach war. Wieder zitterten meine Hände, und kurz dachte ich, dass ich gleich zusammenbrechen würde. So unauffällig wie möglich hielt ich mich an der Küchenzeile fest und lehnte mein Gewicht dagegen. Toni stand vor mir und starrte mich mit ihren großen braunen Augen an. Ihre natürlichen Kurven waren unter einem ausgeleierten Trainingsanzug aus Baumwolle verborgen.

»Egal, was ich sage, du willst immer nur einen Streit anfangen.« Sie kam nah genug an mich heran, um mir einen flüchtigen Kuss auf die Wange zu geben. »Geh schön heiß duschen und versuch, ein wenig zu schlafen. Ich bin bald zurück.«

Bevor ich Ja oder Nein sagen, ihr folgen oder um Hilfe rufen konnte, war sie schon verschwunden.

Vor meinem Treffen mit Rick und Donald hatte ich mir das Gesicht gewaschen und war in Jeans und einen Pulli geschlüpft, aber geduscht hatte ich nicht. Deswegen fühlte sich das heiße Wasser, das aus dem Duschkopf pulsierte, jetzt großartig an. In Dampfwolken gehüllt legte ich den Kopf in den Nacken und ließ das Wasser über mein Gesicht und meine Schultern rinnen und genoss die Ruhe, den Frieden.

Sie waren von kurzer Dauer.

Der Albtraum war zurück, spielte sich in meinem Kopf erneut ab, und dieses Mal ließ ich ihn zu, da ich mich in der hypnotisierenden Wärme der Wasserwogen treiben ließ.

Das Ticken der verdammten Uhr macht mich wahnsinnig. Es ist eine dieser schicken Tischuhren mit einer Darstellung der Erdkugel. Sie steht mindestens drei Meter vom Bett entfernt, aber in dem kleinen Raum übertönt sie alles, sogar den leichten Verkehrslärm von den Straßen unten und die gelegentlichen Geräusche, die von außerhalb in das enge Schlafzimmer dringen. Hinter meinen Augen haben sich Kopfschmerzen festgesetzt. Mir ist übel. Das verdammte Ticken macht es nur noch schlimmer, als zählte die Uhr die Gongschläge, die durch meine Schläfen pochen. Ich nehme meinen Arm von der Stirn, mein Blick richtet sich auf die niedrige Decke über mir und einen kleinen Ausschnitt von ihm am Rande meines Sichtfeldes. Wie ein Toter verschränke ich die Arme auf meiner Brust, atme tief ein und schließe die Augen. Irgendwie ist es einfacher, in die Dunkelheit zurückzukehren. Ich höre, wie die Dielen sich bewegen, als er näher kommt und genau im Türrahmen zögernd stehen bleibt. Er sieht mich jetzt an – ich kann es spüren – und wartet darauf, zur Kenntnis genommen zu werden. Mein Mund ist knochentrocken. Ich weiß, dass meine Kopfschmerzen nur noch schlimmer werden, wenn ich mich aufrichte, aber ich tue es trotzdem. In einer einzigen schnellen Bewegung schwinge ich meine Füße zur Seite und bleibe am Bettrand sitzen. Ich massiere meine Schläfen, sehe ihn an, sehe dann weg. Er bleibt einfach dort stehen und starrt mich mit seinen traurigen Augen an. Er sieht ... nicht wirklich krank aus, aber ... doch nicht wie sonst. Blass. Er sieht blass und teigig aus, als hätte er seit Langem nicht mehr geschlafen. Endlich frage ich ihn, was er hier treibt. Er lächelt, und das ist das verdammt traurigste Lächeln, das ich je gesehen habe. Dann sagt er, er sei gekommen, um sich zu verabschieden, sie hätten ihm ein paar Minuten gegeben, um zu kommen und sich zu verabschieden. Es ist nur Bernard, also wieso habe ich solche Angst? Weil er nicht mehr lebt oder weil ich merke, dass er nicht alleine ist? Ich räuspere mich, greife nach einem kleinen Becher mit Wasser auf dem Nachttisch und trinke schnell einen Schluck. Ich nicke Bernard zu und sage ihm, dass es mir leid tut, was geschehen ist. Ich will erklären, wie aufrichtig leid es mir tut, aber da ist wieder dieses traurige Lächeln, und er hebt eine Hand, als ob ... als ob er mir zu verstehen gäbe, dass keine Erklärungen notwendig seien.

Ich weiß, dass die anderen in der Nähe sind. Der bloße Gedanke an sie weckt tief in mir ein Grauen, wie ich es noch nie zuvor erlebt habe. Beinahe stoffliche Angst, die mir den Atem raubt, und ich will sie nicht näher erkunden, weil ich weiß, dass sie größer, stärker und tödlicher ist als ich es jemals sein kann. Wie ein Monster in einer Schachtel. Wenn ich es herauslasse, ist alles vorbei. Ich rede weiter, plappere jetzt dummes Zeug, in der Hoffnung, dadurch meine Furcht zu unterdrücken. Wieder hebt Bernard die Hand, deshalb höre ich auf zu reden. Mir fällt auf, dass seine Hand schmutzig ist. Die Fingernägel sind etwas zu lang und mit Erde verkrustet. Er stößt so etwas Ähnliches wie ein Seufzen aus und lehnt sich gegen den Türrahmen, als ob er stürzen würde, wenn er das nicht täte. Ich stehe einfach dumm neben dem Bett, beobachte Bernard und weiß nicht, was ich von alldem halten soll. Dann ... kommen sie. Sie treten einfach nacheinander hinter ihm hervor in den Raum. Meine Handflächen schwitzen und mein Herz pocht so stark, dass ich es gegen meine Brust schlagen höre. Das ist mein *Schlafzimmer und ich will sie hier nicht haben. Ich kenne keinen von ihnen, sie ... sie wirken kein Stück vertraut. Sie sind zu viert; drei Männer und eine Frau. Sie kommen alle herein, als ob sie hierher gehörten.*

Bernard sagt mir, dass alles in Ordnung ist, aber ich habe solche Angst. Sie machen mir Angst, diese ... Leute. Sie machen mir Angst, weil ich weiß, was sie sind. Sie sagen kein Wort, sie stehen nur da und starren mich mit ihren schwarzen Augen an, und Bernard gibt keine Erklärung ab, aber ich weiß, ich ... Ich weiß einfach, was sie sind und warum sie hier sind. Bernard lächelt wieder, aber dieses Mal zerspringen und bröckeln seine Lippen wie getrockneter Lehm. Während seine Augen kalt wie die der anderen werden, läuft ihm ein ekelhafter Sabber aus Blut, Spucke und Erde aus dem Mund. Ich höre einen Schrei, aber er erstirbt schnell wieder, zum Schweigen erstickt, bevor ich begreife, dass es mein eigener ist.

Ich drehte das Wasser ab, spreizte meine Hände gegen das Porzellan und ließ den Kopf hängen. Mein Körper tropfte, während der Abfluss gurgelte und das Wasser verschluckte. Mein Herz raste, aber ich fühlte mich, als würde ich tagelang schlafen, sollte ich mich jetzt hinlegen. Als das letzte Wasser und Schaumreste im Abfluss verschwanden, zwang ich mich, die Augen zu öffnen und zog den Vorhang zurück. Der Spiegel war beschlagen, und das ganze Badezimmer stand unter Dampf. Der Regen hämmerte gegen das winzige Fenster und rüttelte an dem Rahmen.

Durch den Nebel offenbarte der Standspiegel an der Tür mein

Ebenbild. Mein Haar schien jeden Tag dünner zu werden. Ich musste mich rasieren, aber ich mochte das Aussehen meines Fünf-Uhr-Bartes. Er betonte mein Kinn und das Hellblau meiner Augen. Ich betrachtete mich weiterhin, während Dampfkringel langsam zur Decke aufstiegen. Komisch, wie das Alter einen erwischt, dachte ich. Es packt uns, bevor wir kapieren, was los ist, schrittweise und vorsichtig, wie bei jeder guten Verführung. Ich war noch nicht vierzig – das dauerte noch drei Jahre – aber an den meisten Tagen kam ich mir älter vor. Irgendwo in diesem Spiegelbild, das auf mich zurückstarrte, verbarg sich der Mann, der ich einmal gewesen war, ein Mann, der sich niemals hätte vorstellen können, so müde und ausgelaugt zu sein. Jedenfalls nicht mit siebenunddreißig.

Und doch schien es manchmal, als wäre dieser Mann ein Fremder, eine einsame Figur in der Geschichte eines anderen, zu der ich keinen Bezug hatte, jemand, den ich kaum erkannte.

Ich stand tropfend im Badezimmer, bis der Spiegel komplett beschlagen war. Dann trat ich aus der Dusche und schnappte mir ein Handtuch von der Ablage. Die Kopfschmerzen hatten nachgelassen, doch meine Muskeln taten weh. Ich trocknete mich ab, warf das Handtuch über meine Schulter, öffnete die Tür und trat in die kühle Luft des Schlafzimmers. Ich rollte mich auf das Bett, streckte mich aus und vergrub mich tief in meinem Kissen, schloss die Augen. Der Albtraum hatte sich zurückgezogen, und die Dunkelheit umfing mich schnell.

Meine Augen sprangen auf. Mein Rücken war steif, und mein Magen grummelte gerade. War ich eingeschlafen? Falls ja, hatte mich etwas Ungewöhnliches wachgerissen. Einen Moment lag ich reglos auf dem Bett und lauschte. Ich starrte auf die verblasste Zimmerdecke und die zahlreichen dünnen Risse in dem Gips.

Den Geräuschen nach zu urteilen war das Wetter schlimmer geworden. Draußen peitschte der Wind. Die Fenster klapperten. Mein Blick sprang sofort dorthin, wo die Geräusche herkamen, und obwohl ich ihre Ursache kannte, störten sie mich dennoch.

Ein weiterer Laut drang aus dem Wohnzimmer, doch dieses Mal war ich mir nicht sicher, ob es am Wind lag. Ich gab keinen

Ton von mir und lauschte angestrengt. Doch ich konnte nur den Wind und den Regen hören. »Hallo?«

Ich fragte mich, ob Toni beim Verlassen des Hauses die Tür abgeschlossen hatte. Eigentlich tat sie das immer, warum sollte es heute anders gewesen sein? Dennoch stimmte etwas nicht. Ich *fühlte,* dass noch jemand im Haus war. Langsam setzte ich mich auf und rutschte an das Ende des Bettes. »Toni?«, rief ich. »Bist du zu Hause?«

Ein paar Sekunden saß ich still auf dem Bett. Obwohl ich keine weiteren Geräusche hörte, war die Entspannungsphase des heutigen Tages eindeutig vorbei. Ich stand auf, nahm das Handtuch, das ich ins Schlafzimmer mitgebracht hatte, und wickelte es um meine Hüfte. Die Tür stand einen Spaltbreit offen, gerade genug, um einen kleinen Ausschnitt des dahinterliegenden Wohnzimmers erkennen zu lassen. Als ich leise über den Teppichboden ging, verstand ich plötzlich, was nicht stimmte.

Wegen des Wetters war es viel dunkler als sonst, und Toni hatte das Licht in Wohnzimmer und Küche angelassen. Ich konnte mich nicht daran erinnern, es ausgemacht zu haben, bevor ich unter die Dusche gesprungen war. »Hallo?« Ein Schaudern ließ mich sichtbar zittern.

Und dann klingelte das Telefon.

Beinahe blieb mir das Herz stehen. Ich stolperte zurück und kletterte über das Bett, um an das Telefon auf dem Nachttisch zu gelangen. Ich hielt den Hörer in der Hand und gegen mein Ohr gepresst, bevor es ein zweites Mal klingeln konnte.

»Alan«, schluchzte eine Stimme am anderen Ende der Leitung. »Alan, ich ...«

»Donald?«

»Alan, ich ...«

»Was ist los?« Ich starrte auf den Boden. »Wo bist du?«

»Zu Hause«, sagte er mit brüchiger Stimme. »Tut mir leid, ich habe getrunken.«

»Schon gut. Hör mal, ich rufe dich gleich zurück ...«

»Ich wollte heute etwas sagen, wirklich, aber ...«

»Hör mal ...«

»Ich konnte es nicht. Ich ... Alan, ich habe Albträume.«

Ich nickte in das Telefon. »Mach dir keine Sorgen. Ich habe ...«

»Du hattest ihn auch, oder?«

Etwas an seinem Tonfall ließ mich aufhorchen und lenkte meine Aufmerksamkeit von dem dunklen Schlafzimmer zu seiner Stimme. *»Ihn?«*

»Den Albtraum, der in deinem Kopf rumspukt, der dir keine Ruhe lässt.«

Ich hörte, wie er weinte und offen schluchzte, und ich wusste, dass er nicht nur betrunken, sondern zutiefst verängstigt war. »Ich hatte *einen* Albtraum.«

»Hat sich Bernard darin von dir verabschiedet? Waren diese *Kreaturen* bei ihm?«

Mein Griff um den Telefonhörer verstärkte sich, und meine Beine zitterten so heftig, dass ich glaubte, ich würde zusammenbrechen. »Woher ... um alles in der Welt weißt du das?«

»Ich habe Angst, Alan. Himmel, ich habe so eine Scheißangst.«

»*Woher* weißt du das?«

»Sie haben die ganze Zeit nichts gesagt, aber ich wusste – ich *weiß* – genau wie du, worum es ging. Sie haben ihn in die Hölle mitgenommen. Dahinter steckt noch mehr als wir wissen. Warum haben sie ihn in die Hölle mitgenommen, Alan? Warum sollten sie Bernard ...«

»Antworte mir, verdammt noch mal! Woher wusstest du es?«

Donald würgte und hustete. »Weil es einen einzigen Unterschied zwischen unseren Albträumen gibt«, sagte er, beinahe flüsternd. »In meinem hat Bernard mir gesagt, dass er zuerst zu dir gegangen ist.«

Ich raste durch die Straßen der Stadt, ohne auf die am Himmel kauernden schwarzen Wolken zu achten oder den Regen oder die tiefe Dunkelheit, die eigentlich der Mitte der Nacht vorbehalten war. Meine Gedanken wirbelten umher, meine Handflächen waren feucht vor Schweiß, und ich fühlte mich auf seltsame Weise entrückt, als wäre ich ein passiver Beobachter der Wirklichkeit, die mich umgab, und nicht ein aktiver Teilnehmer.

Donalds Cottage war weniger als zwei Kilometer von unserer

Wohnung entfernt und Teil einer kleinen Siedlung, die hauptsächlich aus Holzhütten für den Sommer bestand und an einer dicht bewaldeten Steilküste lag, die den längsten Strand der Stadt überblickte. Ich bog in einen Schotterweg ab und folgte ihm durch den Wald. Im Sommer wimmelte es in dieser Ecke von Potter's Cove von Campern und Sonnenanbetern. Die Cottages waren dann bewohnt, in den Gärten standen Möbel und Grills, sowohl junge als auch alte Leute folgten den Trampelpfaden, die runter zum Strand führen, und aus Gettoblastern und Autoradios drang Musik. Aber der Sommer ließ noch ein paar Monate auf sich warten, und da es hier nur wenige ganzjährige Anwohner gab, standen die meisten Cottages zugenagelt und verlassen. Eine Quartals-Geisterstadt. Bei trostlosem Wetter und zu dieser Jahreszeit schien es ein passender Ort zu sein, um sich an die Vergangenheit zu erinnern und die dort gefundenen Dämonen zu vertreiben.

Ich parkte vor Donalds Cottage. Sein alter Volkswagen stand auf der schmalen Auffahrt neben dem Haus. Durch die dünnen Vorhänge an den Fenstern der Vorderseite schien schwaches Licht.

Die Eingangstür stand offen, deswegen klopfte ich kurz und trat ein. Hinter der Tür befand sich direkt das Wohnzimmer. Es war bescheiden möbliert und ziemlich unordentlich. Erst jetzt fiel mir auf, wie lange ich Donald hier nicht mehr besucht hatte. Überall lagen Zeitschriften und Taschenbücher, Tische waren fast vollständig mit überquellenden Aschenbechern, zerquetschten Zigarettenschachteln und leeren Wodkaflaschen zugemüllt. Die kleine Küche an der Rückseite des Hauses war zwar sauber, aber bis auf den Kühlschrank offensichtlich wenig genutzt. Badezimmer und Schlafzimmer bildeten den Rest des Hauses. In beiden war es still und dunkel.

Ein Fernseher in der Ecke war eingeschaltet, aber auf stumm gestellt, was das spärliche Licht erklärte. Donald hing auf einem Lehnstuhl gegenüber, zu einem besoffenen Häufchen zusammengesunken. Ein Aschenbecher balancierte unsicher auf seinem Knie, eine leere Wodkaflasche lag knapp hinter seiner herabhängenden Hand auf dem Boden. Die andere Hand hielt immer noch den Telefonhörer fest, der kein Freizeichen mehr von sich gab, sondern ein nerviges Summen. Ich zog ihn aus seiner Hand und legte ihn auf. Donalds Augenlider flatterten ein wenig. Dann bemerkte ich die Zigarette, die er anscheinend geraucht hatte, als er eingeschlafen war. Sie war bis tief in den Filter abgebrannt und schmorte immer noch am Rande des Aschenbechers. »Himmel«, seufzte ich und drückte sie aus, »eines Tages wirst du das Haus in Brand stecken, und du sitzt mittendrin.«

Er machte die Augen auf und gab sich Mühe, den Kopf zu heben. »Alan?«

»Alles klar, Alter?«

Seine trockenen, aufgesprungenen Lippen teilten sich langsam. »Ich weiß nicht«, sagte er benommen. »Bei dir?«

Ich kniete neben dem Liegestuhl. »Wie kann es angehen, dass wir denselben Traum hatten?«

Seine Augen verdrehten sich kurz, dann blinzelte er rasch mehrere Male hintereinander und schien sich einigermaßen zu konzentrieren. »Ich habe nie an ein Leben nach dem Tod geglaubt, das weißt du. Ich ... habe kein Wort davon geglaubt. Du schon, aber ich nicht ... Aber ... aber dieser ... Ich verstehe nicht, was da vor sich geht.« Er versuchte sich aufzurichten und verlor beinahe das Bewusstsein. Lange würde er nicht mehr wach bleiben. Seine Unterlippe zitterte. »Ich weiß nicht genau wieso, aber ... ich habe Angst.«

»Ich auch.« Ich betrachtete die aufkeimende Hysterie in seinen Augen und fragte mich, ob meine genauso aussahen. »Alles wird gut. Es gibt eine vernünftige Erklärung, wir müssen sie bloß finden.«

»Du musstest nicht herkommen, ich ... hätte dich nicht so anrufen sollen, ich ... tut mir leid ...«

»Kein Problem, Alter, schon in Ordnung.« Von Donalds früheren Besäufnissen wusste ich, dass er sich an all dies ohnehin nur schwach würde erinnern können.

Er bemühte sich um ein Lächeln, aber der Alkohol und die Erschöpfung überwältigten ihn, und er fiel vornübergebeugt in einen tiefen Schlaf.

Ich zog eine alte Wolldecke hinter der Couch hervor und legte sie behutsam über ihn. Dann ging ich zum Telefon und rief zu Hause an. Toni antwortete nach dem zweiten Klingeln.

»Ich bin's.«

»Wo bist du?«

»Ich musste kurz zu Donald fahren.«

»Ist alles in Ordnung?«

»Er hat ein bisschen zu viel getrunken, ich wollte nur nachsehen, ob ihm nichts passiert ist.«

»Ganz was Neues.« Als ich nichts darauf entgegnete, sagte sie: »Ich dachte, du bist hier, wenn ich vom Einkaufen zurückkomme.«

»Das dachte ich auch.« Ein alter Schwarz-Weiß-Film, der im Fernseher lief, lenkte mich ab. »Ich bin in ein paar Minuten zurück, okay? Ich breche gerade auf.«

Rasch räumte ich das Wohnzimmer auf und brachte die Aschenbecher in die Küche. Als ich sie in den Mülleimer auskippte, bemerkte ich die Fotos, die Rick in Bernards Seesack gefunden hatte und nun auf dem Tresen ausgebreitet waren. Sie wirkten, als wäre Donald sie mehrmals hintereinander wie besessen durchgegangen. Das Foto der Frau, die keiner von uns kannte, lag obenauf. Ich weiß nicht wieso, aber ich steckte es in meine Jackentasche und ging ins Wohnzimmer zurück.

Obwohl Donald völlig weggetreten war, atmete er normal. Selbst wenn er im Rausch eingeschlafen war, verriet sein Gesicht immer eine emotionale Gequältheit, die ihn nie ganz verließ, aber jetzt sah er für seine Verhältnisse ziemlich ruhig aus.

Beruhigt darüber, dass Donald versorgt war, ging ich auf die Tür zu.

Der Geruch eines Hühnchens im Ofen hing in der Wohnung und erinnerte mich daran, dass ich seit dem gestrigen Tag nichts mehr gegessen hatte, was mich – zusammen mit meinem Schlafmangel und den heutigen Ereignissen – in eine nicht gerade fröhliche Stimmung versetzte.

Während Toni einen Salat als Beilage zum Abendessen vorbereitete, setzte ich mich an den Küchentisch und erklärte die Lage, so gut es ging. Donald und ich hatten denselben Albtraum gehabt, und sogar bevor uns das klar wurde, waren wir beide im Wachsein ebenso von dem Traum gepeinigt worden wie in unserem unruhigen Schlaf. Toni hörte geduldig zu und verzichtete auf einen Kommentar, bis ich zu Ende erzählt hatte. Eine schiere Ewigkeit lang zerschnitt sie eine Gurke und streute sie auf die Salatblätter, wobei sie die ganze Zeit auf ihrer Unterlippe kaute – ein sicheres Zeichen, wie ich im Laufe der Zeit gelernt hatte, dass sie etwas zu sagen hatte, den Gedanken aber durchdachte, bevor sie ihn aussprach. Schließlich sah sie mich mit zusammengezogenen Augenbrauen an. »Alan, als Papa starb, hatte ich diesen Traum über ihn, weißt du noch? Und als ich ein paar Tage später mit meiner Mutter sprach, fand ich heraus, dass sie auch von ihm geträumt hatte.«

»Das hier ist anders«, beharrte ich. »Ihr habt beide geträumt – aber ihr hattet nicht *denselben* Traum.«

»Schatz, das hatten Donald und du auch nicht.«

»Ich schwöre, dass ...«

»Hör zu. In meinem Traum kam mein Vater zu mir, redete mit mir und meinte, dass alles in Ordnung kommen würde. Der Traum meiner Mutter war im Grunde derselbe. Er kam zu ihr, sie sprachen miteinander, er versicherte, dass es ihm gut gehe und dass alles okay sei. So ist es auch bei Donald und dir. Das kommt gar nicht so selten vor. Menschen träumen oft von Verstorbenen, die sie geliebt haben, vor allem kurz nach dem Tod.«

»Unser Traum ist anders ...«

»Hast du mit Rick darüber gesprochen?«

»Nein, nicht genau, aber ich bezweifle ...«

»Vielleicht sind solche Träume – so wie auch deiner – tatsächlich Versuche der Toten, einen Kontakt herzustellen. Vielleicht ist mein Vater wirklich im Traum zu mir gekommen. Mir gefällt die Vorstellung, sie gibt mir Trost. Und ich glaube an ein Leben nach dem Tod. Nehmen wir an, das stimmt, warum sollte ein Besuch im Traum dann völlig unmöglich sein? Im Gegenteil.« Sie lächelte. »Vielleicht war es der einzige Weg für Bernard, um sich zu verabschieden.«

»Na schön. Wenn das stimmt, warum hatten wir dann nicht denselben Traum?«

»Den hattet ihr doch.«

»Nicht *exakt.*«

Toni lächelte. »Alan, vergiss nicht, dass Donalds Aussagen aufgrund seines Zustandes nicht verlässlich sind. Wenn jemand so viel trinkt wie er, kannst du nicht ...«

»Ich habe ihm ja nicht von meinem Traum erzählt, und dann hat er im Vollsuff behauptet, dasselbe geträumt zu haben. Ich habe nicht mit dem Thema angefangen. Donald hat mir *zuerst* von dem Albtraum berichtet – und bevor ich irgendwas sagen konnte, wusste er schon, dass ich denselben Traum gehabt hatte.«

»Okay, was hat er gesagt, als er den Traum beschrieben hat? Was waren seine genauen Worte?«

Ich starrte sie an und verstand bereits, worauf sie mit ihren Fragen hinauswollte. Plötzlich war ich mir selber nicht mehr so sicher. »Er nannte ein paar Einzelheiten, die sich genau wie in meinem Traum anhörten«, sagte ich, »aber ich habe ihn nicht zu jedem kleinen Detail befragt.«

»Na also!« Sie hob die Hände mit den Handflächen nach oben und ließ sie dann fallen und gegen die Außenseite ihrer Schenkel schlagen. »Ihr habt beide geträumt, dass Bernard euch besucht. In beiden Träumen war er nicht alleine. In beiden war er gekommen, um sich zu verabschieden, und in Donalds Traum meinte er, dass er dich besucht hat. Stimmt das so weit oder habe ich etwas von dem, was du mir gesagt hast, ausgelassen?«

»Nein.« Ich seufzte. »Das war alles.«

»So wie viele andere Leute auch habt ihr ähnliche Träume gehabt. Ähnlich, Alan, nicht identisch – und ich behaupte nicht, dass das nicht ein bisschen unheimlich wäre –, aber das ist nichts Besonderes oder Ungewöhnliches.« Sie drehte sich wieder zur Spüle und fummelte an dem Salat herum. »Mal abgesehen davon, dass Donald völlig dicht war, als ihr darüber geredet habt. Plus: Du bist erschöpft und hast nichts gegessen und nicht geschlafen. Ihr beide habt noch mit dem Schock, Stress und Gefühlsdurcheinander zu kämpfen, das durch den Tod eines geliebten Menschen entsteht. Kein Wunder, dass du dein Gespür dafür verlierst, was echt ist – oder, noch wichtiger: *korrekt* ist – und was nicht.«

»Du ... Na gut, du hast wahrscheinlich recht. Ich dachte bloß ...« Ich schüttelte den Kopf, sowohl aus Verwirrung als auch in der Hoffnung, ihn etwas klarer zu bekommen. »Wir hatten beide kein gutes Gefühl dabei. Das war kein schöner, beruhigender Traum, sondern ein Albtraum.«

»Wenn einer deiner besten Freunde darin tot auftaucht, ist es natürlich ein Albtraum, Liebling.«

»Das meine ich nicht.« Ich schlang meine Hände ineinander, ohne es zu bemerken. Sie hatten wieder zu schwitzen begonnen. »Der Traum hatte etwas Dunkles an sich – ich weiß, das klingt bescheuert, aber – etwas daran war *böse*. Als ob Bernard zur Hölle fährt.«

Toni bedeckte den Salat mit Plastikfolie und schob ihn in den Kühlschrank. »Schatz, Bernard hat Selbstmord begangen, das war ein totaler Schock für euch. Schlimmer noch, er hat nicht einmal eine Nachricht hinterlassen oder einen Hinweis, warum er es getan hat. Das ist eine schreckliche, abscheuliche und schmerzvolle Sache.« Sie sah mich mitfühlend an. »Du fühlst dich wahrscheinlich schuldig – was falsch ist, aber nicht zu vermeiden – und in dir brodeln gleichzeitig Verwirrung, Zorn und weiß Gott welche Gefühle. Bernards Selbstmord ist eine dunkle und böse Sache, und du beschäftigst dich damit, setzt dich damit auseinander und versuchst, dir einen Reim darauf zu machen. Das ist alles. Es ist eine Menge, aber das ist alles.«

So etwas wie ein Lächeln zuckte über meine Lippen. »Nicht schlecht.«

»Ich kann ja nicht zehn Jahre für einen Seelenklempner arbeiten, ohne ein paar Dinge zu lernen.« Sie grinste, aber das Grinsen verschwand schnell wieder. »Bei vielen von Genes Fällen spielt der Tod eine große Rolle.«

Toni arbeitete als Sekretärin für einen Psychiater in einer Praxis in der Stadt und hatte durch ihren Beruf viel über die menschliche Natur gelernt. Sie hatte einen Job, der ihr Freude bereitete, bei dem sie sich mit ihrem Chef gut verstand und von ihm respektiert wurde – im Gegensatz zu mir mit meiner Stelle als Leiharbeits-Tier, die ich nicht ausstehen konnte. Trotzdem hätte gerade sie es verdient gehabt, ihre Ausbildung nach der

Highschool fortzusetzen, denn sie hatte immer ein riesiges Interesse an Psychologie. Doch obwohl ich sie im Laufe der Jahre immer wieder ermutigte, ein paar Kurse zu belegen, tat sie es nie. Immer, wenn wir etwas Geld übrig hatten, wanderte es direkt in den »Haustopf«, ein Sparbuch, das sie gleich nach unserer Hochzeitsreise angelegt hatte. Es füllte sich dermaßen langsam, dass wir stets drei- oder vierhundert Jahre davon entfernt waren, jemals ein Haus zu besitzen, aber Toni gab das Sparbuch nie auf oder verlor die Hoffnung. Mit unserer Ehe war es in vielerlei Hinsicht genauso, deswegen blieb sie trotz unserer Schwierigkeiten bei mir.

Anfangs war es sicherlich ihre Schönheit gewesen, die mich angezogen hatte. Obwohl wir gleichaltrig waren, sah sie deutlich jünger aus als ich und hatte nicht nur die Figur aus ihrer Jugend beibehalten, sondern auch einen großen Teil ihrer Lebenslust. Unabhängig von ihren körperlichen Vorzügen war es aber die tief gehende Verbundenheit zwischen uns, die unsere Beziehung am Leben erhielt. Ich wusste selber am besten, dass ich nicht der Ernährer geworden war, den sie erwartet hatte – ich hing in demselben billigen Wachmann-Job fest, den ich schon gleich nach der Highschool hatte, und nach zwölf Ehejahren standen die Chancen schlecht, dass ich jemals etwas anders tun würde. Toni hatte diese Erkenntnis lange vor mir akzeptiert und gelernt, damit zu leben, und letzten Endes hatte sie sich dazu entschieden, bei mir zu bleiben.

Keiner von uns beiden sprach es je aus, doch irgendwie waren wir voneinander und von den oft monotonen Abläufen enttäuscht, die unser Leben bestimmten, ebenso wie die mechanischen Muster, denen wir Tag für Tag folgten. Aber unser Leben bot auch Behaglichkeit, Sicherheit, Vertrauen, und das war viel wert. Vertrautheit und Verlässlichkeit hatten die Leidenschaft ersetzt, die nach den ersten Ehejahren nachgelassen hatte, und wir waren nicht mehr atemlos ineinander verliebt, sondern feste Kompagnons, Freunde, ehrliche und zuverlässige Mitbewohner, die – wie aus Versehen – manchmal miteinander schliefen.

»Nicht jeder kann mit dem Tod umgehen«, hörte ich sie sagen. »Die meisten können es nicht. Aber er berührt uns alle.«

Das stimmte natürlich, aber ich glaubte mittlerweile, dass der Tod seine Lieblinge hatte. In meinen siebenunddreißig Jahren hatte mich der Tod nicht nur viel zu häufig besucht, er war sogar von Anfang an da gewesen, als hätte er schadenfroh darauf gewartet, dass das Blutbad begann. Mein Vater, ein Maurer, starb schon ein paar Wochen nach meiner Geburt bei einem Unfall auf der Baustelle. Während ich noch in der Highschool war, wurde Tommy von einer unvorsichtigen Autofahrerin vor meinen Augen getötet. Tonis Eltern starben beide schon in ihren Fünfzigern, ihr Vater durch einen plötzlichen Herzstillstand und ihre Mutter nur ein Jahr später aus demselben Grund. Meine Mutter hatte mehrere Schlaganfälle erlitten und starb kurz darauf in meinen Armen. Und nun hatte Bernard dem Tod die Hand gereicht und war ebenfalls über die Schwelle getreten. Das alles kam mir so sinnlos vor – *willkürlich,* wie Donald es genannt hatte –, doch ich musste daran glauben, *dass* es hinter dem ganzen Unheil einen triftigen Grund gab, einen wie auch immer gearteten Plan.

»Es dauert noch eine Weile, bis das Essen fertig ist«, sagte Toni. »Warum legst du dich nicht hin und ruhst dich ein wenig aus?«

Ich stand auf, umarmte sie an der Hüfte und zog sie an mich. Ihre Arme legten sich um meine Schultern, und sie sah lächelnd zu mir auf, aber ich spürte, wie sich ihr Körper anspannte. Ich war gewillt, das, was sie gesagt hatte, zumindest in Betracht zu ziehen – ich war erschöpft und mein Urteilsvermögen war bestimmt getrübt –, aber ich konnte die Angst dennoch nicht abschütteln. »Ich habe bloß ein komisches Gefühl bei der ganzen Sache.«

»Du machst dir bestimmt Sorgen über Donald«, sagte sie und streichelte meinen Nacken mit ihren warmen Fingern.

»Ja, das auch.« Ich hielt sie fest. »Ich liebe dich.«

»Ich liebe dich auch.« Nach einem weiteren raschen Kuss entfernte sie meine Hände und zeigte mir ein Benimm-dich-Lächeln. »Mach jetzt ein Nickerchen.«

Dieses Mal schlief ich ohne zu träumen. Ich erinnerte mich kaum daran, auf das Sofa geklettert zu sein, aber dort lag ich, als mich Toni eine Stunde später aufweckte. Langsam schwamm ich aus dem Dunkel heraus, wie ein Taucher, der in einer langsamen und gleichmäßigen Bahn durch trübes Wasser aufsteigt. Zum ersten Mal in der letzten Zeit entkam ich dem Griff des Schlafes ganz sanft, anstatt brutal herausgerissen zu werden. Dennoch kam es mir ungewohnt vor, aufzuwachen, ohne Tonis warmen Körper neben mir zu spüren. In den paar Sekunden, die ich benötigte, um zu begreifen, wo ich mich befand, griff ich blind nach ihr, aber ich griff ins Nichts und sah kurz, wie sie sich zurück Richtung Küche bewegte.

Eine Weile blieb ich mit geschlossenen Augen liegen. Toni hatte die Stereoanlage angeschaltet und eine CD eingelegt. Entspannte Pianomelodien plätscherten sanft aus den Lautsprechern neben mir. Der beständige Wind und das gelegentliche Aufstürmen des Regens lenkten mich von dem Konzert ab, aber erst eine plötzliche Vision von Bernard – sein Gesicht glotzte mich an, als klebe es an den Innenseiten meiner Augenlider – brachte mich dazu, mich aufzusetzen. Ich atmete tief ein und wieder aus und rieb mir die Augen.

Wir aßen am Küchentisch. Small Talk, dazwischen ab und zu das Klappern von Besteck auf Geschirr, unterdrückte Kaugeräusche und der anscheinend nicht enden wollende Regenguss, in dem die Welt draußen ertrank. Das Essen war köstlich, unsere Konversation eher zurückhaltend. Wir waren beide zögerlich, was das Fortsetzen unseres vorherigen Gesprächsthemas anging, wenn auch – da bin ich mir sicher – aus unterschiedlichen Gründen. Toni konnte das Ganze von sich fernhalten, und für sie war das sicherlich die einfachere Lösung. Ich steckte zu tief drin, auch wenn ich vielleicht etwas vernünftiger war als zuvor. Dennoch konnte ich die Angst – trotz Tonis Erklärungsversuchen – nicht abschütteln. Irgendetwas spielte sich ab oder würde bald geschehen oder war vielleicht schon geschehen, aber da *gab es* etwas. Hinter den Albträumen und dem Gefühl des Grauens, das ich nicht loswurde, steckte mehr, als Toni anerkennen wollte oder ich begriff. Das zumindest stand für mich fest.

Nach dem Abendessen verkroch sich Toni mit einem Roman

auf das Sofa, und ich begab mich mit Bernards Terminplaner und dem Foto, das ich aus Donalds Wohnung mitgenommen hatte, ins Schlafzimmer. Ich saß am Bettende und ging das Filofax durch, suchte die Kritzeleien und Notizen nach etwas Ungewöhnlichem oder irgendwie Auffallendem ab. Ich fand nichts Besonderes und, von dem Foto abgesehen, nichts, das sonderlich auffällig gewesen wäre. Ich steckte das Bild in den Ordner, zog den Reißverschluss zu und legte ihn auf meinen Nachttisch.

»Gehörte das Bernard?«

Ich sah Toni im Türrahmen. Sie hatte ihre Häschenpantoffeln und den Pyjama aus Satin angezogen. Das Licht einer Lampe auf dem Nachttisch hüllte sie in ein schwaches gelbes Leuchten. »Genau.«

Sie sah über mich hinweg zu dem Fenster. »Ob der Regen jemals wieder aufhört?«

Ich hatte Regen schon immer gemocht und fand ihn eher friedlich als deprimierend. »Hoffentlich nicht.«

»Du bist richtig merkwürdig.« Sie lächelte und zeigte ihre tollen Zähne.

»Klar, aber du liebst mich.«

Sie zuckte mit den Schultern. »Du bist ganz in Ordnung.«

Ich lachte, und es fühlte sich wunderbar an. Es war eine Unterbrechung, wie die Albträume, aber auf angenehme Weise. Ein langweiliges und uninteressantes Leben, plötzlich unterbrochen durch Tod, Selbstmord, schlechte Träume oder ganz einfach ein herzliches Lachen. Das Dasein ist so leicht zu erschüttern, ist so unglaublich zerbrechlich. Ich betrachtete Toni dort im Türrahmen, sie war wunderschön und lebendig, und ich fragte mich, ob ich den Verstand verlor. »Komm her!«

Ihr Lächeln verschwand. »Wir sind beide müde, Alan.«

Ich war enttäuscht, wie immer, und konnte bloß hoffen, dass es mir nicht anzusehen war. »Ganz schön früh zum Einschlafen.«

»Du musst dich ausruhen.«

»Ich muss ...« Meine Stimme verlor sich im Nichts.

Zielgerichtet durchquerte Toni das Zimmer, ging zur anderen Seite des Bettes und schlug die Decke zurück. »Komm, wir kuscheln noch.«

Es war schön, unter der Decke zu liegen. Unsere Körper lagen aneinandergeschmiegt, unsere Arme, Beine, Finger und Zehen berührten sich, ihre Wange ruhte auf mir in dem Bogen, wo Hals und Schulter sich treffen. Ich spürte ihren warmen und gleichmäßigen Atem auf meiner Brust. Draußen, ganz in der Nähe, gaben Wind und Regen keine Ruhe, und wir lagen ruhig und schweigend ganz ungestört im Auge des Sturms. Wie Verliebte.

Auch der Raum war noch wach. In dem Dämmerlicht glitten Schatten und Phantomlichter über seine Wände und die Decke, sich krümmende Geister, die aus ihren Verstecken hervorkrochen und der Nacht zuwinkten.

Toni bewegte sich und gab ein leises, schnurrendes Geräusch von sich. Ich ließ meine Hand von ihrem Rücken zu ihrer Schulter wandern, dann abwärts zu ihrer Brust. Sie verkrampfte sich sofort. »Alan, verdirb es nicht.«

Ich streichelte stattdessen ihr Haar, kämmte ihr widerspenstige Strähnen aus der Stirn. Meine Augen waren geschlossen und ließen Erinnerungen an die Nacht, in der meine Mutter gestorben war, bereitwillig zu.

Wir waren in genau demselben Bett gewesen, in diesem Zimmer, vielleicht in derselben Position. Dann rutschte ich nach unten zwischen ihre Brüste, küsste und liebkoste sie, ich brauchte diese Wärme. Aber als ich einen ihrer Nippel zwischen meine Lippen nahm, schob Toni mich zurück. »Stopp«, flüsterte sie, als könne sie jemand hören. »Um Gottes willen – *heute?*« Sie hatte nie verstanden, dass ich mich genau in diesem spontanen Moment stark, männlich, sexy und lebendig fühlen musste. Ihr kam es unangemessen vor, sich nur wenige Stunden nach dem Tod meiner Mutter zu lieben. Für mich war es ein grundlegender Ausdruck von andauernder Liebe, von *unserer* Liebe, die bestehen bleiben und uns beide definieren, uns helfen und beschützen würde.

Seitdem hatte sich unser Sexleben verändert. Toni hatte oft kein Interesse und kuschelte lieber, als wäre alles darüber hinaus geschmacklos und würde einen ansonsten wundervollen Moment zerstören. Und wenn wir doch miteinander schliefen, war es fast immer genauso einstudiert wie all die anderen Routinen, an die wir uns so gut gewöhnt hatten. Ich hatte keine Ahnung, wohin die sexlustige Frau verschwunden war, die ich geheiratet hatte. Sie sprach nicht darüber. Und ich hatte vor langer Zeit aufgehört zu fragen.

Sie richtete sich ein wenig auf und sah mich engelsgleich an. »Morgen früh machen wir was, ja? Aber lass uns heute Nacht einfach ...«

Ich zog sie an mich, knabberte an ihrem Hals. Als ihr Kopf auf das Kissen zurückfiel, schloss sie sofort die Augen, und ich wusste, dass ich sie verloren hatte. Sie war wohl gar nicht erst dafür empfänglich gewesen. Ich küsste sie sanft, aber ohne Leidenschaft, und spürte, wie sich ihr Körper entspannte.

»Wann sind wir zu solchen Leuten geworden?«, fragte ich.

Sie blickte mich an, in ihren Augen lag etwas, das ich für Hingabe hielt, streichelte die dunklen Haare auf meiner Brust und flüsterte: »Schlaf ein, mein Liebling.«

Als ich das tat, wartete Bernard schon auf mich.

Kapitel 4

Das schrille Pfeifen des morgendlichen Zuges, der am Stadtrand vorbeiglitt, weckte mich überraschend auf, so wie an den meisten Sonntagen. Nur ein paar Dutzend Meter von unserer Wohnung entfernt quietschten die Schienen, als der erste Zug der Woche, der Müll aus Cape Cod brachte, wie üblich zwischen sieben und acht Uhr vorbeifuhr. Er gab einen warnenden Pfiff ab, während er parallel zur Straße fuhr. Der Zug ratterte vorbei und schüttelte dabei die gesamte Wohnung durch. Hinter den Schranktüren klapperten Gläser und Geschirr, und als ich aus dem Bett rollte und die Füße auf den Boden setzte, konnte ich meine Belustigung nicht verbergen. Der Umstand, dass die meisten Züge auf dieser Strecke nur Müll transportierten, erschien mir auf makabere Weise passend. Sogar die Dinge, die ansonsten als romantisch oder spannend galten, verkümmerten zu etwas höchst Unelegantem, sobald sie meinen Weg kreuzten.

Es schien wie ein Hinweis auf die finsteren Albträume, die mich heimsuchten.

Der Pizzaladen unter uns öffnete erst in ein paar Stunden. Deswegen waren die Gerüche, die normalerweise in die Wohnung zogen (wir hatten schon alles versucht, um sie zu beseitigen), noch nicht durch den Boden gedrungen. Eine Weile saß ich benommen auf dem Bett. Ich bemerkte, dass der Himmel immer noch bedeckt war, aber es regnete nicht mehr, und in der Wohnung war es still. Ich blickte über meine Schulter. Das Bett war leer. Dort wo Toni schlief, befanden sich nur zerknitterte Laken.

Anscheinend hatte ich die ganze Nacht ohne Zwischenfälle durchgeschlafen, aber ich fühlte mich immer noch erschöpft, als hätte ich die Nacht mit etwas anderem verbracht. Zementblöcke schleppen zum Beispiel. Oder einen Straßengraben ausheben.

Das Telefon klingelte gerade in dem Moment, da ich aus dem Badezimmer trat, und gleich darauf kam Toni mit dem schnurlosen Telefon in der Hand auf mich zu. »Nino ist dran«, sagte sie und rollte mit den Augen.

Ich nahm das Telefon und setzte mich auf das Bett. »Nino, was gibt's?«

»Hör zu, Al«, antwortete die Stimme meines Vorgesetzten. »Ich habe ein Problem mit dem Schichtplan und brauche deine Hilfe.«

In all den Jahren, die ich schon für Battalia Security arbeitete, hatte mich Nino Battalia – der Bruder des Firmenbosses und mein direkter Vorgesetzter – noch nie aus einem anderen Grund zu Hause angerufen.

»Na gut«, seufzte ich und sah zu Toni, die vor dem Bett stand, die Hände in die Hüften stemmte und den Kopf neigte. »Ich höre?«

»Craig hat sich krankgemeldet, er kann heute Abend nicht.«

»Der Neue?«

»Ja, du weißt schon, wie diese Neulinge manchmal drauf sind. Behauptet, er wäre krank – hat Fieber oder so einen Scheiß. Ist mir piepegal, was er hat. Aber er soll für Bantam Motors arbeiten. Ich kann die nicht verärgern, das sind gute Kunden.«

Ich wusste, dass Bantam Motors ein Autohandel im Süden von New Bedford war, nur ein paar Blocks von dem Haus entfernt, wo Bernard sich umgebracht hatte. »Erstens ist das nicht die tollste Gegend«, sagte ich. »Zweitens ist das eine Nachtschicht.«

»Stimmt beides, aber ...«

»Komm schon, Nino. Ich mach keine Nachtschicht mehr und auch keine Scheißaufträge. Dafür bin ich schon zu lange dabei. Außerdem bin ich gerade erst aufgewacht. Hätte ich gewusst, dass du mich heute Nacht brauchst, wäre ich wach geblieben und hätte heute Nachmittag geschlafen. Sonntage verbringe ich mit meiner Frau, also gib jemand anderem den Job.«

Ich hörte ein Glas Alka-Seltzer sprudeln. Nino trank es wie andere Leute Pepsi. »Al, glaubst du, dass du der Erste bist, den ich anrufe? Ich habe schon alle auf der Liste abgeklappert, keiner kann einspringen. Du bist der Einzige, auf den ich mich immer verlassen kann. Das weißt du. Wenn du diese Schicht für mich übernimmst, kannst du Montag freinehmen. Ich lasse diese Woche auch noch ein paar Mäuse extra für dich springen, okay?«

»Wie viel?«

»Wie wär's mit zwanzig?«

»Nicht genug. Fünfzig, und in bar.«

»Vierzig.«

»In Ordnung«, sagte ich. »Ich mach's. Ist es ein bewaffneter Auftrag?«

»Nee, lass die Knarre zu Hause. Nur ein Schlagstock, das ist alles.«

»Gut. Hast du heute Nacht Dienst?«

»Hm, ich schreibe Berichte. Ich mache aber keine Kontrollgänge, du kannst also ganz entspannt sein.« Nino lachte herzlich, unterbrochen von einem Schluckgeräusch, als er den Alka-Seltzer runterkippte. »Brauchst du eine Wegbeschreibung?«

»Nein, ich weiß, wo das ist. Wann soll ich antreten?«

»Um elf geht's los, um sieben ist Feierabend.«

»Und ich sitze die ganze Nacht im Auto oder wie?«

»Nee, im Gebäude. Sie haben einen netten Schreibtisch für dich.«

Toni kniete vor mir und rieb meinen Schenkel. In meiner

Leistengegend rührte sich etwas, und ich sagte: »Okay. Ich rufe heute Nacht durch, wenn ich vor Ort bin.«

Ihre Hand rutschte in meine Unterwäsche, und ihre Finger kreisten um meine Hoden.

Nino erzählte noch etwas und dankte mir, als ich auflegte und das Telefon zur Seite warf. Toni hatte mir die Unterhose schon zu den Knöcheln heruntergezogen. Ich sah zu, wie sie sie ganz auszog und spreizte meine Beine weiter, während meine Erektion wuchs. Ich griff nach ihr. Ihre linke Hand wanderte von der Rückseite meiner Wade zur Innenseite meiner Schenkel, die andere griff zu und schob mich in ihren Mund. Ich stöhnte und hielt ihren Kopf, während ich mich langsam auf und ab hob und meine sanften Stöße ihren Bewegungen anpasste.

Ich streichelte ihr Haar und beugte mich vor, lehnte mich über sie und stieß fester zu, wobei sie den Druck ihrer Lippen verstärkte. »Jesus«, keuchte ich, aber die Worte blieben mir im Hals stecken, als sie mich losließ und immer noch kniete und ich sie über die Bettkante gerade noch sehen konnte.

Sie lachte auf eine Weise, die mir fast pflichtbewusst vorkam, dann sprang sie neben mir aufs Bett. Die Matratze federte. Mit klopfendem Herzen schlang ich die Arme um sie und zog sie auf mich, doch sie schob mich zurück und stand auf.

»Stimmt etwas nicht?«, fragte ich. »Was ist los?«

»Nichts«, sagte sie und glättete ihren Pyjama.

Ich griff nach meiner Unterhose und zog sie über meine sterbende Erektion. »Das ist verdammt albern! Wo liegt das Problem?«

Toni schüttelte den Kopf. »Du kannst nie genug bekommen, das ist das Problem.«

»Nie genug? Meinst du das ernst? Wann haben wir zum letzten Mal miteinander geschlafen?«

»Dein Schwanz *war* gerade in meinem Mund, oder?«

Wir starrten einander an. Es kam mir sehr lange vor. »Du weißt, was ich meine.«

Sie hob eine Augenbraue und verschränkte die Arme vor der Brust. »Wirklich?«

»Also wenn nicht, dann haben wir echt ein Problem, Toni.«

»Und ich soll jetzt verstehen, was zum Teufel du damit meinst?«

»Wir schlafen nicht mehr miteinander«, sagte ich und blickte sie nun finster an. »Du kümmerst dich um mich, so wie sich eine Nutte um einen Freier kümmert, verdammt noch mal. Keine Leidenschaft, nichts ist echt oder kommt von Herzen. Nur schnelle, roboterhafte Liebesdienste ohne Gefühl.«

»Eine *Nutte* – was für ein nettes Kompliment.« Ihre Lippen zitterten. »Arschloch.«

»Hey, tut mir leid.« Ich griff nach ihr und legte meine Hände um ihre Taille. Sie fühlte sich so klein und leicht zerbrechlich an. »Es ist nur ... Ich verstehe nicht mehr, was zwischen uns geschieht.«

»Ich auch nicht.«

»Mir kommt es vor, als wäre alles zerbrochen und verwirrt und nichts ergibt mehr Sinn.«

»Sei nicht so melodramatisch.«

Die Hitze, die in mir aufgestiegen war, war verschwunden und hatte eine Leere zurückgelassen, ein Gefühl des Nichts. »Du tust so, als wäre es egal«, sagte ich.

Sie sah zur Seite und murmelte etwas. Das Telefon klingelte und unterbrach uns schon wieder.

Ich hob das Telefon wütend vom Bett auf. »Was ist?«

»Hey, ich bin's, Rick.«

»Ich ruf dich zurück.«

»Wir müssen reden. Irgendein abgedrehter Scheiß geht vor sich.«

»Was zur Hölle ist jetzt los?«

»Wir lagen daneben, was Bernard angeht.« Er klang nervös. »Er hat doch eine Nachricht hinterlassen.«

Das Herz rutschte mir in die Hose. Das heißt, eigentlich waren es meine Knie, die rutschten, denn ich sank wieder auf das Bett. »Was soll das heißen?«

»Er hat eine Abschiedsnachricht hinterlassen, aber keine gewöhnliche.« Rick räusperte sich. »Ich hab gestern die Post reingeholt, und – ich weiß, es klingt völlig krank – da war was von Bernard. Er hat eine Nachricht hinterlassen. Allerdings nicht da unten in dem Keller. Er hat sie mir geschickt.«

Kapitel 5

Der Himmel hatte einen seltsamen Grauton angenommen.

Ich parkte neben einem verlassenen Basketballplatz, der von einem Maschendrahtzaun umgeben war, und eilte über die Straße. Sobald ich den verdorrten Rasen im Vorgarten des Wohnhauses erreichte, zögerte ich. Ich bemerkte Donalds Auto und Ricks Jeep, die in der Nähe standen. Obwohl dies die ärmste Gegend von Potter's Cove war, herrschte hier normalerweise viel Betrieb. Aber nun herrschte Stille, und die Straßen waren leer. Zwei alte Männer, die sich vor den Stufen zum Hauseingang unterhielten, wippten wegen des rauen Windes auf den Füßen und beachteten mich nicht, während ich den Treppenabsatz hinaufging und in die relative Wärme des Eingangsbereichs trat.

Eine Tür zu meiner Rechten öffnete sich mit einem lauten Quietschen und offenbarte eine abgemagerte schwarze Frau mit fahlem Gesicht. Ich besuchte Rick häufig, und obwohl viele Mieter ein- und auszogen, kannte ich die meisten Bewohner des Hauses vom Sehen. Aber diese Frau war definitiv neu, ich war ihr nie zuvor begegnet. Sie trug einen Bademantel und Pantoffeln. Ihre eingesunkenen Augen blinzelten mich langsam an wie eine Katze. »Sind Sie der Klempner?«, fragte sie.

»Nein, Ma'am.«

»Sind Sie der Klempner?«, wiederholte eine schrille Stimme.

Ich schaute nach unten zu einem kleinen Jungen, der hinter den dürren Beinen der Frau hervorlugte. Ich lächelte verhalten und winkte dem Jungen zu, der sich sofort hinter seiner Mutter versteckte. Die Frau seufzte, ging zurück in ihre Wohnung und schloss die Tür.

Über die abgenutzte Treppe gelangte ich schließlich zu Ricks Wohnung im dritten Stock. Ich hielt kurz inne, um zu lauschen, dann klopfte ich leise.

Rick öffnete schnell. Sein Gesichtsausdruck war angespannt, während er von der Tür zurücktrat und mir zu verstehen gab, ich solle eintreten. Die Wohnung war klein, bescheiden möbliert und wies das Durcheinander eines Mannes auf, der daran gewöhnt ist, alleine zu leben. Hinter dem Wohnzimmer lagen eine Küche und ein Flur, der zum Schlafzimmer führte. Seit seine Exfreundin ausgezogen war, hatte die Wohnung eine unpersönliche, irgendwie vorübergehende Ausstrahlung angenommen. Die einzigen Gegenstände, die konkret auf Rick als Bewohner hinwiesen, waren die eingerahmten Fotos und Zeitungsartikel, die seine sportliche Karriere in der Highschool illustrierten, und der Tisch darunter, auf dem mehrere Pokale und verblichene Gewinnerabzeichen standen. Er war ein Schrein, den ich immer nur für ein unangenehmes Andenken an vergangene Erfolge und verpasste Gelegenheiten gehalten hatte. Die meisten Teenager mit Ricks athletischer Verfassung bekamen ein Stipendium, um aufs College zu gehen. Ein paar wurden sogar Profisportler. Stattdessen wanderte Rick ins Gefängnis, nachdem er bei einer Schlägerei, bei der es um einen Parkplatz ging, einen Mann beinahe zu Tode geprügelt hatte. Obwohl mehrere Zeugen aussagten, dass der Mann zuerst zugeschlagen hatte, bestätigten weitere Zeugen, dass Rick immer weiter auf ihn einprügelte, lange nachdem der Kerl schon das Bewusstsein verloren hatte. Die Brutalität von Ricks Vergeltung, ebenso wie die schweren Verletzungen, die der Mann erlitten hatte, gaben dem Richter genügend Gründe, an Rick ein Exempel zu statuieren. Und genau das tat er auch, indem er ihn für zwölf Monate ins Walpole State Prison steckte, ein Hochsicherheitsgefängnis, in dem einige der schlimmsten Kriminellen von Massachusetts einsaßen. Rick saß die Strafe komplett ab, und das Jahr hinter Gittern zerstörte jegliche Chance auf einen Collegebesuch oder eine Karriere als Sportler. Darüber hinaus veränderte es ihn für immer. Rick hatte schon immer ein launisches, ziemlich gewalttätiges Temperament gehabt, aber die Haftstrafe machte ihn barscher und in vielerlei Hinsicht noch gewalttätiger. Erinnerungen daran, wie ich ihn an jenem furchtbaren Ort besucht hatte, blitzten in mir auf. »Normalerweise schläfst du doch um diese Tageszeit?«, fragte ich locker.

»Schon.« Er versuchte, sorglos zu wirken. »Willst du was trinken? Ich habe Coke im Kühlschrank.«

»Nee, danke. Was soll der Quatsch von wegen einer Nachricht?«

Eine Toilette wurde gespült, und kurz darauf tauchte Donald aus dem Flur auf. Er sah schrecklich verkatert aus. Er winkte mir erschöpft zu und ließ sich auf eine abgewetzte Couch sinken. »Es wird spannend.«

Ich fragte mich, ob er sich daran erinnern konnte, dass ich ihn am Tag zuvor in seinem Cottage besucht hatte. »Schießt los!«

Rick saß auf der Couchlehne, hob ein gepolstertes braunes Kuvert auf und warf es mir zu. »Das kam gestern mit der Post. Ich war erst heute Morgen am Briefkasten.«

Ich fing das Päckchen auf, es wog beinahe nichts. Ricks Name und Adresse waren mit einem schwarzen Filzstift auf die Vorderseite geschrieben worden, und als Absender fungierten ein Postfach und ein Zustelldienst. »*Mailbox Universe*? Das ist hier in der Stadt. Wenn Bernard schon fast eine Woche lang tot ist, wieso hast du das dann erst gestern bekommen?«

»Hör dir die Kassette an.«

»Bernard muss dem Lieferanten gesagt haben, dass sie die Post erst zu einem bestimmten Datum zustellen sollen«, sagte Donald. »Das kann man so einrichten.«

Ich nickte. »Aber weshalb hat er so lange gewartet?« Als niemand antwortete, griff ich in das aufgerissene Kuvert und zog eine unbeschriftete Kassette hervor. Etwas anderes konnte ich in dem Kuvert nicht spüren, also blickte ich hinein. Es war leer. »Was ist das?«

»Seine Nachricht.«

»Er hat sie aufgezeichnet?«

»Er muss den Walkman benutzt haben, den wir in seinem Seesack gefunden haben«, meinte Rick. »Ich kann mich erinnern, eine *Record*-Taste gesehen zu haben.«

Ich bewegte mich auf einen Stuhl zu, setzte mich und legte das Kuvert zur Seite. »Ihr habt es euch schon angehört?«

»Rick ja, ich nicht.« Donald seufzte. »Ich wollte mir das lieber nicht zweimal antun.«

»Außer der Kassette war nichts in dem Päckchen, und auf der Kassette steht nichts«, erklärte mir Rick. »Ich hatte keine Ahnung, was das sollte – bis ich sie mir anhörte.«

Ich starrte auf die Kassette, gleichzeitig fasziniert und abgestoßen.

»Als ich Bernards Stimme hörte, hab ich mir beinahe in die Hosen geschissen«, sagte Rick, und mir fiel auf, dass er langsam errötete. »Als ich mir anhörte, was er zu sagen hatte, hab ich's wohl auch echt getan.«

Rick nahm mir die Kassette aus der Hand, trug sie zur Stereoanlage in der Ecke und schob sie in das Deck. Auf dem Display des Equalizers leuchteten bunte Lichter auf, die sich schnell hoben und senkten und von einem lauten, durchgehenden Zischen begleitet wurden. Die Lichter tanzten weiter, als aus dem Zischen ein Atmen wurde und schlussendlich Bernards Stimme.

»Wenn ihr euch das hier anhört ... bedeutet es, dass ich es wirklich getan habe.«

Er klang anders als ich ihn in Erinnerung hatte. Nicht nur, weil jedermanns natürliche Stimme auf einem Tonband anders rüberkommt, sondern auch, weil er so hohl klang, als ob er vom Grunde eines Steinbrunnens aus mit uns spräche. Ich lehnte mich vor und faltete die Hände zusammen.

»Rick, ich habe die Post an dich geschickt, weil mir das am besten vorkam. Ich weiß, dass du es dir anhören wirst und dass du die richtige Entscheidung treffen wirst, indem du es auch Donald und Alan vorspielst. Nehmt's mir nicht übel, Jungs, aber wenn ich die Kassette an einen von euch geschickt hätte, wäre ich mir nicht sicher gewesen, ob ihr Rick oder dem jeweils anderen Bescheid gesagt hättet. Aber ich weiß, dass du die richtige Entscheidung treffen wirst, Rick, du bist der Boss. Du bist der Bandenchef.«

Donalds und mein Blick trafen sich, dann meiner und Ricks. Der Bandenchef war der Anführer, der oberste *Sultan* an der Spitze unserer Möchtegern-Gang. Nach Tommys Tod war Rick Bandenchef geworden – ein Begriff, den wir halb im Spaß verwendeten und an den ich seit Jahren nicht mehr gedacht hatte. Aber er beschwor äußerst lebendige Bilder aus der Vergangenheit herauf, und ich war mir ziemlich sicher, dass das Bernards Absicht gewesen war. Obwohl seine Talente gegen Ende seines

Lebens verkümmert waren, hatte Bernard doch die meiste Zeit seines Berufslebens als Verkäufer verbracht, und so wie jeder gute Verkäufer konnte er Leute gut ansprechen und aus ihnen Reaktionen herauskitzeln, die er wollte oder brauchte. Um es weniger höflich auszudrücken: Er konnte gut manipulieren.

»Ich habe die Leute vom Paketdienst angewiesen, zu warten und die Post erst an einem bestimmten Datum zuzustellen«, fuhr er fort. »Ich dachte mir, wenn ihr das hier bekommt und zuhört, wisst ihr bereits, dass ich ... nicht mehr da bin. Ich bin mir sicher, dass ihr alle Fragen habt und verwirrt seid, und wahrscheinlich seid ihr wütend auf mich, weil ich es getan habe, aber ... Glaubt mir, Jungs, so war es am besten. Rick, du meinst wahrscheinlich, dass ich ein Weichei bin, ein Feigling, stimmt's? Das behauptest du zumindest, aber ganz tief in dir weißt du, dass es nicht stimmt. Und Donald, du bist nur traurig und verbittert deswegen. Alan hingegen ist völlig zurückgezogen und nachdenklich, so wie immer. Wir kannten uns zu lange, Leute.

Aber es ist lustig, wie man sich auch nach all den Jahren noch fragt, wie gut man jemanden wirklich kennt. Mann, wir waren enge Freunde seit wir Kinder waren. Wir haben 'ne Menge zusammen durchgemacht, aber dennoch haben wir unsere Geheimnisse, oder? Wir *alle*. Keiner von uns ist haargenau das, was er zu sein vorgibt. Manchen Leuten gegenüber verhalten wir uns auf die eine Weise, anderen gegenüber auf die andere, und vielleicht ganz anders, wenn wir alleine sind. So ist das nun mal. Wenn ihr nachts im Bett liegt und an die Decke guckt, euch an den Tag erinnert, auf die Dinge zurückblickt, die ihr getan habt und an das denkt, was vor euch liegt, wenn ihr alleine seid mit dem Gott, zu dem ihr betet ... dann fallen alle Masken ab und ihr seid nur ihr selbst. Nur ihr und wer auch immer .. oder *was* auch immer ihr seid.«

Ein undeutbares Geräusch, dann kehrte das Zischen zurück.

»War das alles?«, fragte ich.

Rick schüttelte verneinend den Kopf und hielt seine Hand hoch wie ein Verkehrspolizist, der die Autos anhält. Nach einem weiteren Atmen folgten ein paar knackende Geräusche – Bernard hatte die Aufnahme gestoppt und dann wieder begonnen. Als er erneut sprach, klang seine Stimme so wie zuvor: entfernt und beinahe künstlich. »Habt ihr Jungs euch jemals gefragt, warum wir Freunde sind? Ich meine *wirklich* gefragt. In den letzten paar Wochen habe ich viel nachgedacht, bin die Vergangenheit durchgegangen und habe mich an gute und schlechte Zeiten erinnert, an beides, soweit ich es zumindest konnte. Als ich ein kleiner Junge war, mit fünf oder sechs vielleicht, sagte mir meine Mutter, dass wir froh sein können, wenn wir in diesem Leben einen oder zwei echte Freunde haben, Leute, denen wir immer vertrauen können und die mit uns durch dick und dünn gehen. Wenn wir *Glück* haben!« Bernard gab ein leises, sarkastisches Lachen von sich. »Ist es nicht seltsam, wie wir all die Jahre zusammengeblieben sind? Wir kommen alle aus Arbeiterfamilien, sind Stadtkinder, aber ... das war's im Prinzip ja schon, oder? Sogar in der Schule haben sich die Leute schon über uns gewundert. Typen wie wir, die sich so voneinander unterscheiden, können als Kinder vielleicht befreundet sein, aber spätestens ab der Highschool würden wir getrennte Wege gehen und mit der jeweils passenden Clique abhängen. Taten wir aber nicht. In vielerlei Hinsicht wurden wir noch engere Freunde. In gewisser Weise zumindest. Rick, der gehirnlose Sportler. Donald, der Bücherwurm und Klassenbeste. Alan, der nicht weiß, was er tut. Tommy, der allseits beliebte, sympathische Anführer. Und dann noch ich. Die Witzfigur, der Schwachbeutel.« Bernards Stimme brach ab, gefolgt von einem knackenden Geräusch, dann Stille.

Ich blickte aus dem Fenster an der gegenüberliegenden Wand. Es hatte leicht zu schneien begonnen. In dieser Jahreszeit sollte es eigentlich zu spät für Schnee sein, aber da war er nun einmal, so wie Bernards Stimme, die scheinbar aus dem Jenseits zu uns sprach.

»Um Himmels willen«, sagte Donald leise. »Wie lange geht das noch so weiter?«

»Er klingt wie aus einem Grab«, hörte ich mich sagen.

»Ich glaube, er hat das da unten in dem Keller aufgenommen«, sagte Rick, als das Zischen auf der Kassette von einem weiteren lauten Knacken abgelöst wurde. »Deswegen klingt er so weit entfernt. Die Mauern verzerren seine Stimme.«

Bernard redete weiter. Jetzt ruhiger. »Ich bin nicht blöd, ich weiß, was die Leute von mir halten. Abgesehen von euch dreien jedenfalls. Darin waren wir alle gut: die Fehler des anderen zu ignorieren, egal, wie abartig sie waren. Es gab immer eine Verbindung, einen gemeinsamen Nenner zwischen uns. Rick, du und ich waren Einzelkinder, wir wussten, wie das war, alleine zu sein, mit allen Vor- und Nachteilen. Von uns wurde ganz schön was erwartet.« Schweres Atmen, ein Rascheln. »Und Donald, der gute alte Donny. Du und ich, wir wissen wie es ist, anders zu sein, oder? Wir wissen, wie es ist, außen vor gelassen zu werden, ausgelacht zu werden ... gequält zu werden. Einsamkeit, damit kennen wir uns aus, stimmt's Donny? Ob selbst gewählt oder auch nicht, auch die Einsamkeit ist ein alter Freund.«

Ich schaute die anderen kurz an, als ihre Namen genannt wurden. Alle vermieden den Blickkontakt.

»Alan, wir wussten, wie es war, keinen Vater zu Hause zu haben. Wie es war, mit einer alleinerziehenden Mutter aufzuwachsen, was es heißt, seine Mutter zu lieben und ihr nahezustehen und was für einen Dreck man sich deswegen anhören muss. Wir waren Muttersöhnchen, du und ich ... und stolz darauf!« Bernard lachte leicht, und dieses Mal klang es echt. »Und dann denke ich an Tommy und frage mich ... was wir wohl gemeinsam hatten. Ich brauchte lange dafür, bin alles mehrmals durchgegangen, und dann hatte ich es. Tommy war auf die eine oder andere Art wie wir alle. Wenn man die besten Eigenschaften von jedem von uns genommen und zu einer einzigen Person zusammengesetzt hätte, wäre Tommy das Ergebnis gewesen.«

Donald, der auf den Boden starrte, nickte schwach. Rick hatte uns den Rücken zugekehrt und stand vor dem Fenster, durch das er in den Schnee blickte. Aber auch er wusste, dass Bernard recht hatte – Tommy war der Beste von uns gewesen.

»Du hast mir immer leid getan, Alan, weil du dabei warst, als es geschah. Nach seinem Tod gab es nicht einen Tag, an dem ich nicht darüber nachdachte, was geschehen wäre, wenn ich an diesem Tag nicht in der Schule geblieben wäre. Dann wäre ich bei euch gewesen. Vielleicht wäre ich als Erster aus dem Bus gestiegen. Vielleicht hätte ich auf der Straße gelegen und nicht er. Besser wär's gewesen ...«

Mein Hals kratzte, und es fiel mir schwer, meine Gefühle unter Kontrolle zu halten. Ich war an jenem Tag zwei Schritte hinter Tommy gewesen, und seitdem hatte ich oft dasselbe wie Bernard gedacht. Wie leicht ich hätte sterben können. Vielleicht sollte es auch mich erwischen.

»Aber das eine, was wir alle gemeinsam haben und allesamt kennen«, sagte Bernard mit einem lang gezogenen Seufzen, »ist der Schmerz. Wir kennen alle den Schmerz und die Wut, die dadurch entsteht. Ja, Wut kennen wir auch. Wir kennen die Wut, nie zu dem aufgestiegen zu sein, was wir hätten sein können oder *sollen*. Unsere Spezialität ist das Versagen.«

Donald sprang auf die Füße und begann, mit vor seiner schmalen Brust verschränkten Armen im Kreis zu laufen.

»Rick, du hättest ein professioneller Football-Spieler sein können. Seit wir klein waren, hast du von nichts anderem geredet. Und du hattest es drauf, du *hattest es drauf*, Alter. Aber dich überkam die Wut. Du hast die arme Sau beinahe zu Tode geprügelt – wegen einem Parkplatz! Weshalb bloß? Um irgendein beknacktes Mädchen zu beeindrucken, mit dem du damals ausgegangen bist? Der Typ lag drei Tage im Koma, um Himmels willen. Im *Koma,* Rick. Wegen eines Parkplatzes. Ich weiß noch, wie wir dich im Gefängnis besucht haben. Wir haben uns alle ins Auto gequetscht und sind nach Walpole gefahren. Tödliches Schweigen während der Fahrt. Die Reise hat ewig gedauert, weil auf dem ganzen Weg niemand ein Wort gesagt hat, auch nicht auf der Rückfahrt. Und einer der Gründe, weshalb ich abgehauen bin, war, dass ich dich dann nicht in diesem Kackloch sehen musste. Du warst immer so stark – so viel stärker als ich – und ich hab's nicht ausgehalten, dich gebrochen zu sehen, eingesperrt an diesem Ort.

Und nun schau dich an, Alter. Fünfzehn Minuten Wut auf einem Parkplatz und dein ganzes Leben ist im Arsch. Ist das fair? Na? Ist das verdammt noch mal fair?« Bernard zögerte, weil er offenbar bemerkt hatte, dass seine Stimme deutlich lauter geworden war. Als er fortfuhr, klang er wieder ruhiger und kontrollierter. »Bist du glücklich, Rick? Alles so gekommen, wie du es wolltest? Türsteher eines Clubs, Single, immer noch hinter Mädels her wie ein Teenager, hängst in deiner Wohnung rum und starrst auf diese alten Pokale. Mann, nicht gerade dasselbe wie die NFL, was?«

Donald sah mich aus blutunterlaufenen Augen an. »Das ist absurd, warum ...«

»Sei still«, blaffte Rick, immer noch mit dem Rücken zu uns.

»Keiner von uns muss sich so was anhören ...«

»Halt die Fresse und hör zu, Donny.« Rick drehte sich langsam um und sah uns über die Schulter hinweg mit dunklen Augen an. »Wir haben noch nie etwas dringender hören müssen.«

»Dann ist da noch Donald«, sagte Bernard nüchtern. »Der König der schwachen Leistung. In dem Sektor gehörst du zum Adel, was, Donny?«

Der beinahe schadenfrohe Klang von Bernards Stimme überraschte mich. Ich hatte nie erlebt, dass er sich am Schmerz eines anderen ergötzte, erst recht nicht, wenn es sich um einen Freund handelte. Aus Donalds unbehaglichem Gesichtsausdruck war fast schon Wahnsinn geworden. Er funkelte mich an. Ich blickte beruhigend zurück, wollte ihm sagen, dass alles in Ordnung sein würde.

»Wen meintest du zu bestrafen, habe ich mich immer gefragt?« Bernard redete weiter, seine leblose Stimme durchschnitt die Stille. »Du bist der schlauste Kerl, den ich je getroffen habe, Donny, und einer der unglücklichsten. Weißt du noch, als wir Kinder waren und du davon gesprochen hast, wegzuziehen, wenn wir erst einmal groß sind? Du hast immer gesagt, du würdest nach Paris und Berlin und London gehen – all diese Orte schienen damals unerreichbar weit weg zu sein. Du wolltest unterrichten, erinnerst du dich? Du hattest schon alles geplant. Ein Job als Lehrer in einem kleinen Dorf in Europa, wo es still ist und du einfach dasitzen und lesen kannst und deine Ruhe hast. Das ist der Traum, von dem du gesprochen hast. Der Traum, den du hättest umsetzen sollen, aber du hast es nie getan. Weil dir die Dämonen in die Quere kamen, und dann hat der Alkohol alles versaut. Aber wir alle wissen, dass das wirkliche Problem nicht der Alkohol war, stimmt's Donny?«

Donalds Augen waren feucht geworden. »Er hat kein Recht«, flüsterte er, »uns so etwas anzutun.«

»Man stelle sich einen braven katholischen Jungen vor, der sich als Schwuchtel entpuppt.«

»Jesus!«, stöhnte ich.

Der Schmerz auf Donalds Gesichts war beinahe zum Greifen plastisch. Er war Verachtung und Hass gewohnt, aber nicht von Bernard.

»Du bist, was du bist, Donny. Du bist bloß nicht damit klargekommen, das zu sein, was du bist und damit zu leben. Letztendlich wird es dich wahrscheinlich umbringen. Es gibt niemanden, den du lieb hast, nur die verdammte Flasche. Du versteckst dich vor dir selbst und dem Ärger, den dir alle dauernd bereiteten. Also gehst du hin und wieder in eine Bar, findest jemanden für ein paar Stunden – oder vielleicht ein Wochenende –, dann geht es zurück an die Arbeit im Büro, wo du verkümmerst und die Gedanken von jemand anderem aufschreibst. Du schaffst noch nicht einmal die zehn Minuten Fahrt nach Hause, ohne vorher an einem Getränkemarkt anzuhalten. So schlimm steht's um dich, Donny. Die meisten Leute würden alles geben für deine Intelligenz, aber du wirfst sie weg wie Müll. Du hast mal einen Typen kennengelernt, der war dein geheimer Liebhaber, aber es lief nicht so, wie du wolltest, wie du gehofft hast – wie du es gebraucht hast. Du warst verliebt, das hast du mir gesagt, aber er hat nur rumprobiert, stimmt's? Nur so getan als ob, er war betrunken, *alles* bloß nicht schwul. Und als du aufs College kamst, saß der Schmerz immer noch tief. Du hast deine Flasche mitgebracht, und alles ging schief. Du konntest nicht loslassen, hast es nicht ausgehalten, deswegen bist du vom College weggelaufen wie ein Hündchen, das man geschlagen hat. Seit damals sehnst du dich nach ihm und lebst wie ein elender besoffener Mönch oder so was. Ich hab immer geglaubt, du wärst besser als das, ich war überzeugt, dass du es schaffen wirst, von hier wegzukommen und etwas aus dir zu machen. Wir wussten alle, was Sache war, du musstest nichts groß erklären. Als du das dann doch getan hast, war keiner von uns überrascht. Wir haben dich einfach akzeptiert, verdammt, selbst Rick hat das getan. Trotz all dem Scheiß, den er von sich gibt und den ganzen Streitereien zwischen euch beiden hat er dich immer in Schutz genommen. Außerdem unterscheidest du dich nicht wirklich von uns anderen. Nicht, wenn's ums wirklich Wesentliche geht. Du bist einsam ... und wütend. Wut, immer wieder die Wut. Sie erinnert uns ständig daran, wie unfair das Leben ist und dass es uns immer, wenn wir einen neuen Anlauf starten, einen Schlag in die Fresse versetzt.«

Die Kassette knackte und Bernards Stimme verstummte.

Donald sank langsam auf die Couch zurück wie ein Ballon, aus dem die Luft entwich. Rick lehnte sich gegen den Fensterrahmen und beobachtete, wie die Schneeflocken herabrieselten.

»Schalt die Kassette aus«, meinte Donald sanft. »Du musst es dir nicht anhören, Alan.«

Aber ich schaltete sie nicht aus und auch sonst niemand. Stattdessen kündigte ein weiteres Knacken an, dass der Monolog gleich weitergehen würde. Ich rutschte tiefer in den Sessel, spürte, wie meine Eingeweide zitterten und der erste Schweiß aus meinen Handflächen drang.

»Alan«, sagte Bernard freundlich, »du hast doch nicht geglaubt, dass ich dich vergessen würde, oder? Wie könnte ich! Wir beide waren doch als Erste Freunde. Erinnerst du dich an den Tag, an dem wir uns zum ersten Mal getroffen haben? Ich schon. Wir waren sieben Jahre alt, und in ein paar Tagen war Halloween. Meine Mutter und ich waren gerade in die Gegend gezogen, ich kannte niemanden. Ich spielte im Vorgarten und hatte mein neues Kostüm an, ein Tigerkostüm, weißt du noch? Tolle Verkleidung, von Kopf bis Fuß, mit eingesetzten Füßen, mit allem drum und dran. Ich spielte und du bist Fahrrad gefahren. Du hast angehalten, um Hallo zu sagen, und ich war überrascht, wie freundlich du warst, wie du mich einfach angesprochen hast und anscheinend mein Freund sein wolltest. Du hast mich noch nicht einmal auf meine Brille angesprochen, wie dick die Gläser waren, wie dünn ich selber war oder dass ich so viel kleiner als die meisten Kinder in unserem Alter war. Kein

Wort. Du hast mir nur deinen Namen genannt und die Straße hoch auf das Haus gezeigt und gesagt, dass ihr dort wohnt. Dann meintest du, mein Kostüm sei cool und dass du zum zweiten Mal hintereinander als Gespenst gehen müsstest, weil deine Mutter es sich nicht leisten konnte, dir ein neues Kostüm zu kaufen. Allerdings hatte sie extra ein tadelloses Bettlaken zerschnitten, um Löcher für die Augen zu machen. Also ließ sich damit nichts weiter anfangen, außer es als Kostüm zu benutzen oder Lumpen daraus zu machen.«

Ich war über die vielen Einzelheiten seiner Erzählung verblüfft. Ich sah auf den Boden. Die Erinnerung an den Nachmittag war so klar und hell wie damals der Tag selber.

»Dann tauchten die Berringer-Zwillinge auf ihren Fahrrädern auf. Quietschend haben sie vor der Auffahrt angehalten. Wie aus dem Nichts waren sie aufgetaucht und jagten mir eine Scheißangst ein. Dein Gesichtsausdruck verriet mir, dass die beiden Ärger bedeuteten. Diese kleinen Wichser, ich hab sie gehasst wie die Pest. Haben die ganze Nachbarschaft terrorisiert, sind immer auf die Kids losgegangen, die kleiner waren als sie. Die Berringers waren dreizehn, wir sieben. Jackie und Johnny Berringer. Schwanzlutscher. Ich weiß noch, du meintest zu mir, ich solle ins Haus gehen, aber das tat ich nicht, sondern stand nur da. Dann fingen sie an, mich auszulachen, nannten mich alles Mögliche, weil ich das Kostüm anhatte. Ich hatte solche Angst und hoffte, dass meine Mutter sie hört und rauskommt, aber sie kam nicht. Du meintest noch mal, ich solle ins Haus gehen, dann stiegen die Zwillinge von ihren Fahrrädern und fingen an, dich zu schubsen. Sie meinten zu dir, du sollst dich um deinen eigenen Kram kümmern und ich wäre ein Baby, weil ich so ein Kostüm trug. Erinnerst du dich, Alan?«

Ich merkte, wie ich nickte, als ob Bernard mich sehen könnte.

»Jackie packte mich und warf mich auf den Boden.« Bernards Stimme zitterte. »Ich fing an zu weinen – verdammt, ich war damals schließlich ein Baby, und die waren viel älter als wir, aber ... plötzlich bist du ausgerastet und bist auf sie losgegangen.« Bernard klang nun anders, als ob er ein Lachen unterdrückte. »Du warst nicht viel kräftiger als ich gebaut, und ... sie haben dich an diesem Tag echt zu Brei gehauen, direkt in unserem Vorgarten. Aber du bist immer wieder aufgestanden. Sie schlugen zu, und schon lagst du am Boden. Mit aufgerissener Lippe und Nasenbluten. Aber du bist immer wieder aufgestanden und hast zurückgeschlagen. Ich wollte helfen, aber sie haben mich noch mal auf den Boden geworfen und mein Kostüm zerrissen und ... Ich heulte und schrie nach meiner Mutter. Du lagst blutend auf der Auffahrt, ohne aufzugeben. Dann hauten die Berringer-Zwillinge ab. Sie hatten wohl Angst, meine Mutter würde das ganze Geschrei hören. Sie wussten noch nicht, dass sie zu viel trank und nachmittags meistens schlief. Das habe ich nie vergessen, Alan. Du kanntest mich nicht einmal, und doch hast du mich verteidigt, weil du wusstest, dass diese zwei kleinen Dreckskerle jemanden verprügeln wollten. Du wolltest nicht, dass ich das bin. Niemand hat je so etwas für mich getan. Niemand.«

Mit nur sieben Jahren hatte ich schon ein wenig Grausamkeit und Brutalität in der Welt gesehen, aber das war nichts, verglichen mit jenem Tag. Bernard war so unschuldig, so klein, schwach und zutraulich. Ein kleiner Junge in seinem speziell angefertigten Tigerkostüm, das seine Mutter gemacht hatte, der unbekümmert in seinem Garten spielte. Der neue Junge in der Stadt, der nicht ahnte, was die Schlägertypen aus dem Ort mit ihm vorhatten. Willkommen in der Nachbarschaft. Selbst Jahre später konnte ich immer noch nicht verstehen, wie die Berringer-Zwillinge Freude daran finden konnten, anzuhalten und einen kleinen Jungen zu terrorisieren, der ihnen nichts getan hatte. Den sie nicht einmal kannten. Und doch war der Umstand sowohl abstoßend als auch eigenartig, dass sie sich so schnell für Bernard als Opfer entschieden hatten, dass er irgendwie weniger wert schien, weniger wichtig, also entbehrlich.

Bernards Stimme unterbrach meine Gedanken. »Am nächsten Tag hast du mich Tommy, Donald und Rick vorgestellt. Wir verbrachten den Tag damit, in dem Baumhaus in Tommys Garten zu spielen. Ich weiß nicht, ob ich ohne dich, Alan, überhaupt Freunde gehabt hätte. Wahrscheinlich nicht.«

Ich wollte meinen Gefühlen Ausdruck verleihen, doch ich behielt sie für mich und wahrte die Fassung. Aus irgendeinem

Grund verschonte mich Bernard und lobte mich, während er aus den anderen Hackfleisch gemacht hatte. Aus schönen Erinnerungen waren morbides Unbehagen und Verwirrung geworden.

»Vielleicht hätte ich nur den Tag an sich erwähnen und dich die Geschichte erzählen lassen sollen. Du warst immer so gut im Geschichtenerzählen. Soweit ich zurückdenken kann, wolltest du immer nur schreiben.«

Als er mein Schreiben erwähnte, wusste ich, dass ich mich geirrt hatte. Er würde mich doch nicht verschonen.

»Du hast immer in diese kleinen Notizbücher reingekritzelt, die du bei dir hattest. Einige der Storys waren richtig gut! Du hattest Talent, keine Frage. Meine Lieblingsgeschichte war eine, die du in der – hm, ich glaube, vierten oder fünften Klasse, irgendwann zu der Zeit – geschrieben hast, mit dem Flugzeug und dem UFO. Kannst du dich erinnern? Das UFO hielt die Zeit an oder veränderte sie oder so und holte alle Leute aus dem Flugzeug. Dann wurden sie wieder zurückgebracht, aber sie erinnerten sich nicht daran. Die Leute begriffen, dass zwanzig Minuten vergangen waren, von denen niemand wusste, was passiert war, und die Funkverbindung war für genau diesen Zeitraum unterbrochen gewesen – Mann, das war echt gut. Wie eine Folge *The Twilight Zone* oder *The Outer Limits* im Fernsehen. So viel Talent schon in so jungen Jahren! Wie schade, dass du es, genau wie Rick und Donald, einfach weggeworfen hast.«

»Drauf geschissen«, sagte Donald plötzlich. »Schalt das aus.«

»Lass es weiterlaufen«, sagte ich.

Keiner von uns bewegte sich.

»Was um alles in der Welt ist passiert, Alan?«, fragte Bernard und klang beinahe zärtlich. »Du hättest der nächste Steinbeck sein sollen. Was haben die ganzen Lehrer doch gleich gesagt? Wenn dieses Kind mit der Riesenchance doch bloß zur Schule gehen, sich aus allem Ärger raushalten, lernen und seine Talente nutzen würde ... Tja, wenn bloß! Aber du wusstest es ja besser – das hast du wirklich gedacht.« Er gab ein kurzes, ironisches Lachen von sich. »Damals warst du so cool, hey, du warst mein großer Held. Du wusstest, wer du bist und was du willst und wie dein Leben aussehen soll, deswegen brauchtest du den ganzen

Quatsch an der Schule und den dummen Gesellschaftsscheiß nicht. Du gingst immer deinen eigenen Weg, und dafür habe ich dich echt bewundert.

Ich hätte nie geglaubt, dass du alles verkackst, indem du stattdessen heiratest. Verdammt, Alter, du wolltest nach New York gehen, in Greenwich Village wohnen, schreiben, mit Künstlern rumhängen. Du hättest Dates mit Hippiemädels gehabt, große Romane geschrieben und wärst der coolste Typ seit Kerouac oder James Dean gewesen ... Sag's mir, war Toni das wert? War sie das wirklich? Sie ist ein tolles Mädchen – ich habe sie immer gemocht –, aber wie gesagt, wenn du nachts im Bett liegst, alleine mit Gott, und dir diese Frage stellst – und das tust du mit Sicherheit –, welche Antwort kommt dir dann in den Kopf?

Toni ist ein Kleinstadt-Mädchen. Das war sie schon immer, das wird sie auch bleiben. Für ein anderes Leben ist sie nicht geschaffen. Sie hoffte eher, ein schönes kleines Haus mit Lattenzaun zu bekommen – zweieinhalb Kinder, ein Hund und ein Volvo vor der Garage. Dagegen spricht ja auch nichts, aber das war niemals deine Vorstellung von einem glücklichen Leben, oder, Alan? Alles, was du wolltest, hast du aufgegeben, denn du wusstest, dass sie niemals Teil des Lebens sein könnte, das du dir vorgestellt hattest. Dabei hast du davon die ganze verdammte Zeit lang geträumt.« Bernard war wieder lauter geworden, und er hielt inne, um ein paarmal tief einzuatmen, bevor er seine Ansprache fortsetzte. »Es gab nur eine Möglichkeit, damit ihr zusammenbleiben konntet: Du musstest das, was du wolltest, aufgeben und hier bleiben. Einen Job finden, Geld zum Leben verdienen. *Leben?* In Potter's Cove? Dann mal viel Glück! Wie läuft's denn so als Wachmann? Verdienst du schon mehr als den Mindestlohn? Aus dem Haus, den Babys, dem Lattenzaun oder dem Volvo ist wohl nichts geworden. Verdammt noch mal, ihr habt noch nicht einmal einen Hund, also was sollte das Ganze? Bist du deswegen jetzt wütend auf Toni, nach all den Jahren? Jedes Mal, wenn du in den Spiegel guckst, siehst du, dass du ein Jahr älter bist, ein paar Pfund schwerer und noch ein bisschen unglücklicher als im Jahr zuvor. Jedes Mal, wenn du die Uniform anziehst und deine Schicht abbummelst und dich fragst: *Was wäre wenn* du eine der wenigen Möglichkeiten gewählt hättest, die dich glücklich gemacht hätten. Wo du bei dir selbst sein könntest – bist du dann wütend auf sie? Und ist sie auch wütend auf dich, Alan? Sie hat nie begriffen, dass du außer dem Schreiben *nichts* kannst, oder? Jetzt begreift sie es bestimmt! Jetzt begreift sie bestimmt, dass sie ihr Leben mit jemand anderem hätte verbringen sollen. Aber es ist jetzt, wie es ist, und das ist einfacher, als alles abzubrechen und neu anzufangen, stimmt's?

Schaust du dir manchmal deine alten Erzählungen an? Hast du sie überhaupt noch? Überlegst du manchmal, wie alles hätte sein können?«

Als er eine Pause machte, konnte ich ihn beinahe lächeln sehen, wie er auf dem Feldbett in dem Keller lag, den Rekorder in der Hand, nur wenige Zentimeter von seinen Lippen entfernt.

»Warum macht er das?«, fragte Donald. »*Warum?* Was hat er denn so Tolles mit seinem gottverdammten Leben angestellt? Woher nimmt er sich das Recht ...«

»Und wie sieht es mit mir aus?«, sagte Bernard wie zur Antwort. »Genau, was ist mit mir? Himmel, wir sind ein Haufen Klischeefiguren und bemerken es nicht einmal. Aber wisst ihr was? So geht es den meisten Leuten. Die meisten von uns haben keine Vorstellung davon, wie sehr wir im Arsch sind, erst recht nicht die Menschen um uns herum. Womöglich möchten wir das auch gar nicht wissen. Wisst ihr, an dem Tag, als Tommy starb, sah ich ihn an der Schule die Treppe runterkommen. Er ging auf den Ausgang und den Bus zu, und ich ging in die andere Richtung. Wir sahen uns, lächelten uns zu, und dann schlug ich ihm freundschaftlich gegen den Arm, sagte: Bis später! Nun, es gab kein Später. Als ich ihn das nächste Mal sah, lag er in einem Sarg. Ich hätte ihn besser einfach angelächelt, ihn vielleicht sogar umarmt und ihm dafür danken sollen, mein Freund zu sein. Aber hey, *Männer* machen solchen Scheiß nicht. Deswegen stattdessen nur ein Schlag gegen den Arm und ein cooles gemurmeltes ›Bis später‹. Wir sind ein Haufen elender Heuchler. Ja, ich bin genauso schuldig wie ihr anderen – vielleicht sogar noch mehr –, aber ich hatte nie euer Potenzial. Ich war nicht sportlich, ich war kein harter Typ oder sah gut aus, und ich war auch nicht hochintelligent oder talentiert. Ich konnte bloß reden. Ich war immer ein guter Redner, deswegen kam ich so lange als Verkäufer zurecht. Eine Zeit lang war das eine gute Fassade ... aber die Wahrheit kommt immer raus, Leute. Keiner hält das ewig aus. Irgendwann spürt uns die Wahrheit auf und wir müssen aus dem Versteck kommen, ob wir es wollen oder nicht. Die Wirklichkeit ist ein Miststück, hm? Das kann einem schon Angst machen.

Fast so sehr, wie es Angst macht, ignoriert zu werden. Nicht dass ihr Jungs davon etwas verstehen würdet. Ihr habt euch euer Leben lang an den Rand des Abhangs geklammert, an dem ihr hängt, um nicht übersehen zu werden. Das war der Grund für deine ganze rebellische Art, Alan. Das war sogar einer der Gründe, weshalb du dich an jenem Tag eingemischt und mich vor den Berringer-Zwillingen beschützt hast. Selbst Prügel einzustecken war irgendwie besser als ignoriert zu werden. Ich aber hätte meine Eier dafür gegeben, einmal ignoriert zu werden. Verdammt noch mal in Ruhe gelassen zu werden von den Schlägertypen, die auf mich losgingen, oder den Mädchen, die mich für dies oder das ausgelacht haben. Aber ihr Jungs wart anders. Unser Leben mag einem Haufen Hundescheiße ähneln, aber bitte, lieber Gott, lass uns nicht ignoriert werden. Alles, nur nicht das.

Rick, genau deswegen ziehst du dich immer noch wie ein Jugendlicher aus der Highschool an, gehst ins Fitnessstudio und benimmst dich, als wärst du achtzehn und nicht achtunddreißig. Donald, genau deswegen knallst du dir die Birne zu, und Alan, deswegen bleibst du bei Toni und hältst das alles aus. Ohne die ganze Show würdet ihr nichts sein, und davor habt ihr Angst. Ich weiß das, denn ich habe es getan. Ich bin ein Nichts geworden. Ich bin gesprungen, nur um zu sehen, was dort unten in der Tiefe ist, und wisst ihr was, Genossen? Da *ist* etwas unten in der Dunkelheit.

Was ist mir sonst noch klar geworden? Die Dunkelheit ist gar nicht übel. Ich *mag* sie sogar.« Sein Atmen wurde jetzt etwas schwerer. »Dort gehöre ich hin, dort ist es sicherer für mich.«

Donald zog seine Zigaretten aus seiner Hemdtasche und steckte sich eine davon zwischen die Lippen, ohne sie anzuzünden. »Was labert er da?«

Ich zuckte die Achseln und starrte auf das Kassettendeck. Ich wartete darauf, dass Bernard weitermachte.

»Aber jeder Weg kommt an ein Ende. Jetzt habe ich es fast erreicht. Ich hab's versucht, habe mir eine Scheißmühe gegeben, aber alles war schon entschieden – vorherbestimmt, versteht ihr? Denkt ganz genau nach. Versucht euch zu erinnern, und es wird euch gelingen.«

Rick wandte sich vom Fenster ab und sah uns an. Sein Mund war fest verschlossen, der Kiefer bewegte sich, während seine Zähne gegeneinander mahlten.

»Fakt ist«, fuhr Bernard fort, »dass ich nicht der harmlose kleine Loser bin, für den ihr mich gehalten habt. Außerhalb unserer Gruppe hatte ich nie irgendwelche sozialen Kontakte. Mädchen haben mich nie beachtet, und wenn doch, dann nur, um mich auszulachen oder mir einen dieser Blicke zuzuwerfen, die ausdrückten, dass sie nie im Leben was mit mir zu tun haben wollten. Die Freundschaft und Verbindung mit euch Jungs reichte nur bis zu einem bestimmten Punkt ... Aber als ihr abgehauen seid und euer eigenes Ding durchgezogen habt, da ... na ja, da habe ich das auch getan. Ich habe aufgehört, vor der Wut wegzulaufen. Ich habe mich ihr gestellt, sie gepackt und benutzt.

Ein kurzes Geständnis: Ich war nie bei den Marines. Aber ich bin kurz nach dem Schulabschluss weggegangen, also ich meine, ich war beschäftigt. Ihr alle hattet euch um irgendeinen Kack zu kümmern, ich hatte nichts. Kein spannendes Leben, keine Pläne, keine Freundin, die ich später zum Traualtar führen durfte, nicht mal eine Gefängniszelle, in der ich hätte sitzen und mir die Zeit vertreiben können.«

»Wichser«, knurrte Rick.

»Der Lebenswandel meiner Mutter holte sie ein. Sie war nicht bei bester Gesundheit. Das ganze Saufen ruinierte ihren Körper, aber da sie ja noch einigermaßen jung war, wusste ich, dass ich sie wohl jahrelang pflegen musste. Deswegen habe ich ein paar Monate vor dem Schulabschluss alles vorbereitet. Ich entschied mich für die Marines, weil ich wusste, dass sich alle deswegen das Maul zerreißen würden. Wer hätte gedacht, dass der dürre kleine Bernard mit seinen Colaflaschen-dicken Brillengläsern ein Marine werden würde? Ich habe allen erzählt, dass ich zur Armee wollte, aber in Wirklichkeit habe ich jeden Cent gespart, den ich nach der Schule bei der Arbeit verdient habe. Ich erinnere mich an meine letzte Nacht in Potter's Cove. Der Schulabschluss war schon eine Weile her, und du, Rick, saßt bereits deine Strafe ab, schon seit ein paar Monaten. Aber Donny und Alan haben mich zum Abendessen im Brannigan's eingeladen. Wir aßen Steaks und Kartoffeln und tranken Bier. Verdammt, wir haben uns schlapp gelacht. Ein paar Stunden lang konnte ich das Leben fast ertragen. Es war ein toller Abschied, aber als ihr mich am nächsten Morgen zur Bushaltestelle gebracht habt, bin ich nicht zum Ausbildungslager gefahren.«

Ich sah, wie Donald den Kopf schüttelte, an seiner immer noch nicht angezündeten Zigarette zog und sich mit den Händen durch die Haare fuhr. »Das ist Wahnsinn!«

»Es war jedoch ein neuer Anfang. Ich ging weg, um etwas anzufangen, das ich endlich als mein Schicksal erkannt hatte.« Bernard schwieg eine Weile, aber die Kassette drehte sich weiter. »Wir alle haben die Wut in uns, aber nur wenige von uns kapieren, was wir damit anstellen sollen, wie wir sie lieben und pflegen können – wie ein treues Haustier. Ich bin nach New York gegangen, habe mir ein Zimmer gesucht und dort gelebt, bis mir das Geld ausging. Nicht mal ein Jahr später war ich zurück in Potter's Cove und erzählte euch, dass ich von einer Übungs-Plattform gefallen und mir das Knie ruiniert hätte. Also, ich habe mich zwar am Knie verletzt, aber nicht wegen einer Übungs-Plattform. Ich bin gestürzt, während ich jemanden verfolgt habe, wenn ihr's genau wissen wollt. Die Leute laufen wirklich schnell, wenn sie Angst haben. Wenn sie entsetzliche Angst haben.

New York war unglaublich. Ich hatte ja keine Ahnung, was für ein perfekte Umgebung es mir für den Anfang meiner Reise bot, aber nach ein paar Tagen war es offensichtlich. Ich betrachtete es als menschlichen Zoo, und ich war der Wärter. Hört zu, Folgendes ist mir unten in der Dunkelheit aufgegangen: Die Macht, die ich mein Leben lang nicht hatte, lag genau vor mir. Wenn du dich ein wenig entfernst und von der Herde trennst, verändert sich alles. In dem Moment wurde mir klar, dass ich alles tun konnte, was ich wollte. Und da veränderte sich die Welt um mich herum – von einem Zoo in ein Schlachthaus.«

Mir rutschte das Herz in die Hose. Ich sah kurz zu Rick, der mir einen finsteren *Hab-ich's-doch-gesagt*-Blick zurückwarf.

»Was soll der Scheiß bedeuten?«, fragte ich.

»Geht die vergangenen Jahre durch, Leute«, sprach Bernard weiter. »Denkt über die Dinge tief in euch nach, an die ihr euch nicht erinnern könnt oder wollt. Denkt daran, wie oft irgendetwas mit mir offenbar nicht richtig stimmte und euch vermutlich seltsam vorkam. Und dann erinnert euch daran, wie ihr reagiert habt, wie ihr das Ganze beiseite geschoben habt, so wie man ein fremdartiges Geräusch mitten in der Nacht ignoriert. Ist euch das schon mal passiert? Habt ihr schon einmal im Bett gelegen, um euch herum Dunkelheit, und plötzlich ist da ein seltsames Geräusch? Ihr wisst, dass ihr es nicht geträumt habt, ihr seid euch sicher, es gehört zu haben und dass es kein gewöhnlicher Laut war. Ihr wisst, dass das Geräusch nicht hierher gehört, dass es von irgendwoher eingedrungen ist, und obwohl ihr es nicht tun solltet, weil es ein Einbrecher oder weiß Gott was sein könnte, dreht ihr euch um und vergesst alles ... Aber habt ihr euch schon mal gefragt, was ihr ansonsten herausgefunden hättet?

Ich bin so müde«, sagte Bernard mit einem schweren Seufzen. »So müde, Jungs. Ich konnte mich bei der Arbeit nicht mehr konzentrieren, ich wusste, dass meine Mutter im Sterben lag. Ich wusste, dass es ohne sie mit meinen Leben nur noch abwärts geht. Die Hypothek konnten wir nur dank ihrer Ersparnisse und der monatlichen Erwerbsunfähigkeits-Schecks bezahlen. Ohne dieses Geld konnte ich das Haus trotz meiner Arbeit nicht halten. Ich wusste, dass ich es verliere. Ich hab's nicht mehr ausgehalten, ich ... Alles war sehr verwirrend. Ich konnte nicht mehr denken, ich konnte einfach nicht mehr klar denken, versteht ihr? Zu viele verdammte Stimmen auf einmal, und ...

Ich konnte meinen Beruf nicht ausführen, hab ihn verloren, und als Mom dann starb und sie sich das Haus geholt haben ... Herrgott, wie die Frau gelitten hat. Wozu? Wozu?«

Er schrie noch dreimal: »Wozu?«, so laut und aufgebracht, das seine Stimme verzerrt aus den großen Lautsprechern drang und unverständlich wurde. Mich durchfuhr es eiskalt. Bernard klang komplett und hoffnungslos irre.

»Gott hat mich verlassen.« Das Zittern in seiner Stimme verriet, dass er Tränen unterdrücken musste. »Als ich hier bei Sammy eingezogen bin, wusste ich, dass meine Zeit vorbei ist. Ich habe getan, was ich wollte, habe meine Spuren hinterlassen ... und ich habe keine Angst, jetzt nicht mehr. Stell dich deiner Angst, das sagen die Leute immer, und du wirst sie überwinden. Das stimmt. Das stimmt. Ich habe mich meiner Angst gestellt ... und dann *wurde* ich zu meiner Angst. Die Dinge, die man sieht, sind nicht zu glauben, aber sie sind echt.

Ich werde euch vermissen, Jungs«, sagte er einen Augenblick später. »Ich bin nicht derjenige, für den ihr mich gehalten habt – für *was* ihr mich gehalten habt, aber ich bin immer noch Bernard, immer noch ein treuer *Sultan,* immer noch einer von euch. Das werde ich immer sein. Wir werden immer zusammen sein, komme was wolle. Ich wollte, das hätte gereicht, aber fragt euch doch einmal – hat es euch gereicht? Ich wollte, ich hätte euch die Wahrheit über mich und was ich getan habe erzählen können, aber wenn ihr ehrlich seid und euch die Mühe macht, genau nachzudenken, dann werdet ihr begreifen, dass die Antworten ganz naheliegend sind und schon immer da waren.«

Donald stand mühsam auf. »Er ist verrückt.«

»Mir gefällt die Vorstellung, im Winter zu sterben«, unterbrach ihn Bernards Stimme. »Alles ist öde und kalt, und es ist die beste Zeit für mich, um abzutreten. Jetzt hat sich mein Schicksal erfüllt, und ich habe mein Möglichstes getan, um im Jenseits einen Platz zu bekommen, im Dunklen Reich, in das ich gehöre. Ich gehöre von Geburt an dorthin.

Wenn die Jahreszeiten wechseln und die Welt wärmer wird und von der Kälte des Winters auftaut, dann werdet ihr besser verstehen, was ich meine. Ihr werdet die Früchte meiner Arbeit aus erster Hand erleben. Verfaulte Früchte, aber dennoch Früchte. So wie man in früheren Zeiten eine Krankheit, die Dunkelheit, das Böse aus einer Person mit einem *Aderlass* vertrieben hat, so habe ich euch den Weg gezeigt, indem ich die Welt bluten lasse, das Blut in die beschissenen Straßen fließen lasse. Deswegen kann ich mir nicht den Puls aufschneiden, so sehr ich es auch möchte.« Jetzt klang Bernard leise und fröhlich: »Dort, wo ich hingehe, brauche ich es noch. Dort unter der Erde ... unter der Welt. Und genau wie hier, könnte es auch dort sein, dass ihr mir folgen müsst. Aber ich muss jetzt los. Es ist an der Zeit.«

Er sagte nichts weiter, aber wir konnten Bernard noch atmen hören. Schließlich sprach er noch einmal, aber dieses Mal fehlte ihm jegliche Emotion, er sprach monoton und wie ein Unbeteiligter – es hätte auch jemand anders sein können: »*Seid nüchtern und wachsam! Euer Widersacher, der Teufel, geht wie ein brüllender Löwe umher und sucht, wen er verschlingen kann.*«

Niemand rührte sich, bis das Band zu Ende gespult war und der Kassettenspieler laut klickte, was eine unheimliche Endgültigkeit an sich hatte. Wir saßen geschockt und sprachlos da, bis Rick die Kassette aus dem Fach nahm und sie mir wieder zuwarf. Ich fing sie auf und steckte sie zurück in den Umschlag, in dem sie verschickt worden war. Ich wollte sie nicht mehr anfassen.

»Tja, das hat Spaß gemacht«, sagte Donald. »Ob es die Rede auch auf CD gibt?«

Rick stampfte auf den Boden, die Hände an den Hüften. »Toll, mach nur Witze, du Arschloch.«

Ich räusperte mich und stand langsam auf. »Wir müssen das klären.«

Rick wirbelte herum und sah mich an. »Du weißt genauso gut wie ich, was er gesagt hat.«

Ich nickte. »Wir wissen auch, dass Bernard Probleme hatte.«

»Niemand, mit dem noch alles in Ordnung ist, erhängt sich«, fügte Donald schnell hinzu. »Außerdem kann man am Ende der Kassette hören, dass er eindeutig verwirrt ist.«

»Trotzdem muss er nicht gelogen haben.« Rick verzog eine Augenbraue. »Oder etwa doch?«

»Nein, nicht unbedingt.«

»Er hat gesagt, ohne es wirklich zu sagen, dass ...« Ich schüttelte ungläubig den Kopf und hoffte immer noch, dass nichts von dem, was geschah, real war. »Er hat behauptet, Leute getötet zu haben.«

»Danke, Hercule Poirot, was würden wir nur ohne Sie machen?« Donald verdrehte die Augen und nahm einen weiteren Pseudo-Zug von seiner Zigarette, die immer noch nicht brannte. »Mensch, wir reden über Bernard, meine Güte, *Bernard*. Er könnte keiner Fliege etwas zuleide tun. Er hatte ein paar Probleme, ja, das wussten wir ja alle. Er nahm es mit der Wahrheit manchmal nicht so ernst, aber er hat niemanden – das ist absurd ... Bernard war kein ...«

»Habt ihr den Scheiß am Ende der Kassette gehört?«, fragte Rick. »Das war ein Bibelzitat.«

Donald nickte: »Habe ich mir gedacht. Na und?«

»Die Sache gefällt mir nicht.« Rick sah zu mir herüber. In seinen Augen konnte ich erkennen, dass er Unterstützung suchte. »Alan, es ist nicht so, als ob sich Bernard hier irgendeine Geschichte ausgedacht hätte. Vergiss nicht, dass dies die Botschaft von jemandem ist, der sich umgebracht hat. Kein passender Zeitpunkt für Hirngespinste, oder?«

Ich musste Rick recht geben. Das Ende war der Zeitpunkt, an dem es um die Wahrheit ging, um Bekenntnisse und hoffentlich Erlösung. Weitere Täuschungsversuche passten nicht zu dieser Gelegenheit. Aber wenn Bernard verrückt gewesen ist, hätte er dann den Unterschied gekannt?

»Er sagte, dass wir alles verstehen würden, wenn die Jahreszeiten wechseln«, entgegnete ich schließlich.

»Bis zum Frühling dauert es noch ein paar Wochen«, murmelte Donald.

»Vielleicht ist das die Erklärung für unsere Albträume.«

Donald schaute mich an und konnte die Angst in seinem Gesicht nicht verbergen. »Die ... Albträume.«

Rick, der neben dem Fenster auf- und abging, blieb plötzlich stehen. Sein Mund stand offen, und die Augen waren weit aufgerissen. »Was für Albträume?«

Donald und ich warfen uns einen Blick zu, dann sagte ich: »Wir haben etwas Ähnliches geträumt. Darin hat Bernard, nun, er hat ...«

»... sich verabschiedet«, beendete Rick den Satz, bevor ich es konnte. »Bei ihm sind Leute oder so etwas *wie* Leute.«

»Mein Gott.« Donalds Hände zitterten so stark, dass er die Zigarette zwischen seinen Fingern in zwei Hälften zerbrach. »Das kann unmöglich der Fall sein, wir bilden uns das ein.«

Rick kam näher. »Jetzt ist dir das Lachen vergangen, was?« Er sah mich an. Als ich seine Frage mit einem kurzen Nicken bejahte, verblasste auch die letzte Farbe in seinem Gesicht. »Und wisst ihr, wozu die Leute in dem Traum da sind?«

Wieder nickte ich. Tief in mir fühlte ich mich leblos. »Um ihn mitzunehmen ...«

»In die Hölle.«

Wir drehten uns gleichzeitig zu Donald um. Er zitterte heftig und versuchte immer noch, seine Hände damit zu beschäftigen, den zerfransten Zigarettenfilter zu halten. »Warum sollten sie das tun wollen?«, fragte er mit einem lauten Flüstern. »Warum sollten sie Bernard in die Hölle mitnehmen wollen?«

»Weil er nicht gelogen hat«, antwortete Rick. »Weil alles, was er auf der Kassette gesagt hat, wahr ist, und wenn der Frühling kommt, werden wir es verstehen.«

»Vielleicht sollten wir die Kassette der Polizei geben«, schlug Donald vor.

Rick schnaufte. »Und was sollen wir denen erzählen? Hallo, wir glauben, dass unser Freund – ihr wisst schon, der sich gerade im Keller seines Cousins das Licht ausgeknipst hat – ein paar Menschen umgebracht hat. Hier, hört euch die Kassette an, er klingt völlig gestört und sagt auch nichts Genaues, aber wir dachten uns, dass wir euch das Band geben sollten.«

»Warum denn nicht?«

»Weil wir dann selber wie Bekloppte aussehen.« Rick ging wieder auf und ab. »Außerdem, was ist, falls der Scheiß stimmt? Wenn Bernard *echt* was getan hat? Ich will damit nichts zu tun haben. Ich will nicht, dass die Bullen in meinem Leben rumschnüffeln, bloß weil wir Freunde waren. Wer weiß, was für einen Scheißärger wir uns einhandeln, falls wir uns einmischen?«

Donald schien einen Augenblick über das nachzudenken, was Rick gesagt hatte, und wandte seine Aufmerksamkeit anschließend mir zu. »Alan, was meinst du?«

»Im Moment wissen wir nicht, was die Kassette zu bedeuten hat. Es könnte ein Geständnis sein, Morde begangen zu haben, aber es könnte auch das wahnhafte Gestammel eines geisteskranken Mannes sein, der nicht mehr weiterweiß und sich in ein paar Stunden umbringen wird. In beiden Fällen finde ich, dass wir die Kassette erst einmal für uns behalten sollten.«

»Sehe ich auch so«, sagte Rick. »Klarer Fall.«

»Und falls etwas passieren sollte«, fuhr ich fort, »und wir in den kommenden Monaten feststellen, dass an der Sache etwas dran ist, können wir immer noch entscheiden, was wir tun. Ich finde bloß, dass es etwas übereilt wäre, jetzt zu den Bullen zu gehen. Abgesehen davon bin ich mir gar nicht sicher, mit was wir es hier zu tun haben. Ich bin mir nicht sicher, ob die Bullen uns weiterhelfen könnten.«

»Ich behalte die Kassette«, sagte Rick, »und bewahre sie an einem sicheren Ort auf.«

Donalds Bemühungen, die Kontrolle über sich zurückzuerlangen, waren erfolgreich – zumindest momentan. Er wirkte ausgeglichener, weniger erschüttert. »Zugegeben, das mit unseren Träumen ist seltsam«, sagte er. »Die Tatsache, dass sie sich so sehr ähneln und eine tiefere Bedeutung zu haben scheinen, ist ziemlich unheimlich, und zusammen mit den Dingen, die Bernard auf der Kassette gesagt hat, ist das alles sehr beängstigend. Wir dürfen uns jetzt nicht verrückt machen. Wir müssen vernünftig bleiben und die Angelegenheit logisch und nüchtern angehen.«

»Mach, was du willst«, sagte Rick. »Aber ich werde meine Augen offen halten. Irgendwas stimmt hier ganz und gar nicht – merkt euch meine Worte! Ich wette, dahinter steckt noch viel mehr.«

Ich sah auf meine Uhr. »Ich muss los, ich arbeite heute Nacht.« Ich bewegte mich auf die Tür zu, zögerte dann und sah zu meinen Freunden zurück.

»Und der Scheiß, den Bernard über Toni gesagt hat, stimmt nicht. Er war immer neidisch auf das, was wir haben. Wenn ich es noch mal tun müsste, würde ich sie auf der Stelle wieder heiraten. Sie ist das Beste, was mir jemals passiert ist.«

Donald zog eine Grimasse. »Du musst nicht ...«

»Das *Beste*, was mir jemals passiert ist.«

Rick stand nun wieder vor dem Fenster. »Die Schneedecke steigt immer weiter«, sagte er geistesabwesend. »Der Winter schlägt noch ein letztes Mal zu. So schnell verschwindet der Mistkerl nicht.«

Das tun nur wenige Dinge.

Kapitel 6

Das Autohaus nahm eine weite Fläche zwischen einem großen Laden für Auto-Ersatzteile und einem chinesischen Restaurant in Beschlag, am Ende eines Boulevards, der weniger als eine Meile vom State Highway entfernt verlief, in der Nähe des Meeres. Gegenüber erhob sich eine schon vor langer Zeit aufgegebene, langsam zerfallende Fabrik. Meine Schicht war zwischen elf Uhr nachts und sieben Uhr morgens, bis der Chef auftauchte und den Laden aufschloss. Ungefähr jede Stunde sollte ich mich einmal kurz auf dem Gelände umschauen, aber größtenteils würde ich die Schicht am Schreibtisch eines Verkäufers am Vorderfenster verbringen, durch das ich trotz gelegentlicher Schneeböen den Parkplatz mit den Autos und auch die dahinterliegende Straße problemlos überblicken konnte. Der Auftrag erforderte keine Bewaffnung, was gut war, denn ich habe mich nie wohl gefühlt, wenn ich für mein Gehalt eine Waffe umschnallen musste. Ich hatte einen Schlagstock und ein kleines, firmeneigenes Funkgerät dabei. Meistens vertrieb ich mir die Zeit während einer Schicht entweder, indem ich ein Taschenbuch las oder dem tragbaren Radio lauschte, das ich immer mitnahm. Sollte irgendetwas passieren, lautete meine Aufgabe nur, die Polizei zu rufen, damit sie sich um die Angelegenheit kümmern konnte. Ich war ein Babysitter mit Kostüm. Ich war so angezogen, als wäre ich mehr als nur das, als wäre ich irgendjemand Offizielles vom Staat, der einen Haufen Gebrauchtwagen im Auge behielt, die ohnehin niemand stehlen wollte.

Die verlassene Fabrik war nur eine von vielen, die die Stadt verunstalteten – sie verwiesen auf ein Zeitalter, als sie noch von der Textilindustrie gelebt hatte. In Potter's Cove war es nicht anders. Die Fabrik ragte hinter den Schatten des Parkplatzes jenseits der Straße auf. Hinter dem riesigen, zerfallenen Gebäude verschwand der größte Teil des Mondes, und der Rest wurde von umhersausenden Schneewirbeln verdeckt.

Weil ich wusste, dass mein Vorgesetzter nicht auftauchte, hatte ich mir ein Sixpack mitgebracht. Das Bier entspannte mich, und ich hoffte, dass es mir dabei helfen würde, alles zu vergessen, was geschehen war und so einiges von dem, was Bernard auf der Kassette gesagt hatte. Doch selbst der Alkohol schaffte es nicht, den pausenlosen Gedankenstrom zu vertreiben, der in meinem Kopf pulsierte, denn wir hatten nicht nur allesamt den Albtraum durchgemacht, sondern auch die Kassette. Jetzt ging es darum, sie zu entschlüsseln, aber die potenzielle Gefahr dabei war anders als alles, was wir bis dahin erlebt hatten. Im Gegensatz zu einem Traum oder vagen Gefühl war dies hier mehr als echt, es war etwas Konkretes. Aber waren die Dinge, die Bernard auf der Kassette angedeutet hatte, bloß ein paar weitere seiner Geschichten und noch mehr Schauspielerei oder hatte er da unten in dem Keller die Wahrheit gesagt?

Geht die vergangenen Jahre durch, Leute. Denkt über die Dinge tief in euch nach, an die ihr euch nicht erinnern könnt oder wollt. Denkt daran, wie oft irgendetwas mit mir offenbar nicht stimmte und euch vermutlich seltsam vorkam.

Ich zog ein Bier aus der kleinen Kühlbox in meiner Sporttasche, die ich bei jedem Auftrag mitbrachte, öffnete eine Flasche und nahm einen Schluck.

Ich wollte, ich hätte euch die Wahrheit über mich und was ich getan habe, erzählen können, aber wenn ihr ehrlich seid und euch die Mühe macht, genau nachzudenken, dann werdet ihr begreifen, dass die Antworten ganz naheliegend sind und schon immer da waren.

Dann stiegen Bilder von Toni in mir auf. Als ich zur Arbeit aufgebrochen war, hatte sie geschlafen, hatte warm und zusammengerollt im Bett gelegen. Immer, wenn sie schlief, sah sie so schön und friedlich aus, als belaste sie keine einzige Sorge. Auch dieses Mal war es nicht anders gewesen. Als ich von Rick zurückgekommen war, erzählte ich ihr von der Kassette, ließ aber die meisten Einzelheiten aus und ging nicht weiter auf seine Geständnisse ein. Toni tat es als typisches Bernard-Verhalten ab – typisch für ihn bis zum Schluss seines Lebens – und war stattdessen besorgt, wie es mir ging. Wir kuschelten im Sessel und guckten fern, bis sie ins Bett ging. Dann saß ich neben ihr und strich ihr mit den Fingern durchs Haar, so wie sie es mochte, bis sie langsam eingeschlafen war. Während ich am Rand des Betts saß, fragte ich mich, ob vielleicht Teile von dem, was Bernard gesagt hatte, wahr sein könnten.

Jetzt begreift sie bestimmt, dass sie ihr Leben mit jemand anderem hätte verbringen sollen.

Vielleicht war unser Sex deswegen schon seit Ewigkeiten nicht mehr derselbe. Vielleicht liebte sie mich, aber sie war schon seit Jahren nicht mehr in mich *ver*liebt. Vielleicht hatte sie Angst, schwanger zu werden, und die Vorstellung, ein Kind in eine Ehe wie die unsere einzubringen, war sogar für sie nicht auszuhalten. Vielleicht gab es einen anderen Typen. Vielleicht war das alles. Vielleicht auch nicht. Vielleicht liebten wir uns über alles und hatten ganz einfach ein paar Probleme, so wie jedes andere Paar auch. Solange wir wussten, dass der andere immer für einen da sein würde, war es vielleicht egal.

Ich leerte das Bier und schmiss die ausgetrunkene Flasche in die Sporttasche.

Geht die vergangenen Jahre durch, Leute.

Was aber bestimmte Episoden vor unserer Teenagerzeit anging, die wichtig oder besonders bedeutsam sein könnten, so waren meine Erinnerungen bestenfalls vage. Das Leben in Potter's Cove war recht unspektakulär, es veränderte sich nie viel. Damals hatte es noch eine Unterscheidung zwischen Kleidern für die Schule und zum Spielen gegeben, es war eine Zeit vor

Videorekordern, Videospielen, Kabelfernsehen, PCs, dem Internet und E-Mails, Handys, Piepern und Mikrowellen, eine Zeit, als der technologische Höhepunkt aus (kabellosen) Taschenrechnern bestand. Es war eine Zeit, als Kinder ihre Zeit größtenteils damit verbrachten, draußen zu spielen und sich nur selten ansahen, was die sieben Fernsehkanäle (neun oder zehn, wenn man UHF mitzählte und die entsprechende Antenne besaß) zu bieten hatten, und sie umfasste die Jahre, in denen zum letzten Mal eine Generation in einer Welt aufwuchs, die noch nicht so abgestumpft und technologiebesessen war. Es war auf jeden Fall der Anfang vom Ende eines unschuldigen Zeitalters.

Im Sommer des Jahres 1975 durchlebten wir alle den schwierigen Übergang zum Teenageralter. Mit dreizehn wurden wir nicht mehr als Kinder im engeren Sinne betrachtet, waren aber noch weit vom Erwachsensein entfernt und blieben vorerst und für ein paar weitere Jahre an diesem unbestimmbaren Punkt in der Mitte gefangen.

Im Jahr zuvor war Präsident Nixon zurückgetreten, Patty Hearst war entführt worden. Im Januar waren im Fernsehen scheinbar dauernd Männer bei Anhörungen zu sehen – John N. Mitchell, H. R. Haldeman und John D. Erlichman. Sie wurden im Rahmen der Watergate-Affäre der Vertuschung für schuldig befunden und zu Gefängnisstrafen von dreißig Monaten bis acht Jahren verurteilt. Im April endete nach zu langer Zeit der Vietnamkrieg, als sich Saigon ergab und die letzten Amerikaner evakuiert wurden.

Zwischen Vietnam und Watergate hatte sich etwas verändert – sogar mit dreizehn war das zu spüren. Beide Ereignisse hatten uns als Amerikaner irgendwie Schaden zugefügt, und nichts fühlte sich mehr so an wie zuvor. Die Leute hatten angefangen, die Welt anders zu sehen, misstrauischer und zynischer. Es war passiert, und wie auch immer man die Ereignisse bewerten mochte, das Land würde nie mehr dasselbe sein.

Aber in diesem Sommer gab es für die meisten Dreizehnjährigen wichtigere Dinge. Die Red Sox waren in Topform (und schafften es in die World Series, wo sie dann gegen Cincinnati in einem herzzerreißenden siebten Spiel verloren). Bernards

Mutter hatte uns zu den Filmen *One Flew Over the Cukoo's Nest* und *Dog Day Afternoon* mitgenommen, in die man erst mit siebzehn durfte, aber als *Jaws* ins Kino kam, war das der coolste und gruseligste Film, den wir je hatten sehen dürfen. Sogar in Potter's Cove und ganz Cape Cod, wohin im Sommer immer viele Strandurlauber kamen, gingen enorm viele Leute nicht ins Wasser, hielten dauernd nach Killerhaien Ausschau und glaubten, hinter jeder Welle eine Flosse zu sehen.

Später im selben Jahr überlebte Präsident Ford zwei Anschläge innerhalb von weniger als siebzehn Tagen und verlor dann 1976 die Wahl gegen Jimmy Carter.

Aber im Sommer zuvor, dem Sommer 1975, gab es das erste Ereignis, an das ich mich wirklich erinnern kann, bei dem sich zeigte, dass mit Bernard etwas nicht ganz stimmte.

Aus unserer Gruppe hatte Bernard die jüngste Mutter, und obwohl unsere Eltern sich kannten, hatten sie keinen Umgang miteinander oder hätten als Freunde bezeichnet werden können. Bernards Mutter war die Einzige, die nicht arbeitete. Sie hatte sich am Rücken verletzt und bekam eine Erwerbsunfähigkeitsrente vom Staat, obwohl sie uns immer gesund vorkam. Sie trank eine Menge und verließ das Haus tagsüber nur selten. Trotz ihrer Probleme war sie eine attraktive Frau, und wir hielten sie für eine »coole« Mutter. Fast jedes Wochenende übernachtete Bernard bei einem von uns, da seine Mutter zahlreiche Männer zu sich »einlud«, die sie in den Kneipen der Stadt kennenlernte, in die sie ging. Dann wollte sie mit ihren Verehrern alleine sein. Alle wussten davon, doch niemand sprach jemals darüber, da Bernard kein Problem damit zu haben schien und sich nur schämte oder aufregte, wenn jemand, der nicht zu unserer Gruppe gehörte, eine Bemerkung machte.

Natürlich wurde sie aufgrund ihres Aussehens und Verhaltens (zu dem im Sommer auch Sonnenbaden im Garten gehörte, wobei sie nur einen Bikini trug) schnell zum Zentrum unserer hormonüberströmten pubertären Lust, aber wir sagten nichts, sobald Bernard in der Nähe war. Trotzdem wusste er, dass wir auf seine Mutter scharf waren, aber er war zu sehr mit sämtlichen anderen weiblichen Einwohnern der Stadt beschäftigt, als dass es ihn gekümmert hätte. Bei uns allen war das Interesse an Frauen noch recht frisch, und Rick war der Einzige, der schon Sex gehabt hatte. Er verlor seine Jungfräulichkeit nur wenige Wochen nach seinem dreizehnten Geburtstag an eine fünfzehnjährige Cheerleaderin aus der Highschool. Für den Rest von uns war es unvorstellbar, auch nur mit den Mädchen zu reden.

Tommy hatte eine erwachsenere Haltung als wir anderen und hielt sich eher etwas zurück. Wie jeder gute Anführer teilte er unseren Wahn nicht so ganz. Aber wir wussten, dass er leicht ein Mädchen hätte finden können, um »es zu machen«, wenn er gewollt hätte. Es war geradezu unfair, wie gut er aussah, und doch schien er dies nie auszunutzen, als sei er sich dessen gar nicht bewusst. Donald tat zu diesem Zeitpunkt immer noch so (vor allem unseretwegen), als ob er an Mädchen interessiert sei. Bernard und ich bildeten das sprichwörtliche Schlusslicht und dachten den größten Teil des Tages an Mädchen, aber meist, ohne auch nur in ihre Nähe zu kommen.

Im darauf folgenden September wechselten wir auf die Highschool, und innerhalb weniger Monate hatte ich mir meine Masche als Rebell in Lederjacke zugelegt und auch meine erste echte Freundin. Aber in diesem Sommer war ich immer noch ein schlaksiger und unbeholfener Junge mit einer Ganztags-Erektion – *ein Ständer mit Füßen,* wie mich mein älterer Bruder Kenny nannte. Er war fünf Jahre älter als ich. Damit war er alt genug, um zu verstehen, was unserem Vater zugestoßen war, und um ihn zu vermissen. Er war deswegen am Boden zerstört. Als ich auf die Highschool kam, hatte er schon seinen Abschluss und war zur Navy gegangen. Die Rolle des großen Bruders schien ihm immer unangenehm gewesen zu sein, und erst recht die eines Ersatzvaters. Deswegen blieb er auf Distanz, und obwohl ich nie den Eindruck hatte, als tue er das absichtlich oder aus Boshaftigkeit, sah ich ihn so selten, dass ich ihn vermisste und kam mir oft wie ein Einzelkind vor. Er zog am Ende jenes Sommers 1975 zu Hause aus, trat der Navy bei und bereute es niemals. Seitdem bestanden meine Erinnerungen an meinen Bruder hauptsächlich aus Postkarten, die er von überall auf der Welt schickte, und den ein, zwei Malen im Jahr, wenn ich ihn tatsächlich sah. Dann verschlug es ihn für ein oder zwei Tage in die Stadt, woraufhin er direkt wieder auf ein Schiff musste, unterwegs zu einem weit entfernten Standort.

In diesem Sommer war eine Menge passiert – vieles veränderte sich, ich hatte zahllose Erinnerungen daran. Aber in dieser Nacht, als ich im fahlen Licht der nächtlichen Sicherheitslampen in dem eintönigen Verkaufsraum des Gebrauchtwagenhändlers saß, Bier schlürfte und an die Vergangenheit dachte, konzentrierte ich mich auf einen speziellen Nachmittag.

Wir liefen zielstrebig durch den Wald, folgten dem Weg mit schnellen Schritten, bis wir nach fast fünfzig Metern eine Steigung und anschließend eine große Lichtung erreichten. Auf einer runden Zementplattform befand sich eine alte, aus Steinen errichtete Feuerstelle, die etwa viereinhalb Meter hoch reichte und wie ein Kamin gebaut war. Vor vielen Jahren war dieser Teil des Waldes – der sich in staatlichem Besitz befand – noch ein beliebter Campingplatz gewesen. Deswegen hatte man mitten in der Natur diese Feuerstelle errichtet, denn jeden Sommer ließen sich Horden von Campern in der Gegend nieder, und nur so konnten ihre Feuer unter Kontrolle gehalten werden. Aber aufgrund der zunehmenden Zahl an Wohnblöcken, die in der Umgebung gebaut wurden, und des moderneren Campingplatzes, der wenige Jahre zuvor am anderen Ende der Stadt entstanden war, geriet die Stelle im Wald völlig in Vergessenheit. Zwar standen hier immer weniger Bäume und die neuen Wohnhäuser rückten langsam näher, aber für uns hatte sie den Reiz, dass sie immer noch ziemlich abgeschieden war und man sie dennoch schnell erreichen konnte. Von der Stadtmitte aus dauerte es weniger als fünf Minuten.

Sobald wir an der Feuerstelle angekommen waren, blieb ich stehen, suchte die Umgebung nach möglichen Augenzeugen ab und nickte Bernard dann zu, dass die Luft rein war.

Er kniete sich vor die Feuerstelle, entfernte mehrere der runden Steine, mit denen die Vorderseite verschlossen war, und griff so weit mit dem Arm nach oben, dass er bis zum Ellenbogen darin verschwand. Als er wieder zum Vorschein kam, hielt

Bernard ein Magazin in der Hand, das in Plastik eingepackt war. Mein Herz machte einen Sprung – es stimmte also! Bernard hatte es sich nicht bloß ausgedacht.

»Ach du heilige Scheiße«, murmelte ich, »das ist es also?«

Bernard kroch von der Feuerstelle weg und machte es sich auf einem Bett aus Tannennadeln bequem. Er blinzelte hektisch hinter seinen dicken Brillengläsern. »Zieh dir das rein!«

Ich setzte mich neben ihn. Die Ränder der Plastiktüte waren mit Kondenswasser und Schmutz verschmiert. »Wie lange liegt es schon da?«

»Paar Tage.« Bernard legte die Plastiktüte in seinen Schoß und öffnete sie so vorsichtig, als hielte er kostbares Porzellan in den Händen. »Ich wollte das Risiko nicht eingehen, es zu Hause zu verstecken. Wenn meine Mutter das Ding findet, rastet sie aus.«

Bernard hatte behauptet, in den Besitz eines gewissen Heftes gekommen zu sein, das im Vergleich zu dem *Playboy* wie ein Comic aussehe. Er hatte nur mir von diesem Magazin erzählt – zumindest stellte er es so dar, doch man konnte Bernard niemals ganz trauen. Seine Lügen waren nie boshaft, aber doch im Überfluss vorhanden, und selbst enge Freunde wie ich konnten manchmal nicht sagen, ob er gerade log oder zumindest nicht die volle Wahrheit sagte. Heute Morgen war ich sehr misstrauisch gewesen, als er es zum ersten Mal erwähnt hatte – ein Magazin, so heftig, dass er es nicht zu Hause aufbewahren und niemandem außer seinen engsten Freunden etwas davon verraten konnte, so schlimm sei es. Die ganze Sache roch schwer nach einer Bernard-Story. Aber hier saßen wir nun.

Ich sah mich um und wurde mir plötzlich bewusst, wie ruhig der Wald war, abgesehen von dem gelegentlichen Schnattern eines Vogels oder dem Echo eines Autos im Wind, das auf dem nahe gelegenen Highway vorbeiraste.

»Also, wir müssen vorsichtig damit umgehen, denn es ist nicht im allerbesten Zustand.« Behutsam zog Bernard ein allem Anschein nach sehr altes Magazin aus der Plastikhülle. Auf dem Umschlag war ein Schwarz-Weiß-Foto einer blonden Frau, die an einen Stuhl gefesselt war. Sie trug einen BH, Schlüpfer, Strapshalter, Kniestrümpfe und Stöckelschuhe, dazu noch eine

Art Ledergeschirr wie für Pferde, das ihr um den Mund gespannt war. Auf den ersten Blick sah sie aus wie eines der üblichen Models auf einer der Illustrierten oder den Heften mit »Verbrechen, wie sie wirklich geschahen«, die wir bereits öfters in die Hände bekommen hatten. Darin fanden sich spärlich bekleidete Frauen und Überschriften wie *Sexbesessener mit Messer foltert üppige Blondine!* (oder etwas ähnlich Reißerisches), aber dennoch kam mir dieses Foto auf Anhieb anders vor. Der Ausdruck in den Augen der Frau sah nicht gestellt aus wie bei den Models, die ich zuvor gesehen hatte. Sie sah aus, als würde sie sich wirklich fürchten. Mein Blick wanderte zu den Worten, die in fetten Buchstaben über ihrem Bild standen: WILLIGE SCHLAMPEN. Der Umschlag des Heftes war an mehreren Stellen eingerissen, aufgrund seines Alters verblasst und voller Eselsohren, und ich konnte nirgendwo einen Preis entdecken. Es sah amateurhaft aus, nicht so professionell und hochglanzartig wie die meisten Magazine, die ich in Supermärkten oder an Kiosken gesehen hatte.

»Du wirst nicht glauben, was du da drin siehst«, lachte Bernard und klang mehr tückisch als fröhlich. »Es stammt wohl aus den 60ern, und es ist *illegal*.«

»Woher hast du es?«

»Chuckie DiNunzio.«

»Hätte ich mir denken können.«

»Ich wollte ein *Penthouse* oder so kaufen, aber ich fragte ihn, ob er auch anderes Zeug hat, du weißt schon, besseres Zeug. Wo die Mädels auch was machen anstatt nur rumzuliegen. Porno.«

»Ich weiß, wie das heißt, du Penner!«

Bernard grinste breit. »Jedenfalls sagte Chuckie, dass er Untergrund-Zeugs hätte, das früher seinem Vater gehörte. Er sagte, dass ein großer Stapel davon bei ihm im Keller unter einem Haufen Müll begraben liegt, also hat er mich dorthin mitgenommen und mich die Hefte durchsehen lassen. Mann, ich hatte einen Riesenschiss, weil ich glaubte, dass Chuckies Vater auftauchen könnte, aber Chuckie meinte, dass die Magazine dort schon so lange lägen, wahrscheinlich erinnerte sich sein Vater gar nicht mehr daran. Jedenfalls hab ich sie mir ganz schnell angeschaut und das hier mitgenommen. Ich wusste selber nicht, was da drin ist, bis ich mich hinsetzen und es mir reinziehen konnte, und dann – *ooh, Baby!*«

Ich gab ihm einen leichten Stoß mit dem Ellenbogen und lachte. »Du bist so was von peinlich, Bernard, echt!«

Auch er lachte, wurde aber schnell wieder ernst. »Hey, Chuckie meinte, dass du richtig Ärger bekommst, wenn sie dich mit so einem Heft erwischen.«

Ich winkte ab: »Chuckie DiNunzio ist ein Schwachkopf.«

»Es war auch teurer als die anderen«, sagte Bernard, als hätte er mich nicht gehört. »Zwanzig Dollar.«

»*Zwanzig Dollar?* Wo hast du so viel Kohle her?«

»Hab sie meiner Mutter aus dem Portemonnaie geklaut.«

»Sie wird es merken, wenn ihr so viel Geld fehlt, du verdammter Idiot.«

»Sie hat mich schon gefragt, ob ich das Geld genommen hab«, erwiderte Bernard mit einem Lächeln im Gesicht. »Ich meinte einfach: Nein, und sie hat's mir geglaubt.«

Ich schüttelte den Kopf. »Du spinnst, Alter.«

»Hey, sag niemandem was von dem Magazin, ja? Wenn Chuckie mitbekommt, dass ich jemandem verrate, woher das Magazin kommt, werden er und DJ mich umbringen. Das hat er gesagt.«

Chuckie DiNunzio war ein Junge, der in einem besetzten Haus wohnte, eine Wayfarer-Sonnenbrille trug und seine Haare glatt zurückgegelt hatte. Er trug immer einen dünnen Schlips und gerade Levis-Cordhosen und war in der Nachbarschaft eine Legende. Seine Familie bestand aus Verbrechern, und er selber würde wohl nicht anders enden. Er war ein Jahr älter als wir und betrieb, soweit wir uns zurückerinnern konnten, einen kleinen örtlichen Schwarzmarkt. Egal, was man brauchte – Chuckie hatte es entweder, oder er konnte es beschaffen. Wenn er nichts da hatte, kümmerte sich sein bester Freund und Kollege DJ Jablonksi darum, das zu ändern. DJ war leicht zurückgeblieben, aber körperlich war er ein Gigant. Er war der einzige Sechzehnjährige, der noch zur Highschool ging, und stellte Chuckie die Muskelkraft zur Verfügung, die er brauchte, wenn ein Geschäft schiefging oder »Kunden« eine bestimmte Grenze überschritten.

Chuckie handelte hauptsächlich mit Zigaretten, *Playboy* und *Penthouse,* Bier, Jagd- und Taschenmessern – und, sobald wir auf der Highschool waren, sogar Konzertkarten. Wer etwas wollte, es aber nirgends bekam, ging in diesem Fall zu Chuckie DiNunzio.

Das hier war aber selbst für Chuckies Verhältnisse ziemlich extrem.

»Ich sag niemandem ein Sterbenswörtchen«, murmelte ich.

Vorsichtig schlug Bernard das Heft auf und präsentierte ein paar Bilder, die in Kästchen aufgeteilt quer über die Seite verliefen. Sie waren allesamt schwarz-weiß und bildeten eine Sequenz, die das Foto auf dem Umschlag fortsetzte. Dieselbe Frau war immer noch an den Stuhl gefesselt, alle Fotos waren Nahaufnahmen. Der Hintergrund blieb dunkel und ohne Tiefe, als wären die Fotos vor einem schwarzen Tuch gemacht worden, das von der Decke auf den Boden hing. Meine Augen bewegten sich langsam und nahmen die Fotos, die immer schlimmer wurden, nacheinander wahr. Ein fetter Mann mit freiem Oberkörper und einer Ledermaske war zu der Frau gekommen. Er stand neben einem Tisch, auf dem mehrere seltsame Geräte und Folterinstrumente verteilt waren. Die erste Bildabfolge bestand darin, dass sich der Mann bedrohlich über die Frau lehnte. In der anschließenden Sequenz hielt er ihr Kinn in die Höhe und schlug ihr wiederholt ins Gesicht.

»Das ist voll krank«, sagte ich. Das Magazin wirkte sich genau gegenteilig als erwartet bei mir aus. Eine nackte Frau war schön und toll, aber das hier war dunkel und abartig und nicht im Geringsten erotisch.

»Ach, warte«, sagte Bernard atemlos.

Er blätterte um, und obwohl mir irgendetwas davon abriet, sah ich dennoch hin.

Der Mann hatte den BH der Frau aufgeschnitten und auf den Boden fallen lassen. Auf den restlichen Bildern der Seite berührte er sie, während sie schrie und versuchte, ihm auszuweichen. Das letzte Foto zeigte den Mann, wie er neben dem Tisch stand, in einer Hand ein seltsames Gerät aus Metall, aus dem ein langer und dünner Gummischlauch hing. Mit dem

Finger der anderen Hand zeigte er tadelnd auf die immer noch gefesselte, entsetzte Frau.

»Was zum Teufel soll das?« Ich schluckte so hart, dass es wehtat.

Bernard sah mich an und lächelte. Seine schmale Brust hob und senkte sich schneller als zuvor. Auf seiner Brille spiegelte sich ein heller Sonnenstrahl. »Weißt du, was ein Einlauf ist?«

Das wusste ich, aber ich brauchte ein paar Sekunden, um mich an das genaue Vorgehen zu erinnern. »Um Himmels willen«, sagte ich, »das wird er doch wohl nicht tun?«

Bernard nickte eifrig, sein Gesicht war gerötet – aber nicht von der Sonne. Er blätterte um.

»Anfangs sieht sie so aus, als hätte sie Angst«, sagte er und wandte seine Aufmerksamkeit langsam wieder dem Magazin zu. »Aber sobald es anfängt, gefällt es ihr, siehst du?«

»Oh Mann, das ist total eklig!« Ich befürchtete, mich übergeben zu müssen, richtete mich mühsam auf und wischte mir die Tannennadeln von der Hose. »Warum zum Teufel sollte ich mir so was ansehen wollen?«

»Es gefällt ihr«, sagte er noch einmal. »Guck, auf der letzten Seite befreit er sie von dem Stuhl, und sie ...«

»Du bist völlig geisteskrank!«, sagte ich und zwang mich zu einem gleichgültigen Lachen.

Sein Gesichtsausdruck veränderte sich und er zuckte kaum merklich mit den Schultern. »Aber immerhin hübsche Titten, was?«

Ich nickte. »Schätze schon, ja.«

»Schätze?«

»Kacke, Mann, die ist wahrscheinlich älter als meine Oma!«

Bernard schlug das Heft zu und schob es in die Plastiktüte zurück. »Meinst du, dass Julie Hendersons Titten genauso hübsch sind?«

»Sie sind nicht so groß wie die da«, sagte ich und war erleichtert, dass er das Heft wegpackte. »Aber viel hübscher, keine Frage.«

Julie Henderson war neunzehn und wunderschön. Sie war die ältere Schwester von Brian Henderson, einem unserer Klassenkameraden. Alles, was lebendig und männlich war, gierte nach ihr, und wir waren keine Ausnahme. Erschwerend kam hinzu, dass Julie fast jeden Tag am späten Nachmittag durch die Stadt joggte und dabei nur sehr kurze Hosen und ein knappes Top trug. Deswegen kam es durchaus vor, dass wir bei einer solchen Gelegenheit unsere jeweilige Tätigkeit unterbrachen und sicherstellten, dass wir auf der Straße standen, wenn sie vorbeilief. Dieses unspektakuläre Ereignis, das meist gerade einmal fünfzehn Sekunden dauerte, setzte dann zahllose Diskussionen über alles in Gang, was Julie betraf. Das meiste davon war natürlich die Sorte Gespräch, das Jungs in der Umkleidekabine führen, und ließ die Glut unserer sexuellen Fantasien nur noch stärker lodern.

Bernard kroch um die Feuerstelle und verstaute die Plastiktüte tief im Inneren, bevor er die losen Steine wieder an ihren Platz legte. Er stand auf und sprang neben mir auf den Boden. »Du weißt, dass sie genau hier vorbeiläuft, oder?«

Das hatte ich nicht gewusst, aber ich wollte nicht zugeben, ihre Strecke nicht zu kennen. »Na klar.«

»Manchmal verstecke ich mich hinter der Feuerstelle und gucke zu, wenn sie vorbeikommt.«

»Schön für dich, Spanner.«

»Ich bin halt keine Schwuchtel wie du.«

»Halt's Maul, Blödmann.« Ich gab ihm einen spielerischen Stoß, aber ohne viel Kraft. »Klar bin ich schwul, schließlich verstecke ich mich nicht im Wald und hole mir einen runter, während ich irgendeinem Mädchen beim Vorbeirennen zuschaue.«

Bernard schwankte ein wenig, lachte und rückte dann seine Brille zurecht. »Du schaust ihr auch zu, genau wie alle anderen.«

»Schon, aber nicht hier. Ich meine, falls ich draußen bin und ...«

»*Falls?* Aha, schon klar!«

»Na gut, also ich achte schon darauf, draußen zu sein, wenn sie vorbeiläuft.« Jetzt lachten wir beide. Obwohl ich mich besser fühlte, tauchten die Bilder aus dem Magazin vor meinem geistigen Auge auf. »Ich sehe hin und lächele, und sie ignoriert mich wie immer und joggt an mir vorbei. Dann gehe ich wieder ins

Haus und das war's. Aber ich verstecke mich nicht in dem beschissenen Wald wie ein Notgeiler.«

Bernard sah mich an, als beschäftigten ihn Gedanken, die wichtiger waren, als auf meine abfällige Bemerkung zu reagieren. »Wenn du irgendwas mit ihr machen willst«, sagte er leise, »wäre dies ein guter Ort.«

»Natürlich, ich bin mir sicher, dass es Julie kaum abwarten kann, hierher zu kommen und dich zu bumsen, Bernard. Wahrscheinlich ist sie gerade zu Hause, spielt an sich rum und denkt daran.«

Ich hatte angenommen, dass er lachen würde, aber das tat er nicht. »Vielleicht würde sie es am Anfang nicht wollen.«

»Viel Erfolg. Wenn du der letzte Typ auf dem Planeten wärst, Bernard, würde sie wohl eine Lesbe werden.«

»Ich meine es ernst, Pissnelke. Du weißt, dass sie im November wegzieht und aufs College geht?«

»Na und?«

»Wenn wir etwas mit ihr machen wollen, dann muss es vor Ende des Sommers geschehen.«

»Bernard, jetzt hör mal zu. Julie Henderson würde niemals etwas mit dir machen. Schnallst du das nicht? Die weiß doch noch nicht einmal, wer du bist.«

Bernard ging zu dem Weg, der aus dem Wald führte. Dann blieb er stehen und sah zu mir zurück. »Ich habe mit Rick darüber gesprochen.«

»Über Julie Henderson?«

»Ja. Er meinte, es wäre lustig, wenn wir eines Tages hier draußen warten, und wenn sie dann vorbeiläuft, könnte einer von uns sie anhalten und ein Gespräch mit ihr anfangen.« Wieder lächelte er, als würde er nur einen Scherz machen. »Dann könnte sich einer von uns von hinten an sie anschleichen und ihre Shorts ganz schnell runterziehen. Das würde ihr superpeinlich sein, aber wir würden alles zu sehen bekommen.«

Ich näherte mich ihm, und ein Sonnenstrahl drang durch die Bäume. Ich musste blinzeln. »Das hat Rick gesagt?«

Bernard nickte. »Wenn sie sich aufregen würde, könnten wir einfach weglaufen und so tun, als wärs bloß ein Scherz gewesen

... Aber wenn sie sich nicht aufregt, könnten wir noch etwas anderes probieren und sehen, was passiert.«

»Das alles hat *Rick* gesagt?«

»Ja.«

Eine weitere Bernard-Lüge. »Quatsch.«

»Wir gehen nachher zu ihm rüber«, erinnerte er mich. »Du kannst ihn fragen.«

»Ihr könntet einen Riesenärger bekommen, wenn ihr so was macht. Ernsthaft.«

»Sie würde nichts verraten.« Bernards Augen verengten sich. »Sie verraten nie etwas.«

Etwas in seiner Stimme krampfte mir den Magen zusammen. »Was soll das denn heißen?«

»Mädchen sagen meistens nichts, wenn ihnen so etwas passiert.«

»Und woher willst du das wissen?«

»Hab eine Sendung darüber im Fernsehen gesehen. Da haben sie das behauptet.«

»Egal. Ich würde so etwas ohnehin nicht tun«, teilte ich ihm mit und war mir immer noch nicht sicher, ob er es ernst meinte.

»Würdest du es nicht mit Julie Henderson treiben wollen?«

»Natürlich würde ich das gerne, aber ... dann möchte ich, dass sie es auch will. Wenn nicht, dann ist das Körperverletzung, Mann – *Vergewaltigung* – und nichts anderes.«

»Na und?«

»Ich möchte sie nun mal nicht verdammt noch mal vergewaltigen! Was ist bloß mit dir los?«

»Aber wenn sie dich nie verraten würde und niemand es wüsste ... würdest du es dann tun?«

»Sie wüsste es ... *Ich* wüsste es.«

»*Sie* wüsste es«, rief er spöttisch und hielt sich die Hände vor die Brust, als läge er im Sterben, und wiederholte mit schriller Stimme: »*Ich* wüsste es! *Ich* wüsste es!«

»Du Hirnamputierter.« Ich lachte und tat so, als würde ich ihn schlagen. »Ich dachte schon, du würdest es ernst meinen.«

»Vielleicht tue ich das ja.«

»Ja, und vielleicht auch nicht«, sagte ich, als wir uns umdrehten und durch den Wald zurückgingen.

»Außerdem, da du ein großer Homo bist, würdest du sowieso nicht wissen, was du mit einem Mädchen anfangen sollst.«

»Jaja, Schwuli, rede du nur.«

Unser Gelächter hallte zwischen den Bäumen wider. Während wir dem Weg folgten, der aus dem Wald führte, beschimpften wir uns weiterhin mit homophoben Sprüchen und einem unbegrenzt kreativen Gebrauch von Obszönitäten, so wie es die meisten pubertierenden Jungen tun.

In dieser Hinsicht war meine Erinnerung an den Nachmittag nichts Außergewöhnliches. Die Idee, Julie Henderson im Wald aufzulauern, kam nie wieder zur Sprache, und ich tat sie als bloßes Wunschdenken Bernards ab.

Aber jetzt grübelte ich über das Gespräch nach, das bisher nur eine harmlose Diskussion von zwei Jungs gewesen war, die sich heimlich ein Pornoheft anguckten. Hatte Bernard einfach versucht, mit seinem eigenen sexuellen Erwachen, seiner Verwirrung und seinem Verlangen umzugehen wie wir anderen auch? War es nur die typische Angeberei eines männlichen Jugendlichen gewesen, der so tat, als wäre er jemand, der er in Wirklichkeit nicht war? Oder war es ein Signal gewesen, das mir entging – eine Warnung, dass schon damals etwas anderes in ihm existierte? Etwas Dunkles ... Krankes ... Tödliches.

Sie würde nichts verraten. Sie verraten nie etwas.

Ich hatte seit langer Zeit nicht mehr an diesen Nachmittag gedacht, doch selbst nach all den Jahren waren die Bilder, die noch am lebendigsten waren, auch am verstörendsten.

Ich sah auf den Schreibtisch und bemerkte drei weitere Flaschen Bier, die säuberlich nebeneinander aufgereiht waren.

Ich sah sie um kurz nach zwei Uhr nachts.

Ein dichter Nebel hatte sich vom Wasser her genähert, wodurch meine Sichtweite nur noch ein paar Meter betrug. Auf der Straße war alles ruhig, ich hatte seit über einer Stunde keine Menschenseele oder auch nur ein vorbeifahrendes Auto mehr gesehen. Ich fischte gerade in meiner Sporttasche nach einem neuen Bier, als ich aus dem Augenwinkel eine Bewegung wahrnahm.

Ich stand auf und schaute genauer in den Nebel. Eine kleine Lampe und ein Nachtlicht an der Decke des Ausstellungsraums waren die einzigen Lichtquellen in der näheren Umgebung. Vom Dach aus schnitten zwei helle Scheinwerfer einen Kanal durch den Nebel und beleuchteten den Parkplatz und die dort reihenweise stehenden Autos. Ganz am Rande des Geländes stand eine Frau – einfach so. Sie ließ ihre dünnen Arme hängen. Sich langsam bewegende Nebelranken umwoben sie und liebkosten sie mit geisterhaften Fingern.

Ich legte das ungeöffnete Bier in meine Sporttasche zurück und ging um den Tisch herum, ohne sie aus den Augen zu lassen. Langsam schlich ich mich ans Vorderfenster des Ausstellungsraums heran. Sie sah mich direkt an und war bis auf die Augen von der Nacht und dem Nebel verschleiert.

Und während ich in diese Augen starrte, fiel es mir ein. Sie sah aus wie die Frau mit dem kleinen Jungen aus Ricks Haus.

Sind Sie der Klempner?

Sie sah genau so aus wie die Frau, jedenfalls soweit ich mich erinnern konnte. Ich ging so nahe an das Fenster heran, dass ich es mit der Hand berühren konnte. Ich sagte mir, dass sie bestimmt nur eine Prostituierte war, die mitten in der Nacht durch die Straßen lief. In der Gegend hier, selbst um diese Uhrzeit, wäre das nicht ungewöhnlich gewesen. Aber die Frau sah krank aus, und New Bedford lag meilenweit von Potter's Cove entfernt. Obwohl es unwahrscheinlich schien, wusste ich doch tief in meinem Inneren, dass es dieselbe Frau war.

Die Art und Weise, wie sie mich ansah, ließ darauf schließen, dass sie mich ebenfalls erkannt hatte.

Die Neugier war größer als meine Angst. Ich bewegte mich auf die Tür zu. Ich schloss ein paar Verriegelungen an der Eingangstür auf. In der ansonsten totenstillen Nacht klang das Geräusch, als sie sich lösten, irgendwie beunruhigend.

Die Frau stand immer noch da. Die Arme hatte sie nun vor ihren ausgemergelten Brüsten verschränkt.

Das Gewicht des Schlagstocks an meiner Hüfte erinnerte

mich daran, dass ich ihn bei mir trug, während ich die Tür aufdrückte und in den Nebel trat. Die Luft war frisch, etwas kühler als sie hätte sein sollen, und der Nebel schien sich ein wenig aufzulösen. In meinen Ohren hallte das beständige Pochen meines Herzens nach. Langsam und unauffällig griff ich nach dem Schlagstock, spürte, wie sich meine Finger um den Griff legten und anspannten.

Entweder hatte ich mehr getrunken als mir aufgefallen war oder die Ereignisse der letzten Tage machten sich, zusammen mit dem Schlafmangel und dem wiederholten Albtraum über Bernard, endlich bemerkbar. Oder, sagte ich mir, all dies findet tatsächlich gerade statt.

»Ma'am«, sagte ich mit einem schweren Schlucken, »geht es Ihnen gut?«

Die Frau gab keine wahrnehmbare Antwort von sich.

»Ist alles in Ordnung mit Ihnen? Kann ich – kann ich Ihnen helfen, Ma'am?«

Ohne ein Wort zu sagen ließ die Frau ihre Arme wieder hängen. Sie baumelten herab, als wären sie kaputt und nicht mehr zu gebrauchen. Aber in ihren Augen veränderte sich etwas. Sie schienen mich anzuflehen und um etwas zu bitten.

Meine Beine zitterten, als ich den Blickkontakt lange genug abbrach, um rasch den Parkplatz zu kontrollieren. Ich musste sichergehen, dass die Frau alleine war. Der Parkplatz und die Straße dahinter waren verlassen und ruhig. Ich sah wieder zu der Frau im Nebel.

»Es kann nicht dieselbe Frau sein«, murmelte ich. »Unmöglich.« Ich hielt den Schlagstock in der Hand, ließ ihn aber in meinem Gürtel stecken. »Wohnen Sie hier in der Nähe?«

Wieder keine Antwort.

»Haben Sie sich verlaufen?«

Die Frau wandte sich ab und lief davon.

Ich stand da, hatte Angst und verachtete meine Schwäche. »Haben Sie sich verlaufen?«, fragte ich noch einmal, jetzt lauter.

Die Frau lief weiter und verschwand im Nebel. Ich konnte sie noch einmal zwischen den umherziehenden Nebelschwaden entdecken, bevor sie ganz von ihnen verschluckt wurde, als sie die andere Straßenseite erreichte.

Ich atmete tief durch, hielt den Schlagstock fest und folgte ihr über den Parkplatz.

Kapitel 7

Der Nebel wurde dichter und umarmte mich aus allen Richtungen; eine riesiges Phantom ohne Anfang, Mitte oder Ende. Ich bewegte mich auf den Rand des Platzes zu und wusste, dass die Geschäftsräume jetzt weit hinter mir lagen. Zwei Scheinwerfer auf dem Dach irgendwo hinter mir bohrten sich durch Dunkelheit und Nebel. Dennoch vermochte ich nur wenig Licht auszumachen, es schien von einer einsamen Straßenlampe zu kommen. Sie stand auf der anderen Seite der Straße, die mich von der verlassenen Fabrik trennte. Von der Frau war nichts zu sehen, und obwohl der übliche Lärm der Stadt immer noch aus der Ferne zu mir drang, war es hier ruhig. Auch bewegte sich außer dem langsam dahintreibenden Nebel nichts.

Ich blieb einen Augenblick stehen und hörte dem Streit in meinem Kopf zu. Einerseits wollte ich die ganze Sache vergessen und in die relative Sicherheit des Autohauses zurückkehren, andererseits wusste ich, dass ich das nicht tun würde. Ich zog den Schlagstock und hielt ihn neben meinem Bein Richtung Boden gesenkt, trat über den Bordstein und überquerte die Straße.

Der Nebel tat sich vor mir auf. Ich passierte auf der gegenüberliegenden Straßenseite die einstige Auffahrt zu der Fabrik. Wenige Meter nachdem ich das Gelände betreten hatte, sah ich ein altes Häuschen, in dem einst ein Wachmann gesessen und Auskünfte gegeben hatte. Jetzt war es mit Brettern beschlagen und verrottete langsam. Am Eingang des Geländes hing immer noch eine schwere, aber rostige Kette, die Eindringlinge davon abhielt, zu nahe an das leer stehende Gebäude zu gelangen, das dahinter lag. Ich zog die Taschenlampe aus meinem Gürtel, schaltete sie ein und leuchtete die Umgebung sorgsam ab. Der Lichtstrahl war stark, aber er erhellte lediglich den Nebel, deswegen schaltete ich die Lampe wieder aus, steckte sie ein und folgte dem Licht der Straßenlampe.

Als ich die Kette erreichte, bückte ich mich und kroch unter ihr hindurch. Vor mir ragte der düstere, bedrohliche Kadaver der Fabrik auf. Die meisten der hochgezogenen Fenster waren eingeschlagen und die wenigen noch intakten Glasscheiben mit einer undurchdringlichen Schmutzschicht überzogen, die sich über die Jahre hinweg angesammelt hatte. Vor einigen Jahrzehnten waren dieselben dicken Fensterscheiben stattdessen von schweißigen Ausdünstungen getrübt gewesen, während gesichtslose Schatten in der Fabrik schuften mussten. Aber ich war mir sicher, dass solche Geister hier nicht mehr hausten. Stattdessen spukte etwas anderes an diesem Ort.

Vielleicht spukte es auch nur wegen mir.

Über allem lag noch eine dünne Schneeschicht, aber sie hatte zu schmelzen begonnen und tropfte von der Fabrik herunter. Die Fenster im Erdgeschoss hatte man mit Brettern vernagelt, aber die große Eingangstür war verfallen und größtenteils eingebrochen, wodurch der Schlund des Gebäudes zu einem ewigen Gähnen aufgerissen war.

Ich beugte mich vor. Eine zum Teil verrottete Holzplanke, die so wirkte, als wäre sie vor Ewigkeiten von oben herabgefallen und hier gelandet, war diagonal in der Türöffnung verkeilt. Aus dem Inneren des riesigen, leer stehenden Gebäudes hörte ich das Tropfen von Wasser und ein leises Kratzen. Ich griff erneut nach meiner Taschenlampe und richtete das Licht auf die Planke und die dahinter liegende Dunkelheit. An einem Ende der Planke kauerte eine enorm füllige Ratte. Sie saß auf ihren Hinterbeinen, richtete sich mit einem seltsam grunzenden Geräusch auf und zeigte ihre Zähne.

Überrascht machte ich einen Schritt zurück, hielt den Strahl der Taschenlampe aber auf das Tier gerichtet. Das Licht spiegelte sich in seinen Augen. Sie leuchteten wie zwei rote Bällchen inmitten der Nacht. Wir rührten uns nicht, bis sich die Ratte schließlich nach einigem nachdenklichen Schnuppern umdrehte, bis zum Rand der Planke watschelte und hinein in die Dunkelheit sprang.

Die Säuren in meinem Magen brannten, ich rülpste, schmeckte Bier. Trotz der kühlen Luft hatten sich auf meiner Stirn Schweißtropfen gebildet. Mein Verstand klarte langsam ein wenig auf. *Was zum Teufel mache ich hier?* Ich blickte über meine Schulter zurück. Der Nebel war so dicht, dass er den Autohändler auf der anderen Straßenseite komplett verhüllte, obwohl die Scheinwerfer auf dem Dach noch schwach erkennbar waren.

Hinter mir bewegte sich etwas.

Ich wirbelte in Richtung der Fabrik herum, hielt dabei die Taschenlampe in der einen und meinen Schlagstock in der anderen Hand in gleicher Höhe ausgestreckt. Direkt hinter der verrotteten Holzplanke stand die Frau.

Unsere Blicke trafen sich, und ich nickte leicht.

Sie trat ein paar Schritte weiter in das Gebäude hinein und schaute dann zu mir zurück.

Ich bekam mit, wie ich mich vorwärts bewegte, ein Bein über das Holz schwang und durch die Öffnung kletterte, als hätte ich mich nicht mehr ganz unter Kontrolle. Die Taschenlampe flackerte und ging aus. Als ich sie schüttelte, stürmten die Dunkelheit, ein leichter kühler Lufthauch und meine steigende Angst in einer einzigen Welle auf mich ein. Das Licht sprang wieder an und warf vor mir einen Kreis auf den Boden. Sobald sich meine Augen daran gewöhnt hatten, stellte ich fest, dass die Frau verschwunden war.

Ich stieg über einen kleinen Müllhaufen und versuchte angestrengt, die diversen Gerüche zu ignorieren, die mir den Magen umdrehten, und suchte die Umgebung mit dem Taschenlampenstrahl nach der Frau ab. Ich entdeckte aber nur mit Graffiti überzogene Wände und eine dicke Trümmerschicht auf dem Boden. Ein Kratzen und ein huschendes Geräusch verrieten mir, dass sich weitere Ratten in der Nähe befanden. Das lenkte mich einen Moment lang ab, dann ließ ich den Strahl zur Seite wandern.

Am Ende eines engen und langen Korridors sah ich etwas schimmern, aber von der Frau war keine Spur zu sehen.

Vorsichtig durchquerte ich den Raum und folgte dem Licht am Ende des Korridors. Es führte mich in einen weiteren Raum, der kleiner war und sich sogar in einem noch schlimmeren Zustand befand. Ich blieb vor den Überresten einer Tür stehen und sah, dass auf dem Boden eine Kerze brannte. Im ganzen Raum lag Müll. In der abgestandenen Luft hing der entsetzliche Geruch menschlicher Ausscheidungen.

Die Taschenlampe zitterte in meiner Hand. Ich schaltete sie aus, steckte sie wieder in meinen Gürtel und packte den Schlagstock mit beiden Händen. Während ich in den Raum trat, wanderte das flackernde Kerzenlicht über die Wände und warf dabei Schatten, die wie um sich schlagende Dämonen aussahen. Die Frau kniete in der Mitte des Raums auf dem Boden. Sie hielt etwas fest und schwankte leicht. Neben ihr lagen eine schmutzige Spritze, ein aufgebrauchtes Streichholzheft und ein geschwärzter Löffel. Mein Blick streifte umher. Sie hielt einen Jungen in den Armen – denselben kleinen Jungen, der sich in Ricks Haus hinter ihren Beinen versteckt hatte. Jetzt war er leblos. Die Frau wog ihn im Arm, seine Arme und Beine hingen herab, und sein Kopf hing zur Seite, wo er in dem Ellenbogen seiner Mutter ruhte. Sein Mund stand offen, eine kleine, angeschwollene Zunge ragte daraus hervor. Die Augen waren weit geöffnet, sahen jedoch nichts. Er war schon seit langer Zeit tot.

Ich begab mich tiefer in den Wahnsinn, indem ich den Abstand zwischen uns verringerte. Die Frau drehte den Kopf, und ich erblickte ein Gesicht, das schmutzig und gequält aussah, mit blutunterlaufenen Augen voller Entsetzen, eingesunkenen Wangen und pockennarbiger, dunkler Haut.

Sie stierte mich an, als wäre ich schuld, schaukelte ihren toten Sohn langsam in ihren krankhaft dünnen, von Einstichen überzogenen Armen und wimmerte leise.

»Sind Sie der Klempner?«

»Nein, Ma'am«, antwortete ich.

Sie sah zur Seite, ihr Blick wanderte zu der gegenüberliegenden Wand, als hätte sie dort etwas Besonderes gesehen. Ihre Lippen bewegten sich tonlos, sie schaukelte den Jungen weiterhin in ihren Armen.

Rasch überblickte ich den Raum, oder jedenfalls das, was ich in dem Kerzenschein erkennen konnte. Auf einer Wand sah ich seltsame Symbole, entweder mit roter Farbe oder Blut hingeschmiert. Sie sahen so ähnlich wie Hieroglyphen aus. Die Tür des Raumes war aus den Angeln gehoben worden und lag nun auf zwei Stapeln aus Betonziegeln. Anscheinend bildete die Konstruktion eine Art behelfsmäßigen Altar. Darunter lag etwas aufgehäuft, dunkel und reglos, doch ich konnte nicht feststellen, um was es sich dabei handelte.

Die Frau bewegte sich und lenkte damit meine Aufmerksamkeit wieder auf sich. Sie legte den Jungen sanft und äußerst vorsichtig auf den schmutzigen Boden und zog dann an dem Gürtel, der ihren Bademantel zusammenhielt. Ihre knochigen Finger fummelten nervös daran herum, bis sie den Gürtel gelöst oder aufgerissen hatte und sich der Bademantel teilte. Sie schob eine Hand unter den Kopf des Jungen, zog ihn an sich und lehnte sich über ihn. Eine kleine, ausgemergelte Brust kam zum Vorschein, die Brustwarze war lang und aufgeraut.

Sie hielt den Jungen an sich gezogen, führte die Lippen des Jungen an sich und drückte ihre herabhängende Brust. Wieder bewegten sich ihre Lippen hastig, aber tonlos.

»Hören Sie«, sagte ich. »Um Himmels willen, kommen Sie, ich bringe Sie und den Jungen hier raus.«

Sie sah mich an. »Sind Sie der Klempner?«

»Nein, ich bin nicht der gottverdammte Klempner!«

Ihre Augen rollten wild, als ob sie die Kontrolle darüber verloren hätte, und ihr Körper bäumte sich empor, von Phantomhänden hochgerissen.

Ich stand regungslos da. Aus der aufgerissenen Haut um ihre Brustwarze drang etwas hervor. Zuerst dachte ich, es sei ein langes, dickes Haar.

Aber dann bewegte es sich.

Ein weiteres, genauso aussehendes Ding brach durch die Haut, bewegte sich mit dem anderen Ding über die Lippen des Jungen als suchten sie nach einem Ansatzpunkt. Die Frau drückte ihre Brust fester – bis ihr Nippel aufplatzte. Daraus krabbelte etwas, das einen gepanzerten Rücken hatte wie ein Käfer oder eine Kakerlake, und gleich darauf kamen noch mehr davon. Während die Insekten aus der Frau wimmelten und auf den Mund des Jungen fielen, sich zwischen seine Lippen zwängten und in seinem Inneren verschwanden, begriff ich, dass es sich bei dem, was ich für ein Haar gehalten hatte, um Fühler handelte. Die Insekten quollen weiterhin ohne Unterlass aus der Frau und überfluteten den Mund des Jungen wie die widerspenstigen Teile einer einzigen pulsierenden und zuckenden Masse.

Ich griff blind nach der Wand hinter mir, krümmte mich und schaffte es gerade noch, das Erbrochene wieder hinunterzuschlucken, das sich tief in meinem Rachen schon angesammelt hatte. Ich taumelte zurück, hielt mich aufrecht, indem ich mich an der Wand festhielt, und sah die Frau an.

Sie kniete immer noch neben dem Jungen, aber sie hielt ihn nicht mehr in den Armen.

Die Insekten waren verschwunden. Ihre Augen, nun unnatürlich weit geöffnet, fingen an zu bluten.

»Was ... passiert denn hier?«

Sie sprang mit unmenschlicher Geschwindigkeit auf mich zu und krallte ihre Hände in meinen Unterarm. Ihr Griff war schmerzvoll, sie war stärker als sie aussah. In dem Moment, da mich ihr Fleisch berührte, spürte ich, wie ein Energiestoß in mir wie ein elektrischer Schlag explodierte. Mein Körper versteifte sich in einer einzigen Zuckung. Als mein Kopf nach hinten schlug, hörte ich, wie mein Schlagstock über den Betonboden rollte.

Grausame Bilder von unaussprechlichen Massakern durchliefen meinen Verstand wie ein 16-Millimeter-Film. Gesichter, scheußliche, von Geschwüren überzogene Gesichter, blutige, grinsende Fratzen. Grunzen und kehliges Gelächter. Feuer. Die Schreie von namenlosen Wesen, eingehüllt in grelle, orangefarbene Flammen und Blut. Zähne – vielmehr Fänge – zerrten an Fleischstücken, die von kopfüber hängenden Menschen stammten, die man wie Rinder geschlachtet hatte. Verderbtheit – absolute Verderbtheit, wie ich sie noch nie zuvor erlebt hatte –, all das floss brutal durch mich und löste sich schimmernd in einer Nebelwolke auf. Sie verzog sich aus meiner Vision wie Rauchkringel einer Zigarette, die Richtung Zimmerdecke schweben.

Aber hier gab es keine Zimmerdecke, nur den dunklen Himmel und dichten Nebel.

Ich stand wieder im Freien, in der Mitte der Straße, die zwischen der Fabrik und dem Autohändler verlief. Mein Schlagstock lag vor meinen Füßen auf dem Boden, aber die eingeschaltete Taschenlampe hielt ich fest in der linken Hand. Mein Herz raste, ich kniete mich auf den Boden, nahm den Schlagstock an mich und rannte zum Autohaus zurück.

Von Nebel umgeben versuchte ich, die Kontrolle über mich zu bewahren. Ich lief so schnell ich konnte, trotz brennender Lunge und schmerzender Beine. Obwohl ich es nicht sehen konnte, wusste ich, dass das Böse immer noch hier war, immer noch in meiner Nähe. Es lauerte im Nebel, verfolgte und umkreiste mich, rief nach mir mit einem tiefen, gequälten Knurren.

Kapitel 8

Drei Tage. Drei Tage voller Verwirrung und Zweifel, verschwommener Erinnerungen und Panikattacken. Drei Tage lag ich im Bett, starrte an die Decke und fragte mich, ob es hinter den geschlossenen Fensterläden Tag oder Nacht war. Ich schlief dank der Medikamente. Auch wenn ich halb wach war, blieb ich benommen. Drei Tage lang versuchte ich mir einzureden, dass ich nicht völlig verrückt geworden war.

Der Besitzer des Autohauses war an jenem Morgen zur Arbeit gegangen. Er musste feststellen, dass ich ohne ein Wort der Erklärung verschwunden war. Die Tür stand offen, und auf dem Tisch, an dem ich gesessen hatte, fand er einen Haufen leerer Bierflaschen. Nino hatte mehrmals versucht, mich über das Funkgerät zu erreichen, aber ich hatte nicht geantwortet. Ich hatte den Autohandel verlassen, war zurück nach Potter's Cove gefahren, parkte vor Ricks Haus und wartete darauf, dass er aus dem Club zurückkam.

Er fuhr um etwa vier Uhr vor. Ich traf ihn auf der Straße. Besorgt lud er mich ein, in die Wohnung zu kommen, aber ich lehnte ab und fragte ihn stattdessen nach der jungen schwarzen

Frau und ihrem Sohn, die im Erdgeschoss gleich neben dem Eingang wohnten.

Rick sagte mir, dass diese Wohnung leer stünde. Schon seit Monaten, seit der letzte Mieter, ein alleinstehender Mann mittleren Alters, ausgezogen war. Dann muss es eben eine Hausbesetzerin gewesen sein, behauptete ich, die eingebrochen war und dort wohnte, ohne dass jemand davon wusste, schließlich hatte ich sie neulich gesehen. Sie hatte mich sogar angesprochen. Ihr *Sohn* hatte mich angesprochen.

Ich stand kurz vor einem emotionalen Zusammenbruch. Ich berichtete Rick, was geschehen war, woraufhin er darauf bestand, mich nach Hause zu fahren. Ich war einverstanden, aber erst, nachdem er versprochen hatte, dass er herausfand, was es mit der Wohnung auf sich hatte.

Ich kann mich vage daran erinnern, dass sich Toni bei Rick bedankte, bevor sie mich ins Bett brachte. Dort lag ich dann erschöpft und gab mir Mühe, ihre Stimmen in der Küche zu hören, bevor ich in so etwas Ähnliches wie Schlaf fiel. Irgendwann später erschien sie mit einem rezeptpflichtigen Medikament, das sie von ihrem Boss hatte. Die Pillen würden mir dabei helfen, mich zu entspannen und zu schlafen, versprach sie mir. Vertrau mir, sagte sie, und das tat ich.

Jetzt, drei wirre Tage später, parkte ich vor dem Büro von Battalia Security, einem kleinen Gebäude auf der Acushnet Avenue, einer der Hauptstraßen von New Bedford. Ich saß im Auto und beobachtete das Gebäude, bis ich bereit war, mich einer Situation zu stellen, die im besten Fall lediglich unangenehm ablaufen würde.

Zwei winzige Glocken über der Tür kündigten mein Eintreten an. Ich ging zum Empfang, wo Marge saß, die sowohl Empfangsdame als auch Sekretärin und gelegentlich die Poststelle war. Sie trug einen Kopfhörer und tippte mit ihren langen Acrylfingernägeln auf einer Tastatur. Sie sah mich und schenkte mir ein vorsichtiges Lächeln. »Hey, Al.«

»Hey.«

»Wie geht's dir?«, fragte sie leise. »Alles okay?«

Ich nickte. »Ist Nino da?«

Sie deutete mit dem Kopf in Richtung seines Büros am Ende des schmalen Flurs hinter ihr. Die Tür war geschlossen. »Er wartet schon auf dich, geh schon.«

Nino war wie immer wahnsinnig gestresst und sah von einem Riesenstapel Papierkram auf, als ich sein Büro betrat. Er zwang sich zu einem höflichen Lächeln, obwohl er unter Dampf stand, und bot mir den Stuhl vor seinem Schreibtisch an. »Setz dich.«

Ich schloss die Tür hinter mir, trat an den Schreibtisch, blieb aber stehen. »Nino, hör zu, mir tut das alles sehr leid, ich ...«

Nino hielt die Hände in die Höhe, warf einen Stift auf den Tisch und lehnte sich ein Stück weiter in seinem Lehnstuhl aus Leder zurück. »Ich weiß, dass es dir leid tut, Alan, das weiß ich.« Wieder zeigte er auf den Stuhl. »Setz dich.«

Ich ging zu dem Stuhl und ließ mich auf ihn sinken. Ich kam mir vor wie ein Kind, das vor dem Schuldirektor erscheinen muss. »Nino, für das, was passiert ist, gibt es keine Entschuldigung, und es tut mir aufrichtig leid. Ich verspreche dir, dass so etwas nie wieder vorkommen wird.«

Ninos Augen huschten hin und her, er sah in alle Richtungen, nur nicht in meine. Er lehnte sich noch weiter in seinem Stuhl zurück und strich sich nervös mit seinen Wurstfingern über den Schnurrbart. »Du bist schon lange bei uns«, sagte er schließlich. »Du bist der beste Mitarbeiter, den wir haben. Der beste, den wir je hatten.«

»Ich bin schon fünfzehn Jahre bei euch«, rief ich Nino in Erinnerung.

»Das weiß ich. Du bist zehn Jahre älter als alle anderen, verdammt noch mal.« Wieder lächelte er kurz, obwohl er sich dabei offensichtlich unwohl fühlte. »Und abgesehen davon sind wir ... na ja, Freunde geworden, stimmt's etwa nicht?«

»Ich habe bloß ... im Moment ein paar Probleme, aber ...«

»Ja, ich verstehe.« Er richtete den Stuhl gerade aus, schob sich vom Tisch weg und stand auf. Nino war ein wulstiger, gebückt gehender Mann mit einer Vorliebe für auffälligen Schmuck, schlecht sitzende Hosen und nachgemachte Seidenhemden. Heute trug er einen Trainingsanzug und Tennisschuhe, ein Zeichen dafür, dass er nicht vorhatte, lange im Büro zu bleiben, nur bis unser Gespräch beendet war. »Aber so sieht's aus: Ich habe gestern mit Petey gesprochen und getan, was ich konnte, aber mein Bruder ist der Boss, Al, du weißt schon. Ich kann zwar mitbestimmen, aber er hat das letzte Wort.«

»Hör zu ...«

»Er hält echt eine Menge von dir. Das weißt du auch.« Nino watschelte zu einem Wasserspender in der Ecke des Raums. Jedoch steckten keine Plastikbecher mehr in der Halterung. Deswegen schnappte er sich stattdessen einen Kaffeebecher, der neben dem Wasserspender stand. »Aber Al, Kacke, du bist einfach während der Arbeit verschwunden.«

»Ich weiß. Ich habe richtig Scheiße gebaut.«

Nino schnüffelte an dem Becher, der voller Kaffeeflecken war, schob ihn unter die Düse und füllte ihn mit Wasser. Er sah zu, wie in der großen Plastikflasche Blasen aufstiegen und sagte: »Wir haben den Kunden verloren.«

»Um Himmels willen, Nino, es tut mir leid.«

»Ich habe getan, was ich konnte.« Mit dem nunmehr gefüllten Becher kehrte Nino zu seinem Schreibtisch zurück und ließ sich in seinen Sessel fallen. Aus der mittleren Schublade seines Tischs zog er ein Päckchen mit zwei Alka-Seltzer-Tabletten, riss es auf und ließ sie in den Becher fallen. »Tut mir leid, aber wir müssen dich entlassen.«

»Komm schon, Nino.« Ich stand nun wieder. »Ich hab Scheiße gebaut, aber ich arbeite hier schon seit Jahren.«

»Du bist während der Arbeit verschwunden! Du bist verdammt noch mal mitten in der Nacht weggegangen und hast die Tür offen stehen lassen.« Er griff nach dem Becher und trank ihn mit einem einzigen hektischen Schluck aus. »Und dann – als ob das noch nicht schlimm genug wäre – findet der Kunde noch überall Bierflaschen.« Nino donnerte den Becher so kräftig auf den Tisch, dass er in zwei Hälften zerbrach. Er sah nach unten, woraufhin ihm aufging, dass er nur noch einen Griff in der Hand hielt, und schleuderte ihn gegen die Wand. »Hin und wieder kann man mal bei der Arbeit was trinken, das weiß ich selber auch. Aber räum den Scheiß dann auch weg! Wie schwachsinnig muss man sein, um die Flaschen liegen zu lassen? Bist du bescheuert? Petey musste sich selbst um die Sache kümmern, und so etwas macht er nicht gerade gerne. Er musste mit dem Typen reden und ihn beruhigen. Scheiße, Al, der hätte uns verklagen können. Vielleicht wird er's noch tun.«

»Gib mir einfach eine Woche oder zwei«, sagte ich. »Mehr brauche ich nicht, um wieder klarzukommen. Urlaub – gib mir Urlaub! Ohne Bezahlung, bloß Zeit, damit ich alles wieder in Ordnung bringen kann.«

»Mann, komm schon, mach das alles nicht komplizierter, als es schon ist. Ich habe mit Petey darüber gesprochen, und wir haben entschieden, dir trotz dem Scheiß, der passiert ist, ein Empfehlungsschreiben zu geben, okay?« Er schnappte sich ein Kuvert von einem der Papierstapel auf seinem Schreibtisch. »Also, hier ist dein Gehalt vom letzten Monat und noch dein Urlaubsgeld. Ich habe das Grundgehalt für einen Monat zusätzlich noch reingelegt. Nimm das Geld und das war's, ja?«

Ich nahm das Kuvert, steckte es in meine Jacke und legte meine Dienstmarke und meine Mitarbeiterkarte vor Nino auf den Tisch. Ich hatte das Funkgerät vorhin – für den Fall der Fälle – an meinen Gürtel geklemmt und zog es nun mit einem Ruck heraus. Ich schmiss es zu den anderen Gegenständen.

Nino streckte mir seine Hand über den Tisch entgegen.

Nach kurzem Zögern schüttelte ich sie.

Kurz nach Mittag war ich wieder in der Stadt. Rick und Donald warteten vor der Treppe, die zu meiner Wohnung führte. Rick in voller Montur, mit schwarzer Lederjacke, dickem Pulli und umgedrehter Baseballcap. Er sah mich besorgt an. Donald, mit Anzug und Schlips, winkte mir kurz unbeholfen zu und lächelte nervös. Ich brauchte nichts zu sagen – sie wussten, dass ich gefeuert worden war.

»Mistkerle«, murmelte Rick.

Hilflos hob ich die Hände. »Ich bin selbst schuld. Ich kann nicht während der Arbeit wegrennen.«

»Geht's dir gut?«, fragte Donald.

»Wird schon wieder.«

Rick kratze seine Bartstoppeln und drehte sich um. Ein schwacher, aber doch kalter Wind, der vom Wasser kam, wehte ihm ins Gesicht. »Einer der Türsteher, die nur Teilzeit arbeiten, hört nächste Woche auf«, sagte er nach einer kurzen Pause. »Er hat schon gekündigt. Wenn du willst, kann ich dir einen Job beim Club verschaffen.«

»Danke, aber ich brauche erst mal eine Pause. Ich muss wieder auf die Beine kommen.«

Rick nickte. Sein Blick hing immer noch auf dem ruhigen Wasser und den langsam schwimmenden Enten. »Du hast ihnen nichts erzählt über ... Du weißt schon?«

»Klar, ich hab Nino gesagt, dass ich ausgerastet bin, weil mich die Geister eines kleinen Jungen und seiner Mutter gejagt haben.« Ich schüttelte den Kopf und hielt ihn ebenfalls in den Wind. »Abgesehen von den rosa Elefanten unter meinem Bett und den fliegenden Elfen in meinem beschissenen Teppich.«

»Ich hab den Eigentümer der Wohnung angerufen und ihm gesagt, dass einer meiner Kumpels meint, neulich eine Frau in der leeren Wohnung gesehen zu haben. Er hat jemanden von seiner Firma zum Nachsehen geschickt. Die Tür war abgesperrt, die ganze Bude verriegelt. Keine Spuren, dass jemand gewaltsam eingedrungen oder seit dem letzten Mieter in der Wohnung gewesen ist.«

»Ich weiß, was ich gesehen habe, Rick.«

Er sah mich an. »Ich war dort. Ich bin in die Wohnung gegangen. Dort war niemand.«

»Ich weiß, was ich gesehen habe.«

»Ich sage ja nur, dass ...«

»Drauf geschissen, du musst dich entscheiden. Entweder bist du auf meiner Seite oder nicht.«

»Bist du dir sicher, dass es dieselbe Frau und dasselbe Kind waren?«

Ich zitterte am ganzen Körper. »Ja, absolut.« Aber in Wirklichkeit konnte ich mir über nichts mehr sicher sein. In Wirklichkeit hatte ich panische Angst, den Verstand verloren zu haben.

»Schon gut, schon gut«, sagte Donald. »Beruhigt euch beide.«

Rick drehte sich um und stapfte zu seinem Jeep. »Kommt!«

»Wohin fahren wir?«

»Donny hat Mittagspause«, antwortete er, ohne zurückzusehen. »Gehen wir was essen, dann können wir über alles reden.«

Fünf Minuten später hielten wir ein paar Straßen weiter, etwa einen halben Block von einem Vietnamesen entfernt, der auf seinem Schubwagen Hotdogs und Cola verkaufte.

Sowohl Rick als auch Donald kauften Hotdogs. Ich nahm eine Dose Coke. Wir hielten unser Mittagessen in den Händen und entfernten uns ein paar Meter, bis zum Eingang eines Stadtparks. Zum ersten Mal in jüngerer Geschichte war der Himmel wolkenlos, und die Sonne war trotz der kühlen Temperatur kräftig und wärmend. Ein Vorbote, dass der Frühlingsanfang nur noch ein paar Tage entfernt war. Obwohl um uns herum viel los war, standen wir doch abgeschieden genug, um unser Gespräch von vorhin ungestört fortsetzen zu können.

»Reden wir nicht um den heißen Brei herum«, sagte ich. »Ihr glaubt mir nicht, darauf läuft's hinaus.«

Donald biss in seinen Hotdog und kaute kurz, bevor er antwortete. »Das hat niemand behauptet, Alan. Aber du musst zugeben, dass es zwischen den Albträumen, die wir alle hatten, und dem, was du beschreibst, einen großen Unterschied gibt. Die Träume sind seltsam, zweifellos, aber letztlich waren es nur Träume. Du redest jetzt von Dingen, die geschehen sind, als du wach warst.«

»Ich weiß nur eins: Wer auch immer diese Frau und das Kind sind, sie haben irgendwas mit Bernard zu tun.« Ich schlürfte meine Cola und schmiss den Rest dann in einen Papierkorb, der neben mir stand. »Offensichtlich versuchen sie, mich zu kontaktieren. Sie versuchen, mir etwas mitzuteilen.«

Rick und Donald blickten einander an, sagten aber nichts.

»Wisst ihr was? Ihr könnt mich doch beide!«

»Du hast gesagt, du hättest in der betreffenden Nacht getrunken«, sagte Donald. »Könnte das etwas mit den Vorfällen zu tun haben?«

Ich sah ihm ins Gesicht. »Oh, das meinst du jetzt aber besser nicht ernst!«

»Hör zu, ich meine bloß ...«

»Was? Was *meinst du bloß,* Donald?«

Die Anspannung hing in der Luft wie ein Leichentuch.

Rick nahm einen Bissen von seinem Hotdog, verzog das Gesicht und sah ihn an, als müsste er sich vergewissern, etwas Essbares in der Hand zu halten. »Du hast mir gesagt, dass in der Fabrik eine Menge unheimlicher Scheiß war«, brachte er schließlich hervor.

»Ja, da war Zeug an die Wand gemalt und es gab so was wie einen Altar.« Ich fuhr mir mit den Fingern durchs Haar. »Dort stimmt was nicht ...« *Ich kann mich an das Schlimmste nicht mal mehr erinnern,* wollte ich sagen, aber ich schaffte es nicht. »Da stimmt was nicht. Seht selber nach, wenn ihr mir nicht glaubt.«

Donald zwang sich, den Rest seines Hotdogs zu essen. »Sei nicht so gereizt. Wir haben nie behauptet, dir nicht zu glauben.«

Ich sah zu Rick. »Also, was machen wir jetzt?«

Der Frust und die Nervosität in seinem Gesicht waren beunruhigend. Ich war es gewohnt, Rick jähzornig zu erleben, aber seit dem Tag vor vielen Jahren, als er verurteilt worden war, hatte ich nicht mehr gesehen, wie er angesichts von Angst und Unsicherheit dermaßen bebte. »Ich hab keine Ahnung mehr, was für ein Scheiß hier los ist. In meinem Kopf sind Träume und Gedanken und dunkler Mist. Ich ... weiß nicht, was hier vor sich geht, aber irgendwas ist da. Als ob nichts mehr echt wäre. Alles ist verdammt verschwommen und ...«

»Unvollständig«, sagte ich.

»Finde ich auch.« Donald zündete eine Zigarette an und sah auf den Boden. »Mir geht's auch so. Es kommt mir vor, als sollte ich mich an bestimmte Dinge erinnern, aber ich kann es nicht. Ich gebe mir Mühe, aber manchmal macht gar nichts mehr Sinn, verdammt.«

»Ich finde: Egal, was kommt«, sagte Rick, »wir halten zusammen. Wir halten zusammen und passen aufeinander auf, so wie immer. Wenn wir uns trennen oder miteinander zu streiten anfangen, sind wir geliefert.«

Ich nickte und freute mich, dass meine Freunde nun genauso wahnsinnig waren wie ich. Wenigstens würde ich nicht alleine in diesem Irrsinn untergehen.

Rick spuckte einen Bissen Hotdog aus und schleuderte den Rest zurück in Richtung des Verkäufers. »Die Dinger sind scheißekelhaft!«

Der Verkäufer sah verwirrt zu, wie die Reste des Hotdogs über den Fußgängerweg rollten.

»Bleib locker«, sagte Donald. »Mach hier keinen Aufstand.«

»Deine gottverdammte Wurst *knackt*, Mann!« Er zeigte auf den Verkäufer und erhöhte die Lautstärke seiner Stimme. »Erdnüsse knacken, du Wichser, aber keine Hotdogs. Verdammtes Schlitzauge! Wie kommt es überhaupt, dass du amerikanisches Essen verkaufst? Ihr Nieten kommt in dieses Land und ...«

»... schnappt euch all die tollen Jobs, wie an der Straßenecke Hotdogs verkaufen oder Obst pflücken für ein paar Pennys am Tag. Schweinehunde.« Donald schnippte die Zigarette davon und berührte Rick am Ellenbogen. »Komm schon, du musst mich zurück zur Arbeit fahren.«

Rick riss seinen Arm los und begann, langsam aber bedrohlich auf den Hotdog-Verkäufer zuzulaufen. »Hast du mich angeguckt, du elender Schwanzlutscher?«

»Ich kann es nicht tolerieren, wenn er sich so benimmt«, sagte Donald. »Er ist ein verdammtes Kind.«

»Komm schon, Alter«, sagte ich und trat zwischen ihn und den Verkäufer, der sich bereits auf den Weg zur nächsten Straßenecke gemacht hatte. »Lass es nicht an ihm aus. Verschwinden wir von hier.«

Rick starrte mich wütend an. Er sah so aus, als könnte er buchstäblich explodieren, wenn er nicht gleich auf etwas einschlug. Für einen Moment dachte ich, dieses Etwas könnte ich sein, aber er wirbelte herum, stürmte zurück zu dem Jeep und versetzte stattdessen dem Auto einen Hieb.

Die Fahrt zu Donalds Bürogebäude verlief schweigsam und unbehaglich. Nach einigen kurzen Standard-Verabschiedungen fuhren Rick und ich weiter zu meiner Wohnung. Er parkte in der Nähe der Gleise. Wir saßen eine Weile im Auto, ohne etwas zu sagen.

»Ich hätte da eben nicht so ausrasten sollen«, sagte er schließlich. »Ich werde bloß ... du weißt schon, der ganze Scheiß staut sich auf und ...«

»Es ist vorbei ... Mach dir keine Gedanken darüber.«

»Vielleicht werden wir alle ein wenig verrückt.«

»Vielleicht.«

In seinen Augen war Zorn zu erkennen, sein Widerstand gegen die Angst. »Was zum Teufel geht hier vor sich?«

»Ich weiß nicht. Aber ich glaube, du hattest recht: Was auch immer es ist, irgendwas stimmt hier ganz und gar nicht. Und wir durchschauen noch nicht mal die Hälfte davon.«

»Meinst du, dass wir irgendwann alles verstehen werden?«

»Ja«, sagte ich. »Ob wir es wollen oder nicht.«

Kapitel 9

Blinzelnd öffnete ich meine Augen, tauchte von einer Dunkelheit in die nächste ein. Das wenige, was ich in unserem Schlafzimmer erkennen konnte, nahm langsam Konturen an. Das Rollo war heruntergezogen, aber dennoch drang genug Mondlicht in das Zimmer, um einen Teil der gegenüberliegenden Wand zu beleuchten. Ich war mir nicht sicher, wie lange ich geschlafen hatte, aber es musste spät sein. Ich hatte wieder eine dieser elenden Tabletten genommen und war in einen Schlaf ohne Träume gesunken. Obwohl ich nun völlig wach war, wusste ich, dass die Nachwirkungen des Beruhigungsmittels noch eine Weile anhielten. Die Bettdecke war aufgeschlagen und lag zerknautscht um meine Füße gewickelt. Auf Tonis Seite war die Decke säuberlich gefaltet und an den Seiten immer noch zwischen Matratze und Bettrahmen gesteckt. In der Dunkelheit konnte ich sehen, dass die Schlafzimmertür einen schmalen Spalt offen stand, und zwischen der Türkante und dem Rahmen drang ein schwaches Licht hervor. Ich rieb mir die Augen. Meine Lider waren immer noch schwer, und ich gab ein lang gezogenes Gähnen von mir.

Irgendwo draußen heulte eine Sirene auf und verstummte wieder. Dann hörte ich gedämpft Tonis Stimme. Ich lag regungslos da und lauschte. Sie sprach am Telefon in der Küche, ihre Stimme kaum mehr als ein Flüstern. Der Boden knarrte gelegentlich, während sie auf und ab ging. Ich konnte nicht verstehen, was sie sagte, aber sie klang bedrückt.

Ich konzentrierte mich auf meine Füße, dort unten am Ende des Bettes. Im Dunkeln sahen sie so blass aus, so weiß und blutleer, als wären sie aus Elfenbein geschnitzt.

Eines Tages werde ich nackt sein und so daliegen wie jetzt, dachte ich. Aber anstatt im Bett zu liegen, werde ich auf einen kalten Metalltisch gehievt worden sein. Jemand, den ich nicht kenne und wahrscheinlich niemals zuvor getroffen habe, wird sich über mich beugen, meinen Körper vorbereiten, ihn entweihen. Wie würde sich das anfühlen? Würde ich wissen, was mit mir geschah, würde es mich überhaupt kümmern?

Ich fragte mich, ob andere Leute auch ihren Körper betrachteten und sich über dieselben Dinge Gedanken machten.

Mein Blick wanderte zu dem Nachttisch und der ausgeschalteten Lampe, der in Leder gebundenen Bibel, über der ein Rosenkranz hing, und dem Radiowecker. Sie befanden sich dort allesamt schon seit Ewigkeiten. Wann hatte man all diese Gegenstände hergestellt? Höchstwahrscheinlich würden sie – sofern man sie nicht absichtlich zerstörte – in der einen oder anderen Form auch noch lange, nachdem es mich nicht mehr gab, existieren.

Die Ereignisse der letzten Tage liefen in schneller Abfolge vor mir ab. Als sich die Bilder beruhigten, blieb meine Erinnerung bei Rick hängen, daran, was für einen Aufstand er heute gemacht und den armen Hotdog-Verkäufer angeschrien hatte – wie ein Teenager mit Testosteronüberschuss. Wir waren sehr verschieden, Rick und ich, und obwohl mich einige seiner Charakterzüge abstießen, bewunderte ich andere wiederum. Ich besaß nicht die Disziplin, fünf Tage die Woche ins Fitnessstudio zu gehen und täglich drei Meilen zu laufen. Ich konnte nichts mit seiner Faszination dafür anfangen, den Körper schön zu halten, ebenso wenig wie mit seinem zwanghaften Wunsch, auf ewig jung zu bleiben. Ich hatte mich nie nach Unsterblichkeit gesehnt. Aber für Rick unterschieden sich das Leben und das Alter nicht von den anderen Spielen, die er gemeistert hatte. Für ihn waren sie Gegner, und er spielte, um zu gewinnen.

An manchen Tagen wirkte das wie der Wunsch, die Zeit zurückzudrehen und das Jahr auszulöschen, das er im Gefängnis verbracht hatte, die Uhr einzufrieren und zu leben wie die Person, die er gewesen war, bevor alles den Bach runterging. Rick sprach nie über seine Zeit hinter Gittern, und ich hatte das immer respektiert. In vielerlei Hinsicht verehrte ich Rick, obwohl ich dabei ein schlechtes Gewissen hatte. Er konnte Sachen tun, zu denen ich nicht imstande war, und doch schien es oft so, als täte er sie, um sich selbst etwas zu beweisen, das allen anderen bereits glasklar war. Mit achtzehn hätte ich nicht einmal eine Woche in einem Hochsicherheits-Gefängnis überlebt, und mit Ende dreißig hatte ich weder den Mumm noch das Verlangen, auf eine Wildwasser-Schlauchboot-Tour zu gehen, Fallschirm zu springen oder auf einen Berg zu klettern, so wie Rick es gelegentlich tat. Ich konnte mich nicht daran erinnern, wie es sich anfühlte, ein Mädchen im Arm zu halten, mit der man lediglich ein paar Stunden verbringen wollte, oder wie es war, innerhalb einer Woche mit mehr als einer Person zu schlafen. Diese Art von einsamer und inhaltsleerer Freiheit war für mich eine so verschwommene Erinnerung, dass ich mich fragte, ob sie überhaupt jemals einen wirklichen Teil meines Lebens bildete. Trotz allem hätte Rick niemals gedacht – wie Bernard es so grausam auf der Kassette ausgesprochen hatte –, sein Leben als Türsteher des örtlichen Nachtclubs verbringen zu müssen. Im Moment gab ihm sein Lebensstil noch den nötigen Schneid, ein Werkzeug, das zum Überleben notwendig war. Aber jüngere und stärkere Männer würden ihm bald den Job streitig machen, falls sie das nicht bereits taten, und ihn rauswerfen. Und dann würden ihm das gute Aussehen, die aufgepumpten Muskeln, seine Unabhängigkeit und das Harter-Typ-Getue auch nicht mehr helfen. Selbst wenn es unvorstellbar schien: Eines Tages würde Rick alt sein und sich nicht mehr auf seine körperlichen Kräfte verlassen können. Er würde zugeben müssen, genauso verängstigt und unsicher zu sein wie alle anderen auch, bloß eine weitere verlorene Seele, die versuchte, ihren Weg zu finden.

Vielleicht war dies die Quelle seines Zorns. Seine Wut darüber, welchen Verlauf das Leben genommen hatte, und Angst davor, was vor ihm lag. Rick war schon immer gewalttätig gewesen, solange ich ihn kannte. Lag es an dem andauernden Druck, dem Bild eines Supermanns zu entsprechen, das er von sich geschaffen hatte? Oder gab es bestimmte Ereignisse, die in der Vergangenheit verborgen lagen und eine bessere Erklärung boten?

Mir fiel der Tag mit Bernard im Wald ein. War dort draußen etwas vorgefallen? Hatte Bernard in dem Wald Julie Henderson etwas angetan? Hatte Rick ihm geholfen? Hätte Rick so etwas getan – hätte er sogar damals so etwas tun *können*, mit dreizehn? Ich schloss die Augen, versuchte, mich durch all die Jahre zurückzuerinnern. Soweit ich wusste, war Julie im folgenden September aufs College gegangen. Sie war viel älter als wir gewesen, ich kannte sie kaum. Ich konnte mich nicht daran erinnern, sie nach diesem Sommer in der Stadt gesehen zu haben, und meine Freundschaft mit ihrem Bruder war eingeschlafen, sodass ich nicht einmal mehr in nebensächliche Informationen über Julies Leben eingeweiht wurde. Aber wäre etwas passiert, dann hätte es für viel Aufsehen in Potter's Cove gesorgt. Jeder hätte davon gewusst, eine Anklage wäre erhoben worden, gesetzt dem Fall, dass sie es jemandem gesagt hatte.

Sie verraten nie etwas.

Ich fuhr mir mit den Händen durchs Haar und richtete meinen Blick auf die Zimmerdecke.

Dinge, die ich niemals hinterfragt hatte, schienen nicht mehr uneingeschränkt zu gelten. Hatte Bernard auf der Kassette mit viel mehr recht, als es einer von uns zugeben wollte? War auch nur ein einziger von uns das, was er zu sein schien? War ich einfach ein Arschloch, weil ich glaubte, dass Rick in der Lage wäre, solche Dinge zu tun? Oder war ich naiv, weil ich nie kapiert hatte, dass Bernard dazu fähig war?

Ich versuchte mir vorzustellen, was Rick in genau diesem Augenblick wohl tat, aber meine Gedanken wanderten stattdessen zu Donald.

In vielerlei Hinsicht hatte ich Donald immer nähergestanden als Rick, aber er konnte – wie Bernard – manchmal schrecklich unnahbar sein. Der Unterschied zu den Geheimnissen, die Bernard gelegentlich umgaben, bestand darin, dass solche nie in Donalds Verhalten auffielen. Wenn er sich von uns distanzierte, dann immer deswegen, weil er seine Privatsphäre haben wollte und nicht, weil er etwas zu verbergen hatte. Außerdem war er der exakte Gegensatz zu Rick, da er der gewaltfreiste Mensch war, dem ich je begegnet war. Ich konnte mich an keinen einzigen Vorfall erinnern, bei dem Donald seine Hand im Zorn gegen jemanden erhoben hätte. Seine Waffe war stets sein Verstand gewesen. Eine Waffe, die er oft benutzt hatte, bis Tommy starb. Nach Tommys Tod war keiner von uns mehr ganz derselbe geblieben, in Donald jedoch wurde jeglicher kindlicher Wesenszug auf der Stelle ausgelöscht – zusammen mit dem letzten Rest von ungläubigem Staunen über die Welt, der noch in ihm lebendig geblieben war.

Ich erinnerte mich daran, wie ich am Tag von Tommys Beerdigung mit Donald am Strand entlangspazierte. Wir gingen den menschenleeren Sandstreifen wiederholt auf und ab, sagten nur sporadisch etwas und dann auch nur in knappen Sätzen. Irgendwann entdeckte Donald eine angefaulte Grapefruit im hohen Gras am Rande des Strands. Er hob sie auf und hielt sie mir mit einem merkwürdigen Gesichtsausdruck entgegen, einer Mischung aus Tränen und Zorn. Ich sah ihn fragend an. »Nimm sie schon«, sagte er leise, mit kaum hörbarer Stimme. »Nichts sollte jemals verschwendet werden.«

Obwohl die Frucht schon faulte, obwohl sie bereits verschwendet worden war, nahm ich sie und hielt sie bei mir, bis wir den Strand verließen und nach Hause zurückkehrten. Erst als Donald verschwunden war, er es also nicht mitbekam, schmiss ich die Grapefruit weg. Selbst da hatte ich noch ein schlechtes Gewissen, denn Donald hatte recht. Nichts sollte je verschwendet werden. Keine Grapefruit und auch nicht das Leben eines Jungen.

Donald ging danach wie geplant aufs College, aber er war nicht mehr mit dem Herz bei der Sache. Aus seiner Begeisterung und seinen Hoffnungen für die Zukunft wurden Erinnerungen, unerfüllte Träume, die tot und mit Tommy beerdigt waren. Er begann, mehr zu trinken. Ich vermutete, dass sein Problem schon länger schwärte, obwohl es ihm eindeutig erst in letzter Zeit richtig außer Kontrolle geraten war.

Ebenso wie Rick hatte Donald nur wenige wirklich ernsthafte Beziehungen gehabt, aber im Gegensatz zu ihm wechselte er nicht ständig den Partner. Wenn er nicht mit uns rumhing, blieb er meistens alleine. Im Laufe der Jahre erwähnte er nur ein paar Männer, mit denen er sich getroffen hatte, die aber allesamt eher Gelegenheitsbekanntschaften waren – beiläufige Verabredungen oder Freunde, keine richtigen Lebensgefährten.

Wie Bernard auf der Kassette gesagt hatte, gab es zu Highschoolzeiten mal jemanden, aber das nahm anscheinend ein schlimmes Ende und verstärkte Donalds Zynismus und Depression nur noch. In gewisser Weise versteckte er sich seitdem. Sogar in einem Raum voller Menschen wirkte er hoffnungslos allein gelassen, obwohl man ihn nicht mied, sondern er war es, der sich bewusst zurückzog, wie in dem Glauben, als Einziger zu erkennen, wie sinn- und hoffnungslos das Dasein manchmal war.

Donald hatte eine Menge Dinge aufgegeben, sein scharfsinniger Witz und seine Fähigkeit zum Mitleid gehörten nicht dazu. Obwohl er seinen Humor im Laufe der Jahre gedämpft hatte, blieb er doch ein großer Bestandteil seiner Persönlichkeit, ebenso wie seine aufrechte Sorge um andere. Er war ein zutiefst komplexer Mann, und so gut ich ihn auch kannte, fragte ich mich manchmal, ob er immer da sein würde, am anderen Ende der Telefonleitung, auf der anderen Seite der Tür. Ebenso wie Rick und – ein wenig – wie ich, war er jemand, der viel mitgemacht hatte, und das *trotz* seines Verhaltens, nicht *aufgrund* seines Verhaltens.

Aber vielleicht war Donald doch keine Ausnahme. Wusste er etwas darüber, was vor sich ging, und behielt es für sich? Teilte er ein Geheimnis mit Bernard, so wie Rick es eventuell tat? Könnte das der Grund sein, warum es in den letzten Monaten zunehmend bergab mit ihm ging?

Ich richtete mich auf und schwang langsam meine Füße in Richtung Boden. Meine übertriebene Paranoia wurde von einem kurzen Schwindelanfall verdrängt. Ich schloss meine Augen und sah, wie mich die Gesichter des kleinen Jungen und seiner Mutter anstarrten.

Ich öffnete die Augen. Der Raum drehte sich nicht mehr.

Ich hatte über die anderen nachgedacht und sie in meinen Gedanken verdächtigt und verraten. Doch was war mit mir selber? Gab es etwas, das *ich* wusste, das *ich* mit Bernard teilte, ohne mir dessen bewusst zu sein?

Bevor ich tiefer in meinem Verstand graben konnte, hörte ich, wie das Telefon in der Küche aufgehängt wurde. Daraufhin tapste Toni auf das Schlafzimmer zu.

Als sie die Tür öffnete, zuckte sie kurz zusammen, erlangte aber schnell wieder ihre Fassung zurück. »Ich dachte, du schläfst«, sagte sie mit einem schwachen Lächeln. »Du hast mich erschreckt.«

»Bin gerade aufgewacht. Diese Tabletten hauen mich total um.«

»Deswegen verschreibt Gene sie ja auch. Sie helfen gegen Nervosität«, erklärte sie. »Er hat gesagt, dass sie dir beim Einschlafen helfen würden.«

»Da hat er sich nicht getäuscht.« Ich massierte mir den steifen Nacken. »Wie spät ist es?«

»Kurz nach zehn.«

»In der Nacht, oder?«

»Ja, Schatz, in der Nacht.« Toni schritt zum Fenster und ließ das Rollo nach oben schnellen.

Ich blickte auf das Mondlicht, dann zurück zu ihr. Ihr Unbehagen war so deutlich zu spüren, dass ich es beinahe anfassen konnte. »Das mit dem Job tut mir leid.«

»Du kannst jederzeit einen neuen Job finden.«

»Ich war selbst schuld, aber Nino hat mich nur gefeuert, weil Petey ihn gezwungen hat. In ein paar Wochen wird er mich anbetteln zurückzukommen. Wo wollen sie jemanden finden, der so verlässlich und loyal ist wie ich? Außerdem habe ich eine nette Abfindung bekommen, davon werden wir uns eine Weile über Wasser halten können.«

Toni bewegte sich mit einem vorsichtigen Ausdruck auf mich zu, den ich noch nie zuvor an ihr gesehen hatte. Sie setzte sich neben mich aufs Bett. »Alan, wir müssen reden.«

»Das tun wir doch gerade.«

»Ich meine über das, was neulich Nacht geschehen ist.«

Ich nickte. Sie hatte viel geraucht, das konnte ich riechen. »Pass auf, ich habe dir alles, was passiert ist, so gut wie möglich erzählt ...«

»Ich habe mit Gene über die Sache gesprochen und ...«

»Was? Warum hast du das getan, ohne zuerst mit mir zu reden?«

»Liebling, er ist ein Psychiater, das ist sein Beruf.«

Ich stand auf und meine Beine zitterten. »Das geht ihn einen Scheiß an. Verdammt noch mal, Toni, weshalb muss Gene jedes Fitzelchen aus unserem Privatleben erfahren? Du arbeitest für ihn. Er ist aber kein Familienmitglied. Ich würde ihn nicht einmal als Freund bezeichnen.«

»Nun, ich schon.« Ihr dichtes, kurz geschnittenes Haar war durcheinandergewirbelt. Sie wischte sich eine widerspenstige Strähne aus den müden, mit Mascara verschmierten Augen. »Er macht sich Sorgen um dich, Alan, und ich auch.«

Ich stand da, trug lediglich meine Boxershorts und war mir nicht sicher, was ich mit mir anfangen sollte. »Ich bin durchgedreht, okay? Mir geht's gut.«

»Ich finde nicht ...«

»Das ist alles, Ende der Geschichte.«

Sie sah auf den Boden. »Ich habe Angst, Alan.«

»Ich auch.«

»Ich habe Angst vor *dir*.«

Ich spürte, wie sich mein Hals zuschnürte. »Meine Güte, Baby, komm schon!« Ich sank auf die Knie und legte meine Hände in die ihren. »Du weißt doch, dass ich dir nie etwas antun würde.«

Ihre Augen schimmerten vor Tränen, und ihr ganzer Körper bebte. »Neulich Nacht ... Ich habe dich noch nie so erlebt. Du hast vor dich hin gebrabbelt und behauptet, dass all diese verrückten Sachen passiert sind, und ich konnte dich nicht beruhigen oder mit dir reden. Du hattest dich überhaupt nicht mehr unter Kontrolle, du hattest einen *Zusammenbruch*. Das ist nicht normal, Alan. Das ist nicht *gesund*.«

»Mir geht's gut«, versicherte ich. »Ich verspreche es dir, mir geht es gut.«

Sie zog eine Hand zurück und rieb sich die Augen. »Gene meint, dass es dir sehr helfen könnte, wenn du zu ihm gehst und mit ihm besprichst, was in der Nacht vorgefallen ist.«

»Hältst du mich für einen Patienten?« Ich ließ ihre Hände los und stand auf. »Gene. Was zum Teufel weiß er denn von dem Ganzen? War er das gerade eben am Telefon?«

»Ja, wir ...«

»Du verstehst dich ganz schön gut mit dem Arschloch, was?«

Ihre Gesichtszüge entgleisten, über ihre geröteten Wangen liefen weitere Tränen. »Was soll das bitteschön bedeuten?«

Ich ging zum Fenster. »Sag ihm, er soll sich um seinen eigenen Scheiß kümmern.«

»Ich habe ihn um Hilfe gebeten, Alan.«

»Na, dann hör auf, ihn um Hilfe zu bitten. Lass ihn gefälligst aus der Sache raus.« Ich packte den Fensterrahmen an beiden Seiten, um etwas mit meinen Händen zu tun. Andernfalls hätte ich sie einfach gegen die Wand gerammt. »Ich bin nicht so ein Spinner, der einen Psychiater braucht. Ich bin keiner von seinen scheißgestörten Patienten.«

»Das habe ich auch nie behauptet«, antwortete sie mit sanfter Stimme. »Ich habe mir bloß gedacht, dass es eine gute Idee sein könnte, mit ihm darüber zu reden, das ist alles.«

»Über was genau zu reden?« Ich stieß mich von dem Fenster ab und drehte mich wieder zu ihr um. »Über *was?* Worüber sollen wir uns zuerst unterhalten. Vielleicht über meine Albträume? Oder dass Bernard eventuell irgendein gestörter Psychopath war, und zwar seit Jahren? Dass alle Anzeichen dafür die ganze Zeit vor unserer Nase waren, aber wir sie lieber übersehen haben? Dass niemand von uns – mich eingeschlossen – das ist, für den ich ihn immer gehalten habe? Dass ich Leute sehe, die es nicht gibt? Tote Frauen und kleine Jungs in der Dunkelheit. Das ist doch ein gutes Thema. Oder wie wäre es damit, dass ich über weitere Dinge Bescheid weiß, die sich in der Fabrik zugetragen haben, böse Dinge, an die ... ich mich nicht erinnern will, Toni, ich ... Herr im Himmel, die würden mich einsperren ...«

Anfangs schluchzte ich nur, aber schon bald darauf konnte ich es nicht mehr zurückhalten und heulte hemmungslos. Wortlos breitete Toni ihre Arme aus. Ich ging schnell zu ihr. Wir hielten einander lange Zeit fest, Arm in Arm, und unsere Tränen vermengten sich.

Ich hielt ihr Gesicht in meinen Händen und sah ihr in die Augen. »Ich muss die Sache selber in den Griff bekommen. Ich weiß, dass es verrückt klingt, aber etwas geht wirklich vor sich, und das bilde ich mir nicht ein. Es ist wirklich so. Ich bin nicht verrückt.«

»Ich habe nie gesagt, dass du verrückt bist. Aber wir haben Probleme, du ...«

»Ich komme schon klar. Ich muss jetzt die Wahrheit herausfinden. Ich kann sie nicht länger ignorieren, sie ... sie lässt das nicht zu, verstehst du?«

Sie versuchte zu lächeln, als sie meine Wange berührte, und jetzt bemerkte ich zum ersten Mal, dass sie nur ein langes T-Shirt und einen Slip trug. Durch den dünnen Stoff war die dunkle Tönung ihrer Brustwarzen zu sehen. Sie waren aufgerichtet und drückten gegen den Stoff, als wollten sie entkommen. Toni sah so hilflos und verängstigt aus in dem Mondlicht, als hingen ihre Sicherheit und ihre geistige Gesundheit allein von mir ab. Möglicherweise war es auch so. »Ich liebe dich«, sagte ich. »Egal was passiert, ich werde dich immer lieben.«

Ihre sanften Hände strichen über meine Schenkel, ihr warmer Atem kitzelte mich am Hals. Wenige Augenblicke später sah ich Toni über mir. Sie blinzelte langsam. In ihren Augen spiegelte sich unsere gemeinsame Vergangenheit wider. Ihre Zunge schnalzte über meine Wange und rutschte in mein Ohr. Ich schlang die Arme um sie und knetete ihre straffen Pobacken, dann ließ ich meine Hände über ihren Rücken zu den Schultern wandern. Ich spürte, wie ich zwischen ihren Beinen hart wurde, zwischen einem weichen Haarbüschel. Sie drückte sich fest an mich, hob die Hüfte, bog den Rücken durch, nahm mich tiefer in sich auf, drückte noch mehr, ihr Körper bewegte sich wie eine Python, während sie ihren Rücken gerade aufrichtete und auf mir hockte. Sie blickte mir in die Augen, als fürchte sie, mich in der Dunkelheit zu verlieren.

Anschließend lag sie neben mir. Ich spürte ihr Herzklopfen. Ihre Finger zeichneten behutsam die Konturen meiner Brust nach, während wir uns still in den Armen hielten und verschwitzt und außer Atem auf dem Bett lagen. Das war das erste Mal seit ziemlich langer Zeit gewesen, dass wir miteinander geschlafen hatten. Die Frage drängte sich mir auf, ob es vielleicht daran lag, dass sie Angst hatte, es könnte das letzte Mal sein.

Alles rieselte wie Regen auf mich ein: der Keller, das Foto der Frau, die keiner von uns kannte, die Kassette, die Albträume, die Spukgestalten, die verlassene Fabrik. Der Wahnsinn. »Bernard war nicht das, für was wir ihn gehalten haben«, sagte ich leise. Toni kuschelte sich näher an mich, antwortete aber nicht. Ich wusste, dass sie mir immer noch nicht glaubte, aber andererseits war ich mir nicht sicher, ob das überhaupt jemand tat.

Jedenfalls nicht, bis der Winter dahinschmolz, zum Frühjahr wurde, und die erste Leiche auftauchte.

FRÜHLING

Kapitel 10

Am Ende der Main Street bogen die Gleise in ein Wäldchen ab, wo Gras und Sträucher ungehemmt wuchsen und entsprechend hoch standen. Sie verliefen auf einer mit Steinchen bedeckten, aus Erde angehäuften Erhöhung, die sich durch die ansonsten ganz natürliche Umgebung schlängelte, so weit das Auge reichte. Schon seit Kindestagen hatten wir uns gerne damit vergnügt, an den Gleisen entlangzulaufen, und später, als wir in der Highschool waren, entwickelte sich die Stelle am Ende der Main Street – kurz bevor die Schienen im Dickicht verschwanden – zu unserem Treffpunkt. Zu Fuß gelangte man von der Straße aus schnell dorthin, aber das schräge und überwucherte Gelände schreckte die meisten Erwachsenen ab, inklusive der Bullen. Deswegen erwies sich die Stelle als guter Platz für Jugendliche, um ungestört rumzuhängen. Auch für uns. Wir trafen uns dort oft, um Zigaretten zu rauchen oder einen Joint, vielleicht ein oder zwei Biere zu trinken oder manchmal auch mit einer Freundin spazieren zu gehen.

Hinter einer Gleiskurve befand sich ein niedriger gelegenes Feld, das man über einen schmalen Trampelpfad erreichen konnte, der auf der gegenüberliegenden Seite durch den Wald verlief. Der Boden dort war an vielen Stellen regelmäßig aufgegraben und schnell wieder zugeschüttet worden. Nur hier und da wuchs Gras. In einer Ecke des Feldes stand ein kleiner, heruntergekommener Schuppen. Jeder wusste, dass darin einige Werkzeuge und andere Dinge aufbewahrt wurden, nichts weiter Interessantes. Abgesehen von Mr. McIntyre, dem einzigen Tierfänger von Potter's Cove, ging niemand dorthin.

An diesem Nachmittag hatten wir entschieden, den Rest des Schultags zu schwänzen. Bernard war unglücklich – sein Hund Curly war in der Nacht zuvor gestorben. Bernard hatte ihn erst am Morgen hinter dem Gartentisch gefunden. Anscheinend war der Hund von einem Auto angefahren worden und hatte es irgendwie noch in den Garten geschafft, wo er hinter dem Tisch zusammengebrochen und gestorben war. Mr. McIntyre hatte

Curly in einem großen, reißfesten Müllbeutel mitgenommen, und da wir alle wussten, dass die Stadtverwaltung das Feld als Friedhof für Tiere benutzte, wussten wir auch, wo die letzte Ruhestätte des Hundes zu finden war.

»Warum habt ihr ihn nicht einfach in eurem Garten beerdigt?«

Bernard saß auf dem Abhang zwischen den Gleisen und dem Feld. Er hielt einen langen Grashalm zwischen den Lippen, der im Wind wackelte.

»Das wollte ich ja«, erwiderte er leise, »aber meine Mum meinte, er wäre zu groß, um dafür ein Loch im Garten zu graben. Sie erlaubte es nicht, aber es war doch Curly. Sie wollte mir was erzählen von wegen, dass McIntyre ihn anständig begraben wird – wer's glaubt!« Seine Augen, die immer noch auf das Feld starrten, verengten sich. »Es muss dort drüben sein.« Er zeigte auf einen kleinen Flecken, wo die Erde frisch umgegraben war. »Man kann sehen, dass dort gerade erst gebuddelt worden ist. Dort muss Curly liegen.«

Bernard tat mir leid. Vor ein paar Jahren war mein Kater gestorben, ich wusste also, welche Schmerzen ihm dieser Verlust bereitete, obwohl wir fünfzehn Jahre alt waren und es unabdingbar war, stets eine gewisse Coolness beizubehalten. Bernard hatte den Hund schon als kleines Kind bekommen, und wir alle hatten das Tier gekannt und lieb gehabt. »Was für ein Arschloch muss man sein, einen Hund anzufahren und abzuhauen?« Ich stand hinter Bernard und bemühte mich, überall hinzusehen, nur nicht auf das Feld.

»Ich hätte ihn reinholen sollen, bevor ich ins Bett gegangen bin«, murmelte er. »Es muss mitten in der Nacht passiert sein. Er war bestimmt auf der anderen Straßenseite und hat Mrs. Petrillos Müll durchwühlt, so wie immer.« Bernard kicherte. »Der blöde Hund hat immer ihren Müll gefressen. Wahrscheinlich war er gerade auf dem Weg zurück, als er angefahren wurde.«

»Trotzdem, der Wichser hätte anhalten sollen.«

»Vielleicht hat er das ja. Es war spät, und ich hab Curly im Garten hinter dem Haus gefunden. Er ist wahrscheinlich dorthin gekrochen, und es war dunkel und so, und der Fahrer konnte ihn vielleicht nicht finden. Dachte sich, dem Hund geht's gut und ist abgehauen. Keine Ahnung. Vielleicht war es auch irgendein Arsch, der über ihn geheizt ist, und dem alles scheißegal war.« Er zog den Grashalm aus seinem Mund, betrachtete einen Moment lang das zerkaute Ende und sah dann zu mir auf. »Curly war nicht mehr so schnell wie früher. Er war alt. Vielleicht hat er versucht, dem Auto zu entkommen, aber er hat es nicht geschafft. Er hat aus den Ohren geblutet, und Mr. McIntyre meinte, dass es wohl daran lag, weil der Wagen ihn am Kopf getroffen hat.«

Ich stand da und war mir nicht sicher, was ich antworten sollte.

»Ich werd den blöden Hund vermissen, Mann.«

»Ich auch. Curly war cool.«

Bernard sah wieder auf das Feld. »Danke, dass du mit mir die Schule schwänzt.«

»Kein Problem.« Ich kickte einen Stein den Abhang hinunter. Er hüpfte klappend an den Schienen entlang. »Gehst du heute Abend zu der Party bei Michele Brannon?«

»Nee.«

»Wäre vielleicht eine gute Ablenkung?«

Das Grasblatt steckte wieder zwischen seinen Lippen und wippte im Wind. »Hast du schon mal etwas gesehen, das tot ist, Al?«

»Tja ... ich schätze mal ja.«

»Wirklich?«

»Mein Kater Doc ist gestorben.«

»Ich kann mich erinnern. Er hatte Krebs.«

»Genau. Doktor Halstrom meinte, er könnte nichts mehr für ihn tun, Doc hatte einen großen Tumor.«

»Also hat er ihn für dich getötet.«

»Er hat ihn eingeschläfert.«

»Ja, er hat ihn getötet.«

»Ich wollte nicht, dass Doc unnötig leidet. Er war schwer krank.«

»Hast du gesehen, wie er es gemacht hat, oder bist du vorher weggegangen?«

Ich lief neben den Gleisen herum und wollte nicht über solche Dinge nachdenken. »Wir hatten den Raum verlassen, bevor er es machte. Doc bekam aber nichts mit, er wusste nicht, was vor sich ging. Meine Mum hat erlaubt, dass ich ihn mitnehme, nachdem alles vorbei war. Wir haben ihn im Garten begraben.«

»Ich kann mich erinnern. Es ist beschissen, etwas zu sehen, das tot ist.«

»Ja.«

»Vor allem, wenn du es gekannt hast, als es noch gelebt hat«, nickte Bernard. »Denn wenn du am Straßenrand ein überfahrenes Tier siehst – etwas, das du nicht gekannt hast, dir also scheißegal ist –, dann ist es nicht weiter wichtig. Es sieht eklig aus, und vielleicht denkst du, das ist traurig oder etwas Ähnliches, vielleicht ist es sogar irgendwie interessant, aber es ist einfach tot. Ein totes ... *Ding*. Aber wenn du es vorher gekannt hast, wenn du dran gewöhnt bist, es lebendig zu sehen, und dann ist es tot, das ist echt beschissen.«

»Hast du jemals einen toten Menschen gesehen?«

Bernard nickte. »Ich war bei ein paar Totenwachen.«

»Ich hab meine Großmutter gesehen, nachdem sie gestorben war«, erzählte ich ihm. »Sie sah so komisch aus in dem Sarg, mit dem ganzen Puder im Gesicht und allem Drumherum. Sie sah ganz anders aus, nicht mehr wie sie selbst.«

»Sie war es ja auch nicht ... Jedenfalls nicht mehr.«

»Alle sagten, wie gut sie aussieht, wie friedvoll. Ich war zwar nur ein Kind, aber selbst ich wusste, das war alles ein Haufen Quatsch. Sie sah furchtbar aus, Mann! Sie sah verdammt noch mal tot aus!«

»Wie sehen sie dort drüben aus, was meinst du?« Bernard deutete mit dem Kinn auf das Feld. »Wie sieht es wohl unter all der Erde und dem toten Gras aus?«

»Vermutlich hauptsächlich Knochen.«

Bernard zog den Grashalm aus seinem Mund und warf ihn in Richtung des Feldes unter uns. Der Wind fing ihn auf, und er wirbelte tanzend davon, getragen von dem Wind. Bernard nahm die Brille ab, putzte die dicken Gläser mit dem Zipfel seines Hemdes und setzte sie wieder auf. »Das Schlimmste dabei ist, dass wir alle auf dieselbe Art enden werden. Egal, was du in deinem Leben machst – oder auch nicht machst –, egal, wohin du gehst oder wer du bist, wir alle kratzen ab. Am Ende kratzen alle ab und liegen unter der Erde. Es sei denn, sie verbrennen dich und verteilen deine Asche. Meine Mutter hatte einen Cousin, mit dem sie das gemacht haben. Sie haben seine Asche ins Meer gestreut.«

»Spielt wohl keine Rolle, sobald du tot bist.«

»Wahrscheinlich nicht«, stimmte mir Bernard zu. »Trotzdem, es ist beschissen. Unser ganzes Leben lang wissen wir, dass wir früher oder später unter die Erde müssen. Irgendein Tag wird dein letzter sein.«

»Niemand und nichts lebt für immer, Bernard.«

Er nickte gedankenverloren. »Wir sollten es aber.«

»Warum?«

»Weil alles andere brutal ist. In dem Augenblick, in dem du geboren wirst, fängst du auch schon an, älter zu werden, stimmt's? Mit anderen Worten, du stirbst irgendwie von dem Augenblick an, in dem du geboren wirst. Was für einen Sinn hat das Leben, wenn es einfach aufhört und du weg vom Fenster bist und die Welt sich weiter dreht, als ob du nie da gewesen wärst? Gestern hat Curly noch im Garten gespielt und an seinem Tennisball gekaut, zu Abend gefressen, aus der Toilette getrunken – wie ein Hund eben. Dann, *zack*, weg ist er. Einfach so. Als hätte es ihn nie gegeben.«

»Deswegen haben wir unsere Erinnerungen.«

»Erinnerungen sind einen Scheiß wert.«

Ich hüpfte von den Gleisen und setzte mich neben ihn. Ein kühler Windhauch wehte durch die Bäume in der Ferne und über das Feld. Der Himmel war aschgrau geworden. Ein Sturm braute sich über dem Meer zusammen. Wir saßen schweigend da und hingen unseren Gedanken nach.

»Glaubst du an Gott, Al?«, fragte Bernard.

»Klar, du etwa nicht?«

»Doch. Machst du dir manchmal Gedanken über ihn?«

»Du meinst, wie er aussieht und so?«

»Nein, eher warum er das alles macht.«

»Ja, manchmal schon.«

»Ich frage mich, weshalb Gott mich hasst.«

»Bernard, Gott hasst niemanden. Er ist schließlich Gott.«

Bernard zog die Knie näher an seinen Körper, stützte sich mit dem Kinn auf sie und legte die Arme um seine Beine. »Glaubst du an den Teufel?«

»Ich weiß nicht. Wahrscheinlich schon.«

»Wenn es einen Gott gibt, muss es auch einen Teufel geben.«

»Meinetwegen.«

»Es stimmt! Von allem gibt es ein Gegenteil, richtig?«

»Na klar.«

»Manchmal nervt mich alles so dermaßen, dass ich nur noch ausrasten möchte.« Bernard sah mich an und schüttelte den Kopf, als ob ihn seine eigenen Worte enorm aufregten, mehr als ich es je würde nachvollziehen können. »Ich will *scheiß drauf* schreien und alles kaputt hauen, will jeden kaputt hauen, weil sowieso alles egal ist. Mach, was du willst, aber das Leben geht weiter, nichts hält plötzlich inne. Wenn es eine Rolle spielen würde, was du machst – wenn es einen Sinn hätte –, dann würde das Leben anhalten und nachschauen, was du da treibst. Tut es aber nicht.«

Ich legte eine Hand auf seine Schulter, drückte sie und schüttelte ihn sanft und spielerisch. Dann ließ ich ihn los. »So fühlt sicher jeder mal, Kumpel. Mach dir keine Sorgen.«

Bernard blinzelte langsam. Seine Augen sahen hinter dem dicken Glas leicht verschwommen aus. »Ich mache mir *keine* Sorgen«, meinte er. »Eines Tages drehe ich durch, Al, und dann wird jemand verletzt werden.«

Normalerweise hätte ich ihn für so eine Aussage auf den Arm genommen, aber ich sagte bewusst nichts und tat so, als glaubte ich ihm.

»Schwer verletzt werden«, murmelte er.

Typisches Bernard-Gerede. Er konnte keiner Fliege etwas zuleide tun und schüchterte niemanden ein. Er wollte hart klingen, aber den Worten würden niemals Taten folgen. Er war wütend und frustriert und vermisste seinen Hund, also ließ ich ihn reden. Sollte er doch den gefährlichen Mann spielen.

»Ist dir mal der Gedanke gekommen, dass Gott uns vielleicht nur verarscht?«

»Er hat definitiv einen merkwürdigen Sinn für Humor.« Ich lachte müde.

»Ich meine es ernst.«

»Das Leben ist manchmal beschissen, so ist das nun mal.«

»Ich glaube, mir gefällt der Teufel besser.«

»So was solltest du nicht sagen.«

»Es stimmt aber!«

»Das glaube ich dir nicht.«

Bernard seufzte. »Bei ihm weißt du wenigstens, woran du bist.«

»Ach wirklich?« Ich stieß ihn mit dem Ellenbogen an und bemühte mich, die Stimmung wieder zu heben. »Hast du in letzter Zeit mit ihm gesprochen?«

»Manchmal glaube ich, dass er zu mir spricht.«

»So ein Quatsch!« Mit einem weiteren gezwungenen Lachen verscheuchte ich das Schaudern, das mich überlaufen wollte. »Du spinnst total.«

Bernard setzte zu einem ganz leichten Lächeln an und kam auf die Füße. »Ein Sturm kommt.«

Ich stand auf und wischte mir die Erde vom Hosenboden.

»Glaubst du, dass du die Leute siehst, die vor dir gestorben sind, wenn du selber tot bist?«

»Ich glaube schon, ja.«

»Was ist mit Tieren?«

»Klar. Gott hat sie genauso wie die Menschen geschaffen, also warum sollten sie nicht auch eine Seele haben?«

Bernard dachte darüber einen Moment nach. Sein Blick war wieder auf die frisch umgegrabene Erde auf dem Feld gerichtet. »Ich schätze, du hast recht.«

»Ich bin mir sicher, dass Curly gerade im Himmel rumrennt, Mülltonnen umwirft und den Abfall von allen möglichen Leuten frisst.«

»Vielleicht läuft alles genau andersherum«, sagte er leise. »Vielleicht leben wir gar nicht richtig ... bevor wir tot sind.«

In der Ferne ertönte ein Donnern.

»Komm schon«, sagte ich. »Verschwinden wir von hier.«

Als wir aufbrachen, fing es leicht zu regnen an.

Ich konnte mich nicht daran erinnern, wann ich zum letzten Mal an dieser Stelle bei den Gleisen gewesen war. Und jetzt, all die Jahre später, saß ich auf der gegenüberliegenden Straßenseite neben dem Tierfriedhof in meinem Auto. Ich beobachtete, was vor und hinter dem gelben Polizeiband vor sich ging. Auf dem Nebensitz lag die Zeitung von gestern Abend, deren Schlagzeilen von dem grausamen Fund berichteten, den ein Arbeiter aus der Stadt in den frühen Morgenstunden gemacht hatte. In einem flachen Grab, dessen Erde durch den Wechsel der Jahreszeiten abgetragen worden war, lag inmitten des Feldes, wo ganze Generationen von Tierknochen ruhten, eine Leiche – nackt, verstümmelt und teilweise verwest. Der Arbeiter hatte etwas bemerkt, das aus der Erde ragte, und zunächst nicht erkennen können, um was es sich dabei handelte. Bei näherer Betrachtung stellte er fest, dass es der Fuß und die Wade eines Menschen waren. In dem Zeitungsartikel und den etwas später folgenden Fernsehberichten hieß es, dass es die Leiche einer jungen Frau war, die schon vor einigen Wochen gestorben sein musste, aber ihre Identität hatte noch nicht festgestellt werden können. Detektives der State Police kamen zur Unterstützung der örtlichen Polizeibeamten, und auch Journalisten reisten scharenweise nach Potter's Cove, um von dem Vorfall zu berichten.

In den letzten beiden Jahrzehnten hatte es in Potter's Cove nur drei Mordfälle gegeben. Ein Teenager hatte seinen zuvor besten Freund mit der Pistole seines Vaters erschossen. Eine Frau, die jahrelangen Missbrauch erduldet hatte, erschlug ihren Ehemann eines Nachts mit einem Hammer, nachdem er betrunken eingeschlafen war. Und ein der Polizei als Drogendealer bekannter Mann war in einer Gasse in der Innenstadt hingerichtet worden – als Teil eines Bandenkrieges. Dies waren die aufsehenerregendsten Morde, die Potter's Cove je erlebt hatte, bis jetzt jedenfalls, und sie alle lagen lange zurück und waren längst abgehandelt. Das hier war anders.

Und es war erst der Anfang.

Obwohl die Leiche bereits entfernt worden war, wimmelte es in den umliegenden Straßen immer noch von Menschen, die sich hinter dem Polizeiband aneinander drängten wie Fans, die nahe am Bühneneingang einen Blick auf einen Rockstar erhaschen wollen. Hinter einer Gruppe stand Donald neben dem Kantstein. Er hatte die Arme verschränkt und die Brauen zusammengezogen. Ich hatte ihn und Rick in den letzten zwei Wochen kaum gesehen und nur ein paarmal am Telefon mit ihnen gesprochen, als wäre es vorläufig einfacher, voneinander getrennt zu sein.

Zwar besaß ich noch ein paar der Beruhigungstabletten, hatte aber vor ein paar Tagen aufgehört, sie zu nehmen, und nun fühlte ich mich klarer im Kopf. Meine Sinne waren geschärft. Toni hatte auf eine Distanziertheit umgeschaltet, die ich ihr ehrlich gesagt nicht übel nehmen konnte, da ich keinen Versuch unternommen hatte, nach Arbeit zu suchen und mich weigerte, über eine Therapie oder die Geschehnisse in jener Nacht zu reden. In letzter Zeit war ich meistens damit beschäftigt, mich zu erinnern und nach etwas zu suchen, das mir einen entscheidenden Hinweis geben würde. Ich bin stundenlang ziellos durch die Stadt gefahren, als hoffte ich, die Antworten am Straßenrand zu finden. Nun fragte ich mich, wie oft ich in den letzten Wochen nur wenige Meter an der Stelle vorbeigefahren war, wo man die Leiche gefunden hatte. Grausam, die Ironie.

Die Häufigkeit, mit der die Albträume auftraten, war etwas zurückgegangen, aber mich plagten weiterhin finstere Gedanken und blitzlichtartige Erinnerungsfetzen an die Nacht in der verlassenen Fabrik. Ich stieg aus dem Auto, lehnte mich gegen die Motorhaube und starrte zu Donald, bis er mich bemerkte. Er trug seine Arbeitskleidung, einen Anzug, aber seine Krawatte war gelöst und hing schief, was ihm ein zerzaustes Aussehen verlieh, das ungewöhnlich für ihn war. Sobald er mich erblickte, überquerte er die Straße und ging auf mein Auto zu.

»Wie geht's dir?«, fragte er.

»Wie geht's *dir?*«

Es war ein angenehmer Tag mit klarem Himmel, aber die Sonne hielt sich zurück. Donald nahm die Sonnenbrille ab und rieb seine dunklen Tränensäcke, dann setzte er sie wieder auf und verbarg sich hinter den schwarzen Gläsern. »Ich bin aufgestanden, habe geduscht, mich wie immer für die Arbeit angezogen und mich dann krankgemeldet. Stattdessen bin ich hierher gekommen. Ich weiß nicht genau, weshalb.«

»Natürlich weißt du das.«

Er setzte sich neben mich und zog Zigaretten und ein Feuerzeug aus seiner Hemdtasche. »Sie haben noch nicht viel über das Opfer bekannt gegeben.«

»Nur, dass es eine junge Frau ist.«

Eine Zigarette wanderte in seinen Mundwinkel. Er beließ sie dort und steckte das Päckchen wieder in seine Tasche. »Ja.« Er zog mit der Zigarette an der Flamme, klappte das Feuerzeug zu. Alles betont langsam. »Und dass sie schon seit Wochen tot ist.«

»Hast du immer noch den Albtraum?«

Er nickte kaum merklich. »Und du?«

»Nicht so oft wie vorher.«

»Hast du was von Rick gehört?«, fragte Donald.

»Eine ganze Weile nicht.«

»Er will sich heute Nachmittag im Brannigan's mit uns treffen. Um vier Uhr.«

Ich hätte jetzt gerne seine Augen gesehen. »Ich bin dabei.«

Er nahm ein paar Züge, bevor er wieder etwas sagte. Der Rauch drang langsam aus seinen Nasenlöchern. »Es wird schlimmer werden, Alan.«

»Aber sicher!«, sagte ich. »Wir sind verdammt.«

Donalds Gesicht war ausdruckslos. Er warf seine Zigarette weg. »Meinst du wirklich?«

»Du etwa nicht?«

Ohne zu antworten, tätschelte Donald beruhigend meinen Arm, ging wieder über die Straße und verschwand in der Menschenmenge.

Kapitel 11

Ich fuhr die Main Street entlang, ließ das Spektakel hinter mir und bog in den Sycamore Way ab, eine ruhige Straße, die von Bäumen umgeben war und eine Palisade bildete zwischen der Innenstadt, wo Arbeiter wohnten und zahlreiche Geschäfte waren, und den Stadtteilen im Norden, die reinen Wohngegenden für die Besserverdienenden. Die Gebäude auf beiden Straßenseiten stammten noch aus Kolonialzeiten, kurz nachdem die Stadt gegründet worden war. Sie wurden gepflegt und standen unter Denkmalschutz. Nur ein paar davon waren bewohnt, ansonsten waren hier die Historische Gesellschaft der Stadt, ein Kulturzentrum und mehrere kleine Arztpraxen und Anwaltbüros beheimatet. Im Gegensatz zu dort, wo ich wohnte, hielt man diesen Stadtteil sauber und gepflegt. Hier war Potter's Cove immer noch eine Kleinstadt und hatte nichts von dem Gewimmel der weniger wohlhabenden Bezirke an sich.

Am Ende des Sycamore Way bog ich rechts in die Bridge Street ab und folgte ihr langsam. Ich verringerte mein Tempo auf wenig mehr als ein Kriechen. So wie alles andere auch hatte sich die Straße im Laufe der Zeit verändert. Dort, wo einst Teile eines Wäldchens gestanden hatten, waren günstige neue Häuser gebaut worden, und zahlreiche andere Häuser waren renoviert worden, aber größtenteils sah die Straße genauso aus wie vor vielen Jahren, als ich hier aufgewachsen war. Ihren Namen verdankte die Bridge Street der kleinen Holzbrücke, die ganz am Ende der Straße über einen sie kreuzenden Strom führte. Die Gegend war immer noch recht arm und grenzte an die Ausläufer der exklusiveren Stadtteile. Bridge Street war der letzte Außenposten, bevor die Häuser größer wurden, die Autos neuer, die Leute besser angezogen. Selbst nach all den Jahren – gute, schlechte oder bedeutungslose – fühlte ich mich hier immer noch zu Hause. Gleichzeitig verspürte ich ein Unwohlsein. In diesem Fall ging Vertrautheit nicht notwendigerweise mit Wärme und Trost Hand in Hand. Zunächst betrachtete ich das Stück Gehweg, wo meine Mutter mir das Fahrradfahren beigebracht hatte, dann die uralte Steinmauer, wo ich viele Unfälle gebaut hatte. Jahre später traf ich mich dort mit meinen Freunden, um stundenlang zu reden, Zigaretten zu rauchen und abzuhängen. Trotz dieser und anderer Plätze, die schöne Kindheitserinnerungen in mir weckten, ließ jener heilige Boden auch eine gewisse Beklemmung in mir aufsteigen. Gut und Böse waren selbst hier, wo mir die Vergangenheit so unkompliziert vorkam, zu einem einzigen rätselhaften Ganzen verschmolzen.

Ich blinzelte die geisterhaften Eindrücke weg und parkte vor unserem alten Haus. Obwohl ich weniger als zwei Meilen entfernt wohnte, kehrte ich selten hierhin zurück. Die Bridge Street war kein Ort, an den man einfach so fuhr, sondern ausschließlich, falls man dort etwas zu erledigen hatte, und das kam bei mir fast nie vor.

Das kleine, einstöckige Haus stand etwas versetzt von der Straße und war auf einem ehemaligen Parkplatz errichtet worden, dessen Boden früher, zu meiner Zeit, aus bloßer Erde bestand. Dort war nun vor Jahren ein Rasen angelegt worden, und statt der verwitterten Schindeln hatte das Haus nun eine recht neue Vinylverkleidung zu bieten. Trotz der kosmetischen Korrekturen sah es im Grunde genommen noch genauso aus wie früher. Am Fenster meines alten Zimmers hing nun ein Spitzenvorhang. Ich fragte mich, wer dort wohl mittlerweile wohnen mochte. Das Haus hatte uns nie gehört, und nach dem Tod meiner Mutter hatte der Besitzer es an eine andere Familie verkauft. Seitdem hatte der Eigentümer noch einmal gewechselt, aber ich hatte keine Ahnung, was die gegenwärtigen Mieter anging. Soweit ich wusste, waren sämtliche Familien, die während meiner Kindheit in der Bridge Street gewohnt hatten, inzwischen fortgezogen. Sogar in den kleineren Städten Amerikas hatte sich anscheinend eine Flüchtigkeit verbreitet, im Vergleich zu der es eine nostalgische Absonderlichkeit war, ein Haus über Generationen hinweg zu bewohnen.

Ich zögerte, das falsche Gefühl der Sicherheit aufzugeben, das mir der Wagen vermittelte, dann schaltete ich den Motor aber doch ab und sah nach links, wo in einiger Entfernung das enge, zweistöckige Haus stand, in dem Bernard und seine Mutter gelebt hatten. Von allen Häusern in der Straße war nur dieses Haus nicht bewohnt, und da Bernards Mutter vor weniger als einem Jahr gestorben war, hatte nur dieses Haus noch eine aktive Verbindung mit der Vergangenheit. Das Haus war bescheiden, musste dringend mal gestrichen werden, die Fenster schimmerten dunkel. Der Vorgarten war ungepflegt und der Parkplatz leer. Seitdem es von der Bank übernommen worden war, hatte es anscheinend unverkäuflich leer gestanden und befand sich auf dem besten Weg, zum Schandfleck der Nachbarschaft zu werden. Wenn es noch länger leer stand, würden es die Kinder von hier bestimmt zum Spukhaus erklären – falls sie das nicht bereits getan hatten – und niemals wissen, wie nahe sie dabei der Wahrheit kamen.

Ihre Schönheit hatte Bernards Mutter gegen Ende ihres Lebens wegen ihrer verheerenden Krebserkrankung eingebüßt. Monatelang kam sie immer wieder ins Krankenhaus, bis die Ärzte letztlich zugaben, nichts mehr für sie tun zu können. Sie wurde nach Hause geschickt, um dort zu sterben. Nicht einmal einen Monat später geschah das auch, im oberen Schlafzimmer, gleich rechts neben der Treppe. Bernard sagte mir später, dass er bei ihr im Zimmer saß, als sie starb, ihre Hand gehalten und zugesehen hatte, wie sie ein letztes Mal atmete. Ich wusste nur allzu gut, wie es war, so etwas mit anzusehen. Meine Mutter war in meinen Armen gestorben. Graue Haut war über ein Gesicht gespannt, das ich kaum wiedererkannte, die Augen eingefallen, aber geöffnet, sie warteten auf Dinge, die nur sterbende Augen sehen konnten. Es ist unbeschreiblich, die eigene Mutter schwach werden und sterben zu sehen, den Menschen, von dem man abstammt, das Gefäß aus Fleisch und Blut, das Grund der eigenen Zeugung und Geburt ist. Entweder hat man so etwas miterlebt oder nicht, wie Soldaten, die das Grauen eines Kampfes überlebt haben.

Sie war ganz ruhig, hatte er verzweifelt gesagt, als hätte er felsenfest vor, mich zu überzeugen. *Ich glaube nicht, dass sie die Schmerzen noch gespürt hat, sie ... war ganz ruhig.* Seine Stimme murmelte mir aus der Vergangenheit zu und klang genauso wie an jenem Tag am Telefon. Ich sagte ihm, wie leid es mir tue und dass ich nachvollziehen könne, was er gerade durchmachte.

»Ich weiß«, sagte er. »Deswegen habe ich es dir als Erstem erzählt.«

Das Quietschen der Autotür hallte über den Gehweg, während ich mich von dem Pontiac entfernte. Langsam bewegte ich mich an der Straße entlang und überquerte sie erst, als ich vor Bernards altem Haus stand. Erinnerungen sprangen umher, größtenteils verschwommen, und weite Teile der Vergangenheit blieben mir verschlossen. Vor allem jene, die mit dieser Straße, dieser Gegend und diesem Haus zu tun hatten. Ich war immer davon ausgegangen, dass sich solche ereignisarmen Lebensabschnitte im Laufe der Zeit einfach auflösen, ohne Spuren zu hinterlassen, weil sie nicht sonderlich wichtig waren, aber nun dachte ich anders darüber. Als ich auf den hüfthohen Zaun zuging, der den Garten hinter dem Haus umgrenzte, kam es mir eher so vor, als ob Dinge, die sich dem Erinnerungsvermögen knapp entziehen, absichtlich vergessen werden. Nicht, weil sie unwichtig sind, sondern weil sie Dinge enthalten, denen man sich nicht gerne stellt. Selbst jetzt nicht.

Ich schob das Tor auf, fühlte das alte Holz in meiner Hand, und betrat den Garten neben dem Haus. Der Rasen war tot, dem Winter zum Opfer gefallen. In dem vertrockneten braunen Gras waren in unregelmäßigen Abständen unbewachsene Lücken zu sehen. Während ich das Gelände betrat, gab ein Vogel, den ich nicht sehen konnte, einen Schrei von sich; er klang mehr wie eine Warnung als nach einem Willkommensgruß. Er saß irgendwo in dem Halbkreis aus hochgewachsenen Bäumen knapp hinter dem Gartenzaun.

Mehrere Fenster an der Seite und Rückwand des Hauses waren mit Steinen eingeschmissen worden oder gesprungen, und jemand hatte *Leck mich!* auf die Hintertür gesprüht. Auf der zementierten Veranda vor dem Hintereingang standen immer noch dieselben Gartenmöbel wie beim letzten Mal, als ich hierher gekommen war, wenige Tage nach dem Tod von Bernards Mutter und nur ein oder zwei Monate bevor sich die Bank das Haus krallte. Der weiße Plastiktisch und die Stühle waren verwittert und an einigen Stellen kaputt. Ein Stuhlbein war komplett abgebrochen und zur Seite geworfen worden. Neben einer von Zeit und Wetter zerfressenen Liege standen mehrere große Müllbeutel sorgsam nebeneinander aufgereiht. Alle Beutel waren zum Platzen gefüllt. Ich versuchte mir vorzustellen, was sich darin befand. An dem Tag, als Bernard das Haus verloren hatte, musste er es räumen, und er hatte zahlreiche persönliche

Gegenstände, die noch in dem Haus waren, nicht mitnehmen können. Ich stellte mir vor, wie ein paar Arbeiter die Sachen einsammelten – *seine* Sachen und die seiner Mutter – und sie in die Müllbeutel stopften.

Zwei Leben – und alles, was von ihnen übrig blieb, waren die heruntergekommenen Reste eines Hauses, ein paar zerbrochene Möbel und einige Müllbeutel, die nebeneinanderstanden.

Auf der Rückseite des Hauses schaute ich nach oben, hinauf zu der Dunkelheit hinter den verschmierten Fensterscheiben im ersten Stock. Das Gefühl, dass jemand hinter dem Fensterstreifen mich beobachtete, zerrte an meinen ohnehin strapazierten Nerven. »Bernard«, flüsterte ich, »bist du da?«

Eine kurze Windbrise schüttelte die Bäume zur Antwort.

Kleine Fenster entlang des Kellers erinnerten mich an das Untergeschoss in New Bedford, wo Bernard sich erhängt hatte. Aber dies war sein Zuhause, ein Ort mit einer Geschichte, also was hatte Bernard hier heraufbeschworen, in diesem Haus, wo der Teufel angeblich manchmal mit ihm gesprochen hatte? Welche Dämonen hatte er gerufen und aufgeweckt? Und *warum?* Weshalb hatte er es überhaupt getan? Warum hatte er den Lockungen des Teufels sein Ohr geschenkt – selbst wenn die Stimme tief aus seinem Inneren kam – und sich bewusst darauf eingelassen?

Ich ging zum Rand der Terrasse und kniete mich hin. Ich betrachtete die alte Liege, deren Leinenbezug dreckig und verschlissen war. Was hatte ich hier alles gesehen und erlebt? Waren es Ereignisse, aus denen mein Verstand verschwommene Gespenster gemacht hatte, die mich sogar jetzt aus dem Dunkel heraus verfolgten? Wie konnten sie mich blind machen, das, was ich gesehen hatte, stehlen und stattdessen völlige Leere zurücklassen? Oder hatte ich sie selber losgelassen und das Wissen so tief in mir vergraben, dass es mir nicht mehr real vorkam?

Wenn dich dein rechtes Auge zum Bösen verführt, dann reiß es aus und wirf es weg!

Eine Lüge, die man sich selber unzählige Male erzählt, wird irgendwann zu einer Erinnerung anstatt einer Fantasie und verwischt die Grenze zwischen der Vorstellung und dem, was wirklich geschehen war. Konnte dasselbe auch bei wirklichen Erlebnissen der Fall sein? Wenn jemand mit genügend Hingabe und ausreichend lange so tat, als wäre etwas nicht wirklich geschehen, konnte es dann aus dem Bewusstsein verschwinden? Konnten auch hier die Grenzen zwischen Wirklichkeit und Einbildung verschwimmen? Selbst als ich nach der verrottenden Liege griff, wusste ich, dass die Antwort Ja lautete.

An besonders warmen und sonnigen Tagen war die Liege immer in die Mitte des Gartens geschoben worden, wo Bernards Mutter sich ausstrecken und sonnen konnte. Das Haus versperrte den Blick von der Straße, und die Bäume hier hinten bildeten eine Abschirmung zwischen ihr und den nächsten Häusern. Wie oft hatte ich sie gesehen, wie sie ausgestreckt in der Sommersonne lag, die Haut gebräunt und vor Sonnenöl glitzernd, den Kopf zurückgelehnt, mit geschlossenen Augen, das Kinn Richtung Himmel gestreckt, das weiche blonde Haar auf dem gepolsterten Kissen mit dem grellbunten Blumenmuster. Ihre Jackie-O-Sonnenbrille und ein flauschiges weißes Handtuch lagen neben einem tragbaren Radio im Gras, die Discosongs aus dem Radio dudelten immer ein wenig lauter als unbedingt notwendig. Wie viele Male hatte ich ihre Brüste betrachtet, die von dem Bikinioberteil kaum bedeckt wurden, wie sie sich hoben und senkten? Ihre Beine ausgestreckt und die Zehen gestreckt wie die einer Ballerina in Bauchlage, während die Sonne auf das Goldkettchen fiel, das ihren Knöchel verzierte. Wie viele Male hatte ich mich angefasst und dabei an sie gedacht – die *Mutter* meines Freundes, Himmel, *wie viele Male?*

In den Jahren bevor sie krank wurde war sie schön und anders als alle anderen Mütter. Linda war jemand Besonderes. Sie gehörte zwar zu den Eltern, war aber jünger, sexyer und mehr wie wir als die anderen Eltern. Sie hatte etwas Schelmisches an sich, ausdrucksstarke hellblaue Augen, eine kleine Nase, dünne, aber wohlgeformte Lippen und blond gefärbtes Haar, relativ kurz geschnitten, aber dicht und immer ein wenig durcheinander, als hätte sie nicht genug Zeit gehabt, sich richtig zu frisieren. Ihr Lachen war rau und klang merkwürdig obszön angesichts einer solch zierlichen Frau. Sie war sogar so zierlich, dass ihre Art und Weise, sich eindeutig weiblich, erotisch und verführerisch zu verhalten, oft einstudiert wirkte. In einer langweiligen Stadt wie Potter's Cove war sie das glamouröseste Wesen, das wir je zu Gesicht bekommen hatten. Ein Filmstar am falschen Ort, zu einem Leben mit ihrem unehelichen Sohn, voller Langeweile und Einsamkeit, am Ende der Welt verdammt; an einem Ort, wo man sich über sie lustig machte. Die einzige andere Aufmerksamkeit, die einer Frau wie Linda Moore entgegengebracht wurde, fand sie in den Bars bei Nacht. Ich hatte mal gehört, wie sich meine Mutter am Telefon über sie unterhielt. Linda sei aus ihrem Geburtsort New Bedford nach New York City gegangen und habe sich da mit zweifelhaften Gestalten eingelassen. Leute aus der Unterwelt, die eine Frau wie Linda gerne im Arm oder im Bett hatten. Aber dann kam es – dieser Geschichte zufolge – zu einem Mord, von der Mafia in Auftrag gegeben, und Linda befand sich plötzlich in einer unangenehmen Situation und flüchtete. Sie kehrte schwanger nach Hause zurück, mit einem Alkoholproblem und einem schlechten Ruf, und landete schließlich in Potter's Cove. Die meisten glaubten, dass sie nur vorübergehend in der Stadt bleiben würde und ein Mädchen wie sie, das gerne Party machte, ohne Partys schnell gelangweilt sein würde. Bald würde sie zu dem Leben auf der Überholspur zurückkehren, das sie gewohnt war. In gewisser Weise tat sie das auch, jedoch in der Kleinstadt-Version. Unter normalen Umständen wäre sie die Sorte Mädchen gewesen, die wegziehen, um sich in aufregenderen Orten größeren Dingen zu widmen. Stattdessen wurde aus ihr eine skandalöse Frau, von der die älteren Stadtbewohner leise sprachen, mit vor den Mund gehaltenen Händen und schiefen Blicken. Eine Frau, von der sowohl die meisten erwachsenen Männer als auch Teenager träumten. Bernard betete sie an.

Ich stand auf und trat zurück, entfernte mich von dem Haus und betrachtete noch einmal die Fenster im oberen Stock. Das Gefühl, von jemandem beobachtet zu werden, stieg ein zweites Mal in mir auf, obwohl ich den Eindruck hatte, dass der Beobachter – wer oder was auch immer es sein mochte – nun hinter mir stand, vielleicht bei den Bäumen am Zaun. Ich ignorierte das Gefühl und ging langsam an der Seite des Hauses dorthin zurück, von wo ich gekommen war, ohne zurückzublicken. Als ich das Tor wieder schloss, blickte ich zum Garten hinüber und sah langsam an den sich immer noch leicht im Wind bewegenden Bäumen hinauf.

Ich war zufrieden, dort niemanden zu entdecken und ging zur Vorderseite des Hauses. Die Tür beanspruchte meine Aufmerksamkeit. Linda hatte uns immer gesagt, dass wir einmal an der Tür klopfen und dann einfach hereinkommen sollten. Es war eine komische Sache, nur einmal zu klopfen und dann das Haus von jemandem zu betreten. Eine solche Gewohnheit stand in direktem Gegensatz zu den strikten Benimmregeln, die mir meine Mutter beigebracht und auf deren Einhaltung sie bestanden hatte. Aber es war Lindas Regel. Und das war auch so eine Sache. Man sprach einen Erwachsenen, vor allem die Mutter eines Freundes, nicht mit dem Vornamen an. Das galt als respektlos. Aber andererseits war es, wie gesagt, Lindas Regel. Wenn ich also zu Besuch kam, klopfte ich einmal an die Vordertür, trat ein, und wenn sie in der Nähe war, sprach ich sie einfach mit *Linda* an, so wie alle anderen auch.

Die unzähligen Male, als ich ins Haus gegangen und Bernards Mutter in einem kaum bekleideten Zustand angetroffen hatte, kamen mir in den Sinn, Bilder von flirtenden Geistern und feixenden Dämonen, die nacheinander ineinander verschmolzen und einen einzigen Wirbelsturm aus Gespenstern bildeten. Wenn ich vorbeikam, war sie oft zufälligerweise knapp oder sexy angezogen, zog sich gerade um oder kam gerade aus der Dusche, wobei sie es irgendwie schaffte, mit einem kleinen Handtuch die richtigen Stellen gerade noch zu bedecken. Es sei denn, das Handtuch verrutschte und erlaubte einen schnellen Blick auf einen Nippel, eine Pobacke oder das Schamhaar, während sie lässig die Treppe hinaufging oder in ihr Zimmer tänzelte. Damals hatte ich mich oft gefragt, ob sie sich auch so verhielt, wenn Bernards andere Freunde zu Besuch kamen.

Bernard ist in seinem Zimmer, Kleiner. Geh schon zu ihm hoch.

Jetzt, viele Jahre später, war ich mir sicher, dass sie es getan hatte.

Ich starrte auf das Haus und rief mir all die Erinnerungen und Geheimnisse, die in seinen sterbenden Wänden festgehalten waren, ins Bewusstsein. Ich beschwor sie aus den Tiefen des Hauses ins Tageslicht herauf, auf den Gehweg, wo ich jetzt stand. Und wie das langsame Aufsteigen von Blut aus einer besonders tiefen Wunde, so kamen sie dann auch. Zunächst nur langsam und tröpfchenweise, aber dann – während ich die Wunde offen hielt und noch weitete – spritzte das Blut aus Erinnerungen und Geheimnissen hervor, lief die Wände hinunter, blubberte aus Rissen im Boden, tropfte durch die Fenster. Es schäumte hervor und rauschte heran wie Wellen, die gegen eine Küste schlagen. Ich sollte von den Beinen gerissen und überschwemmt werden.

Und ich ging unter.

Das Haus öffnete sich vor mir wie ein Vorhang, ein gähnendes Maul, das die Vergangenheit auskotzte wie eine eklige *Sache* – und das war sie ja auch.

Klopf einmal an und komm rein.

Direkt hinter der Eingangstür erkannte ich die Treppe am Ende der kleinen Diele. Links war das Wohnzimmer, rechts ein kleiner Schrank. In der Luft hingen wie immer der Geruch von Zigaretten, Alkohol und Lindas Parfum. Die kaum wahrnehmbaren Geräusche des leise gestellten Fernsehers im anderen Zimmer lagen mir im Ohr, während ich die knarrenden Stufen nach oben stieg. Sie bogen sich bei jedem meiner zögerlichen Schritte.

Die Tür rechts neben der Treppe öffnete sich – nein, sie *war schon* offen. Dort befand sich Lindas Zimmer, wo das Bett an der hinteren Wand stand. Am Kopfende auf beiden Seiten ein Nachttisch. Sie passten nicht zueinander. Darauf überquellende Aschenbecher und leere Schnapsflaschen. Klamotten waren in Plastikkörbe gestopft und lagen im Raum verteilt, als seien sie hingeworfen oder fallen gelassen worden. An einer Wand lehnte ein Bügelbrett, an einer anderen standen ein Schminktisch mit Spiegel und ein Schrank. Lippenstifte, Make-up, kleine Nagellack-Flaschen, Parfums und Deodorants, Seifendosen und Puder klapperten gegeneinander, bis alles schwarz wurde.

Das Haus beobachtete mich nun und gab nichts von sich preis.

Während ich zurückstarrte, führten die Geister mich in Gedanken stattdessen zum Friedhof. Ich war schon lange nicht mehr dort gewesen, nicht einmal innerlich. Bernards Mutter und meine Eltern waren auf demselben Friedhof beerdigt worden, und obwohl ich oft Schuldgefühle hatte, weil ich mich nicht mehr um die sogenannte letzte Ruhestätte meiner Mutter kümmerte, wusste ich, dass sie es verstanden hätte. »Dort sind sowieso nur unsere Körper«, hatte sie mir einmal mit ruhig blinzelnden Augen versichert und mir alles und nichts verraten. »Ich werde dann bei Daddy im Himmel sein.«

Sie nannte meinen Vater immer »Daddy«, als ob es seine Abwesenheit erträglicher machte, bei diesem Spitznamen zu bleiben, und die Leere menschlicher würde, wenn sie einen unschuldigen und kindlichen Namen trug. Vater blieb mir aber fremd, eine Figur aus den Geschichten anderer Leute, ein lächelnder und freundlich aussehender Mann auf verblassten Fotos, ein in Granit gemeißelter Name. Besser als nichts. Bernard hingegen hatte rein gar nichts über seinen Vater gewusst, obwohl ich mir nie sicher war, welche von beiden Möglichkeiten die bessere ist. Seine Mutter hatte selten über das Thema gesprochen, und erst als ich erwachsen wurde, ergaben ihre Gründe für mich Sinn. Obwohl Bernard und ich uns nie darüber unterhalten hatten und ich mir keineswegs sicher sein konnte, glaubte ich, dass Linda ihm nie verraten hatte, wer sein Vater war, weil sie sich selber nicht sicher gewesen war.

Bilder von dem Friedhof huschten umher, griffen nach mir, zeigten Linda, die lachend auf ihrem Grabstein saß, während Bernard vor ihr niederkniete und mit blutigen Fingern im Boden grub und dabei Erde auf die Blumen warf, die ihr Grab verzierten.

Die Dämonen spielten, aber das Haus war still.

Vorläufig redeten die Geister nicht mehr.

Kapitel 12

In wenigen Wochen würden sowohl Einheimische als auch Touristen den Strand überlaufen, doch im Moment war es ruhig am Wasser, abgesehen von dem ständigen Rauschen der Wellen, die auf den Strand schwemmten. Gelegentlich gackerte eine Möwe beim Aufstieg in die Luft. Während des Sommers ging ich selten an den Strand und tat dies lieber in den ruhigeren Monaten, wenn man hier etwas ganz anderes erleben konnte. Obwohl ich eine primitive Angst vor dem Meer hegte, kam ich seit meiner Kindheit an diesen Strand, und bei vielen wichtigen Ereignissen in meinem Leben hatte er eine Rolle gespielt. Ich erinnerte mich daran, an dem Tag hierhergekommen zu sein, als Rick aus dem Gefängnis entlassen worden war. Und das war nur eine von etlichen Erinnerungen an diesen Ort, weswegen ich mich trotz meiner weiterhin andauernden Unruhe ironischerweise beim Anblick der Wellen und der majestätischen Ausstrahlung und Kraft des Wassers geborgen fühlte.

Ich fuhr vorsichtig auf den Parkplatz. Das alte Auto wurde von dem absichtlich unebenen Gelände durchgeschüttelt, das Leute davon abhalten sollte zu rasen. Ich parkte neben einer Reihe baumstumpfartiger Holzpflöcke, die mit einem schweren Seil verbunden waren, das Strand und Parkplatz voneinander trennte. Auf dem Parkplatz stand nur mein Auto, aber in einiger Entfernung, in der Nähe eines steinernen Anlegestegs, der ziemlich weit ins Meer hinausreichte, bemerkte ich eine junge Frau in einem Anorak. Sie spielte mit einem schwarzen Labrador. Ob sie etwas von der Leiche wusste, die auf dem Feld gefunden worden war?

Auf dem Sitz neben mir lag eine Kladde mit festem Einband, die ich vor ein paar Tagen gekauft hatte. Ich hatte angefangen, darin meine Gedanken, Erinnerungen und Träume in der Hoffnung einzutragen, sie vielleicht besser durchschauen zu können. Ich wollte meine Notizen noch einmal durchgehen, bevor ich den nächsten Schritt unternahm. Der Albtraum verfolgte mich noch, aber nicht mehr so häufig. Zum Glück hatte ich keine weiteren Halluzinationen oder Visionen gehabt – keine weiteren Frauen oder kleine Jungen –, sondern nur ein andauerndes Gefühl des Grauens und immer wieder aufblitzende Erinnerungen aus jüngster oder länger zurückliegender Zeit, die ich einfach nicht abschütteln konnte.

Ich öffnete das Notizbuch und schaute mir meine neueste Themenliste an. Ich strich das erste davon durch, *Albträume,* dann das zweite, *Geistererscheinungen*. Mein Stift hielt über dem dritten inne, *Verlassene Fabrik*, dann dem vierten, *Foto von geheimnisvoller Frau*. Ich übersprang beide und wandte mich dem fünften zu, *Erinnerungen und Fragen*. Darunter hatte ich die verstörendsten Erinnerungen aufgeschrieben, die in letzter Zeit erwacht waren, gefolgt von diversen Fragen.

Verdammt vielen Fragen.

Die Entdeckung der Leiche der jungen Frau veränderte natürlich alles. Ich hatte keine Wahl, sondern musste mich dazu zwingen, mir die dunkelsten Winkel der Vergangenheit in Erinnerung zu rufen. Aber wenn ich darauf hoffte, jemals zu verstehen, wer Bernard wirklich gewesen war, reichten bloße Erinnerungen nicht aus. Um die Lücken zu füllen und genau zu wissen, was er getan hatte und was nicht, musste ich eine ganze Geschichte rekonstruieren. Bernards Geschichte.

Irgendwo in der Ferne bellte der schwarze Labrador. Ich sah auf und beobachtete, wie die Frau einen Tennisball warf. Der Hund stürmte ihm durch den Sand hinterher, packte ihn und sprang glücklich zu der Frau zurück. Plötzlich kam mir in den Sinn, dass es ganz einfach wäre, aus dem Auto zu steigen, über den verlassenen Strand zu gehen und diese Frau umzubringen, falls ich solche Neigungen gehegt hätte. Blitzlichtartige Vorstellungen von ihr tauchten in mir auf: sie blutüberströmt. Die Bilder verschwanden schnell wieder. Bernard hatte mit Sicherheit ähnliche Gedanken gehabt, aber mich beunruhigte es sehr, auch nur ansatzweise das Böse, das Bernard heraufbeschworen und an sich herangelassen hatte, in meinen Gedanken zuzulassen. Ich verdrängte es komplett und konzentrierte mich stattdessen auf die Frau. Sie kniete sich hin, nahm den Kopf des Hundes in ihre Hände und küsste seine Nase. Der Hund leckte ihr Gesicht und wedelte mit dem Schwanz. Menschen sind so verletzlich, unsere Zeit ist immerzu reif, ohne dass wir uns dessen bewusst sind, und wir können verdammt noch mal nichts dagegen tun. Ich schlug das Notizbuch zu und warf es auf die Rückbank.

Der Tag war im Eiltempo vergangen. Es war fast vier Uhr.

Für einen Spätnachmittag unter der Woche war im Brannigan's überraschend viel los. Der Laden war einer der älteren in der Stadt und hatte im Laufe der Jahre mehrere Wiedergeburten und Stiländerungen durchgemacht, aber im Prinzip blieb er eine Sportkneipe mit angeschlossenem Essbereich. Seit Jahren kamen die Stadtbewohner hierher, um sich einen hinter die Binde zu kippen. Hier konnte man ein paar Bier trinken, Pool oder Flipper spielen, eine Pizza oder ein paar der zahlreichen Häppchen auf der Karte bestellen und sie gleich an der Bar essen oder in einer der dunklen Sitznischen an der Hinterwand. Der größte Teil der Kundschaft kannte einander. Aber ebenso wie diejenigen, die vor uns da waren, und jene, die nach uns kamen, gingen wir mit zunehmendem Alter seltener an die Bar und bevorzugten stattdessen den Essbereich. Obwohl ich immer noch gelegentlich auf ein Bier oder zwei vorbeikam, war die Bar schon immer – und so würde es auch bleiben – für die Jüngeren gedacht. Je weiter ich in meinen Dreißigern voranschritt, desto weniger Geduld hatte ich für die Sprache, Musik, Mode und allgemeine Einstellung der zehn Jahre Jüngeren.

Ich betrat das Lokal durch die Seitentür, die direkt in das Restaurant führte. Ich brauchte ein paar Sekunden, bis sich meine Augen an das schwache Licht gewöhnt hatten, da das ganze Brannigan's nervigerweise immer ein wenig dunkler als notwendig war. Aber als ich mich in dem Raum umsah, konnte ich weder Donald noch Rick entdecken.

»Hi Alan!«

Ich drehte mich um und sah eine Kellnerin an mir vorbeirauschen, die ein großes Tablett voller Speisen auf der Schulter balancierte.

»Hey, wie geht's?«, murmelte ich und konnte mich nicht an ihren Namen erinnern. Aber ich wusste, dass sie aus der Stadt kam und mit mir zur Highschool gegangen war. Sie arbeitete hier schon seit Jahren. Ich war mir nicht sicher, ob sie meine Antwort überhaupt gehört hatte, da sie schon zwischen den Tischen hindurchgehuscht und von dem Lärmpegel verschluckt worden war. Ich ging an der Wand entlang bis zu einer Saloontür, durch die ich zur Bar gelangte. Der Laden war voll. Alle drei Pooltische waren belegt, und an einer Wand standen mehrere Leute um die Flipper herum. Deren Gebimmel und elektronisches Getöse waren inmitten des Songs von Stevie Ray Vaughn kaum zu hören, der aus der Jukebox kam. Die Fernsehgeräte, die an beiden Ecken der Bar hingen, zeigten normalerweise Sportberichte, aber jetzt waren Nachrichtenkanäle eingestellt, von denen jedoch nichts zu verstehen war.

Während ich langsam durch die Menschenmenge ging, wurde mir klar, dass sich fast alle über die Entdeckung der Leiche unterhielten.

Am anderen Ende des Raums fand ich Rick und Donald, die in der letzten Reihe der Sitznischen saßen. Dort war es sogar noch dunkler; nur eine Kerze in der Mitte des Tischs, die in einem getönten Glas steckte, warf flackernd ein klein wenig Licht ab.

Ich rutschte neben Donald auf die Bank. Er spielte gedankenverloren mit einem dünnen roten Strohhalm in seinem Drink. Dann hörte er lange genug damit auf, um mich mit einem kurzen Nicken zu begrüßen. Gegenüber von uns saß Rick und hielt eine Flasche Cola mit beiden Händen umklammert. Er wirkte grimmiger als sonst. »Schon das Neueste gehört?«

»Ich hab seit heute Morgen keine Nachrichten gesehen«, erklärte ich. »Sie haben eine Leiche gefunden, es ist eine Frau, und sie ist seit Wochen tot. Mehr weiß ich nicht.«

Donald sprach, ohne mich anzusehen. »Sie haben sie identifiziert.«

»Zweiundzwanzig Jahre alt. Alleinerziehende Mutter aus New Bedford«, sagte Rick. »Wurde seit fast zwei Monaten vermisst.«

Ich blickte in den Raum zurück und hoffte, eine Kellnerin zu finden. Der Andrang der Gäste erinnerte mich daran, wie wir mit Anfang Zwanzig hierher gekommen waren, jung und stark, voller Leben und Zusammenhalt. Damals waren wir uns noch sicher, unzerstörbar zu sein. Wir haben alle Zeit der Welt, dachten wir damals. Wir soffen, rauchten und aßen, so viel wir wollten, ohne uns darüber Gedanken zu machen. Bis gerade eben war mir nicht klar gewesen, wie sehr ich dieses Gefühl vermisste, so begeistert vom Leben zu sein.

»Wisst ihr noch, wie wir immer hier waren, bevor ich geheiratet habe?«, fragte ich.

Rick starrte mich an, als hätte ich auf Mandarin mit ihm gesprochen, aber Donald erlaubte sich ein ganz leicht aufzuckendes Lächeln und nickte. »Könnt ihr euch vorstellen, dass wir diesen Laden mal toll fanden?«

Ich schaffte es, eine Kellnerin, die neben der Bar stand, auf mich aufmerksam zu machen. Als sie zu uns kam, bestellte ich ein Bier und wandte mich dann wieder um. »Das waren gute Zeiten«, sagte ich, »oder etwa nicht?«

»Ist das eine Frage?« Donald starrte in die Überreste seines Drinks. »Oder hoffst du das nur?«

»Beides ein wenig.«

»Du vermisst wohl deine Jugend, Alan?«

»Beinahe.«

»Keine Bange, wir sind noch nicht alt«, sagte er leise. »Wir sind bloß nicht mehr jung.«

Rick beugte sich vor. »So ungern ich euch zwei da drüben bei eurer bekackten Erinnerungsstunde unterbreche, aber wir müssen uns über wichtigere Sachen unterhalten.«

»Dann leg los«, sagte ich. »Du bist derjenige, der das Treffen einberufen hat.«

Rick fixierte mich eindringlich. Er öffnete den Mund, um etwas zu sagen, aber die Kellnerin kam mit meinem Bier zurück und fragte, ob er und Donald noch etwas trinken wollten. Donald bestellte einen weiteren Wodka Tonic.

»Ich hab noch, danke, Süße«, sagte Rick.

Die Kellnerin wartete so lange, wie sie brauchte, um ihm ein kokettes Lächeln zuzuwerfen, dann verschwand sie.

»Wir müssen entscheiden, was wir machen sollen«, sagte Donald.

»Machen?« Ich sah zuerst ihn an, dann Rick. »Was sollen wir schon machen?«

Nach einer Weile sagte Donald: »Könnte Bernard das wirklich getan haben? Könnte er dieses Mädchen *getötet* haben?«

Ich wollte ihn sofort ermahnen, leiser zu sprechen, aber der Geräuschpegel in der Bar war so hoch, dass selbst ich ihn kaum hören konnte. »Wir wissen nicht mit Sicherheit, dass er ...«

»Doch«, behauptete Rick. »Sei kein Idiot.«

Ich seufzte. »Ich meine doch nur ...«

»Für mich macht das alles keinen Sinn«, unterbrach uns Donald.

Rick knackte mit den Knöcheln seiner Hand und warf Donald einen verärgerten Blick zu. »Donny findet, dass wir die Kassette den Bullen geben sollten.«

»Ich habe gesagt, dass wir darüber nachdenken könnten.«

»Damit reiten wir uns nur tiefer in die Geschichte rein«, sagte ich.

Donald sah mich mit glasigen Augen an. »Wir stecken doch schon mitten drin.« Er kippte den Rest seines Drinks genau in dem Moment in sich hinein, als die Bedienung mit dem neuen Getränk kam. Sobald sie wieder gegangen war, zündete er sich eine Zigarette an und fuhr fort: »Schaut mal, wir besitzen potenzielles Beweismaterial. Wir müssen uns korrekt verhalten, und das bedeutet meiner Ansicht nach, dass wir es zumindest in Betracht ziehen, die Kassette an die Polizei zu übergeben.«

»Nein«, schnappte Rick. »Kommt nicht in die Tüte.«

Ich trank einen Schluck Bier und ließ die kalte Flasche über meine Stirn wandern. »Ich bin mir nicht sicher, ob es so schlau wäre, sie der Polizei zu geben. Rick hat schon recht. Über die ganze Sache wird so viel berichtet, warum sollten wir da die Aufmerksamkeit auf uns lenken?«

»Wir haben nichts Falsches getan«, sagte Donald. »Was ist mit euch beiden los? Alle hier haben Panik. Die Leute glauben, dass in Potter's Cove ein Killer umgeht, und wenn das, was Bernard gesagt hat, stimmt, dann ist dies noch nicht das Ende vom Lied. Noch mehr Leichen werden auftauchen. In dieser Stadt wird etwas abgehen, das es vorher noch nie gegeben hat.«

»Und irgendwann wird es auch wieder vorbei sein.« Rick schob seine Cola zur Seite, legte seine Hände zwischen uns flach auf den Tisch und lehnte sich erneut vor. »Vorbei ist vorbei, Donny. Durch diese Kassette wird niemand mehr lebendig, sie beweist auch rein gar nichts, und wenn wir sie den Bullen geben, bringt das nichts, außer, dass unsere Namen in der Zeitung stehen. Ich habe schon einmal versucht, dies verdammt noch mal klarzumachen: Ich hab im Knast gesessen. Ich will keine Bullen am Arsch haben, die in meinem Privatleben rumschnüffeln. Ich will mit all dem nichts zu tun haben, verstehst du? Nichts. Ich bezweifle nicht, dass Bernard auf der Kassette die Wahrheit gesagt hat, dass er den Scheiß echt getan hat. Aber es ist vorbei. Ist ja nicht so, als würde er noch mal zuschlagen können und wir müssten ihn aufhalten. Das wäre was anderes. Aber er ist tot und liegt unter der Erde. Es wird keine weiteren Opfer geben.«

»Na gut. Wie wäre es, wenn ich die Kassette übergebe? Ich kann sagen, dass ich sie mit der Post bekommen habe.«

»Auf keinen Fall.«

»Das ist nicht allein deine Entscheidung. Es betrifft uns alle drei.«

Rick schüttelte den Kopf. »Ich habe das letzte Wort.«

»Das ist absurd.« Donald warf mir einen flehenden Blick zu. »Alan, ich bitte dich, hilf mir doch.«

»Tut mir leid, Alter«, sagte ich. »Ich bin mit Rick einer Meinung.«

Er sah mich eindringlich an. »Erklär's mir.«

»Weil die Kassette letzten Endes scheißegal ist.«

Rick und Donald blickten einander an. »Was meinst du damit?«

»Wir wissen alle, dass hinter der Sache noch mehr steckt, als es zunächst den Anschein macht«, erläuterte ich. »Die einzige Möglichkeit, wie wir ihr auf den Grund gehen und jemals mit Sicherheit wissen können, wer Bernard war und was er getan hat, besteht darin, zurück zum Anfang zu gehen.« Ich zwang mich, das Bier in einem großen Schluck auszutrinken, unterdrückte ein Rülpsen und legte meinen Plan dar, eine Übersicht von Bernards Aktivitäten zu erstellen.

Donald zog an seiner Zigarette und sah nachdenklich aus. »Ich verstehe deinen Wunsch, dies alles irgendwie zu strukturieren, Alan, wirklich. Aber ...«

»Aber was?«

»Ist nicht alles schon schlimm genug? Je tiefer wir graben, desto mehr steigt die Chance, dass wir auf etwas stoßen, das besser nicht ans Tageslicht kommen sollte.«

»Wir könnten noch viel schlimmere Sachen herausfinden«, fügte Rick hinzu. »Dinge, die wir nicht wissen wollen.«

»Stimmt.« Ich nickte ihm durch die Rauchwolken zu, die anmutig zwischen uns schwebten. »Das könnte passieren.«

»Was soll das also bringen?« Rick zuckte die Achseln. »Wir können einfach den Mund halten, ruhig bleiben und abwarten, bis das Unwetter sich wieder gelegt hat, falls du weißt, was ich meine.«

»Hast du Angst vor dem, was wir entdecken könnten, Rick?«

Seine Gesichtszüge verhärteten sich. »Immerhin war nicht ich es, der ausgeflippt ist und irgendeinen Scheiß gesehen hat, der gar nicht da war.«

Ich setzte die Bierflasche auf dem Tisch ab und schob sie an den Rand. Ich ignorierte den Wunsch, sie Rick an den Kopf zu schlagen. »Macht, was ihr wollt. Ich werde die Wahrheit herausfinden.«

»Eine junge Frau wurde brutal ermordet und in ein Grab in einem Feld geworfen, wo die Stadt tote Tiere begräbt«, sagte Donald nüchtern. »Höchstwahrscheinlich hat Bernard sie umgebracht und Gott weiß, wie viele andere auch. Die ganze Zeit über haben wir ihn noch nicht einmal im Verdacht gehabt, ein Psychopath zu sein. *Das* ist die Wahrheit, Alan. Was müssen wir sonst noch wissen?«

Rick nickte enthusiastisch. »Endlich sagst du was Vernünftiges, Donny.«

Plötzlich jubelte eine Gruppe junger Männer an einem der Flipper und wir erschraken. Wir drehten uns alle drei gleichzeitig in ihre Richtung. »Highscore!«, rief einer von ihnen.

Donald verdrehte die Augen. »Ruft doch das Fernsehen an.«

Ich lachte herzlich, ohne darüber nachzudenken. Seltsam, wie ein Lachen die Dunkelheit aus fast jeder Situation vertreiben kann. Aber hierher passte es nicht und verstummte deswegen auch schnell wieder. »Bist du sicher, dass wir nie einen Verdacht hatten, was Bernard so anstellte?« Ich ließ die Worte einen Moment im Raum stehen. »Oder haben wir es bloß ignoriert und nicht genau darauf geachtet? Vielleicht liegt da das Problem. Vielleicht gibt es so viel in der Vergangenheit, an das wir uns nicht erinnern können oder wollen, dass unsere wirkliche Angst darin besteht, was wir über uns selber herausfinden könnten.«

Rick zeigte mit dem Finger auf mich. »Hör zu, als du dein Problem mit den Scheißvisionen hattest, wer hat dir da geholfen? Als du völlig durchgedreht vor meiner Wohnung gestanden bist, mit einem bekackten Nervenzusammenbruch, wer hat dich nach Hause gebracht?«

»Das warst du, und ich bin dir dankbar. Worauf willst du hinaus?«

»Okay, Bernard war nicht der, für den wir ihn gehalten haben. Ja, es ist schlimmes Zeug passiert, und Leute sind gestorben. Aber es gibt eine Grenze, wie viel von diesem ganzen Geisterbahn-Scheiß ich aushalten kann. *Darauf* will ich verdammt noch mal raus, verstanden?«

»Du hast selber gesagt, dass noch ganz andere Dinge vor sich gehen«, rief ich ihm ins Gedächtnis. »Du hattest die Albträume doch auch. Und die dunklen Gedanken, die Angst, so wie Donald und ich. Das hast du doch gesagt.«

»Das weiß ich nicht mehr so genau.«

»Ach, sobald eine Leiche auftaucht und es ernst wird, machst du einen Rückzieher? Verstecken wir uns lieber unter dem Bett, ja?«

»Was willst du eigentlich beweisen, Alan? Dass irgendwelche Geister umgehen? Dass hier etwas läuft, von dem wir nie etwas wissen wollten, und mit dem wir sowieso nichts zu tun haben wollen?« Er sah in der Hoffnung auf Unterstützung zu Donald, der aber nicht darauf einging. »Du weißt doch, was Bernard auf der Kassette gesagt hat – wenn man nachts aufwacht und etwas hört, das nicht da sein sollte? Dass wir uns dann einfach umdrehen und weiterschlafen? Nun, das halte ich für eine sehr schlaue

Reaktion. Ich würde sagen, wir drehen uns um, schlafen weiter und warten auf den Morgen.«

»Mach was du willst«, wiederholte ich. »Aber ich sage dir: Was auch immer da draußen ist und diese Geräusche macht, wird nicht einfach weggehen, Rick. Bernard hat etwas damit zu tun, und wir hatten etwas mit Bernard zu tun. Bernard ist tot, aber *es* ist noch hier.«

Donald leerte sein Glas mit einem schnellen Ruck, ließ ein paar Eiswürfel in seinen Mund gleiten und zerkaute sie. »Und was genau soll ›es‹ bitteschön sein?«

»Das weiß ich noch nicht. Aber ich werde es herausfinden.«

»Könnte eine Büchse der Pandora sein.«

»Das alles hat schon vor Jahren angefangen«, führte ich aus. »In der Nachbarschaft sind Sachen passiert, in dem Haus und später, als wir schon erwachsen waren. Dunkle Sachen. Und irgendwie hängen sie alle zusammen.«

Rick lehnte sich in seinem Sitz zurück, zog seine Geldklammer hervor und feuerte ein paar Scheine auf den Tisch. »Weißt du was? Sag mir Bescheid, wenn du etwas Verständliches zu sagen hast.«

»Das Böse.«

Rick erstarrte. »Was?«

»Du hast mich gehört.«

Er schluckte so schwer, dass ich sah, wie sich seine Kehle zusammenzog. »Was soll das heißen?«

»Ich glaube, Bernard hat es heraufbeschworen. Ich glaube, es war seine Schuld.«

»Ja genau, Bernard war ein beknackter Zauberer«, schnaufte Rick. »Du solltest hier drüben sitzen, damit du hören kannst, was für einen Scheiß du von dir gibst. Du klingst wie ein verdammter Geistesgestörter.«

»Hör auf, Rick«, sagte Donald plötzlich.

»Also, um Himmels willen ...«

»Hör einfach auf.« Donald rieb sich die Augen. »Behandele ihn nicht so.«

Rick winkte ab. »Schon gut.«

»Ich höre diese Geräusche in der Nacht und werde nachsehen,

woher sie kommen«, sagte ich. »Geht ihr nun mit mir oder schlaft ihr einfach weiter? Entweder ziehen wir das gemeinsam durch oder nicht. Ja oder nein, Rick? Wie sieht's aus?«

In seinen Augen loderte der Zorn, vielleicht auch etwas anderes. »Ich mach mit. Zufrieden, du Arsch? Ich mach mit.«

Ich sah zu Donald. Er antwortete mit einem langsamen Nicken.

»Ich ruf euch an.« Ich hatte die weihevollen Gesichter der Toten vor Augen, als ich mich aus der Sitzecke zwängte und die Bar durchquerte.

Kapitel 13

Die Tage wurden länger und die Nächte kürzer. Im Winter wurde es vor sechs Uhr abends dunkel, aber das Frühjahr brachte eine sich langsamer ausbreitende Dunkelheit mit sich, die es dem Tageslicht erlaubte, noch etwas länger zu verweilen. Aufgrund meiner neuen Beklommenheit war ich froh über die Veränderung. Ich hatte den frühen Abend damit verbracht, im Schlafzimmer auf einem Hocker vor dem Schrank zu sitzen und einen alten Karton zu durchwühlen, der voller alter Geschichten war, die ich vor Jahren geschrieben hatte. Erst als das Lesen schwieriger wurde, blickte ich zum Fenster und bemerkte, dass die Sonne endgültig untergegangen war. Obwohl es beinahe zu dunkel dafür war, las ich weiter in den Stapeln aus Geschichten. Sie waren zwar doof und oft kindisch, sowohl technisch gesehen als auch vom Inhalt her, aber die alten Storys waren ein unwiderlegbarer Beweis dafür, wer ich einst gewesen war, und dass ich einen Traum gehabt hatte, der mich in vielerlei Hinsicht ausgemacht hatte. Oder es vielleicht immer noch tat. In mir machte sich das Gefühl breit, dass ich in dem Zimmer nicht mehr allein war, während ich in meinem Kopf Bernards Stimme hörte: *Schaust du dir manchmal deine alten Erzählungen an? Hast du sie überhaupt noch? Überlegst du manchmal, wie alles hätte sein können?*

Ich durchmaß den Raum mit meinen Blicken. Nichts.

Eine Tür knallte. Mir wäre beinahe das Herz aus dem Mund gehüpft. Ich sprang so schnell von dem Hocker auf, dass ich das Gleichgewicht verlor. Kurz taumelte ich, dann fand ich meinen Halt wieder und sah zur Schlafzimmertür. Dort stand Toni und sah mich perplex an.

»Geht's dir gut?« Mehr fragte sie mich in letzter Zeit nie, und ich konnte es ihr nicht verübeln.

Ich nickte, atmete tief ein und nahm eine gelassene Haltung ein.

»Hast du meine Nachricht auf dem Anrufbeantworter gehört?«

»Ja.« Ich blickte auf meine Uhr. »Mir war bloß nicht klar, dass du so spät nach Hause kommen würdest.«

»Hatte ich auch nicht vor. Ich wollte nur ein bisschen länger arbeiten, aber dann hat mich Martha angerufen und gefragt, ob ich einen Happen essen gehen wollte. Ich hab sie schon seit ein paar Wochen nicht mehr gesehen, da dachte ich mir, warum nicht? Ich nahm an, dass es dir nichts ausmachen würde.«

Martha war immer ausschließlich Tonis Freundin gewesen, nicht meine. Schon in der Highschool hatten wir uns nicht verstanden, und das würde sich wohl auch nie ändern, deswegen blieben wir auf Distanz. Wenn Toni sich mit ihr treffen wollte, dann stets alleine. »Wie geht es Martha?«

Anscheinend hielt Toni meine Frage für rhetorisch, deswegen antwortete sie nicht. Ich ging zum Nachttisch und schaltete die Lampe an, aber Toni blieb an der Tür stehen, wo das Licht sie nicht ganz erreichte. In einer Hand hielt sie eine kleine Tasche, die andere Hand hing schlaff herunter. Ihr Kostüm sah etwas zerzaust aus, aber ich fand das normal, schließlich hatte sie es den ganzen Tag lang getragen. »Du musstest also Überstunden machen, hm?«

»Ja, ich dachte, es könnte nicht schaden. Ich musste ohnehin noch einiges nachholen und mich um haufenweise Papierkram kümmern. Gene hatte nichts dagegen, also ...«

»Nein, bestimmt nicht.«

Ich hatte erwartet, dass sie darauf etwas entgegnen oder im Gegenzug mir einen Vorwurf machen würde. Stattdessen sagte sie: »Ich hab vorhin die Nachrichten gesehen. Wissen sie schon mehr?«

»Sie haben die Frau identifiziert, das ist alles. Alleinerziehende Mutter aus New Bedford.«

»Furchtbar ... Einfach furchtbar.«

»Allerdings.«

Sie sah mir zum ersten Mal, seit sie in der Tür aufgetaucht war, in die Augen. »Glaubst du wirklich, dass Bernard etwas damit zu tun hatte?«

»Ja.« Ich saß am Fußende des Bettes. »Und ich glaube nicht, dass es schon vorbei ist.«

»Dann musst du zur Polizei gehen. Du musst ihnen alles sagen, was du weißt.«

»Ich habe keine Beweise. Jedenfalls noch nicht.«

Sie schüttelte den Kopf und bedeckte ihre Augen mit einer Hand. »Es ist nicht zu fassen.«

Ich erlaubte mir ein leichtes Lächeln. »Wem sagst du das?«

»Was ist mit der Kassette, die er Rick geschickt hat? War da ...«

»Dazu muss ich dich etwas fragen«, unterbrach ich sie. »Ich weiß, dass du mit Gene über die ganze Sache gesprochen hast, aber du musst mir sagen, ob du ihm gegenüber die Kassette erwähnt hast.«

»Ich habe mit Gene über die Nacht gesprochen, in der du diese ... Probleme hattest. Von der Kassette oder sonst etwas, über das wir geredet haben, weiß er nichts.«

»Es ist sehr wichtig, dass du mir die Wahrheit sagst.«

Sie stand absolut regungslos an der Tür. »Das habe ich gerade getan.«

Ich nickte zurückhaltend.

»Meinst du nicht, dass du die Kassette der Polizei übergeben solltest?«

»Wir haben uns dagegen entschieden.«

»Warum wollt ihr nicht, dass die Polizei sie bekommt? Ich versteh's nicht.«

»Rick will nicht, dass wir tiefer in die Geschichte reingezogen werden als wir es ohnehin schon sind.«

»Aber ...«

»Und ich auch nicht. Außerdem haben wir schon darüber abgestimmt.«

»Abgestimmt? Ihr benehmt euch immer noch, als würdet ihr zehn Jahre alt sein und in einem Baumhaus spielen. Dabei ist dies eine sehr ernste Situation, Alan.«

»Das brauchst du mir nicht zu erzählen!« Ich ließ die Worte einen Augenblick im Raum wirken. »Du musst mir versprechen, dass du niemandem etwas von der Kassette verraten wirst. Weder Gene noch Martha noch sonst jemand.« Ich konnte bloß hoffen, dass mein Gesichtsausdruck keinen Zweifel daran zuließ, wie wichtig mir das war.

Sie starrte mich eine Weile an, bevor sie sich schließlich fügte. »In Ordnung. Ich verspreche es.«

»Rick, Donald und ich werden uns selbst um die Angelegenheit kümmern. Irgendwie werden wir dem ganzen Scheiß auf den Grund gehen.«

Toni konnte sich ein Stirnrunzeln nicht verkneifen. »Meintest du nicht gerade, dass ihr nicht reingezogen werden wollt?«

»Wir wollen die Polizei nicht reinziehen oder von ihr reingezogen werden.«

»Das klingt wie etwas, das ein Krimineller sagen würde.«

Ich gab auf. »Wir müssen das selber durchziehen, das ist alles.«

»Und wie kommt ihr darauf, die Richtigen dafür zu sein?«

»Mach dir darüber keine Gedanken.«

Unter ihrem kontrollierten Äußeren kochte sie vor Wut, gab sich jedoch große Mühe, die Kontrolle beizubehalten. »Stimmt, was habe ich mir bloß dabei gedacht? Ist ja nicht so, als ob mich das etwas anginge!«

»Vor ein paar Wochen war ich noch verrückt. Jetzt taucht eine Leiche auf, und plötzlich ...«

»Ich habe nie behauptet, du wärst verrückt, Alan. Es ist bloß ... Ich meine, wie hätte Bernard das tun können? Ich kann's mir einfach nicht vorstellen. Ein Mann, den wir so viele Jahre lang kannten, jemand, der bei unserer Hochzeit war, der bei uns im Haus war, mit dem wir geredet und abgehangen haben und gegessen und gelacht und so viel geteilt haben, wie konnte ... Jemand, dem wir vertraut haben, Herr im Himmel! Wie hätte er gleichzeitig Leute abschlachten können? Wie hätte er Mörder und Freund zugleich sein können? Glaubst du wirklich, dass er so was getan hat?«

Ich sah zur Seite. »Ich weiß es nicht.«

Toni trat in das Zimmer und bemerkte den Karton voller Manuskripte, der vor der Schranktür auf dem Boden stand. »Deine alten Geschichten«, sagte sie mit einer Wärme, die mich überraschte.

»Ja, ich hab sie mir vorhin wieder angesehen. Albern, was?«

»Nein, ganz und gar nicht. Du hättest das Schreiben niemals aufgeben sollen. Du hattest so ein großes Talent.«

»Mit Talent kann man die Miete nicht bezahlen.«

»Du solltest wieder anfangen.«

»Es ist wirklich seltsam.« Ich ging zum Schrank und kniete neben dem Karton nieder. »Meistens kann ich mich nicht daran erinnern, was ich vor zehn Minuten noch gedacht habe, aber als ich mir diese Geschichten durchgelesen habe, fiel mir haargenau ein, was ich beim Schreiben gefühlt habe, was genau damals in meinem Leben passiert ist – sogar, was ich beim Schreiben bestimmter Sätze gedacht habe.« Ich sah über meine Schulter zu ihr zurück. »Ist das nicht erstaunlich?«

Sie nickte und legte ihre freie Hand sanft auf meine Schulter. Ich betrachtete sie, die Hand einer Partnerin, so schlank und grazil, die Hand eines Kindermädchens, einer Geliebten, eines verletzlichen Mädchens und einer starken Frau, Opfer und Beschützer, Raubtier und Beute, all dies unter der weichen Haut, so viele Seiten eines in einer einzigen Seele vereinten Wesens. Ich drehte mich um, legte die Zettel zurück in den Karton und schob das ganze Ding zurück in den hinteren Teil des Schrankes, wo ich es auch gefunden hatte. Ich schloss die Schranktür und wandte mich wieder Toni zu. Sie hatte bereits ihre Tasche auf das Bett geworfen und damit begonnen, sich auszuziehen.

»Hör zu«, sagte ich in dem ernstesten Tonfall, den ich aufbringen konnte. »Wir müssen die Sache mit der Kassette und unserem Verdacht, was Bernard angeht, streng für uns behalten, in Ordnung?«

»Das hast du bereits gesagt.« Sie legte ihr Jackett über das

Bettende und knöpfte ihre Bluse auf. »Ich hab dich schon beim ersten Mal verstanden.«

»Ich muss mir bloß absolut sicher sein, dass ...«

»Ich habe dich *schon beim ersten Mal* verstanden, Alan!« Sie starrte mich mit einer Kriegslust in den Augen an, die ich nie zuvor an ihr gesehen hatte. Dann begann sich ihr kleiner Körper wie eine Welle, die sich langsam zurückzieht, zu entspannen. Ihre Schultern senkten sich ein wenig, sie drehte sich zur Seite, glitt aus ihrer Bluse und ließ sie zu Boden fallen. »Soll ich auf einen Stapel Bibeln schwören, oder was?«

»Ich will nur, dass du verstehst, wie wichtig ...«

»Warte mal, ich hab's! Ein Test mit einem Lügendetektor.« Sie drehte sich wieder zu mir und starrte mich an. »Du könntest mich an einen Lügendetektor anschließen, wie wäre es damit?«

Ihre Scherze drangen nicht zu mir durch, falls es welche waren, und ich fragte mich, ob es ihr genauso ging. Sobald klar war, dass ich nicht vorhatte, ihr etwas zu entgegnen, richtete sie ihren Todesblick auf etwas anderes, schüttelte ihre Pumps ab und wandte sich dem Reißverschluss auf der Rückseite ihres Rocks zu. Sie schälte den Rock über ihre Hüften und ließ ihn wackelnd herunterrutschen, bis er an ihren Knöcheln in einem Häufchen zusammenfiel. Dann machte sie einen Schritt zurück und klemmte ihre Daumen unter die Rückseite ihrer Strumpfhose.

Die Gerüche aus der Pizzeria unter uns waren plötzlich unerträglich. Oder vielleicht waren sie das die ganze Zeit gewesen, aber ich bemerkte es erst jetzt. Ich ging jedenfalls zum Fenster und schob es weiter auf, damit die frische Luft hoffentlich den Gestank von Pizzateig, Tomatensoße aus der Dose und frittiertem Fleisch vertreiben würde. Draußen wurde die Dunkelheit weiterhin mächtiger, sie wurde tiefer, breitete sich aus und nahm Gestalt an.

Tonis nackte Figur spiegelte sich im Fenster und zog meine Aufmerksamkeit auf sich. Ein merkwürdiges Gefühl überkam mich, und obwohl ich mir Mühe gab, es abzuschütteln, ließ es mich nicht los. Mir kam es vor, als würden wir von allen Menschen beobachtet, die ich gekannt hatte und die gestorben waren. Vor meinem geistigen Auge blitzten Bilder von ihnen auf – von jedem einzelnen – und verschwanden wieder, während ich dastand und so tat, als betrachtete ich die Nacht, doch in Wahrheit Toni in der oberen Glasscheibe beobachtete, wie sie ihre schmutzige Wäsche zu einem kleinen Korb in der Ecke trug und schweigend hineinfallen ließ.

Hinter ihr erschienen verschwommene Gestalten ohne Gesichter in dem Glas und wirkten so, als schöben sie sich langsam durch die Wand und griffen nach ihr. Ich schloss die Augen so lange, bis ich mir sicher war, dass das Gefühl und die Vision sich wieder dorthin verkrochen hatten, woher sie gekommen waren. Dann wandte ich mich um und sah, wie sich Toni ein leichtes Nachtkleid überwarf. Ohne auf mich zu achten, schnappte sie sich zwei Handtücher von ihrer Kommode, begab sich Richtung Badezimmer und murmelte: »Ich geh duschen.«

»Es hat nichts mit Liebe zu tun, oder?« Es war keine Frage, und sie wusste es, denn sie blieb stehen und sah zu mir zurück. Ihr Zorn war verflogen, stattdessen war sie traurig. »Die *Sache,* die zwischen dir und Gene abläuft. Es hat nichts mit Liebe zu tun.«

Ihr Gesichtsausdruck sah aus als hätte sie geweint oder einen Heulkrampf gehabt, obwohl dem nicht so war. Zumindest hatte sie es mich nicht sehen lassen. Sie blickte mich einfach mit einer Traurigkeit an, die so überwältigend war, dass sie nicht mit Tränen hätte aufgewogen werden können. Dort im Licht der Lampe, mitten in der Nacht, sah Toni so aus, als wäre sie zum ersten Mal gealtert, seit ich sie kannte. Die winzigen Falten um ihre Augen und am Rand ihres Mundes traten deutlicher hervor, als habe Toni sie irgendwie gerade erst zum Leben erweckt. Sie war müde, genau wie ich, erschöpft und ausgelaugt und machte dasselbe wie wir alle: Sie stand jeden Morgen aus dem Bett auf und gab ihr Bestes, um nicht zu schreien oder weinen oder voller Zorn und Gewalt zu explodieren oder ihre Pulsadern aufzuschneiden oder sich vor einen Bus zu werfen oder einfach nicht mehr mitzumachen und den Straßen und den Schatten zu erlauben, sie zu verschlingen. Sie tat alles, was nötig war, um zu überleben und nicht wahnsinnig zu werden, aber Überleben war ein schwieriger Job, und im Leben sollte es ganz und gar nicht nur darum gehen.

Wieder schloss ich die Augen. Dieses Mal, weil ich den Schmerz in ihrem Gesicht nicht ertragen konnte. »Oder liege ich wieder einmal daneben?«

»Ja«, brachte sie hervor, »du liegst daneben.«

»Dann geht es also um Liebe?«

»Es geht um Freundschaft, Unterstützung, darum zuzuhören. Mir zu helfen, wenn ich es brauche.«

»Du hast eine Affäre mit ihm.«

»Ich kann nicht glauben, dass du mich so etwas fragst.«

»Es war keine Frage.«

Sie seufzte. »Ich gehe duschen.«

»Toni.« Ich hoffte, dass es nicht so verzweifelt klang wie es mir vorkam. »Ob gut, schlecht oder keines von beidem, ich muss wissen, dass etwas in meinem Leben echt ist, dass *irgendetwas* so ist wie es scheint, verstehst du?«

»Ja, ich verstehe durchaus, was du meinst. Ich verstehe genau, was du meinst. Und weißt du auch, weshalb? Möchtest du wissen, weshalb ich dich so gut verstehe, Alan?« Sie hielt einen Moment inne, dann sagte sie: «Weil es mir auch so geht.«

Ein Windstoß kam von der Bucht herübergeweht und ließ die Vorhänge flattern, während auf der Straße unter uns Sirenen heulten. Ein Feuerwehrwagen rauschte vorbei, gefolgt von einem Krankenwagen. Noch war es nicht warm genug, um die Fenster nachts weit offen zu lassen, also nahm ich die Geräusche zum Anlass, das Fenster zu schließen. Vielleicht hoffte ich, neben dem Lärm von der High Street auch den Rest der Welt draußen zu lassen. Am Fenster zögerte ich, weigerte mich, auf das Glas zu sehen, weil ich Angst davor hatte, was darin auf mich zurückblicken könnte. Plötzlich kam mir alles so verdammt sinnlos vor.

»Sag mir einfach, dass es nichts mit Liebe zu tun hat«, sagte ich so leise, dass ich mir nicht sicher war, ob sie mich hören konnte.

»Warum gehst du immer davon aus, dass wir unterschiedliche Dinge benötigen?«

»Sag's einfach.«

»Es hat nichts mit Liebe zu tun.«

Mein Hals und mein Magen zogen sich zusammen, und ich glaubte, mich übergeben zu müssen. Aber das Gefühl verging schneller, als ich es vermutet hätte. Kein Streit war notwendig, kein Geschrei oder Tränen oder andere Bestandteile des Dramas, das solche Situationen normalerweise mit sich brachten. Stattdessen überkam mich ein beinahe beruhigendes Kummergefühl, das ich nicht unterdrücken konnte, eine Art spontaner Trauer. Bernard war ein Monster. Meine Frau vögelte einen anderen. Die Welt war auseinandergebrochen, in Millionen von Stücken zersprungen. Und nichts davon hatte ein Geräusch gemacht.

»Du bist immer so verzweifelt einsam«, sagte sie. »Sogar, wenn ich direkt neben dir stehe.«

Ich widerstand dem Drang, nach ihr zu greifen und sie zu berühren, sie in meinen Armen zu halten und ihr zu sagen, dass alles gut werden würde. Ich zögerte, weil ich mir nicht sicher war, was ich tun sollte.

Toni sah meine Unschlüssigkeit als Gelegenheit, die Flucht zu ergreifen. Mit einem frustrierten Kopfschütteln verschwand sie hinter der Badezimmertür. Kurz darauf ratterten die Rohre, das Wasser rauschte, und ich stellte mir vor, wie sie nackt unter der Gischt aus dem Duschkopf stand, umhüllt von aufsteigendem Dampf, ihre Hände glitten mit Seife über die nasse Haut und säuberten einen Körper, von dem ich jeden Zentimeter kannte.

Ich fragte mich, ob die Frau, die sie auf dem Feld gefunden hatten, am Tag ihres Todes geduscht hatte. Hatte sie sich auch waschen wollen? War es zu spät gewesen? Hatte sie gewusst, dass dies ihr letzter Tag sein würde? Hatte sie ihren letzten Tag auf Erden im Wissen um das Grauen verbracht, das auf sie wartete, oder war es eine große Überraschung für sie gewesen – war der Sensenmann hinter einem Fels aus Pappmaschee hervorgesprungen wie bei einer blöden Geisterbahn?

Wir waren uns alle gleich, schien es mir, allesamt verbeult und zerkratzt und angeschlagen, zusammengehalten mit Stecknadeln und Klebeband. Die Verletzten, aber noch Lebenden, richteten sich ein letztes Mal in der Dunkelheit auf, bevor sie dem Unausweichlichen nachgaben. Manchmal war es einfach, die Wahrheit hinter den Lügen zu erkennen, manchmal nicht. Wie auch immer, es war eigentlich egal. Was ich brauchte, war die Wahrheit, und ich wollte die Wahrheit – so schrecklich sie auch sein mochte – herausfinden.

Wie zur Antwort spulten sich Visionen von Bernard in meinem Gehirn ab und nisteten sich dort ein – von Bernard als Teenager, der neben den Zuggleisen sitzt und auf den alten Tierfriedhof schaut, während sich über seinem Kopf schwarze Wolken zusammenbrauen und einen baldigen Sturm mit sich bringen, den kein Sterblicher je aufhalten konnte. *Vielleicht läuft alles genau andersherum,* flüsterte er aus der Vergangenheit, sein Totenatem kalt in meinem Ohr. *Vielleicht leben wir gar nicht richtig ... bevor wir tot sind.*

»Vielleicht«, flüsterte ich zurück, »vielleicht.«

Kapitel 14

Zum zweiten Mal innerhalb einer Woche befand ich mich im Sycamore Way, in dem etwas besseren Viertel von Potter's Cove, dieses Mal saß ich jedoch schon fast eine Stunde in meinem Auto und beobachtete die kleine Anwaltskanzlei auf der anderen Straßenseite. Neben der Einganstür stand auf einem an der Mauer befestigten Schild *Henderson & MacCovey,* dazu noch ein paar weitere Angaben, mit denen ich nichts anfangen konnte. Ich überprüfte die Uhrzeit, verließ das Auto und ging schnell um die Ecke, damit ich meine »zufällige« Begegnung mit Brian Henderson genau planen konnte.

Er war locker mit Bernard befreundet gewesen, nicht so sehr mit mir. Aber als wir jung waren, hatte ich hin und wieder auch mit ihm rumgehangen. Meistens stand er aber nicht im Zentrum der Aufmerksamkeit und war eher wie das fünfte Rad am Wagen. Aus Brian war ein erfolgreicher Anwalt für Körperverletzung geworden. Er wohnte in einem schönen Haus am Hafen und verkehrte in gesellschaftlichen Kreisen, zu denen Leute wie ich nicht gehörten. Ich konnte mich nicht daran erinnern, wann wir uns zum letzten Mal gesehen oder auch nur miteinander geredet hatten, deswegen war mir klar, dass es ein ziemlich verzweifelter Versuch war, jetzt mit ihm ein Gespräch anzuzetteln – erst recht eines, bei dem nützliche Informationen abfallen sollten. Eine bessere Idee hatte ich aber nicht.

Ich hatte sein Büro etwas früher am heutigen Tag angerufen und mich als Telefonverkäufer ausgegeben. Dabei hatte ich erfahren, dass er zum Mittagessen gegangen war. Ich parkte in der Nähe der Lokals, wo die Yuppies aus der Gegend üblicherweise aßen, einem kleinen Kaffee- und Sandwichladen. Als Brian endlich auf die Straße trat, las er die Zeitung und schlenderte in Richtung Sycamore Way. Mit gesenktem Kopf ging ich genau auf ihn zu, und kurz bevor wir zusammenstießen, hielt ich an und sah ihm in die genervt dreinblickenden Augen.

»Entschuldigung, ich habe Sie nicht gesehen.«

Er starrte mich über die Zeitung hinweg an, aber sein Grummeln ließ langsam nach, als ihm aufging, dass er mich von irgendwoher kannte. Erst dann tat ich so, als hätte ich ihn ebenfalls erkannt. »Hey«, sagte ich, »Brian, wie geht's?«

Er nahm eine gerade Haltung ein und verlangsamte seinen Schritt, bis er stehen blieb. Dann faltete er die Zeitung zusammen und klemmte sie sich unter den Arm. »Hallo.« Er lächelte überfreundlich, aber ich merkte, dass er mich noch nicht ganz einordnen konnte.

»Ich bin's, *Alan*.«

»Alan, natürlich!«, sagte er, aber es war offensichtlich, dass er immer noch keine Ahnung hatte, wer ich war. »Hi.«

Ich wusste nicht, ob ihm bewusst war, dass Bernard nicht mehr lebte, oder ob ihn das überhaupt interessierte, deswegen beschloss ich, das Thema komplett zu vermeiden, falls er es nicht selber aufbrachte. »Wie geht's dir?«

»Kann mich nicht beschweren, und du?« Er kratzte sich beiläufig am Hals, damit ich seine manikürten Fingernägel und die goldene Uhr an seinem Handgelenk bemerkte.

Ich zuckte die Achseln. »Nicht übel.«

Sein Daumen zuckte in Richtung Main Street. »Hast du von der Leiche gehört, die ...«

»Ja. Ich konnte es gar nicht glauben. Verrückt, was?«

»Stell dir vor, so was würde hier passieren. Die Hauspreise würden schneller nach unten rutschen als Kacke durch eine Gans.« Er kicherte über seinen eigenen Witz und schien verwirrt, dass ich es nicht auch tat.

»Ich hoffe bloß, dass sie den Täter finden.«

»Ja, hoffen wir's.« Er trat von einem Fuß auf den anderen, und weil ich ihm den Weg blockierte, sah er sich um, als wolle er sich vergewissern, dass niemand beobachtete, wie er mit mir redete. »Also, was treibst du so?«

»Bin immer noch bei der Sicherheitsfirma. Der Job ist scheiße, aber er bringt Geld.« Ich lächelte. »Du bist anscheinend erfolgreich wie eh und je.«

»Na ja, wir alle könnten etwas mehr gebrauchen.«

Während er dastand und mich angrinste, versuchte ich, eine Ähnlichkeit mit dem kleinen Jungen auszumachen, den ich einst gekannt hatte. Aber die stets heitere und anspruchslose Person von damals war irgendwo unter seiner Dauerbräunung, dem maßgeschneiderten italienischen Anzug und seiner Gleichgültigkeit begraben.

»Wie geht es Liza und den Kindern?«, fragte ich.

»Oh, bestens, alles bestens.«

»Wir selber haben immer noch keine.«

Er sah mich schweigend mit dem typisch überlegenen Blick an, den diejenigen mit Kindern ihren Mitmenschen ohne Kinder oft zuwerfen. Als wäre es ein Sakrileg, schon eine bestimmte Zeit am Leben zu sein, ohne sich irgendwann reproduziert zu haben, und dazu noch eines, dass zu schlimm ist, als dass es ausgesprochen werden dürfte.

Nach einer peinlichen Stille fragte ich: »Und wie geht's Julie?«

Brians Augen weiteten sich auf fast komische Weise. »Nun, Julie ist ... Julie ist Julie.«

Ich lächelte unschuldig. »Ich habe sie seit Jahren nicht mehr gesehen, wohnt sie noch in Massachusetts?«

»Seit ein paar Jahren jetzt in Cambridge, in einer der schlechtesten Gegenden natürlich.«

Ich spürte, wie mein Pulsschlag sich beschleunigte. »Grüß sie ganz herzlich, wenn du sie das nächste Mal triffst.«

Er sah an mir vorbei auf sein Büro. »Ich treffe sie eigentlich nicht oft«, sagte er leise. »Manchmal im Urlaub, aber das war's auch schon. Julie hat immer noch viele Probleme.« Er deutete mit dem Zeigefinger auf sein Ohr und machte eine schnelle kreisende Bewegung.

Er sagte das so, als wäre es in der Stadt allgemein und schon immer bekannt gewesen. Vielleicht stimmte das auch, aber ich hatte mich nie für die Klatschgeschichten interessiert. Brian schien vom Gegenteil auszugehen, deswegen spielte ich mit. »Wie schade. Hat sie immer noch dieselben Schwierigkeiten?«

»Naja, sie ist einfach *durchgeknallt.*« Hätte ich es nicht besser gewusst, wäre es mir nie in den Sinn gekommen, dass es seine einzige Schwester war, über die er so abfällig redete. »Nach einer Weile zieht man sich zurück und gibt angeekelt auf. Wir müssen uns alle um unser eigenes Leben kümmern, und ich muss auch an meinen Ruf in der Stadt denken. Du verstehst schon.«

Als wir alle noch jung gewesen waren, bevor Julie die *Probleme* bekam, auf die Brian so schnell zu sprechen kam, war sie der Mittelpunkt ihrer Familie gewesen. Brian hingegen, ein unauffälliges Kind mit Igelfrisur und schlechter Haut, hatte sich mit einer Nebenrolle zu begnügen. Im Laufe der Zeit wendete sich das Blatt, worüber Brian schwer begeistert zu sein schien. »Das Letzte, was ich von ihr gehört habe, war, dass sie als Kellnerin arbeitet. Kannst du dir vorstellen, dass Julie in ihrem Alter immer noch so einen Sklavenjob hat? Unfassbar, oder?« Sein Sarkasmus grenzte an Schadenfreude.

»Hey, das ist ein ehrlicher Job.«

Brian sah so aus, als würde ich ihn amüsieren. Vielleicht war es auch so. »Ja – nun gut –, wie dem auch sei, es ist toll, dich zu sehen, Alan.« Er sprach meinen Namen vorsichtig aus, als müsste er sichergehen, ihn richtig verstanden zu haben. Offenbar war er jetzt ein viel zu wichtiger Mann, als dass er sich an jemanden wie mich erinnern könnte. Als ich nichts sagte, brach er in ein unsicheres Lachen aus. »Wie dem auch sei, wir sollten uns mal ...«

»Klar, kann's kaum abwarten.« Ich lächelte ebenso unaufrichtig. »Man sieht sich, Brian.«

Ich ging zu meinem Wagen, ohne zurückzuschauen. Es fühlte sich gut an, den Mistkerl stehen zu lassen, und außerdem hatte ich Glück gehabt. Julie wohnte kaum mehr als dreißig Meilen entfernt in Cambridge, und in Gedanken war ich bereits bei ihr.

Sobald ich wieder in unserer Wohnung war, rief ich Donald auf der Arbeit an und bat ihn, im Internet nach ein paar Informationen zu suchen. Ich wusste, dass er bei der Arbeit und zu Hause einen Internetanschluss hatte, und da ich noch nicht mal kapierte, wie man einen Computer anschaltete und auch keine Zeit hatte, in die Bücherei zu laufen und Mikrofilme zu durchsuchen, hielt ich ihn für die am besten geeignete Person, um bestimmte Informationen zu suchen.

»Meinst du, dass du etwas über Morde in New York im Jahr 1982 herausfinden kannst?«, fragte ich.

»Ich bin mir sicher, dass es ein paar Websites mit statistischen Angaben gibt«, sagte er mit leiser Stimme, damit niemand hören konnte, worüber er sprach.

»Das ist das Jahr, von dem wir dachten, dass Bernard bei den Marines sei«, rief ich ihm ins Gedächtnis. »Falls er auf der Kassette die Wahrheit gesagt hat und wirklich für ein Jahr in New York war, sollte es ein paar Hinweise auf die Dinge geben, die er angeblich getan hat. Zeitungsartikel, Polizeiberichte, alles Mögliche, das irgendwie damit zu tun haben könnte.«

»Ich kümmere mich darum, wenn ich zu Hause bin. Hier gibt es keine Privatsphäre. So ist das Leben eines armen Schreibsklaven im Dienste einer großen Firma nun mal. Ich bin mir nicht sicher, ob ich etwas Besonderes finden werde, aber ich versuche es auf jeden Fall.«

»Gut, ich muss los, aber ich melde mich heute Abend bei dir. Mal sehen, wann ich zurück bin. Entweder rufe ich dich an oder ich komm dann noch vorbei.«

Seine Antwort bestand aus Schweigen, bis er sagte: »Zurückkommen? Von wo?«

»Cambridge.«

»Will ich wissen, was in Cambridge los ist?«

»Ich bin mir noch nicht sicher. Wir reden heute Abend darüber.«

Ich kannte mich in Boston aus, im benachbarten Cambridge aber nicht so sehr. Also suchte ich Julies Nummer und Adresse im Telefonbuch, notierte beides und machte mich auf den Weg. Ich schoss über die Route 3, den Highway entlang der Küste, der bis kurz vor die Ausläufer Bostons führt und dort endet. In meinem Kopf explodierte ein Gedanke nach dem anderen und verwirrte mich, während ich mir Mühe gab, mich auf die Straße zu konzentrieren. Der Horizont wurde von den zwei größten Gebäuden der Stadt beherrscht – dem Hancock Tower, einem Turm aus getöntem Glas, in dem sich das Licht spiegelte und der aus manchen Blickwinkeln eindimensional, aus anderen dreidimensional aussah; sowie im Gegensatz dazu das eher traditionell gestaltete Prudential Center, das so groß wie ein Wolkenkratzer nadelförmig in die Wolken sticht. Die Sonne hing kraftlos und niedrig am Himmel und war zum Teil vom Stadtbild bedeckt, als verberge sie sich dahinter und äuge nur spitzbübisch hervor.

Ich hatte keinen Plan und keine Vorstellung davon, wie ich auf Julie zugehen sollte – oder ob ich das überhaupt tun sollte – und noch weniger davon, wie ich ein Gespräch über das, was vor mehr als zwanzig Jahren im Wald von Potter's Cove geschehen sein mochte – oder auch nicht – anfangen könnte. Es war gut möglich, dass sie sich nicht an mich erinnerte. Während all der Zeit, die ich in Brians Haus verbracht oder in seinem Garten gespielt hatte, waren zwischen Julie und mir vielleicht zwanzig Wörter gewechselt worden. Wenn ich Glück hatte, würde sie sich verschwommen daran erinnern können, dass ich einer der Freunde ihres kleinen Bruders gewesen war, auf mehr konnte ich nicht hoffen.

Ich brauchte einen Anfangspunkt, und die Wahrheit über Julie und meine Erinnerungen an den Tag mit Bernard im Wald waren gut dafür geeignet. Sollte Bernard ihr tatsächlich etwas angetan haben vor so vielen Jahren, bewies dies nicht zwangsweise, dass er später zum Mörder aufgestiegen war, aber es würde mein Bild von ihm objektiver machen und mir hoffentlich einen

Hinweis darauf geben, wie ich meine anderen Erlebnisse entschlüsseln konnte.

Es herrschte wenig Verkehr, und ich gelangte schnell in die Stadt. In Massachusetts war es etwas wärmer, die Luft war dicker, weniger frühlingshaft. Ich fuhr die Washington Street entlang, dann ab in die Charles Street, durch den Boston Common Park und in Richtung Beacon Hill. Die Longfellow Bridge führte mich nach East Cambridge, am Kendall Square vorbei auf den Broadway.

Ich fand die Demaro Street, einen engen Boulevard, ein paar Blocks von dem Gewusel der Hauptstraße entfernt. Im Telefonbuch war Julies Adresse als Hausnummer 12 verzeichnet gewesen. Ich verlangsamte den Wagen und bemerkte, dass viele Hausnummern nicht klar zu erkennen waren. Die Gegend war heruntergekommen, die Straßen lagen voller Müll, und die Häuser waren renovierungsbedürftig. Die Lücken zwischen den Gebäuden waren so schmal, dass sich die ganze Straße schmal wie eine Gasse anfühlte. An der Ecke befand sich ein ausgebranntes und mit Graffiti besprühtes Haus, das früher ein Lebensmittelladen gewesen war. Daneben stand eine Gruppe misstrauisch dreinblickender junger Männer und eine Frau, deren wachsame Blicke auf meinem Auto hingen. Ihre Lippen bewegten sich kaum merklich, als sprächen sie in einem Geheimcode miteinander. Ich fuhr weiter, und ihre Blicke durchbohrten mich immer noch, bis ich Nummer 12 erreichte, ein zweistöckiges Wohnhaus mit Flachdach, abbröckelnder Farbe und Zementstufen am Eingang. Ich nahm den erstbesten Parkplatz auf der anderen Straßenseite und sah in den Rückspiegel. Die Gruppe stand immer noch an der Ecke, schien aber nicht mehr an mir interessiert zu sein.

Bevor ich meine Meinung ändern konnte, zwang ich mich auszusteigen und rannte über die Straße zu Julies Haus. Abfälle flogen an meinem Füßen vorbei, rollten über den Gehweg und blieben dann ruhig liegen.

Ich war nicht überrascht, dass die Eingangstür nicht abgeschlossen war. Ich ging durch einen Korridor, der klein wie ein Schuhkarton war. Rechts hingen einige Briefkästen nebeneinander. Auf keinem davon stand ein Name, nur die Wohnungsnummern waren auf die Klappen gekratzt. Eine Tür führte in ein enges Treppenhaus, die Stufen selber waren abgetreten und staubig. Links ging ein Korridor ab. Es roch sehr modrig, als ob sich selten frische Luft hierhin verirrte, und der PVC-Boden war schmutzig. Die dunkelbraunen Wände waren marode und verschmiert. Ich sah hinauf zur Decke, die mit Wasserflecken und dicken Schmutz- und Staubklumpen überzogen war, und stieß ein lang gezogenes Seufzen aus.

Die Adresse im Telefonbuch hatte nur die Hausnummer angegeben, nicht aber eine bestimmte Wohnung, deswegen ging ich an der Treppe vorbei in den Korridor und folgte ihm bis zu der ersten Tür. Ich hielt inne, lauschte einen Augenblick lang. Auf der anderen Seite der Mauer stritten ein Mann und eine Frau ziemlich aufgebracht miteinander, aber sie sprachen Spanisch, sodass ich keine Ahnung hatte, worum es ging. Ich ging zu der zweiten und einzigen anderen Wohnung im Erdgeschoss. Auf einem kleinen Plastikschild, das auf die Tür geklebt war, stand: *Vorsicht, bissiger Hund*. Darunter befand sich ein Streifen Kreppband, auf den der Name *Barnett* in Druckbuchstaben geschrieben war.

Ich ging zurück ins Treppenhaus und nahm die Stufen nach oben, wobei ich die benutzten Utensilien und den verräterischen Müll ignorierte, die auf dem Flur in den Ecken lagen und mir verrieten, dass sich hier regelmäßig Junkies aus der Umgebung aufhielten, um sich einen Druck zu setzen oder Crack zu rauchen. Das gesamte Treppenhaus roch nach Fäulnis. Ein trüber Sonnenstrahl fiel durch ein zur Straße hin gelegenes Fenster und durchschnitt den zweiten Stock. Staubkörner tanzten in dem farblosen Licht und besprenkelten die Schatten, zu denen die Sonne nicht gelangte. Von irgendwo in der Nähe hörte ich die Geräusche eines Fernsehers, zwar gedämpft, aber doch laut genug, um durch das ganze Gebäude zu schallen. Nachdem ich das Ende der Stufen erreicht hatte, sah ich in beide Richtungen. Der Flur war leer. Dann trat ich aus dem Licht in die staubigen Schatten und auf die erste Tür zu.

»Was willst du Wichser denn hier?«

Überrascht sah ich nach rechts. Ich erspähte die Umrisse eines Mannes, der am anderen Ende des Flurs stand. »Äh, hallo«, sagte ich unbeholfen.

»Yeah, alles klar bei dir, Fickgesicht? Bist du taub?« Er kam näher. Er trug ein schmutziges T-Shirt und dreckige Jeans. Sein Körper war ausgezehrt und sein Gang abgehackt, als würde es ihm Schwierigkeiten bereiten, sich fortzubewegen. Ich bemerkte eine Reihe lilafarbener Einstichstellen entlang seiner Arme. Er trat aus der Dunkelheit hervor, seine blauen Augen waren eingefallen. Einst mochten sie durchdringend gewesen sein, doch nun waren sie aufgrund des Drogenmissbrauchs verblasst und milchig. Seine Haare waren verstrubbelt und schrien förmlich nach einem Shampoo, das ungepflegte Gesicht war von schwarzen und grauen Stoppeln bedeckt. »Ich hab dich was gefragt – wer bist du?«

»Ich suche Julie Henderson.« Ich plusterte mich auf. »*So ein* Arschloch bin ich. Wo ist ihre Wohnung?«

Der Mann kapierte, dass es ihm nicht gelungen war, mich einzuschüchtern, und markierte nicht länger den harten Typen. Stattdessen zuckte er entmutigt die Achseln. »Ich kenne hier niemanden, okay?« Sein Blick huschte umher, während er nervös die Arme verschränkte, sie dann aber wieder hängen ließ und von einem Fuß auf den anderen trat wie ein Kind, das auf die Toilette muss. Als sein Blick endlich wieder auf mir ruhen blieb, lag darin eine Intensität, die mir so vorkam, als starrte mich jemand an, der noch nie ein menschliches Wesen gesehen hat und nun verzweifelt zu verstehen versucht, womit er es zu tun hat. »Ich kenne ... gar niemanden.«

»Pass auf«, sagte ich und nahm eine etwas entspanntere Haltung ein. »Ich bin ein alter Freund von Julie. Wir sind in der gleichen Stadt aufgewachsen. Ich hab sie seit Jahren nicht mehr gesehen, und ich ...«

»Sie ist bei der Arbeit.« Seine Aussage schien ihn ebenso zu überraschen wie mich.

»Wohnst du hier im Haus?«

Der Mann nickte mehrmals rasch hintereinander und stoppte die Bewegung ebenso plötzlich.

»Arbeitet sie in der Nähe?«

»Ja, sie ... sie sollte jeden Moment zurückkommen, ja? Jeden Moment.« Er kratzte an den Blutergüssen an seinem rechten Arm und zitterte leicht. »Jeden Moment.«

»In welchem Apartment wohnt Julie?«

»Dasselbe wie ich«, verriet er mir mit einem schweren Schlucken, bei dem er den Kopf kurz in die Richtung neigte, aus der er gekommen war, aber er deutete damit bloß in die Dunkelheit hinter ihm.

Ich war verblüfft und gab mir aber alle Mühe, es zu verbergen. »Bist du ihr Freund?«

»So was in der Art.«

»Ich bin Alan«, sagte ich und winkte ihm ungezwungen zu, denn ich hatte nicht die Absicht, ihn zu berühren. »Alan Chance.«

»Cooler Name. Würde zu einem Spion oder Filmstar passen.« Der Mann lehnte sich gegen die Wand und seufzte. »Sie sollte ... mittlerweile zurück sein, ich ... weiß nicht, warum sie verdammt noch mal so lange braucht.«

Ich sah auf meine Uhr. Zwei Uhr neunzehn. Zur Hölle damit, dachte ich. Ich wollte ohnehin von hier verschwinden. »Also, pass auf, sag ihr, dass ich hier war. Ich komme ein anderes Mal vorbei.«

Ich wandte mich ab und wollte gehen, als ich beinahe mit einer Frau zusammenstieß, die im Sonnenlicht am Ende der Treppe stand und eine Papiertüte voller Lebensmittel unter dem Arm trug. Ein Schlüsselbund baumelte aus ihrer freien Hand. Bilder schossen durch mein geistiges Auge, ein Schleier aus Erinnerungen lüftete sich langsam und legte den Blick auf die Frau frei, die vor mir stand. Das honigfarbene Haar war verschwunden, ebenso wie die leuchtenden braunen Augen, der perfekte Teint, der Körper eines Models. Stattdessen sah ich eine Frau mittleren Alters, die ziemlich zerzaust und müde aussah und eine Kellneruniform aus Polyester, Nylonstrümpfe und weiße Turnschuhe trug.

»Julie?«

Sie wechselte rasch einen Blick mit dem Mann und wandte ihre Aufmerksamkeit dann wieder mir zu.

»Julie«, sagte ich, und mein Herz raste, »du wirst dich nicht an mich erinnern, aber ...«

»Baby«, sagte der Mann hinter mir, »können wir uns bitte zuerst um die andere Sache kümmern? Du hast es auf dem Nachhauseweg mitgebracht, oder? Du ... du hast es, oder?«

Ich sah zu ihm zurück, dann auf Julie. Ihr Blick blieb an mir hängen, dabei nickte sie langsam, griff in die Tasche ihrer Uniform und zog einen kleinen Plastikbeutel hervor. Der Mann raste mit einer Geschwindigkeit, die ich ihm nicht zugetraut hätte, an mir vorbei und auf Julie zu, riss den Beutel aus ihrer Hand und schlurfte in Richtung Wohnung. »Wunderschön, wunderschön! Ich wusste, dass ich mich auf dich verlassen kann, Baby!«

Julie trat auf mich zu. »Wer sind Sie und was wollen Sie?«

»Ich heiße Alan Chance. Ich bin aus Potter's Cove. Ihr Bruder Brian und ich haben manchmal zusammen gespielt, als wir Kinder waren.«

»Chance«, sagte sie ausdruckslos.

»Ja, Alan. Ich war in der Schule ein paar Jahre unter Ihnen«, sagte ich. »Wie gesagt, Sie erinnern sich bestimmt nicht an mich, aber ...«

»Was wollen Sie«, fragte Julie, dieses Mal leise.

Ich streckte meine Hand aus und lächelte. Sie ließ sie in der Luft hängen, deswegen sagte ich: »Ich habe gehofft, dass wir uns vielleicht kurz unterhalten könnten.«

»Über was?«

»Nun, ich weiß ... das wird komisch klingen, aber ich möchte mit Ihnen über jemanden sprechen, den wir, glaube ich, beide kennen. Erinnern Sie sich an einen Jungen in meinem Alter – in Brians Alter –, der Bernard hieß?«

Ihr Gesicht war bisher frei von jeglicher Regung, doch jetzt zeigte sich darin ein Riss.

»Bernard Moore«, drängte ich. »Erinnern Sie sich an jemanden aus der Stadt mit diesem Namen?«

»Ich wusste es«, murmelte sie wie zu sich selbst.

Ich war mir nicht sicher, ob ich sie richtig verstanden hatte. »Entschuldigen Sie?«

Anstatt zu antworten oder sich zu wiederholen, suchten ihre Augen meinen Körper von oben bis unten ab. Sie wirkte dabei so abgeklärt als befänden wir uns bei einer offiziellen Kontrolle. Schließlich blieb ihr Blick auf meiner Brust hängen. Ich sah nach unten, folgte ihrem Blick und stellte fest, dass das kleine Kruzifix aus Gold, das ich um den Hals trug, irgendwann aus meinem Hemd gerutscht war und nun gut sichtbar über meinen Kragen hing. Ich griff danach und schob es vorsichtig unter mein Hemd zurück. Als ich sie wieder ansah, starrte sie immer noch intensiv auf mich, jetzt aber direkt in meine Augen.

»Ich will Ihnen nicht wehtun, Julie«, sagte ich freundlich. »Ich möchte nur mit Ihnen reden.«

»Nicht hier«, sagte sie einsilbig. »Drinnen.«

Kapitel 15

Obwohl sie mich hereingebeten hatte, kam ich mir in Julies Wohnung dennoch so vor, als wäre ich am falschen Ort. Wir traten nacheinander und mit einem Gefühl der Trauer ein, das wir teilten, obwohl niemand es aussprach. Wie Vieh, das zur Schlachtbank geführt wird. Julie an der Spitze, ich am Ende. Sie trat zur Seite, ließ mich vorbei, schloss dann die Tür mit einer umfangreichen Sammlung von Schlössern.

Ein winziger Eingangsbereich ging in ein ziemlich großes, aber bescheiden möbliertes Wohnzimmer über. Ein billiger, runder Teppich bedeckte den größten Teil des abgenutzten Parkettbodens. Die Möbel waren alt und passten nicht zueinander, und die Wände waren hellgrau gestrichen worden, wodurch die Wohnung selbst bei Tageslicht düster wirkte. Am Ende des Raums hingen zwei ausgewaschene blaue Gardinen vor den Fenstern, von denen aus ein verlassener Spielplatz und eine angrenzende Straße zu sehen waren. Vor jedem Fenster hingen kleine, silberne Kruzifixe, die wie Wächter auf die Straße schauten. Ich tat so, als hätte ich sie nicht bemerkt.

Julie führte mich durch das Wohnzimmer in eine ebenso trostlose Küche. Ein Kartentisch, dessen Plastikoberfläche mit

Brandflecken und kleinen Rissen übersät war, stand in einer Ecke des Raums, umgeben von vier Klappstühlen. Drauf lagen verstreut ein gläserner Aschenbecher, aus dem Zigarettenstummel überquollen, ein Stapel Spielkarten und verschiedene religiöse Bücher, darunter eine alte Bibel. Von der Vorhangstange an dem Fenster über der Spüle hing ein weiteres Kruzifix aus Silber.

Die Wohnung war voll von religiösem Krimskrams und kleinen Figuren, aber ich war mir nicht sicher, ob ich einen Tempel oder einen Bunker betreten hatte. Ich sah kein einziges Foto ihrer Familie oder überhaupt einen Gegenstand, der sie mit einem anderen Menschen in Verbindung setzen würde, nur einen unpersönlichen und freudlosen Schrein für die Einsamkeit.

Julie deutete auf den Tisch, deshalb setzte ich mich auf einen der Stühle, während sie Wasser zum Kochen aufsetzte und in einen aus der Küche führenden Flur verschwand. Den Mann hatte ich seit Betreten der Wohnung zwar nicht mehr gesehen, aber da der beißende Geruch von gekochtem Heroin in die Küche wehte, nahm ich an, dass er sich in einem der übrigen Zimmer befand und die Überreste seiner Venen vollspritzte. Ich war immer noch baff, dass Julie mich überhaupt hereingelassen hatte und wurde das beunruhigende Gefühl nicht los, dass sie mich aus irgendeinem Grund erwartet hatte. Das war natürlich höchst unwahrscheinlich, aber es schien die einzige Erklärung dafür zu sein, dass sie *Ich wusste es* gesagt hatte, als ich Bernard erwähnte, und dass sie einen Wildfremden in ihre Wohnung ließ, buchstäblich ohne Fragen zu stellen. Zusammen mit einem allgemeinen Gefühl des Unbehagens, das die Wohnung ausatmete, führte dies dazu, dass meine Nerven angespannt waren, sogar mein Nacken fing an zu kribbeln. Doch die abgestandene Luft war nicht kühl. Vielmehr fiel mir auf, dass alle Fenster geschlossen waren, und ich fragte mich, was an einem so angenehmen Frühlingstag der Grund dafür sein mochte.

Ich konnte die Blicke des Mannes schon spüren, bevor er aus dem Flur trat und auf den Tisch zuwanderte. Er war nun viel ruhiger und kontrollierter, jedoch hart an der Grenze zur Bewusstlosigkeit. Er setzte sich in Zeitlupe hin und stützte sich dabei auf dem klapprigen Tisch ab. Aufgrund der Drogen grinste er albern. Zu Small Talk war er anscheinend nicht imstande, deswegen schaute ich weg, auf die Bibel, und versuchte, es nicht allzu offsichtlich zu tun. Die Bibel war zerfleddert und voller Eselsohren, so wie die anderen Bücher auf dem Tisch. Etliche Seiten waren mit kleinen Merkzetteln markiert worden.

Abgesehen von dem langsamen und gleichmäßigen Atmen des Mannes war es in der Wohnung schier unmöglich still.

»Haben Sie sich mal gefragt«, sagte er lallend, »wie es kommt, dass Sie hier sind? Also, ich meine, an *diesem* Ort zu *dieser* Zeit?«

Ich sah in seine vernebelten Augen. »Das hab ich mich in letzter Zeit oft gefragt.«

»Sie sehen ... angespannt aus.«

»Ich mache eine angespannte Phase durch.«

»Nun«, seine Augen schlossen sich, die Pupillen wanderten nach oben, »ich denke mir, dass Sorgen eigentlich so eine nutzlose, hm, *Sache* sind, ja? Denn – check das mal – denn dadurch fühlen wir uns sicher, weil es uns diese Illusion gibt, diese drecksverlogene Illusion, die Dinge im Griff zu haben. Aber am Ende, Alter, da steht nur die Angst, was? Und mit Angst kommt die Verwirrung.« Er öffnete seine Augen und lächelte mich an. »Also, so wie ich das sehe, müssen wir halt alles tun, damit wir im Kopf klarkommen. Verstehst du, was ich sagen will?«

Ich wollte von ihm loskommen, wandte meinen Blick aber nicht ab. »Ja.«

»Fragst dich, wie so'n abgewrackter Junkie dazu kommt, hier Ratschläge zu verteilen, hm?« Er lächelte verträumt.

Das Knarren des Bodens lenkte mich ab. Als ich mich umdrehte, sah ich Julie die Küche durchqueren und zu ein paar Regalen gehen, die über der einzigen Arbeitsfläche hingen. »Halt jetzt den Rand, Adrian«, sagte sie kühl. Sie hatte sich umgezogen und trug ein Paar Jeans und einen dünnen Pullover. Ihr Haar hing jetzt herab, bis knapp über ihre Schultern. Als ich sie zum ersten Mal gesehen hatte, war ihr Haar noch zurückgebunden, und dabei war das Grau an ihren Haarwurzeln viel deutlicher zu erkennen gewesen. »Möchten Sie einen Tee?«, fragte sie.

»Nein, aber besten Dank.«

Sie nahm zwei Tassen und Untertassen aus dem Regal und stellte sie zusammen mit einer Zuckerdose auf den Tisch. Dann ging sie zum Kühlschrank und kehrte mit einer kleinen Kanne Milch zurück. Sie sah mich einen Augenblick lang nachdenklich an, als überlegte sie, ob sie etwas sagen sollte, aber stattdessen ging sie zurück zu der Ablage und durchwühlte ihre Tasche, bis sie eine Schachtel Zigaretten und ein Feuerzeug gefunden hatte. Sie wandte uns den Rücken zu, als sie die Zigarette anzündete, und drehte sich erst um, nachdem sie den ersten Zug genommen und seufzend ausgeatmet hatte.

Julie Henderson alterte nicht sehr vorteilhaft. Sie trug kein Make-up und hatte zugenommen. Hinzu kamen ein erschöpfter Ausdruck und der eindeutig absichtliche Versuch, ihre angeborene Schönheit zu verbergen und durchschnittlich auszusehen, wenn nicht sogar unattraktiv. Dies verlieh ihr ein schludriges Aussehen. Sie nahm noch einen tiefen Zug von der Zigarette. Ich bemerkte, dass ihre Finger gelb vom Nikotin waren und die Nägel beinahe komplett abgekaut. Sie war sechs Jahre älter als ich, was hieß, dass sie gerade mal vierundvierzig war, aber in ihrem gegenwärtigen Zustand sah sie eher wie sechzig aus. Sechzig und ungesund, emotional verwüstet und physisch geschwächt. Irgendwo dort drin lebte ihre Schönheit noch weiter, begraben unter Falten, Furchen und dunklen Rändern, als hätten jeder Schmerz und jeder ängstliche Moment, all die Traurigkeit und der Ekel ein physisches Zeichen hinterlassen, eine bleibende Narbe. Die neunzehnjährige Traumfrau war schon lange tot. Trotz ihrer unübersehbaren Schwierigkeiten lebte an diesem Ort doch eine Erwachsene, eine Frau, eine wirkliche Person, für die Schönheitsideale von der Sorte, wie sie von der Madison Avenue bestimmt werden, nicht mehr wichtig waren oder auch gar nicht interessant.

Julie streifte sich das Haar aus dem Gesicht. »Wie haben Sie mich gefunden?«

»Ihre Adresse steht im Telefonbuch, aber ich wusste nicht, dass Sie in Cambridge sind, bis Brian es mir verraten hat. Ich habe ihn zufällig in der Stadt getroffen.«

»Brian.« Sie sprach den Namen aus, als hinterlasse er einen fauligen Geschmack in ihrem Mund. »Weiß er, dass Sie hier sind?«

»Nein.«

Schweigend rauchte sie ihre Zigarette. »Warum sind Sie also hierher gekommen?«

Das war eine gute Frage. Was tat ich bloß? Was erlaubte ich mir? Unabhängig davon, ob mein Verdacht, was vor Jahren geschehen sein könnte, richtig war oder nicht, welches Recht hatte ich, aus dem Nichts aufzutauchen und in das Leben dieser Frau einzudringen, das auch ohne mich schon schwer genug war? »Vielleicht sollten wir uns lieber unter vier Augen unterhalten.«

»Was auch immer es zu bereden gibt, Adrian kann dabeibleiben. Das ist schon in Ordnung.« Sie klang nicht wütend, war aber anscheinend bereits ungeduldig. »Ich vertraue ihm voll und ganz.«

Ich sah aus dem Augenwinkel, dass Adrian grinste und mir zuzwinkerte. Meine Handflächen hatten so stark zu schwitzen begonnen, dass ich sie möglichst unauffällig an meiner Hose abwischte. Ich versuchte, einen zusammenhängenden Satz herauszubringen. »Ich weiß, das alles ist mehr als seltsam – ich tauche hier plötzlich auf, jemand, den Sie nie gut gekannt und auch seit Jahren nicht mehr gesehen haben. Aber ich weiß nicht, mit wem ich sonst reden soll. Wahrscheinlich ist es blödsinnig, dass ich hier bin, aber ich muss mit Ihnen reden, Julie.« Ich faltete die Hände und ließ sie in meinem Schoß ruhen. Mit etwas Glück würden sie auf diese Weise nicht allzu sehr zittern. »Ich habe Sie vorhin schon gefragt, aber ... erinnern Sie sich an jemanden aus der Stadt, aus Potter's Cove? Einen Jungen namens Bernard Moore?« Dieses Mal entgegnete sie nichts, deswegen beschrieb ich Bernard.

Sie zog an ihrer Zigarette. Wegen des umherwehenden Rauchs musste sie blinzeln. »Was ist mit ihm?«

»Er ist tot.«

»Was wollen Sie dann von mir, eine Beileidskarte?«

»Er hat sich umgebracht. Hat sich aufgehängt.«

Julie drückte ihre Zigarette in dem bereits überquellenden

Aschenbecher aus, der zwischen uns auf dem Tisch stand, und blies eine letzte Rauchwolke durch ihre Nase. »Wie standen Sie zu ihm?«

»Er war mein Freund.«

Sie wich zurück, verschränkte die Arme vor der Brust und lehnte sich gegen die Küchenzeile. »Wirklich?«

Beinahe reflexartig sah ich Adrian an, aber der starrte auf den Tisch, als wäre er der erstaunlichste Gegenstand, den er je gesehen hatte, also wandte ich mich wieder Julie zu. »Ich glaube aber, dass Bernard nicht der war, für den ich ihn hielt. Seit seinem Tod sind ein paar Dinge ans Licht gekommen, die ...«

»Was für Dinge?«

Ich stand auf. »Hören Sie, ich habe einen Fehler gemacht. Ich sollte Sie nicht hiermit belästigen.«

»Ich habe heute Morgen die Nachrichten gesehen«, verkündete sie plötzlich. »In Potter's Cove hat man eine Leiche gefunden.«

»Ja. Die Leiche einer jungen Frau.«

»So was kommt hier in der Gegend ja ziemlich oft vor. Bin mir sicher, das waren Riesenneuigkeiten in dem Scheißkaff.« Der Wasserkessel begann zu pfeifen. Julie ging zum Herd, nahm den Kessel und füllte die beiden Tassen, die auf dem Tisch standen. Mir kam der Gedanke, dass sie mich ganz leicht hätte verbrühen können, wenn sie den Verschluss des Kessels abgenommen und das kochende Wasser auf mich geschleudert hätte. Obwohl nichts an ihrem Verhalten auf eine Neigung zur Gewalt schließen ließ, beunruhigte mich etwas an ihrem Gesichtsausdruck.

»Setzen Sie sich, Alan. Sie sind doch hierher gekommen, um Antworten zu finden. Warum wollen Sie jetzt weglaufen, wenn Sie so kurz davor sind, sie zu bekommen?«

Adrian tunkte seinen Teebeutel in das Wasser und unterdrückte ein Kichern.

Ich spürte, wie ich zurück auf den Stuhl sank. Als Julie den Kessel auf eine kalte Herdplatte zurückgestellt hatte und wieder zu uns an den Tisch gekommen war, sagte ich: »Sie kannten Bernard also – Sie erinnern sich an ihn?«

Julie umfasste ihre Tasse mit beiden Händen, hob den Tee an ihre Lippen und nippte wortlos daran. »Ich erinnere mich, dass er mich vergewaltigt hat.«

Zu diesem Zeitpunkt hätte mich ihre Antwort nicht überraschen sollen. Dennoch tat sie es.

»Oh Gott, es tut mir leid ... ich ...«

»Das wollten Sie doch wissen, oder? Deswegen sind Sie hierher gekommen. Ansonsten gibt es nichts, keine Verbindung zwischen ihm und mir, von der Sie etwas wissen könnten. Sie wussten die Antwort schon. Es hätte nicht anders sein können.«

»Ich habe es vermutet. Vor seinem Selbstmord hat er Andeutungen gemacht, dass er ein paar Dinge getan hatte, schreckliche Dinge.« Ich stützte meine Ellenbogen auf den Schreibtisch und legte mir die Hände vors Gesicht. »Mein Gott, ich fasse es nicht.«

»Ich habe es nie jemandem verraten.«

Sie verraten nie etwas.

»Es tut mir leid, aber ich muss wissen, was passiert ist, Julie. Es ist wichtig.«

»Oh ja, das weiß ich.« Sie trank noch einen Schluck Tee. Ihre Hände zitterten. Bevor ich etwas entgegnen konnte, sagte sie: »Es war gegen Ende des Sommers 1975, im Wald von Potter's Cove.«

»Ich will nicht taktlos sein oder so ...«

»Fragen Sie einfach.«

»Bernard hat dicke Brillengläser getragen und war nicht groß – er war ein Zwerg damals und ein schwächlicher noch dazu. Wie konnte er ...«

»Er hatte mich völlig überrascht. Und ein Messer. Und Hilfe.«

Mein Herz stand kurz davor zu explodieren. »Er hatte Hilfe?«

Sie nickte und griff erneut nach ihren Zigaretten. »Ich war joggen gegangen, so wie immer. An einer Stelle im Wald nahm ich immer eine Abkürzung.« Sie schob sich eine Zigarette in den Mund, während ihr Blick weit in die Ferne zu schweifen schien, als lägen die Erinnerungen gleich hinter einem Horizont, den nur sie sehen konnte. »Erinnern Sie sich an die steinerne Feuerstelle da draußen, in der Nähe des alten Campingplatzes?«

»Ja.«

»Daneben saß er, als ich ihn zum ersten Mal sah«, berichtete sie, und ihre Stimme wurde zunehmend eintönig. »Ich hielt an, ich glaubte, er hätte sich verletzt. Er war klein, wie Sie schon gesagt haben, und er sah jünger aus als er war, nehme ich an. Er saß einfach da, schwankte vor und zurück, stöhnte und rieb sich das Bein. Ich fragte ihn, ob alles in Ordnung sei. Er meinte, er sei hingefallen und habe sich den Knöchel verstaucht. Er sagte, dass er wohl gehen könnte, wenn ich ihm dabei half, also streckte ich ihm die Hand entgegen. Warum hätte ich das auch nicht tun sollen? Er sah wie ein hilfloses Kind aus, das sich verletzt hatte. Warum ... warum hätte ich ihm nicht helfen sollen? Hätte ich ihn ignorieren und weiterlaufen sollen?«

»Nein.« Das Wort blieb mir im Hals stecken. »Ich verstehe.«

»Nachdem ich ihm auf die Füße geholfen hatte, schubste er mich, ganz hart und überraschend. Ich verlor das Gleichgewicht und fiel nach hinten und ...« Sie zog wütend an ihrer Zigarette, wodurch sie den Filter zusammendrückte. »Ich stürzte schwer, schlug mit dem Kopf auf den Boden. Die Feuerstelle hatte ich nur knapp verfehlt. Wäre ich mit dem Hinterkopf gegen das Ding geknallt, säße ich jetzt nicht hier, das sage ich Ihnen. Ich wäre an jenem Tag im Wald gestorben. Dennoch dachte ich ... dass ich sterben würde. Ich war zwar einigermaßen bei Bewusstsein, aber alles war verschwommen und drehte sich und ... und als Nächstes saß der Kleine auf mir. Er hatte ein Messer, ein Klappmesser, das er direkt neben meinem Gesicht aufmachte. Er lachte, aber so ein Gelächter hatte ich vorher noch nie gehört. Es klang nicht einmal menschlich. Er hielt das Messer an meinen Hals und redete, aber ich kann mich nicht daran erinnern, was er sagte, nur ... Ich erinnere mich nur an das Gefühl, ausgezogen zu werden, dass meine Shorts heruntergezogen wurden und er meine Beine mit Gewalt öffnete.«

Adrian erhob sich langsam. »Ich muss mich ein wenig hinlegen.«

Während er den Flur entlangschlurfte, sah ich, wie sich Julie eine Träne aus dem Augenwinkel wischte und wieder wütend an ihrer Zigarette zog.

»Tut mir leid, dass ich in diesen alten Geschichten wühle ... Aber könnten Sie mir sagen, wer mit ...«

»Ich konnte kaum glauben, was da passierte«, fuhr sie fort als hätte sie mich nicht gehört. »Ich konnte nicht fassen, was dieser kleine Junge, dieses ... *Kind* mir antat. Sogar die Art und Weise, wie er mich hereingelegt hatte, passte eher zu einem Streich auf dem Spielplatz oder so. Es kam mir einfach unmöglich vor, wie ein Traum, bei dem nichts einen Sinn hat. Sie kennen diese Art von Träumen doch? Wo einem nichts richtig vorkommt und nichts einen Sinn ergibt?«

Ich nickte gedankenverloren.

»Das alles kam mir nicht wirklich vor. Er war auch vom Körperbau einfach so klein, als ob ein winziger Typ auf mir rumkrabbelt ... Selbst während er mich vergewaltigte, konnte ich es kaum glauben.«

Ich hielt meine Augen geschlossen, bis mich die Visionen von dem, was sie beschrieb, wieder verlassen hatten.

»Als er fertig war – ich weiß nicht genau, wann, denn ich habe währenddessen immer wieder das Bewusstsein verloren, spürte ich, wie er von mir runterrollte. Ich lag auf dem Bauch. Er drückte mein Gesicht auf den Boden. In meinem Mund waren Erde und Tannennadeln.« Sie wischte sich mit dem Handrücken die Tränen aus dem Gesicht. Es waren Tränen des Zorns, eines Zorns, der in Fesseln gelegen hatte und nun endlich befreit wurde, wie eine abgeschiedene Seele, die sich auf die Reise machte. »Ich erinnere mich nicht ... kann mich nicht erinnern, wie lange ich da draußen lag. Ich hatte eine Gehirnerschütterung von dem Schlag gegen den Stein. Ich weiß noch, dass es hell war und die Sonne durch die Baumwipfel schien. Das Nächste, woran ich mich erinnern kann, ist, dass es dunkel geworden war. Nicht völlig dunkel wie mitten in der Nacht, sondern die Art von Dunkelheit wie direkt nach dem Sonnenuntergang oder kurz vor Sonnenaufgang, verstehen Sie?«

»Julie«, flüsterte ich. »Sie sagten, dass jemand Bernard geholfen hatte. Sie müssen mir sagen, wer an diesem Tag bei ihm war.«

Sie wischte ihre letzten Tränen fort und schien ihre Gefühle wieder ganz unter Kontrolle zu haben. »Ach ja?«

»Wenn Sie es mir sagen können, ja.«
»Sind Sie sich da sicher?«
»Ja.«
»Und Sie meinen, dass Sie es verstehen werden?«, fragte sie und klang jetzt noch sarkastischer. »Meinen Sie, dass Sie dazu wirklich in der Lage sind? Selbst wenn ich es Ihnen erzähle, hätten Sie nicht die leiseste bekackte Ahnung, wovon ich spreche.« Sie knallte ihr Feuerzeug auf den Tisch. »Sie wollten wissen, ob Ihr *Freund* mich vergewaltigt hat. Jetzt wissen Sie es. Gehen Sie zurück nach Potter's Cove und machen Sie mit Ihrem unwichtigen Leben weiter, ohne sich um den Rest der Geschichte zu kümmern.«
»Ich wünschte, das könnte ich «, sagte ich.
»Lassen Sie es. Gehen Sie.«
»Das kann ich nicht. So einfach ist das nicht. Und ich glaube, dass Sie das wissen, Julie.«
»Die Leute glauben, dass ich nicht ganz dicht bin. Und das stimmt auch, ich geb's zu. Seit diesem Tag habe ich Probleme, aber ... ich bin nicht verrückt! Ich war's damals nicht und bin es immer noch nicht. Ich bin *nicht* verrückt.«
»Im Moment glauben das auch viele Leute von mir.« Ich schaffte es, ein halbherziges Lächeln zustande zu bringen. »Was auch immer Sie mir sagen wollen, ich bin bereit, es zu glauben.«
Sie schlürfte ihren Tee, rauchte ihre Zigarette, sagte nichts.
»Julie«, drängte ich, »wer war mit Bernard im Wald?«
»Es waren keine anderen *Leute* bei ihm – nicht wirklich«, sagte sie tonlos. »Aber er war nicht alleine.«

Kapitel 16

Julies Worte hingen noch im Raum, und ich versuchte mir einzureden, dass sie es metaphorisch gemeint hatte. Aber ich wusste bereits, dass dies nicht der Fall war. Ich unterdrückte die Angst wie Galle, gab mein Bestes, sie unter Kontrolle zu behalten und nicht an die Oberfläche kommen zu lassen.
»Als es vorbei war, ließ er mich im Wald zurück«, sagte sie

und unterbrach damit die Stille. »Wie gesagt, ich hatte eine Gehirnerschütterung von dem Aufschlag, und ich war verdreckt. Ich hatte Blätter und Zweige und andere Sachen im Haar und auf meinen Kleidern, weil ich auf den Boden gepresst worden war. Es kam mir so vor, als hätte er ein paar Sekunden lang mit dem Gedanken gespielt, mich umzubringen, mich dort auf der Lichtung zu ersticken, mich zu zwingen, die ganze lose Erde einzuatmen. Später begriff ich, dass er mir auf diese Weise mitteilte, dass er mich hätte töten *können*, wenn er es wirklich gewollt hätte. In vielerlei Hinsicht wäre es barmherziger von ihm gewesen, wenn er das getan hätte.«

Als Bernards Freund, als Eindringling in das zerbrochene Leben dieser Frau, fühlte ich mich zwangsweise irgendwie verantwortlich für das, was geschehen war. Da Bernard nicht hier war, musste ich die Schuld auf mich laden und mich für seine Taten und das, was aus ihm geworden war, entschuldigen. »Es tut mir leid«, sagte ich und kam mir lächerlich vor.

»Ich sagte meinen Eltern, ich sei beim Laufen hingefallen«, sagte sie. Ihre Gedanken waren immer noch weit entfernt und in dem schrecklichen Wald gefangen. »Ich sagte ihnen, dass ich mit dem Kopf aufgeschlagen sei und das Bewusstsein verloren hätte. Erst später sei ich wieder zu mir gekommen. Ich habe nie über den Rest gesprochen. Ich konnte es nicht – und selbst wenn, dann hätten alle gedacht, ich wäre verrückt. Letzten Endes dachten das die meisten sowieso.«

»Ich will mir mit dieser Frage kein Urteil über Sie erlauben«, sagte ich vorsichtig, »aber warum haben Sie nichts gesagt, Julie? Warum haben Sie ihn mit dem, was er Ihnen angetan hat, davonkommen lassen?«

Sie stieß ein pessimistisches Lachen aus, das kurz und brutal war und so klang wie eine Salve aus einem Maschinengewehr.

»Meine Eltern brachten mich immer wieder zu Ärzten. Sie waren sich sicher, dass die Beule an meinem Kopf für meine Veränderungen verantwortlich war. Ich hatte Albträume, schrie mitten in der Nacht, konnte mich nicht mehr konzentrieren, weil ich mich immer beobachtet fühlte, hatte Depressionen. Ein Jahr danach versuchte ich mich umzubringen. Die Nummer brachte mir einen Aufenthalt in einem speziellen Krankenhaus in Boston ein.«

Sie lehnte sich ein wenig in ihrem Stuhl zurück und nahm eine trotzigere Haltung ein. »Und das war nur meine erste Behandlung. Jahrelang war ich in Irrenanstalten, wieder und wieder. Waren Sie schon mal in einer psychiatrischen Anstalt, Alan?«

Ich schüttelte verneinend den Kopf.

»Na, eins kann ich Ihnen sagen: Dort hängen ein paar verrückte Penner rum! Volles Rohr, absolut durchgeknallt – ich meine wirklich *verrückt*. Bloß war ich's selber nicht. Und wissen Sie was? Ich war nicht die Einzige. Dort drinnen waren auch andere Leute wie ich, Leute, die Bescheid wussten, die es gesehen hatten. Bloß redeten sie darüber. Sie redeten darüber, bis sie wegen der Medikamente aufhörten und auch nicht mehr nachdachten und ihr Intellekt den eines beschissenen Couchtischs nicht mehr übertraf. Aber auch ich kannte die Wahrheit, und ich wollte nur noch sterben, wollte mir selber das Licht ausblasen und damit hoffentlich das ganze Chaos beenden. Natürlich konnte niemand verstehen, weshalb. Nur ein paar Monate zuvor war ich die perfekte kleine Barbie-Puppe gewesen mit perfekten Schulnoten und perfekten Freunden. Alle hatten mich lieb und wussten, dass ich aufs College gehen und die perfekte Ken-Puppe kennenlernen und ein perfektes Barbie-und-Ken-Leben führen würde. Ich war verdammt noch mal Julie Henderson. Wie konnte Julie plötzlich verrückt werden?« Wieder füllten Tränen ihre Augen, aber irgendwie schaffte sie es, sie nicht überlaufen zu lassen. »Ich wollte es ihnen sagen, das können Sie mir glauben. Ich wollte es meinen Freunden sagen, den ganzen Ärzten und Krankenschwestern und den anderen armen Schweinen an diesem schrecklichen Ort, ich wollte meinen Eltern und allen anderen, die mir zuhören wollten, sagen, dass ich nicht verrückt war, dass es in der Welt eine böse Macht gab, von der ich vorher nichts gewusst hatte, aber ich hatte sie gesehen, ich habe es selber erlebt. Das Böse gab es wirklich. Das hatte ich an dem Tag im Wald gelernt. Das Böse ist nicht bloß ein Begriff oder eine Theorie. Das Böse gibt es wirklich. Es hat mein Leben zerstört. Sie wohnen doch in Potter's Cove, Alan,

Sie haben bestimmt das Gerede gehört, dass ich nicht mehr alle Tassen im Schrank habe. Dort weiß jeder alles über jeden. Man kann in dieser Stadt nicht mal furzen, ohne dass es jemand hört.«

»Falls es Ihnen hilft, kann ich Ihnen versichern, dass ich nichts wusste, bis mir Ihr Bruder sagte, Sie hätten ein paar Probleme. Ich war immer davon ausgegangen, Sie seien aufs College gegangen und irgendwohin gezogen.«

Sie überlegte, wie aufrichtig meine Antwort gemeint sein könnte, bevor sie weitersprach: »Werden Sie mir auch eine Frage beantworten?«

»Natürlich.«

»Soll ich Ihnen wirklich abkaufen, dass Sie sein Freund waren – sein enger Freund – und nie wussten und auch nie einen Verdacht gehabt haben, was Bernard getan hatte?«

»Ich hatte meine Vermutungen, aber – nein – ich wusste nie mit Sicherheit, dass er Ihnen das angetan hat.«

»Sie wussten nie, was er wirklich war?« Sie schüttelte langsam den Kopf, als ob sie mich bemitleidete. »Mein Gott, Sie wussten es tatsächlich nicht.«

Ich beugte mich über den Tisch langsam auf sie zu und wollte dabei so harmlos wirken wie möglich. »Ich brauche Ihre Hilfe. Bitte sagen Sie mir, was Sie wissen.«

Ohne den Blickkontakt abzubrechen, griff Julie nach ihren Zigaretten. »Vorsicht, sonst mache ich das noch.«

»Was ist an diesem Tag wirklich im Wald geschehen? Was haben Sie gesehen?«

»Die Finsternis«, sagte sie leise. »Ich habe die Finsternis gesehen.«

Ich wartete darauf, dass sie fortfuhr. Als sie weiterhin schwieg, hob ich ihr Feuerzeug vom Tisch auf, zündete es an und hielt die Flamme in Richtung der Zigarette, die zwischen ihren Fingern ruhte. Das Zündgeräusch, oder vielleicht die Flamme selber, hatten ihre Aufmerksamkeit geweckt und die Trance gestört, in die sie gefallen war. Mit einem überraschten Zucken steckte sie die Zigarette in einen Mundwinkel und beugte sich zu dem Feuer vor. Ich legte das Feuerzeug zurück auf den Tisch und sah zu, wie sie sich mit einer Hand durchs Haar fuhr, dabei innehielt und die Haut an ihrem Haaransatz kratzte, bevor sie weiter bis zu ihrem Hinterkopf strich. Sie ließ die Zigarette in ihrem Mund, wo sie jetzt baumelte wie eine winzige, rauchende Extremität.

Ich fragte mich, ob sie schon immer eine so schwere Raucherin gewesen war.

»Haben Sie auch nur einen Schimmer davon, wie es ist, wenn das eigene Leben zu einem andauernden Albtraum wird? Na ja, bis zu einem gewissen Grad tun wir das alle, was?« Sie hob den Kopf, zog die Zigarette nach einem tiefen Zug aus ihrem Mund und atmete eine Rauchwolke in meine Richtung aus. »Aber wie soll man das Böse beschreiben, wie es aussieht, wie es sich anfühlt? Ich spürte ... dass uns Dinge beobachteten, dass sie mich beobachteten.« Sie kniff die Augen zusammen. »Und es gefiel ihnen.«

Mehr denn je wollte ich aus dieser Wohnung fliehen, hielt mich aber am Rand des Tisches fest. Was, wenn Julie Henderson wirklich verrückt war? Wenn wir beide verrückt waren?

»Er hatte einen Stock«, erzählte sie weiter und starrte jetzt über meine Schulter hinweg auf die Wand. »Er redete vor sich hin, aber ich konnte die Worte nicht verstehen. Die Worte waren seltsam, und ich habe erst später erfahren, dass es eine sehr alte, unbekannte Form von Latein war. Aber er sprach sie leise und im Flüsterton. Ich war benommen und nahm die Geräusche eine Zeit lang wahr, dann wieder nicht. Alles drang auf diese Weise nur stückchenweise zu mir durch, das Hören, Sehen und Fühlen, alles. Er hatte den Stock und zeichnete etwas neben mir auf den Boden, während er in dieser seltsamen Sprache sang. Er wirkte gehetzt, er kratzte die Zeichnungen in die Erde, als hätte er dafür nur begrenzt Zeit, als müsse er sich beeilen oder es würde nicht funktionieren. Ich konnte sie nicht erkennen, weil ich es nicht schaffte, den Kopf zu heben. Ich hab's probiert, aber es ging nicht, also konnte ich nur versuchen, aus dem Augenwinkel etwas zu sehen. Ich bekam nur einen flüchtigen Eindruck, aber ich fühlte etwas ... Es baute sich um uns herum auf, und dann in mir selber, so wie ein Gähnen in deinem Hinterkopf anfängt, und dann verbreitet sich das Kitzeln in deinem Körper

– Sie verstehen, was ich meine? So ähnlich war das Gefühl, aber anstatt sich gut anzufühlen, wie eine Erleichterung oder Entspannung, war es genau das Gegenteil. Ich bekam so einen Druck in der Magengrube, tief in meinem Inneren, wie kurz bevor man sich übergibt oder ... haben Sie mal nachts die Bremsen eines Autos quietschen gehört? Sie liegen im Dunkeln und warten auf dieses schlimme Geräusch des Aufpralls, und wenn es dann kommt, verdreht sich Ihnen der Magen. So fühlte es sich an. Nur schlimmer. Viel schlimmer.

Dann hörte ich die Stimmen. Zunächst seine eigene, als er sich auf mich legte. Ich ... konnte seinen Atem spüren, und ich wollte kotzen, ich wollte, dass er von mir runter geht und weggeht, aber ich konnte ihn nicht aufhalten. Er sagte die ganze Zeit diese komischen Sachen, und seine Stimme war verzerrt, wie in einem Traum, nur ... nur hörte ich danach auch andere Stimmen. Gequälte Stimmen, die Stimmen von Leuten, die voller Schmerzen schrien und jammerten, und sie schwirrten um uns herum wie ein Wirbelwind.« Ein Zucken durchfuhr Julie, und sie nahm einen weiteren gierigen Zug von ihrer Zigarette. »Und dann sah ich Dinge, die kein menschliches Wesen jemals sehen sollte. Dinge, die ich niemals aus meinen Gedanken löschen kann. Dinge, die unmöglich zu verstehen oder zu beschreiben sind.«

Ich dachte: So wie ich in der verlassenen Fabrik die Frau gesehen hatte, die nach meinem Arm griff, und die Visionen von Verderbtheit und Blut, die mich durchflutet hatten, als wären sie direkt aus der Hölle herbeibeschworen und in mich injiziert worden.

»Ihr Gesichtsausdruck verrät mir, dass Sie mich für wahnsinnig halten«, sagte sie.

»Nein, Julie, das tue ich nicht.« Eine ihrer Hände ruhte auf dem Tisch. Ich streckte meinen Arm vorsichtig aus und berührte die Hand. »Ganz und gar nicht.«

Langsam entzog sie mir ihre Hand, schien aber zu verstehen, dass es nur ein Versuch gewesen war, sie zu beruhigen, und sonst nichts. »Nach so etwas können Sie nicht einfach Ihr Leben weiterführen als wäre nichts geschehen. Sie können sich nicht einfach aufraffen und weitermachen, als hätten Sie diese Dinge nicht gesehen und erlebt. Ich habe es versucht, ja, aber es funktioniert nicht, ich kann mich nicht davor verstecken. Es bleibt an mir hängen wie ein schlechter Geruch. So wie Schweiß auf der Haut bleibt es kleben. Und ganz langsam, wie das Tropfen bei einer Wasserfolter, treibt es einen in den Wahnsinn.«

Ich glaubte ihr und hatte Angst, dass ich meine eigene Zukunft sah, während ich auf sie schaute.

»Auch sehr seltsam war …«, murmelte sie, wobei der entrückte Ausdruck in ihr Gesicht zurückkehrte, »… dass er anscheinend auch irgendwie Angst hatte, als wäre er sich noch nicht sicher, was er getan hatte oder vollbringen konnte. Es kam mir vor, als hätte er einen Flaschengeist freigelassen, bloß konnte er ihn nicht ganz kontrollieren und ihm noch keine Befehle geben.«

»Also experimentierte er mit Satanismus oder so etwas?«

»Oder so etwas«, sagte sie. »So einfach, wie die Leute es sich denken, ist das nicht.«

»Ist *was* nicht?«

»Gut, böse, das alles.« Julie schob ihren Stuhl vom Tisch zurück, stand auf und zeigte auf die Bücher, die zwischen uns lagen, und dann auf die Kreuze, die an den Fenstern hingen. »Daraus bestehen meine Wirklichkeit und das, was ich glaube, also beschützen sie mich. Seit jenem Tag habe ich so viel gelesen und gelernt wie möglich. Ich weiß nur, dass es in dieser Welt eine Macht gibt, die wir nicht einfach als schlechten Traum abtun können. Sie kennt keine Unterschiede: Alter, Rasse, Religion, Geschlecht, Kultur, alles. Aber es gibt auch ein positives Gegengewicht – das Gute – bloß muss man es erst suchen. Das Böse ist immer da, wie ein treuer Wegbegleiter, verstehen Sie? Wir können jederzeit zugreifen, es ist immer da, es wartet und führt uns in Versuchung. Das Böse braucht nur eines, und das ist die Zustimmung. Sie müssen sich nicht aufopfern, Sie müssen auf nichts verzichten, Sie lassen sich einfach darauf ein und das war's. Es gibt auch das Gute, aber um es zu finden, muss man etwas länger suchen und tiefer graben. Das Gute verlangt, dass Sie über sich hinausschauen, dass Sie etwas opfern. Sie müssen nachdenken und sich etwas Höherem bewusst werden, das besser ist als wir alle.« Sie ging zur Spüle, schleuderte ihre

Zigarette dort hinein und ließ das Wasser laufen. Als der Stummel gelöscht war, drehte sie sich um und lehnte sich gegen die Küchenzeile. Sie sah mich wieder mit ihren traurigen, vielsagenden Augen an. »Und dem Guten treu zu bleiben ist noch mal eine ganz andere Geschichte.«

»Haben Sie ihn jemals wiedergesehen?«

»Jeden Tag. Jede Nacht. Jedes Mal, wenn ich die Augen schließe. Jedes Mal, wenn meine Gedanken abschweifen, wandern sie zurück zu ihm. Zu diesem zerbrechlichen kleinen Jungen, zu diesem Wald.« Sie schüttelte den Kopf und schien aus dem tranceartigen Nebel hervorzutreten, der sie eingehüllt hatte. »Es war nur eine Frage der Zeit, bis er noch einen Schritt weiter gehen würde. Mir war klar, dass das, was er mir angetan hat, später nicht reichen würde. Er war schon zu besessen. Vor mir hatte es bestimmt erste Schritte gegeben. Vielleicht hat er Tiere gequält oder Kinder aus der Nachbarschaft missbraucht oder Gott weiß was, und dann war er in der Lage, das zu tun, was er mit mir gemacht hat. Mord war der nächste Schritt. Ich wusste, dass früher oder später Leichen auftauchen, und je mehr ich nachforschte, wer Bernard war, in was er sich noch entwickelte und zu was er schließlich wurde, desto mehr machte alles Sinn. Lesen Sie die Zeitung und schauen Sie die Nachrichten. Zwischen all den Verbrechen, die begangen werden, besteht eine Gemeinsamkeit, und so war es schon seit Anbeginn der Menschheit. Meinen Sie, das wäre ein Zufall?«

»Ich weiß nicht«, sagte ich. »Aber selbst, wenn nicht ... Sind Menschen nicht einfach ...«

»... so gepolt?«

»Ja.«

»Glauben Sie, ich wäre einer dieser Weltverbesserer, die meinen, dass niemand für den Scheiß verantwortlich ist, den er macht? Komme ich Ihnen so vor, Alan? Glauben Sie, dass ich die ganzen Qualen in meinem Leben durchgestanden habe – und es immer noch tue –, weil ich meine, dass jeder unschuldig ist und nur eine Puppe des großen Bösen, gegen das sich niemand wehren kann? ›Der Teufel hat gewollt, dass ich es tue! Der *Teufel* hat gewollt, dass ich es tue!‹«

Ich stand auf und wischte eine einsame Schweißperle, die sich über meiner Augenbraue gebildet hatte, mit dem Handrücken ab und fragte: »Worauf wollen Sie dann hinaus?«

»Wenn Sie dem Teufel die Hand reichen, ist es dennoch Ihre Schuld, Sie sind für das verantwortlich, was geschieht, für das, was Sie tun und für alles, was das Böse in Ihnen auslöst.« Julie kam näher auf mich zu, als wollte sie sichergehen, dass ich auch hörte, was sie als Nächstes sagt. »Aber nur weil es Ihre Schuld ist, heißt das nicht, dass der Teufel nichts damit zu tun hat.«

»Er hat mir mal gesagt, dass der Teufel mit ihm sprechen würde«, sagte ich.

»Vielleicht hätten Sie ihm Glauben schenken sollen.«

Aus dem Flur drang ein seltsames Stöhnen. Adrian rief anscheinend mit seiner lallenden und schwer verständlichen Stimme aus der Ferne nach Julie.

»Ist mit ihm alles in Ordnung?«, fragte ich.

Julie nickte. »Wir alle versuchen, irgendwie die Albträume zu verscheuchen. Er will davon loskommen. Ich selber hab's vor über zwei Jahren geschafft. Witzigerweise habe ich Adrian in der Entzugsklinik kennengelernt. Wir haben nicht viel, nur einander. Aber das ist mehr, als eine Menge Leute haben.«

»Es tut mir leid.« Die Worte kamen aus mir heraus, bevor ich sie aufhalten konnte.

»Wir brauchen Ihnen nicht leidzutun, Alan. Sie können sich selber leidtun. Jetzt sind Sie derjenige, der im Dunkeln steht. Wir sind die Sanftmütigen und warten nur auf das, was uns zusteht. Bis dahin versuchen wir, die Zeit so schnell wie möglich rumzukriegen.«

»Honey?«, rief Adrian mit zittriger Stimme. Er war den Tränen nahe.

»Er braucht mich.«

Die Zeit lief mir davon. »Ich glaube, dass Bernard nach dem Verbrechen an Ihnen zunächst ein paar Jahre lang noch niemanden ermordet hat. Er behauptete, zu den Marines gegangen zu sein, aber vor seinem Tod hat er zugegeben, dass er stattdessen nach New York gegangen ist.«

»Und Sie glauben, dass er dort das Töten gelernt hat?«

»Ja.« Ich schluckte. Mir hing ein Kloß im Hals. »Oder vielleicht hat er es dort perfektioniert.«

»Suchen Sie nach Ritualmorden«, sagte Julie in einem beinahe beifälligen Ton. »Sobald er sich mit dem Bösen einließ, wären Rituale wichtig gewesen. Alles, was er tat, alles, was er verbrochen hat, erfüllte einen Zweck. Seine Morde dienten nicht einfach dazu, jemanden umzubringen. Es waren Opfergaben. Ich habe solche Dinge jahrelang studiert und habe alles gelesen, was mir in die Hände fiel. Ich wollte etwas verstehen, das es nicht zu verstehen gibt, und mich vor etwas schützen, von dem die meisten Leute behaupten, dass es nicht einmal existiert.« Sie kaute nervös an einem ihrer Finger. »Ich bin vielleicht verrückt, Alan, aber ich weiß, wovon ich rede.«

Wieder rief Adrian aus dem Schlafzimmer.

»Was ist mit der Zeit zwischen seiner Rückkehr aus New York und den letzten paar Jahren?«, fragte ich rasch. »Könnte er ein paar Jahre lang aufgehört und erst kurz vor seinem Selbstmord wieder angefangen haben?«

»Nein, ich kann mir nicht vorstellen, dass er aufgehört hat.«

»Aber ...«

»Schauen Sie, ich weiß bloß, was an diesem einen Tag passiert ist, und es tut mir leid, falls das nicht die Antwort ist, auf die Sie gewartet haben. Ich habe keine Teufel mit gelben Augen und roten Hörnern durch den Wald tanzen gesehen und auch kein albernes Monster oder irgendeine Hollywood-Version des Bösen. Ich habe es Ihnen doch gesagt – man fühlt es. Man fühlt *sie*, denn sie sind überall und doch nirgendwo. Sie sind nicht da, aber doch immer bei uns.«

»Wen genau meinen Sie?«

»Dämonen.«

»Dämonen«, sagte ich und schleuderte das Wort zu ihr zurück.

»Man erlebt das Böse ... kann es aber nicht beschreiben. Beschreiben Sie mal den Wind«, erklärte sie trotzig. »Sagen Sie mir, wie er aussieht.«

»Ich verstehe.«

»Sie verstehen gar nichts.« In ihrem Gesicht entstand ein merkwürdiges Lächeln. »Aber das werden Sie bald.«

Kapitel 17

Sobald ich wieder auf der Straße stand, wurde mir bewusst, dass aus dem späten Nachmittag fast schon ein früher Abend geworden war. Obwohl die Sonne viel tiefer stand als zuvor, würde es noch ein paar Stunden lang hell bleiben. Doch dessen ungeachtet verspürte ich den Drang, aus Julies Nachbarschaft zu verschwinden, bevor es dunkel wurde. Ich ging schnell zu meinem Auto, hielt dann kurz inne und sah mich um. Die Gruppe, die bei meiner Ankunft an der Ecke stand, war verschwunden und die Straße nun leer und unangenehm ruhig.

Vielleicht hatte Julie Henderson recht. Vielleicht waren wir niemals ganz alleine. Vielleicht beobachteten uns Dämonen von allen Seiten und doch von nirgendwo.

Als ich zurück in die Stadt kam und vor Donalds Cottage anhielt, hatte die Abenddämmerung schon eingesetzt. Auf der Rückfahrt war ich mein Gespräch mit Julie noch mindestens ein Dutzend Mal durchgegangen, aber ich war mir immer noch nicht sicher, ob ich es auch nur annähernd zusammenhängend wiedergeben konnte.

Während ich im Auto saß und meine Gedanken sammelte, bemerkte ich Ricks Jeep auf der anderen Straßenseite. Ich hatte nicht damit gerechnet, dass er hier war, und freute mich, seinen Wagen zu sehen.

Donald öffnete die Tür und sah so freudlos aus wie immer. »Wir haben uns schon Sorgen um dich gemacht«, sagte er, als ich das Wohnzimmer betrat. »Ich habe Rick angerufen und ihm gesagt, dass du vorbeikommst. Ich hielt es für eine gute Idee, dass wir alles gemeinsam besprechen.«

Rick stand vor dem Fernseher und verfolgte ein Baseball-Spiel mit einer Intensität, die von den meisten Menschen nur äußerst wichtigen Nachrichten entgegengebracht wird. Er stieß mit einem Daumen in Richtung des Fernsehers. »Scheiß Red Sox! Die Saison läuft erst seit ein paar Wochen, und schon jetzt spielen sie kacke.«

Donald schenkte mir ein unerwartetes Grinsen und hielt ein Glas Wodka in die Höhe. »Willst'n Drink?«

»Ja, unbedingt.«

Er ging in die Küche. Kurz darauf hörte ich, wie Eis in ein Glas fiel. Donald kam mit einem Jack Daniels on the rocks zurück. Ich dankte ihm, und er ging rüber zum Couchtisch, schnappte sich die Fernbedienung und schaltete den Fernseher aus.

Rick drehte sich zu uns um. »Na, es ist ja nicht so, als ob mich das interessiert hätte oder so.«

»Hast du sie noch alle?«, sagte ich. »Baseball kann uns scheißegal sein in Anbetracht dessen, was sich gerade abspielt.«

Er richtete einen strengen Blick auf mich. »Redest du mit mir, Alan?«

Ich nippte an meinem Drink. »Allerdings.«

Bevor Rick antworten konnte, drückte mir Donald eine um einen Artikel herum gefaltete Zeitung in die freie Hand. »Hast du heute schon die Zeitung gesehen?« Ein Schwarz-Weiß-Foto einer jungen Frau starrte mich an. Die Überschrift lautete: GEDENKFEIER FÜR MORDOPFER.

»Nein«, sagte ich leise. »Ich wusste, dass man sie identifiziert hat, aber ... das hier habe ich noch nicht gesehen.«

Bis zu diesem Augenblick war sie eine alleinerziehende Mutter aus New Bedford gewesen, ein Name, ein nicht näher bestimmtes Opfer – so wie jede andere, über die man etwas hört oder liest, die man aber nicht kennt oder je gesehen hat. Das Foto verwandelte sie jedoch in eine wirkliche Person, eine junge, lebendige Frau, die mich aus dem Grab heraus anlächelte. Ich sah ihr in die Augen, studierte ihre Gesichtszüge und versuchte mir vorzustellen, an was sie gedacht haben mochte, als das Foto geschossen worden war. Sie sah so glücklich und sorglos aus. Ich fragte mich, wie ihre Stimme geklungen hatte, ihr Lachen, ob sie eine gute Mutter und eine nette Person gewesen war. Ich wollte den Artikel lesen, konnte meinen Blick jedoch nicht von dem Foto abwenden. Ich warf die Zeitung auf den Couchtisch und nahm einen Schluck Whiskey.

»Du kennst doch Jimmy McCarty«, sagte Rick, und die Sache von vorhin war vergessen.

»Ja«, sagte ich. Jimmy war ein Bulle, ein Typ aus der Stadt, mit dem wir zur Schule gegangen waren. Wir kannten ihn seit unserer Kindheit. Obwohl keiner von uns besonders eng mit ihm befreundet war, hatten er und Rick in der Highschool zusammen Football gespielt und im Laufe der Jahre eine lockere Freundschaft aufrechterhalten. »Was ist mit ihm?«

»Ich hab's Donny gerade erzählt als du kamst. Heute habe ich Jimmy zufällig in der Stadt getroffen, und wir sind ins Gespräch gekommen. Er meinte, dass die Bundespolizei den Fall an sich gerissen hat. Die Bullen von hier sind deswegen angepisst, aber sie können nichts dagegen tun. Die sind überfordert und wissen es auch. Jedenfalls haben wir miteinander gequasselt, ganz unter uns, du verstehst, und er sagte, dass sie der Presse eine ganze Menge Zeug unterschlagen.«

»Das ist doch die Standardmethode, oder?«

»Wahrscheinlich.« Rick hob die Schultern. »Jimmy konnte mir keine Einzelheiten verraten, aber er meinte, die Bullen hätten ein paar kranke Sachen herausgefunden. Das Mädchen ist übel gefoltert worden, bevor der Killer sie umbrachte. Das war kein normaler Mord mit einem eifersüchtigen Freund oder so was. Wer auch immer das getan hat, ist ein Psychopath allererster Güteklasse. Jimmys exakte Worte waren: *Wir haben es mit einem echt beschissenen Wahnsinnigen zu tun*.«

Donald verdrehte die Augen. »Welch ein Sprachkünstler dieser Jimmy doch ist!«

»Hat er irgendwas darüber gesagt, ob der Mord eine religiöse Bedeutung hatte?«

»Über Religion haben wir nicht gesprochen.«

»Das war nicht meine Frage.«

Rick streckte seine Arme gespielt übertrieben zu beiden Seiten aus. »Verdammt, was ist heute mir dir los?«

»Beantworte einfach die Frage. Hat er ...«

»Nein! Ich hab dir doch gerade erzählt, was er verdammt noch mal gesagt hat.«

»Schluss jetzt. Beruhigt euch beide.« Donald trat zwischen uns und legte mir eine Hand auf die Schulter. »Was ist heute passiert?«

Ich setzte mich auf die Couch. »Du zuerst. Was hast du herausgefunden?«

Donald verschwand im Schlafzimmer, wo sein Computer angeschlossen war, und kehrte mit einer kleinen Aktenmappe in der Hand zurück. Er setzte sich neben mich auf die Couch und öffnete die Mappe. Darin befanden sich mehrere Seiten Papier, die er zuvor ausgedruckt hatte. »Ich habe nach Morden in New York City im Jahr 1982 gesucht, genau wie du es wolltest. Die meisten Websites, die ich gefunden habe, gehen mit ihren Informationen nicht so weit zurück. Ihr dürft nicht vergessen, dass 1982 vor zwanzig Jahren war. Das wenige, was ich gefunden habe, waren allgemeine statistische Angaben, aber keine Einzelheiten zu bestimmten Fällen.« Er fuhr mit dem Finger langsam bis zur Mitte einer Seite, bis er fand, was er gesucht hatte. »Zum Beispiel gab es in New York 1982 insgesamt 1.680 Morde. Ich habe noch ein paar Websites gefunden, die angeben, in welcher Gegend die Morde begangen wurden sowie ein paar Einzelheiten, die für uns uninteressant sind, aber das war's auch schon.«

»1.680 Morde?«, fragte ich.

»Ich weiß, wenn man sich die nackten Zahlen anschaut, ist das ganz schön unheimlich, nicht wahr?«, sagte Donald und ging seine Ausdrucke durch, bis er den richtigen gefunden hatte. »Also, ich habe noch ein wenig weiter gesucht und bin auf eine Seite für ungelöste Fälle gestoßen. Dort geht es um besonders fiese oder aufsehenerregende Morde aus der ganzen Welt, die nie geklärt worden sind. Ich konnte die Suche auf den Bundesstaat New York einschränken, dann auf das Jahr und schließlich alle Fälle, die sich in New York City 1982 zugetragen haben. Du hast mir gesagt, ich soll nach etwas Ungewöhnlichem suchen, so habe ich ein paar Morde gefunden, von denen die Polizei glaubte, dass sie zusammenhängen. Die Website enthielt eine Menge Informationen, und davon war vieles erstaunlich detailliert. Es gibt sogar einen Link, um die Behörden zu kontaktieren, falls du Hinweise zu den Fällen hast. Nebenbei gesagt, die meisten Fälle, über die ich etwas gelesen habe, sind ziemlich verstörend. Ich hab mir die Sachen ein paarmal angeschaut, bevor ihr zwei gekommen seid. Brutales Zeug.«

Rick fing an, neben dem Fernseher auf- und abzugehen, aber ich wusste, dass er zuhörte.

»Leg los«, sagte ich leise.

»Okay, wie gesagt, es geht um 1982, also nur fünf Jahre nach den *Son of Sam*-Morden«, sagte Donald seufzend. »Schwer zu sagen, ob alle in der Stadt an jeder Ecke immer noch einen Serienkiller vermuteten oder nicht. Aber es gab zwei Fälle, beides Morde, von denen die Polizei den Berichten zufolge glaubte, dass sie von derselben Person begangen worden sind. Der erste geschah Ende Januar 1982. Bernard hat Potter's Cove im Herbst 81 verlassen, ein paar Monate nach unserem Highschoolabschluss. Falls er also die Wahrheit gesagt hat und nach New York gegangen ist statt zu den Marines, dann wäre er zu der Zeit in der Stadt gewesen.«

»Er wäre schon seit ein paar Monaten dort gewesen«, sagte ich.

Donald sah von seinem Papierstapel auf. »Mit anderen Worten wäre er schon lange genug in New York gewesen, um sich einzuleben, die Stadt besser kennenzulernen und sich eventuell auf seine Pläne vorzubereiten oder sich selber Mut zu machen, sie auch durchzuziehen.« Er wandte sich wieder den Ausdrucken zu. »Wie dem auch sei, das erste Opfer war ein achtzehnjähriges Mädchen, eine Prostituierte. Ihre Leiche wurde in einer Gasse in der Bronx gefunden. Den Berichten zufolge war mehr als hundertmal auf sie eingestochen worden. Außerdem war ihre Kehle aufgeschlitzt. Die Polizei ging zunächst davon aus, dass es ein ›Mord aus Raserei‹ war, bei dem der Killer das Opfer kannte, denn der Mord wurde offensichtlich aus wahnsinnigem Zorn heraus begangen. Sie nennen so etwas *Overkill*. Der Mörder dreht durch und will das Opfer gänzlich auslöschen. Anfangs war der Zuhälter des Mädchens der Hauptverdächtige, aber der Umstand, dass die Frau auch verstümmelt worden war, passte anscheinend nicht dazu. Abgesehen von der unglaublichen Zahl an Stichwunden und der durchgeschnittenen Kehle hat der Mörder das Opfer auch absichtlich ausbluten lassen, und er hat sich auch die Zeit genommen ... Meine Güte, Augenblick ...« Donald griff nach seinem Drink, nahm einen tiefen Schluck und stellte das Glas zurück auf den Couchtisch. »Er nahm sich die Zeit, bestimmte Körperteile abzutrennen.«

Rick unterbrach sein Auf- und Abgehen und flüsterte: »Um Himmels willen.«

»Ihre Zunge war herausgeschnitten«, sagte Donald mit unsicherer Stimme. »Und ihre Augenlider fehlten. Sie sind abgetrennt worden. Die abgeschnittenen Körperteile fand man nie.«

»Was zum Teufel soll das alles?«, fragte Rick.

Julie Henderson hatte mir gesagt, ich solle nach rituellen Verbrechen suchen, nach Morden, die zu einem bestimmten Zweck begangen worden sind. Einem bösen Zweck. Ich sagte nichts und hörte weiter zu.

»Keine Ahnung«, sagte Donald. »Aber weil die Körperteile fehlten und es an der Stelle, wo die Leiche gefunden worden war, nicht genug Blut gab, nahm die Polizei an, dass der eigentliche Mord an anderer Stelle stattfand und die Leiche des Mädchens später in der Gasse abgelegt worden war. Bei der anschließenden Autopsie kam heraus, dass der Körper Verletzungen aufwies, die auf Folter und Misshandlung vor und sogar nach dem Tod schließen lassen. Damit bestätigte sich der Verdacht, dass dies alles an einem anderen Ort stattgefunden hatte.«

»New York ist teuer«, sagte Rick. »Selbst wenn Bernard etwas Geld gespart hatte, wie viel hätte das schon sein können? Bestimmt lebte er in irgendeinem winzigen Loch in einer Kackgegend, und um ihn herum waren zig Leute. Wie konnte er einer Frau das antun, ohne dass es jemand gehört hat?«

»Denk mal dran, was Dahmer mitten in einem Wohnhaus anstellen konnte, ohne dass es jemand mitbekam«, sagte ich.

»Wie dem auch sei«, fuhr Donald fort. »Bis heute ist der Fall ungelöst. Der nächste Mord, der laut den Ermittlern von demselben Täter begangen worden ist, geschah knapp zwei Monate später, im März. Weil die Einzelheiten der beiden Morde identisch waren, hatte die Polizei keinen Zweifel daran, dass sie von derselben Person begangen worden sind. Das zweite Opfer war ebenfalls eine Frau, dieses Mal zweiundzwanzig Jahre alt.«

Rick ging wieder auf und ab. »Noch eine Nutte?«

»Nein, eine Möchtegern-Schauspielerin, die ursprünglich aus

Nebraska kam und in einem Klamottenladen arbeitete. Sie war nur wenige Wochen vor ihrem Tod nach New York gezogen. Der Bericht über den Fall besagt, dass die Polizei nicht von einem Mord ausgeht, der zufällig oder im Affekt geschah, sondern genau geplant war. Sie meinen, dass beide Frauen bewusst als Ziel ausgesucht und sozusagen zum Tode bestimmt worden sind.« Donald sah zunächst Rick und dann mich grimmig an. »Und was noch viel schlimmer ist: Im Vergleich hierzu war der erste Mord harmlos.«

Weitere Rituale, dachte ich. Noch mehr Wahnsinn.

»Erst einmal wurde die Kehle dieser Frau aufgeschlitzt und anschließend ließ der Mörder sie ausbluten, so wie die erste. Am Tatort selber wurde nur sehr wenig Blut gefunden, und die Hinweise auf Folter und Verstümmelung vor dem Tod stimmten mit denen des anderen Mordes überein. Auch bei dieser Frau wurden die Augenlider entfernt und die Zunge herausgeschnitten.« Donald machte eine Pause, um rasch an seinem Wodka zu nippen. »Aber dieses Mal wurde die Leiche nicht in einer Gasse zurückgelassen, sondern auf einer Bank im Central Park. In den Körper waren mehrere okkulte Symbole eingeritzt. Die Polizei meint, das müsse vor dem Tod der Frau geschehen sein.«

»Wie bezaubernd«, sagte Rick. »Das ist verrückt, was hat das zu tun mit ...«

»Die Leiche wurde aufrecht sitzend gefunden. Der Kopf war einmal komplett umgedreht, bis zum Genickbruch«, erläuterte Donald weiter. »Die Polizei ging davon aus, dass der Mord etwas mit einer der satanischen Sekten zu tun hatte, die zu der Zeit in der Gegend aktiv waren. Einige davon waren anscheinend sehr gewalttätig. Das konnte jedoch nie bewiesen werden, doch es kam zu keinen vergleichbaren Morden mehr. Laut den Informationen auf der Website über die beiden Fälle glaubt die Polizei, dass der Mörder entweder für ein anderes Verbrechen festgenommen und ins Gefängnis gesteckt worden oder an einen anderen Ort gezogen ist, wo er sein Morden fortgesetzt hat. Oder er ist gestorben.«

»Mit zwei von drei Annahmen hatten sie recht«, sagte ich.

»Wir können unmöglich wissen, ob diese Morde von Bernard

begangen worden sind«, sagte Donald. »Aber es stimmt schon: Die Ähnlichkeiten zwischen diesen Morden und dem wenigen, was wir über den Mord in Potter's Cove wissen, sind zumindest beunruhigend. Die Polizei verschweigt zwar die Einzelheiten, aber wir wissen, dass die Frau, die hier gefunden wurde, auf brutale Weise umgebracht und ihr Körper an anderer Stelle ausgeblutet worden ist. Dort wurde sie wahrscheinlich auch getötet. Anschließend hat der Mörder sie auf dem Feld zurückgelassen. So viel stand jedenfalls in der Zeitung. Aber das ist nicht alles. Es gibt noch ein weiteres Detail, das allen drei Morden gemeinsam ist. Es ist beängstigend: Alle drei Frauen waren alleinerziehende Mütter mit kleinen Jungen.«

Rick erstarrte. »Echt jetzt?«

»Genau wie Bernard und seine Mutter«, sagte ich.

»Angesichts dessen, was wir wissen, und der Kassette von Bernard bin ich mir nicht mehr sicher, was ich von all dem halten soll.«

»Doch, Donald, das bist du. Das sind wir alle.« Ich verdrängte die plötzliche Erinnerung an die Frau in der Fabrik. Ihre Augen hatten zu bluten begonnen, nachdem sie mich gepackt und mir die höllischen Halluzinationen eingeflößt hatte. Sie hatten zudem unnatürlich groß gewirkt. So wie ein Paar Augen, deren Lider entfernt wurden. »Bernard war's. Er und kein anderer.«

»Das war vor fast zwanzig Jahren«, wandte Rick ein. »Komm schon, das ist verrückt. Du willst mir erzählen, dass Bernard so lange Leute umgebracht hat und nie erwischt worden ist, nie einen Fehler gemacht hat? Bernard? Der! Selbst wenn er in der Lage gewesen wäre, ein paar von den Sachen zu machen, ist er doch die meiste Zeit über seine eigenen Füße gestolpert.«

»Das stimmt allerdings.« Donald legte den Ordner zur Seite. »Bernard war nicht gerade ein kriminelles Superhirn.«

»Er hat nicht einmal genug drauf gehabt, um ein Psychopath zu sein«, sagte Rick. »Das erscheint alles völlig sinnlos.«

»Doch, sobald du begreifst, dass Bernard mehr als ein Krimineller und ein Psychopath war.« Sie sahen mich beide gleichzeitig an. »Er war böse.«

»Jetzt kommst du schon wieder mit diesem Scheiß.«

»Du hast deine Meinung seit unserem Gespräch im Brannigan's geändert«, sagte ich. »Du warst überzeugt, dass Bernard es getan hat.«

»Ja, den Mord in Potter's Cove. Bernard hatte Probleme, und vielleicht hatten wir alle keine Ahnung, wie schlimm sie wirklich waren. Vielleicht hat er es nicht mehr ausgehalten und ist eines Tages ausgerastet und hat das Mädel umgebracht. Das glaube ich gerne, Alan, aber das heißt nicht, dass ich auch glaube, dass er ein verdammter Serienkiller war.« Rick stampfte durch den Raum wie ein verwöhntes Kind. Dann blieb er plötzlich stehen und starrte mich an, als wäre ihm gerade ein Gedanke gekommen. »Und ich glaube ganz bestimmt nicht an diesen ganzen Gespensterkram. Bernard war unser Freund, aber er war ein enormer Loser, das wissen wir alle. Er hat nichts auf die Reihe bekommen. Er ...«

»Erinnerst du dich an Julie Henderson?«

Sein Gesicht wurde so blass wie eine Leiche im Winter. »Ja, klar erinnere ich mich an sie. Brians Schwester. Was ist mit ihr?«

Ich kippte mir den Rest des Drinks in den Rachen und ließ das Glas in meinem Schoß ruhen. »Ich habe sie heute besucht.«

Als ich ihnen alles erzählt hatte, was ich von Julie erfahren hatte, beendete Rick sein endloses Auf- und Abgehen und ließ sich auf dem Lehnstuhl nieder. Donald blieb die ganze Zeit neben mir auf der Couch sitzen und hörte schweigsam zu, und jetzt starrte er mit dem für ihn typischen Ausdruck einsamer Trauer in sein leeres Glas. Ich ließ die Stille eine Weile über uns hängen, während in mir Erinnerungsfetzen an die vor dem Fenstern hängenden Kruzifixe aufkamen.

Nach einiger Zeit stand Donald langsam von der Couch auf. »Also«, sagte er leise, »wer will noch einen Drink?«

Ich reichte ihm mein Glas. Er ging in die Küche und bewegte sich dabei wie ein Schlafwandler. Rick hatte sich nicht gerührt, seitdem ich meinen Bericht beendet hatte. Er sah überall hin, nur nicht in meine Richtung.

Keiner von uns sagte ein Wort, bis Donald mit meinem Drink

zurückkam. Er setzte sich nicht. Jetzt war er dran mit dem Auf- und Abgehen. »Du glaubst ihr, nicht wahr?«, fragte er.

»Ja, ich glaube ihr.«

Der Lehnstuhl quietschte, als Rick sich daraus erhob. »Pass auf, vielleicht hast du es nicht richtig mitbekommen, aber Julie Henderson hatte einige ernsthafte Probleme.«

Ich nickte. »Und jetzt wissen wir auch, weshalb.«

»Aber glaubst du ernsthaft alles, was dir irgendeine Tussi erzählt, die völlig bekloppt ist?« Rick schien kurz davor zu sein, in Millionen von Stücke zu zerspringen. »Die Alte ist verrückt. Jahrelang war sie immer wieder in der Irrenanstalt. Alle in der Stadt werden dir das bestätigen. Julie Henderson tickt nicht richtig. Sie hatte so einen Zusammenbruch oder etwas Ähnliches ...«

»Hast du auch nur ein Wort von dem verstanden, was ich gerade gesagt habe?« Ich erhob mich. Nun standen wir alle, drei erwachsene Männer, die herausfinden wollten, was zum Teufel sie nun tun sollten. Ich blickte rüber zu Donald, aber der starrte wie in Trance durch das Zimmer.

»Ja, ich hab dich verstanden«, knurrte Rick. »Ich glaube bloß kein Wort von dem Scheiß.«

»Warum nicht?«

Er kam näher auf mich zu, und die Art und Weise, wie er es tat, wäre mir bedrohlich vorgekommen, wenn er nicht so offensichtlich nervös gewesen wäre. »Du wendest dich verdammt schnell von einem lebenslangen Freund ab! Du glaubst, was dir irgendein Mädchen mit psychischen Problemen über Geister und Dämonen erzählt und was auch immer sie sonst noch von sich gegeben hat. Und es kommt dir nicht mal in den Sinn, dass sie sich das Ganze nur in ihrem gestörten Kopf einbildet. Sie ist bekloppt, Alan, verstehst du das? Sie ist scheißwahnsinnig.«

»Du wusstest es, oder?« Das war ganz klar eine Behauptung von mir und keine Frage.

Ein Krampf durchzuckte sein Gesicht. »Wie bitte?«

»Du wusstest es.«

»Soll das dein Ernst sein?«

»Er hat dir gesagt, dass er Julie Henderson vergewaltigt hat, oder? Ihr zwei hattet darüber geredet, euch darüber Gedanken gemacht wie ganz normale hormonverrückte Teenager, vielleicht auch Pläne geschmiedet, wie ihr es machen würdet. Aber du hättest niemals erwartet, dass er es durchzieht. Aber als er es dann doch gemacht hat und es dir sagte, war es schon zu spät, um ...«

»Weißt du was, Alan? Fick dich!«

Ich trank einen kleinen Schluck meines Drinks und stellte ihn auf dem Couchtisch ab. »Nein, Rick. Fick dich selber.«

Er hatte sich so schnell auf mich gestürzt, dass ich nicht reagieren konnte. Bevor ich mich versah, hatte er mich am Hemd gepackt und mich quer durch den Raum gestoßen. Als er mich gegen die Wand schleuderte, packte ich seine Unterarme und versuchte, mich aus seinem Griff zu lösen, aber ich hatte keine Chance. Ich hätte ihn schlagen können, aber ich wollte nicht, dass die Situation noch gewalttätiger wurde als sie es ohnehin schon war. Er rammte mich ein zweites Mal gegen die Wand. Mein Kopf schlug gegen die Mauer. Ich hörte, wie Donald schrie, er solle aufhören. Hinter meinen Augen explodierte ein Schmerz, der sich über das gesamte Gesicht verteilte. »Was fällt dir ein, mir so was zu unterstellen! So einen Scheiß muss ich mir nicht bieten lassen.«

Als sich meine Sicht wieder aufhellte, sah ich, wie Donald sich zwischen uns quetschen wollte. Da ließ Rick mich los, drängte sich an Donald vorbei und ging auf die Tür zu.

Ich fand mein Gleichgewicht wieder und trat von der Wand zurück.

»Geht's dir gut?« Donald sah mir in die Augen und wirbelte dann zu Rick herum. »Bist du bescheuert? Was ist mit dir los?«

Rick stand vor der Tür und sah so aus, als könnte er sich nicht entscheiden, ob er gehen oder hierbleiben sollte. Schließlich drehte er sich wieder zu uns um. Sein Zorn war anscheinend abgeklungen. »Woher ... wusstest du, dass er es mir gesagt hat?«

»Ich wusste es nicht«, sagte ich. »Ich hab geraten.«

Er ließ den Kopf wie ein Schuljunge sinken, der gerade einen Rüffel bekommen hat. »Bernard hat eine Menge gelabert, das wisst ihr doch. Er hat andauernd gelogen, alles Mögliche übertrieben, um sich toller dastehen zu lassen als er es in Wirklichkeit war. Die Hälfte von dem Scheiß, den er so von sich gab, habe ich nie geglaubt, ebenso wenig wie sonst jemand.« Er hob den Kopf und sah mir in die Augen. »Er sagte, er hätte es mit Julie Henderson gemacht. Er sagte, er hätte es getan, aber ich glaubte ihm nicht. Warum denn auch? Warum sollte ich ihm glauben? Ich hielt das für den üblichen Bernard-Quatsch. Ich hab's als Unsinn abgetan und nie wieder daran gedacht, ihr versteht schon.«

»Das hier ist aber wahr, Rick«, sagte ich. »Es ist alles echt.«

»Das wusste ich nicht«, sagte er, und das letzte Wort blieb ihm im Hals stecken. »Ich schwöre bei Gott, ich wusste es nicht.«

Nie zuvor hatte ich ihn so emotional gesehen, und ich war mir nicht sicher, was ich tun sollte.

»Natürlich nicht«, sagte Donald an meiner Stelle. »Alan meinte bloß ...«

»Ich hätte nicht ...« Rick streckte den Arm aus, als wollte er mich berühren, aber er war zu weit entfernt. »Hey ... es tut mir leid, ja? Bist du in Ordnung?«

Ich rieb mir den Nacken. »Klar, mach dir keine Sorgen.«

»Es tut mir leid«, sagte er noch einmal.

»Das hier wird uns kaputt machen, wenn wir nicht aufpassen.«

»Dann lassen wir es eben nicht zu!«, sagte Donald schnell. »Wir stehen das durch. Wir halten zueinander und stehen das durch.«

»Ich habe genauso viel Angst wie ihr, aber wir können nicht abstreiten, was hier vor sich geht.«

Rick schüttelte den Kopf. »Aber, meine Güte, *Dämonen?*«

»Alles ist so, wie Julie gesagt hat. Du kannst das Böse nicht sehen, aber du weißt, dass es da ist. Vielleicht bin ich der Einzige mit den Visionen, aber wir alle hatten den Albtraum. Wir haben es alle erlebt. Wir haben es alle gespürt. Willst du dort stehen und mir erzählen, dass wir *alle* verrückt sind, Rick?« Ich schnappte mir meinen Drink und kippte ihn in einem einzigen Schluck hinunter. »Ich sag's euch, es wird noch mehr Leichen geben, noch mehr Tote, noch mehr Dunkelheit. Bernard mag tot sein, aber nicht das Böse, mit dem er sich verbündet hat.«

Donald zündete sich eine Zigarette an. »Nehmen wir also das Unmögliche an und gehen davon aus, dass es stimmt, dass es dieses Böse wirklich gibt. Wie lautet die Lösung?«

»Wir finden es«, sagte ich und war überrascht, wie ruhig meine Stimme geworden war. »Wir packen es an der Wurzel, ziehen es aus dem Schatten ins Freie, in das Licht, wo wir genau sehen können, mit was zur Hölle wir es zu tun haben.«

»Und dann?«

»Töten wir es.«

Kapitel 18

Von einem Moment auf den nächsten kann sich das Leben verändern. Manchmal zersplittert es in tausend Teile, bloße Scherben von etwas, das einmal groß und intakt war, und die jetzt wie Teile einer zerbrochenen Vase auf dem Boden verstreut liegen. Dinge, die einst eindrucksvoll und wunderschön waren, sind nur noch Schotter, weil sich das Dasein ohne Vorwarnung verändert, manchmal unwiderrufbar, manchmal schon. Wenn wir weise sind oder auch nur Glück haben, erinnern uns solche Erfahrungen daran, wer wir sind und weshalb. Wenn wir Pech haben, verschwinden wir im Nichts. Keine Erklärungen, keine Beileidsbekundungen.

Als ich nach Hause kam, packte Toni gerade ihre Sachen. Säuberlich zusammengefaltete Kleider wanderten aus ihrer Kommode in einen Koffer, ohne dass sie mich dabei ansah oder auch nur ein Wort sagte. Ich stand im Türrahmen unseres Schlafzimmers und sah hilflos zu. »Was soll das werden?«

Sie warf mir einen schnellen, seltsam gleichgültigen Blick zu und setzte ihre Arbeit mit den immer selben Bewegungen fort, die so einstudiert aussahen, als stammten sie von einem Roboter. »Tolles Timing. Das ist das Letzte, was ich jetzt noch gebrauchen kann.«

»Das Letzte, was *du* gebrauchen kannst.«

»Komm schon, Toni.«

Da hielt sie inne. Von ihren Fingern hing eine hellbraune

Seidenbluse, die ich ihr vor ein paar Jahren zum Geburtstag geschenkt hatte. »Ich weiß noch, wann ich dir die geholt habe«, sagte ich. »Die Verkäuferin wollte wissen, ob sie ein Geschenk sei, und ich sagte Ja, deswegen wollte sie die Bluse einpacken. Ich meinte zu ihr ...«

»Du meintest, das solle sie nicht tun.«

Ich nickte. »Obwohl ich keine Ahnung vom Verpacken habe. Hab's nie auf die Reihe bekommen. Ich sagte zu der Verkäuferin, dass ich deine Geschenke immer selber einpacke.«

Toni presste ihre Lippen zusammen, damit sie nicht zitterten. »Und was hat sie dann gesagt?«

»Sie sagte, das sei süß von mir, weil die meisten Männer sofort Ja sagen, wenn ihnen angeboten wird, ein Geschenk einzupacken, vor allem Männer, die selber kein Talent dafür haben.« Ich wollte nach ihr greifen und ihr die Bluse aus den Händen nehmen oder sie vielleicht gemeinsam mit ihr halten. »Ich meinte zu ihr, dass ich nicht wie die meisten Männer bin.«

Ein Flimmern in ihren Augen verriet mir, dass sie dies – trotz allem – auch immer noch dachte. Sie drehte sich um, faltete die Bluse so sorgsam, wie es ihre zitternden Hände erlaubten, und legte sie in den Koffer. »Als ich heute von der Arbeit kam, bin ich nicht direkt in die Wohnung gegangen, sondern habe mich auf eine der Bänke am Wasser gesetzt und den Enten und Schwänen eine Weile zugesehen.« Sie schob sich eine Haarsträhne aus dem Gesicht und lächelte ein bisschen, jedoch nicht in meine Richtung. »Ich saß da und habe eine Zigarette geraucht, und eine Zeit lang schien sich alles zu beruhigen, der ganze Lärm und der ganze Blödsinn, als ob jemand die Lautstärke runtergedreht hätte. Es war so schön. Ein Geruch hing in der Luft – du kennst ihn auch –, der den Wechsel der Jahreszeiten ankündigt. Du kannst richtig spüren, wie aus dem Frühling langsam Sommer wird. Die Luft verändert sich, das Licht, alles. Etwas Neues kommt, das trotzdem vertraut ist, und ich fing an darüber nachzudenken, dass der Frühling so viel länger dauerte, als ich noch ein kleines Mädchen war. Erinnerst du dich, wie er noch länger als nur ein paar Wochen anhielt? Nichts bleibt beim Alten – nicht einmal die Jahreszeiten – und doch verändert sich nichts wirklich. Vielleicht geht es genau darum. Ich beobachtete diesen einen Schwan, wie er durch das Wasser glitt, und überlegte, dass ich jetzt aufstehen, mich in mein Auto setzen und wegfahren könnte. Einfach ... wegfahren. Niemand würde mich dafür umbringen, ich würde nicht ins Gefängnis kommen. Ich könnte einfach abhauen und niemand könnte mich aufhalten. Wenn ich wollte, könnte ich es tun. Ich *könnte*, und die Welt würde es nicht einmal bemerken.«

»Die Welt bemerkt nie etwas.«

»Deswegen habe ich darüber nachgedacht, weshalb wir uns so verhalten. Weshalb wir dableiben. Tun wir das, weil es das Richtige ist oder weil wir Angst vor den Konsequenzen haben?«

Ich fand es interessant, dass sie die Liebe nicht als möglichen Grund erwähnt hatte – weder für das Gehen noch Bleiben. »Egal, du verlässt die Stadt, ja?«

Sie schüttelte enttäuscht den Kopf. »Du nimmst alles so wörtlich.«

»Ach, das tut mir leid. Ich dachte, dein Kofferpacken wäre ziemlich wörtlich zu verstehen.« Ich brachte so viel Sarkasmus auf, wie ich konnte, und es schien mir immer noch nicht genug zu sein. »Also verlässt du die Stadt nicht. Nur mich.«

Sie sah ehrlich überrascht aus. »Willst du das?«

»Nein.«

»Was machen wir dann?«

»Soll ich etwa weggehen? Wäre das angemessen? Ich weiß nicht, was man in so einer Situation macht.«

Sie zuckte schwach die Achseln. »Ich auch nicht.« Sie sah so wunderschön aus, dass ich sie hätte umbringen können.

»Ich fasse es nicht, dass du meinst, auf diese Weise ...«

»Du kennst doch das kleine Cottage von Martha, unten am Strand? Das sie von ihren Eltern geerbt hat? Sie hat gesagt, dass ich es benutzen kann, falls ich es eine Zeit lang brauchen sollte, was sehr nett von ihr ist, denn sie könnte es problemlos den ganzen Sommer über vermieten.«

»Wie fürsorglich.« Ich brauchte noch einen Drink, blieb aber, wo ich war, denn ich hatte Angst, dass sie mir nicht folgen würde, wenn ich jetzt in die Küche lief. Dann würde die Konversation an Ort und Stelle beendet sein. »Du brauchst das wohl.«

»Ja, für eine bestimmte Zeit. Ich muss für eine Weile hier raus und nachdenken.«

»Oh, aber nach deinem Aufenthalt in der Denkfabrik wirst du zurückkommen? Endlich mal ein paar gute Nachrichten.«

Toni schloss den Koffer. Das Geräusch des Reißverschlusses ging mir durch Mark und Bein. »Du bist von dieser Bernard-Geschichte besessen, und sie übersteigt deinen Verstand. Du lässt dich auf Dinge ein, mit denen du nicht umgehen kannst.«

»Danke für das Vertrauensvotum.«

»Du musst zu jemandem gehen, der dir helfen kann, Alan.«

»Kommt dieser Vorschlag von deinem Freund?«

»Manchmal bist du so kindisch.«

»Stimmt. Erwachsener wäre es, jemand anderen zu vögeln.« Ich sah, wie sie zusammenfuhr, als hätten die Worte sie physisch getroffen. Für einen kurzen Moment durchströmte mich pure Befriedigung. Ich wollte meine Schmerzen mit jemandem teilen. »Ich hatte keine Ahnung, dass du mich so sehr hasst.«

Sie ließ den Koffer bewusst so auf den Boden fallen, dass er mit einem dumpfen Geräusch aufschlug, und ich stellte mir vor, wie die Gäste in der Pizzeria unter uns alle zur Decke aufschauten. »Ich hasse dich nicht, Alan. Das Einzige, was ich fühle, ist Trauer, und sie lässt keinen Platz für Hass oder sonst irgendwas übrig.«

Ich stützte mich am Türrahmen ab, vielleicht, weil ich bei Donald zu viel getrunken hatte, vielleicht auch nicht. »Habe ich wirklich so elendig versagt?«

»Wir beide brauchen jetzt etwas Zeit für uns selbst. Ich brauche ...«

»Weißt du, ich käme besser mit der Sache zurecht, wenn du's mir einfach ins Gesicht sagen würdest, ohne Hemmungen«, meinte ich. »Wenn du mich einfach ein Arschloch nennen würdest oder einen schlechten Ehemann oder einen beschissenen Loser. Aber bei diesem ›Ich brauche etwas Zeit für mich‹-Quatsch könnte ich einfach nur kotzen. Tu nicht so, als könntest du die Tatsachen verändern, Toni. Du hast eine Affäre und haust ab, um deine beschissenen Schuldgefühle zu verringern, denn wenn du abhaust, tja, dann sind wir nicht mehr zusammen, also betrügst du mich nicht wirklich. Jetzt hintergehst du mich nicht mehr, und das fühlt sich deutlich besser an als das Gefühl, eine rückgratlose, gemeine Hure zu sein.«

Sie verschränkte ihre Arme vor der Brust. »Bist du fertig?«

»Nein. Fick dich, mir so was anzutun. Jetzt bin ich fertig.«

»Fühlst du dich besser?«

»Eigentlich nicht.«

»Nun, vielleicht wird das ja helfen: Fick dich selber, Alan.« Sie hob ihren Koffer auf und wollte aus dem Schlafzimmer gehen, doch neben mir hielt sie inne. »Ist dir schon mal der Gedanke gekommen, dass es vielleicht keine Affäre gibt? Du glaubst das, was du infrage stellen solltest, aber du hinterfragst nie, was du glaubst.«

»Hm, toll, bist du jetzt Konfuzius?« Ich lachte ein wenig, aber das war nur eine Abwehrreaktion, ein Versuch, nicht zu implodieren, zu zerbröckeln, in mich selbst zusammenzufallen. »Wenn du gehst, komm nicht zurück. Wenn du heute Abend verschwindest, dann war's das. Dann ist es vorbei.«

»So eine Nummer willst du gar nicht abziehen.«

»Ach nein?«

»Nein.«

»Was zur Hölle erwartest du dann von mir? Soll ich dich bitten, nicht zu gehen? Soll ich dich anbetteln? Was willst du von mir? Sag's mir, und ich mache es.«

»Ich bin müde, Alan, müde und traurig, und ich habe auch ein wenig Angst. Aber ich muss das jetzt machen.«

»Liebst du mich?«

»Natürlich liebe ich dich.«

»Warum musst du dann so dringend weg von mir?«

»Weil Liebe im Moment nicht genug ist. Das ist sie selten.«

»Da täuschst du dich«, sagte ich. »Die Liebe *ist* genug. Wenn sie echt ist, dann reicht sie völlig.«

»Ich will ...«

»Ja, natürlich, wir sollten uns unbedingt darum kümmern, was du willst. Die Welt steht in Flammen, alles ist im Arsch und mittendrin, gerade wenn ich dich am meisten brauche, zischst du ab. Das ist deine Antwort: weglaufen und sich verstecken. Also gut. Geh.«

»Du wirst es nicht zugeben wollen«, sagte sie in einem lauten Flüsterton. »Aber im Moment ist das auch für dich am besten. Es wird uns beiden guttun.«

»So sieht unsere Ehe jetzt also aus? So ganz plötzlich?«

»Im Moment.«

»Was zum Teufel soll das bedeuten?«

»Wir müssen eine Weile voneinander getrennt sein.« Sie ging langsam auf mich zu, und bis sie sich auf ihre Zehenspitzen stellte, um meine Stirn mit ihren Lippen zu erreichen, war ich mir nicht sicher gewesen, ob sie vorgehabt hatte, mich zu küssen oder zu erwürgen. Ihr Mund blieb noch einen Augenblick warm und weich gegen meine Haut gedrückt, dann ließ sie sich auf ihre normale Größe zurücksinken. »Das soll es bedeuten. Mehr nicht.«

Ich hörte, wie sie im Treppenhaus die Stufen hinunterging und Schwierigkeiten mit dem Koffer hatte, der bei jedem Schritt gegen die Treppen polterte. Ich hatte ein schlechtes Gewissen, dass ich nicht angeboten hatte, ihr zu helfen. Das schlechte Gewissen verschwand in der Sekunde, als ich hörte, dass sie den Wagen anließ. Bis zu diesem Moment, als sie den Wagen ausparkte, die Scheinwerfer am Fenster vorbeizogen und das Geräusch des Motors langsam von der Nacht verschluckt wurde, hatte ich noch nicht ganz begriffen, was gerade geschehen war. Aber sie hatte es tatsächlich getan. Sie hatte mich wirklich verlassen.

Ich führte unser Gespräch noch einmal, jetzt natürlich alleine, und erwischte mich dabei, meinen Text laut vor mich hin zu sprechen, während ich in der nunmehr stillen Küche stand. Ich war gelähmt und unsicher, was ich nun mit mir anfangen sollte. Ich fragte mich, ob zwischen uns alles wieder in Ordnung kommen würde, ob wir bald wieder normal wie zuvor leben würden. Toni und ich. Wir alle. Irgendwer.

Im Vorratsschrank fand ich eine ungeöffnete Whiskeyflasche.

Ich starrte eine Minute lang auf das Etikett, dann schnappte ich mir das Telefon und wählte Donalds Nummer. Ich dachte mir, dass ich ihn vielleicht überreden konnte, zu mir zu fahren, falls ich ihn erwischte, bevor er die Flasche Wodka ausgetrunken hatte.

»Hey, ich bin's«, sagte ich. »Ich werde mir richtig einen reinschütten, willst du mir Gesellschaft leisten?«

»Was ist nun wieder los?«

»Alles Mögliche. Komm rüber, besaufen wir uns.«

»Ich bin kein Hellseher, aber ich glaube nicht, dass Toni allzu begeistert von der Idee wäre.«

»Ja, aber sie ist nicht hier.« Ich hielt den Hörer mit dem Kinn fest, brach das Siegel an der Flasche auf und schenkte mir ein Glas ein. Ich konnte hören, wie Donald am anderen Ende der Leitung atmete.

»Wo ist sie, Alan?«

»Sie ist für eine Weile ausgezogen.«

»Oh Gott, das ... das tut mir leid.«

»Komm schon rüber und betrink dich mit mir. Bring Eiswürfel mit.«

»Ich bin schon zu betrunken, um Auto zu fahren«, gab er schuldbewusst zu.

»Na gut«, seufzte ich, »dann sehen wir uns morgen.«

»Kommst du alleine zurecht?«

Unsere Rollen waren – sei es auch nur für eine Nacht – anscheinend vertauscht. »Kann ich noch nicht sagen.«

»Darf ich dich etwas fragen?«

»Schieß los.«

»Denkst du jemals an ihn? Daran, was er tun würde, wenn er noch hier wäre?«

»Bernard?«

»Tommy.« Er sagte das so, als wäre es eine Selbstverständlichkeit, dass er Tommy meinte und ich auch hätte verstehen sollen, dass er von niemand anderem sprach. »Ich habe in letzter Zeit eine Menge an ihn gedacht.«

»Ich vermisse ihn auch.«

»Manchmal kommt es mir vor, als wäre er erst gestern von

uns gegangen, manchmal aber auch wie vor hundert Jahren. Manchmal kommt es mir vor, als könnte es unmöglich schon so lange her sein.« Durch das Telefon klunkerten Eiswürfel in ein Glas. »Er hätte gewusst, was wir tun sollen, meinst du nicht? Tommy hätte gewusst, was zu tun ist.«

Donald hatte natürlich recht. Irgendwie hätte Tommy – oder zumindest der Tommy, an den wir uns erinnerten, der jugendliche Tommy, der in alle Ewigkeit jung blieb, für immer makellos, sogar wenn ich daran denke, wie er auf der Straße starb –, er hätte gewusst, was wir tun sollten. Er hätte uns zusammengerufen, so wie es ein geborener Anführer tut, und mit ein oder zwei klaren Sätzen hätte er alles in Ordnung gebracht.

Ich begann zu trinken. Wenn Donald nicht rüberkam, gab es keinen Grund, das Unausweichliche hinauszuzögern. »Ja, Tommy hätte gewusst, was wir tun sollen.«

»Vielleicht hilft er uns.«

Eine Bemerkung, die so frei von Zynismus war, klang aus Donalds Mund ungewöhnlich. »Hoffen wir es.«

»Hast du schon mal ... seine Anwesenheit um dich herum gespürt?«

»Direkt nach seinem Tod«, gab ich zu. »Aber schon seit langer Zeit nicht mehr.«

»Ich manchmal schon. Oder zumindest kommt es mir so vor. Wahrscheinlich nur Wunschdenken.« Ich hörte, wie er schluckte und auf etwas Eis kaute.

»Alles hat sich verändert«, sagte ich. »Jetzt ist alles möglich.«

»Das stimmt. Wenn wir glauben sollen, dass Dämonen existieren, warum dann nicht auch Engel?« Seine Stimme bebte. »Ich habe ihn geliebt.«

»Ich auch.«

»Nein ... Ich habe ihn *geliebt,* Alan.«

Ich schenkte mir noch einen Whiskey ein. »Ich weiß.«

»Und ich bin mir nicht sicher, ob ich mich von seinem Tod jemals ganz erholt habe.« Als er weitersprach, merkte ich, dass er sich zwar Mühe gab, an sich zu halten, aber der Rhythmus seines Atems verriet mir, dass er nur Sekunden zuvor ein

Schluchzen hatte unterdrücken müssen. »Meine Güte, vielleicht hatte Bernard recht und wir sind alle ein Haufen Klischeefiguren und merken es nicht einmal.«

»Bernard hatte nicht recht.«

»Na ja, es kann gut sein, dass Bernard der Teufel war.«

»Nein, nur *ein* Teufel.«

»Vielleicht hatte er, was mich angeht, recht. Ich bin ein einsamer, schmachtender, überemotionaler schwuler Mann, der sich selbst verachtet und Alkoholiker ist. Hey, das ist ja was ganz Neues, *diese* Charakterisierung habe ich zuvor noch nie gehört! Könnte ich bitte noch ein bisschen mehr 70er-mäßig aussehen? Bald trage ich eine schlechte Perücke und singe bis in die frühen Morgenstunden Playback zu Diana Ross.«

Selbst unter den gegebenen Umständen war Donalds Sinn für Humor ansteckend.

»Und ich bin ein Riesenloser ohne Job. Und meine Frau hat mich gerade verlassen. Worauf willst du hinaus?«

»Du hast genug Menschen verloren, die du liebst, deswegen solltest du wissen, dass es keine zweiten Chancen gibt«, sagte er leise und klang wieder ernsthaft. »Du und Toni seid füreinander geschaffen worden, Alan. Lass sie nicht gehen. Tu, was du tun musst, aber hol sie zurück, denn es ist furchtbar, wenn jemand weg ist – wirklich weg – und du dir anschließend wünschst, dass du all die Dinge gesagt hättest, die du empfindest und die du so dringend sagen müsstest. Und dann sagst du sie auch, das kannst du mir glauben. Bloß ist dann niemand mehr da, um zuzuhören.« Auf das Zischen eines Streichholzes folgte ein langsamer und bedächtiger Atemzug. »Hol sie zurück, Alan.« Er atmete aus. »Tu es einfach. Du brauchst sie. Verdammt, wir alle brauchen sie. Toni ist unsere Nestmutter.«

Ich lachte leise. Toni hätte diese Beschreibung sehr gut gefallen. »Ich werde schauen, was ich tun kann.«

»Trink nicht zu viel.«

»Wir sehen uns morgen«, sagte ich, obwohl ich mir keiner Sache mehr sicher sein konnte.

Ich legte den Hörer auf und widmete mich wieder der Flasche.

Die Dämonen können ruhig kommen, dachte ich, und wusste ganz genau, dass sie kommen würden.

Bloß dieses Mal würde nach meinen Regeln gespielt werden.

Kapitel 19

Später saß ich im Wohnzimmer und ließ eine CD von Robert Johnson laufen, während ich daran arbeitete, den Whiskey zu vernichten. Das Glas war nicht mehr notwendig, ich war zu gelegentlichen Schlücken direkt aus der Flasche übergegangen, während ich noch einmal Bernards Terminkalender durchging. Eine Zeit lang betrachtete ich das Foto der geheimnisvollen Frau, dann schob ich es in ein Fach auf der Innenseite des Lederumschlags. Ich fragte mich, ob sie ein weiteres Opfer sein könnte, aber das erschien mir unwahrscheinlich. Es musste eine Verbindung geben.

Ich blätterte durch die letzten Seiten des Kalenders und fand, wie bei den vorherigen Malen, nichts Ungewöhnliches. In einem der Plastikfächer bemerkte ich ein paar Visitenkarten. Sie gehörten allesamt Leuten, die ich nicht kannte, und ich nahm an, dass es Kunden waren, die er bei der Arbeit kennengelernt hatte. Doch es gab noch eine weitere Karte, und zwar die eines Verkäufers, mit dem Bernard zusammengearbeitet hatte: *Chris Bentley, Handelsvertreter*. Der Name des Autohauses war über seinem Namen eingestanzt und darunter stand seine Telefonnummer, gefolgt von einem kursiv gedruckten Slogan: *Niemand schlägt unsere Angebote!* Ich zog die Karte heraus und starrte sie an. Ich konnte mich daran erinnern, dass Bernard hin und wieder Chris Bentley erwähnt hatte. Er war einer der wenigen Arbeitskollegen gewesen, über die er jemals redete, und wenn mich meine Erinnerung nicht täuschte und Bernard die Wahrheit gesagt hatte, waren sie bei der Arbeit gut miteinander ausgekommen. Wahrscheinlich würde es nichts bringen, aber ich hatte nichts zu verlieren und entschied deswegen, Mr. Bentley am Morgen einen Besuch abzustatten und herauszufinden, ob er etwas Erhellendes zu sagen hatte.

Ich schlug den Kalender zu und legte ihn zur Seite. Ich stellte mir vor, wie Toni in Marthas Cottage schlief – oder auch irgendwo anders – und dachte dann an die Frau in der Zeitung. Ihr Gesicht verblasste, stattdessen sah ich Tommys. »Auf dich, Alter!« Ich hob die Flasche in die Höhe und nahm einen tiefen Schluck.

Der Raum neigte sich und verlor seine Konturen, während Robert Johnsons mächtige Bluesriffs durch das Wohnzimmer hallten. Seine gespenstische Stimme, die über Höllenhunde sang, die ihn verfolgten, und die Unnachlässigkeit des Teufels, klang, als ob sie vom anderen Ende eines Tunnels zu mir drang.

Als ich im Vollrausch endlich in einen schlafähnlichen Zustand fiel, beendeten die Geister ihr Schweigen und zeigten mir nach und nach Erinnerungen wie eine dämonische Diashow aus der Vergangenheit.

Hinter dem Vorhang, der sie von der Gegenwart trennte, sah ich Tommy draußen im Wald von Potter's Cove auf einem Stein sitzen. Dem Stein, der in den vergangenen Jahren immer wieder unser Treffpunkt gewesen war. Tommy mit seinem wissenden Grinsen und ... Ich musste einen Augenblick überlegen, welche Farbe seine Augen hatten. Warum konnte ich mich an etwas so Einfaches nicht erinnern? Grau. Ich erinnerte mich, dass sie irgendwie hellgrau gewesen waren. Er saß auf diesem alten Stein, lächelte zu mir herunter, das Sonnenlicht fiel durch die Bäume und schien auf sein blondes Haar und seine helle Haut und verlieh ihm so eine engelsgleiche Aura. Wie ein weiser Prinz aus dem Wald sah er von dem Stein zu mir und lächelte. Aber nun – im Gegensatz zu seinen Lebzeiten – steckte nichts hinter diesem Lächeln. Von seinem Haaransatz tropfte langsam Blut und lief ihm über die Wange. Es schien ihn nicht zu interessieren.

Während er dort blutend saß, lehnten Toni und ich uns gegen den Stein. Wir hatten die Arme umeinander gelegt, so wie junge Paare sich dauernd wie verrückt festhalten, und teilten uns ein Bier. Währenddessen stand Donald ein paar Meter entfernt mit seiner eigenen Bierdose und lachte und plauderte mit Bernard. Bernard – der viel jünger war, als ich ihn in Erinnerung hatte – trug einen Kampfanzug, der falsche Hund, erzählte irgendwelche Geschichten von den Marines und seiner bedauerlich frühen Rückkehr nach Potter's Cove. Er trank sein Bier und lachte mit uns anderen. Wir waren alle zu diesem Platz im Wald gekommen, um Bernards Rückkehr zu feiern. So wie wir es schon seit Jahren machten, nahmen wir auch dieses Mal ein paar Sixpacks mit, und wir wussten, dass heute das letzte Mal sein könnte, da wir dem Erwachsensein nicht mehr ausweichen und einfach nicht mehr samstagabends im Wald trinken konnten wie ein paar Kids von der Highschool.

Rick fehlte, da er noch seine Gefängnisstrafe absaß. Bernard hob sein Bier, um auf ihn anzustoßen, seine Hand umklammerte die Dose, dieselbe Hand, die vor nur zwei Monaten zwei junge Frauen in New York City abgeschlachtet hatte, eine Hand, die Menschen erstochen und verstümmelt hatte, die Köpfe während des Schneidens festgehalten hatte, die Fleisch abgetrennt und mit Toten gespielt hatte.

Und nun spielte er mit uns und tat so, als wäre er der selbe, gute alte Bernard wie immer, harmlos und überhaupt nicht auffällig, der ein Bier zischte und sich Gedanken über die Zukunft machte, so wie wir alle. Aber er war nicht mehr nur ein Folterer und Vergewaltiger, sondern bereits ein unbezähmter Killer, der keine Reue kannte und für die dunklen Götter, denen er diente, Rituale und Opfer vollzog. Mit Sicherheit hatte es dafür irgendein Anzeichen gegeben, etwas, das wir übersehen hatten.

Selbst in der Welt von Träumen und Geflüster kam mir alles so absurd vor.

Tommy, der zu diesem Zeitpunkt schon lange tot war, beobachtete uns von oben auf dem Stein. Sein Haar war rot verfärbt, das Blut aus seinem gebrochenen Schädel floss nun schneller und lief unablässig als klebriger Strom über seinen Bauch. Seine Augen bewegten sich und starrten in Richtung eines anderen Teils des Waldes, der nicht weit entfernt war. Dort hatte sich Bernard in sogar noch jüngeren Jahren an Julie Henderson vergangen.

All die Jahre später vegetierte Julie in dieser dunklen Wohnung vor sich hin. Silberne Kruzifixe hingen am Fenster, überall lagen Bibeln und benutzte Spritzen, der faulige Geruch gekochten

Heroins hing in der Luft, und sie selber gab sich so viel Mühe, sich an den letzten Resten von geistiger Gesundheit und Wohlbefinden festzuhalten, die ihr noch geblieben waren. Sie kellnerte in einem Diner, ein Auge immer in Richtung Tür. Sie eilte mit gesenktem Kopf durch die Nachbarschaft, kaufte in dreckigen Gassen und an verlassenen Straßenecken Drogen, sie wartete darauf, dass die Dämonen sie wieder aufsuchten und hoffte, dass sie es heil nach Hause schaffen würde, denn dort war sie sicher, die Wohnung war ihr Unterschlupf, ihre Festung und ihr Grab. Dort wartete Adrian schon und kratzte sich die geschwollenen Arme.

Sie trat langsam aus den Schatten. Ihr Nachthemd war bis zur Hüfte hochgezogen, während sie auf Adrians ausgemergelter Gestalt ritt. Er lag unter ihr auf dem Bett, seine Augen waren im Heroinrausch verdreht. Zwischen seinen gelallten Bitten, weiterzumachen, brach immer wieder kurzes Gelächter aus ihm hervor.

Als sie ihn härter ritt, das Tempo erhöhte und ihn tiefer in sich aufnahm, liefen Tränen aus ihren Augen wie die anfangs langsamen Regentropfen, die einem schweren Sturm vorausgehen. Sie legte ihre Arme um sich selbst und krümmte sich plötzlich an der Hüfte, als wäre sie in einer unsichtbaren Zwangsjacke gefangen. Die Tränen nahmen zu, sie flossen aus wilden und verrückten Augen, sie waren durch Wahnsinn verschmutzt, den unreine Geister herbeigebracht hatten. Diese Augen hatten die Hölle gesehen, und nicht nur aus der Ferne.

Aus den Tränen wurde das Ticken einer Uhr, und ich wusste, dass der stets wiederkehrende Traum erneut begonnen hatte. Ich hatte mich zu Julie in die Kluft zwischen der Wirklichkeit und dem gesellt, was man sich lieber nicht vorstellen sollte.

Die tickende Uhr nervte mich umgehend. Von meiner Position auf dem Bett aus konnte ich den Boden knarren hören und spürte, wie er sich bog. Zwischen meinen Augen kribbelten die Kopfschmerzen, so wie immer in diesem Traum, aber ich ignorierte sie und richtete mich auf. Ich wusste, dass Bernard im Raum stand und mich anstarrte, also war ich nicht überrascht, als ich ihn sah, blass und tot, mit seinem traurigen Lächeln.

Dieses Mal wusste ich, warum ich Angst hatte. Ich sah zur Tür. Die anderen würden bald kommen, um ihn zu holen. Er kam näher, in seinem Wahn war er freudig erregt. Er streckte seine mit Erde verkrusteten Finger nach mir aus. Die Fingernägel waren aufgerissen und spröde und sahen so aus, als hätte er stundenlang in der Erde gegraben und an Sargdeckeln gekratzt. Er beugte sich näher zu mir und berührte mich nun. Dabei grinste er mich an wie ein Schlachter sein bestes Schwein, er rieb meine Beine und kniff in meine Schenkel. Seine Hände wanderten über meinen ganzen Körper, während ich wie gelähmt dasaß.

Seine Hand rutschte zwischen meine Beine und streifte mich unsanft, bevor er meinen Hodensack packte. In meinem Rachen brannte Erbrochenes. Er lachte lautlos. Seine Finger zogen an mir und stießen gleichzeitig zu. Sein Atem schlug mir warm und faulig ins Gesicht.

In seiner freien Hand blitzte etwas auf und warf das wenige Licht zurück, das in dem Raum existierte. Zwischen seinen Fingern bewegten sich einzelne Rasierklingen in rascher Geschwindigkeit und sprangen in rhythmischen Bewegungen von einem Finger zum nächsten. Sie drehten sich und hüpften wie ein Kartendeck in der Hand eines Profispielers.

»Hör auf, Bernard, um Himmels Willen! *Hör auf!*«

Er lächelte mir zu, seine Lippen zersprangen und bröckelten wie jedes Mal. Blut und Spucke liefen daraus hervor. Das Ticken der Uhr wurde zu einem summenden Geräusch. Um seine Füße herum bewegte sich etwas. Fliegen. Sie sammelten sich auf den Wänden, an der Decke, krochen über den Fensterrahmen. Ihre Zahl stieg immer weiter an, während sie in dem Raum aus unsichtbaren Portalen hervorkamen und zusammenflossen.

Während sie den Raum mit einer sich bewegenden Decke überzogen, öffnete Bernard das zerfranste, blutige Loch, das einst sein Mund gewesen war, zu einem lautlosen Kreischen. Hinter ihm erschienen Schatten. Sie gingen durch die Tür und gaben ihre Ankunft bekannt – *sie* waren da. Die anderen.

Seine kalten toten Augen blickten direkt in meine eigenen, und seine Hand schnitt quer durch meinen Schoß. Kurz verspürte ich ein höllisches Ziehen, dann das zunehmend qualvolle Brennen, das Rasierklingen hinterlassen, nachdem sie Fleisch aufgeschlitzt haben.

Als die anderen kamen, um ihn zu holen, schrie ich immer noch und schlug um mich. Ich presste mit beiden Händen gegen meine Leiste und versuchte verzweifelt, den Blutstrahl zu stoppen, der schon gegen die Wand sprühte.

Der Fliegenschwarm war blutrot und wogte wie eine einzige aufgeschreckte Masse höher die Wand hinauf.

Dann war alles verschwunden, und ich war alleine. Rick, Donald und ich mussten allein mit allem fertig werden – nur wir und Bernard, und alles, was er getan hatte.

Und alles, was davon noch weiterwirkte.

SOMMER

Kapitel 20

Die Sonne ging unter, aber noch war sie hell, noch hing sie am Horizont und mühte sich, nicht von ihm verschlungen zu werden, als hätte sie auf uns gewartet. Ihre Strahlen bildeten eine wunderschöne Collage in verschiedenen Orange- und Rottönen, die durch den Himmel fielen und sich auf den sanften Wellen des Atlantiks widerspiegelten.

Vor ein paar Stunden war Rick freigelassen worden, nachdem er seine Strafe abgesessen hatte. Er war aus dem Tor getreten, und als er uns sah, tänzelte er die Stufen hinunter wie es die Gangster in alten Filmen immer taten, anmutig und zur Seite gedreht, als wollte er beweisen, dass alles in Ordnung sei, und das Federn in seinen Schritten zeigte uns, dass dem auch so war. Obwohl er körperlich immer noch fit wirkte, hatte seine Footballspieler-Figur etwas nachgelassen. Weil er viel Gewicht verloren hatte, sah er dünn und zusammengeschnürt aus, nicht mehr so breit und kräftig. Am deutlichsten war das in seinem Gesicht zu erkennen, das auf den ersten Blick hager wirkte. Da er über einen langen Zeitraum nicht genug Schlaf bekommen hatte, hatten sich große dunkle Schatten unter seinen Augen eingegraben, und da er kaum Zeit im Freien hatte verbringen können, war seine Haut blasser als zuvor.

In den Tagen vor seiner Freilassung hatte er uns zu verstehen gegeben, dass er von uns abgeholt werden wollte und nicht von seiner Familie. Er hatte mir gesagt, dass er ein paar Stunden in der Freiheit brauche, bevor er ihr ins Gesicht schauen konnte. Aber auch wir waren nervös, trotz unserer lebenslangen Freundschaft, keiner von uns wusste, was er sagen oder wie er es sagen sollte, was er tun oder wie er es tun sollte. Rick kam zuerst zu mir. Wir umarmten uns. Obwohl er versuchte, sich gelassen zu geben, fühlte sich sein Körper steif und angespannt an.

»Wie geht's euch, Jungs?«, sagte er und ging zu Donald, um ihn zu umarmen, und zum Schluss zu Bernard, der im Hintergrund in der Nähe des Autos geblieben war wie ein schüchterner, jüngerer Bruder. Und doch hielt Bernard ihn am längsten fest und hing an ihm, bis Rick sich schließlich in einem ziemlich ungelenken Manöver aus seinem Griff befreite, wobei er flüsterte: »Schon in Ordnung, Alter, es geht schon, entspann dich.«

Rick sah in den Himmel, als hätte er ihn noch nie zuvor gesehen. Er lächelte, aber es wirkte bedeutungslos. Unser Anführer war zurückgekehrt. Der oberste Sultan – unser Bandenchef – war weggesperrt gewesen, und es würde sich zeigen, was an seine Stelle getreten war. »Lasst uns zum Strand gehen«, sagte er.

Es war das erste Mal seit Monaten, dass ich seine Stimme ohne eine dicke Plastikscheibe zwischen uns hörte. Sie klang lebendig und stark, aber nicht ganz so wie in meiner Erinnerung. So wie seinem Lächeln fehlte auch ihr die Überzeugungskraft von einst. Dort in dem Kasten war sie gebrochen worden. Obwohl er sich alle Mühe gab, konnte er es nicht verbergen.

»Der Strand«, sagte ich. »Alles klar. Was immer du willst.«

Die Fahrt war ruhig. Anfangs versuchte Bernard, etwas Small Talk zu machen, aber niemand ging darauf ein, deswegen ließ er es wieder sein. Rick saß im Beifahrersitz und sah, bis wir am Strand ankamen, aus dem Fenster, ohne auf etwas Bestimmtes zu achten. Der Herbst hatte gerade begonnen, alle Touristen waren längst wieder nach Hause gefahren und der Strand war verlassen. Bevor ich parken konnte, kurbelte Rick das Fenster runter und atmete die Meeresluft tief ein. Dieses Mal sah sein Lächeln schon echter aus, als arbeitete er sich vor. »Man vermisst den komischsten Scheiß. Alle möglichen Sachen, über die man nie nachdenkt.«

Wir blieben sitzen und ließen Rick den Vortritt beim Aussteigen. Als er durch den Sand lief und sich auf das Wasser zuschleppte, stiegen wir langsam aus dem Auto und folgten ihm, ließen ihm aber genug Raum für sich selbst. Sobald er das Wasser erreicht hatte, kniete er sich hin und berührte es. Dann sah er zu den Wellen hinaus, in den Himmel und die langsam untergehende, vielfarbige Sonne.

Kurz darauf versammelten wir uns um ihn und bildeten einen Halbkreis hinter seinem Rücken. Die Temperatur fiel um ein paar Grad, und der Wind, der über das Wasser strich, wurde stärker. Niemand sagte ein Wort. Selbst Bernard wusste, dass er den Mund halten sollte, während Rick den Sand, den Himmel, Luft und Wasser und all die anderen Dinge in sich aufsog, die er sehen, spüren, begreifen und wissen musste. Er fuhr mit den Händen durch den Sand, ließ ihn zwischen seine Finger rieseln. Dann hob er eine Handvoll Sand auf und warf ihn auf das Wasser hinaus.

Er drehte sich mit geröteten Wangen zu uns um. »Also, Jungs, was wollt ihr anstellen?«

»Das ist deine Nacht, Kumpel«, sagte Bernard. Er trat vor und zündete sich eine Zigarette an. Es war ein Versuch, cool zu sein, der noch weniger überzeugte als Ricks vorherige Bemühungen derselben Art. Er schützte die Flamme seines Feuerzeugs mit beiden Händen, neigte den Kopf und machte einen auf James Dean, jedenfalls so gut es ging. »Wie wäre es mit ein paar Steaks im Brannigan's? Wir können was zischen und dann in einen Strip-Schuppen oder so.«

Schon in seinem letzten Jahr auf der Highschool hatte Bernard vorzeitig angefangen, seine Haare zu verlieren, und seit Rick im Gefängnis gesessen hatte, war er dazu übergegangen, eine ziemlich bescheuert aussehende Perücke zu tragen, die letztlich zu einem seiner bezeichnenden Merkmale werden sollte. Die Perücke und die dicken Brillengläser veranlassten Donald oft dazu, Scherze zu machen und zu behaupten, dass Bernard so aussah, als trüge er eine schlechte Verkleidung, aber anscheinend fühlte sich Bernard mit der Perücke wohler in seiner Haut.

»Nun hört euch diesen Typen an«, sagte Rick und versuchte, amüsiert zu klingen. Bernards Aussehen hatte ihn offenkundig schockiert, aber er verlor nie ein Wort darüber. »Hängst du jetzt dauernd in Strip-Schuppen rum, Bernard?«

Bernard grinste. »Es hat sich eine Menge verändert.«

»Genau«, sagte Donald rasch. »Während du weg warst, ist Bernard ein wilder Draufgänger geworden. Wir nennen ihn jetzt *König der Strip-Schuppen*. Das schlägt *Beknackter Penner* eindeutig und sieht auch auf einem T-Shirt besser aus.«

»Ich jedenfalls mag Titten«, sagte Bernard und lachte jetzt auch.

»Ja, aber mögen die Titten dich auch?« Donald zog die Zigarette aus Bernards Mund, nahm einen Zug und steckte sie zurück. »*Das* ist hier die Frage.«

»Du weißt doch, dass du dich lieber nicht mit Donny anlegst.« Rick legte einen Arm um Bernard, sah mich an und zwinkerte mir zu, während sie sich auf den Weg zurück zum Wagen machten. »Tut mir leid, dass die Sache mit den Marines nicht funktioniert hat.«

»Diese bekackte Übungsplattform«, grunzte Bernard. »Ich war echt ganz weit vorne gewesen, bis ich von dem gottverdammten Teil gefallen bin. Hab mir das Knie verrenkt. Mittlerweile geht's aber wieder.«

»Trotzdem, man muss ganz schön Mumm haben, um einfach so zur Armee zu gehen. Ich bin stolz auf dich, Mann!«

Bernard schaute zu Donald und mir zurück und strahlte.

»Wie ein kleines Kind mit seinem Keks«, murmelte ich.

»Allerdings«, stimmte mir Donald zu. »Fragt sich nur, wer der Keks ist.«

Während wir den beiden folgten, hörte ich, wie Bernard meinte: »Ich sag dir doch, dass sich eine Menge geändert hat!«

Und obwohl ich damals nicht ahnte, wie sehr er damit recht hatte, war es doch unbestreitbar, dass sich für jeden von uns auf seine Weise viel verändert hatte. Tommy war seit ein paar Jahren tot. Rick mühte sich bereits, sein altes Selbst wiederzufinden – was ihm nie ganz gelingen sollte. Donald hatte den Kampf gegen seine Depressionen und den damit einhergehenden Alkoholismus bereits zu verlieren begonnen. Ich sollte mich in ein paar Monaten mit Toni verloben und war mir ganz sicher, dass wir beide irgendwie gerettet werden würden, wenn wir heirateten, dass es aus uns ein Ganzes machen würde. Bernard ... Bernard war wie Tommy bereits seit ein paar Jahren tot, obwohl er noch nicht beerdigt war. Er verfaulte von innen heraus. Bloß wusste es niemand. Oder vielleicht wollte es auch niemand wissen. Niemand wollte irgendwas wissen. Nicht über Bernard, nicht einmal über sich selbst.

Später am selben Abend, während Donald und Bernard am Strand entlanggingen, gelang es Rick und mir, unter vier Augen miteinander zu sprechen. Wir hatten es uns an einem kleinen Aussichtspunkt bequem gemacht, der sich vor dem hohen Gras befand. Von hier konnte man den Strand und das Meer überblicken. Nachdem wir dort ein paar Minuten lang schweigsam gesessen hatten, sagte ich schließlich: »Es wird kalt.«

»Hm, mir gefällt's aber.« Er spürte mein Unbehagen und sagte: »Alan, es ist wie es ist. Wir müssen nur weitermachen. Wie Haie. Wenn wir aufhören, sterben wir.«

»Ich will mir bloß sicher sein, dass es dir gut geht. Ich meine, *wirklich* gut.«

»Irgendwann wird alles gut.«

So viele Jahre später warteten wir immer noch darauf.

Ein Klopfen an der Vordertür weckte mich auf. Ich hatte nicht wirklich geschlafen, aber ich war auch nicht ganz wach, deswegen brauchte ich ein paar Sekunden, um zu begreifen, dass ich neben der Couch auf dem Boden lag. Anscheinend war ich irgendwann in der Nacht von der Couch gerollt. Helles Sonnenlicht knallte durch das Fenster. Ich fühlte mich steif, meine Muskeln und Gelenke schmerzten, und mein Kopf pochte. Ich mühte mich auf die Knie und hievte mich auf die Beine, indem ich mich an der Couch abstützte. »Ja, ich komme«, rief ich. »Einen Moment, verdammt ja.« Ich rieb mir die Augen, streckte mich und taumelte zur Tür.

Als ich sie aufmachte, standen dort Rick und Donald, begleitet von einem grellen Sonnenstrahl, der sich so anfühlte, als brenne er direkt durch meinen Schädel. Ich erinnerte mich verschwommen daran, mich mit den beiden verabredet und ihnen gesagt zu haben, sie sollen hierherkommen, weil ich der Chris-Bentley-Spur nachgehen wollte. Aber ich hatte so viel getrunken, dass ich mir nicht einmal sicher war, wie lange ich geschlafen hatte oder welcher Tag heute war. Mein Mund fühlte sich an, als wäre er mit Baumwolle gefüllt. »Was macht ihr zwei hier so früh?«

»Wir haben viermal angerufen, aber du bist nie rangegangen«, schimpfte Donald. »Es ist fast drei Uhr nachmittags.«

Ich schirmte meine Augen ab und blinzelte auf meine Uhr.

Donald hatte recht. »Solltest du dann nicht bei der Arbeit sein, Donald?«

Rick schüttelte den Kopf. »Es ist Samstag, du dämlicher Pisser.«

Donald warf einen missbilligenden Blick in seine Richtung. Nach dem, was zwischen Toni und mir passiert war, empfand er Beschimpfungen – auch wenn sie im Spaß gemeint waren – offensichtlich als unpassend. Selbst inmitten des Wahnsinns hielt Donald seinen Sinn für gute Umgangsformen und Anstand aufrecht, als ob Höflichkeit eine ansonsten unsägliche Situation in Schranken halten könnte. Er meinte es nur gut, aber es erinnerte mich an Figuren aus alten britischen Romanen, die sich inmitten eines Kriegsgebiets ein frisch gebügeltes Hemd anzogen. »Alan«, sagte er geduldig, »es ist Wochenende.«

»Du warst eine lange Zeit besoffen, mein Freund«, sagte Rick, als glaube er wirklich, mir damit etwas Neues zu verraten. »Also: Sollen wir hier draußen wie zwei begossene Pudel stehen bleiben oder lässt du uns rein?«

Ich bedeutete ihnen, hereinzukommen und schlurfte in die Küche. Donald trug ein gestreiftes Oxford-Hemd mit kurzen Ärmeln, Khakis und Slipper. In dem für ihn üblichen Gegensatz dazu trug Rick eine schwarze Trainingshose und ein enges Muskelshirt ohne Ärmel, das seine kräftige Brust und die durchtrainierten Arme wie Trophäen zur Geltung brachte, denn als solche betrachtete er sie auch. Ich hingegen sah aus – und fühlte mich –, als hätte mich eine Kolonne Lastwagen überfahren.

Ich ging zum Kühlschrank, fand den Orangensaft und kippte mir einen Teil davon direkt aus dem Karton in den Hals. »Ihr zwei seht aber sommerlich aus«, sagte ich. »Gibt's einen Ausverkauf bei JCPenny?«

»Warst du gestern Nacht weggeschossen?«, fragte Rick.

»Ja, wieso?«

»Dann hast du die Nachrichten noch nicht gesehen?«

Ich lehnte mich gegen die Küchenzeile. Meine Beine fühlten sich schwach an. »Nein.«

Rick sah zu Donald und gab ihm das Signal, mir zu erzählen, was sie bereits wussten. »Sie haben noch eine gefunden, Alan.

Im Sand vergraben, unten am Strand, in dem hohen Gras zwischen dem Strandhaus und dem Wasser. Sie haben noch eine Leiche gefunden.«

»Mein Gott.« Eine Welle aus Übelkeit und Finsternis überrollte mich. »Wieder eine Frau?«

Rick nickte verschroben mit der nervösen Energie eines Kindes, das sich nicht sicher ist, wie es sie loswerden soll. »Jedenfalls was von ihr übrig war.«

»Sie haben noch nicht viele Einzelheiten bekannt gegeben«, sagte Donald, »aber sie ist schon ziemlich lange tot, so wie die erste Leiche.«

»Gebt mir zehn Minuten.« Ich eilte ins Badezimmer. »Ich muss mich schnell duschen und umziehen, dann können wir los.«

Rick nahm eine seiner heldenhaften Posen ein. »Wohin geht die Reise dieses Mal?«

»Einen Schritt näher auf die Wahrheit zu, hoffe ich.«

»Oder einen weiteren Schritt Richtung Hölle«, murmelte Donald.

Es sollte sich herausstellen, dass wir beide recht hatten.

Kapitel 21

Die Hitze stieg weiter an. Aus dem Frühling war ohne lange Übergangszeit Sommer geworden, so wie stets in den letzten Jahren. Die Handvoll Aspirin, die ich vor unserem Aufbruch eingeworfen hatte, begann endlich zu wirken und meine Kopfschmerzen erträglicher zu machen, aber die Schwüle war nicht gerade hilfreich. Der Autohändler, bei dem Bernard gearbeitet hatte, befand sich am südlichen Ende von New Bedford, nur ein paar Blocks von der Fabrik entfernt, die zu meiner Entlassung geführt hatte. Auch der Keller, wo Bernard sich das Leben genommen hatte, war weniger als eine Meile entfernt. Als wir ins Zentrum der Stadt vordrangen, fragte ich mich, ob ich jemals wieder dorthin würde gehen können, ohne dass mich jene Geister begleiteten.

Rick parkte auf der Straßenseite gegenüber des Autohauses. Wir alle waren hier irgendwann schon einmal gewesen, um Bernard abzuholen oder ihn zur Arbeit zu fahren oder um uns mit ihm zu treffen, aber so wie alles andere auch fühlte sich die Gegend seit seinem Tod anders an. Was uns hätte vertraut vorkommen sollen – zumindest einigermaßen – wirkte nun fremd und weit entfernt. Ich griff in meine Hosentasche, berührte das Foto der geheimnisvollen Frau, zog aber stattdessen die Visitenkarte heraus. Ich sagte Donald und Rick, dass ich alleine gehe und das Gespräch mit Bentley ganz unaufgeregt halten wollte. Niemand widersprach mir.

Ich setzte eine Sonnenbrille auf, sprang aus dem Cherokee und überquerte die Straße. Das Verkaufsgelände war groß und mit mehreren Reihen von Gebrauchtwagen gefüllt. Viele davon sahen ziemlich gut aus. Am gegenüberliegenden Ende stand ein kleines Bürohäuschen. Ich hatte das Gelände gerade betreten, da schoss schon ein korpulenter Mann mit Mondgesicht aus dem Büro und bewegte sich winkend und grinsend auf mich zu, so als wären wir alte Freunde.

»Hallöchen!« Er streckte seine dickliche Hand aus. »Mannomann ist das heiß! Puh. Willkommen im Sommer! Aber was für ein toller Tag, um ein Auto zu kaufen!«

Widerstrebend schüttelte ich seine Hand. Sie war feucht und machte ein Quietschgeräusch, als er seinen Griff verstärkte. Sein pumpendes Händeschütteln war so enthusiastisch, als wollte er Wasser aus einem Brunnen schöpfen. Ich lächelte, zog meine Hand zurück und zeigte ihm die Visitenkarte. »Ist Chris Bentley hier?«

Die fröhliche Show war plötzlich abgeblasen. »Klar, Kumpel. Ich hole ihn, er wird gleich bei Ihnen sein.«

Ich sah mir ganz gelassen ein paar Autos an, während ich wartete.

Ein oder zwei Minuten später schlenderte ein Mann aus dem Büro. Er war jünger, als ich es erwartet hatte. Er trug eine verspiegelte Sonnenbrille und kam auf mich zu. »Kann ich Ihnen helfen, Sir?«

Ich hielt die Visitenkarte in die Höhe. »Chris Bentley?«

»Stimmt!« Wir schüttelten die Hände.

»Ich bin Alan Chance, ich hatte gehofft, mich ein paar Minuten mit Ihnen unterhalten zu können.«

»Selbstverständlich.« Er zeigte auf die Karte. »Kennen wir uns? Aus irgendeinem Grund kommen Sie mir bekannt vor.«

»Ich habe Ihren Namen von einem gemeinsamen Freund.«

»Großartig. Haben Sie von unseren speziellen Finanzierungsangeboten gehört, die wir ...«

»Ich will kein Auto kaufen.«

Er nahm die Sonnenbrille ab und sah mich an. »Was kann ich dann für Sie tun?«

»Tut mir leid, dass ich Sie bei der Arbeit störe, aber ich wollte mit Ihnen über Bernard Moore sprechen.«

Die Mauer aus feindseliger Abwehrhaltung, die er um sich errichtet hatte, verschwand mit der plötzlichen Einsicht. »Daher kenne ich Ihren Namen, von Bernard! Sie sind einer seiner Kumpels aus Potter's Cove, richtig?«

»Richtig.«

»Mann, da drüben passieren ja verrückte Sachen im Moment, was?« Er lachte schwach. »Kein gutes Zeichen, wenn Leichen in so einer Stadt auftauchen. Mensch, wenn man in Potter's Cove nicht sicher ist, dann nirgendwo!«

»Stimmt schon.«

»Ich hoffe, die fangen den Irren.«

»Ich auch.«

Bentley setzte die Sonnenbrille wieder auf, verschränkte die Arme vor der Brust und lehnte sich gegen eines der Autos. »Naja, jedenfalls hat es mir sehr leid getan, als ich gehört habe, dass Bernard gestorben ist. Ich weiß, dass er eine schwere Zeit durchmachte, nachdem er seine Mutter verloren hatte, und als sie ihn dann hier rausschmissen, war er ziemlich fertig. Ich wusste nicht mal, dass er tot ist, fühlte mich echt schlecht deswegen. Nachdem er von hier weggegangen war, rief ich ihn manchmal an, gelegentlich trafen wir uns und gingen Mittagessen. Ich hatte schon länger nichts mehr von ihm gehört, und da ich wusste, dass es ihm nicht gut ging, habe ich seinen – wo wohnte er doch gleich, bei dem Cousin, ja? Also seinen Cousin habe ich angerufen, und der hat mir gesagt, dass Bernard ... Nun, Sie wissen schon.«

»Selbstmord begangen hat.«

»Ja.« Er stieß ein tiefes und langes Seufzen aus. »Bernard war – nun, das wissen Sie als sein Kumpel ja selber – ein bisschen eigenartig, aber er war ein guter Kerl. Er war immer nett zu mir. Er war schon länger als ich im Geschäft und hat mir geholfen, als ich anfing. Hat mir eine Menge übers Verkaufen beigebracht. Die meisten Typen machen so etwas nicht. Die fühlen sich von jüngeren Verkäufern bedroht. Nicht jeder kann was vom Kuchen abhaben, Sie verstehen? Aber Bernard war immer cool. Er hat die ganze Zeit von Ihnen und seinen Freunden in Potter's Cove geredet. Er sagte, dass ihr Jungs eng befreundet wart.«

Ich sah mein Spiegelbild in den Gläsern, die seine Augen bedeckten. »Ja, wir standen uns nah.«

»Nun, mein herzliches Beileid, echt. Wirklich schade.«

Chris Bentley hatte etwas Unaufrichtiges an sich, das zu seinem Naturell zu gehören schien. So wie viele andere Menschen auch, trug er eine Maske aus Anteilnahme, aber eigentlich war ihm alles gleichgültig, was nicht ihn direkt betraf. Sein kontrolliertes Lächeln ließ immerhin darauf schließen, dass sein Desinteresse nicht persönlich gemeint war.

Da ich nachdachte, anstatt etwas zu sagen, meinte Bentley: »Also ... kann ich etwas für Sie tun, Alan?«

Da ich noch nicht klar genug im Kopf gewesen war, um mir vor dem Gespräch eine Strategie zu überlegen, entschied ich mich zu improvisieren. »Bernards Cousin Sammy hat uns seinen Seesack gegeben. Das war alles, was er am Ende noch besaß, und darin waren ein paar von seinen Sachen. Nichts Wertvolles, nur Dinge von sentimentalem Wert. Wir sind alles durchgegangen und haben ein Foto gefunden.« Ich zog es aus meiner Tasche, hielt es aber gegen meinen Oberschenkel, während ich mir den Rest meiner Lüge zurechtlegte. »Es war an einem verschlossenen Umschlag befestigt, und daneben noch ein kleiner Aufkleber. Drauf stand, dass wir den Umschlag der Person auf dem Foto geben sollen. Das einzige Problem ist, dass niemand weiß, wer diese Person ist. Ich habe Ihre Karte in

Bernards Unterlagen gefunden und mich daran erinnert, dass Bernard viel über Sie sprach – Sie waren anscheinend der einzige Arbeitskollege, den er mochte – und ich dachte, dass Sie vielleicht wissen, wer die Frau auf dem Foto ist, da Sie doch auch mit Bernard befreundet waren.« Ich zeigte ihm die Fotografie.

Er beugte sich vor und starrte schier unglaublich lange auf das Foto.

»Ich würde seinen Wunsch wirklich gerne erfüllen und ihr diesen Brief geben«, sagte ich, »aber ich habe die Frau noch nie gesehen.«

»Also, das muss ein altes Bild sein, aber man kann dennoch erkennen, dass sie es ist.« Bentley zog seine Sonnenbrille ab und starrte erneut auf das Foto. »Sie kennen sie nicht?«

»Sollte ich das?«

Er kicherte, zuckte mit den Schultern und setzte seine Brille wieder auf. »Naja, wenn ihr Jungs so gut befreundet wart, wie Bernard es immer behauptet hat, ist es etwas seltsam, dass Sie seine Freundin nicht erkennen.«

Obwohl diese Antwort an sich nicht lustig war, musste ich beinahe lachen. Die Nerven. »Seine Freundin?« Ich drehte das Foto wieder um und warf einen Blick darauf. »Das ist Bernards Freundin?«

»Jedenfalls war sie das wohl mal. Ich habe sie nur ein paarmal getroffen, aber wenn ich mich nicht täusche, waren sie mindestens ein paar Jahre lang zusammen. In den letzten Monaten vor Bernards Tod habe ich sie nicht mehr gesehen. Ich kann mich auch nicht daran erinnern, dass er sie erwähnt hätte. Ich dachte, dass sie sich vielleicht getrennt haben. Er hatte eine derartige Pechsträhne, es hätte gepasst. Sie hieß Claudia Noch was – hab mir den Nachnamen nie merken können. Er ist manchmal mit ihr vorbeigekommen, meistens nur auf einen kurzen Abstecher, wenn er seinen Scheck abgeholt hat oder so. Ich kannte sie nicht wirklich, aber so hat er sie vorgestellt: als seine Freundin. Er hat auch viel von ihr geredet, aber dabei nie irgendetwas Bestimmtes über sie gesagt, verstehen Sie. Er hat nur irgendwas erzählt, was sie so machten, wohin sie gegangen waren.

War gestern mit Claudia im Kino. War gestern bei Claudia zu Hause, solche Sachen.«

Es war wahrscheinlich zu spät, um zu verbergen, dass ich schockiert war. »Es kommt mir bloß merkwürdig vor, dass er sie uns gegenüber niemals erwähnt hat.«

»Stimmt allerdings«, nickte Bentley. »Aber um ganz ehrlich zu sein, hatte ich immer den Eindruck, dass Bernard eine Menge Dinge am Laufen hatte, von denen andere Leute nichts wussten. Ich meine das nicht negativ, ich meine nur, dass er viele Dinge voneinander trennte. Sein Arbeitsleben, sein Privatleben, seine zwei Seiten, also die eine, die er mit euch, den älteren Freunden, hatte, und die andere, die er mit Typen wie mir verbrachte, seinen Kollegen. Ich glaube, er wollte das nicht vermischen. Aber was soll's, viele Leute machen es so, kein Problem.«

Ich wusste, dass er mir etwas verschwieg. Er wusste noch mehr, blieb aber auf der Hut. Ich ignorierte die Schweißperlen, die sich an meinem Haaransatz sammelten, und gab mir Mühe, vertrauenswürdig zu erscheinen. »Ja, ich weiß ganz genau, was Sie meinen. Aber im Ernst, ich kann mich nicht daran erinnern, dass Bernard jemals eine Freundin hatte. Nie. Und es fällt mir schwer, zu glauben, dass er mir nichts von ihr erzählt hätte, wenn sie wirklich seine Freundin gewesen wäre. Ich kenne doch Bernard, der hätte Tag und Nacht mit ihr angegeben. Sehr seltsam für Bernards Verhältnisse.«

Bentley lachte herzlich, und ich fiel in das Lachen ein. Ein Gefühl der Verlegenheit hing in der Luft wie die Hitze, die uns umhüllte. »Wie dem auch sei, ich fand, dass ich ihr den Brief geben sollte. Sie wissen nicht zufällig, wie ich sie finden oder mit ihr reden kann?«

Sein Unbehagen spiegelte sich in seiner Körperhaltung wider. »Schauen Sie, ich will nicht mit Sachen anfangen, die Sie vielleicht gar nicht hören wollen, okay?«

Ich blieb gelassen und fragte mich, ob sein aufgesetztes Lächeln jemals ganz verschwand. »Wir sind beide erwachsene Männer, Chris, ich wäre Ihnen für alles dankbar, das Sie mir sagen können. Ganz unter uns, mir ist es egal, wer das Mädchen ist, ich will nur Bernards Wunsch erfüllen und ihr den Brief geben.«

»New Bedford ist kein Dorf«, sagte Bentley und entspannte sich ein wenig. Er hob das Kinn etwas höher, als schaute er über mich hinweg auf etwas in der Ferne, das wichtiger war. In der Spiegelsonnenbrille sah ich die Straße hinter mir, und obwohl ich den Cherokee erkennen konnte, der am gegenüberliegenden Bordstein abgestellt war, verhinderte das grelle Licht der langsam untergehenden Sonne, dass auch Rick und Donald in dem Wagen auszumachen waren. »Aber es ist eine sehr kleine Stadt, Sie verstehen? Zwar kennt nicht jeder jeden, aber unter den Einwohnern kennt jeder *irgendjemanden,* der alle anderen kennt. Mit anderen Worten: Sachen sprechen sich rum. Ein paar Typen von hier wussten, wer Claudia ist, weil sie schon so lange in der Stadt lebten. Einer von ihnen kannte sie aus der Schule, konnte sich aber nicht an ihren Namen oder sonst was erinnern. Der andere wusste in etwa, wer sie war, weil ein Freund von einem Freund ... Sie kennen das ja. Die Typen waren nicht mir ihr befreundet oder so, aber sie wussten schon, wer sie war. Und sie wussten, *was* sie war. So wie ich's gehört habe, hatte sie sogar schon vor der Highschool Drogenprobleme, und kurz darauf fing sie an, auf den Strich zu gehen. Das hat sie jahrelang gemacht. Ich weiß nicht, ob immer noch, oder ob sie es auch tat, als sie mit Bernard zusammen war, aber man kann wohl davon ausgehen. Solche Sachen ändern sich normalerweise nicht.«

Ich schaute noch einmal auf das Foto, bevor ich es wieder in meine Tasche steckte. »Jedenfalls macht diese Beziehung mit Bernard langsam Sinn.«

»Das meine ich ja. Bernard hat diese Brille getragen und die bescheuerte Perücke und das alles ... Irgendwie war das traurig. Er hat dauernd erzählt, dass sie seine Freundin sei, und hinter seinem Rücken lachten die Jungs über ihn, weil sie wussten, dass sie eine Prostituierte war. Bernard arbeitete zwar in New Bedford, aber er kam nicht von hier. Er hat nie begriffen, wie viel Gerede es in dieser Stadt trotz allem gibt.«

Endlich wischte ich mir den Schweiß mit dem Handrücken

aus der Stirn. »Haben Sie vielleicht eine Vorstellung davon, wo ich sie finden könnte?«

»Versuchen Sie's beim Weld Square«, sagte er mit einem kurzen, sardonischen Lachen.

Der Weld Square war eine berüchtigte Ecke der Stadt, zugemüllt mit baufälligen Wohnhäusern, leer stehenden Geschäften und unbenutzten Parkplätzen voller Abfall. Vom State Highway kam man leicht dorthin, und der Platz war in der ganzen Stadt und darüber hinaus für Drogenhandel, Prostitution und Gewaltverbrechen bekannt. In meinen Anfangstagen als Wachmann hatte ich einige der übelsten Aufträge bekommen und als Nachtwache auch am Square in ein paar Geschäften gearbeitet, die es damals in der Gegend noch gegeben hatte. Ich verspürte keine Eile, dorthin zurückzukehren.

Obwohl er wahrscheinlich recht hatte, wusste Bentley, dass ich auf den Humor in seiner Bemerkung nicht eingegangen war. »Haben Sie schon mal was vom *The Captain's Hook* gehört? Das ist eine Bar unten am Hafen. Echtes Drecksloch. Brutale Typen, die dort hingehen. Bernard meinte zu mir, dass Claudia dort Teilzeit arbeitet. Ich weiß nicht, ob das stimmt, kann schon sein, denn dort hängen auch viele Nutten rum. Sie könnten versuchen, sich dort umzusehen, aber seien Sie vorsichtig. Die Bullen ziehen dort regelmäßig Leute raus. Wirklich eine Perle von einem Lokal! Es wird von so einer fetten Tussi betrieben, ihr gehört der Laden seit Jahren. Angeblich ist sie übersinnlich begabt oder eine Hexe oder so was – wahrscheinlich nur ein Gag, um damit ein paar Besoffene und Junkies abzuzocken, aber das behaupten die Leute nun mal. Angeblich passieren dort ein paar abgefahrene Sachen. Ich würde die Klitsche nicht empfehlen.« Er hielt einen Moment inne, dann sagte er: »Jedenfalls weiß ich nicht, was ich Ihnen noch erzählen könnte. Claudia wohnte hier in der Stadt, aber ich weiß nicht wo.«

Ich schüttelte Chris Bentley erneut die Hand und dankte ihm für seine Hilfe.

»Ich wünschte, ich könnte Ihnen mehr sagen, was Ihnen hilft, die Alte zu finden, aber Bernard hat nie viel verraten – Sie verstehen, oder? So war er nun mal, zumindest mir gegenüber. Ich habe ein paar Jahre lang mit ihm zusammengearbeitet, habe stundenlang mit dem Typen geredet, und selbst heute kommt es mir meistens so vor, als hätte ich ihn nie richtig gekannt.«

»Ich weiß, was Sie meinen.«

»Ja«, sagte er, »ich habe den Eindruck, dass Sie das tun.«

»Noch einmal danke für Ihre Hilfe.« Ich bot ihm seine Visitenkarte an. »Wollen Sie die zurück?«

»Behalten Sie die Karte.« Er wählte das aufrichtigste Lächeln aus seinem Repertoire und setzte es für mich auf. »Nächstes Mal, wenn Sie auf der Suche nach einem hochwertigen Gebrauchtwagen sind, kommen Sie zu mir, okay?«

Angesichts von Bernards andauerndem Misserfolg bei Frauen und den Problemen, die er offensichtlich hatte – und von vielen erfuhren wir ja erst jetzt –, war keiner von uns sonderlich überrascht, dass er Prostituierte aufgesucht hatte. Zu mindestens einer war er gegangen. In erster Linie war es ein trauriges Gefühl, das uns alle begleitete, während wir uns von den Autos und Chris Bentleys ewigem Lächeln entfernten. Wie bei so vielen anderen Dingen, die Bernard betrafen, schien es unerklärlich, wie uns dies zuvor hatte entgehen können. Doch sobald die Sache rausgekommen war, leuchtete sie uns völlig ein. Hatte ich angenommen, Bernard sei ein Mönch gewesen? Wie sonst hätte er Sex haben können? Hatte ich jemals wirklich darüber nachgedacht? Und falls nicht, *weshalb* nicht? War es mir jemals in den Sinn gekommen, was er wohl machte, wenn ich nicht dabei war? Ich konnte mich nicht gegen den Eindruck wehren, ihn als Freund hängen gelassen zu haben. Dabei war er ein Vergewaltiger und blutrünstiger Mörder junger Frauen. Und ich war derjenige mit dem schlechten Gewissen. Erinnerungen an ihn in unserer Wohnung blitzten in mir auf, wie er manchmal zum Abendessen gekommen war und nie mitbekam, wann er gehen sollte, stattdessen Ausflüchte machte und sitzen blieb und Blödsinn laberte, bis Toni schließlich genug hatte und mir nichts anderes übrig blieb, als ihm zu sagen, dass wir jetzt ins Bett gehen und morgen arbeiten müssten und es Zeit für ihn sei, nach Hause zu gehen. Ich wusste damals, wie einsam er war.

Wir alle wussten es. War er nach diesen Abenden in unserer Wohnung wirklich nach Hause gefahren? Oder hatte er in seinem vergammelten alten Wagen auf diesen Straßen hier seine Runden gemacht und nach Prostituierten – oder vielleicht Opfern – gesucht, um seine Bedürfnisse zu befriedigen, offenbar ziemlich dunkle und kranke? War ich zu Bett gegangen und hatte mich in die Wärme und die liebevollen Arme meiner Frau begeben, während einer meiner besten Freunde sich in die zwielichtigen Gegenden der Stadt begab? *Hatte* ich es gewusst? Womöglich ganz tief in mir? Und falls ja, hätte es einen Unterschied gemacht?

Zehn Minuten nachdem wir von dem Autohändler aufgebrochen waren, fuhren wir im Hafenviertel herum und suchten *The Captain's Hook*. Rick hatte schon mal davon gehört, war sich aber nicht ganz sicher, wo man es fand, deswegen mussten wir mehrere Straßen abklappern, bis wir die Bar endlich in einer trostlosen Nebenstraße gegenüber einer Fischverarbeitungsfabrik fanden. Das kleine Gebäude war zwischen einer leer stehenden Gewerbefläche und dem Büro eines Versicherungsunternehmens eingeengt, ein wenig vom Gehweg zurückgesetzt, jedenfalls weiter als die beiden Häuser daneben. Der Eingang bestand aus einer schwarz angemalten Tür, die schwer zerschrammt war, und zwei schmalen Fenstern links und rechts davon, in denen Bierreklame aus Neonleuchten hing. An jedem Fenster waren billige Vorhänge eilends angebracht worden. Nicht aus dekorativen Gründen, sondern um das wenige zu verdecken, das man durch sie sehen könnte. Über der Tür hing ein Schild in Form des Bugs eines Piratenschiffs. Mit bereits abblätternden blutroten Buchstaben war der Name des Etablissements quer über den nachgemachten Bug geschrieben.

Das Viertel hatte einen bedeutenden geschichtlichen Hintergrund und bestand unter anderem aus jenen »trostlosen Gassen«, über die Melville geschrieben hatte. Ein paar Blocks weiter, in der Nähe des berühmten (oder berüchtigten) Walfangmuseums, waren viele Häuser saniert worden. Mehrere hübsche Geschäfte und Restaurants hatten dort eröffnet. Ein paar Jahre zuvor hatte die Stadt mehrere Straßen in ihr ursprüngliches Aussehen mit Kopfsteinpflaster umgestalten lassen, um der Gegend die Atmosphäre malerisch historischer Authentizität zu verleihen. Doch selbst jetzt, im Dunst der bevorstehenden Dunkelheit, strahlte diese wenig befahrene Straße immer noch denselben Grad an Unheil aus, den Melville vor mehr als einem Jahrhundert festgestellt hatte.

Ein paar alte Autos parkten auf der Straße, auch ein mitgenommener Chevy, der den Platz direkt vor der Bar belegte, aber ansonsten war die Gegend verlassen.

Rick verlangsamte den Cherokee, und Donald sagte vom Rücksitz aus: »Habe ich bereits erwähnt, für wie schlecht ich diese Idee halte?«

»Ungefähr zwölfmal jetzt.«

»Wenn du da reingehst und Fragen stellst«, sagte Rick, »solltest du lieber ein Bulle sein.«

Ich deutete auf einen leeren Parkplatz etwas weiter vor uns. »Halt dort an.«

Donald murmelte einen Einwand. Rick stellte den Wagen aber dennoch ab. »Von mir aus«, sagte er und stellte die Gangschaltung auf Parken. »Aber ich komme mit dir.«

»Ich gehe einfach rein und sehe mich rasch um, entspann dich.« Ich wusste, dass Rick es nur gut meinte, und ich wusste, dass ich mit ihm an meiner Seite sicherer sein würde. Aber ich wusste auch, dass sein Jähzorn ihn außerhalb einer geregelten und überschaubaren Umgebung leicht überwältigen konnte. »Lass mich den Laden ein bisschen auskundschaften, mal sehen, was ich herausfinden kann.«

Er starrte mich an. Sein Kiefer verspannte sich, löste sich und verspannte sich anschließend wieder. »Du hast fünf Minuten«, sagte er. »Dann komme ich rein und suche dich. Donny, geh mit ihm.«

Seufzend rollte Donald eine Zigarette zwischen seinen Lippen. »Ich hatte *so* gehofft, dass ich das tun könnte!«

»Hey!«, rief Rick. »Kein Rauchen im Wagen, Arschgesicht!«

Donald ignorierte ihn und schlüpfte mit einem genervten Grunzen nach draußen auf die Straße.

Ich wollte ihn auch nicht bei mir haben, aber die Sonne war

fast vollständig untergegangen, und die Nacht legte sich langsam über uns. Für Streitereien blieb keine Zeit.

Ich setzte meine Sonnenbrille ab, schmiss sie auf das Armaturenbrett und drehte mich zu Rick um: »Lass den Motor laufen!«

Kapitel 22

Die Tür war schwer und kratzte gegen den unteren Teil des Türrahmens, als ich sie aufzog, wodurch ein unauffälliges Betreten der Bar von vornherein ausgeschlossen war. Während wir hineingingen, sagte ich: »Überlass mir das Reden.« Ich war mir nicht sicher, ob Donald mich gehört hatte, denn er entgegnete nichts. Die einzige Antwort war das Knirschen von Metall gegen Metall, als er die Tür hinter uns schloss. Das Geräusch hing mir noch in den Ohren, als ich mich in dem Lokal umsah. Die Beleuchtung war spärlich und ein oder zwei Ventilatoren hätten nicht geschadet. Die Luft war abgestanden und bitter. Eine gewaltige Wolke aus Zigarettenrauch füllte den Raum wie dichter Nebel aus. Ich roch schales Bier, Schweiß, Zigaretten, einen Hauch Marihuana und das leichte Aroma von Urin. Hinzu kam, dass der Mangel an Luftzirkulation die Schwüle in dem abgeschlossenen Raum ins nahezu Unerträgliche steigerte. Ich fragte mich, ob jemand es schaffte, hier stehen zu bleiben ohne zu kollabieren.

Der Raum war schmal und länglich. Das Gebäude schien sich noch weiter nach hinten zu erstrecken, als es von außen den Anschein gehabt hatte. Die niedrige Decke war über Jahre hinweg verunstaltet worden. Sie vermittelte ein klaustrophobisches Gefühl. Die lange, lädierte Theke thronte unübersehbar vor der linken Wand. Gegenüber standen ein paar kleine Tische, die mit Bolzen an dem schmutzigen Kachelboden befestigt waren, sowie wahllos im Raum verteilte, klapprige Stühle und eine alte Jukebox, aus der kein Ton drang.

Weder an den Tischen noch auf den Hockern an der Theke saß jemand.

Der Barkeeper war groß und schlaksig und hatte sich mit

einer Jeans und einer Lederweste herausgeputzt, unter der er kein Hemd trug. Sein dünner werdendes krauses Haar reichte ihm bis zur Hüfte. Er drehte sich um und warf uns einen uninteressierten Blick zu. Seine zu klein geratenen Augen, die denen eines Nagetiers glichen, blinzelten hinter einer blau gefärbten Omabrille. Ohne ein Wort zu sagen, wandte er seine Aufmerksamkeit wieder einem Fernseher über der Bar zu.

Die unfertig aussehenden Holzwände waren mit Seemannstand dekoriert – Bojen, Hummerfangkörbe, Harpunen, Fischernetze und dergleichen – und zudem noch einigen Dart-Boards, Bierreklame aus Neonröhren und Postern von spärlich bekleideten Frauen, die sich auf Motorrädern oder Rennwagen rekelten oder in eindeutigen Posen für bekannte Biermarken und alkoholische Getränke warben. Über der Mitte des Tresens hing eine Uhr von Harley Davidson an der Wand, die in regelmäßigen Abständen blinkte.

Durch die rauchige Dunstglocke bemerkte ich eine offen stehende Tür hinter den Tischen, die zu einer Art Hinterzimmer führte. Ich konnte die Ecke eines Billardtisches erkennen und einen alten Song von Led Zeppelin hören, der verzerrt und blechern klang, als käme er aus einem billigen Gettoblaster, der zu laut aufgedreht war. Auch ein paar dunkle Gestalten bewegten sich dort hinten, und schallendes Gelächter drang in den Barbereich, obwohl ich mir relativ sicher war, dass es nichts mit uns zu tun hatte. Ich war mir nicht einmal sicher, ob sie wussten, dass wir hier waren, denn von dem Zimmer aus konnte man uns bestimmt nicht sehen.

Donald blieb in der Nähe des Ausgangs, lehnte sich gegen die Jukebox und tat so, als lese er die Liste der Songs. Der Barkeeper hatte mir den Rücken zugekehrt, also rutschte ich auf den Hocker, der sich am nächsten an der Tür befand, und sagte: »Können wir hier ein paar Bier bekommen?«

Endlich sah er zu mir. »Kein Bier mehr da«, murmelte er.

Ich schaute auf eine volle Flasche Jack Daniels, die zwischen mehreren anderen Getränken hinter ihm stand. »Wie wäre es mit ein paar Gläsern J. D.?«

»Auch nichts mehr da.«

Ich weigerte mich, den Augenkontakt zu unterbrechen, und er ebenfalls. »Na, was empfiehlst du stattdessen?«

Er legte seine Hände auf die Theke zwischen uns. »Dass du und dein Boyfriend euch ein anderes Lokal sucht.«

Ich konnte Donald hinter mir spüren, aber er sagte nichts. »Ist Claudia da?«, fragte ich.

»Wer?«

»Sie kellnert hier, oder zumindest hat sie das getan.«

»Sieht das hier wie ein Laden aus, wo es *Kellnerinnen* gibt?«

Plötzlich stand Donald neben mir. Er drückte seine Zigarette in einem Aschenbecher aus, der auf der Theke stand, und berührte meinen Arm leicht. »Komm schon, Alan, gehen wir.«

Ich zog das Foto aus meiner Tasche und hielt es dem Barkeeper entgegen. »Das ist Claudia. Sie und ich hatten einen gemeinsamen Freund. Er ist gestorben. Er hat was für sie hinterlassen und wollte, dass ich es ihr gebe, bloß weiß ich nicht, wie ich sie finden soll. Ich weiß nur, dass sie hier gearbeitet oder rumgehangen hat. Ist mir auch scheißegal, ich will sie nur finden, um ...«

»Junge, ich hab keinen Plan, wovon du redest, okay? Warum kommst du hierher und gehst mir auf die Eier? Ich kenne dich nicht, und ich kenne auch niemanden, der Claudia heißt.«

»Ich will dir gar nicht auf die Eier gehen.« Ich winkte ihm mit dem Foto zu. »Ich muss bloß mit diesem Mädchen reden. Dachte mir, du könntest mir weiterhelfen.«

»Tja, kann ich aber nicht.« Zur Betonung lehnte er sich näher vor zu mir. »Also verpiss dich.«

Dieses Mal zog Donald an meinem Arm. »Jetzt.«

»Danke, ich weiß die Hilfe zu schätzen«, witzelte ich.

Der Barkeeper grinste, und als ich mich umdrehte, um zu gehen, stellte ich fest, dass wir drei nicht mehr alleine waren.

Ein Mann aus dem Hinterzimmer hatte die Bar betreten und starrte uns an. Eine weitere Person blieb hinter ihm stehen und war fast ganz von Schatten und Rauch bedeckt. Erst als ich das Foto lässig in meine Tasche zurücksteckte und vom Hocker rutschte, sah ich, dass ein weiterer Mann uns umkreist hatte und sich an die Ausgangstür lehnte. Donald stand einen halben Meter rechts von mir und war blass und nervös.

Der Mann in unserer Nähe war untersetzt, mit einem Bart und fettigen Haaren, die unter einem ebenso fettigen roten Kopftuch heraushingen, und machte einen Schritt auf uns zu. Er hielt ein Queue in den Händen. Er sah so aus, als wäre er ungefähr in unserem Alter, vielleicht ein paar Jahre jünger, aber er war offensichtlich Trinker, deswegen war es schwer zu schätzen. Sein Kinn war in einem komischen Winkel verschoben, seine schlaffen Lippen verrieten, dass er keinen kompletten Satz Zähne mehr besaß. »Alles in Ordnung, Mick?« Obwohl die Frage an den Barkeeper gerichtet war, ließ er mich keine Sekunde aus den Augen. Es war klar, dass diese Jungs in dem Hinterzimmer mehr als nur Alkohol zu sich genommen hatten.

»Sie wollten gerade aufbrechen, Tooley«, teilte ihm der Typ hinter der Bar mit.

»Genau«, sagte Donald hastig, »wir wollten eigentlich gerade ... aufbrechen.«

Der Mann starrte mich weiter an, als hätte ich etwas gesagt und nicht Donald.

»Hör zu«, sagte ich, »ich ...«

»Mit dir hab ich nicht geredet, Kleiner.« Der Mann kam noch näher.

Ich rührte mich nicht und sagte auch nichts.

Eine unangenehme Stille breitete sich in dem Raum aus. Mir fiel auf, dass auch die Musik in dem Hinterzimmer aufgehört hatte zu spielen. Auf dem Fernseher über der Theke flimmerten Bilder, aber der Ton war abgestellt. Donalds Unbehagen war körperlich spürbar, und er schien nicht in der Lage zu sein, sich zu entscheiden, was er mit seinen Händen anstellen sollte. Ich war ebenso nervös wie er, aber ich wusste, dass wir noch ein größeres Problem haben würden, wenn ich es zeigte. Der Typ namens Tooley wich meinem Blick, der ebenso intensiv wie sein eigener war, eine scheinbare Ewigkeit lang nicht aus. Dann nickte er langsam und ließ es zu, dass ein kleines Lächeln seine Oberlippe kitzelte. »Was willst du hier, Kleiner?«

Wenn ihr mich noch ein verdammtes Mal Kleiner nennt ... dachte ich.

Der Mann an der Tür – der deutlich jünger und größer war

und seine Haare zu einem Pferdeschwanz zusammengebunden hatte – kicherte, als ob er meine Gedanken gelesen hätte. Obwohl er Ende zwanzig sein mochte, nahm ich seinem Gesichtsausdruck zufolge an, dass er den Intellekt eines minderbemittelten Teenagers besaß. Er trug Jeans und ein schmieriges Ozzy-Osbourne-T-Shirt, das ärmellos war und seine Tattoosammlung zur Schau stellte, die sich von seinen Schultern bis zu den Handgelenken erstreckte. An den Füßen trug er Kampfstiefel. Als er lächelte, bemerkte ich eine winzige schwarze Tätowierung in Form eines umgedrehten Kreuzes knapp unter seinem linken Auge. Inmitten der gewundenen Schlangen, Sensenmänner, Todesmasken und anderer seltsamer Symbole, die auf seine Arme gemalt waren, sah ich die Worte: *Zur Hölle verdammt.*

»Ich suche jemanden«, sagte ich schließlich.

»Er hat Fragen gestellt über eine Hure, die früher hierher gekommen ist«, erklärte der Barmann.

»Welche?«

Die Männer lachten.

»Claudia«, sagte ich.

»Aber das war anscheinend ein Fehler«, fügte Donald plötzlich hinzu, »und wir gehen jetzt.«

Ich wollte Donald anweisen, die Klappe zu halten und einfach nichts zu sagen und die Situation mir zu überlassen, aber ich riss mich zusammen.

»Ich kenne Claudia.« Der Große mit den Tätowierungen musterte mich. Er war von irgendwas high, und es fiel ihm schwer, geradeaus zu blicken.

»Weißt du, wo ich sie finden kann?«

»Was willst du von ihr?«

»Ich will mit ihr über einen gemeinsamen Freund reden, der ...«

»Hast du Geld?« Er trat von einem Fuß auf den anderen. Seine Bewegungen waren ruckartig und sahen nach einem Krampf aus.

»Hängt davon ab«, sagte ich. »Hast du Informationen?«

Tooley trat vor. »Weißt du überhaupt, wo zur Hölle du hier bist?«

Ich warf ihm ein klugscheißerisches Lächeln zu. »Kommt mir

wie eine Latrine vor.« Wenn wir in Richtung Tür laufen wollten, war jeder Zeitpunkt genauso gut wie jetzt. »Egal – vergiss es.«

Ich drehte mich um und wollte gehen, Donald ebenfalls, aber der Typ an der Tür bewegte sich nicht,

Donald hob seine Hände. »Hey, was ... was soll das alles?«

»Ey«, sagte der Mann, »ihr seid doch gerade erst angekommen.«

»Es gibt keinen Grund für einen Streit, das ist völlig unnötig. Wir sind keine ... Ihr versteht uns falsch! Es gibt keinen Grund, mehr aus der Sache zu machen als notwendig. Wir sind doch keine Kinder.« Donald sah von einem Mann zu dem anderen, und die Worte blubberten aus seinem Mund, als hätte er jegliche Kontrolle über sie verloren. »Das ist absurd. Wir wollen keinen Ärger, wir ...«

»Was willst du Scheißer dann hier? In diesem Laden gibt's nichts anderes als Ärger, hast du das nicht gehört?«

Seine Freunde lachten.

Donald sah ebenso frustriert aus wie er Angst hatte. »Na gut, wenn du willst ... Dein Freund hat gefragt, ob wir Geld haben.« Donald griff in seine Gesäßtasche und lächelte, als ob dadurch irgendwie alles in Ordnung kommen würde. »Wenn es bloß um die Kohle geht ...«

»Wenn wir dein Geld wollen, nehmen wir es uns einfach!« Der Mann deutete mit seinem Queue auf das Hinterzimmer. »Wenn so ein paar Hosenscheißer wie ihr Ärger machen, schließen wir normalerweise die Tür ab, bringen sie nach hinten und unterhalten uns ein wenig. Verstehst du das?«

Donald sah mich an, und in sein Gesicht war ein Schrei geschrieben: *Tu etwas!* Aber ich war mir nicht sicher, *was* genau ich tun konnte. Das Einzige, was ich mit Sicherheit wusste, war, dass Rick irgendwann ungeduldig werden oder sich Sorgen machen würde, oder auch beides, und mit ihm würden wir definitiv die Oberhand haben. Aber es war schwer zu sagen, wie lange es bis dahin dauern würde oder was in der Zwischenzeit passieren könnte.

»Schmeiß sie einfach raus, Tooley.« Der Barkeeper seufzte. »Scheiß drauf.«

Tooley und der andere Mann verringerten ihren Abstand zu uns und umzingelten uns unbeeindruckt. »Folgendes: Da Mick will, dass wir euch in Ruhe lassen, könnt ihr gehen, wenn ihr sagt, dass es euch leid tut und ihr mich um Erlaubnis fragt.«

Ich hielt die Hände unten, ballte aber die Fäuste. Ich ignorierte das Krampfgefühl in meinem Magen und sah zu den Vorhängen und blinkenden Bierzeichen in den kleinen Fenstern auf der Vorderseite. Dann richtete ich meinen Blick wieder auf seine dunklen, verderbten Augen. »Fick dich.«

»Das ist Wahnsinn!« Donald drehte sich in Richtung der Tür. »Dieses Testosteron-Fest hat lange genug gedauert. Wir gehen.«

Der größere Mann versperrte ihm den Weg.

Mit verstörender Lässigkeit griff Tooley nach ihm und strich mit seinen Fingern über Donalds Wange. Die Geste sah beinahe zärtlich aus. Donald wich zurück, als wären die Finger Flammen gewesen. »Nimm deine gottverdammten Finger von mir weg.«

Ich wartete ab und wusste, dass ich direkt zuschlagen konnte, falls der Mann nur ein kleines bisschen näher auf Donald zuging. Vor meinem geistigen Auge sah ich, wie meine Faust in sein Gesicht schmetterte und ihn zu Boden warf. Rick, dachte ich, wo bist du?

»Beim letzten Mal im Gefängnis hatte ich eine kleine schwule Schlampe, die ziemlich genau wie du aussah.« Tooley kicherte. »Hab's ihm jede Nacht besorgt. Der verdammte Homo hat's geliebt.«

»Wenn da mal nicht ein Esel den anderen Langohr schimpft«, sagte Donald.

Beide Männer sahen ihn ratlos an. »Was hat er für einen Scheiß gesagt?«

Die Eingangstür jaulte, als sie aufgeschoben wurde.

Nie zuvor war mir ein Geräusch willkommener gewesen.

Durch den Rauch und das schwache Licht war jemand zu sehen, der im Eingang stehen blieb, lässig in meine Richtung sah und dann auf die Theke zuging. Die anderen sahen ihn auch. Der einzige Unterschied bestand darin, dass ich ihn kannte.

Die drei Männer schienen sich nicht sicher zu sein, was sie von dieser neusten Entwicklung halten sollten und starrten den

Neuankömmling schweigend an. »Also gut«, sagte er entspannt und stemmte die Arme in die Hüften, »was geht hier vor sich?«

Ich war mir sicher, dass ich nie wieder über eine seiner Heldenposen lachen würde.

»Wir haben ein paar Minuten lang geschlossen, Kumpel«, blaffte der Barkeeper. »Hau ab.«

»Kein Problem, *Kumpel.*« Rick zeigte auf mich und dann auf Donald. »Aber die Jungs kommen mit mir.«

»Also?«

»Also werden wir drei hier rausgehen. Damit habt ihr doch kein Problem, stimmt's?«

Tooley hielt das Queue mit beiden Händen und ließ es langsam vor seinen Füßen schwingen wie ein Pendel. »Und wenn doch? Was dann?«

Ricks Grinsen erstarb langsam. »Dann mache ich euch fertig.«

»Das reicht!«

Die Stimme brachte alle aus dem Konzept. Es war eine tiefe, kratzige Stimme, die jemandem gehörte, der zu viel rauchte. Sie war aus dem hinteren Teil der Bar gekommen, und wir drehten uns alle gleichzeitig um.

In der verrauchten Tür zu dem hinteren Bereich stand eine enorm umfangreiche Frau in einem hellen Mu'umu'u mit Blumenaufdruck. Ihre beachtlichen Füße waren in schmächtige Flipflops gequetscht. Ihre aufgequollene Haut und die Zehen standen kurz davor, angesichts ihres Gewichts zu platzen. Die Haare der Frau waren zu einem aufgebauschten Durcheinander frisiert und tiefschwarz gefärbt, obwohl ein paar widerspenstige graue Strähnen an ihren Schläfen überlebt hatten. Sie trug schweres, puderiges Make-up, klumpenweise Kajal und Mascara, und ihre vollen Lippen waren leuchtend rot angemalt. Als sie selbige zu einem Lächeln öffnete, kamen braun verfärbte Zähne zum Vorschein, die zu klein für ihr ansonsten riesiges Gesicht waren. Sie stützte sich auf einen dicken Gehstock, der aus knochigem Holz geschnitzt zu sein schien, und winkte uns mit ihrer pummeligen Hand zu. »Ihr Jungs kommt hier rüber und unterhaltet euch mit Mama Toots.« Unter großer Anstrengung watschelte die Frau zurück in den Raum, aus dem sie gekommen war, aber bevor sie in der Dunkelheit und dem Rauch verschwand, warf sie einen Blick über ihre Schulter zu den anderen drei Männern. »Lasst sie in Ruhe.«

Der Barkeeper widmete sich sofort wieder seiner Arbeit und wischte die Theke, als wäre nichts geschehen. Tooley und der tätowierte Mann wichen vor uns zurück und begaben sich zu ihrem Freund an die Bar.

»Was um alles in der Welt war das?«, flüsterte Rick.

»Du bist gerade rechtzeitig gekommen«, sagte Donald. »Verschwinden wir so schnell wie ...«

»Haltet mir den Rücken frei«, sagte ich und durchquerte bereits den Raum. Ich hörte, wie Donald mit mir schimpfte, aber ich ging weiter. An der Tür zögerte ich. Ich sah einen Billardtisch, einen Gettoblaster, der auf einer Ablage an einer Wand stand, und ein paar nebeneinander aufgereihte Sitzecken. Die Beleuchtung war hier noch schlechter und die Luft ebenso abgestanden und verraucht. Irgendwie hatte es die Frau geschafft, sich in die letzte Sitzecke zu quetschen. Nun beobachtete sie mich von ihrem Sitz aus.

Rick blieb in der Tür stehen wie ein Wächter. Die Arme hatte er vor der Brust verschränkt. Gleichzeitig behielt er den Barbereich im Auge. Donald folgte mir ein wenig weiter in den Raum, wenn auch nur aus dem Grund, um mich davon zu überzeugen, dass wir gehen sollten. Aber als ich die letzte Sitzecke erreichte, sagte er nichts mehr.

Aus der Nähe betrachtet erwies sich die Frau als noch größer, als sie zunächst gewirkt hatte. Sie musste mindestens eins achtzig sein und gut über zweihundert Kilo wiegen. »Wer sind Sie?«, fragte ich.

»Wer ich bin?« Sie stieß ein schallendes Gelächter aus, von dem die Mammutbrüste unter ihrem Mu'umu'u wackelten. »Wer ich bin, fragt er. Maria Tootrachelli, die bin ich, aber so nennt mich niemand. Ich bin Mama. Mama Toots.« Sie zeigte wieder ihre braunen Zähne. »Der Laden gehört mir.«

»Wir sind nicht hierher gekommen, um Ärger zu machen, wir sind nur ...«

»Das habe ich alles mitbekommen«, sagte sie in ihrem heiseren Bariton. »Setz dich.«

Donald blieb ein paar Meter hinter mir stehen, während ich auf die leere Bank gegenüber der Frau rutschte. Ich bemerkte ein Kartenspiel, ein Schnapsglas und eine Flasche Whiskey zwischen uns in der Tischmitte. Neben ihr kokelte ein Zigarrenstummel auf dem Rand eines Aschenbechers.

»Hier schnüffelt man lieber nicht ohne Einladung herum.« Sie drehte die Flasche auf und schenkte sich einen Kurzen ein. »Vor'n paar Monaten kamen ein paar College-Jungs hier rein und haben sich wie Idioten benommen.« Das Schnapsglas verschwand in ihrer fleischigen Pranke, als sie es runterkippte und zurück auf den Tisch knallte. »Es ist kein lustiger Abend für sie geworden.«

»Tja, ich freue mich, dass Sie Ihre Hunde zurückgepfiffen haben.«

Sie sah über mich hinweg zu Donald und dann zu Rick. »Alles ist in Ordnung, starker Mann. Sie werden nichts anstellen.«

Rick nickte. »Alles andere würde ihnen schlecht bekommen.«

»Kennen Sie Claudia?«, fragte ich.

Die Blicke der fetten Frau kehrten zu mir zurück. »Du musst ihr was Schlimmes zu sagen haben, wenn du dir das alles antust.«

»Ich nehme an, Sie haben meine Erklärung da draußen mit angehört? Kennen Sie Claudia oder nicht?«

»Natürlich. Mama Toots kennt jeden, mein Herzchen.«

»Wo kann ich sie finden?«

Sie berührte das Kartenspiel und strich mit ihren dicken Fingern sanft darüber. »Sie hat unten in der Milner Avenue gewohnt, eine alte Industriestraße, nicht weit vom Flughafen entfernt, du weißt schon. Nur ein paar alte Häuser stehen da. Ich weiß die genaue Adresse nicht, es war eine kleine Hütte mit nichts drum rum. Kleines Drecksloch, vielleicht eine Meile die Straße runter, auf der linken Seite. Kannst es nicht verfehlen.«

»Wohnt sie dort immer noch?«

»Hab nichts gehört von wegen, dass sie umgezogen wäre. Hab sie aber auch lange nicht mehr gesehen.«

»Wie ist ihr Nachname?«

»Brewster oder Brewer oder so ähnlich. Nachnamen braucht man hier nicht so oft.«

»Woher kennen Sie sie?«

»Aus dem Laden, woher sonst?« Sie mischte ihre Karten. »Sie ist hier freitags und samstags auf den Strich gegangen. Ein paar Mädchen machen das so. Ist eine Abwechslung zur Straße, auch sicherer, und es sind Stammkunden. Sie bedienen die Freier und lassen dabei ein paar Prozent für mich springen. Damit bleibt Mama bei Laune, und wenn Mama Toots bei Laune ist, sind *alle* bei Laune.«

»Wann hat sie aufgehört, hier zu arbeiten?«

»Vor ungefähr einem Jahr.«

»Weshalb?«

»Ich weiß nicht genau. Sie kam einfach nicht mehr in den Laden. In dem Geschäft kommen und gehen die Mädchen.«

Ich deutete mit dem Kopf in Richtung des Barbereichs. »Der Typ mit den Tattoos da draußen meinte auch, dass er sie kennt. Meinen Sie, er könnte wissen ...«

»Sie hingen früher immer mit denselben Leuten rum.«

»Früher.«

»Genau das habe ich gesagt, Herzchen.«

»Claudia ... Hat sie den Scheiß mitgemacht?«

»Und was für einen Scheiß meinst du?«

»Den Tätowierungen zufolge hat der Typ wohl was mit ziemlich finsterem Scheiß zu tun.«

»Haben wir das nicht alle?« Noch ein braunes Grinsen. »Aber einige zeigen es offen. Er macht Leuten gerne Angst, findet das lustig, aber ist bloß ein Penner und Drogenabhängiger. Mehr nicht.«

»Warum haben Sie uns geholfen?«

»Gar nicht. Hab mir nur selber geholfen. Blut auf dem Boden ist hier nichts Ungewöhnliches, aber wenn möglich, will ich solche Geschichten lieber vermeiden. Vor allem mit Außenstehenden.«

Donald trat vor. »Danke für die Informationen, Madam. Alan, gehen wir!«

»Ich weiß, dass du Probleme hast«, sagte sie zu mir und

ignorierte Donald. Stattdessen hielt sie das Kartenspiel in die Höhe. »Willst du wissen, was die Zukunft für dich bereithält?«

»Nicht wirklich.« Mir war in dem Hinterzimmer so heiß, dass ich schwer zu schwitzen begonnen hatte. Ich wischte mir ein paar Schweißtropfen von der Stirn. »Mich beschäftigt mehr die Vergangenheit.«

»Zu spät, um etwas an der Vergangenheit zu ändern.«

»Man kann aber die Zukunft nicht kennen, ohne die Vergangenheit zu kennen.«

»Das stimmt.« Mama nahm den Zigarrenstummel aus dem Aschenbecher und steckte sich das bereits nasse und angekaute Ende in den Mund. »Aber ich habe eine Gabe, und mit meiner Gabe kann ich die Zukunft sehen, kann ich Geister sehen. Die Wahrheit ist: Die Geister haben dich hierher gebracht, damit ich dir die Zukunft vorhersage. Das weiß ich, weil rein gar nichts zufällig passiert. Du bist hier, weil sie dich zu mir gebracht haben.«

»Ich glaube nicht an Hellseherei.«

»Glaubst du, es kümmert die Magie, ob du an sie glaubst oder nicht?« Sie mischte die Karten noch einmal. »Macht nichts. Die Magie ist wie ein Baum. Es kümmert einen Baum nicht, ob du an ihn glaubst oder nicht. Er ist einfach, was er ist, verstehst du? Ein Baum bleibt immer ein Baum, und er wird immer weiter wachsen, wird Tag für Tag da sein, egal ob du an Bäume glaubst oder nicht. Der Glaube ist nur wichtig, wenn du dagegen ankämpfst.«

»Einen Baum kann ich sehen ... Einen Baum kann ich berühren.«

»Die Magie auch. Du musst nur wissen, wie.«

Ich schluckte schwer. »Haben Sie mal Claudia die Karten gelesen?«

Mama kaute auf der Zigarre bevor sie antwortete. »Einmal.«

»Was haben die Karten gesagt?«

»Frag Claudia. Was sich zwischen mir und einem Gläubigen abspielt, ist privat.«

»Was sind Sie, eine Art Priester?«

»In gewisser Weise.« Mama mischte die Karten erneut,

dieses Mal ohne den Augenkontakt zu unterbrechen. »Warum, soll ich dir die Beichte abnehmen?« Als ich darauf nicht antwortete, wandte sie sich an Rick, der immer noch in der Tür stand. »Wie steht's mit dir, starker Mann?«

»Ich verzichte.«

»Hast du Angst?«

»Ich habe vor nichts Angst.«

Mama zwinkerte mir verschwörerisch zu. »Das heißt, er hat Angst vor *allem*.«

Rick entgegnete nichts, und ich war dafür dankbar, dass er Mamas Bemerkung durchgehen ließ. Donald trat von einem Fuß auf den anderen. »Kannst du bitte abhauen?«, sagte Rick zu ihm.

»Wir müssen gehen«, sagte Donald. »Es ist Samstagabend, der Laden wird bald voll sein.«

»Ganz ruhig bleiben«, wies Mama Toots ihn an, bevor sie ihre Aufmerksamkeit wieder mir zuwandte. »Habe schon seit einer ganzen Weile Träume. Seltsame Träume. Die Geister haben mir gesagt, dass Fremde zu mir kommen würden, Fremde, die meine Hilfe benötigen. Jetzt verstehe ich die Träume.«

Ich stand bereits auf. »Danke für Ihre Hilfe, aber ich sagte ja schon, dass ich nicht ...«

»Du gehorchst der Geisterwelt vielleicht nicht.« Mama knallte das Kartendeck mit solcher Wucht auf den Tisch, dass ich innehielt. »Aber ich schon, selbst, wenn ich es nicht will – so wie jetzt. Misch die Karten.«

Ich beäugte das Kartenspiel wie ein Kind, das in Erwägung zieht, Süßigkeiten von einem Fremden anzunehmen. Dann nahm ich die Karten. Sie waren warm und etwas feucht, aber abgesehen davon waren es stinknormale Karten. Ich mischte sie zweimal und reichte sie dann Mama Toots.

Donald zündete sich eine Zigarette an und rauchte besorgt vor sich hin.

Mama warf ihm einen Blick zu, lachte noch einmal bellend, brachte ihre beachtliche Körpermasse in die richtige Position und legte langsam sechs Karten unverdeckt auf den Tisch. Sie ordnete sie in Form eines Halbkreises an und legte anschließend eine siebte Karte in die Mitte. Als sie sich auf die Karten konzentrierte, veränderte sich etwas in ihrem Gesichtsausdruck. Sie sammelte die Karten sofort wieder ein, steckte sie zurück in den Stapel und bot sie mir ein zweites Mal an. »Misch sie noch mal.«

»Was stimmte denn eben nicht?«

»Sie sind nur ein Hilfsmittel. Tu, was ich sage.«

Ich gehorchte und verfolgte dann, wie sie die Karten erneut auf identische Weise verteilte. Sie studierte sie – es kam mir sehr lang vor –, ohne dabei etwas zu sagen. Dann zog sie die Zigarre mit einem feuchten Ploppen aus ihrem Mund. »Es ist nicht gut.«

»Ist es das jemals?«

Aus ihrem plötzlich humorlosen Gesicht war die bisherige Arroganz verschwunden. »Es ist nicht gut.«

»Weshalb? Warum sagen Sie das?«

»Du glaubst ja eh nicht.«

»Ich dachte, das wäre egal.«

»Ich werde dir einen Ratschlag geben, also hör gut zu.« Mama verschränkte die Arme vor ihren berggleichen Brüsten. »Vor langer Zeit lernte ich, meine Nase nicht in Dinge zu stecken, die mich nichts angehen, und niemals Fragen zu stellen, auf die mich die Antworten nichts angehen. Deswegen weiß ich nicht, was drei nette, anständige Gentlemen aus der Kleinstadt wie ihr hier machen. Oder, was ihr von dieser Schlampe wollt. Weiß von nix, interessiert mich auch nicht. Aber du musst einsehen, dass die Welt nicht immer so ist, wie du denkst.« Sie rollte die Zigarre wieder zwischen ihre Lippen und saugte daran. »New Bedford ist eine tolle Stadt, mit viel Geschichte und einer langen Vergangenheit. Verglichen mit dem Ort in Italien, wo meine Familie herkommt – all meine Vorfahren –, ist diese Stadt nichts mehr als ein Baby. Aber für amerikanische Verhältnisse ist sie alt. Eine alte Stadt, mit vielen Geistern, vielen alten Geistern. Stell dir das Land ohne die Stadt vor – es ist alt. Unter dem ganzen Licht und der Wirklichkeit verbirgt sich das, was zuvor schon dort existierte, verstehst du? *Alles*, was schon vorher da war ... dort unten. Es wartet, beobachtet, lauscht. Wie im echten

Leben sollte man manche Orte einfach meiden. Das gilt auch für die Geisterwelt. Dunkle Orte. Nicht jeder hat wie ich die Gabe, deswegen kann nicht jeder sehen, was ich sehe, und so ist es auch besser. Aber du solltest dich niemals mit der Geisterwelt anlegen. Weißt du auch warum?« Sie lächelte schüchtern. »Weil sie sich dann mit dir anlegen wird.«

»Ich versuche bloß, ein Mädchen zu finden.«

»Warum lässt du die Dunkelheit nicht in Ruhe?«

»Vielleicht lässt die Dunkelheit mich nicht in Ruhe.«

»Kann sein.« Sie nickte und sah mich an. Ihr Blick konnte sowohl Zustimmung als auch Zweifel bedeuten. »Wenn du sehen willst, werde ich es dir zeigen.« Sie schloss die Augen, atmete mehrmals tief ein und befragte die Karten. Nach einer kurzen Pause sagte sie: »Du bist von Problemen umgeben.«

»Ja, weiter?«

Sie schüttelte den Kopf, und ihr fleischiger Hals wackelte, als sie wieder nach dem Kartenspiel griff. »Normalerweise sind die Karten eindeutiger, wenn ich so was mache, aber das ... ergibt einfach keinen Sinn, ich ...« Sie zählte mehrere Karten von dem Stapel ab, wählte eine davon aus und zog sie hervor. Vorsichtig, als hätte sie Angst, der Tisch könnte unter ihrem Gewicht zusammenbrechen, legte sie die Karte ganz langsam neben die in der Mitte. »Da ist etwas, ich ... Guter Gott im Himmel ... So was habe ich noch nie zuvor gesehen ...« Zum ersten Mal drückte ihr Gesicht nicht Verwirrung, sondern vielmehr Angst und Unbehagen aus. »Ich habe in der Vergangenheit reichlich negative Energie und dunkle Geister gesehen, aber noch nie ... in dieser Art ... noch niemals. Es ist so stark ... Das ist nicht nur die Dunkelheit, es ist ... *unrein*. Böse.« Trotz der Hitze in dem Raum zitterte Mama und begann, sich mit ihren Händen die nackten Arme zu reiben. »Und da ist noch etwas anderes, es hat ... mit den Augen zu tun. *Occhi violenti.*«

»Wie bitte?«

»Occhi violenti«, sagte sie. Ihr Gesicht war eine Maske aus Trauer und zunehmender Furcht. »Brutale Augen.«

»Was soll das bedeuten?«

»Tod«, sagte sie mit einem lauten Flüstern. »Frevel, es ist ein

Frevel, du kannst es ... nicht mehr aufhalten, es umgibt dich von allen Seiten.«

»Ich verstehe nicht ...«

»So viel Tod.« Wieder zitterte sie, und ihr teigiges Gesicht verzog sich zu mehreren schmerzvollen und ängstlichen Grimassen. »Jesus Christus, das ...«

Ich spürte, wie meine Wut von vorhin zurückkehrte. Ich hatte genug von dem ganzen Blödsinn. Alles hatte als eine Vorstellung begonnen, die sie wahrscheinlich schon Tausende von Malen zuvor aufgeführt hatte. Aber daraus war mehr geworden, etwas, das sie offenkundig nicht erwartet hatte, und es war nicht gespielt.

»Es ist wie eine Strömung, so stark, aber ... So etwas habe ich noch nie gesehen. Es ist *kalt.*« Ihre Hände zitterten so heftig, dass es ihr schwer fiel, die Karten zu halten. Während mir die Hitze zu schaffen machte, die im Raum stand und uns einhüllte, bemerkte ich, wie sich eine Gänsehaut auf ihren Armen ausbreitete. Ein weiterer Schauder durchzuckte sie. Sie ließ das Kartenspiel fallen, und die Karten verteilten sich quer über den Tisch. Wieder schüttelte sie den Kopf, als antwortete sie Stimmen, die nur sie hören konnte. Ihr Gesicht verzerrte sich zu einer weiteren Grimasse, und ihre Augen verengten sich, während sie auf den Kartenhaufen starrte. »Gütiger Gott«, flüsterte sie. Ihre Hände schwebten knapp über dem Tisch. »Jesus Christus!«

Donald ließ seine Zigarette auf den Boden fallen und trat sie aus. »So ein Quatsch«, sagte er, wenig überzeugt. »Völliger ...«

Mamas gewaltiger Körper begann zu beben. Ihre Lippen bewegten sich in rasanter Geschwindigkeit, als betete sie wortlos. Sie schien über die Karten hinweg auf ein tiefer liegendes Grauen zu schauen, das ein Tor geöffnet hatte, von dem nur Mama etwas wusste. »Nein, du ... du musst gehen.«

»Was können Sie sehen?«, fragte ich.

Sie blinzelte mehrmals rasch hintereinander. »Du verstehst nicht, du ... musst gehen.«

Ich stand auf und stützte mich auf dem Tisch ab. »*Was* können Sie sehen?«

»Raus hier!«, knurrte sie, und ihr Verstand wurde wieder klarer. »Verschwinde, ich ...«

»Was geht hier vor sich?« Ich schlug mit meiner Hand auf den Tisch. »Sagen Sie's mir, gottverdammt!«

Mamas Körper zitterte nach wie vor. Sie hielt ihre Hände in die Höhe als wollte sie mich abwehren. »Dorthin gehe ich nicht, dorthin gehe ich nicht, Jesus Christus, dorthin gehe ich nicht, ich ...«

»Die Eingeborenen werden unruhig«, sagte Rick und deutete auf die Bar. »Gehen wir.«

Ich spürte, wie mich jemand am Arm packte und begriff, dass es Donald war. »Wohin gehen Sie nicht, Mama, wohin?«

Ihre Augen wurden feucht, und als sie mir ihre Hände entgegenhielt, sah ich, dass ihre Fingerspitzen um die Nägel und Nagelhaut herum aus irgendeinem Grund blutig und aufgerissen waren. Sie sahen so aus, als hätte Mama stundenlang an Zement gekratzt.

Ich erinnerte mich an den Traum mit Bernard und daran, dass seine Hände ganz ähnlich ausgesehen hatten.

»Ach du lieber Gott«, sagte Donald leise.

Ein Schaudern kroch mir den Nacken hinauf. »Wohin, Mama?«, drängte ich sie. »Wohin gehen Sie nicht?«

Sie fing an zu würgen. »Dort ... dort ist so viel Blut ... Ganze Flüsse von Blut ...«

»Weg hier!«, rief Rick plötzlich. Er stand in der Tür und blockierte meine Sicht auf die Bar teilweise, aber sogar durch den rauchigen Dunst konnte ich dort Bewegungen ausmachen. Die Lautstärke von Mamas Stimme hatte den anderen verraten, dass etwas nicht stimmte. Sie kamen auf uns zu.

»Mama, wohin?«

Sie stieß ein leises Wimmern aus. »Die Finsternis.« Sie sah auf ihre blutverschmierten Hände und begann zu weinen, obwohl sie jetzt so wirkte, als wäre sie weit weg und würde nichts mitbekommen. »Die Finsternis unter der Erde. Aus der Finsternis kehrst du nie zurück. Du hast keine Ahnung ... was da unten ist, es ... ist nicht wie wir. Es will dich ... es ... will dich nach dort unten ziehen, unter die Erde.« Ihre Lippen bewegten sich langsam und leicht asynchron zu dem Klang ihrer Stimme. »Es hat Gefallen an dir gefunden. Es wartet dort unten in der Finsternis unter der Erde auf dich. Aus dieser Finsternis kehrst du nie zurück. Nie.«

»Warum, Mama? Sagen Sie mir, warum?«

»Weil du tot sein musst, um dort zu sein.«

Auf einmal zerrten mich Donald und Rick in Richtung der Tür.

»Du musst tot sein«, schrie Mama hinter uns her. »Du musst tot sein, um dort zu sein.«

Tooley und der große Mann liefen an uns vorbei in das Hinterzimmer und hielten kurz inne, als wären sie sich nicht sicher, ob sie uns aufhalten oder sich zuerst um ihre Chefin kümmern sollten. Sie entschieden sich für Letzteres, und wir liefen weiter, Rick an der Spitze, Donald in der Mitte, und ich als Schlusslicht.

Der Barkeeper wuselte hinter der Theke hervor und trat vor uns, sodass er uns den Weg zur Tür versperrte. Er hielt einen Baseballschläger in der Hand und holte damit in einer bedrohlichen Pose aus. »Was habt ihr für einen Kack mit ihr angestellt?«

Rick schwang zur Seite und trat zweimal zu. Der erste Tritt traf den Barkeeper in den Bauch, der zweite gegen den Hals. Der Mann wölbte sich nach hinten und fiel gegen die Theke, wobei er zwei Hocker umriss. Als ihm der Baseballschläger aus der Hand fiel, polterte er auf den Boden und rollte auf eine Ecke zu.

Wir hatten die Tür beinahe schon erreicht, als ich Schreie und das Geräusch schwerer Schritte hinter mir hörte. Ich drehte gerade noch rechtzeitig um, um zu sehen, wie der tätowierte Mann mich fast eingeholt hatte. Tooley trampelte ihm mit etwas Abstand hinterher.

Wäre ich weitergerannt, hätte ich es vielleicht geschafft, den Ausgang zu erreichen, aber wahrscheinlich eher nicht. Wie dem auch sei, es war mir nicht vorherbestimmt, es herauszufinden, denn ich blieb plötzlich stehen. Als der große Mann versuchte ebenfalls anzuhalten, lief er knapp an mir vorbei. Meine Faust erwischte ihn seitlich am Kopf, und während der Aufprall schmerzhaft durch meine Hand, über meinen Arm und in meine Schulter zuckte, taumelte der Mann benommen zurück und fiel auf den Boden.

Inmitten der ganzen Verwirrung rauschte Tooley an mir vorbei, und wenige Sekunden später hörte ich hinter mir ein Gerangel und keuchendes Atmen, dazu auch Schreie – von Donald – und dann ein Grunzen. Ich drehte mich um, damit ich das Handgemenge sehen konnte. Donald schlug ungelenk nach dem Mann, verfehlte ihn aber, und Tooley setzte ihn mit zwei harten Treffern in den Bauch und an den Kopf außer Gefecht. Als Donald zu Boden ging, kam ihm Rick zu Hilfe und feuerte eine Kombination aus drei Schlägen auf Tooley ab, woraufhin der Mann zusammensackte.

Ich sprang auf Rick zu, um ihm zu helfen, als mir jemand von hinten einen Schlag versetzte. Der Hieb landete mit ungeheurer Kraft zwischen meinen Schulterblättern. Ich taumelte nach vorne, wirbelte aber gerade noch rechtzeitig herum, um zu sehen, dass der tätowierte Mann wieder auf die Beine gekommen war und sich mir rasch näherte. Ich hatte Probleme, das Gleichgewicht nicht zu verlieren und schlug nach ihm, aber er wich rechtzeitig aus, hob seine Faust und hämmerte sie mir seitlich gegen den Kopf. Er musste mich direkt an der Schläfe getroffen haben, denn mein Gleichgewichtssinn war plötzlich verschwunden, und ein kitzelndes Gefühl breitete sich über meine Augen und den Kiefer aus wie ein Gähnen, das nicht aufhören wollte. Meine Sicht war verschwommen, klärte sich wieder und verschwamm erneut. Dann begriff ich, dass ich mit dem Gesicht voran auf den Boden stürzte. Bevor ich mit dem Kinn auf den dreckigen Kacheln aufschlug, fing ich meinen Sturz mit den Händen ab und versuchte, mich möglichst gut abzurollen.

Ich richtete mich mühsam auf, und der Raum drehte sich immer noch ein wenig um mich. Der Mann lachte wie ein Schwachsinniger, und etwas an seinen durch die Drogen vernebelten Augen war so unmenschlich und so krank, dass ich eine Sekunde lang zögerte. Sein Gesichtsausdruck verriet mir, dass er meine Unschlüssigkeit gespürt hatte und sie als Schwäche interpretierte. Als er wieder auf mich losging, versetzte ich ihm einen genau abgeschätzten Schlag.

Er rannte direkt in meine Faust. Sein Kopf kippte nach hinten, und er stolperte. In seinem Gesicht war kein Blut, nur ein verwunderter Ausdruck, als könne er nicht ganz glauben, was gerade geschah. Während er mit zittrigen Knien durch den Raum schwankte, ging ich auf ihn zu, um ihm den Rest zu geben. Aber dann tauchte Donald aus dem Nichts auf und versetzte ihm mit viel Schwung einen wütenden Schlag.

Dieses Mal ging er zu Boden. Ich eilte zu ihm, setzte mich rittlings auf ihn und schlug mehrfach auf ihn ein. Er bedeckte seinen Hinterkopf mit den Händen und wollte davonkriechen, wobei er etwas Unverständliches murmelte, aber ich schlug weiter auf ihn ein, bis er sich nicht mehr bewegte.

Ich fiel zur Seite. Meine Hände waren glitschig vor Blut, das aber größtenteils von dem Tätowierten stammte. Er stöhnte und war kurz davor, das Bewusstsein zu verlieren. Die Arme hatte er immer noch in dem hoffnungslosen Versuch, sich zu schützen, über dem Kopf verschränkt. Neben seinem Gesicht bildete sich langsam eine Pfütze aus Blut, das auf den Boden floss.

Immer noch leicht verwirrt sah ich, wie Donald in die Hocke ging und den Baseballschläger aufhob, den der Barkeeper fallen gelassen hatte. Über seine Schulter hinweg konnte ich sehen, wie Tooley und Rick einander umkreisten wie zwei Rohrkatzen. Weil beide Blut an sich hatten, wusste ich, dass keiner von ihnen klar im Vorteil war, obwohl Rick seinen Gegner anfangs umgehauen hatte.

Tooley machte einen Satz nach vorne. Rick antwortete mit einer Schlagabfolge, die Tooley ein zweites Mal umkippen ließ. Er hustete, spuckte Blut und erhob sich langsam wieder, aber Rick schlug erneut zu und ließ seine Fäuste in blitzschnellen Kombinationen auf den Mann einregnen. Sie machten eklige Geräusche, als sie auf Haut und Knochen trafen. Mit Blut an Augen, Nase und Mund fiel Tooley zurück auf den Boden.

Rick stand kampfbereit über ihm. Seine Brust hob und senkte sich. »Bleib liegen, Arschloch.«

Der Mann grunzte und fing schon wieder an aufzustehen.

Ich bewegte mich auf Donald zu und riss ihm den Schläger genau in dem Moment aus den Händen, als Tooley ein trotziges

Grunzen ausstieß und halb wahnsinnig vor Wut auf Rick zustürmte.

»Rick!«

Er sah zu mir, und ich warf den Schläger in die Luft. In einer einzigen fließenden Bewegung fing er ihn und schmetterte ihn gegen Tooleys Schienbeine.

Tooley heulte auf und stürzte auf den Boden. Stöhnend rollte er hin und her. Er hielt seine Beine umklammert, die er bis zur Brust angezogen hatte.

Einen Augenblick lang starrten Rick und ich einander an. Wir waren außer Atem, benommen, aber völlig zufrieden, vielleicht sogar komplett überrascht.

Donald kauerte mit einem Knie auf dem Boden, womöglich wegen der Schläge, die er zuvor abbekommen hatte. Ich reichte ihm die Hand und half ihm auf die Beine. »Mit dir alles in Ordnung?«

»Oh ja, mir geht's sensationell«, ächzte Donald.

Rick schmiss den Baseballschläger zur Seite und wischte sich ein Blutrinnsal aus dem Mundwinkel. »Hauen wir schnellstens von hier ab, bevor noch mehr von diesen Deppen auftauchen.«

Wir ließen die auf dem Boden liegenden Männer, das Blut und die gedämpften Schreie, die immer noch aus dem Hinterzimmer kamen, hinter uns und verließen gemeinsam die Bar.

Ich war immer noch im Adrenalinrausch, als ich auf die Straße trat. Vom Tageslicht war nichts mehr übrig geblieben. Aus einem heißen Sommertag war ein heißer Sommerabend geworden, und sämtliche Sinneseindrücke kamen mir verstärkter, schärfer und lebendiger vor als normalerweise.

Es war nur angemessen, dass die Nacht begonnen hatte. Wir hatten in dieser alten Stadt die Weisheit der Geister erspäht – wenn auch nur kurz –, und nach all dem, was geschehen war und all dem, was uns nachjagte, passten wir besser in die Dunkelheit als in das Licht.

Kapitel 23

Es war immer noch Frühsommer. Die Touristensaison begann erst in ein paar Wochen, deswegen war die Landschaft noch unverändert. Obwohl schon ein paar ganz frühe Sommerurlauber eingetroffen waren und die Cottages in der Umgebung bezogen hatten, beendete der größte Teil von Donalds Nachbarschaft noch seinen Winterschlaf. Wir hatten uns gewaschen, unsere kleinen Wunden versorgt und waren dann der kurzen Strecke durch den Wald zwischen Donalds Cottage und einer Klippe gefolgt, von der aus man das Meer überblicken konnte. Der satte Vollmond war mittlerweile burgunderrot und strahlte so hell, dass er an dem ansonsten klaren Nachthimmel unwirklich aussah. Trotz seines Glanzes wurde der Mond selbst auf diese Entfernung von den Scheinwerfern am Badestrand an Helligkeit übertroffen.

Wir drei standen im Sand, wo das hohe Gras auf den Dünen anfing, und schauten auf die Polizeiwagen, die immer noch kreuz und quer entlang des Strandes geparkt waren. An der Stelle, wo die Leiche gefunden worden war, hatte man ein Zelt errichtet und mehrere Scheinwerfer aufgestellt, die wie zu klein ausgefallene Flutlichter aussahen. Dadurch wirkte der abgegrenzte Bereich am Strand seltsam surreal wie eine künstlich leuchtende Oase, die von Dunkelheit umgeben war. Jenseits der Absperrung, die um den Parkplatz herum gezogen worden war, hatte sich eine kleine Menschenmenge versammelt, die beobachtete, was die Polizei dort machte. Ich fragte mich, was die Leute dort zu sehen erhofften, da die Leiche vor mehreren Stunden gefunden und längst entfernt worden war. Ich beobachtete, wie die roten und blauen Lichter auf Ricks und Donalds Gesichtern flackerten und stellte uns dieselbe Frage.

»Ob er wohl hierhergekommen ist«, sagte Donald. »In der Nacht, in der er die Leiche dort vergraben hat? Als Bernard fertig war und die Überreste dieser armen Frau dort unter dem Sand vergraben hatte, ist er dann hierhergekommen, um sich mit mir zu treffen? Hat er bei mir zu Hause gesessen und pausenlos geredet, ohne etwas Bestimmtes zu sagen, so wie es seine Art war? Er konnte das stundenlang, wisst ihr noch? Hat er das vielleicht amüsant gefunden?«

Rick hatte ein Sixpack dabei, das von einem Plastikband zusammengehalten wurde. Er zog eine Dose heraus und hielt sie sich gegen die Stirn. »Da unten sind 'ne Menge Typen vom FBI. Wahrscheinlich untersuchen die jedes Sandkorn in der Hoffnung, was zu finden. Die Politiker von hier haben sich bereits in den Nachrichten beschwert, wie schlecht das Ganze für den Tourismus sein wird. Nicht zu fassen. Selbst die armen, armen Leute, die sich keinen Urlaub in Cape Cod leisten können, werden zu Hause bleiben und nicht mal hierher kommen, wenn ein Serienmörder rumläuft. Scheiße, von mir aus können sie weiterfahren oder zum Kap hoch, wo sie in Sicherheit sind.«

»Könnte man denken.« Die Lichter huschten über Donalds Gesicht. Er sah so merkwürdig aus mit dem bisschen getrockneten Blut an seiner leicht geschwollenen Lippe. Das Gesicht eines Kämpfers passte nicht zu ihm. »Die können auch die CIA hinzuziehen, und es wird trotzdem nichts bringen. Die Polizei sucht nach einem Gespenst.«

»Überall tauchen beschissene Leichen auf, und das Einzige, was denen Sorgen macht, ist das Sommergeschäft«, sagte Rick.

Mir taten die Hände weh. Ich hatte kleine Schnittwunden auf allen Knöcheln, aber sie hatten kaum geblutet. Schon auf der Rückfahrt nach Potter's Cove hatte das Bluten aufgehört. Ich sah nach unten auf meine Hände und bewegte die Finger. »Reich mir mal eines von den Bieren.«

Rick hielt mir die Dosen entgegen. Er hielt den Träger an dem einen leeren Plastikring fest. Die Biere baumelten vor meiner Nase. Ich griff zu und zog eine Dose heraus. Sie war kalt und fühlte sich gut an in meiner Hand. Die Hitze hatte nicht nachgelassen, aber ein leichter Meereswind machte sie etwas erträglicher. Ich öffnete die Dose und nahm einen langen Schluck. Es hätte eine schöne Nacht sein können. Es hätte eine schöne Nacht sein sollen.

»Wir hätten heute Abend sterben können«, sagte Donald, und erst da fiel mir auf, dass wir nur in gedämpftem Ton miteinander gesprochen hatten.

»Sind wir aber nicht«, entgegnete ich.

»Aber es hätte passieren können.«

»Ja, ist es aber nicht.«

Donald fuhr sich durchs Haar, den Blick auf den Strand unter uns gerichtet. »Es werden noch weitere Leichen auftauchen, aber die Zahl von Bernards Opfern kann nicht unendlich sein. Wenn sie alle gefunden worden sind, wird das alles vorbei sein. Die Polizei wird entweder niemals wissen, wer der Mörder war, oder sie findet irgendwie heraus, dass es Bernard war. Es spielt keine Rolle, er ist mausetot, und damit ist die Sache erledigt. Nachdem die Nachrichten gelaufen, die Fernsehsendungen ausgestrahlt und die Bücher geschrieben worden sind, ist diese ganze furchtbare Geschichte vorbei. Sie wird einfach leise verschwinden, bis sie nur noch eine schwache, abscheuliche Erinnerung ist, eine Narbe, mit der Potter's Cove für immer wird leben müssen, aber mehr nicht. Etwas aus der Vergangenheit, das ist alles. Und letzten Endes wird nichts davon hängen bleiben. Es ist ein Sturm, Alan, und ich habe vor, zu warten und ihn auszusitzen.« Er drehte sich zu mir. Eine Hälfte seines Gesichts war von der Dunkelheit verdeckt, die andere vom Mond und den abwechselnd blinkenden Polizeilichtern beschienen. »Und sobald es vorbei ist, mache ich mit meinem mittelmäßigen Kackleben weiter. Das ist weiß Gott nicht viel, aber es ist alles, was ich habe. Ich steige aus.«

Ich trank das Bier aus. »Tut mir leid wegen heute Abend, ich hätte nicht ...«

»Ich steige aus.«

»Donald, du hast selber gehört, was die Frau heute Abend gesagt hat, du hast ... ihre Hände gesehen!«

Rick ging ein paar Meter auf den Rand der Klippe zu und setzte sich auf seinen Hintern. Die Biere balancierte er in seinem Schoß.

»Ja«, meinte Donald zu mir. »Ich habe gehört, was sie gesagt hat, und ich habe ihre Hände gesehen.«

»Und trotzdem willst du einfach aussteigen?«

»Du guckst unter lauter Steinen nach, Alan. Nimm's mir nicht übel, wenn ich nicht mit den Käfern spielen will, die darunter im Schlamm rumkriechen.« Nervös wischte er sich einen Schweißfilm von der Schläfe. »Ich war mein Leben lang noch nie in eine Schlägerei verwickelt gewesen, und hier bin ich: bald vierzig und in einem benutzten Tampon von einer Bar, wo mich irgendein asoziales Gesocks umbringen will, das – eventuell – die Prostituierte gekannt hat, mit der Bernard ausgegangen ist. Ich höre einer Frau zu, die entweder besessen oder wahnsinnig ist und etwas über böse Geister und Finsternis und Grabeserde von sich gibt. Ihre Haut reißt auf, und sie blutet wie bei einem billigen Zaubertrick, allerdings ist es echt – es ist echt, weil ich es gesehen und gespürt habe. Dennoch ist das alles Wahnsinn, Alan, und es wird nur noch schlimmer. Ich will mit dem allem nichts mehr zu tun haben.«

Ich schmiss meine leere Bierdose zur Seite, in Ricks Richtung, und brachte mich Donald gegenüber in Angriffsposition. »Deinen Kopf in den Sand zu stecken und dich zu verkriechen, ist auch keine Antwort.«

»Mir egal, wie du es nennst. Ich steige aus.«

»Donald, ich ...«

»Tut mir leid, Alan. Ich steige aus.«

Ich hatte darauf gehofft, dass Rick mich unterstützen würde, aber er blickte auf den Strand oder das Wasser oder den Nachthimmel und beabsichtigte offensichtlich nicht, sich einzumischen.

Donald legte mir eine Hand auf die Schulter und drückte leicht zu. »Ich brauche eine Zigarette und einen Drink. Und Bier reicht bei Weitem nicht für das aus, was ich heute Abend brauche. Ich bin im Haus, ihr könnt mir gerne Gesellschaft leisten.«

Ich sah zu, wie er sich umdrehte und den Weg zu seinem Cottage zurückging. Schon nach ein paar Sekunden hatten ihn die Dunkelheit und die Bäume verschlungen.

»Er hat recht«, sagte Rick hinter mir.

Ich trat zu ihm rüber und ging in die Knie. Er hatte ein weiteres Bier aufgemacht und es schon fast leer getrunken. »Gibst du auch auf?«

»Es grenzt an ein Wunder, dass keines von den Arschlöchern eine Waffe dabei gehabt hatte, Alan.« Er sah mich an und lächelte, irgendwie hilflos. Seine Augen waren rot und gläsern. »Ich gerate andauernd in kleinere Streitereien. Ist ja auch mein verdammter Job, das passiert im Club ständig. Aber dort ist das was anderes. Das ist *mein* Spielfeld, ich habe alles unter Kontrolle, ich kenne mich aus, weiß, was los ist, in den meisten Fällen kenne ich die Beteiligten. Nichts kann groß schiefgehen. Aber in so einem Laden wie heute Abend ist das anders. Da weiß man nie, worauf man sich einlässt.«

Ich kniete mich in den Sand und spürte, wie er sich unter meinem Gewicht bewegte und nachgab. Dann setzte ich mich auf meine Hacken. Leise hallten die Geräusche eines Polizeifunkgeräts über die Dünen, bevor sie sich über die schwachen, beständigen Wellen des Atlantiks verflüchtigten. »Du hast dort unseren Arsch gerettet.«

Rick zuckte die Achseln. »Du wirst dieses Mädchen suchen, oder?«

»Ja.«

»Du lässt dich auf Leute ein, die anders sind als wir, Mann. Die leben nicht in derselben Welt wie wir. Kacke, fast noch nicht mal auf demselben Planeten. Wenn du dich bei solchen Leuten und dem Scheiß, den sie treiben, einmischst, wirst du dich früher oder später in einer vertrackten Situation wiederfinden. Entweder kommst du dabei um oder du wirst jemand anderen umbringen, und in beiden Fällen bist du geliefert.« Er flößte sich etwas Bier ein und rülpste. »In so eine Situation kann ich mich nicht begeben, verstehst du das? Was wäre gewesen, wenn ich den Typen heute Abend umgebracht hätte? Ach, tut mir leid, Euer Ehren, mein toter Freund und die verfickte Geisterwelt haben mich dazu gezwungen, ihn in Notwehr zu töten. Ich kann ja dieses fette Walross in einer Schubkarre ins Gerichtsgebäude bringen, da kann sie ihren Trick mit den blutenden Fingern vorführen, genau, das wird helfen.«

»Das ist wirklich nicht lustig.«

»Lache ich etwa?« Rick schüttelte den Kopf, um seinen Worten Nachdruck zu verleihen. »Ich gehe nie im Leben noch einmal ins Gefängnis. Um keinen Preis. Für niemanden. Was wäre, wenn heute Abend jemand sein Leben verloren hätte?«

»Rick, was ist, wenn es uns sowieso umbringen will – was immer da draußen ist?«

Ein etwas kühlerer Windstoß ließ das Gras wie zur Antwort rascheln, aber auf ihn folgte direkt ein Hitzestrom, der den Wind in die Bäume hinter uns verjagte. Die Erholung von der Schwüle war kurzlebig gewesen.

»Dann werden wir wahrscheinlich sterben«, sagte er. »Hör zu, ich werde immer da sein, wenn du mich brauchst – das weißt du –, aber ich kann nicht dauernd ...«

»Du hast gesehen, was heute Abend in dem Hinterzimmer passiert ist.«

Er drehte sich schnell zu mir um, als wolle er mich beißen, aber stattdessen wandte er den Blick ab und trank sein Bier. Nach einer Weile sagte er: »Lass die Toten in Ruhe, Alan.« Rick öffnete ein weiteres Bier und hielt es mir entgegen. »Lass dem Teufel seine Hölle und lass Bernard und die anderen dort verrotten. Such Toni und hol sie zurück. Egal, was wirklich ist oder auch nicht, das hier ist die einzige Welt, die wir haben – das einzige Leben, das wichtig ist.«

Ich setzte zu einer Antwort an, überlegte es mir aber anders. Ich nahm ihm das Bier aus der Hand, das er mir anbot, und reichte ihm stattdessen meine eigene Hand. Eine scheinbare Ewigkeit lang schüttelten wir uns die Hände. Als er endlich losließ, sah er auf das Wasser hinaus und trank schweigsam weiter. Ich wollte ihm sagen, dass es in der ganzen Welt nicht genügend Bier gab, um all das, mit dem wir es zu tun hatten, verschwinden zu lassen, aber ich behielt es für mich und schaute stattdessen auf den Tatort hinab.

Irgendwo da unten wartete die Finsternis unter der Erde, von der Mama gesprochen hatte. Finsternis, von der du nie zurückkehrst, weil du tot sein musst, um dort zu sein.

Ich befand mich nicht nur auf dem Weg dorthin. Ich wusste jetzt auch, dass ich alleine gehen würde.

Kapitel 24

Die Aussicht, in eine leere Wohnung zurückzukehren, war nicht gerade aufregend, aber ich tat es dennoch. Ich überprüfte den Anrufbeantworter in der Hoffnung, dass Toni sich gemeldet hatte, aber es waren keine Nachrichten hinterlassen worden. Der Kühlschrank war fast leer, und in den Regalen sah es nicht viel besser aus, also rief ich unten an und erwischte die Pizzeria gerade noch, bevor sie für heute zumachte. Eines der Kinder, die dort arbeiteten, brachte mir ein paar Margaritastreifen und eine Cola. Ich aß draußen auf den Treppen und ließ mich eine Weile von den Geräuschen einer Samstagnacht im Zentrum von Potter's Cove ablenken. Die Wohnung war unerträglich heiß, und ich sah Toni überall, wohin ich guckte. Auch roch die Wohnung nach wie vor nach ihr, nach ihrem Parfum, ihren Gels und Pudern und Lotionen, und obwohl sie recht viele Sachen mitgenommen hatte, waren doch Spuren von ihr – von *uns* – zurückgeblieben.

Als ich aufgegessen und mich unter eine kalte Dusche gezwungen hatte, war es beinahe zwei Uhr nachts. Mein Rücken tat weh, die Seite meines Kopfes, wo ich den Schlag abbekommen hatte, pochte, und meine Hände schmerzten immer noch. Anstatt darüber nachzudenken, wie alt und außer Form ich mir in diesem Moment vorkam, gab ich mir Mühe, die kurze Erlösung von der Schwüle zu genießen, die das kalte Wasser mir bot.

Ich kam aus der Dusche und stellte fest, dass es ruhiger geworden war, so wie es in Städten – und sogar Großstädten – nach Mitternacht eben ruhiger wird. Ich stand vor dem Bett und schaute eine Zeit lang auf die zerknäulten Laken. Ich war nicht in der Lage gewesen, darin zu schlafen, seitdem Toni gegangen war.

Ich wickelte ein Handtuch um meine Hüfte, ging ins Wohnzimmer und machte es mir auf der Couch bequem. Ich war mir sicher, dass ich nicht schlafen konnte. Innerhalb weniger Minuten war ich eingenickt.

Ich wachte am Morgen mit der Gewissheit auf, den Traum wieder gehabt zu haben. Dieses Mal war außer Bernard und den seltsamen Männern auch Mama Toots darin vorgekommen, die mir mit fetten, blutigen Fingern zuwinkte und dämonisch mit ihren verdreckten Zähnen grinste.

Mein ganzer Körper war steif und tat weh, und obwohl ich geschlafen hatte, fühlte ich mich nicht im Geringsten erholt. Ich fragte mich, ob ich mich jemals wieder ganz entspannen könnte. Ich rieb mir die Augen, stand auf und schlurfte ins Badezimmer.

Während ich mich anzog, konnte ich an nichts anderes denken, als an die Bar und alles, was dort geschehen war. Vor meinem geistigen Auge spielten sich die Ereignisse immer wieder ab, obwohl ich versuchte, mich auf etwas anderes zu konzentrieren, und ich verspürte eine seltsame Mischung aus Genugtuung und Nervosität.

Ich zog eine Jeans, Turnschuhe und ein T-Shirt an. Dann ging ich zum Schlafzimmerschrank und zog eine große abschließbare Kassette aus dem obersten Regal. Darin befanden sich mehrere Waffenholster, meine 9-Millimeter-Pistole, eine Schachtel mit Munition und zwei Ladestreifen. Ich überprüfte die Waffe, legte sie aufs Bett und wandte mich den Holstern zu. Ich wählte eine davon aus und befestigte es an meinem Gürtel. Ich nahm mir einen Streifen Munition, schloss die Kassette, sperrte sie ab und stellte sie auf das Regal zurück.

Wegen meiner Arbeit hatte ich eine Lizenz, eine verdeckte Schusswaffe bei mir zu tragen, aber das hatte ich bisher immer nur bei Gelegenheitsaufträgen gemacht, wo eine entsprechende Maßnahme verlangt worden war. Es fühlte sich merkwürdig an, außerhalb der Arbeit eine Waffe anzulegen, aber ich wusste nicht, was mich dieses Mal dort draußen erwarten mochte. Schlimm genug, allein durch das Dunkel zu waten. Ich hatte nicht vor, es auch noch mit leeren Händen zu tun.

Ich band mir Holster und Waffe am Rücken an den Gürtel und zog mein T-Shirt darüber. Ich betrachtete mich im Spiegel und zog ein wenig an dem T-Shirt, bis es etwas ausgeleierter und die Ausbeulung am Rücken weniger auffällig war. Auf meiner Stirn und in meinem Nacken hatte sich bereits Schweiß gebildet. Es war kurz nach acht Uhr morgens, und wenn die Schwüle bereits jetzt so stark war, stand uns wieder mal ein glühend heißer Tag bevor. Eine solche Hitzwelle im Frühsommer war ziemlich ungewöhnlich, dachte ich. Aber andererseits ging alles drunter und drüber, warum also nicht auch der Wetterverlauf?

Auf der Kommode neben mir stand eines unserer Hochzeitsbilder und lenkte mich ab. Wir sahen unglaublich jung aus, glücklich und ahnungslos. Wir saßen zusammen am Kopfende des Tisches. Toni in ihrem Kleid, ich in meinem Smoking. Unsere Arme waren ineinander verschränkt, während wir Champagner aus dem Glas des jeweils anderen tranken.

Die Glocken einer Kirche läuteten, die etwa eine Meile die Straße runter von unserer Wohnung entfernt stand, und erinnerten mich daran, dass es Sonntag war.

Ich griff nach dem Foto und legte es vorsichtig mit dem Bild nach unten auf die Kommode.

Die Milner Avenue war ein altes, halb vergessenes Stück trostloser Straße, nicht weit vom Flughafen entfernt. Ganz am Ende der Straße standen die Überreste einer uralten Mühle, die langsam zerfiel, weil sich jahrelang niemand um sie gekümmert hatte. Die Außenwand war fast lückenlos mit Graffiti überzogen. Das Gras auf dem Gelände wuchs kreuz und quer und war lange nicht geschnitten worden. Überall lag Müll. Zwischen dem Dickicht und leer stehenden Parkplätzen mit Sandboden ragte hin und wieder ein baufälliges Wohnhaus auf. Es waren die Überreste des günstigen Wohnraums, der vor Jahrzehnten für die Arbeiter gebaut worden war, als es der Mühle noch gut ging. Die meisten Häuser waren abbruchreif und mit Brettern vernagelt.

Ich fuhr die vier Meilen lange Milner Avenue entlang, um zu sehen, wo sie endete, und fand heraus, dass hinter der Mühle ein Feldweg begann, der schließlich eine gepflasterte Straße kreuzte. Weniger als eine Meile später stieß ich auf eine Autobahnauffahrt, die zurück zum State Highway führte.

Der Weg in beide Richtungen kam mir gelegen, deswegen wendete ich und achtete dieses Mal genauer auf den Tachometer, nachdem die Avenue begonnen hatte.

Nach nicht ganz einer Meile sah ich in der Mitte eines Schotterplatzes, der in Hufeisenform von Dickicht und toten Bäumen umgeben war, ein einsames kleines Haus, ganz wie Mama es beschrieben hatte. Es stand auf Schlackeblöcken und befand sich in einem entsetzlichen Zustand, sah aber immer noch irgendwie bewohnbar aus. In der Nähe des Hauses standen keine Autos, aber am Rand des Parkplatzes, der neben der Straße verlief, gab es einen alten Briefkasten. Ich sah auf meine Uhr. Es war fast neun.

Ich fuhr weiter geradeaus, kehrte dann um und kam zurück. Schräg gegenüber des Gebäudes blieb ich am Straßenrand stehen. Das weit entfernte Grollen der langsam aufwachenden Stadt kämpfte gegen das Röhren des Motors an. Die Trostlosigkeit dieses verlassenen Streifens am Rande der Stadt bereitete mir Unbehagen. Es war ein Ort von der Sorte, wo man schreien konnte, und selbst falls es jemand hören sollte, würde es wahrscheinlich niemanden interessieren. Ich lehnte mich im Sitz zurück und spürte, wie mir die Waffe ins Kreuz drückte. Obwohl ich sie nie außerhalb des Schießstandes gezogen oder abgefeuert hatte, verschaffte mir der Hinweis darauf, dass ich sie bei mir trug, dennoch ein Gefühl der Sicherheit.

Nachdem ich das Haus ein paar Minuten lang beobachtet hatte, kletterte ich aus dem Wagen und ging langsam auf das Gelände zu.

Die Sonne war durch einen schwülen Dunst getrübt und hing knapp über dem Dickicht und den toten Bäumen am Himmel, aber sie brannte dennoch gnadenlos. Ich sah mich rasch um. Ich lief über den Schotterplatz, bis die Silhouette des Hauses die Sonne ausblendete. Das Haus war ziemlich verfallen. Die Fliegengittertür und die Fliegengitter vor den Fenstern an der Vorderseite waren alt und verbogen. Über der Eingangstür steckte eine nackte, schmutzige Glühbirne in einer Fassung, und eine uralte Fußmatte war darunter auf den Boden geworfen worden. Ich klopfte an und wartete. Keine Reaktion. Ich klopfte noch mal. Noch weniger Reaktion.

Nach einer Weile trat ich an das Fenster links von der Tür und lehnte mich dagegen. Ich schirmte meine Augen mit den Händen ab, um im Inneren des Hauses etwas erkennen zu können. Durch das Gitter konnte ich jedoch kaum etwas sehen, und das Fenster selber war so schmutzig, dass alles dahinter verschwommen war. Ich trat zurück und klopfte ein drittes Mal.

Ich konnte hören, wie in der Ferne Autos auf dem Highway vorbeirauschten. Langsam ging ich um das Haus herum und schaute mir an, was dahinter lag. Ein alter Picknicktisch lehnte an der Wand, er sah aus, als wäre er seit Ewigkeiten nicht mehr benutzt worden. An der gegenüberliegenden Ecke standen zwei kleine Mülltonnen. Ein weiterer kurzer Weg aus Schotter führte zu einem Gebüsch am Ende des Gartens, und ich bemerkte eine Wäscheleine, die von der hinteren linken Ecke des Hauses bis zu einer mehrere Meter weit entfernten Stange verlief, die dort genau zu diesem Zweck angebracht worden war. Auf der Wäscheleine hing nichts, und ich fragte mich allmählich, ob hier überhaupt jemand wohnte.

Vorsichtig ging ich hinter dem Haus zu den Mülleimern. Fliegen schwirrten geräuschvoll um die Tonnen. Als ich den ersten Deckel hochhob, konnte ich mir immer noch nicht sicher sein, ob hier jemand wohnte, denn der Müll bestand größtenteils aus Tiefkühlkost-Verpackungen und Essensresten, von denen die meisten alles andere als frisch aussahen. Der Geruch war in der Hitze betäubend, also legte ich den Deckel zurück und ging um die Hausecke herum, bis ich die Eingangstür wieder erreicht hatte. Ich sah über den Platz zurück. Abgesehen von meinem Wagen war nichts zu sehen.

Als Nächstes ging ich zu dem Briefkasten neben der Straße. Darin befanden sich zwei Briefe. Ich sah mich noch einmal um, dann griff ich in den Kasten und zog sie heraus. Das erste war eine Stromrechnung, das zweite Werbung für ein Kaufhaus. Der Briefmarkenstempel auf der Stromrechnung war weniger als eine Woche alt, also wusste ich, dass sie vor ein oder zwei Tagen angekommen war. Ich schob beides wieder in den Briefkasten und machte ihn zu.

Als ich wieder am Auto war, zögerte ich, bevor ich mich hinter das Lenkrad setzte. *Vielleicht mache ich einen Fehler,* dachte ich. *Vielleicht ist es auch gut, dass sie nicht hier ist.* Aber gerade als ich meine Sonnenbrille aufsetzte, um mich gegen das gleißende Licht zu schützen, erweckte etwas neben der Ansammlung toter Bäume meine Aufmerksamkeit.

Meine Beine zitterten, und mein Magen verkrampfte sich. Ich zog die Sonnenbrille ab, zwang mich zu schlucken und hörte ein unverständliches Flüstern, das über die Bäume und den Schotterplatz hinweg zu mir drang. Das Flüstern wirbelte um mich herum. Ich befahl mir, keine Angst zu haben und sagte mir, dass ich mir alles nur einbildete, aber die Angst wollte nicht nachgeben. Alles in mir schrie danach wegzulaufen, ins Auto zu steigen, diesen Ort zu verlassen, ohne jemals zurückzukehren. Stattdessen atmete ich tief ein, schloss die Augen und hielt sie geschlossen. Nach ein paar Sekunden öffnete ich sie langsam.

Das Flüstern hatte aufgehört. Vielleicht war es auch niemals da gewesen. Irgendwie erschien es mir jetzt nicht mehr so wichtig.

Ich stieg wieder in mein Auto und fuhr vorsichtig auf die Innenstadt zu.

Nachdem ich über eine Stunde lang in einem Diner vor Ort an einem Becher Kaffee genippt hatte, fuhr ich eine weitere halbe Stunde durch New Bedford, bevor ich genug Mut fand, um zur Milner Avenue zurückzukehren.

Es war fast elf, als ich zum zweiten Mal vor ihrem Häuschen parkte. Alles sah genauso aus wie zuvor, bis mir auffiel, dass die Eingangstür offen stand. Da weit und breit keine anderen Autos zu sehen waren, nahm ich an, dass sie vorhin entweder geschlafen oder dass sie jemand in der Zwischenzeit hierher gefahren hatte.

Ich stieg aus dem Wagen und blickte misstrauisch zu den Bäumen und dem Gestrüpp. Vom Boden erhoben sich erkennbar Hitzewellen und verzerrten die Landschaft, aber sie waren das Einzige, was sich bewegte.

Ich nahm meine Sonnenbrille ab, warf sie aufs Armaturenbrett und gab mich ahnungslos, während ich auf das Haus zuging. Vor dem Fliegengitter an der Tür hielt ich inne und verrenkte den Hals, um besser in das Haus sehen zu können, aber weil es im

Inneren kein Licht gab, war der Versuch zwecklos. Auch die beiden Fenster an der Vorderseite standen offen und waren nur durch die Gitter geschützt. Im Haus herrschte Stille, nur ein pochendes Geräusch war von irgendwo in der Nähe zu hören. Ich klopfte an das Fliegengitter, aber niemand erschien oder antwortete, also hörte ich genauer hin.

Das Pochen kam von der Rückseite des Hauses.

Als ich um die Ecke ging, sah ich einen großen Teppich, der über der Wäscheleine hing. Jemand stand dahinter und schlug mit einem Besen darauf ein, um den Staub herauszuklopfen. Das Pochen hörte ganz plötzlich auf, und eine Frau trat vor den Teppich.

Ihr Haar war kurz geschnitten und stand auf eine Art und Weise in die Höhe, bei der schwer zu sagen war, ob die Frisur bewusst zerzaust aussehen sollte oder ob sie sich einfach schon länger nicht mehr die Haare gekämmt hatte. Auf dem Foto hatten ihre Haare kastanienbraun ausgesehen, jetzt waren sie rabenschwarz. Auf dem Foto hatte sie den Eindruck gemacht, größer zu sein. Außerdem war sie viel dünner und deutlich älter als ich gedacht hatte. Die Frau auf dem Foto war nicht älter als Anfang zwanzig gewesen, die Frau vor mir war Anfang dreißig. Ich schirmte meine Augen mit einer Hand vor der Sonne ab, damit ich sie besser sehen konnte, aber ich war mir immer noch nicht sicher, ob es sich um dieselbe Person handelte.

»Entschuldigen Sie die Störung«, sagte ich, »aber sind Sie Claudia?«

Sie beugte sich unter der Wäscheleine hindurch und kam auf mich zu. Den Besen hielt sie noch in der Hand. Sie trug ein altes Hemd mit verwaschenem Schwarz-Weiß-Karomuster. Sie hatte sich nicht die Mühe gemacht, es höher als bis zur Mitte ihrer Brust zuzuknöpfen. Die Ärmel des Hemds waren mit einer Schere abgeschnitten worden. Jetzt hingen dort, wo die Ärmel gewesen waren, einzelne Fasern aus den Nähten. Abgetragene Levis und abgewetzte schwarze Stiefel vervollständigten ihr modisches Erscheinungsbild. Ihr linkes Ohr war mehrfach gepierced, aber von ihrem anderen Ohr hing nur ein einzelner kleiner Reif. Ihr Teint war blass, die Augen sahen müde aus, und sie machte den Eindruck, als wäre dies das erste Mal seit längerer Zeit, dass sie etwas Sonnenlicht abbekam. Sie trug viel Kajal, aber ansonsten kein weiteres Make-up.

Sie beäugte mich einen Moment, ohne etwas zu antworten.

»Ich suche Claudia Brewster.«

»Sind Sie'n Bulle?« Ihre Stimme hatte einen flüsternden Klang und war etwas zu tief für so eine zierliche Frau.

»Nein, ich bin ...«

»Dann ist das hier unbefugtes Betreten. Verpissen Sie sich!«

»Sind Sie Claudia Brewster?«

»Brewer.«

»Gut, Brewer.«

»Was wollen Sie?«

»Mein Name ist ...«

»Was wollen Sie?« Sie stützte sich auf dem Besen ab, indem sie ihre Hände über das Ende des Stils faltete. Ich bemerkte, dass sie knapp unter dem ersten Glied jedes Fingers eine kleine schwarze Tätowierung hatte. Jede davon war anders – ein Stern, ein Sichelmond, ein Ankh, ein Pentagramm –, aber sie waren alle auf dieselbe amateurhafte Weise gezeichnet.

»Ich möchte mit Ihnen reden.«

»Über was?«

Ich wischte meine Hand an meinen Jeans ab und hielt sie ihr entgegen. Sie warf einen desinteressierten Blick darauf. »Ich bin Alan Chance«, sagte ich. Sie zeigte keine Reaktion. »Bernard war ein Freund von mir.«

Sie hielt ihre unbeeindruckte Distanziertheit aufrecht. »Wer?«

»Bernard Moore.«

»Nie gehört.«

»Ich bin nicht hier, um irgendwelche Spielchen zu spielen, Lady. Bernard ist tot. Er hat sich erhängt.«

Nach einer kurzen Weile nickte sie. Ihr Gesicht war ausdruckslos. »Ich weiß.«

»Das hier habe ich unter den Dingen gefunden, die er zurückgelassen hat.« Ich zog das Foto aus meiner Tasche und hielt es ihr hin. »Ich bin durch die Hölle gegangen, um Sie zu finden.«

»Selbst wenn Sie darin brennen würden, wüssten Sie nicht, was die Hölle ist.«

Ihr trockener Tonfall erweckte in mir eine Welle des Unbehagens – wenn nicht sogar offener Angst –, die mich wie ein elektrischer Schlag durchfuhr. Als sie wieder verklungen war, hielt ich ihr das Foto erneut vor die Nase.

Dieses Mal griff sie danach, nahm das Foto und betrachtete es eine Zeit lang. Die Stille kehrte zurück, bis sie sagte: »Das ist vor Jahren aufgenommen worden. Lange ... verdammt lange her.«

»Sie können es behalten, wenn Sie möchten.«

»Ich weiß nicht, was er damit gemacht hat. Es ist lange, bevor wir uns kennengelernt haben, aufgenommen worden. Ein alter ... Jemand, den ich damals kannte, hat das Foto gemacht.«

»Ich nahm an, Sie hätten es ihm gegeben?«

»Vielleicht habe ich das auch. Vielleicht hat er es gestohlen. Wer weiß? Vieles im Leben verschwimmt.« Sie steckte das Foto in ihre Gesäßtasche. »War's das also? Sie sind nur hierhergekommen, um mir das zu geben?«

»Ich bin hierhergekommen, um Antworten zu bekommen.«

»Wenn Sie so weit gekommen sind, haben Sie sie bereits«, sagte Claudia.

»Ein paar. Nicht alle.«

Wir starrten einander eine Weile an. Ihre Augen beunruhigten mich. Einst waren sie recht schön gewesen – wie auf dem Foto –, aber jetzt sahen sie abgestumpft und älter aus, als sie tatsächlich waren, ohne eine Seele.

»Ich muss wissen, was Sie wissen.«

»Über was?«

»Über Bernard. Worauf er sich eingelassen hat und was in Gottes Namen vor sich geht.«

Sie ließ ihre Zunge langsam über die Unterlippe wandern und befeuchtete sie. »Gott hat nichts damit zu tun.«

»Ich muss wissen, was Sie wissen«, sagte ich noch einmal.

»Nein, das müssen Sie nicht. Sie *wollen* es wissen. Das ist ein Unterschied.«

»Seit Bernards Tod sind einige seltsame Sachen passiert.«

»Das glaube ich gerne.«

»Ich brauche Ihre Hilfe.«

»Wobei?«

»Bei all dem, was vor sich geht. Ich muss die Wahrheit herausfinden.«

»Die Wahrheit ist überbewertet.« Claudia schwang den Besen, bis er gegen ihren Nacken drückte, dann hängte sie über jedes Ende einen Arm, so wie James Dean mit einem Gewehr in der berühmten Pose aus *Giganten.* Sogar hier bei ihr zu Hause waren Claudias Bewegungen verräterisch. Ihre Körpersprache war die einer Person, die den Großteil ihres Lebens in Situationen verbracht hatte, in denen sie nicht erwünscht war, sich verlegen fühlte oder in denen sie sowieso nicht sein wollte. Sie war über Jahre hinweg ein Opfer gewesen und doch auch eine kampfmüde Frau, die all dies tapfer überstanden hatte. Man spürte ihre Härte und sie vermittelte den Eindruck, mit allen Wassern gewaschen zu sein. Bei näherer Betrachtung glaubte ich ihr gerne, dass sie wahrscheinlich auf zahllose Arten schikaniert worden war, die ich mir nicht einmal vorstellen konnte, aber sie war keineswegs ein hilfloses Mädchen. Sie sah genauso stark und potenziell gefährlich aus wie auch gequält, und zudem durchaus in der Lage, im Notfall jemand anderem Schmerzen zuzufügen. Sie schien mir die Art von Person zu sein, die jemanden töten konnte, wenn sie in die Enge getrieben wurde, und vielleicht hatte sie das auch schon einmal gemacht.

Ich blieb ungelenk stehen. »Werden Sie mir helfen oder nicht?«

»Was erwarten Sie von mir?« Sie schüttelte den Kopf. »Ich kenne Sie nicht einmal, und ich soll einfach ...«

»Ich habe Ihnen doch gesagt, dass mein Name Alan Chance ist. Ich war ein Freund von Bernard.«

»Ja und? Sie sind bloß ein Typ, der in meinem Garten steht. Ich kenne Sie nicht.«

Ich seufzte und fuhr mir mit den Händen durch die Haare. Anschließend waren sie feucht vor Schweiß. »Ich bin mir sicher, dass Bernard mich erwähnt hat.«

»Ja«, sagte sie, »das hat er. Aber Sie waren *sein* Freund. Nicht meiner. Er hat Sachen – Menschen – auseinandergehalten.

Ansonsten hätten wir uns schon vor langer Zeit einmal kennengelernt, oder?«

»Ich nehme an, dass Sie gehört haben, was in Potter's Cove geschehen ist?«

»Ich war eine Zeit lang weg. Bin erst gestern zurückgekommen, aber ja, ich hab's gehört.« Sie nickte. »Was hat das alles mit mir zu tun?«

»Das möchte ich von Ihnen erfahren.«

Der Besen schnellte hinter ihrem Hals hervor. Sie hielt ihn jetzt neben sich. »Werfen Sie mir irgendwas vor?«

»Sind Sie an irgendwas schuld?«

Sie ging auf das Haus zu. »Verpissen Sie sich, verdammt noch mal.«

Ich griff nach ihrem Arm. »Claudia, warten Sie, ich ...«

Sie wirbelte mitsamt dem Besen herum. Weniger als eine Sekunde später stoppte der Griff nur zwei Zentimeter von meinem Auge entfernt. »Berühr mich noch einmal, Arschloch, und ich ramme dir das Ding durch dein beschissenes Gehirn, kapiert?«

Ich glaubte ihr. »Tut mir leid.« Ich hob die Hände, bewegte mich aber ansonsten kein Stück. »Ich will Sie nicht verletzen. Ich brauche bloß Ihre Hilfe.«

Claudia senkte den Besen und nahm eine etwas entspanntere Haltung ein. Nach einer kurzen Atempause sagte sie: »Wie gesagt, ich bin gerade erst in die Stadt zurückgekommen. Kaum bin ich ein paar Stunden hier, bekomme ich schon einen Anruf von ein paar alten Freunden aus meinem alten Viertel – Freunden, die keine Freunde mehr sind, von denen ich nichts mehr hören will. Sie sagen mir, dass ein paar Leute mich suchen und dabei eine Menge Ärger machen. Diese bekloppte alte Schlampe Toots warnt mich und schmeißt mit ihren Zaubersprüchen um sich, als ob außer ahnungslosen Idioten und Junkies jemand einen Scheiß drauf geben würde. Und dann kommen Sie und schnüffeln wie ein Hund rum, der seine Nase in meinen Hintern steckt. Darauf habe ich keine Lust, okay? Ich will bloß verdammt noch mal in Ruhe gelassen werden.«

»Ich wollte das alles auch nicht«, sagte ich leise.

Sie schaute zur Sonne und wischte sich mit dem Handrücken

über die Stirn, wobei sie ein wenig Schweiß wegwischte. »Ich erwarte nicht, dass Sie das hier verstehen, und es ist mir scheißegal, ob Sie es tun oder nicht, aber ich will ein neues Kapitel anfangen. Ich fange noch mal von vorne an. Mit Ihren Problemen will ich nichts zu tun haben. Ich habe selber genug Probleme.«

»Ich will auch nicht, dass Sie sich in irgendwas einmischen. Ich möchte Sie nur bitten, mir zu sagen, was Sie wissen.«

Sie erlaubte sich ein kurzes und ironisches Lächeln. »Ach, ist das alles?«

»Wenn ich Ihre Hilfe nicht bräuchte, wäre ich nicht hier.«

Claudia stellte den Besen an der Rückseite des Hauses ab. »Ich weiß gar nichts.«

»Wir wissen beide, dass das nicht stimmt.«

Sie lächelte trotzig.

Ich seufzte. »Wie gesagt, seit Bernards Tod sind einige seltsame Dinge geschehen.«

»Tatsächlich?« Während sie eine Zigarettenschachtel aus der Brusttasche ihres Hemdes fummelte, bemerkte ich ein merkwürdig liebevolles Lächeln in ihrem ansonsten gleichgültigen Gesicht. Sie schob sich eine filterlose Lucky Strike zwischen die Lippen und klopfte sich auf der Suche nach einem Feuerzeug ab, das sie schließlich in ihren Jeans fand. »Zum Beispiel?«

»Sie meinen außer den Leichen, die in Potter's Cove auftauchen?«

Claudia nahm einen tiefen Zug von ihrer Zigarette, behielt den Rauch etwas länger als es üblich war in der Lunge und atmete ihn als lange Wolke durch die Nase aus. Sie sah mich mit einem ernsten Blick an, der eindeutig besagte, dass keine Antwort auf meine Frage nötig war.

»Ich weiß, es wird verrückt klingen, aber ...«

»Wir sind alle verrückt. Die ganze Welt ist verrückt.«

»Seit Bernards Tod«, setzte ich noch einmal an, »haben wir alle denselben Traum, wir ...«

»Wir?«

»Meine Freunde – Bernards andere Freunde –, Rick und Donald.«

Sie wartete mit ihrer Antwort, als ob sich das, was ich gesagt hatte, erst langsam in ihrem Verstand festsetzte. »Er hat viel über euch drei geredet.«

Ich schnippte mir eine Schweißperle von der Schläfe. »Kurz nach Bernards Tod fing es an, dass wir alle Albträume bekamen. Identische Albträume. Und ich ...« Ich zwang mich, es zu sagen, »ich habe seitdem Halluzinationen oder Visionen oder Wachträume. Ich ... bin mir nicht sicher, was sie sind. Neulich Abend sagte mir diese Frau ... Toots ... sie sagte ...«

»Ich weiß, was sie Ihnen erzählt hat. Die fette Schlampe glaubt, wir wären besessen. Sie sagte, dass sie Ihre Dämonen sehen kann, und die Dämonen hätten sie angegriffen und ihr Blut gesaugt.«

»Glauben Sie ihr?«

»Sie wären überrascht, was ich alles glaube.«

»Ich weiß, dass alles zusammenhängt. Ich weiß, dass Bernard sich verbündet hat mit ...«

»Warum sind Sie so sicher, dass ich etwas weiß?«

Ich starrte sie an, ohne etwas zu entgegnen.

»Und selbst wenn es so wäre«, sagte sie, »weshalb sollte ich Ihnen etwas verraten?«

»Um mir zu helfen.«

»Um warum sollte ich das nun wieder tun?«

»Hm, ich bin mir nicht sicher, vielleicht, weil es das Richtige wäre?«

»Meine Güte, in was für einem Universum leben Sie?«

»Ich dachte, Sie hätten gesagt, dass Sie noch mal von vorne anfangen wollen?«

Ihre Zigarette blieb zwischen ihren Lippen eingeklemmt, während ihr Rauchkringel über das Gesicht krochen. »Ist die Knarre an Ihrem Gürtel geladen?«

Ich war verblüfft und war mir nicht sicher, wie sie die Pistole entdeckt haben konnte, da sie die ganze Zeit vor mir gestanden hatte.

»Ja.«

»Haben Sie vor, jemanden zu erschießen?«

»Ich habe sie ausschließlich zu meinem Schutz dabei.«

Anscheinend fand sie meine Antwort amüsant, denn der Hauch eines Lächelns huschte über ihr Gesicht, verschwand aber schnell wieder. Langsam wandte sie ihre Aufmerksamkeit den Bäumen hinter uns zu, als ob sie nach etwas suchte, das sich dort versteckte und uns beobachtete. »Kommen Sie«, sagte sie leise und deutete mit dem Kopf auf das Haus. »Gehen wir aus der Sonne.«

Kapitel 25

Wie erwartet sah das Innere des Hauses aus wie ein Katastrophengebiet. Es gab eine viel zu kleine Küche, ein ebenso kleines Wohnzimmer und einen dunklen, tunnelartigen Flur, der wahrscheinlich zu einem Bade- und einem Schlafzimmer führte. Es dauerte einen Augenblick, bis sich meine Augen an die Umstellung von hellem Sonnenschein zu höhlengleicher Dunkelheit gewöhnten. Das wenige Licht in dem Haus stammte von den zwei offenen Fenstern im Wohnzimmer, aber in der Küche – in die wir durch die Hintertür gegangen waren – waren die Fenster geschlossen und mit billigen grünen Leinenrollos verdeckt. Ein moderiger Geruch hing in der Luft, und alles war von einer dünnen Staubschicht überzogen. Ich stand unsicher neben der Tür und sah zu, wie Claudia zu einem uralten Kühlschrank ging. Die Tür ging mit einem Klimpern auf, und das Licht aus dem Kühlschrank schien durch den Raum. Sie griff hinein und zog eine braune Flasche ohne Etikett hervor. »Wollen Sie eins?«

»Nein«, sagte ich, »aber danke.«

Sie schloss die Tür und lehnte sich mit dem Rücken dagegen. Ihr Hals war glitschig vor Schweiß. »Es ist bloß Root Beer.« Sie drehte den Verschluss ab und warf ihn lässig in die Spüle, in der es von dreckigem Geschirr nur so wimmelte. Hunderte von Ameisen krabbelten darüber.

Ich ging auf einen Tisch in der Raummitte zu. Mir fiel ein Koffer auf, der in dem Durchgang zum Wohnzimmer stand.

Claudia bemerkte, dass ich auf den Koffer starrte und sagte: »Ich bin erst gestern Nacht zurückgekommen, hatte noch keine

Gelegenheit zum Auspacken. Oder zum Aufräumen, wie Sie sehen können.« Sie trank aus der Flasche und gluckste laut.

»Ich bin vor einer Weile schon einmal vorbeigekommen, aber ...«

»Ja, Sie haben mich mit Ihrem Geklopfe aufgeweckt.«

»Sorry.« Ich lächelte unbeholfen und zog einen der Stühle unter dem Tisch hervor. »Kann ich mich setzen?«

Claudia deutete mit der Flasche auf den Stuhl. »Ich war eine Weile in der Entziehungsklinik. Hatte ein Problem mit Crystal Meth. Ich war im Arsch, Mann, aber jetzt ist es auch nicht besser: keine Drogen mehr, keinen Alk. Mir bleiben nur noch Nikotin, Zucker und Koffein. Denke mal, dass ich eines Tages auch mit dem Qualmen aufhören werde, aber eins nach dem anderen, sagten sie mir. Vor ein paar Jahren bin ich vom Heroin und Koks losgekommen, also werde ich auch das hier schaffen. Zumindest rede ich mir das ein. Du musst diese kleinen Spielchen mit dir im Kopf spielen, ist völlig bescheuert, aber es funktioniert. Einer von den Ärzten hat mir gesagt, ich hätte eine suchtgefährdete Persönlichkeit, so nennen sie das. Ich: *Ach nee, kaum zu glauben, oh weiser Mann.«*

Sie erlaubte sich ein freies und sehr schönes Lächeln. Ihre Zähne waren ein wenig zu groß für ihren Mund, und zwischen den beiden vorderen gab es eine unverkennbare Lücke, aber sie waren allesamt gerade und hell und machten ihr Gesicht viel freundlicher.

»Sie müssen sich nicht vor mir rechtfertigen, Claudia.«

Das Lächeln entschwand wieder. »Glauben Sie, ich mache das?«

»Ich weiß nicht.«

Sie trank die Flasche Root Beer aus, stieß sich vom Kühlschrank ab und stellte die Flasche auf die Arbeitsplatte. »Seit ich zwölf war, bin ich alleine. Den größten Teil meines Lebens habe ich wie ein beschissenes Tier gelebt. Schlimmer. Tiere haben Standards. Sie sind besser als wir. Das Gerede von der überlegenen Spezies ist Bullshit. Wir sind die Scheißfehler, Mann. Wir sind die Missgestalten, das ekligste Produkt der Evolution. Jeder Idiot weiß das. Aber ich entschuldige mich für nichts und gebe niemandem Rechenschaft. Wissen Sie auch, weshalb? Weil ich die verdammten Regeln nicht erfunden habe und niemandem auch nur einen Scheiß schuldig bin, deswegen.«

Die Höhe ihrer angeborenen Intelligenz war überraschend, und ich fragte mich zwangsläufig, was sie hätte erreichen können, wenn ihr Leben anders verlaufen wäre. »Ich wollte mich nicht einmischen ...«

»Natürlich nicht ...« Sie ging langsam zwei, drei Schritte hin und her, wandte den Blick aber nie von mir ab. Die Absätze ihrer Stiefel klapperten auf dem Kachelboden. »Ich war ein Junkie und eine Hure und noch vieles andere, von dem Sie nichts wissen wollen. Das für so lange Zeit, dass es mir unwirklich vorkommt, auf einmal etwas anderes zu sein. Bin ich aber. Ich bin jetzt etwas anderes. Alles ist immer noch ziemlich beschissen, aber ich arbeite daran. Und bald gehe ich weg.« Sie zeigte auf ein fleckiges, zerfetztes Poster an der Wand, das für Florida warb. Ein Pärchen in Bademode rannte darauf Hand in Hand über einen wunderschönen Sandstreifen auf den Ozean zu. »War noch nie dort, wollte ich immer machen. Jetzt werde ich's tun. Dieses Mal werde ich's wirklich tun.« Sie beäugte das Poster ein paar Sekunden lang. »Waren Sie mal dort?«

»Auf meiner Hochzeitsreise, ist lange her.«

»Sieht's dort wirklich so aus?«

»Teilweise, ja.«

»Ich werde mir irgendeinen blöden Job als Kellnerin oder so suchen, und an jedem freien Tag werde ich am Strand liegen und schwimmen gehen und all so was. Mir geht's jetzt nur noch ums Vergessen.« Claudia kehrte aus ihrem Traum zurück und lehnte sich gegen die Küchenzeile. »Was ich damit sagen will: Ich werde hier nicht mehr lange sein. Ich war dort, wohin Sie unterwegs sind – und wie gesagt, ich will nichts mehr damit zu tun haben.«

»Ich verstehe.«

»Dieses Gespräch und das, was wir gleich führen werden, haben nie stattgefunden. Sie waren sogar niemals hier, kapiert? Und wenn Sie zu den Bullen gehen, werde ich ...«

»Ich gehe nicht zu den Bullen.«

»Wenn Sie es trotzdem machen ...«

»Werde ich *nicht*. Meine Güte, ich muss Ihnen ja auch vertrauen. Sie könnten genauso zur Polizei gehen, nachdem ich Ihnen erzählt habe, was ich weiß.«

»Tja, aber Sie kennen uns Junkiehuren doch.« Sie zog die Vorderseite ihres Hemds von ihrem Bauch weg und pustete nach unten zwischen ihre Brüste. »Wir sind nicht gerade sehr glaubwürdig.«

»Ich würde sagen, dass Sie ein geringeres Risiko eingehen, wenn Sie mir vertrauen, als ich, wenn ich Ihnen vertraue«, meinte ich. »Wir sind, was wir sind, oder etwa nicht?«

»Oh, das ist verdammt tiefsinnig, Platon.« Claudia ließ ihr Hemd los. Mein Blick wanderte bis zum Anfang ihrer runden Brüste. »Das einzige Problem ist, dass die meisten Leute nicht die leiseste Ahnung haben, wer sie sind. Über die Welt, in der sie leben, wissen sie sogar noch weniger. Alles besteht aus Sonnenschein, Gartenzäunen, Eiscreme und Rosen, nicht wahr? Die Bekloppten. Ich habe da draußen die Scheiße gesehen, die niemand wahrhaben will. Seit meiner Kindheit habe ich mich immer nur knapp über Wasser halten können, und das Wasser war voller Scheiße, und ich bin immer noch da. Ich habe Sachen gesehen und getan, und mir wurden Sachen angetan, die Sie nicht glauben würden, selbst wenn ich sie beweisen könnte. Ihr Verstand käme nicht damit klar. Sie meinen zu wissen, was die Hölle ist? Ich habe verdammt noch mal in ihr gelebt, und trotz allem bin ich immer noch hier ... Oder zumindest das, was von mir übrig ist. Sie wollen auf etwas vertrauen? Nehmen Sie meine Geschichte.« Sie pulte eine Zigarette aus ihrer Tasche. »Sie wollen wissen, was ich weiß? Na gut. Sie zuerst. Ich sage kein Wort, bevor ich nicht weiß, was *Sie* wissen.« Wie eine Wolke, die am Mond vorbeizieht, huschte ein herablassender Ausdruck über ihr Gesicht und verschwand sogleich wieder. »Was Sie zu wissen *meinen*.«

»Ich kannte Bernard von frühester Kindheit an«, hörte ich mich sagen, und die Zuneigung, die in meiner Stimme mitschwang, bereitete mir Unbehagen. »Seit seinem Tod habe ich nichts anderes getan, als über Dinge nachzudenken, die sich in der Vergangenheit zutrugen. Keiner von uns hatte ihn je verdächtigt, etwas Schlimmes angestellt zu haben, denn wir hatten ihn nie ernst genommen. Man durfte Bernard einfach nicht ernst nehmen. Er war immer ein wenig seltsam, aber ... wir waren daran gewöhnt, und so war er nun mal – so war er von Anfang an gewesen. Niemand von uns hatte sich je Gedanken darüber gemacht. Was andere Leute als Tabu betrachtet hätten, war für Bernard kein Problem. Er hat immer viel gelogen. Er übertrieb alles und stellte sich als jemand dar, der er gar nicht war. Zumindest glaubten wir das. Bei Bernard konnte man nie genau wissen, was wahr und was erfunden war. Er erzählte immer so viel Mist, da konnte man sich nie sicher sein. Aber auch, wenn es komisch klingt, das machte nichts. Bernard war einfach Bernard. Ich dachte immer, dass er zwar dauernd diese ganzen Geschichten erzählt, aber dass er in Wirklichkeit eine Null ist. In Wirklichkeit war er alleine und hatte in seinem Leben nicht viel erreicht. Was Bernard betraf, waren wir ziemlich gut darin geworden, Dinge zu ignorieren und in die andere Richtung zu schauen. Wir waren alle sehr verschieden, Donald, Rick, Bernard und ich, aber in vielerlei Hinsicht waren wir uns auch ähnlich. Keiner von uns war perfekt, also stand es uns nicht zu, Bernard zu verurteilen oder eine schlechte Meinung von ihm zu haben, bloß weil er so war, wie er war und es hin und wieder mit der Wahrheit nicht so eng nahm. Oder weil er sich eine Fantasiewelt zurechtlegte, in der er nicht der Schwächling war, über den andere lachten und ihn niemand außer seinen Freunden eines Blickes würdigte.«

Claudia nickte. »Wenn Sie sich Ihre Erinnerungen schönreden wollen, ist das Ihr Problem. Aber vergessen Sie nicht, dass ich ihn auch gekannt habe. Die Seite von ihm, die ich gesehen habe, mag anders sein, aber sie war genauso echt. Meistens war er ein verlogener Drecksack, aber es war typisch für ihn, dass er dir manchmal ein wenig von der Wahrheit auftischte, und zwar gerade genug, um dich zum Nachdenken zu bringen, ob das, was er gerade gesagt hat, nun auch stimmte oder nicht. Andauernd log er, und zwischendurch sagte er kurz die Wahrheit, und man konnte nie zwischen beidem unterscheiden. Und die paar Mal, als ich ihn zur Rede stellte, lag ich daneben, denn er *hatte* die

Wahrheit gesagt. Er konnte es beweisen. Wenn Sie ihn in Schutz nehmen wollen – nur zu! Aber Bernard war ein Lügner, seit Jahren schon. Er war böse.«

»Er war ein Mensch«, sagte ich leise.

»Zum Teil.«

Was mich am meisten irritierte, war, dass sie es wirklich so meinte. »Zum Teil?«

Sie warf mir einen abfälligen Blick zu. »Wo waren Sie stehen geblieben?«

Ich atmete tief ein, ohne auf den Gestank zu achten, der in der abgestandenen Luft hing, und versuchte, meine Gedanken zu sortieren. »Kurz nach seinem Tod fing ich, wie gesagt, an, über die Vergangenheit nachzudenken. Einige Dinge, an die ich seit Jahren nicht mehr gedacht hatte, fielen mir wieder ein und bekamen eine neue Bedeutung. Zum Beispiel erinnerte ich mich an eine Frau, die ebenfalls in Potter's Cove gelebt hatte, als wir Kinder waren. Ich fand heraus, dass Bernard sie vergewaltigt hat, als sie noch eine Jugendliche war. Die Frau wurde dadurch zerstört, und sie ist seitdem immer wieder in psychiatrischer Behandlung. Sie behauptet, dass Bernard auch schon damals mehr war, als es zunächst den Anschein hatte.« Aufgrund des Ausdrucks von Ekel auf Claudias Gesicht nahm ich an, dass sie etwas entgegnen würde, aber sie sagte nichts. »Gott weiß, was er zuvor schon getan hatte. Nach der Highschool glaubten wir, Bernard sei zu den Marines gegangen. Er kam zurück und meinte, er habe sich in der Grundausbildung bei einem Sturz das Knie ruiniert und sei deswegen entlassen worden. Nach seinem Tod fanden wir aber heraus, dass die ganze Sache eine Lüge gewesen war. Er war nie bei den Marines. Er war stattdessen nach New York gegangen. Er behauptete ... Er sagte es nicht so direkt, aber er behauptete, dass er dort angefangen hatte, Frauen umzubringen.«

»Sagten Sie gerade, dass Sie das *nach* seinem Tod herausgefunden haben?«

»Ja.« Obwohl ich Donald und Rick versprochen hatte, niemandem von der Kassette zu erzählen, schien ich in diesem Moment keine Wahl zu haben und Claudia die Wahrheit sagen zu müssen.

Meine einzige Chance, ihr Vertrauen im Gegenzug zu gewinnen, bestand darin, alle meine Karten auf den Tisch zu legen und es zu riskieren. Ich berichtete Claudia in aller Ruhe, wie Rick die Kassette mit der Post bekommen hatte, wie wir sie uns zusammen angehört hatten und was darauf zu hören gewesen war. Dann gab ich wieder, was Donald über die Verbrechen in New York zur Zeit von Bernards Aufenthalt herausgefunden hatte und dass zwei ungelöste Mordfälle den Morden in Potter's Cove verdächtig ähnelten.

Bis ich fertig war, hatte Claudia keine erkennbare Reaktion von sich gegeben. »Sie wissen also, dass er ein Lügner und kranker kleiner Junge war, der gerne Leute folterte und vergewaltigte und weiß Gott was sonst noch.«

»Ja.«

»Und Sie glauben, dass er diese Frauen umgebracht hat?«

»Ich weiß es.«

»Was wollen Sie dann noch? Reicht das nicht?«

»Im Grunde genommen schon. Aber da sind noch die Träume.«

»Erzählen Sie mir davon.«

»Donald, Rick und ich haben alle denselben Albtraum gehabt, mehrmals hintereinander. Wir haben ihn immer noch.« Ich beschrieb ihr den Traum in allen Einzelheiten. »Und dann fing ich an, noch schlimmere Dinge zu erleben. Halluzinationen oder Visionen oder was auch immer sie sind – von einer Frau und ihrem Kind. Sie fingen fast unmerklich an, aber sie waren so täuschend echt, und irgendwann hatte ich sie während der Arbeit. Diese Frau in der Vision lockte mich in eine alte, verlassene Fabrik im South End, und ich sah ... Ich sah dort Dinge. Falls es eine Hölle gibt, dann sind die Dinge, die sie mich sehen ließ, direkt daraus hervorgekrochen.«

»*Falls* es sie gibt«, spottete Claudia leise.

»Ich habe dort unten noch andere Dinge gesehen, die ich nicht erklären kann. An manches kann ich mich nicht einmal mehr ganz erinnern. Ich bin mir nicht sicher, ob ich mich an sie erinnern will. Genauso ist es, wenn ich an die Zeit zurückdenke, als Bernard und wir anderen Kinder waren. Die Erinnerungen sind verstreut. Aber es gibt große Brocken, die ich vergessen habe, aber sie kommen jetzt verschwommen und stückweise zurück. Vielleicht will ich mich auch gar nicht besser an sie erinnern können. Ansonsten setze ich vielleicht etwas viel Schlimmeres frei.« Alles, was ich sagte, klang in meinen Ohren absurd, als hätte ich endgültig nicht mehr alle Tassen im Schrank. »Abgesehen von den Visionen höre ich auch manchmal etwas – ein Flüstern – oder ... ich spüre etwas.« Ich beschrieb meine Erlebnisse mit der Frau und ihrem Kind so detailliert wie möglich. »Es ist, als würde mich das alles verfolgen, zusammen mit meinen Erinnerungen und Albträumen von Bernard. Ich habe meinen Job verloren, meine Frau ... vielleicht auch meinen Verstand. Und es hört immer noch nicht auf. Aber es muss aufhören!« Ich spürte, wie sich in meinem Hals ein Klumpen bildete. »Ich will, dass es aufhört.«

Claudia rauchte ihre Zigarette auf, indem sie schnell hintereinander ein paar Züge nahm, dann warf sie den Stummel in die Spüle zu dem Geschirr und den Ameisen. Er rollte hinter einen Teller, verschwand inmitten des Durcheinanders und fiel mit einem leisen Zischen der Glut ins Wasser. »Meine Kindheit dauerte etwa zehn Minuten«, sagte sie seufzend. »Kinder wie ich werden schnell erwachsen, verstehen Sie? Aber einmal – als ich noch ein Kind war, bevor ich in der großen Welt zurechtkommen musste – redete ich mit einem Priester. Meine Großmutter nahm mich immer zur Kirche mit, zog mir kleine Kleidchen an, Hüte, Handschuhe, das ganze Programm. Sie starb, als ich zwölf war, aber davor war sie eine richtige Superkatholikin. Sie ging immer ins Pfarrhaus, um dem Priester nach der Messe beim Abwasch zu helfen und aufzuräumen und so einen Kack. Eines Tages war ich im Pfarrhaus und wartete darauf, dass meine Großmutter mit der Arbeit fertig wurde, und ich fing ein Gespräch mit diesem Priester an. Pater Naslette war sein Name. Der alte Hurensohn sah aus wie ein glatzköpfiger Adler mit Brille. Meine Oma hatte immer *National Geographic*-Hefte bei sich zu Hause, darin hatte ich mal Eingeborene aus Neuguinea oder so gesehen, und ich stellte mir Fragen, so wie kleine Kinder es eben machen. Jedenfalls erzählte mir Pater Naslette, dass man in die Hölle kommt, wenn man nicht an Gott glaubt und seinen Geboten folgt. Deswegen fragte ich ihn, was mit den Eingeborenen aus dem *National Geographic* sei. Die wussten nicht mal, was eine katholische Kirche war, also weshalb mussten sie in die Hölle?« Ihr Blick verfinsterte sich, als hätte sie plötzlich einen bitteren Geschmack im Mund. »Und ich verrate Ihnen auch, was er zu mir sagte. Er sagte mir, dass nur Leute, die von etwas wüssten, auch dafür verantwortlich seien. Wer noch nie etwas von Gott gehört hat, konnte dafür auch nicht verantwortlich gemacht werden. Diese Eingeborenen wussten nichts, sie waren unschuldig, sie würden nicht bestraft werden. Die Hölle sei nur für diejenigen bestimmt, die Bescheid wussten und dennoch Scheiße bauten oder den Geboten nicht gehorchten. Manchmal ist es also besser, nichts zu wissen. Denn egal, ob man an den Mist glaubt oder nicht: Wer davon weiß, wird auch für sein Handeln verantwortlich gemacht. Tja, ich habe Neuigkeiten für Sie. Gott ist nicht der Einzige, der solche Regeln aufstellt.«

Mein einziges Gefühl in diesem Moment war wachsender Zorn. »Hören Sie mal, die Frau, von der ich Ihnen erzählt habe, die von Bernard als Jugendliche vergewaltigt worden ist, hat sich genauso benommen wie Sie. Als ob es ein Riesenscheißgeheimnis gibt, das alle außer mir kennen. Ich hab die Schnauze voll davon. Ich will wissen, was hier los ist. Ich will wissen, was das alles zu bedeuten hat. Die Konsequenzen sind mir völlig egal.«

»Oh, *ich* verstehe durchaus«, sagte sie. »Ich hoffe bloß, dass Sie es auch tun.«

Claudia verschränkte die Arme vor ihren Brüsten, die sie damit zusammendrückte und so ein beachtliches Dekolleté schuf, das sie vollbusiger wirken ließ, als sie es tatsächlich war. Die Körperhaltung und ihr Nebeneffekt verrieten nur Gleichgültigkeit und waren nicht in der Absicht gewählt worden, eine Wirkung auf mich zu haben. Offensichtlich war es ihr komplett egal, ob ich es bemerkte oder nicht.

»Das ist das Problem mit Leuten wie Ihnen«, sagte sie mit ihrer kehligen Stimme. »Ihr wollt – und glaubt –, dass alles deutlich vor euch liegt. Sichtbar, erklärbar, ungefährlich. Aber so ist es nur an der Oberfläche. Die wirkliche Welt befindet sich darunter. Ich habe jahrelang darin gelebt. Bernard auch. Die Welt dort ist anders. Sie besteht aus Schatten.«

Ich nickte. »Dann zeigen Sie mir die Schatten, Claudia.«

Sie zog eine Grimasse, die sie aber schnell wieder überspielte, als wären die Geister von dem, was in jenen Schatten lebt, kurz an ihr vorbeigezogen. »Ich bin schon früh in meinem Leben an Drogen geraten und hatte eine Menge Probleme«, sagte sie. »Ich wohnte bei meiner Großmutter, und sie kümmerte sich immer um mich. Sie war die Einzige, für die ich je etwas wert war. Als sie starb, war ich erst zwölf, und seitdem bin ich ziemlich auf mich alleine gestellt. Habe als Kind meine Mutter ein paarmal getroffen, aber ich hab sie nie richtig kennengelernt. Meinen Vater würde ich nicht mal erkennen, wenn er vor mir stünde. Meine Mum starb, als ich neun war. Jemand hat sie erwürgt und in einen Müllcontainer am Fall River geschmissen. Später fand ich heraus, dass sie drogenabhängig gewesen und auf den Strich gegangen war. Meine Mutter. Der Apfel fällt nicht weit vom Stamm, was? Ich hatte gar nichts, keine Familie, nur die Familienbehörde. Und wenn man das alles als Kind durchmacht – Kinderheime, Obdachlosenheime, offene Anstalten und ähnlichen Scheiß, kannst du einfach verschwinden und dich der Welt überlassen. Niemanden interessiert's. Sehen Sie, solange Sie niemanden umbringen oder versuchen, sich selbst umzubringen oder etwas wirklich Schlimmes anstellen, ist dem Staat alles egal. Dem geht es nicht darum, Leuten zu helfen, sondern sie zu bestrafen. Solange du also nichts machst, was nach Meinung des Staates bestraft werden muss, hat er dir nichts anzubieten. Es gibt nun mal so viele Kinder, die von zu Hause weglaufen, die verwirrt und völlig im Arsch sind, so viele Verbrechen, dass sich die Bullen gar nicht um alles kümmern können. Meistens geben sie sich nicht mal die Mühe, so zu tun, als ob. Kinder wie ich verschwinden einfach von der Bildfläche. Entweder kommen sie dabei um oder sie überleben. Punkt. Beides ist nicht schön.«

»Ich bin also genau wie meine Mutter«, fuhr sie einen Moment später fort. »Es geht ganz schnell. Der Straßendschungel liebt Mädchen wie mich und verschluckt sie sofort. Ein Schluck und weg bist du. Und es ist wie in einem Labyrinth. Man irrt ein wenig umher, dann kommt man an ein totes Ende, aber es gibt immer jemanden, der dich an die Hand nimmt ... oder an der Gurgel ... und dich auf die nächste Ebene bringt. Und so weiter, und so weiter. Denn sie verraten einem nie, dass der einzige Ausweg aus dem Labyrinth der Tod oder der Wahnsinn ist, und das auch nur, wenn man richtig Glück hat, denn je tiefer man eindringt, desto brutaler und dunkler werden die Schatten. Und der Teufel kommt näher. So nahe, dass man ihn spüren kann. Das Labyrinth ist sein Spiel, es ist sein Trick. Der Teufel will nicht, dass man Angst vor ihm hat, bis es schließlich zu spät ist. Eine Falle, verstehen Sie? Kein Käse, keine beschissene Maus.« Sie sah mich mit einem kalten Blick an. »Es ist schwer zu verstehen, wenn man von ihm als Ziel ausgesucht worden ist. Ich will Sie nicht beleidigen, aber ...«

»Kein Problem.«

»Ich will es so formulieren, dass Sie es verstehen können.« Nach einer nachdenklichen Pause sagte sie: »Schauen Sie sich Pornos an?«

Diese Frage hatte ich nicht erwartet, aber ich beantwortete sie dennoch ehrlich: »Nun, ich bin kein Dauerkonsument oder so, aber ich hab schon mal einen gesehen, klar.«

»Es ist ein wenig wie bei Pornos«, erklärte sie. »Funktioniert auf dieselbe Weise. Man wird langsam reingezogen. Nach und nach. Anfangs will es nicht, dass man Angst davor hat. Es ist bloß Spaß. Sei doch froh. Es kann nichts passieren. Und für viele Leute bleibt es auch dabei, sie ziehen für sich das aus der Sache raus, was sie wollten, und das war's dann. Aber bei einigen funktioniert das nicht. Sie können nicht aufhören, und auf genau die Typen ist die Welt scharf. Alles fängt mit ein bisschen Titten und Ärschen an, dann wird es härter. Normaler Sex wird schnell langweilig, oder? Alles schon tausendmal gesehen. Immer das Gleiche. Also fragt man: Was habt ihr sonst noch so auf Lager? Und der Teufel hat eine Menge. Er zeigt seine Waren, und man schaut sie sich an. Kurz darauf sieht man sich Zeug an, von dem man nie gedacht hätte, dass es einen aufgeilen kann. Fantasien, die man unter Verschluss gehalten hat, weil sie stärker sind als man selbst. Aber jetzt sind sie frei und man will mehr. Man will sehen, was sie der Fotze auf den Fotos oder in dem Film, dem Magazin oder der Website sonst noch antun können. Komm auf ihr Gesicht, piss auf sie, scheiß auf sie, hol einen Hund, schauen wir mal, wie die Schlampe ihn fickt – und was ist mit einem Pferd? Vergewaltige die kleine Hure, verprügel ihr den Arsch, schneide ihr die Kehle auf und sieh zu, wie sie blutet. Und eines Tages ...«

»Gütiger Himmel, das reicht, ich verstehe schon.«

»*Und eines Tages*«, wiederholte sie, »stellt man fest, dass die Person, die man früher war, verschwunden und durch jemand anderen ersetzt worden ist. Jemanden, der so brutal und dunkel wie die Schatten ist, in denen man lebt. Jemand, der vergisst, dass der andere auch ein Mensch ist, und für den es sowieso keine Rolle spielt. Was man nicht sieht, ist die ganze Scheiße, die so jemand durchgemacht hat, um so tief vorzudringen und so kranke Sachen zu machen. Nicht auf einem Bild oder in einem Film, sondern mit einem verdammten Menschen. Oder dem, was von einem Menschen übrig geblieben ist. Und der Teufel lächelt einfach. Denn jetzt hat er euch schon beide.«

Ich war mir nicht sicher, was ich sagen sollte. Sich Bernard mit dieser Frau vorzustellen erforderte eine Menge Fantasie. Dass er jemanden, der so schlau und gewieft war wie Claudia, hatte manipulieren können, schien wenig wahrscheinlich. Aber wenn es keine Frage der Manipulation gewesen war, was dann? Ich hatte nicht erwartet, dass Claudia mir so viel aus ihrem Leben anvertrauen und mir ihre Lebensgeschichte darlegen würde, als hätte sie jahrelang auf die Gelegenheit gewartet, und ich war mir immer noch nicht sicher, was das alles mit Bernard zu tun hatte. In einer Hinsicht war ich mir jedoch sicher: Ihr Schmerz war so offensichtlich, so abscheulich und so sehr ein Teil von ihr, dass er ebenso ein Aspekt ihres Wesens geworden war wie jede körperliche Eigenschaft. Unabhängig davon, wer oder was sie einst gewesen war, jetzt war oder zu sein hoffte – sie verlangte Respekt, und ich gab ihn ihr.

»Also geht man darin unter«, sagte sie. »Man schließt die Augen und ertrinkt darin, und ganz plötzlich geht es nicht mehr darum, am Leben zu bleiben. Alles ist einem scheißegal. Man macht seine Venen auf und drückt sich dort alles rein, was einen den Tag oder die Nacht überstehen lässt, und jedes Mal, wenn man sich die Nadel reinsticht, fragt man sich, ob dies der Rausch sein wird, von dem man niemals mehr aufwacht. Man will nicht mehr wirklich leben, hat aber Angst vor dem Tod. Auf der anderen Seite des langen Schlafs wartet schließlich der Teufel.«

»Vielleicht wartet stattdessen auch Gott.«

»Vielleicht.« Ihre Stimme klang stumpf. »Aber wenn man so lange wie ich bis zum Hals im Bösen gesteckt hat, würde man sein Geld nicht unbedingt darauf verwetten, falls Sie verstehen.«

»Sie reden dauernd vom Bösen. Was meinen Sie, Teufelskulte oder so was?«

Claudia wedelte mit der Hand, als wollte sie die Worte in der Luft zwischen uns abwehren. »Die gibt's immer, solche Leute sind nie weit von jener Welt entfernt. Sie sind entweder direkt dabei oder im näheren Umfeld – Satanisten und ähnliche Gestalten. Eine Zeit lang hing ich mit solchen Leuten rum, als ich keine Wahl hatte. Aber im Prinzip unterscheiden sie sich nicht von den ganzen Bibelspinnern, weil beide auf einfache Antworten setzen und davon überzeugt sind, dass sie recht haben. Vielleicht haben sie das auch, vielleicht nicht. Ich weiß nur, dass das Böse sich so gibt, wie es ihm am besten passt. Die Antwort ist nicht so einfach, wie es die beiden Seiten dieses alten Kampfes gerne hätten.« Sie lehnte sich an die Küchenzeile und verschränkte die Füße an den Knöcheln. Vor langer Zeit hätte sie in dieser Haltung vielleicht schüchtern und kindisch ausgesehen. »Die Wahrheit ist komplizierter und geht über diese einfachen religiösen Sichtweisen hinaus. Die Wahrheit ist, dass das Böse für jeden anders ist. Genau darin liegt seine Macht, und deswegen jagt es die Menschen. Es ist das perfekte Raubtier, weil es ganz individuell ist. Es berührt jeden, egal welche Religion oder welchen Glauben man hat, und es passt sich den jeweiligen Umständen an. Wie wollen Sie also etwas aufhalten, das für jeden Einzelnen eine völlig unterschiedliche Form annimmt, das jedem als alles Mögliche erscheinen kann, als das, was Sie wollen? Es weiß, wer wir sind, kennt unsere Ängste und Träume, unsere Stärken und Schwächen und bahnt sich damit seinen Weg in unsere beschissenen Körper und den Geist. Und wenn man den ganzen rituellen Mist auf beiden Seiten mal vergisst und näher hinschaut, findet man heraus, dass es das Böse einen Dreck interessiert, wer man ist oder in welche Kirche man geht, was man tut oder auch nicht. All das spielt keine Rolle, denn das Böse hat es auf Sie abgesehen. Und Sie können es nicht aufhalten. Sie können höchstens lernen, damit umzugehen und es weitgehend zu unterdrücken. Denn es ist in uns, so wie das Gute, und ein Teil von uns, und man kann es nicht einfach herausschneiden. Wie man eben so sagt: innere Dämonen. Tja, das trifft den Nagel auf den Kopf.«

Ich musste an Julie Henderson und die Kruzifixe an ihren Fenstern denken und wie sie zu mir gesagt hatte, sie seien »ihre Wirklichkeit« und würden deswegen für sie funktionieren.

»So sieht's aus, wenn Sie mal die ganzen Kulte, Sekten und den anderen Blödsinn vergessen. So ist das Böse in Wirklichkeit. Regeln, Gesetze oder Bücher, die von einer der beiden Seiten geschrieben wurden, sind ihm scheißegal, denn der springende Punkt ist, dass es keine verdammten Seiten gibt. Es gibt Licht und Dunkelheit. Sie existieren nun mal, und irgendwann hat jemand oder etwas entschieden, uns in der Mitte auszusetzen. Danach steckt man im Sand die eigenen Grenzen ab und trägt seine Gefechte aus, was auch immer sie sein mögen. Oder man verschließt die Augen und überlässt sich dem einen oder dem anderen.« Claudia kam näher an den Tisch heran. »Mit Mitte zwanzig war ich schon zu alt für die Leute, mit denen ich rumhing und von denen ich abhängig geworden war. Ich hatte das Blut, das Gemetzel, den Sex und durchgeknallten Scheiß mitgemacht und lebte immer noch. Völlig am Ende, von den Drogen ruiniert. An diesem Punkt schmiss mich die Welt beiseite und suchte nach der nächsten Zwölfjährigen. Also tat ich, was ich schon seit Jahren machte und wackelte mit dem Arsch. Ich ließ sämtliche Cliquen hinter mir, spritzte mir nur noch Dreck in die Venen und arbeitete auf der Straße, um mir die Sucht zu finanzieren. Dabei hoffte ich die ganze Zeit, dass mein Körper früher oder später aufgibt und das Heroin mich irgendwohin mitnimmt, weg von hier.

Jahrelang habe ich es so gemacht. War oft in Polizeigewahrsam und einmal für zwei Jahre wegen Drogenbesitz im Gefängnis. Stellte sich schnell heraus, dass ein Gefängnis kein verdammtes Hotel ist. Man kann darin nicht viel anstellen, nur Leute übers Ohr hauen, selber übers Ohr gehauen werden, Pussys lecken oder lesen. Ich habe so viel wie möglich gelernt, während ich im Knast saß, habe alles Mögliche gelesen. Manche Leute finden im Gefängnis zu Gott. Andere finden zum Teufel. Ich entdeckte mein Gehirn. Seit dem Tod meiner Großmutter hatte ich es nicht mehr benutzt. Aber es reichte nicht, und die Albträume hörten nicht auf. Der Mist, den ich gesehen und gemacht hatte, der mir immer wieder angetan worden war, der wollte einfach nicht verschwinden. Und als ich endlich entlassen wurde, landete ich gleich wieder auf der Straße. Sofort ging das alte Spiel wieder los. Ich nahm Heroin und verkaufte meinen Arsch, um es zu bezahlen. Ich war ein verdammter Zombie – und immer noch Teil der Finsternis. Immer noch nicht mehr als Kacke an den Schuhen anderer. Ich kannte ein paar Angst einflößende Gestalten, ein paar wirklich böse Hurensöhne. Aber die wussten, wie kaputt sie waren, und fanden's noch toll. Damals dachte ich, dass ich alles gesehen hätte, dass mich nichts mehr überraschen könnte und dass ich jeden Winkel der Finsternis schon kenne.«
Sie klammerte sich an die Rückenlehne des Stuhls, der mir gegenüber stand, und packte so fest zu, dass ihre Fingerknöchel weiß wurden. »Dann lernte ich eines Abends Bernard kennen.«

Kapitel 26

Ein Mosaik aus Erinnerungen an Bernard tauchte unerwartet vor meinem geistigen Auge auf. Aber dieses Mal waren die Eindrücke ganz zufällig angeordnet – sein Gesicht, ein Lächeln, das schnelle Aufblitzen bedeutungsloser Ereignisse, eine Rückbesinnung auf unbewusste Bilder, die nicht weiter wichtig waren. Sie verblassten, als Claudia weitersprach:

»Das erste Mal sah ich ihn kurz nach Einbruch der Nacht. Er war am Weld Square auf der Suche nach Frauen. Viele der Mädchen erkannten ihn sofort, weil er ein regelmäßiger Freier war. Er kam drei- oder viermal in der Woche hier her. Ich hatte dort schon lange nicht mehr gearbeitet und gerade erst wieder damit begonnen, deswegen hatte ich keine Ahnung, wer er war. Aber viele der Mädchen mochten ihn, sie sagten, dass er ein angenehmer Kunde war, nie Ärger machte, immer bezahlte und meistens nur einen Blowjob oder einen schnellen Fick wollte. Sie hielten ihn alle für einen harmlosen, einsamen Typen, Sie verstehen? Die Art von Männern, die einen anschließend zum Frühstück ausführten oder versuchten, sich mit einem anzufreunden. Die Sorte, die man leicht einwickeln kann, der man etwas Extra-Kohle abknüpfen kann oder so was. Ich war zehn Sekunden in seinem Auto und hielt ihn für leichte Beute. Und das können Sie mir glauben, Platon: Ich irre mich selten. Ich hatte viel zu viele Erfahrungen gemacht, als dass ich mich in Menschen täuschen würde, vor allem in Männern, und in dieser Welt konnte ein Fehler einen das Leben kosten. Aber bei ihm lag ich daneben. Völlig daneben.« Sie wirbelte den Stuhl herum, sodass er zu ihr zeigte, und setzte sich gegrätscht darauf wie ein rebellischer Teenager. »Bernard tat so, als wäre er ein armes Würstchen, und genauso wie die anderen Mädchen fiel ich zunächst auf die Masche rein. Wie gesagt, er war ein Schwindler. So machte er es. Er führte die Leute in die Irre. Aber gelegentlich passte er nicht auf und ließ die Maske ein wenig fallen. Dann erkannte man den Dämon dahinter.«

Ein Sonnenstrahl kroch durch die Vorderseite des Hauses und schien auf einen kleinen Bereich der Küche, knapp über Claudias Schulter, was mir verriet, dass die Sonne am Himmel weitergewandert war. Auch musste ein leichter Wind aufgekommen sein, da die Asche aus einem Aschenbecher neben der Spüle kurz aufgewirbelt wurde, ein paar Zentimeter in die Luft flog und dann anmutig zu Boden taumelte wie winzige schwarze Schneeflocken.

»Sie können bestimmt nachvollziehen, was ich damit meine.«

»Ja«, erwiderte ich. »Aber ich habe irgendwie nie gewusst,

dass hinter dieser Maske etwas ist, außer einem exzentrischen, traurigen und einsamen Typen. Ein kindlicher, harmloser Typ.«

»Dann ging es Ihnen genauso wie allen anderen. Das war die Grundlage seiner Macht. *Täuschung.*« Claudia knurrte. »Hinter Bernards Maske verbarg sich nur das Böse. Ich weiß es ganz genau. Ich habe es gesehen.« Sie griff in ihre Gesäßtasche, zog ein rotes Kopftuch hervor und wischte sich damit die Stirn ab. »Scheißhitze«, murmelte sie. Sie ließ das Tuch über ihren Hals wandern, über ihren Oberkörper, dann über und zwischen ihre Brüste und wischte den Schweiß damit ab. »Bernard wurde zu einem meiner Stammkunden. Ich baute mir einen Kreis solcher Kunden auf. Sie riefen mich an, und wir trafen uns auf neutralem Boden. Das war leichter und sicherer als auf der Straße zu arbeiten, und ich wusste, dass ich mich auf diese Freier verlassen konnte. Sie bezahlten und machten mir keinen verdammten Ärger. Bernard war ein paar Wochen lang ein fester Kunde, bevor wir uns wirklich besser kennenlernten. Er hatte so was Trotteliges an sich, aber da war auch etwas anderes. Es lag unter der Oberfläche. Ich brauchte eine Weile, bis ich es sah. Aber dann wusste ich, dass er mehr war als nur ein armer Hund wie die anderen, denen man das Geld aus der Tasche ziehen konnte. Hinter seinen Augen ging irgendwas vor sich. In seinem Kopf.« Wieder wirkte sie weit entfernt, während sie sich geistesabwesend mit dem Tuch abtrocknete. »Wenn man auf der dunklen Seite lebt und vor allem auch, wenn man in die finstersten Bereiche vorgedrungen ist, bekommt man so eine Art Radar, ein Gespür dafür, ob jemand anderes auch schon dort gewesen ist. Jeder, der in der Finsternis war – der echten Finsternis –, hat etwas an sich, und wir bemerken es aneinander. Egal, wie weit man vor der Finsternis davonrennt, es geht nicht weg. Es bleibt immer bei einem, wie ein Brandmal. In etwa so wie wir Ex-Knastis einander riechen können. Jemanden, der im Knast gesessen hat, erkenne ich innerhalb einer Sekunde, und umgekehrt. Ist dieselbe Sache: Ich wusste, dass Bernard sich mit der Finsternis beschäftigte, dass er mehr war, als er vorgab, und ich wusste auch, dass er eine Art Plan hatte. Die Leute in der Finsternis haben immer irgendeinen Plan. Die meisten führen ihn nie aus, weil die Finsternis dich so fertig machen kann, dass dir alles egal ist, aber Bernard war anders. Die Finsternis kontrollierte ihn nicht, so wie sie mich und all die anderen kontrollierte. *Er* kontrollierte *sie.*« Sie warf das schweißgetränkte Kopftuch auf den Tisch. »Und er verriet mir etwas sehr Wichtiges über sich selbst. Er verriet mir, dass er kein Frischling in der Finsternis war, sondern sie schon vor langer Zeit betreten und beherrscht hatte. Vor Jahren. Niemand, der sich in der Finsternis bewegt, hat so viel Selbstvertrauen, es sei denn, er ist dort schon seit Jahren.

Anfangs war alles sehr unterschwellig. Er sprach nie wirklich davon, aber wir beide wussten über den anderen Bescheid. Wir fingen an, mehr Zeit miteinander zu verbringen, nicht nur bei den üblichen Verabredungen, sondern auch darüber hinaus. Er bezahlte immer. Schien nichts anderes zu haben, für das er Geld ausgab und er hatte, wie gesagt, einen Plan. Er dachte sich wohl, dass ich irgendwie zu dem Plan passte, und er brachte mich langsam und vorsichtig in seine Welt. Ich war damals immer noch auf Heroin und spritzte mir den Scheiß bei jeder Gelegenheit rein, also war Bernard sehr praktisch für mich. Er versorgte mich mit der Kohle, die ich brauchte, um das Heroin zu kaufen, und manchmal beschaffte er es sogar für mich. Manchmal verabreichte er mir einen Schuss. Er wurde sogar richtig gut darin.«

Ich schaute prüfend auf ihre nackten Arme. Ein paar alte Narben, die meisten verheilt. Ihre Haut war nicht mehr verwüstet wie bei den meisten Abhängigen, doch ich stellte mir dieselben Arme vor, allerdings voller Schrammen und Blut – und Bernard, auf Knien, der dieser Frau eine Heroinspritze in ihre Venen einführte.

»Später habe ich ihm auch ein paarmal einen Schuss gesetzt. Er wollte es ausprobieren und es gefiel ihm auch, hin und wieder Heroin zu nehmen, aber es hat ihn nie genug begeistert, um davon abhängig zu werden. Er war süchtig nach anderen Dingen.«

»Wonach zum Beispiel?«

Wie in einem Drehbuch verschwand der Sonnenstrahl, der vorhin in die Küche gedrungen war, und die beinahe vollständige

Dunkelheit kehrte zurück. »Nach der anderen Seite«, sagte Claudia. »Folter und Tod. Zerstörung. *Blut.*«

Ein Schaudern überkam mich und einen Augenblick lang war mir nicht mehr heiß. »Die andere Seite?«, fragte ich. »Ist das wie ein Leben nach dem Tod?«

Sie nickte. »Das war Teil seines Deals. Er bereitete sich darauf vor, später auf die andere Seite zu gehen. Er glaubte, dass seine Handlungen in diesem Leben über die Macht entscheiden würden, die er im nächsten haben würde. Für Typen wie Bernard geht es nicht um Himmel oder Hölle. Nur um Macht. Seine Macht hier war auf die beschränkt, die ihm die Finsternis gab, aber er glaubte, auf der anderen Seite mächtiger sein zu können.«

»Er war wahnsinnig.«

Claudia hob eine Augenbraue. »Finden Sie?«

»Sie etwa nicht?«

Sie schaute mich eine Zeit lang an. Beinahe konnte ich hören, wie sie nachdachte. »Wir kamen einander sehr nahe, Bernard und ich. Eigentlich wollte ich das nicht, aber ich war drogenabhängig. Abhängige haben nicht gerade die Wahl. Er hielt mich in seinem Bann, und er sorgte dafür, dass ich mir so vorkam, als hätte ich ebenfalls Macht. Wie ich Ihnen schon sagte, ich war viel rumgekommen, hatte viel gesehen und eine Menge gewusst, bevor ich Bernard traf, aber Bernard ließ mich an sich heran. Deswegen wusste ich, was er machte. Und es war verdammt intensiv. Außerdem hatte ich selber die Finsternis noch nicht ganz verlassen, ich dachte, dass ich dorthin gehörte, und er war alles, was ich hatte.«

»Wussten Sie, dass er Menschen tötete?«

Claudia stand langsam, ohne Eile auf. Sie schob den Stuhl zur Seite. Sie schlich mit einer katzengleichen Bewegung um den Tisch herum, bis sie direkt neben mir stand. Ich sah zu ihr auf und war mir nicht sicher, was sie vorhatte.

Sie griff nach unten und berührte mein T-Shirt. Sie ließ ihre Finger über den Kragen und über meinen Hals wandern. Ihre Haut war feucht und angewärmt, so wie meine. »Kommen Sie her«, sagte sie mit einem lauten Flüstern, und mit einer einzigen Bewegung packte sie mein T-Shirt und zog mich aus dem

Stuhl. Ich spielte mit und ließ zu, dass sie mich aufrichtete. Ich war größer als sie und musste nach unten gucken, um ihr in die Augen zu sehen. Sie trat näher, so nah, dass ihre Brust meine eigene berührte. Sie roch nach Zigaretten, Schweiß und billigem Parfum. Sie legte mir die Arme auf den Rücken und lächelte, während sie mir damit über den Rücken, die Taille, über die Pistole an meinem Gürtel und über den Arsch fuhr. Eine Hand rutschte zwischen meine Beine. Ich schluckte nervös, als sie – hart – zugriff und dann meine Schenkel abtastete.

»Ich bin nicht verdrahtet«, sagte ich ihr.

Ohne zu antworten, kniete sie sich auf den Boden, und ihre Hände folgten über meine Knie und Unterschenkel. Sie sah zu mir auf. Ihr Gesicht war auf Höhe meines Schritts. Ich widerstand dem plötzlichen Drang, ihr Haar und ihre Wangen zu berühren. Claudia erhob sich, drehte sich lässig um und schlenderte durch die Küche zurück. »Hören Sie mir überhaupt zu, Platon? Glauben Sie, das wäre das erste Mal gewesen, dass ich es mit einem Killer zu tun hatte? Ich kannte genug gewalttätige Mistkerle, die alles gemacht haben, was Sie sich an kranken und abgefuckten Sachen vorstellen können.« Sie sah mich wieder an, als sie die Spüle erreicht hatte. »Der Unterschied war jedoch: Die meisten Leute, die ich kannte, gerieten auf die eine oder andere Weise in die Finsternis. Sie suchten sie und wurden fündig, oder sie wurden einfach hineingezogen – Sie verstehen? Aber nicht Bernard. Bernard war in ihr geboren worden.«

Ich blieb stehen. »Was meinen Sie damit?«

»Eine weitere Sucht von ihm«, sagte sie sanft. »Seine Mutter.«

»Was ist mit ihr?«

»Sie haben doch die Geschichten gehört.«

»Vor seiner Geburt lebte sie in New York, geriet an die falschen Leute, Mafia oder so, und wurde schwanger. So lauteten jedenfalls die Gerüchte. Sie sprach nie genauer darüber, genauso wenig wie Bernard.«

»Natürlich nicht.« Claudias Augen funkelten, und ich war mir nicht sicher, ob sie wirklich amüsiert war oder sich nur über mich lustig machte. »Sie zog los und geriet an die falschen Leute, das stimmt zumindest. Aber es waren keine Leute von der Mafia. Im Vergleich zu denen ist die Mafia ein Haufen Chorknaben.«

»Noch mehr Leute aus dieser Welt, von der Sie die ganze Zeit reden?«

»Verrückte Arschlöcher, die glauben, dass sie mit ihren Ritualen den Teufel herbeibeschwören und die Grenze zwischen dieser Welt und der darunter auflösen können. Leute, die glauben, dass sie beide Welten mit Ritualen und Zaubersprüchen und dunklen Gebeten beeinflussen können.«

»Und Bernard hat Ihnen das erzählt?«

»Er wusste selber nichts davon, bis ihn seine Mutter eingeweiht hat. Da war er noch ein Jugendlicher.«

Derselbe Zeitrahmen, in dem er Julie Henderson angegriffen und seinen Abstieg in den Wahnsinn, das Böse oder was auch immer zur Hölle es gewesen sein mag, begonnen hatte.

»Aber seine Mutter ließ all das hinter sich und zog nach Potter's Cove, um dort das Kind zu kriegen und Bernard in einer sicheren Umgebung großzuziehen. Sie ist vor diesen Leuten, vor dieser Welt, davongerannt, also wie konnte ...«

»Sie lief nicht davon«, sagte Claudia. »Sie ging zurück in die Welt, so wie alle anderen auch.«

»Wie *welche* anderen auch?«

»Alle, die ihnen begegnen, alle die mit ihnen gehen. Den Dämonen.« Ihr Blick erstarrte. »Dämonen, Platon.«

Ich weigerte mich zu verstehen, was sie gesagt hatte, oder konnte es nicht, und stieß ein nervöses Lachen aus. Julie Henderson hatte geschworen, wir seien von Dämonen umgeben, und ebenso wie Julie war Claudia entweder komplett ernst zu nehmen oder komplett wahnsinnig. Vielleicht beides.

»Sie dürfen sich das nicht wie eine Sekte vorstellen, die in Seidenroben um Lagerfeuer tanzt und sich satanisch nennt, damit die Leute Drogen nehmen, ficken und schlechten Rock 'n' Roll hören können«, sagte Claudia. »Ich spreche von der Finsternis. Die *echte* Finsternis und die *echten* Dinge, die sich darin bewegen, die darin leben, ist das klar? Das ist nicht wie in irgendeinem Film, sondern verdammt echt. Sie benutzen keine Junkies wie mich oder Obdachlose oder auch nur die unschuldigen kleinen Mädchen, die im Park verschwinden oder auf dem Schulhof, im Laden an der Ecke oder aus ihrem eigenen Bett geklaut werden, mitten in der Nacht. Wir sind nur Nebenfiguren, die am Rand stehen, zur beliebigen Verwendung oder Misshandlung. Dämonenspielzeug. Sie schöpfen vielmehr die älteren aus, wie Bernards Mutter. Die Mädchen aus der Kleinstadt, die sich nach New York oder Los Angeles verirren, wo sie auf der Suche nach einem besseren Leben sind. Sie zeigen ihnen die Finsternis und den Weg. Dann werden sie zurück in die Welt geschickt, um die nächste Welle zu gebären.«

»Die nächste Welle von *was?*«

»Mördern. Zerstörern. Denen, die verschlingen.«

Seid nüchtern und wachsam! Euer Widersacher, der Teufel, geht wie ein brüllender Löwe umher und sucht, wen er verschlingen kann. Bernards letzte Worte auf der gesprochenen Abschiedsnachricht.

Plötzlich fühlte ich mich in der winzigen Küche eingeengt, als ob die Wände näher rückten. »Das ist doch lächerlich. Meine Güte, Bernard wusste nicht mal, wer sein Vater war. Seine Mutter hat es ihm nie gesagt.«

»Was glauben Sie, weshalb sie das nicht getan hat?«

»Wahrscheinlich, weil sie selber keine Ahnung hatte.«

»Vielleicht aber auch, weil sie *genau* wusste, wer es war.«

Zorn stieg in mir auf. »In Ordnung, ich soll also glauben, dass es in unserer Mitte Dämonen gibt, die sich ganz normal zwischen uns bewegen, und dass *sie* für all das Böse in der Welt verantwortlich sind. Nicht wir selber, die Menschen, sondern *Dämonen*. Es ist ihre Schuld. Was kommt als Nächstes – Gartenzwerge? Und lassen Sie mich raten, der Teufel höchstpersönlich war Bernards Vater, oder? Bernard ist *Rosemaries Baby*, ja? Hören Sie doch auf, das ist gequirlte Kacke. Ich habe Ihnen schon vorhin gesagt, dass ich keine Spielchen spiele. Ich brauche Antworten, verdammt noch mal, und keine bescheuerten Märchen aus dem Mittelalter.«

»Oho, der große starke Mann stellt Ansprüche!« Claudia tat so, als zittere sie. »Sie sind derjenige, der zu mir gekommen ist, wissen Sie noch? Sie sind derjenige, der mir von seinen Träumen und Visionen erzählt hat. Sie sind derjenige, der die Wahrheit wissen wollte, also hören Sie mal genau zu, Sie Wichser. Ich habe nie behauptet, jemand anderes als die Menschen wäre für den ganzen Scheiß in der Welt verantwortlich. Aber Menschen treffen Entscheidungen – verstanden? Es gibt Versuchungen, und sobald eine Entscheidung getroffen werden soll, gibt es Kräfte, die die Menschen beeinflussen. Diese Kräfte sind echt. Einige sind gut, andere böse, und sie kämpfen fortdauernd miteinander. Sie sind in uns, um uns herum, und das wissen Sie ganz genau. Wir alle wissen das, denn wir alle hören die Stimmen in unseren Köpfen, das Flüstern. Aber wir gewöhnen uns daran, sie zu ignorieren, sie mit Wörtern wie *Gewissen* zu benennen. So geht es in den Welten zu, Platon. In dieser und der nächsten.«

Ich fuhr mir mit den Fingern durch meine schweißnassen Haare. »Ich bin so verwirrt.«

»Und genau auf so was wächst das Böse. Verwirrung. Täuschung. Unsicherheit. Chaos. Und je tiefer man eindringt, desto mächtiger und unverständlicher wird es, denn in der Finsternis ist alles unverständlich.« Claudia schob sich eine weitere Zigarette zwischen die Lippen. »Willkommen in der Champions League, Arschloch.«

»Ich kannte Bernards Mutter«, beharrte ich. *Knappe Bikinis und noch knappere Handtücher, die verrutschten und zu Boden fielen, gingen in Bilder von sonnengebräunter Haut über, die mit Öl bedeckt war.* »Ich kannte Linda.« *Das Zimmer am Ende der Treppen – ihr Schlafzimmer –, wo das Bett an der hinteren Wand stand, die beiden Nachttische am Kopfende, die nicht zueinander passten, die überquellenden Aschenbecher und leeren Alkoholflaschen.* »Sie war exzentrisch, aber ...« *Klamotten waren in Plastikkörbe gestopft und lagen im Raum verteilt, als wären sie hingeworfen oder fallen gelassen worden, an einer Wand ein Bügelbrett, an einer anderen ein Schminktisch mit Spiegel und ein Schrank.* »... sie war harmlos, völlig harmlos.« *Lippenstifte, Make-up, kleine Nagellackflaschen, Parfums und Deodorants, Seifendosen und Puder klapperten gegeneinander.* »Ich kannte sie«, sagte ich noch einmal.

»Sie kannten auch Bernard, also was beweist das schon?«

Claudia spürte offensichtlich, dass ich versuchte, mir die Vergangenheit ins Bewusstsein zu rufen, ohne die Fassung zu verlieren. Aber ich war mir nicht sicher, ob sie helfen oder alles nur noch schlimmer machen wollte. »Sie zog ihn rein, so wie man es mit Unschuldigen macht. Unser kleines Geheimnis, Sie verstehen? Sachen, über die man nicht redet, nicht einmal mit den besten Freunden, denn niemand würde es verstehen. Das Ganze ist eine langsame Verführung. Sie musste ihm nicht die Wahrheit sagen, sondern Lügen und Frevel, die als Liebe und Vertrauen verkleidet waren. Ansonsten musste sie nichts tun, nicht erklären oder festlegen, was er war oder was er machen sollte. Sie platzierte ihn einfach an der richtigen Stelle, setzte ihn auf die passende Bahn und ließ ihn los. Sie wusste von Anfang an, dass sein Weg bereits vom Schicksal – oder wie auch immer Sie es nennen wollen – vorherbestimmt war und dass er sich zurechtfinden würde. Und genau so hat er es gemacht.« Sie warf mir einen Blick zu, der möglicherweise Mitleid ausdrückte. »Die von Lindas Sorte kannte ich auch. Die gibt's wie Sand am Meer. Sex, Drugs and Rock 'n' Roll. Dazu noch ein bisschen Teufelszeug, warum auch nicht, das ist angesagt und tut nicht weh, oder? Ich habe die Zeremonien gesehen, das Gruppenvögeln, bei dem sie Mädels wie Linda fertig machen. Jeder könnte der Vater sein – oder *alles* –, aber das ist egal, denn was dahintersteckt und deren Hände führt, ist das reine bekackte Böse. Die blöden Fotzen haben keine Chance, bevor sie sich versehen, stecken sie schon viel zu tief in der Sache drin. Und wenn alles vorbei ist, bleibt am Ende nur der Teufel übrig, und er lächelt. Aber Linda war auch nicht gerade eine Heilige.« Sie zog die immer noch nicht angezündete Zigarette aus ihrem Mund. »Na ja, ich erzähle Ihnen nichts, das Sie nicht schon wüssten.«

Klopf einmal an und komm rein. Ich schloss die Augen, sah schon wieder die Treppe und im ersten Stock die offene Tür gleich rechts, hörte, wie die Flaschen auf dem Schminktisch gegeneinander klapperten, das Kopfende des Bettes schlug gegen die Wand und ließ alles im Zimmer wackeln. Mir war schlecht, wie an jenem Tag, als hätte jemand seine Finger unter meinem Bauchnabel durch die Haut gesteckt, sie bis zum

Handgelenk hineingeschoben und meinen Darm gepackt, ihn zerquetscht, darin rumgewühlt und ihn dann in einer einzigen blutigen und schleimigen Pampe herausgerissen. »Nein«, sagte ich leise, »das tun Sie nicht.«

»Die Finsternis liebt das Leugnen. Gebrochene Erinnerungen. Verschüttete Erinnerungen.«

»Damit hat also alles angefangen?«, fragte ich. »Mit seiner Mutter?«

»Wohin ging sie, als sie mit Bernard schwanger war? Und wohin ging Bernard, als er meinte, zu den Marines zu gehen? New York City. Glauben Sie, das wäre ein Zufall? Vielleicht ging er dorthin, um dieselben Leute zu treffen, die seine Mutter kannte. Dieselben Leute, mit denen sie zusammen war, als sie schwanger wurde. Vielleicht war es eine Art Heimkehr. Vielleicht hat er dort gelernt, was er später so gut beherrschte.« Claudia schob sich die Zigarette hinters Ohr. »Es gab in New York eine Menge Morde, vor allem damals, da war viel los, viel Geschichte. Zerstörer sind umhergezogen, haben die Straßen gefüttert. Mit Blut gefüttert. Darin besteht ihr Ziel: Sie wollen, dass in den verdammten Straßen Blut fließt. Das alles spielt sich periodenweise ab, und in jeder neuen Welle gibt es einen Zerstörer, eine Bestie. Der Rest verschwindet einfach, tot oder wie vom Erdboden verschluckt. *Fupp*, als wären sie nie da gewesen.«

»Moment«, sagte ich. Die Hitze war so erdrückend, dass ich Probleme beim Atmen bekam. »Er überfällt Julie Henderson als er dreizehn Jahre alt ist, macht fünf oder sechs Jahre lang nichts und geht dann nach New York und wird plötzlich ein Killer?«

»Woher wollen Sie wissen, dass er fünf oder sechs Jahre lang nichts gemacht hat?«

»Selbst wenn er andere Dinge getan hat, von denen wir nichts wissen – er geht nach New York und fängt an zu morden. Vielleicht helfen ihm diese Leute – wer zum Teufel sie auch sein mögen –, mit denen seine Mutter sich abgegeben hat, oder sie bringen es ihm bei. Er tötet innerhalb eines Jahres zwei junge Frauen. Dann hört er so plötzlich auf wie er begonnen hat und zieht zurück nach Potter's Cove, erzählt seine Geschichte über die Marines und tötet fast zwei Jahrzehnte lang nicht mehr? Serienmörder können nicht einfach aufhören, wenn sie einmal angefangen haben.«

Claudia kicherte tatsächlich. »Dafür halten Sie Bernard also – einen Serienmörder, der zufällig tötete und nicht aufhören konnte? Seine Morde waren Ritualmorde. Außerdem hat er nach New York nicht aufgehört und erst kurz vor seinem Tod wieder angefangen. Es gab noch mehr Morde.« Sie rieb sich mit den Handflächen die Augen und seufzte. »Wir saßen mal in seinem Wagen und fuhren für ein paar Tage zum Kap.« Sie senkte die Hände. Ihr Lidschatten war verschmiert. »Er meinte zu mir, dass man sie eines Tages entlang des Highways finden würde, im Gestrüpp, in den Wäldern. Er meinte, dort hätte er viele vergraben.

Ich war high. Ich lachte. Der verrückte Spinner. Vielleicht erzählte er die Wahrheit, vielleicht auch nicht. War letztlich auch scheißegal, denn das alles waren nur Übungen. Was für ihn zählte, waren die Morde, die er in den letzten Monaten begangen hatte, bevor er sich aufhängte. Darauf lief alles hinaus. Diese Leichen, die zurzeit in Potter's Cove gefunden werden – er wollte, dass sie gefunden werden.«

»Wie viele sind es insgesamt?«

»Ich weiß nicht.«

»Sie wissen ...«

»Ich weiß es nicht, verdammt noch mal! Glauben Sie, ich wäre mit ihm gegangen und hätte zugesehen und ihm geholfen?« Als Claudia die Zigarette dieses Mal in ihren Mund nahm, zündete sie sie an. »Ich kannte seinen Plan, war in seiner Nähe, hörte zu – das ist alles.«

Ich entfernte mich einen Schritt in Richtung der Hintertür. Ich musste näher am Sonnenlicht sein. »Na gut, Sie kannten seinen Plan. Was waren die Rituale?«

Claudia nahm einen Zug von ihrer Zigarette, atmete aus und entfernte einen Tabakkrümel, der an ihrer Zungenspitze kleben geblieben war. »Es geht um das Blut.«

»Die Opfer in Potter's Cove waren ausgeblutet worden«, berichtete ich ihr. »Sie sind irgendwo anders umgebracht und dann in der Stadt abgeladen worden. So war es auch bei den zwei ungelösten Mordfällen in New York, auf die Donald aufmerksam geworden ist.«

Sie nickte. »Die stärksten Zaubersprüche – die dunkelsten – verlangen immer Menschenblut. Im Blut liegt Leben. Manche glauben, dass die Seele durch das Blut wandert. Das Ritual ist sehr alt. So wie man im Mittelalter glaubte, das Böse mit einem Aderlass aus jemandem entfernen zu können, wenn er krank oder besessen war. Und so weit lagen die damaligen Ärzte gar nicht daneben. Wer das Blut nimmt, stiehlt die Seele, das Leben. Danach sind einem keine Grenzen mehr gesetzt, wenn man mächtig genug ist. Zumindest glauben das viele Leute aus Bernards Kreisen.«

»Wissen Sie, wo er es getan hat?«

»Nein.« Claudia rauchte ihre Zigarette schnell, und nach ein paar tiefen Zügen war sie bis zum Stummel geschrumpft, den sie wie zuvor in die Spüle warf. »Sie sind der Typ mit den Visionen, nicht ich.«

»Die Fabrik unten im South End«, sagte ich.

Sie schüttelte ihren Kopf in einer langsamen Verneinung. »Er kannte sich nicht gut genug in der Stadt aus, er hätte es nicht dort gemacht. Sondern irgendwo, wo er sich sicher fühlte, wo er sich auskannte wie in seiner Westentasche.«

»Warum ist mir dann diese Frau erschienen und hat mich in die Fabrik gelockt?«

»Angeblich passt in der Unterwelt nicht alles so gut zusammen wie in dieser Welt«, sagte sie. »Manchmal ist alles nur eine künstliche Darstellung – wie sagt man doch gleich: symbolisch.«

Ich bewegte mich näher auf die Hintertür zu. »In Potter's Cove gibt es auch ein paar alte, verlassene Fabriken.«

Claudia zuckte mit den Schultern.

»Und warum kommt diese Frau zu mir? Warum zu *mir?*«

»Alle Opfer waren alleinerziehende Mütter.«

»Das wusste ich bereits.«

»Nein.« Sie rutschte ein Stück an der Küchenzeile entlang und näherte sich mir. »Sie müssen mehr als nur etwas wissen – Sie müssen *verstehen*.«

»Aber ich weiß noch nicht einmal, wer zum Teufel die Frau ist.«

»Die Opfer waren alleinerziehende Mütter, alle mit Söhnen. Genau wie Bernard und seine Mutter. Zweifellos hat er alles so arrangiert, dass sie auf der anderen Seite mit ihm zusammenkommen, aber seine Taten waren auch symbolisch. Ohne seine Mutter wäre er nicht das gewesen, was er war, also tötete er sie in gewisser Weise. Er tötete sie, der er sein Leben verdankte, immer wieder. Dann, gegen Ende, ging er noch einen Schritt weiter. So schreiben es die Rituale vor. Er tötete nicht nur die Frauen, die für seine Mutter – das Leben – standen, sondern auch das Leben selbst. Das Kind, den Sohn, der ein Symbol für *Bernard* war.«

Ich war jetzt nahe genug an der Tür, um mich gegen den Rahmen zu lehnen. Der Schweiß lief mir in die Augen und über die Wangen. Ich wischte ihn mir mit dem Handgelenk ab. »Weshalb?«

»Weil es einen Frevel nach dem anderen bedeutet«, sagte sie. »Als würde er Gott ins Gesicht spucken. Er glaubte, dass diese Rituale *aus ihm* Gott machen würden. Er nahm Leben, um Leben zu schaffen. Und nachdem er den Schritt getan hatte, Mutter und Kind zu töten, blieb nur noch eine Steigerung. Das höchste Sakrileg: der Selbstmord. Das eigene Leben ganz buchstäblich zu beenden, das Leben, das Gott dir gegeben hat. Dies ist die finale Beleidigung. Und sein Selbstmord war nicht so wie bei jemandem, der krank ist oder sich aus sonst einem Grund umbringt. Sondern es war ganz bewusst geplant, damit sein eigener Tod ein Ritual ist, verstehen Sie?«

»Man wird die Leichen dieser Frau und ihres kleinen Jungen finden, nicht wahr?«, fragte ich leise. Claudia antwortete mir nicht, also sagte ich: »Ich wüsste nur zu gerne, weshalb sie zu mir gekommen ist.«

Claudia war mir zur Tür gefolgt, und mir war gar nicht aufgefallen, wie nah sie an mich herangekommen war, bis sie etwas sagte: »Vielleicht hat das Rätsel gar nichts mit ihr zu tun.«

Ich sah über meine Schulter zu ihr. »Was meinen Sie damit?«

»Täuschung. Vielleicht hat es eher mit Bernard zu tun und mit Ihnen. Vielleicht versucht sie, Ihnen zu helfen.«

»Und was ist mit Bernard?«

»Vielleicht wusste er, dass Sie zuhören würden, vielleicht hat er noch etwas zu erledigen, oder er findet keine Ruhe und kann noch nicht loslassen. Nicht alle Geister überqueren die Welten friedlich. Manche halten sich an der lebendigen Welt fest und lassen nicht los.« Sie schlüpfte an mir vorbei. Dabei kam sie mir so nahe, dass ihre Hüfte mein Bein streifte, bevor sie auf der anderen Seite des Türrahmens stehen blieb. Ein schmaler Sonnenstrahl bildete eine dünne Linie, die quer über ihr Gesicht verlief. Der verschmierte Lidschatten verlieh ihr ein merkwürdig unheimliches Aussehen. »Gehen Sie zurück zum Anfang. Schauen Sie hin. Hören Sie zu. Bleiben Sie offen, folgen Sie Ihren Instinkten, diesen Stimmen in Ihrem Kopf – wie auch immer Sie es nennen wollen. Wenn die andere Seite Sie sucht, werden Sie von ihr gefunden werden. So viel weiß ich mit Sicherheit.«

Je tiefer ich in ihre traurigen, mit schwarzer Farbe verschmierten Augen sah, desto weniger unheimlich wurden sie. »Was glauben Sie, weshalb er Sie nie verletzt hat?«

»Das habe ich nie behauptet.«

»Weshalb er Sie nie *getötet* hat?«

»Ich passte nicht ins Schema. Ich war nur ein dummer Junkie zum Ficken.« Sie lächelte ganz leicht. »Musste mir also keine Sorgen machen.«

Ich hätte noch stundenlang mit ihr reden und sie mit meinen Fragen löchern können, um mehr und mehr über ihre Zeit mit Bernard zu erfahren, aber ich musste raus aus diesem Haus. Ich kam mir vor, als würde ich darin ersticken, und zwischen Claudia und mir entwickelten sich beunruhigende Spannungen. »Danke für Ihre Hilfe«, sagte ich.

»Danken Sie mir nicht. Ich schicke Sie an keinen schönen Ort.«

»Sie schicken mich lediglich an einen Ort, wohin ich sowieso wollte.« Ich warf einen Blick auf das Poster am anderen Ende der Küche. »Ich hoffe, dass mit Florida alles klappt.«

Sie legte eine Hand auf die Fliegengitter-Tür und drückte sie auf. Sie hielt die Tür, während sie sich näher zu mir beugte. Einen Moment lang standen wir beide in dem Türrahmen. Unsere Gesichter waren nur ein paar Zentimeter voneinander entfernt. Ich konnte ihren Atem an meinem Hals spüren. »Seien Sie vorsichtig da draußen, Platon.«

Kapitel 27

Sonntagnachmittag. Es war heiß, und ich war erschöpft. Ich machte vor den Treppen, die zu meiner Wohnung führten, eine Pause und starrte eine Weile auf das Leben um mich herum, als wäre ich der Einzige, der sich bewegt, und alles andere stünde still.

Pärchen gingen Hand in Hand vorbei, Kinder spielten in der sonnigen Bucht auf der anderen Straßenseite. Aus vorbeifahrenden Autos dröhnten schwere Bässe, und in der Luft hingen Essensgerüche, die typisch für das Viertel waren.

Ich hatte die Hälfte der Stufen hinter mich gebracht, bevor mir auffiel, dass die Wohnungstür offen stand. Ich erstarrte für einen Augenblick, dann packte ich das Geländer und zog mich ein Stück höher, um vielleicht etwas durch die Öffnung zu erkennen. Rasch schaute ich nach unten auf die Parkplätze. Die Wagen gingen ineinander über, so wie alles andere auch in dieser brütenden Hitze. Nichts sah wie ein einzelner Gegenstand aus, der sich von den anderen unterschied. Die Welt bestand aus weichen Kanten und glatten Winkeln, einem nebelhaften Film aus Farben und Formen, die von dem unablässigen Brennen der glühenden Sonne verzerrt wurden.

Ich kletterte die letzten Stufen hinauf, wobei ich mir meines Gewichts und dem Geräusch meiner Schritte auf dem alten Holz bewusst war. Als ich den Absatz vor der Tür erreichte, zog ich meine Pistole aus dem Holster und hielt sie gegen meinen Oberschenkel gedrückt, während ich die Tür mit meiner freien Hand ganz öffnete.

Im Inneren stand Toni, geschützt vor der Sonne.

Ich weiß nicht, wie ich auf die Idee gekommen war, dass es jemand anders hätte sein können.

Meine Nerven beruhigten sich, und ich trat zu ihr. Die Tür schloss ich hinter mir. Ich schob die Pistole zurück in das Holster und zog das ganze Ding aus meinem Gürtel.

»Warum trägst du eine Waffe, Alan?«

Ich hatte ihre Stimme eine ganze Weile lang nicht gehört, und es beunruhigte mich, wie wenig vertraut sie bereits klang. Ihre Kleidung wirkte neu: kleine lila Shorts, ein passendes ärmelloses Shirt und weiße Keds. Eine Sonnenbrille saß auf ihrem Kopf. Sie war gebräunt und sah gesund aus, was in Anbetracht der Umstände irgendwie schockierend war. »Ich wusste nicht, dass du vorbeikommen würdest«, sagte ich.

Erst da bemerkte ich die Nylontasche, die baumelnd in ihrer Hand hing. Sie schwenkte sie neben ihrem Bein lässig hin und her. »Ich will noch ein paar Sachen mitnehmen.«

Als Antwort nickte ich. Ich hatte auf etwas Besseres gehofft. *Ich komme zurück* vielleicht. Oder sogar: *Ich wollte dich sehen*. Es kam mir unmöglich vor, dass so schnell ein solcher Abgrund zwischen uns hatte entstehen können. Egal, ob es gut, schlecht oder unwesentlich war, noch vor ein paar Wochen hatte ich den Tag mit dieser Frau verbracht, mit ihr auf dem Sofa gekuschelt oder war mit ihr spazieren gegangen. Hätte vielleicht einen Film ausgeliehen. Auf geradezu lächerliche Weise hatte ich nicht daran gedacht, dass sich trotz unserer Probleme je etwas ändern würde, dass etwas außerhalb unseres kleinen Kokons wichtig sein könnte. Ich hatte nie bezweifelt, dass ihr Atem immer in meinem Nacken war, ihr Kopf auf meiner Brust, ihre Arme um meinen Rücken, ihre Lippen an meinen, dass ihre Träume und Ängste und Wünsche sich mit meinen vermischten. Verstand sie nicht, dass ich mich langsam auflöste? Dass Bernard ein Teufel gewesen und ich verirrt war, in der Finsternis verirrt, und dass Bernard dort bei mir war? Wusste sie nicht, wie sehr ich sie in diesem Moment brauchte? Brauchte sie nicht auch *mich?* Hatte sie mich je gebraucht?

»Wie geht's dir?«, fragte sie. Bevor ich antworten konnte, sagte sie: »Du siehst müde aus.«

»Unter anderem.«

Toni umfasste die Tasche mit beiden Händen, als wäre es so bequemer, und drückte sie fest gegen ihre Brust. Sie drückte die Tasche zusammen, da sie immer noch leer war. Ich spielte kurz mit dem Gedanken, Toni überreden zu können, doch hierzubleiben, oder sie zumindest davon abzuhalten, noch mehr aus der Wohnung mitzunehmen. Ich war mir nicht sicher, wie viel mehr aus unserem Zuhause entfernt werden konnte, ohne dass aus den Resten die Überbleibsel einer nicht mehr bestehenden Beziehung wurden. »Sie haben noch eine Leiche gefunden, unfassbar, oder?«, meinte sie.

»Ja, unten am öffentlichen Strand.« Ich betonte das Wort *öffentlich,* denn das Cottage, das Tonis Freundin Martha ihr zur Verfügung stellte, befand sich an einem der wenigen Privatstrände der Stadt.

Sie seufzte und warf mir einen etwas finsteren Blick zu. »Die ganze Stadt hat Angst. Es gibt kein anderes Gesprächsthema. In den Nachrichten, im Fernsehen, Radio und den Zeitungen geht es um nichts anderes mehr. An manchen Tagen sind sogar Reporter von den überregionalen Medien hier. Die Leute schauen sich jetzt auf der Straße misstrauisch an, und überall sind FBI-Agenten und irgendwelche komischen Privatbullen. Es ist wie in einem Kinofilm. Ist dir aufgefallen, wie viel ruhiger es nachts geworden ist? Alle gehen nach Hause, verriegeln die Türen wie im Gefängnis und verstecken sich. Furchtbar.«

Ich zuckte die Achseln. »Dort, wo du jetzt bist, war es sowieso nie besonders laut.«

Sie redete weiter, als habe sie mich nicht gehört. Die Worte kamen schnell aus ihrem Mund. »Die Polizei meinte sogar, dass die Opfer nicht erst kürzlich ermordet worden sind, sondern vor Monaten. Die Polizei sagt das so, als ob es die Leute beruhigen würde, als ob der Mörder weitergezogen ist oder zumindest *in letzter Zeit* niemanden umgebracht hat. In einem Artikel wurde sogar eine anonyme Quelle bei der Polizei zitiert, dass der Mörder auf der Durchreise sei und die Stadt mit großer Wahrscheinlichkeit schon wieder verlassen hätte. Anscheinend reisen einige Killer mit dem Zug durchs Land, so wie Landstreicher auf Güterzügen. Die Killer springen also auf Züge, bringen von Ost bis West Leute um, und da der Zug durch Potter's Cove gefahren ist, na ja, du weißt schon ... In einem Artikel stand, der Mörder habe es auf alleinerziehende Mütter mit geringem Einkommen abgesehen.« Toni senkte die Tasche und hielt sie mit beiden Händen vor ihren Oberschenkeln wie ein Schulmädchen. »Jedenfalls hat der Stadtrat dazu in der Zeitung auch eine Stellungsnahme abgegeben, weil morgen der 4. Juli ist und so weiter, hast du das gelesen? Der 4. Juli ist der offizielle Startschuss für die Urlaubssaison, und der Tourismus soll nicht darunter leiden, dass ... bla, bla, bla ... Unglaublich, oder?«

»Eigentlich wundert mich nichts.«

»Das Feuerwerk findet trotz allem statt.«

»Ich habe Feuerwerk immer gehasst.«

Sie wurde sehr ruhig. »Alan, glaubst du wirklich, dass Bernard etwas mit diesen Morden zu tun hatte?«

Ich stand wie ein Idiot da und hielt die geholsterte Pistole in meinen Händen. »Ich bin mir nicht sicher.«

»Also bist du nicht mehr davon überzeugt, dass ...«

»Nein«, sagte ich. Ich wollte nicht, dass sie in die Sache hineingezogen wurde, wollte nicht, dass sie wusste, was ich wusste, und erst in diesem Augenblick begriff ich, wie sehr ich sie immer noch liebte und den Drang verspürte, sie auf eine antiquierte, typisch männliche Art zu beschützen. Unter all dem älter und weiser gewordenen Äußeren, jenseits aller Enttäuschungen und Komplikationen, steckte immer noch das Mädchen, das ich als Teenager im Arm gehalten hatte und dem ich alberne und melodramatische Liebesschwüre zugeflüstert hatte, während ich ihr Gesicht sanft mit Küssen bedeckte. Da erinnerte ich mich daran, wie sie schmeckte und wie sie sich anfühlte – ihre Augen und die Nase und Wangen und Lippen und das Kinn. Ich war mir so sicher, dass ich durch bloße Willenskraft den Schmerz daran hindern konnte, sie je wieder zu erreichen, nur indem ich sie in meinen Armen hielt und sie so fürchterlich liebte. »Ich ... bin mir nicht mehr so sicher, wahrscheinlich nicht, ich ... Nein, ich habe mich vermutlich geirrt. Er hatte wahrscheinlich nichts damit zu tun, ich war nur ... Ich war der Meinung, er hätte etwas damit zu tun, aber jetzt nicht mehr.« Ich lächelte verlegen.

»Ist mit dir wirklich alles in Ordnung?«

»Natürlich ist mit mir nichts in Ordnung!« Ich wollte schreien, tat es aber nicht. Stattdessen kamen die Worte unsicher und gedämpft aus mir heraus. »Ich muss nur ein paar Dinge klären.«

»Wenn du doch bloß mit jemandem reden würdest, Alan.«

»Ich rede gerade mit dir.«

»Du weißt, was ich meine.«

»Nein, das glaube ich nicht.« In Wahrheit hatten wir jedoch mehr miteinander geredet, seitdem unsere Probleme begonnen hatten, als in den Jahren zuvor. Obwohl wir so an unsere Beziehung gewöhnt waren, verbrachten wir den Großteil unserer Zeit schweigend miteinander. An manchen Tagen war das Schweigen ein Zeichen dafür, wie stark unsere Verbindung war – wir brauchten keinen Small Talk, all so etwas lag hinter uns, und wir konnten still beieinander sein, ohne das ganze Geplapper –, aber es warf auch ein Licht auf das, was unter der Oberfläche schwärte.

Toni hielt die Tasche wieder hoch. »Tja, ich wollte nur schnell ein paar Sachen einpacken.«

»Du meinst, ich sollte mit jemandem wie Gene reden?«

Das Erwähnen seines Namens ließ sie nicht – so wie ich es gewollt hatte – zusammenzucken. Ihre Gesichtszüge wurden höchstens weicher. »Nimmst du noch deine Tabletten?«

»Nein.«

»Sie helfen dir beim Einschlafen.«

»Ich will nicht einschlafen.«

»Und du meinst, das wäre eine gesunde Einstellung?«

Ich fragte mich, was die beiden zusammen anstellten, abgesehen von dem Offensichtlichen. Über was redeten sie? Lehnte sie sich nachts vertrauensvoll an ihn, so wie sie es mit mir getan hatte? Lachten sie zusammen wie wir? Erzählte sie ihm die Dinge, die sie mir erzählt hatte? Spielte irgendetwas davon noch eine Rolle? Ich fragte mich, ob sie je an mich dachte, wenn sie mit ihm zusammen war. »Ich brauche nur ein wenig Zeit, um wieder zurechtzukommen«, sagte ich. Sofort, als die Worte über meine Lippen drangen, klangen sie bedeutungslos, aber mehr hatte ich nicht zu bieten.

Sie nickte mir zu, als ergäbe plötzlich alles Sinn.

»Du fehlst mir«, sagte ich und griff, ohne nachzudenken, nach ihr. Sie verkrampfte sich ein wenig – eine kaum merkbare Reaktion, aber immerhin ehrlich. Ich ließ meine Hand sinken.

Ihre Augen wurden wässrig. »Meinst du, dass irgendwann wieder alles zwischen uns stimmen wird?«

»Du bist diejenige, die gegangen ist«, sagte ich. »Du bist diejenige, die nachdenken musste.«

Sie sah mich mit einem Gesichtsausdruck an, der besagte: *Und du bist derjenige, der verrückt geworden ist.*

Ich ließ sie gehen und beobachtete, wie sie mit einem federnden Gang ins Badezimmer ging, den ich seit Jahren nicht mehr an ihr gesehen hatte. Ihr Körper war nicht mehr im Einklang mit ihren Gefühlen. Lebhaft und nachdenklich. Es kam mir wie eine schlau gemachte Täuschung vor, so wie ein Illusionist sein Publikum in die Irre führt, und plötzlich nahm ich ihr den Versuch, die Fassade einer gesunden und selbstbewussten Frau aufrecht zu erhalten, übel. Aber tief in meinem Inneren konnte ich ihr keinen Vorwurf machen, und ich war froh, dass sie bald gehen und sich von mir entfernen würde, jedenfalls vorübergehend. Bernard war eine Krankheit, und er hatte mich infiziert. Ich wollte nicht, dass es ihr genauso ging, und solange ich ihn nicht loswurde, bestand ein Risiko für sie. In letzter Zeit kam ich mir sehr ansteckend vor.

In der Küche legte ich meine Waffe auf die Ablage und kippte schnell einen Whiskey runter. Während er durch meinen Körper rutschte, hinterließ er eine wärmende Spur, die mir sehr willkommen war und meine Nerven etwas beruhigte. Nachdem ich einen weiteren Whiskey getrunken und das Schnapsglas in die Spüle gestellt hatte, hörte ich, wie Toni im Badezimmer herumwühlte.

Ich traf sie vor der Einganstür und achtete darauf, nicht zu nahe an sie heranzukommen.

»Hab alles«, sagte sie leise. Die Tasche platzte nun beinahe aus den Nähten vor Gegenständen aus dem Medizinschrank und den Regalen im Badezimmer. Ich hatte vorhin auch gehört, wie sie die Schubladen der Kommode geschlossen hatte. Also befanden sich in der Tasche noch mehr Kleider. Sie lächelte, obwohl sie es nur mir zuliebe tat. »Ich hoffe, du hast einen schönen vierten. Wir sprechen uns bald, ja?«

Mein Vorrat an Geplauder war verbraucht. Der Whiskey drang durch meine Poren und vermischte sich mit dem Glanz der Schweißschicht, die meine Haut bereits bedeckte. Die verdammte schwüle Luft bedeckte einfach alles. Ich nickte, sagte aber nichts.

Mit leicht gebeugtem Kopf huschte Toni an mir vorbei durch die Tür.

Aus einem schwarzen Winkel der Hölle heraus flüsterte Bernard mir zu, und als meine Frau die Stufen hinabstieg und in die verschwommene Hitze dort unten eintauchte, kam ich nicht umhin, mich zu fragen, ob ich sie jemals wiedersehen würde.

Kapitel 28

Gehen Sie zurück zum Anfang, hatte Claudia gesagt. Und genau das tat ich.

Nachdem Toni gegangen war, fuhr ich quer durch die Stadt zu dem Viertel, in dem ich aufgewachsen war, und parkte vor dem Haus, in dem Bernard und seine Mutter jahrelang gelebt hatten. Dieselbe Nostalgiewelle wie beim letzten Mal, als ich den geheiligten Tummelplatz meiner Jugend aufgesucht hatte, überkam mich. Obwohl die meisten Erinnerungen angenehm waren, versanken sie in Schwärze, sobald ich mich Bernards altem Haus zuwandte, das immer noch leer stand und langsam verrottete. Das Haus sah nicht viel anders aus als im Winter, abgesehen von einem Schild mit dem Namen eines Maklers, das im Vorgarten im Boden steckte. Anscheinend hatte sich die Bank doch dazu entschieden, das Haus zu verkaufen, bislang aber nichts unternommen, um es besser aussehen zu lassen. Ich nahm deswegen an, die Verkaufsabsicht sei ziemlich neu. Ein paar Meter neben dem Maklerschild stand ein weiteres Schild, auf dem *Betreten verboten!* zu lesen war. Potenzielle Vandalen wurden gewarnt, dass sie die volle Härte des Gesetzes zu spüren bekommen würden.

Ich sah in den Rückspiegel. Es war später Nachmittag, aber die Schwüle immer noch tödlich. Die übrigen Häuser in der Straße waren mit Ventilatoren in den Fenstern und Klimaanlagen ausgestattet, und außer zwei Jungen, die Fahrrad fuhren, befand sich niemand auf der Straße. Angesichts all dessen, was in der

Stadt geschah und der ganzen Polizei überall, wollte ich mich auf keinen Fall als jemand verdächtig machen, der in einem geparkten Auto in einer Gegend saß, wo er nicht mehr wohnte. Also zog ich einen Stift aus meinem Blendschutz und tat so, als schriebe ich die Telefonnummer von dem Maklerschild auf, während die zwei Jungen lachend vorbeiradelten und sich Dinge zuriefen. Ich sah ihnen zu, bis sie hinter der Kurve am Ende der Straße verschwunden waren. Sie hätten auch Geister von Bernard und mir sein können: mit freiem Oberkörper, abgeschnittenen Jeans, für den Sommer kurz rasierten Haaren, gebräunt von all den Stunden, die sie draußen und am Strand gespielt hatten. Sorglose Versionen von uns, in weniger schwierigen Zeiten.

Falls es solche Zeiten jemals wirklich gegeben hatte.

Sobald die Jungs außer Sichtweite waren und es in der Straße wieder ruhig war, stieg ich aus dem Wagen. Für den Fall, dass mich jemand beobachten sollte, schlenderte ich um das Haus herum wie jemand, der sich für einen Kauf interessierte. Dann bog ich an dem Gartenzaun ab, der neben dem Haus verlief. Der Rasen war tot, so wie im Winter, aber jetzt lag es daran, dass er von Sonne und Käfern verbrannt und abgefressen war. Ich öffnete das Tor und ging hindurch. Leise schloss ich das Tor hinter mir wieder. Ich sah zu den Baumkronen direkt hinter dem Garten auf, wie beim letzten Mal, als ich hier gewesen war. Aber heute grüßten oder warnten mich keine Vögel. Nur die Stille.

Noch mehr Fenster waren mit Steinen eingeworfen worden. Auf die Hintertür des Hauses waren weitere Graffiti gesprüht worden, darunter ein schlecht gemaltes Pentagramm, diverse Obszönitäten und die hingeschmierten Namen einiger Rockbands, die ich kannte. Ich konnte mir gut vorstellen, dass ein solches Haus in Potter's Cove, wo es wenig zu tun gab, für Teenager schnell zu einem nächtlichen Treffpunkt werden konnte. Das gruselige Haus um die Ecke, das leer steht und leicht betreten werden kann, um abzuhängen, Bier zu trinken, Gras zu rauchen – oder was auch immer.

Ich überquerte die zementierte Terrasse. Die Liege, Gartenmöbel und die Müllbeutel aus Plastik vom letzten Mal waren verschwunden. Stattdessen lagen auf dem Boden Zigarettenstummel und ein paar leere Bier- und Schnapsflaschen.

Da bemerkte ich die Schiebetür, die ins Haus führte.

Ein Teil des Glases in der unteren Hälfte fehlte. Allem Anschein nach war es eingetreten worden. Die Tür war zwar verschlossen, aber die hölzerne Halterung, mit der sie in der Leiste gehalten wurde, war verschwunden.

Das unzweifelhafte Gefühl, beobachtet zu werden, kehrte wieder. Ich warf einen Blick zurück auf den Garten und die Bäume. Nichts. Nicht einmal ein leichter Windhauch. Nur Hitze, Himmel und Stille.

Ich versuchte, die Schiebetür zu bewegen. Sie öffnete sich geräuschlos und ein modriger Luftstoß schlug mir entgegen, ein feuchter und schimmeliger Gestank, der noch unangenehmer wurde, als er sich mit der schwülen Luft hinter dem Haus vermischte. Ich wedelte den ersten Schwall mit den Händen beiseite und trat dann durch die geöffnete Schiebetür in die Küche.

Für mich wohnten in dem Haus noch sehr lebendige Erinnerungen.

Ich konnte Bernards Mutter beinahe sehen, wie sie an einem heißen Sommertag wie heute umherhuschte, in Hausschuhen mit hohen Absätzen und einem Frotteebadetuch, das nicht viel verbarg, erst recht nicht den Bikini, den sie darunter trug. Ich erinnerte mich daran, wie sie uns Limonade einschenkte und zurück zum Kühlschrank tänzelte, während aus dem Radio auf der Ablage Musik spielte. Tommy, Rick, Donald, Bernard und ich – nur Kinder – drängten uns um den Tisch, waren vom Spielen verschwitzt und außer Atem, tranken gierig unsere Limonade, lachten und durchlebten die Abenteuer des Tages noch einmal.

Da fiel mir auf, wie lange es her war, dass ich dieses Haus betreten hatte. Obwohl Bernard auch als Erwachsener noch hier gewohnt hatte, kam er lieber zu uns anderen nach Hause oder traf sich an neutraler Stelle mit uns – und seltsamerweise hatten wir das in Ordnung gefunden. Das letzte Mal hatte ich – soweit ich mich erinnern konnte – ein paar Wochen, bevor Linda mit Krebs ins Krankenhaus musste, dieses Haus betreten. Das ist nun schon einige Jahre her, dachte ich. Merkwürdig.

Die Erinnerungen verblassten und ließen eine schmutzige, marode Küche und den modrigen Gestank zurück. Im Haus herrschte eine unangenehme Stille. Die Wände und die Fenster, die immer noch intakt waren, sorgten für eine unnatürliche Ruhe und einen Puffer zur Außenwelt, die irgendwie anders wirkte, eindringlicher und endgültiger. Obwohl die Fenster, die nicht zersprungen waren, schmutzig und verschmiert waren, achtete ich dennoch darauf, ihnen fernzubleiben.

Der Boden war dreckig, voller Erde, die von draußen hereingetragen worden war, und etwas, das ich für den Kot von Nagetieren hielt. Ich durchquerte die Küche und trat in das Wohnzimmer. Einst war der Boden lückenlos mit Teppich ausgelegt gewesen, aber aus irgendwelchen Gründen war er herausgerissen worden. Darunter zeigte sich ein alter Holzfußboden. Das Zimmer wirkte größer, als ich es in Erinnerung hatte, da sämtliche Möbel entfernt worden waren. Die Tapete war zerrissen und hing stellenweise herunter, und auf die Mauer und sogar auf den Boden waren noch mehr Graffiti gesprüht. Ich ging um einen Haufen Unrat herum auf die Diele zu, die sich direkt an die Eingangstür anschloss. Zu meiner Linken führte die Treppe in den ersten Stock. Dahinter lag ein kurzer Flur, an dessen Ende ein Badezimmer war.

Ich stand vor der Treppe und sah nach oben. Dort wartete die Dunkelheit auf mich, in mehr als einem Sinn. Ich wischte mir den Schweiß von meinen Händen an der Hose ab und stieg langsam die Stufen hinauf. Der Teppich auf den Stufen war noch vorhanden und federte meine Schritte ab, aber das Geländer war so zerkratzt, als hätte es jemand mit einem Messer bearbeitet. Die Zerstörung, die die Jugendlichen in der Zeit angerichtet hatten, seitdem das Haus leer stand, war überraschend. Vor langer Zeit, als wir selber Jugendliche gewesen waren, hätte ich mir niemals vorstellen können, dass ein Haus, in dem ich so viel Zeit verbrachte und mit dem ich so viele gute und schlechte Erinnerungen verband, einmal so enden könnte. Aber so war es nun mal. Eine tote Hülse, ein verwitterndes Mahnmal an nichts.

Als ich oben ankam, zögerte ich. Meine Hand lag immer noch auf dem Geländer. Es war nicht ganz dunkel, aber aufgrund der niedrigen Decke und der Lage der Fenster im ersten Stock drang nur wenig Licht bis zur Treppe. Hier war der moderige Geruch nicht ganz so schlimm, dafür gab es einen anderen Duft, der mir zuvor nicht aufgefallen war. Es roch nach Schwefel, nach gerade entzündeten Streichhölzern. Ich nahm die letzte Stufe, und als ich oben angekommen war, sah ich direkt vor mir ein Schlafzimmer. Lindas Schlafzimmer. Etwas weiter den Flur entlang lag Bernards altes Zimmer, also senkte ich den Blick und floh in Richtung des Zimmers in der Hoffnung, dem Schlafzimmer wenigstens noch ein bisschen länger ausweichen zu können.

Das Licht nahm zu, während ich mich Bernards Zimmer näherte. Einst hatte sich dort eine Tür befunden, aber sie war nun ausgehängt und gegen die Wand neben dem Türrahmen gelehnt worden. An manchen Stellen war sie eingetreten. Der Raum selbst war leer. Ich ging hinein, wie so viele Male im Laufe der Jahre, aber jetzt war das Zimmer so unpersönlich und unwirtlich wie ein offenes Grab. Vor meinem geistigen Auge konnte ich immer noch Bernards Bett, seinen Schreibtisch, seinen Schallplattenspieler und die Poster sehen, mit denen die Wand bedeckt gewesen war. Der Wandschrank befand sich rechts von mir. Ich öffnete die Tür weit. Aber abgesehen von einer Kordel, die an einer Lampenfassung von der Decke hing, war auch er leer.

Ein leises Kratzen ließ mich erstarren. Eine Bewegung. Ein Trippeln in der Mauer, als wäre Bernard darin eingeschlossen und würde sich nun seinen Weg aus seinem Gefängnis kratzen.

Mäuse, sagte ich mir, *es sind bloß Mäuse*.

Durch den leeren Flur hallte ein Lachen, das ich kannte – ein Echo, das so lange zurückgeworfen wurde, bis es klang wie von vielen Stimmen. Die Toten, die sich über die Lebenden lustig machten. Aber es war Bernards Lachen, das sich andauernd wiederholte.

Selbst tot war er noch verlassen, im Schatten hinter Täuschungen verborgen.

Ich beruhigte mich ein wenig, sog das Lachen in mich auf und brachte es zum Schweigen. Langsam ging ich das Zimmer ab und fand nur eine ziemlich lethargische Wespe, die über eine der zerbrochenen Fensterscheiben auf der Straßenseite kroch. Im Moment waren wir alleine.

Ich zwang mich, zurück in den Flur zu gehen, zurück zu dem anderen Schlafzimmer. Ich fühlte mich wie die schläfrige und orientierungslose Wespe. Auch so eine Kreatur, die falsch abgebogen war und sich zwischen diesen abgestorbenen Mauern verirrt hatte und dazu bestimmt war, ihre letzten Stunden gemeinsam mit den Geheimnissen zu teilen, die an diesem Ort gefangen waren.

Welche Geheimnisse, Alan? Welche Geheimnisse leben hier?

Geheimnisse. Erinnerungen. Lügen. Nervöses Lächeln und gesenkte Blicke ersetzten alles, was zuvor existiert hatte, als sich Behaglichkeit in Grauen verwandelte. Vergessen, unterdrückt, nach ganz tief unten. So tun, als ob es reichen würde, nicht an den Teufel zu glauben, dass er dadurch unschädlich gemacht würde und wir uns vor ihm schützen könnten, während der Unglaube ihn doch nur stärker machte.

All die guten und klaren Erinnerungen liegen länger zurück, vor unserer Jugend, bevor wir uns in Körper und Geist veränderten, ebenso wie in der Art, in der wir die Welt sahen, wie wir sie wahrnahmen. Bevor Bernard in ein Reich eingeführt worden war, von dem er noch nicht wusste, dass es sein Erbe war. Was einst ein normaler Treffpunkt und sicherer Hafen gewesen war – Bernards Haus –, war nicht länger dasselbe, sobald die Veränderungen eintraten, denn alles war zu kompliziert und seltsam geworden. Die Erinnerungen waren nicht mehr gut, sorglos und unschuldig, sondern schlecht, dunkel und beschämend. Wir mussten auf Distanz bleiben – wir alle –, sonst würden wir uns erinnern. Und wir wollten uns nicht erinnern. *Ich* wollte mich nicht erinnern.

Aber ich hatte keine Wahl mehr.

Was hast du gesehen?

Das Schlafzimmer war näher gekommen. Ich hätte die Hand ausstrecken und den Türrahmen berühren können, wenn ich es gewollt hätte. Meine Kehle trocknete aus, meine Lippen wurden klebrig, und als ich in den Raum trat, stellte ich fest, dass ich am ganzen Körper zu zittern begonnen hatte. Ich zwang mich dazu, mich umzusehen.

Wie der Rest des Hauses, war auch das Schlafzimmer leer, doch ich sah die Vergangenheit – Lindas Schlafzimmer – und alles, was sich vor so langer Zeit darin befunden hatte. Das Zimmer neben der Treppe, das Bett an der hinteren Wand, die nicht zueinander passenden Nachttische auf beiden Seiten des Kopfendes, das Durcheinander aus überquellenden Aschenbechern und leeren Schnapsflaschen. Klamotten waren in Plastikkörbe gestopft und lagen im Raum verteilt, als wären sie hingeworfen oder fallen gelassen worden. An einer Wand lehnte ein Bügelbrett, an einer anderen standen ein Schrank und ein Schminktisch mit Spiegel. Lippenstifte, Make-up, kleine Nagellackflaschen, Parfums und Deodorants, Seifendosen und Puder klapperten gegeneinander.

Und was noch? Was hast du sonst noch gesehen?

»Herr im Himmel«, flüsterte ich und stützte mich aus Angst, andernfalls zusammenzubrechen, gegen die Tür.

Kerzen. Die Vorhänge waren zugezogen und die Kerzen im ganzen Raum verteilt. Schwarze Kerzen. Wer ... Weshalb schwarze Kerzen? Weshalb ...

Was noch, Alan?

Schmerzen bohrten sich in meine Schläfen wie Eispickel. Ich presste meine Hände von beiden Seiten gegen meinen Kopf, weil ich hoffte, das furchtbare Pochen abwehren zu können, wenn ich meinen Schädel nur hart genug zusammendrückte. Meine Augen füllten sich mit Tränen, die mir in den Rachen tropften.

Das Bett bewegte sich und wackelte, das Kopfende schlug gegen die Wand, der Lattenrost heulte rhythmisch quietschend auf, während die Kerzen hüpfende Schattenfiguren an die Decke warfen. Und Geräusche – Wörter –, nein, *Gebete,* die aber fremdartig klangen und rückwärts gesprochen waren, verdreht und spöttisch.

Lindas Augen, ihr nackter Körper, glitschig vor Schweiß, mit jedem Stoß warf sie sich nach vorne und wieder zurück, ihr Kopf schlug gegen das Kopfbrett, und ihre Stimme war immer noch tief und drängend, sogar, nachdem sie ihre dunklen Gebete aufgesagt hatte. *Guter ... guter ... guter Junge*.

Ich schloss meine Augen, doch die Vision verschwand nicht. Sie weigerte sich, mich in Ruhe zu lassen.

Es ist Nacht, was keinen Sinn ergibt, denn es ist nicht Nacht, nicht wirklich. Damals war es auch nicht Nacht gewesen, aber hier – an diesem Ort in einem Traum – schon. Ich liege auf dem Boden und schaue fern, und sie sitzt hinter mir auf der Couch. Sie ruft mich, ich drehe mich um, sie will, dass ich rüberkomme und neben ihr sitze. Das mache ich, wenn auch nur zögerlich, denn ihre Absicht ist mir nicht klar, ebenso wenig wie meine eigene. Solche Absichten und Gefühle sind immer noch neu für mich. Ich versuche immer noch, viele von ihnen zu entschlüsseln, zu entdecken, was sie sind und warum ich sie habe, aber dennoch sitze ich neben ihr.

Sie wendet mir ihren Rücken zu, blickt über ihre Schulter und lächelt. Sie wirft ihr Haar nach hinten. Sie sieht aus wie eines der Models aus der Werbung für Make-up im Fernsehen, wie ein Filmstar. Ich habe Angst und bin wütend auf mich selber, weil ich so nervös bin. Ich sollte ein Mann sein, obwohl ich noch kein Mann bin. Ich sollte keine Angst vor Frauen haben, vor einer spärlich bekleideten schönen Frau, die mein Freund ist und mich mag und will, dass ich sie auch mag. Nur ein paar schnell verlaufende Monate bevor Bernard und ich im Wald zusammenhockten und über seinen geheimen Pornovorrat kicherten. Wir hatten keine Ahnung, dass solch kindliche Dinge nicht weit von der Flammenzunge entfernt waren, die selbst damals schon immer näher auf uns zukam.

Meine Angst und meine Lust sind eins, als sie ihre Hände auf ihre Brüste legt.

Sie bittet mich, ihr Bikini-Oberteil auszuhaken. Ich lache. Das muss ein Traum sein, ist aber die Wirklichkeit. Sie meint es völlig ernst. Keine Sorge, sagt sie, ich will, dass du es tust.

Während sie mich weiterhin ermuntert, kämpfe ich mit dem Plastikhaken. Meine Hände zittern.

Als er sich endlich löst, spüre ich in meinem Magen neben meiner Nervosität auch plötzliche Aufgeregtheit. Mein Gesicht ist so heiß, dass ich weiß, wie rot es sein muss. Ich befürchte, idiotisch auszusehen, sogar, als sich etwas in meinen kurzen Hosen regt und ich spüre, wie es sich wütend gegen meinen Schenkel presst.

Sie hält ihren Bikini nun fest – nur ihre Hände halten ihn jetzt noch davon ab, herunterzufallen und zu offenbaren, was darunter liegt und worauf ich bisher immer nur einen kurzen Blick erhascht habe.

Sie ist die furchteinflößendste und schönste Frau, die ich je gesehen habe. In den letzten Monaten habe ich mich so oft gefragt, ob dies passieren würde, und jetzt, wo es so weit ist, bin ich mir nicht sicher, was ich tun soll. Der selbstsichere und talentierte Liebhaber, der ich in meinen jugendlichen Träumen bin, ist in Wirklichkeit ein ungeschickter und verängstigter Trottel. Außerdem ist das hier anders, es ist ... Ich hasse mich dafür, so schwach und kindisch zu sein. Ich lächele und weiß, dass das, was hier geschieht, falsch ist. Dennoch starre ich auf ihre gebräunte Haut, die weich und warm und bronzefarben ist. Sie weiß, dass ich sie ansehe.

Ihre Hände fallen in ihren Schoß, gefolgt von dem Bikini, der auf ihre Knie rutscht. Die Kordeln baumeln über ihre Schienbeine. Ihre nackten Zehen, die hellrosa lackiert sind, graben sich in den Teppich, und sie dreht ihre Hüfte, sodass wir einander ansehen. Sie schiebt eine Hand zwischen ihre Beine und reibt damit gegen ihre Bikini-Hose. Mit der anderen Hand berührt sie mein Gesicht und streichelt es zärtlich mit ihren Fingern. Langsam zieht sie mein Gesicht an sich, in Richtung ihrer Brust, und ich folge ihr, lasse es zu, dass sie mich dorthin zieht und meinen Mund gegen sie drückt. Ihr brauner Nippel reibt gegen meine Unterlippe. Er krümmt sich, wird fest und hart. Sie stöhnt leise, und ihr Atem entweicht ihr mit einem Murmeln.

Ich sauge, mein Mund bewegt sich und zieht, meine Zähne greifen nach ihr, während sie mich näher an sich zwingt, mein Gesicht gegen sich presst, bis ich glaube, möglicherweise zu ersticken. Ich kann nur noch ihre Haut und ihre Bräunungslotion riechen, vermischt mit Schweiß und parfümiertem Deodorant.

Warum ich in diesem Moment an Gott denke, weiß ich nicht. Ich denke auch an meinen Vater und frage mich, ob er mich sehen kann, ob er dort, wo auch immer er sein mag, sehen kann, was ich tue. Als Nächstes stelle ich mir meine Mutter vor, die wie so oft am Küchentisch sitzt und einen Drink schlürft.

Ich kann nicht atmen – ich kann nicht mehr atmen.

Ihre Haut ist schweißnass, und ich rutsche unter ihrem Griff. Ihr Bauch ist flach und fest – aber dennoch weich – und der Schweiß bildet in ihrem Bauchnabel Perlen. Mit einem lauten Ploppen springt ihr Nippel aus meinem Mund. Ich falle nach vorn, auf sie, mein Gesicht rutscht über die feuchte Haut zwischen ihren Brüsten. Sie schiebt mich sanft zurück, dann nimmt sie meine Hände und legt sie auf ihren Körper. Ich knete ihre Brüste, drücke sie fester zusammen, als sie ihren Rücken verbiegt und wieder stöhnt. Sie fühlen sich fast genauso an wie ich es mir ausgemalt habe. Ich bearbeite sie mit meinen Fingern und achte auf ein Zeichen von ihr, was ich als Nächstes tun soll.

Es ist okay, Angst zu haben, sagt sie mir. Es ist okay.

Dann ist sie plötzlich wieder auf den Füßen. Sie hat mir den Rücken zugewandt, während sie die Daumen in ihre Bikini-Hose hängt und sie herunterrollt, wodurch sie die beiden wohlgeformten Hälften ihres Arschs enthüllt, die im Gegensatz zu ihrer übrigen Haut milchigweiß sind. Selbst ihre Brüste sind im Vergleich nicht so blass. Als sie aus dem Bikini tritt und ihn zu Boden fallen lässt, lächelt sie mich an. Ich sehe, wie ihre Pobacken ein wenig wackeln, und sie streckt sich mir entgegen, sodass sie wie zwei kleine Kissen gegen mein Gesicht drücken. Sie greift hinter sich und nimmt mich wieder an der Hand. Sie schiebt meine Finger zwischen ihre Beine. Da sie dermaßen feucht und klebrig ist, frage ich mich, ob das normal ist und sich so anfühlen soll, aber sie schiebt mich tiefer in sich. Immer noch steht sie vor mir und reibt sich jetzt an meiner Hand.

Ich versuche, meine Hand zurückzuziehen. Ich will aufhören und bin wütend auf mich, weil ich solch ein Baby bin, aber ich weiß nicht, was ich tun soll, was in mir vorgeht. Ich will ... Ich muss aufhören, das sage ich ihr auch, und es klingt dumm und unreif, aber ich will einfach aufhören. Ich will von hier weglaufen und alles vergessen. Ich bin noch nicht bereit, und sie ist nicht diejenige, mit der ich es tun sollte. Ich ... will aufhören, ich sage es noch einmal, und ich erschaudere, als etwas Nasses in meinen Unterhosen explodiert.

Zu Tode beschämt löse ich mich von ihr und breche auf dem Boden zusammen. Mir ist schwindelig, alles ist mir peinlich, und wenn ich zu ihr hochsehe, ist sie so nackt, direkt vor mir. Ich habe noch nie jemanden so nackt gesehen. Und das hier ist falsch, so falsch, so falsch.

Sie kniet sich neben mir auf den Boden, nimmt mich in ihre Arme und meint zu mir, dass ich tun soll, was sie mir sagt, und alles würde gut werden. Vertrau mir, sagt sie. Vertrau mir.

Ich will das nicht tun.

Es spielt keine Rolle.

Die Dunkelheit umzingelt uns. Sie verschluckt mich vollständig, vertilgt Reste von mir, die für immer verloren bleiben werden, und Teile von mir, die ich nie wiedergewinnen werde.

Jetzt wandere ich in dieser neuen Dunkelheit stolpernd durch das Haus. Mit den Händen greife ich nach den Wänden, in der Hoffnung, sie mögen mir etwas Orientierung verschaffen oder wenigstens einen Halt. Keiner der Lichtschalter funktioniert, und ich kann kein einziges Fenster finden – wo sind die Fenster?

Und dann bin ich zurück im Wohnzimmer, und dort ist sie auf der Couch und lächelt mich an. Ihre Brüste sind blutverschmiert, die Nippel blutumringt. Sie tropfen. Der Anblick stößt mich ab, aber sie wollte es so. Sie hat verlangt, dass ich ihr mit meinen Zähnen wehtue und dass ich sie schmecken soll, auf meinen Lippen – ihr Blut, ihr Leben, ihre Seele. Alles, was in ihr ist, befindet sich nun auch in mir, und ich habe Angst. Ich habe Angst.

Sie greift nach mir, lässt ihre Finger mein Bein entlang nach oben gleiten wie eine Spinne und hält mich fest. Es ist okay, sagt sie, niemand wird etwas erfahren, solange du nichts verrätst. Sie sinkt auf ihre Knie und flüstert wieder ihre wahnsinnigen Gebete. Sie lächelt mich wie eine Puppe an, die hinter ihrem Äußeren hohl ist, die nichts Echtes an sich hat.

Wieder bin ich in ihr, dieses Mal zwischen ihren Beinen.

Sie ist warm, feucht, leer und ohne eine Seele.

Ich spüre, wie Blut durch meine Adern rauscht, kann hören, wie mein Herz es durch meinen Körper pumpt.

Etwas, das tief in ihr sitzt, kriecht in mich hinein, rutscht unter meine Haut, wuselt durch mich wie eine Gartenschlange. Ihr winziger Kopf und die geschuppte Haut schleichen durch meinen Hals nach oben und würgen mich, während die Zunge meinen Gaumen leckt.

Weitere Echos aus der Vergangenheit verhöhnen die Gegenwart. Jemand ruft zu den Engeln, ruft ihre Namen. Jemand schreit voller Schmerzen.

Ich bin mir sicher, dass ich es bin.

Als sich diese Erinnerungen wie ein dunkler Vorhang vor mir öffnen, bin ich wieder oben an der Treppe und starre in Lindas Schlafzimmer. Ich höre den Geräuschen zu und beobachte alles, was dort vor sich geht. Kurz blicken wir einander in die Augen. Sie weiß, was ich gesehen habe und weiß wegen der Grimasse in meinem Gesicht, dass ich entsetzt und abgestoßen bin. Sie aber nicht.

Sie ist befriedigt.

Guter ... guter ... guter Junge, flüstert sie. Jedoch nicht zu mir.

Ich ziehe mich zurück und gehe so leise wie möglich die Treppe hinunter. Mein Herz rast. Ich sehe eine Tür, bewege mich auf sie zu, aber sie wirkt unerreichbar weit weg, als sei sie auf einen weit entfernten Hintergrund gemalt. Ein Licht am Ende des Tunnels, das ich niemals erreichen kann.

Und dann ist alles still, es lässt mich in Ruhe und vergräbt sich so tief, dass es vielleicht niemals da gewesen ist.

Erst als ich aufwachte, begriff ich, dass ich entweder eingeschlafen war oder das Bewusstsein verloren hatte.

Mein erster Gedanke war, dass man mich in eine Art Gruft eingeschlossen hatte, denn die Dunkelheit, in der ich meine Augen öffnete, war nicht mehr die eines Traums. Dies war die Wirklichkeit. Der Fußboden unter mir war feucht und kühl, und nur in den abgelegensten Winkeln meiner Sehweite konnte ich ein paar schwache Lichtstrahlen ausmachen. In mir blitzten Visionen auf, tief unter der Erde lebendig begraben worden zu sein, und ich versuchte, mich zu bewegen, als ich aufwachte. Ruckartig nach Luft schnappend quälte ich mich in eine Sitzposition.

Ich hatte kreischen wollen, aber der Schrei erstickte in meinem

Hals, und ich brachte nur ein würgendes Husten hervor. Ich krabbelte auf dem Boden, ruderte mit den Armen und rutschte auf dem Zementboden unter mir aus, während ich versuchte, mich an etwas festzuhalten.

Als sich der Nebel klärte und sich meine Augen langsam an die beinahe vollkommene Dunkelheit gewöhnten, sah ich, dass ich irgendwie im Keller des Hauses gelandet war. Das Licht kam von ein paar kompakten Fenstern, die entlang des Fundaments angebracht waren. Die abgestandene Luft war hier unten noch schlimmer, aber trotz der Hitzewelle war es in dem Keller recht kühl.

Ich lehnte mich gegen die Backsteinmauer und fuhr mir mit der Hand durchs Haar. Wieso zur Hölle war ich hier unten? Ich konnte mich absolut nicht daran erinnern, den ersten Stock verlassen zu haben. Langsam ging ich in die Hocke und versuchte, mich zu sammeln.

Gegenüber von mir war eine Stelle, wo einst eine Waschmaschine und ein Trockner gestanden hatten. Etwas weiter an derselben Wand befand sich die Kellerluke. Die Klappen waren intakt, aber verrottet und stellenweise zersplittert. Ich folgte den Lichtstrahlen zu einem der Fenster und stellte mich auf die Fußspitzen. So sah ich den Garten in Bodenhöhe. Noch gab es Tageslicht, aber es würde bald verschwunden sein.

Die Nacht war unterwegs.

Hinter mir befand sich eine Treppe aus Holz, die wieder nach oben führte. Ich erinnerte mich daran, dass sich hinter der Tür am Ende der Treppe eine kleine Speisekammer befand, die von der Küche abging. In meinem schlafwandelnden, halluzinierenden – oder was auch immer – Zustand musste ich nach unten zurückgelaufen sein, durch die Küche und die Treppe hinunter in den Keller. »Aber wieso?«, fragte ich die Mauern und die Dunkelheit. »Wieso hierher, Bernard?«

Etwas befahl mir, über meine Schulter zu dem Bereich des Kellers zu blicken, in dem ich aufgewacht war. Nichts. Backsteinwände und ein Zementboden. Das war alles.

Ich ging durch den Keller und blickte auf die dichten Spinnweben über mir, die an den Dachsparren hingen. An der Stelle, wo ich aufgewacht war, sah ich mir die Holzbalken genauer an, ebenso wie die Mauer und zum Schluss den Boden. Entweder hatte ich mich selber unbewusst hierher geführt oder eine fremde Kraft hatte es aus einem bestimmten Grund getan, also kniete ich nieder und suchte meine Umgebung nach Hinweisen oder einem Zeichen ab, die das Warum erklären konnten.

Auf Händen und Knien wischte ich mit den Fingern über den Boden. Er war feucht und ein wenig körnig von dem Sand und der Erde, die hier lagen, aber ich entdeckte nichts Ungewöhnliches.

Bis meine Hände einen kleinen Erdhaufen fanden, wo sich der Boden und die Mauer trafen.

Ich sah genauer hin, und trotz des spärlichen Lichts konnte ich erkennen, dass dort etwas aufgeschüttet war, doch keine Erde. Ich hob eine Handvoll davon auf und ließ es zwischen meinen Fingern auf den Boden rieseln. Es war grau und fühlte sich körnig an. Zementbröckchen.

Zement von einer Wand, die errichtet worden war, um die Waschmaschine und den Trockner vom Rest des Kellers zu trennen.

Ich tastete den nahe gelegenen Abschnitt der Mauer mit meinem Finger ab und suchte die Stelle, wo der Zement aus der Wand gerieselt sein musste. Die ersten Backsteinreihen waren unbeschädigt, also folgte ich den schmalen Zementrillen zwischen ihnen mit der Fingerspitze wie durch einen Irrgarten. Schließlich fand ich eine Stelle etwas höher an der Mauer.

Auf dem Boden kniend sah ich mir die Wand genauer an und fand eine kleine Kerbe. Ich drückte meinen Finger dagegen und sie gab nach. Lose Zementstückchen bröselten zu Boden, wo sie sich zu den anderen auf dem Haufen gesellten, und die Kerbe wurde größer. Ich machte weiter, kratzte und drückte, bis ich zwei Finger in die Lücke stecken konnte. Langsam lockerte sich der Ziegelstein, und mir wurde klar, dass er nachträglich in die Mauer eingesetzt worden war und unauffällig aussehen sollte, was aber nicht gelungen war. Ich packte die Vorderseite des Steins und wackelte daran. Es kostete mich kaum Mühe, ihn aus der Wand zu ziehen, wobei er ein unheimliches, kratzendes Geräusch von sich gab.

Staubkörner flogen aus dem nunmehr freigelegten Stück Mauer wie winzige Lebewesen auf der Flucht.

Ich legte den Ziegelstein auf den Boden und spähte durch das Loch, das ich geschaffen hatte, konnte aber rein gar nichts sehen. Also versuchte ich mich an einem der Steine um das Loch herum. Zu meiner Überraschung löste auch er sich ganz leicht aus der Wand, und der Stein darunter fiel plötzlich ebenfalls herab.

Hinter der Mauer drang ein seltsames, klapperndes Geräusch hervor, als ob Würfel oder Dominos aneinanderstießen, und ich trat einen Schritt zurück. Dabei versuchte ich zu sehen, was hier vor sich ging.

Etwas drang aus der Öffnung hervor wie eben noch die Zementkörner, doch waren diese Gegenstände größer und hatten verschiedene Formen. Sie fielen aus der aufgerissenen Mauer, als wären sie hastig dahinter aufgehäuft und versteckt worden.

Ihre helle, weiße Farbe verriet mir, um was es sich handelte.

Ich wich zurück und blickte auf den zunehmend größer werdenden Knochenhaufen vor der Wand. Immer weitere Knochen purzelten aus der Öffnung. Kleine Schädel und Beine und Wirbelsäulen, Zähne und Hüften fielen aufeinander. Sie waren gesäubert und so weiß, dass sie gebleicht wirkten. Die sterblichen Überreste zahlloser kleiner Tiere, die systematisch getötet, gehäutet und zerstückelt worden waren. Hinter dieser Mauer waren sie aufbewahrt worden.

Galle schoss durch meinen Hals nach oben.

Ohne Unterlass fielen die Skelette aus der Öffnung und purzelten auf den Boden, bis der Berg aus Knochen vollendet war.

Ich würgte vor Entsetzen. Mir ging auf, dass dies Bernards frühe Arbeiten waren, die Lebewesen, die er getötet hatte, bevor menschliche Beute seine bevorzugte Methode wurde, jene kranken und dämonischen Triumphe zu erreichen, von denen er träumte.

Die Tierliebe war etwas gewesen, das Bernard und ich gemeinsam gehabt hatten.

Noch mehr Scheißlügen.

Der Umstand, dass er den einen Ziegelstein lose in der Mauer gelassen hatte, konnte nur bedeuten, dass er von Zeit zu Zeit in diesen Keller zurückgekehrt war, um seine kleinen Trophäen aus der Vergangenheit zu begutachten. War er hierher gekommen, hatte er den Stein herausgezogen und zugesehen, so wie ich, wie die Knochen herausfielen? Und was dann? Was tat er hier unten? Steckte er seine Hände in die Knochen, so wie ein Pirat in seiner Schatztruhe wühlte? Durchlebte er noch einmal die Momente, in denen er zum ersten Mal diese armen Kreaturen umgebracht hatte? Verglich er es mit seinen Morden an Menschen? Gab es dabei einen Unterschied oder war alles einfach nur Tod; hässlicher, brutaler und unnötiger Tod, töten um des Tötens willen?

Wie auch immer, für Bernard hatte alles so begonnen, wie es auch geendet war: in einem Keller, allein in der Dunkelheit mit den Taten und Dämonen, die ihn verfolgten.

Ich wollte nichts mehr, als von hier abzuhauen, aber stattdessen ging ich in die Knie und studierte die Knochen. Sie waren weiß und glänzend. Der Schweinehund hatte jeden einzelnen gesäubert und poliert.

Ich nahm die Öffnung in der Mauer näher in Augenschein und bemerkte, dass etwas darin in die Höhe ragte. Ein Stück Metall, das die Ecke eines größeren Metallteils bildete, war deutlich zu erkennen. Ich griff hinein und zog es unter dem hervor, was ich für die paar Knochen hielt, die noch nicht aus der Öffnung gefallen waren. Aber auf dem Metall lagen keine Knochen. Es war Schmuck.

»Jesus«, flüsterte ich.

Mehrere Damenuhren, Ringe, Ketten und Ohrringe regneten auf den Knochenhaufen hinab. Nichts davon sah besonders wertvoll aus, sogar ein Armband war darunter, das als medizinischer Notausweis fungierte. Aber sie waren Überbleibsel von Menschen, die mit Sicherheit genauso tot waren wie die Tiere, zu denen die Knochen einst gehört hatten.

Und Bernard hatte sie allesamt umgebracht.

Ein Zittern fuhr mir vom Nacken aus durch den Körper. Ich

wandte meine Aufmerksamkeit dem Metallstück zu, das ich herausgezogen hatte. Überraschenderweise war es ziemlich groß, über einen halben Meter lang und vielleicht dreißig Zentimeter breit. Die Ecken waren aufgrund ihres Alters abgetragen, und das ganze Ding war mit Schmutz überzogen, aber insgesamt war es noch in einem recht guten Zustand, und ich konnte die meisten Farben voneinander unterscheiden. Das Comic-Gesicht eines Mannes lächelte mir zu als wären wir alte Freunde. Ich wischte den Schmutz mit meinem Daumen von der Oberfläche. Darunter kamen weitere Formen zum Vorschein. Buchstaben. Ich stand auf und ging zu einem der Fenster, um das Schild gegen das langsam schwindende Licht zu halten.

Es sah aus wie etwas aus den 1950ern. Eine Art Poster mit der Darstellung eines winkenden Mannes mit Haartolle, großem, strahlendem Lächeln und einem Overall, wie ihn Fabrikarbeiter zu dieser Zeit getragen hatten. Am oberen Ende des Posters standen die Worte: *Liebe Mitarbeiter! Bitte waschen Sie Ihre Hände!* In jeder Ecke des verfärbten alten Metalls war ein Loch, wo es an der Wand befestigt gewesen war, und am unteren Ende stand klein gedruckt, aber immer noch lesbar: *Buchanan Textile Corporation*.

Ein weiteres böses Souvenir, ein Hinweis, ein Scherz für Insider, was sollte das? Hatte er gelacht, als er es von der Wand gerissen hatte? War ein toter Körper in der Nähe gewesen?

Buchanan Textile war eine der alten Mühlen, die einst in Potter's Cove betrieben worden waren. Seit Jahrzehnten war sie nun – wie die anderen Dinosaurier von Gebäuden, die einst das Industriegebiet der Stadt ausgemacht hatten – ein riesiges altes, baufälliges und vergessenes Wrack am Stadtrand.

Nun wusste ich, wo er sie ermordet hatte. Wo er sie ausbluten ließ.

Ich ließ das Schild fallen, zu den Knochen und dem Schmuck der Toten, zu den Erinnerungen und Albträumen und Geheimnissen, und bewegte mich langsam durch den Keller, die Treppe hinauf und aus dem Haus.

Als ich durch das Gartentor trat, erstarrte ich.

Auf der anderen Straßenseite stand Rick und beobachtete mich.

Kapitel 29

Sein Jeep Cherokee war vor meinem Auto abgestellt. Rick lehnte sich mit verschränkten Armen gegen seinen Wagen. Ich überquerte die Straße und ging auf ihn zu. »Was um alles in der Welt machst du hier?«

»Dasselbe wollte ich dich auch fragen.«

»Beschattest du mich?«

»Ja, seitdem du diese Tussi in der Bruchbude in New Bedford besucht hast.«

»Ich dachte, du wolltest aussteigen?«

»Das stimmt.«

»Warum folgst du mir dann?«

»Weil jemand auf deinen dummen Arsch aufpassen muss. Außerdem kann ich nicht zulassen, dass du dich alleine um diesen Scheiß kümmerst, während ich nur zuschaue. Nicht mein Stil.« Ricks Blick wanderte zwischen mir und dem Haus hin und her.

»Was ist los?«, fragte er. »Weißt du nicht, wem du vertrauen sollst?«

»Du etwa?«

»Nicht viel mehr als du! Aber ich habe Hoffnung.«

»Tja, das ist nicht wirklich dasselbe, oder?«

Über uns wurde der Himmel grau und freudlos. Vom Ozean her krochen Sturmwolken heran, Vorboten eines längst überfälligen Regens, der für eine Atempause inmitten der Hitzewelle sorgen würde.

Rick seufzte. »Ich schätze, dass es wie beim Würfelspielen ist. Selbst wenn du nicht dran bist, schaust du dir den Typen, der gerade würfelt, ganz genau an: wie er sich zuvor verhalten hat, wie er sich dir gegenüber verhält, und dann entscheidest du dich. Du machst deinen Einsatz und siehst zu, wie er wirft, und in gewisser Weise wirfst du selber auch. Du *glaubst,* dass du weißt, was passieren wird, und du setzt sogar deine Wette darauf. Aber bis der Würfel zum Liegen kommt, ist das Einzige, was du mit Sicherheit weißt, dass du die Hoffnung hast, dich nicht getäuscht zu haben.«

»Vielleicht entscheidet die Vergangenheit alles.«

»Die Vergangenheit und der Wurf.«

Wir schwiegen eine Weile. Wir lasen die Vergangenheit gegenseitig in unseren Augen ab.

»Also ist alles klar zwischen uns?«, fragte ich.

»Na logisch.«

Ich streckte ihm meine Faust entgegen und kurz darauf schlug er sanft mit seiner eigenen dagegen.

Ich deutete auf das Haus. »Warst du auch da drin?«

Er nickte bedächtig, als wäre er sich nicht sicher, ob er das tun sollte, und der Ausdruck in seinem Gesicht verriet mir, dass er auf dieselben Dinge gestoßen war wie ich. Das Grauen, das Rick verspürte, war trotz seiner Bemühungen, es zu verbergen, offensichtlich. »Donny und ich haben es uns angesehen. Ich wollte es dir erzählen, Mann, aber als du hierher gefahren bist, wusste ich, dass du ...«

»Morgen Nacht«, sagte ich. »Dann schlagen wir zu.«

»Morgen ist der vierte.«

»Genau. Die ganze Stadt wird mit dem Feuerwerk, Partys und dem ganzen Scheiß beschäftigt sein. Die Bullen werden sich die ganze Nacht um den Verkehr und die Menschenmengen kümmern. Niemand wird auf den Stadtrand achten, und genau dorthin gehen wir.«

»Okay. Ich hole Donny ab und ...«

»Nein, lass ihn da raus.«

»Warum?«

»Sag ihm, was wir vorhaben, aber er bleibt zu Hause. Wir brauchen jemanden, der außen vor bleibt, falls etwas schief geht. Falls ...«

»Ich finde, wir bleiben zusammen und ...«

»Rick!«, sagte ich und packte ihn am Arm. »Falls wir nicht zurückkommen.«

Er dachte über das, was ich gesagt hatte, eine Zeit lang nach, bevor er mir widerwillig zustimmte. »In Ordnung.«

Kurz darauf sagte ich: »Die alte Buchanan-Mühle.«

»Du meinst, dort ist Bernard?«

»Das Böse, das er zurückgelassen hat.«

»Wenn es *wirklich* da ist, was machen wir dann?«

Ich sah zurück auf das Haus, auf die Vergangenheit. »Wir beenden es.«

Kapitel 30

Wir hatten einen Plan, aber es sollte erst in vierundzwanzig Stunden losgehen. Rick ging zur Arbeit, und ich wollte im *Harry's* etwas Zeit totschlagen, einer ruhigen Bar, nicht weit von meiner Wohnung entfernt. Ich ging dort ab und zu hin.

In letzter Zeit trank ich deutlich mehr als normalerweise, aber es beruhigte meine strapazierten Nerven, und obwohl die Beruhigung nur vorübergehender Natur war, brauchte ich die Erholung, die der Alkohol bot. Ansonsten wäre ich durchgehend nervös gewesen.

Ich kannte ein paar der Stammgäste, die sich an der Bar versammelt hatten, und da ich keine Lust auf Unterhaltung hatte, bestellte ich einen Drink und setzte mich an einen der Tische an der gegenüberliegenden Wand. Der Barkeeper war eine Aushilfskraft, die für den Sommer angeheuert worden war. Ich kannte ihn nicht. Er brachte mir meinen Drink auf einer kleinen, weißen Serviette und stellte ihn vor mir ab. Er stemmte seine Hände gegen seine schwabbelige Hüfte. »Ganz schön heiß, was?«

Wenn ich diesen Satz noch einmal hörte, würde ich mit Sicherheit ausrasten. »Bald regnet's.«

»Ja, kann jederzeit losgehen. Wird auch Zeit, hm?« Er kratzte die Bartstoppeln an seinem Kinn. »Unfassbar, was hier abgeht, oder?« Er senkte seine Stimme. »Macht einem Angst.«

Ich nickte und nahm einen Schluck von meinem Whiskey. »Allerdings.«

»Haben Sie gehört, was er den armen Mädchen alles angetan hat? Jesus. Was für ein geisteskranker Hurensohn.«

Ich setzte ein obligatorisches Lächeln auf und fragte mich, ob ich in diesem Moment verstand, wie Bernard sich zu Lebzeiten gefühlt haben muss: als Einziger etwas zu wissen, Kenntnis über Dinge zu haben, die für alle anderen nur Spekulation waren, und gleichzeitig so zu tun, als hätte man genauso wenig Ahnung wie sie.

»Wie auch immer«, sagte er und deutete auf meinen Drink, »sagen Sie Bescheid, wenn Sie noch einen brauchen.«

Ich dankte und er ging zurück hinter die Bar. Ich schlürfte meinen Drink und versuchte, die Gedanken zu ordnen, aber sie türmten sich auf und durchströmten mich wie das Wasser, das ein Schleusentor durchbrochen hat. Noch schlimmer als das, was ich erlebt hatte, waren die Dinge, die Claudia mir erzählt hatte. Ich konnte ihre Stimme in meinem Kopf hören. Ich konnte ihr Gesicht sehen, ihren Körper, ihre katzenartigen Bewegungen und die dunklen Augen. Wir hätten unterschiedlicher nicht sein können und doch spürte ich, dass es zwischen uns eine nicht zu leugnende Verbindung gab. Wir waren beide vereinsamt und hatten auf unsere jeweils eigene Weise Angst. Um ehrlich zu sein, ich hatte seit unserer Begegnung ohne Unterlass an sie und das, was sie gesagt hatte, gedacht. Ich war mir auch nicht sicher, ob sich das jemals ändern würde.

Ein Donnerschlag erschütterte die Bar.

Endlich fing es an zu regnen, aber ich dachte nur an Claudia und fragte mich, ob sie die Stadt schon verlassen hatte.

Ich trank meinen Whiskey aus und bedeutete dem Barkeeper, mir noch einen zu bringen.

Bis ich mein Auto erreicht hatte, war ich bereits nass bis auf die Knochen.

Es regnete in Strömen. Der Regen hatte die Nacht mitgebracht und ergoss sich mit solcher Heftigkeit, dass Autofahren eine größere Herausforderung war, als ich es erwartet hätte. Der Regenguss kühlte alles mit fast sofortiger Wirkung ab, aber es war immer noch ziemlich heiß.

Mit drei Whiskey-Sodas im Bauch nahm ich den Highway nach New Bedford.

Ich konnte kaum etwas sehen, und als ich die Stadtgrenze erreichte, war der Regen noch stärker geworden. Blitze rissen gelegentlich den schwarzen Horizont auf, und alle paar Sekunden explodierte der Donner, wie in festgeschriebenen Abständen.

Niemand war auf der Straße, und selbst der normalerweise überfüllte Interstate Highway war auf unheimliche Weise leer.

Ich bog in die Milner Avenue ein, und wie immer war kein Mensch zu sehen. Die ganze Gegend war pechschwarz. Ich erinnerte mich, dass ich über der Eingangstür eine Glühbirne gesehen hatte, aber auch sie war dunkel. Inmitten von Regen und Dunkelheit vermochte ich noch nicht einmal das Haus zu erkennen, bis ich darauf zufuhr und mit angeschaltetem Fernlicht vor das Haus rollte. Der Schotterplatz war überflutet, ein Durcheinander aus Pfützen und Bächen aus Regen. Das Unwetter setzte seinen Angriff fort. Ich sah auf meine Uhr, hielt sie gegen das beleuchtete Armaturenbrett. Es war erst kurz nach neun. Claudia war ein Nachtmensch, deswegen war es unwahrscheinlich, dass sie um diese Zeit bereits im Bett lag. Vielmehr war es gut möglich, dass sie die Stadt bereits verlassen hatte.

Ich war mir immer noch nicht sicher, was zum Teufel ich hier machte und wischte mir Regenwasser von Gesicht und Hals. Ich saß im Auto und beobachtete das Haus, als ob ich auf eine plötzliche Offenbarung wartete.

Sie kam zu mir in Form eines schwach aufflimmernden Lichts.

Ich beugte mich vor und kniff die Augen zusammen, um durch den Regen und das Hin und Her der Scheibenwischer etwas zu erkennen. Ein winziger Lichtfleck schimmerte in der Dunkelheit.

Ich schaltete die Scheinwerfer auf Abblendlicht um und wartete. Kurz darauf öffnete sich die Eingangstür ein paar Zentimeter weit. Ich beugte mich aus dem Wagen in den Regen. »Claudia?«

»Wer ist da?«, rief sie hinter der Tür hervor. In dem Sturm war ihre Stimme kaum hörbar.

»Ich bin's, Alan.«

»Wer?«

Ich schaltete den Motor aus, ließ die Scheinwerfer aber an. »Platon«, sagte ich. »Ich bin's, Platon.«

Die Tür öffnete sich ein Stück weiter und ich sah ihre Augen, in denen sich das Licht spiegelte. »Was machen Sie hier?«

Ich stieg aus meinem Wagen. Die Regentropfen schlugen wie

Wasserkugeln auf mich ein. »Ich hatte gehofft, dass wir uns vielleicht unterhalten können.«

»Haben wir das nicht schon getan?« Sie hob eine Hand, um ihre Augen vor den Scheinwerfern abzuschirmen, also griff ich in den Wagen und schaltete sie aus. Als sich meine Augen an die Dunkelheit gewöhnt hatten, sah ich, dass Claudia eine Kerze in der Hand hielt. Sie öffnete die Tür noch weiter, aber außer ihrem Gesicht konnte ich kaum etwas im Hauseingang sehen. »Was wollen Sie?«, fragte sie.

»Schutz vor dem Regen wäre nett.«

»Dann fahren Sie nach Hause, dort haben Sie doch ein Dach, oder?«

»Ich muss mit Ihnen reden.«

»Schon wieder?«

»Verdammt noch mal – ja. Ist das nicht offensichtlich?«

Vielleicht lächelte sie ein wenig, ich war mir nicht sicher. Sie sah mich ein paar Sekunden lang an, dann lud sie mich mit einer Kopfbewegung ein, hereinzukommen. Ich stampfte durch die Pfützen und den Schlamm zum Hauseingang. Aus meinen Haaren tropfte mir Regen in die Augen und übers Gesicht. Die Kleider waren klitschnass und klebten an mir wie eine zweite Haut. Claudia hob ihre Kerze höher, um mich besser sehen zu können.

»Ich wusste nicht, ob Sie noch hier sind.«

»Na ja, ich wusste auch nicht, ob ich noch hier bin.« Sie zog die Tür weit genug auf, damit ich eintreten konnte, und machte Platz, indem sie einen Schritt zurücktrat. Sobald ich durch die Tür gegangen war, schloss sie sie hinter mir und kam an mich heran. Die Kerze warf genug Licht, um sowohl das Wohnzimmer als auch uns teilweise zu beleuchten. Claudia hatte ein großes weißes Handtuch um sich gewickelt und trug ansonsten nichts. Ihre Haare waren beinahe so nass wie meine. »Was wollen Sie? Warum sind Sie zurückgekommen?«

Ich stand da und tropfte auf ihren Boden. Der Regen hämmerte gegen die Fenster und sprudelte aus der Dachrinne in die Pfützen im Schlamm. »Ich wollte nur ... Ich hatte gehofft, wir könnten uns ein wenig unterhalten.«

»Sie haben getrunken, ich kann es riechen.«

»Ja, ein wenig.«

»Sind Sie ein Kerl von der Sorte, denen Eier wachsen, nachdem sie ein paar getrunken haben?«

»Im Moment bin ich mir nicht sicher, welche Sorte von Kerl ich bin.«

Sie schüttelte den Kopf und war allem Anschein nach sowohl genervt als auch belustigt. »Schauen Sie, ich dachte, ich hätte das bereits klargestellt. Ich arbeite nicht mehr in dem Geschäft.«

»Das ist mir bewusst.«

Sie wandte sich in einer schnellen Drehung ab, ging zu einem ramponierten Sofa und setzte sich. Die Dunkelheit hüllte mich ein. Das Licht bildete einen Kreis um Claudia, als sie die Kerze auf den klapprigen Couchtisch vor sich stellte. »Ich hab mich in der Badewanne eingeweicht, entspannt und wollte den Regen genießen, und genau damit möchte ich weitermachen, wenn es Ihnen nichts ausmacht. Verdammt – falls Sie es nicht wissen, es ist Nacht, das ist mein Haus, und Sie sind *schon wieder* hier, ohne dass ich Sie eingeladen hab. Also frage ich Sie noch ein allerletztes Mal: Was wollen Sie?«

Ich trat näher auf sie und die Kerze zu. »Warum haben Sie kein Licht an?«

»Mir wurde der Strom abgedreht. Ist auch egal, ich haue morgen ab.«

Ein Blitz leuchtete auf und tauchte den Raum für einen Augenblick in ein blaues Licht.

»Wir gehen in unterschiedliche Richtungen«, sagte sie. »Sie laufen in die Finsternis, und ich laufe davor weg. Ich wollte nett zu Ihnen sein, ich war ehrlich und habe Ihnen alles erzählt, was Sie wissen wollten, also wieso machen Sie mir jetzt Ärger?«

»Ich mache Ihnen keinen Ärger, Claudia, ich ...«

Sie warf einen Blick auf meinen Ehering. »Gehen Sie nach Hause zu Ihrer Frau, Platon.«

»Meine Frau ist nicht zu Hause.«

Sie blinzelte mir mit ihren dunklen Augen durch das Kerzenlicht zu. »Meinen Sie, ich würde hier einen Club für einsame Herzen betreiben?«

»Tut mir leid, dass ich einfach so auftauche. Ich wollte nur ...«

»Sie wollten nur *was?* Meine Güte, kriegen Sie heute Nacht noch einen vollständigen Satz raus?« Claudia stand auf und achtete darauf, dass das Handtuch um ihren Oberkörper nicht verrutschte. »Glauben Sie, dass Sie hier einfach so vorbeikommen und mich ficken können? Oder mischen Sie sich heute einfach unters gemeine Volk, auf der Suche nach billigem Nervenkitzel? Die Frau ist abgehauen, und Sie sind total am Ende, also was soll's, ich bin eine verlebte alte Junkie-Hure, also werde ich wohl nichts Besseres zu tun haben, als für Sie die Beine breit zu machen, was? Mann, Sie sind eine große Hilfe, danke, dass Sie vorbeigekommen sind.«

»Es ist nicht so, wie Sie glauben, ich ...«

»Hauen Sie ab.« Sie bewegte sich hinter dem Couchtisch hervor. »Hauen Sie einfach ab.«

»Ich will nur reden.«

»Nein, das wollen Sie nicht.«

Ich starrte sie an und tropfte immer noch wie ein armseliger Hundewelpe, der aus dem Sturm hereingekommen ist. Ich war mir noch nie so lächerlich und noch nie so einsam vorgekommen. »Ist Bernard jemals hier gewesen?«, fragte ich.

Sie ließ die Kerze auf dem Tisch stehen und trat zu mir, außerhalb des Lichts. »Ja, ein paarmal. Na und? Weshalb fragen Sie?«

Wir standen so eng beieinander, dass ich sie atmen hören konnte. »Spüren Sie ihn manchmal noch?«

Sie schloss die Augen, als hoffte sie, dass ich verschwinden würde, wenn sie mich nicht mehr sah. »Ich spüre allgemein kaum noch etwas.«

»Claudia ...«

»Hauen Sie ab und lassen Sie mich in Ruhe.«

»Lassen Sie diese Mauer doch mal sein und mich reden mit ...«

»Es ist eine gute Mauer, sehr stabil. Ich habe sie über Jahre hinweg aufgebaut. Dahinter bin ich in Sicherheit.«

»Gefühllos sind Sie hinter der Mauer. Ich weiß, wovon ich rede, weil ich selber jahrelang hinter einer Mauer gelebt habe.«

»Lieber gefühllos als Schmerzen haben.«

»Wenn Sie Schmerzen haben, wissen Sie wenigstens, dass Sie am Leben sind.«

»Sie müssen nicht am Leben sein, um Schmerzen zu haben.« Ihre Augen blitzten auf. »Auch die Toten verspüren Schmerzen.« Sie entfernte sich und murmelte: »Verschwinden Sie.« Aber als sie in den Flur huschte, ließ sie zu, dass sich ihr Handtuch löste, und im schwachen Kerzenschein kamen ihr nackter Rücken und die Rundungen ihrer Pobacken zum Vorschein.

Ich folgte ihr. Der Flur war schmal und kurz und führte zunächst zu einem Badezimmer, in dem Kerzen auf dem Rand der Wanne, des Waschbeckens und einer Ablage standen. Ich hielt an der Tür inne, aber dort war Claudia nicht, also ging ich weiter zu dem Schlafzimmer am Ende des Flurs. Auch hier brannten ein halbes Dutzend Kerzen, die aber wenig gegen die Dunkelheit ausrichten konnten. Das Mobiliar bestand lediglich aus einer Kommode und einem alten, ungemachten Bett. Der Bezug lag in einem Haufen am Fußende des Betts auf dem Boden. Über dem Bett hing ein eingerahmtes, aber verblichenes Schwarz-Weiß-Poster von Billie Holiday. Der Fußboden war nackt. Ich stand einfach in dem Raum, beobachtete das Spiel der Flammen in der Nacht, die ihr Licht auf das warfen, was sie mir zeigen wollten. So auch Claudia, die neben dem Bett stand und immer noch das Handtuch vor sich hielt.

Wir sahen einander an, es kam mir vor wie mehrere Stunden, und obwohl keiner von uns ein Geräusch von sich gab, wechselten wir zahllose Worte.

Das Handtuch fiel mit einer drehenden Bewegung herunter und lag vor ihren Füßen.

An ihrer linken Wade begann eine enorme Tätowierung, die sich aufwärts über ihren Schenkel wand und einen Kreis um ihre Hüfte beschrieb. Sie endete knapp unter ihrem Bauchnabel, wo sie sich zweiteilte. Die gespaltene Zunge einer Schlange, die sich um sie wickelte und sie einmalig machte.

Ihre blasse Haut bildete einen Kontrast zu den dunklen Haaren auf ihrem Kopf und zwischen ihren Beinen, aber die Tätowierung war so auffällig, dass es schwer war, den Blick davon abzuwenden. Ohne Kleidung wirkte sie kleiner und zierlicher, entspannter und nicht so abgehärtet. Aber ihr inneres Wesen – ihr physisch verwittertes Wesen – blieb auch im Kerzenlicht dasselbe. Die meisten Narben, die Claudia im Laufe der Jahre angesammelt hatte, waren innerlich, aber ein paar andere waren deutlich sichtbar. Fleischliche Andenken an eine brutale Vergangenheit, die über ihren Körper verteilt waren.

In ihren Bewegungen und Haltungen strahlte sie eine unverstellte Sinnlichkeit aus, und selbst nackt hatte sie noch etwas Rohes und Gefährliches an sich. Eine Unberechenbarkeit, die man vielleicht bei einem Tiger findet, der gerade aus dem Käfig gelassen worden ist. Ich stellte mir vor, dass sie beim Sex aggressiv und wild war, oder geradezu gewalttätig. Mit klopfendem Herzen ließ ich meine Blicke über ihren Körper wandern. Als wir uns schließlich wieder in die Augen sahen, ließ ihr Gesichtsausdruck sowohl Verlockung als auch Widerstreben erkennen. »Deswegen sind Sie hierhergekommen, oder?«, fragte sie leise.

Ich nickte.

»Wissen Sie überhaupt, wieso?«

»Nein.«

»Ich kann spüren, was Sie denken.«

Ich auch, und es widerte mich an. Ich wollte sie nehmen, wollte sie ficken. Hart. Ich wollte ihr wehtun und sie auf alle erdenklichen Weisen missbrauchen, die ich mir in den dunkelsten Abgründen meines Geistes ausmalen konnte. Ich wollte sie schreien hören. Und ich wusste nicht, wieso. Mein Zorn und meine Angst brodelten auf. Ich wollte es an Claudia auslassen. Vielleicht, weil andere es auch schon getan hatten; vielleicht, weil ich es konnte; vielleicht, weil ich dachte, dass sie nichts anderes kannte.

»Solche Gedanken habe ich noch nie gehabt«, stammelte ich.

»Oh doch! Sie haben sie bloß unter Verschluss gehalten wie alle guten Teufel.«

»Das bin nicht ich. So will ich nicht sein.«

»Das will niemand von uns.«

Es gibt den Instinkt, und es gibt die Urteilskraft.

Ich durchquerte den Raum mit zwei langen Schritten. Plötzlich waren meine Hände in ihren Haaren und zogen Claudia an mich. Unsere Lippen trafen sich, und während ich sie an mich drückte, umschlangen sich unsere Zungen, und ihre Hand rutschte über meinen Oberkörper auf meine Schultern, wo sie mich mit einem überraschend kräftigen Griff packte. Dann unterbrach sie den Kuss und stieß mich zurück. Fast außer Atem küsste ich sie erneut. Sie schmeckte nach Zigaretten und Regenwasser. Sie hielt mein Gesicht in ihren Händen und sah mich auf eine Weise an, von der ich zuvor nicht gedacht hätte, dass sie dazu imstande war. Tief in ihrem Inneren steckten immer noch Spuren von Unschuld, Verletzlichkeit und Bedürfnissen. »Nicht so stürmisch«, flüsterte sie. »Langsamer ... Zarter. So in etwa, so ist es besser.« Ihre Lippen streiften meine, und ihre Zunge glitt über meine Unterlippe, bevor sie in meinen Mund rutschte.

Wir hatten unsere Umarmung immer noch nicht gelöst. Ich hob sie in die Höhe, und die Gewalt und der Wahnsinn verließen mich wie Blut, das aus einer frischen Wunde fließt. Übrig blieb nur die simple Schönheit der Leidenschaft von zwei verängstigten Menschen, die ihre Trauer gemeinsam gegen Zärtlichkeit eintauschten, gegen eine Chance, sicher zu sein und von jemandem gewollt und geliebt zu werden. Bedingungslos gebraucht zu werden, sei es auch nur für kurze Zeit.

In diesem Moment dachte ich an Toni. Aber als Claudia ihre Arme und Beine um mich wickelte, zog sich der Gedanke zurück und ließ uns alleine.

Dort, in der Finsternis.

Kapitel 31

Ich lernte Toni auf der Highschool kennen und dachte, dass sie das süßeste und schönste Mädchen war, das ich je gesehen hatte. Die sofortige und oft überwältigende Liebe, die wir füreinander empfanden, überraschte mich, was selbst für einen Teenager ziemlich zynisch war. Aber wie bei den meisten Pärchen, die sich in der Highschool kennenlernen und dann zusammenkommen, war unsere Beziehung sehr intensiv. Die guten Zeiten waren unglaublich gut und die schlechten unglaublich schlecht. Eine typische stürmische Romanze. Kurz nach dem Schulabschluss mussten wir uns entscheiden: Entweder blieben wir zusammen und heirateten oder wir trennten uns, um unsere Beziehung – und letzten Endes uns selber – zu testen. Unsere Theorie besagte, dass wir letztlich doch zusammenfinden würden, falls unsere Liebe echt und vom Schicksal vorgegeben war. Obwohl es schmerzhaft für uns war, einigten wir uns darauf, dass wir uns trennen und eine Zeit lang mit anderen Leuten ausgehen sollten. Damals hatten wir nicht geahnt, dass wir drei Jahre später wieder zusammen und verlobt sein würden, und im Jahr darauf schon verheiratet. In der Zeit, die wir getrennt voneinander verbrachten, hatten wir beide Rendezvous und Sex mit anderen, aber seit unserer Verlobung hatte ich mit keiner anderen Frau als Toni geschlafen.

Als ich auf Claudia traf, hätte ich nie im Leben geglaubt, mit ihr einmal im Bett zu landen. An diese Möglichkeit hatte ich bis letzte Nacht gar nicht erst gedacht, und es auch nicht gewollt. Ich war mir sicher, dass es ihr genauso ergangen war. Und obwohl mich Schuldgefühle plagten, hatte das Ganze auch etwas Wunderbares an sich, eine unverfälschte Sinnlichkeit und ehrlich gemeinte Zuneigung füreinander, und das inmitten einer Traumlandschaft aus Teufeln und Albträumen. Eine Oase in einer Wüste aus Schatten.

Es endete mit stiller Heftigkeit, während der Regen gegen die Fenster sprühte. Die Kerzen waren beinahe vollständig herabgebrannt, aber noch flackerte das Licht immer wieder auf und leuchtete den Raum alle paar Sekunden aus. Wir schliefen erschöpft ein. Ihr Körper lag über meinem ausgestreckt, der Kopf auf meinem Brustkorb, die Brüste gegen meinen Bauch gedrückt. Unsere nackten Formen waren glitschig vor Schweiß, Wärme und Nässe und von Kopf bis Fuß ineinander verschränkt.

In der Nacht verlief ich mich. Ich wanderte aus unserem Unterschlupf in das düstere Grenzland des Schlafes, wo alles, was grausig und unrein war, auf mich wartete.

Benommen öffnete ich die Augen. Claudia lag immer noch auf mir. Ich spürte ihren warmen und regelmäßigen Atem auf meiner Brust. Der Regen war schwächer geworden, die Sturmwolken hatten sich aufgelöst und waren dem Mond gewichen. Der Fußboden knarrte. Schatten streiften über die Wände. Ich bemerkte eine Bewegung. Aus dem Augenwinkel sah ich etwas vorbeihuschen.

Durch die Dunkelheit schien das Mondlicht. Darin konnte ich mehrere schwarz verhüllte Gestalten erkennen, die das Bett leise umkreisten und tanzten, als wäre dies Teil irgendeines alten Rituals. Meine Muskeln verkrampften sich vor Entsetzen. Ich wollte mich aufrichten, aber mein Körper war gelähmt, blieb an der Matratze kleben und unter Claudia festgenagelt. Ich wollte ihr etwas zurufen, aber die Worte blieben mir im Hals stecken, und je mehr ich versuchte, etwas zu sagen, desto schlimmer wurde es. Die Gestalten setzten ihren Tanz fort, wurden schneller und fingen an, sich zu winden wie Wahnsinnige.

Plötzlich zuckte Claudias Kopf in die Höhe. Ihr Kinn blieb auf meiner Brust. Ihre Augen waren lebendig und wild. »Hast du dich schon einmal gefragt, was passiert, wenn du die Augen schließt?«, kicherte sie. »Was alles aufwacht, nachdem du eingeschlafen bist?«

Ich versuchte, sie abzuschütteln, aber meine Arme und Beine gehorchten mir nicht, und als ich um mich schlug, lachte Claudia nur umso mehr.

»Runter ... von mir!«, brachte ich schließlich hervor.

»Hast du dich schon einmal gefragt, was es mit dem seltsamen Gefühl auf sich hat, das dich manchmal nachts überkommt?«, flüsterte sie und sah gerade lange genug über ihre Schulter, um den Kreaturen zuzugrinsen, die immer noch das Bett umkreisten. »Das Gefühl, nicht alleine zu sein, dass etwas mit dir im Zimmer ist, sobald die Lichter ausgehen und alles ruhig ist? Wir alle machen die Augen auf und sehen nach, obwohl wir wissen, dass wir nichts finden werden. Aber tief in dir weißt du, dass du etwas gespürt hast, und es macht dir Angst. Weißt du auch, weshalb? Weil dort *wirklich* etwas ist.«

Auf einmal konnte ich mich bewegen, und ich drückte sie mit solcher Kraft von mir, dass sie kurz in der Luft schwebte, bevor sie neben mir zurück auf die Matratze fiel. Ich rollte aus dem

Bett, boxte im Dunkeln nach den Schatten und gab einen wilden Schrei von mir. Aber die Gestalten waren verschwunden.

Ich taumelte durch das Zimmer, immer noch verwirrt, und krachte gegen die Wand.

Claudia blieb auf dem Bett liegen. Sie hatte Arme und Beine von sich gestreckt und lag auf dem Rücken. Das Zimmer war voll von knurrendem Geflüster, während von Claudias Körper Rauch aufstieg und sie anfing, krampfhaft zu zucken. Das ganze Haus vibrierte jetzt wie von einem Erdbeben. Verängstigt suchte ich den Raum und die Zimmerdecke ab, weil ich fast schon damit rechnete, dass etwas auf mich herabfiel. Ich griff nach dem goldenen Kruzifix, das um meinen Hals hing. Meine Mutter hatte es mir nur wenige Monate vor ihrem Tod geschenkt. Ich hielt es fest umklammert, während mir Tränen in die Augen schossen. *Bist du noch gläubig?* Die Stimme meiner Mutter, von vor so langer Zeit ...

»Geht's dir gut?«

Der Klang von Claudias Stimme beendete alles so schnell, wie es begonnen hatte. Ich folgte ihrer Stimme zum Bett. Sie saß aufrecht und beobachtete mich mit verwirrtem Gesichtsausdruck. »Träumst du?«

»Ich weiß es nicht«, sagte ich mit unsicherer Stimme.

»Alles ist gut.« Sie kroch an den Bettrand und ließ sich auf die Knie sinken. Ihr Körper war immer noch feucht. »Achte darauf, dass du das Böse nicht aus deinen Träumen und Albträumen rauslässt, egal ob du schläfst oder wach bist, das macht keinen Unterschied. Solange es dort gefangen ist, kannst du es kontrollieren. Aber falls es hier reinkommt«, sagte sie und deutete auf ihre Schläfe, »hat das Böse die Kontrolle. Sobald du es in deinen Kopf lässt oder es sich dort reinschummelt, kann es tun und lassen, was es will.«

Langsam ging ich zum Bett zurück. Ich war mir immer noch nicht sicher, mit wem oder was ich es zu tun hatte. »Bin ich wach?«

»Vergiss nicht, was ich dir gesagt habe.« Claudia breitete ihre Arme aus. »Es ist alles nur Täuschung.«

Als ich mich vorbeugte, um mich ihrer Umarmung hinzugeben,

hörte ich ein seltsames, knackendes Geräusch, als ob kleine Knochen oder Bleistifte in zwei Teile durchgebrochen würden.

Bevor ich mir darauf einen Reim machen konnte, brach etwas aus ihrem Unterleib hervor. Warmes Blut spritzte mir ins Gesicht. Ich warf mich nach hinten auf den Boden, während gelenkige und pelzige Gliedmaße aus ihrem Bauch und ihrer Brust schossen. Ihr Körper war mit Blut und Körperflüssigkeiten überzogen und glänzte. Das Knacken ging weiter. Jetzt bog sie ihren Rücken durch. Die spinnenartigen Beine richteten sich so aus, dass sie das Gewicht ihres Torsos tragen konnten.

Ich krabbelte über den Boden auf die Tür zu, die aber schlug zu, bevor ich sie erreichen konnte. Dahinter drangen ein Knurren und ein kratzendes Geräusch hervor. Am anderen Ende des Zimmers hatte sich Claudias zerstörter Körper in einen blutigen und makabren Zwitter aus Mensch und Spinnentier verwandelt, der sich auf dem Bett krümmte und wand.

Flammen bildeten einen Kreis um das Bett und loderten beinahe bis hinauf zur Decke. Das Ding, in das Claudia sich verformt hatte, war verschwunden. Sie sah wieder aus wie zuvor, aber sie tat etwas Unmögliches – sie kletterte an der Wand nach oben wie ein Insekt. Langsam stieg sie auf, so als krieche sie über den Boden. Als sie die Zimmerdecke erreichte, hielt sie inne und sah zu mir herunter.

Sie hatte keine Augenlider mehr.

Aus der Finsternis hinter mir packten mich zwei Hände auf beiden Seiten meines Gesichts und zogen mich zurück. Ich stieß gegen die Person hinter mir. Die Umklammerung wurde fester, das Blut von den Fingern schmierte über meine Wangen. Eine Stimme, die so klang, als hätte er gerade mit Glassplittern gegurgelt, fragte: »Weißt du nicht, wer ich bin?«

Ich versuchte, mich aus dem Griff zu befreien, schaffte es aber nicht. Die Hände schüttelten mich durch, versetzten meinem Kopf einen kurzen, aber brutalen Ruck, und ich erschlaffte. *»Bernard«,* keuchte ich.

»Falsch«, flüsterte mir die Stimme ins Ohr. Etwas Nasses berührte mich seitlich am Hals. Eine Zunge. Sie glitt nach oben. Heiß. Feucht. Übel riechend. »Sein Vater.«

Die Nacht war vorbei, der Morgen aber noch nicht ganz angebrochen. Die Sonne ging in wenigen Augenblicken auf, und der Regen hatte aufgehört. Obwohl die Sonne noch nicht gegen die Dunkelheit ankam, hörte ich, wie in der Ferne Vögel sangen und ihr Näherkommen bejubelten. Ich war immer noch schweißbedeckt und war ganz langsam aufgewacht, wie nach einer friedlichen Nacht, und nicht – wie ich es erwartet hatte – mit einem plötzlichen Zucken. Ich suchte mit einer Hand nach Claudia, fand aber nur die Matratze und ein Kissen neben mir. Mein Herz klopfte immer noch. Ich rollte zur Seite. Sie saß neben dem Fenster auf einem kleinen Holzstuhl, rauchte eine Zigarette und beobachtete den Himmel. Nackt wie sie war, mit ihren Tätowierungen und den dunklen Augen, wirkte sie wie eine Vampirin, die den Sonnenaufgang erwartet und überlegt, wie sie flüchten könnte.

Ohne mich anzusehen sagte sie: »Du hattest einen Albtraum.«

»Ja«, erwiderte ich leise.

»Du hast um dich geschlagen.« Sie zog an ihrer Zigarette. Die orange Glut leuchtete in der schwächer werdenden Dunkelheit hell auf. »Hast ein paarmal geschrien.«

»Warum hast du mich nicht geweckt?«

»Es ist besser, solchen Dingen ihren Lauf zu lassen.«

Mein Körper tat weh, und trotz des Albtraums hätte ich auf der Stelle weiterschlafen können. »Ist lange her, dass ich woanders als neben meiner Frau aufgewacht bin.«

Sie sah mich an. »Wird sie zurückkommen?«

»Ich weiß es nicht.«

»Wenn ja, willst du sie dann noch?«

»Wir sind schon lange zusammen.«

»Liebst du sie?«

Ich nickte.

»Liebt sie dich?«

»Früher jedenfalls.«

»Aber jetzt nicht mehr?«

»Ich weiß es nicht.«

Sie wandte sich wieder dem Fenster zu. Gerade stieg die Sonne hinter dem Horizont auf. »Wie fühlt es sich an?«

»Verheiratet zu sein?«

»Geliebt zu werden.«

Ich verstummte und war mir nicht sicher, wie ich antworten sollte. Wenn sie immer noch neben mir liegen würde, hätte ich sie an mich gezogen und eine Weile festgehalten.

Schließlich fragte sie: »Hast du von der Finsternis geträumt?«

Ich richtete mich auf und schwang die Beine zur Seite, bis sie den Boden berührten. »Claudia, weißt du noch, wie wir über Bernards Vater geredet haben? Weißt du, wer er war?«

»Nein.«

»Hat Bernard es dir jemals erzählt?«

»Bernard hat dies und das behauptet, aber er war ein Lügner.«

»Wer war angeblich sein Vater?«

Sie rauchte ihre Zigarette ein Stück weiter, bevor sie antwortete. »Der Teufel höchstpersönlich.«

Angst kroch mir über den Rücken. »Hast du ihm geglaubt?«

»Natürlich nicht.« Sie zerdrückte ihre Zigarette auf der Fensterbank und warf den Stummel auf den Boden. »Aber es spielt keine Rolle, ob ich es glaube oder nicht.«

»Warum?«

»Weil das alles nur ein Kopffick ist, Platon.« Sie überkreuzte die Beine und verschränkte ihre Arme vor ihren Brüsten. Sie lehnte sich etwas vor. »Ich glaube, dass seine Mutter wie alle anderen mitten in einem Gruppengevögel war. Eine Menge Typen, vielleicht auch ein, zwei Tiere – darauf stehen die –, völlig egal, wie viele Leute oder sonst was. Was zählt, ist nur, was seine Mutter glaubte. Und was er glaubte. Davon ernährt sich das Böse – dem Glauben. Entweder glaubst du dran oder nicht, daran kannst du nichts ändern. Es ist, wie es ist. An dem Punkt drehen die Leute durch. Sie meinen, sie könnten kontrollieren, was sie glauben, aber das können sie nicht. Sie können so tun als ob und sich einreden zu wissen, was Wirklichkeit ist und was nicht, aber sie verarschen sich nur selber. Ich hab es dir schon einmal gesagt: Die Finsternis kennt uns besser, als wir uns selber kennen.«

Ich seufzte und rieb mir die Augen. »Dieses Böse, Claudia ... Kann ich es töten?«

»Es ist bereits tot.«

»Kann ich es aufhalten? Es irgendwie zerstören?«

Sie lächelte, aber es war eine hilflose Geste. »Glaube daran.«

»Ist es überhaupt noch Bernard, mit dem ich es hier zu tun habe? Oder war er es überhaupt jemals?«

»Mittlerweile geht es mehr um dich selbst als du verstehst«, sagte sie. »In ritueller schwarzer Magie sind menschliche Körperteile machtvolle Zutaten, jedes davon mit seiner eigenen Funktion. Das erste, was Bernard seinen Opfern antat, war ihnen die Augenlider zu entfernen. Er zwang seine Beute dazu, für ihn in das Jenseits zu blicken. Wo auch immer er jetzt ist – einst war er ein Mensch, also sind seine Anstrengungen und Obsessionen immer noch die eines Menschen. Zwar hat er jetzt mehr Macht, aber er hat auch seine Schwächen. Er ist ungläubig, und die Ungläubigen sind schwach.«

»Warum zum Teufel passiert mir das alles?«, fragte ich.

Sie hob die Schultern. »So läuft es nun mal in der Welt. In seiner Welt.«

Ich streckte meine Hand aus. Kurz darauf stand sie auf und nahm sie. »Wenn ich dich bitten würde, die Stadt nicht zu verlassen«, sagte ich, »wenn ich dich bitten würde, hierzubleiben, würdest du das tun?«

Claudia strich mit den Fingern ihrer freien Hand durch meine Haare. Dann setzte sie sich neben mir auf den Bettrand. »Was, wenn ich dich bitten würde, mit mir zu kommen, würdest *du?*«

Ich brachte ein feiges Lächeln zustande. »Ich fühle mich dir so nahe, ich kann es nicht erklären.«

»Ich bin jetzt ein Teil deines Albtraums, Platon. Und du bist ein Teil von meinem.«

Sie hatte recht. Zwischen uns hatte es von Anfang an mehr gegeben, als uns bewusst gewesen war, und selbst letzte Nacht war mehr geschehen als nur Sex. Teile von uns waren auf den anderen übergegangen, Körper und Seele, verwandte Geister, die sich ihren Weg aus einer gemeinsamen Schale erkämpfen. Und egal, wohin wir gingen, wussten wir doch beide, dass wir niemals zurückkehren würden, unabhängig von dem Ende unserer

Reise. Ich berührte ihre Tätowierung, strich mit den Fingern über die Narben auf ihrem Schenkel und küsste sie auf die Stirn. Sie lehnte sich mir entgegen, und wir fielen zusammen auf das Bett zurück, wo wir einander wortlos festhielten, während die Sonne ihren langsamen Aufstieg über die Stadt fortsetzte.

Zum ersten Mal seit langer Zeit schlief ich friedlich und mehrere Stunden lang. Ich wachte den ganzen Morgen lang nicht auf, sondern erst am Nachmittag. Als ich dann aufwachte, war Claudia gegangen.

Kapitel 32

Im Rückspiegel von Ricks Cherokee wurde Donald immer kleiner, je weiter wir uns von seinem Cottage entfernten, bis er schließlich nicht mehr zu sehen war. Er stand in der Auffahrt, sah uns nach, und der Ausdruck in seinem Gesicht war eine Mischung aus Missfallen und versteckter Erleichterung. Keiner von uns wusste, auf was Rick und ich uns einließen, und obwohl Donald sich mit Spekulationen zurückhielt, hatte er zuvor eindeutig klargestellt, dass er aus der Geschichte aussteigen wollte. Dieses Mal machte ich ihm keinen Vorwurf, aber ich merkte, dass er ein schlechtes Gewissen hatte, weil er nicht mitkam. Also hatte ich ihm gar nicht erst angeboten, mit uns zu fahren. So musste er es sich nicht noch einmal überlegen oder eine geschickte Möglichkeit finden, sich davor zu drücken.

Der Plan war simpel. Während die ganze Stadt am Abend mit den Festlichkeiten beschäftigt sein würde, untersuchten Rick und ich die Überreste der Buchanan-Mühle am Rande von Potter's Cove. Donald sollte das Telefon bei sich tragen und darauf warten, dass wir uns meldeten. Falls er bis neun Uhr am nächsten Morgen nichts von uns gehört hatte, lag es an ihm, was er tat. Entweder nahm er das Risiko auf sich, uns zur Mühle zu folgen, oder er benachrichtigte die Polizei und erzählte alles.

Wir bogen um eine Ecke, und ich kontrollierte rasch meine 9-Millimeter-Pistole, bevor ich sie wieder in das Holster an der Rückseite meines Gürtels steckte. Rick hatte ein langes

Tauchermesser mitgebracht, das er sich bei seinen Tauchausflügen immer an den Unterschenkel schnallte. Die Waffe war zweischneidig. Eine Seite glatt, die andere gezackt. Beide waren rasiermesserscharf. Das Messer steckte in seinem Futteral auf der Ablage zwischen den Sitzen. In einem düsteren Tonfall fragte Rick: »Meinst du, wir werden den Scheiß brauchen?«

»Keine Ahnung. Wir wollen's nicht hoffen.« In Wirklichkeit kam ich mir wie ein Vollidiot vor. Zwei erwachsene Männer mit Messern und Pistolen, unterwegs zu einer Schlägerei mit Dämonen oder Geistern oder weiß Gott was, ziehen in den Krieg gegen die Vergangenheit und einen dunklen, gestörten Teil ihrer selbst. Einmal Zwangsjacken für alle, bitte!

Es wurde bereits dunkel. Der Himmel hatte einen seltsamen, feurigen Glanz angenommen. Rote und orange Streifen mischten sich am Horizont mit sanft geschwungenem Schwarz wie Pinselstriche eines himmlischen Malers, der wahnsinnig geworden ist und sich hinter den fernen Wolken versteckt.

Das Feuerwerk sollte kurz nach Anbruch der Nacht beginnen, deswegen waren die Straßen, die zum Strand oder in die Nähe führten – wo sowohl Touristen als auch Leute aus der Stadt sich die Vorstellung anschauen wollten –, schon mit dicht aufeinandergedrängten Autos vollgestopft. Hinzu kam ein Schwarm Händler, die von ihren Handkarren aus alles Mögliche verkauften: Flaggen, aufblasbare Tiere, Essen, Leuchtstäbe und noch viel mehr. Zum Glück fuhren wir in die entgegengesetzte Richtung an der Küste nach Süden und entgingen dem Stau problemlos.

Wir schwiegen mehrere Minuten lang. Je weiter wir fuhren, desto trostloser wurde die Umgebung.

»Wenn wir den Wald erreichen, hältst du an.«

»Wir können direkt bis an das Tor fahren«, sagte Rick. »Wir springen über den Zaun und ...«

»Ich habe einen Plan.« Ich drehte mich um und sah aus dem Fenster. Ich kämpfte gegen die Anspannung und Furcht an. »Mach's einfach so, wie ich es sage, okay?«

»Klar.« Rick nickte unbehaglich. »Okay.«

Die alten Mühlen waren allesamt entlang mehrerer Felsufer gebaut worden, die den Ozean überblickten. Wo die enormen alten Gebäude jetzt nebeneinander auf großflächig ausgepflastertem Land standen, hatte sich früher ein Wald befunden, den der Staat besessen und für den Umbau abgetragen hatte. Die Buchanan-Mühle war die erste in der Reihe. Vor der Mühle erstreckte sich ein kleiner, aber dicht bewachsener Waldabschnitt. Daneben ein schmaler Streifen Land und die Klippen, gegen die das Meer stieß. Die nächste Mühle stand rund einen Kilometer entfernt und wurde durch einen riesigen Parkplatz und ein weiteres kleines Waldgebiet von der Buchanan-Mühle getrennt.

Wir bogen in eine alte Anliegerstraße ab, die aufgesprungen und voller Schlaglöcher war. »Was war denn nun mit dir und diesem Mädel?«

»Claudia?« Bevor wir von Donalds Haus aufgebrochen waren, hatte ich den Jungs von unserem Gespräch und all den Dingen, die sie mir erklärt hatte, berichtet. »Ich habe dir bereits alles gesagt, was sie wusste.«

»Glaubst du ihr?«

»Sind wir das nicht bereits durchgegangen?«, fragte ich. »Ja, ich glaube ihr.« Ich musste daran denken, wie ich in ihrem Haus aufgewacht war und feststellen musste, dass beinahe sämtliche Spuren von ihr verschwunden waren. Die Kerzen waren heruntergebrannt und ausgegangen, und sogar das Florida-Poster war von der Wand entfernt worden. Ich fragte mich, ob Claudia eine Weile auf dem Bett gesessen, mich beobachtet und über den gestrigen Abend nachgedacht hatte. Oder war sie leise gegangen, während ich schlief und hatte dabei schon an andere Dinge und andere Orte gedacht?

Vor meinen Augen blitzten Bilder von ihr auf, dazu auch Bilder von Toni und schließlich von Bernard. Wir waren nun alle miteinander verbunden – für immer – und ich vermochte die drei nicht mehr voneinander zu trennen. Ich konnte nicht mehr an einen von ihnen denken, ohne auch an die anderen zu denken. Als ich in Claudia war, hatten ihre Vergangenheit – und jene Männer, die vor mir bei ihr gewesen waren, keine Rolle gespielt. Erst als ich mir vorstellte, dass auch Bernard dazu gehörte, wurde mir für einen kurzen, aber brutalen Augenblick schlecht. Von da an wusste ich, dass ich Toni – selbst falls wir irgendwann wieder zusammenkommen sollten – nie mehr würde ansehen können, ohne solche geisterhaften Erinnerungen zu durchleben.

»Jetzt ist sie weg, hm?«

Ich sah sie vor mir aufblitzen, wie sie das Handtuch gegen ihre Brust drückte und ihr Gesicht in Kerzenlicht getaucht war. *Sie laufen in die Finsternis, und ich laufe davor weg.*

»Ja. Sie ist weggezogen. Sie wollte einen Ortswechsel und von vorne anfangen. Jedenfalls glaubte sie, das könne ihr gelingen.«

»Muss schön sein.«

»Von vorne anzufangen?«

»Ja.«

Ich nickte. »Hängt wahrscheinlich alles davon ab, wie du es angehst.«

»Glaubst du, wir werden jemals die Chance dazu bekommen?«

»Glaubst du, wir würden sie wahrnehmen, selbst wenn es so kommt?«

»Wahrscheinlich nicht.« Er lachte unbesorgt und ironisch. »Diese Kackstadt ist alles, was wir haben. Das war immer so und wird wahrscheinlich auch immer so bleiben.«

»Irgendwie schade«, murmelte ich.

»Ist gar nicht so schlimm. Das ist unsere Heimat. Wo zum Teufel sollen wir denn sonst hin?«

Die Straße war etwas holpriger geworden. Wir wurden in dem Cherokee durchgeschüttelt. Rick drosselte das Tempo. In der Ferne erwarteten uns die ersten Ausläufer des Waldes. »Halt hier an«, sagte ich. »Von hier aus gehen wir zu Fuß.«

Wir verriegelten den Jeep und standen am Rand des Waldes. Über den Baumkronen erkannten wir in einiger Entfernung die Spitze der Buchanan-Mühle – ein unnatürliches Element an dem ansonsten makellosen Horizont. Letzte Strahlen rot schimmernden Lichts drangen noch einmal durch die Bäume, während die Sonne langsam außer Sichtweite geriet. Wir sahen in den Himmel, ohne etwas zu sagen. Bis wir das Ende des Waldes erreicht und den Buchanan-Parkplatz überquert hatten, würde es schon vollständig dunkel sein.

Rick hielt sein Tauchermesser in einer Hand und eine große Taschenlampe in der anderen. Er hielt beide in die Höhe, als wollte er mich daran erinnern, dass er sie dabei hatte. Mit seinem ärmellosen, hautengen schwarzen T-Shirt, schwarzen Jeans und schwarzen Motorradstiefeln, den zurückgegelten Haaren und seiner gebräunten Haut und den Muskeln sah er aus wie der Anführer eines Spezialkommandos, der sich in einem nächtlichen Einsatz befand. Aber sein üblicher Gesichtsausdruck, der immer zwischen an Arroganz grenzendem Selbstbewusstsein, Begeisterung, Zufriedenheit mit sich selbst und der Befriedigung schwankte, die er stets daraus gezogen hatte, die Kontrolle zu haben und voller Selbstvertrauen zu sein, war verschwunden. Das Letzte, was ich jetzt brauchte, war ein Papiertiger.

»Kommst du klar?«

»Mir geht's gut.« Er schob das Messerfutteral in seinen Gürtel. »Bringen wir es einfach hinter uns, ja?«

Ich drehte meinen Kopf in Richtung des Meeres in der Ferne. Wir waren noch nicht nahe genug, um es hören zu können, aber ich roch es. Ich spürte es.

Ich spürte auch verblasste Anzeichen von Bernard. Er war über diese Straßen gefahren, war durch diesen Wald gegangen, hatte diese Luft geatmet und, ebenso wie wir, zugesehen, wie sich die Nacht über die Baumspitzen senkte. Hatte er seine Taten hier begangen, *genau* hier? Hatten seine Opfer in denselben Himmel gesehen und sich gleichzeitig gefragt, ob dies das Letzte ist, was sie sehen werden? Hatten sie gewusst, dass sie dem Tod nicht mehr entkommen konnten, während sie auf dem Boden standen, über den wir jetzt gingen? Hatten sie hier geweint? Gekämpft und um ihr Leben gebettelt?

Waren sie hier verblutet?

Wir stapften in den Wald und bewegten uns auf das wenige zu, was wir von der Mühle zwischen den Bäumen erkennen konnten. Rick ging mit weiten, kräftigen Schritten voran. Ich musste mich deshalb beeilen, um mit ihm mitzuhalten. Die kühle Luft, die der Sturm in der Nacht zuvor mit sich gebracht hatte, war schon verschwunden. Stattdessen hatte sich wieder eine lähmende

Schwüle ausgebreitet. Aber schon bald wehte uns vom Ozean her eine angenehme Brise entgegen.

Ganz unerwartet blieb Rick stehen und schaute sich um. »War es unbedingt nötig, dass wir diesen Weg nehmen?«, fragte er leise.

Und da wusste ich, dass er es auch spürte. Bernard hatte diesen Abschnitt des Waldes benutzt, da war ich mir sicher. Hierher hatte er sie als Erstes gebracht. Es passte alles zusammen. Seine allererste Beute hatte er im Wald gequält, und aus irgendeinem Grund gab es eine Verbindung zwischen dem Wald und den abscheulichen Taten, die er begangen hatte. Die Stelle, an der wir uns gerade befanden, war der perfekte Schauplatz für seine kranken Spiele. Abgelegen, aber leicht zu erreichen, keine Fluchtmöglichkeit. Außer zu der Steilküste, dem Meer und der alten Mühle konnte man nirgendwohin rennen. Und in der Mühle wäre er noch ungestörter gewesen. Niemand konnte seine Opfer hören. Niemand konnte ihnen helfen. Schreie voller Angst und Schmerzen blieben unbeantwortet und hallten durch die Innereien eines Gebäudes, das vergessen war und langsam verweste.

»Er hat sie hierher gebracht, Rick.«

Er nickte, sagte aber nichts. Stattdessen waren die Geister zurückgekehrt und sprachen zu mir.

Bernard hielt sie fest. Eine Hand hatte er an ihrem unteren Rücken, mit der anderen kraulte er ihren Nacken. Ihr Haar war nass und verfilzt. Regen, Erde und Schweiß hatten es zu Büscheln verklebt, nun klebte es an ihrer Wange. Bernard atmete tief ein, sog ihren Geruch in sich auf, in dem er Erde, gemischt mit Schweiß und einigen eindeutig weiblichen Düften wahrnahm. Er verstärkte den Griff, presste sie noch fester an sich und lehnte seinen Kopf zurück. Es fiel ihm schwer, durch die Dunkelheit und den Regen, der zwischen den Baumwipfeln über ihm fiel, etwas zu erkennen. Der Regen kitzelte ihn im Gesicht und erinnerte ihn daran, wie lebendig er war. Sein Mund öffnete sich, damit der Regen hineintropfte. Als das Wasser seinen Mund ausfüllte und überquoll und über sein Kinn, seinen Hals und seinen Nacken floss – der Regen, das Blut der Erde – blickte er auf das, was von ihren Augen übrig geblieben war. »Kannst du Gott sehen?«, flüsterte er, damit nur sie ihn hörte.

Ihre Kleider waren auf den Zweigen neben ihnen verstreut und wehten im Wind. Er küsste sie auf die Stirn und drückte sie. Ihre Knochen, die nur knapp unter ihrer Haut lagen, rissen ihn aus seiner Trance. Und dann waren sie beide alleine – im Moment jedenfalls –, im Wald, zwischen Himmel und Erde, Nacht und Tag, Gut und Böse, Blut und Erde, die explosionsartig zu einem großen Ganzen wurden.

Nachdem er ihre gebrechliche Gestalt losgelassen hatte, rutschte sie auf ein Bett aus nassem Laub. Ihre Arme waren ausgebreitet und die Beine verbogen und unter den Rest ihres Körpers geklemmt.

Er richtete sich langsam auf. Seine Beine zitterten und gaben ihm keinen Halt. Sein Brustkorb hob und senkte sich hektisch, während aus dem nächtlichen Himmel kalter Regen strömte. Er taumelte zu einem Baum in der Nähe, fand das Messer, das er zuvor in den Baum gesteckt hatte, und zog es heraus. Mit einer langsamen Pirouettenbewegung drehte er sich um, warf den Kopf zurück und streckte die Arme aus, um den Regen zu lobpreisen. Sein Tanz führte ihn zurück zu ihr. Er kniete sich auf den Boden und beugte sich über ihren Oberkörper. Seine Wange berührte die ihre, mit einer Hand hielt er das Messer umklammert, mit der anderen strich er ihr sanft über den Hals. Ihre aufgesprungenen Lippen bewegten sich, die Brust der Frau hob sich. Er drückte sein Ohr gegen ihren Mund. »Töte mich«, flüsterte sie.

Er berührte zärtlich ihr Gesicht und war verblüfft, dass sie noch sprechen konnte. »Was siehst du?«, fragte er und starrte in ihre verstümmelten Augen. »Sag mir, was du siehst.«

Der Wind antwortete, ebenso der Regen, aber sie selber war dazu nicht in der Lage.

»Sag es mir!«, drängte er. »Ich muss ... Ich muss mir sicher sein.«

In der Ferne ertönte ein Donnergrollen und unterbrach seine Konzentration. Er stand auf, schob sich das Messer zwischen die Zähne und packte sie an den Füßen. Er schleppte sich durch

Blätter und Schlamm und zog sie zu dem ausgewählten Baum. Er fand das Seil und band das herunterhängende Ende um ihre Fußgelenke. Nach drei starken Zügen an dem Seil schwebte sie in der Luft. Ihr nackter, schlaffer Körper schwankte hin und her, Haare und Arme hingen herab und schienen nach dem Boden greifen zu wollen.

Sobald das Seil befestigt war, zog er das Messer aus seinem Mund und ging in die Knie, damit er auf Augenhöhe mit ihr war. Er rieb sich die Augen, wischte den Regen weg und strich mit seinen Lippen sanft über sie. »Es macht nichts, wenn du Angst hast.« Er sah zu dem Teil des Waldes, aus dem er gekommen war. Von aufzuckenden Blitzen unterbrochen, tauchten Bilder in ihm auf, in denen er den Weg entlanghüpfte und ihre Kleider wegwarf. Und wie ein Kind, das einen Blick unters Bett gewagt und herausgefunden hat, dass dort tatsächlich ein Monster lebt, stand er mühsam wieder auf.

Mit einer verstörend ruhigen Handbewegung drückte er das Messer gegen ihr Schambein und fragte sich ungewollt, ob er mit seinem Verdacht richtig lag. Vielleicht war die Hölle hier auf Erden. Vielleicht hatte er sie bereits gefunden. Und so wie der Meister vor all den Jahren denjenigen in Versuchung geführt hatte, den er am meisten verachtete – den Mann aus Nazareth –, war vielleicht auch dies lediglich eine letzte Versuchung, mit der seine Überzeugung getestet werden sollte.

Bernard drehte sich wieder zu der Frau um. »Du sollst schreiend sterben.«

Und er stieß mit dem Messer zu. Den Griff hielt er mit beiden Händen. Er ließ sich auf die Knie fallen, wobei er sie in einer einzigen reißenden Bewegung vom Becken bis zum Hals aufschnitt und ausweidete. Sie tat ihr Bestes, seiner Aufforderung zu folgen ...

Falls es in diesem Wald Beweise für Bernards Taten gegeben hatte, dann waren sie schon lange verschwunden, daran bestand für mich kein Zweifel. Niemand kam jemals hierher, und schon nach wenigen Tagen würden Tiere und die Elemente alle Spuren beseitigt haben. Monate später gab es – neben den Geistern und ihren Geschichten, die es drängte, sie mir zu erzählen –

vielleicht noch einen Knochen hier oder da, aber nicht viel mehr.

Auf den Windstoß folgte Stille, die sich über den Wald legte. Noch war es nicht ganz dunkel, aber die Nacht würde bald anbrechen.

Rick knipste seine Taschenlampe an. Mit einem lauten Schlucken fragte er: »Glaubst du, hier sind Leichen?«

»Nicht hier.« Ich deutete über seine Schulter hinweg. »Sondern *dort*.«

Wir waren nur ein paar Meter vom Waldrand entfernt. Hinter den letzten Bäumen trennte ein Maschendrahtzaun den Parkplatz von dem Waldstreifen. Knapp hundert Meter weiter ragte die phantomhafte Silhouette eines riesigen Gebäudes auf. Es waren die verfallenen Überreste eines Giganten aus vergangenen Zeiten, die durch den schnell dunkler werdenden Himmel auf uns herabstarrten.

Wortlos gingen wir auf den Zaun zu.

Kapitel 33

Zum Glück war der Zaun nur etwa einen Meter fünfzig hoch. Wir kletterten darüber und sprangen auf den Parkplatz. Ich kam mir plötzlich vor, als wäre ich wieder zwölf Jahre alt. Ich hüpfte über Zäune und kletterte auf Bäume, ich erlebte Abenteuer, als wäre die Welt noch neu und das Wort Unschuld bedeutete noch etwas.

Während uns die Dunkelheit umschloss, brausten vor uns Wellen auf den Strand zu.

»Meine Großeltern haben hier gearbeitet«, sagte Rick.

Ich war ein paarmal an dem Gelände vorbeigefahren, hatte es aber nie betreten. Ich konnte mich vage daran erinnern, als Kind kilometerweit am Strand zu laufen oder mit dem Fahrrad an der Küste entlang zu fahren und dabei die großen alten Gebäude über den Klippen zu sehen, die dort bedrohlich kauerten und schon damals heruntergekommen waren. In jenen Tagen waren uns die Mühlen rätselhaft und gefährlich vorgekommen.

Dinosaurier, die am Stadtrand standen, und nur die Alten wussten noch aus erster Hand etwas darüber. Für uns, die Kinder, waren sie seltsame Häuser gewesen, über die man sich alle möglichen Geschichten ausmalen konnte.

»Damals gab's noch keine Gewerkschaften, die Arbeit war verdammte Ausbeutung«, fuhr Rick fort. »Und es gab in der Stadt keine andere Arbeit als in den Mühlen. Die Leute haben sich den Rücken kaputt gemacht. Jedenfalls viele von ihnen. Sind viel zu früh alt geworden.«

»So läuft das im Leben«, murmelte ich. »Komm jetzt.«

Rick ging voran und hatte seine Taschenlampe auf den schiefen, aufgerissenen Gehweg vor uns gerichtet. Wir überquerten den Parkplatz.

»Ob die Gebäude wohl von den Bullen untersucht worden sind?«, fragte er kurz darauf. Im Dunklen und an diesem merkwürdigen Ort war der Klang unserer Stimmen irgendwie beruhigend.

»Wahrscheinlich.«

»Denn sie haben doch schon gesagt, sie wüssten, dass der Killer seine Opfer nicht dort gefoltert und getötet hat, wo sie die Leichen gefunden haben, oder? Die Mühlen passen perfekt. Sie sind so ziemlich der einzige Ort in der Stadt, wo man so etwas tun kann, ohne dass es jemand bemerkt. Das Problem ist nur, dass die Mühlen alle baufällig und vor so langer Zeit aufgegeben worden sind. Deswegen ist es gefährlich, die meisten auch nur zu betreten. Ich wette, dass die Bullen sich nur halbherzig umgesehen haben, falls überhaupt. In den Zeitungen und in den Nachrichten haben sich alle darauf versteift, dass der Killer durch die Gegend reist und schon längst weitergezogen ist.«

Der Killer. Selbst jetzt brachte ich es noch nicht über mich, Bernards Namen auszusprechen.

Der Geruch von Meeresluft wurde intensiver, und der Wind wehte ein bisschen stärker vom Ozean zu uns, was die Hitze etwas erträglicher machte.

»Falls die Bullen die Mühlen tatsächlich untersucht haben, glaube ich, dass sie nur gefunden haben, was es erlaubt hat. Sie sahen nur, was es wollte.«

»Es?«

Wir stoppten und sahen einander an. »Die Leichen wurden gefunden, weil Bernard wollte, dass sie gefunden werden und die Polizei davon weiß. Was den Rest angeht, bin ich mir nicht so sicher.« Ich deutete auf die Mühle. »Was auch immer da drin sein mag – ich glaube, dass wir es sind, die es finden sollen. Dinge, die er uns beiden zeigen will. Vielleicht nur uns beiden.«

Rick ließ seine Brust anschwellen, als hoffte er, damit seine eigene Angst einzuschüchtern. »Dort ist entweder etwas oder dort ist nichts, Alan.«

»Vielleicht. Falls nicht alles davon abhängt, wer sich dort umschaut.«

Ein paar Sekunden lang sprach keiner von uns, aber als wir einen Bogen liefen und uns direkt auf die Mühle zubewegten, sagte ich: »Ich verstehe nicht, weshalb man die Biester überhaupt noch hier stehen lässt.«

»Es würde ein Vermögen kosten, die Scheißdinger abzureißen«, sagte Rick. »Außerdem gehören sie zur Geschichte von Potter's Cove. Mehr Geschichte hat diese Kackstadt sowieso nicht zu bieten.«

Bis jetzt, dachte ich. Ab nun würde die Geschichte der Stadt für immer mit brutalen Morden, Folter, Chaos und Wahnsinn verbunden sein.

Wir waren weniger als hundert Meter vom Hauptgebäude entfernt, als ein lautes Krachen uns innehalten ließ. Über der Mühle leuchtete der Himmel. Blaue und rote Farben strahlten in lauter Explosionen auf und strömten in alle Richtungen, bevor sie langsam Richtung Boden torkelten. Das Feuerwerk hatte begonnen, und in diesem alten, vergessenen Drecksloch bot es am Nachthimmel einen wunderschönen Kontrast zu der ansonsten gänzlich unspektakulären Umgebung. Wie etwas Magisches und Surreales.

Einen Augenblick lang vergaßen wir alles und sahen zum Himmel auf wie Kinder, die vor Begeisterung ganz außer sich sind.

Alle paar Sekunden gab es am Himmel kurz ein neues Bild zu sehen, das unsere Gesichter mit bunten Tönen beleuchtete wie die Scheinwerfer eines vorbeifahrenden Autos, die ein dunkles Zimmer aufhellen.

Als der Bann gebrochen war, gingen wir auf die Vorderseite des Gebäudes zu. Rick ließ das Licht aus der Taschenlampe langsam an der Mühle nach oben wandern. Die meisten der langen, vertikalen Fenster fehlten oder waren zerbrochen. Die wenigen noch intakten Scheiben waren mit einer uralten Schmutzschicht verschmiert. Im Erdgeschoss hatte man Türen und Fenster mit Brettern vernagelt und mit Graffiti bedeckt.

»Könnte schwierig werden, da reinzukommen«, meinte Rick. »Die haben alles ziemlich gut zugenagelt.«

Und dann, während ich das Mammut vor uns in Augenschein nahm, begriff ich.

»Ich habe das schon einmal gesehen«, sagte ich leise. »In der Nacht in New Bedford. Die alte Fabrik gegenüber dem Parkplatz, ich ... sie sah genauso aus. Das Gebäude war anders, aber ... dann auch wieder nicht. Ich war an einem völlig anderen Ort, aber was ich sah, glich dem hier haargenau. Ich habe *diese Mühle* gesehen.«

Rick wirbelte mit der Taschenlampe herum und zeigte damit auf meinen Oberkörper, sodass es gerade genug Licht gab, um mein Gesicht zu bestrahlen.

»Sag das noch mal?«

»Ich war schon einmal hier.«

Ich riss ihm die Taschenlampe aus der Hand, leuchtete damit auf die Vorderseite des Gebäudes und suchte das Erdgeschoss ab, bis ich einen Eingang fand. Die großen Türen, die einst den Haupteingang gebildet hatten, waren vermodert und größtenteils weggebrochen. Eine halb verfaulte Holzplanke klemmte diagonal zwischen dem Türrahmen. Es sah so aus, als sei sie schon vor Urzeiten heruntergefallen. Alles war genau so, wie ich es zuvor gesehen hatte.

»Dort drüben«, sagte ich und wedelte mit dem Lichtstrahl, »da kommen wir rein.«

Am Ende der Planke hatte es sich eine ungeheuer fette Ratte gemütlich gemacht. Sie gab merkwürdige Grunzgeräusche von sich, richtete sich auf ihren Hinterbeinen auf und bleckte die Zähne.

Alles war genauso wie in jener Nacht.

»Kacke, Alter«, flüsterte Rick, »Das Vieh sieht aus wie eine Riesenzwiebel.«

Ich richtete den Strahl der Taschenlampe auf das Tier, und das Licht spiegelte sich in seinen Augen, die dadurch rot wie Feuer aufleuchteten. Wie zuvor rührten wir uns nicht, bis sich die Ratte schließlich nach einem nachdenklichen Schnuppern umdrehte, bis zum Rand der Planke watschelte und hinein in die Dunkelheit sprang.

»Gehen wir«, sagte ich.

Wir stiegen vorsichtig über die Holzlatte durch die Tür. Sofort schlug uns ein ganzes Paket abscheulicher Gerüche entgegen. Ich trat über einen Abfallhaufen und schwenkte das Licht langsam vor uns durch den Raum. Die am nächsten gelegene Wand war voller Graffiti, und auf dem Boden lag eine dicke Schicht aus Dreck.

»Bei dem ganzen Müll wette ich, dass ein paar Obdachlose hier gewohnt haben«, sagte Rick. Seine Stimme hallte durch das leer stehende Gebäude. »Glaubst du, hier ist noch einer von denen?«

»An diesem Ort lebt nichts mehr«, sagte ich. »Außer denen da.«

Ein paar Meter vor uns schwärmte eine Gruppe Ratten auseinander und floh in dunklere Ecken, als das Feuerwerk wieder zunahm. Über uns donnerten und explodierten Raketen, und durch die verschiedenen Löcher und Bruchstellen des Gebäudes drangen vielfarbige Lichtstrahlen ein. Sie schossen durch die Räume und stachen durch die Dunkelheit. Nachdem eine Salve wieder verblasst war, folgte ein paar Sekunden später die nächste.

Neben mir konnte ich den nervösen Rhythmus von Ricks Atem hören. »Was nun?«, fragte er.

Ich sah nach oben. Die Decke war so hoch, dass ich sie nicht erkennen konnte. Ich drehte mich nach rechts, leuchtete mit der Taschenlampe voraus und folgte ihrem Strahl bis zum gegenüberliegenden Ende des großen Raums. »Hier lang.«

Wir marschierten durch das Durcheinander aus Müll und Unrat. Der Lichtstrahl sprang bei jedem Schritt auf und ab, und als das Feuerwerk für einen Moment nachließ, suchte ich nach einem Korridor, von dem ich wusste, dass er an dieser Stelle sein würde. Mein Herz begann zu rasen, als Erinnerungen an die Nacht in der Fabrik – in dieser Fabrik – in mir aufstiegen. Klebriger Schweiß brach mir auf der Stirn aus. »Da drüben«, sagte ich.

Wir bewegten uns durch den Korridor, und das Gebäude schien von allen Seiten näher zu kommen und viel kleiner zu werden. Und obwohl wir das Feuerwerk immer noch hörten, war nichts davon mehr zu sehen. Die Enge unserer Umgebung wurde rasch beängstigend. Die Wände verliefen dicht neben uns, die Decke war niedrig. Während wir weitergingen, schwenkte ich das Licht immer wieder nach oben und unten, damit wir in dem Korridor so viel wie möglich sahen.

Der Gestank wurde schlimmer.

Wir erreichten einen kleinen Raum, der von dem Flur abging. Mir fiel ein altes Schild neben der Öffnung auf, wo sich einst die Tür befunden hatte. Ich richtete die Taschenlampe darauf. »Sieht so aus, als wäre dies eine Art Büro gewesen.« Ich wischte über das schmutzige Schild, bis ich ein paar Buchstaben erkennen konnte. »Die Personalabteilung, glaube ich.«

Ich trat ein. Es war derselbe Raum wie der, in den mich die Frau in jener Nacht gelockt hatte. Überall lag Müll verstreut. Als ich den Raum mit dem Lichtstrahl absuchte, sah ich die mir bereits vertrauten Symbole, die mit roter Farbe oder Blut an die Wände geschmiert waren. Die ehemalige Bürotür war ausgehängt und auf zwei kleine Blöcke aus Betonziegeln gelegt worden, um den behelfsmäßigen Altar zu bilden, den ich damals gesehen hatte.

Wie zuvor lag ein dunkler, unbeweglicher Haufen unter dem Altar, aber ich konnte nicht sehen, um was es sich handelte.

»Was soll die ganze Kacke an den Wänden?«, fragte Rick, der hinter mir stand.

»Zaubersprüche oder so, weiß der Himmel.« Ich seufzte. »Ich hab keine Ahnung.«

»Ist das Blut?«

»Ich schätze schon.«

»Jesus.«

»Ich glaube, es ist eine Art Auskunft oder Beschriftung, so was in der Art.«

»Vielleicht ist es eine Warnung.«

Ein Schaudern erinnerte mich daran, dass ich dies nicht in Betracht gezogen hatte. Ich nickte und richtete das Licht auf die Tür über den Steinblöcken. »Das soll ein Altar sein, glaube ich.«

»Was ist das Zeug auf dem Boden?«

Ich schluckte so hart, dass ich beinahe würgen musste. »Bin mir nicht sicher.«

»Ich hab ein schlechtes Gefühl bei der ganzen Sache, Alter.«

»Was du nicht sagst, echt?« Ich warf ihm einen genervten Blick zu, ging leicht in die Knie und bewegte mich weiter in den Raum vor, in Richtung des Altars. Als ich kurz davor stand, bemerkte ich, dass eine alte Wolldecke über das gelegt worden war, was sich darunter befand. Ich winkte Rick zu mir und reichte ihm die Taschenlampe. »Leuchte da drauf«, sagte ich und zeigte auf den Haufen.

Er tat, um was ich ihn gebeten hatte, und mir fiel auf, dass das Licht leicht zitterte. Ich griff nach der Decke und zog sie weg.

»Oh Gott.« Ich ließ die Decke fallen und wich zurück. »Nein.«

Rick konnte den Blick nicht abwenden und hielt den Lichtstrahl weiter darauf gerichtet. »Es wirkt nicht echt.«

Ich fuhr mir mit einer Hand durch meine verschwitzten Haare. »Es ist völlig *zerstört*.«

Er schüttelte den Kopf. Seine Lippen bewegten sich schnell, aber ohne einen Ton von sich zu geben.

»In jener Nacht in der Fabrik«, sagte ich, »lockte mich die Frau in diesen Raum und zeigte mir ihren kleinen Jungen. Er war tot. Sie waren ... Sie waren beide tot.« Erinnerungen an die Nacht durchfluteten mich, aber ich benötigte sie nicht mehr, denn sie waren direkt vor meinen Augen Wirklichkeit geworden. »Alle Opfer von Bernard waren alleinstehende Mütter mit Söhnen gewesen. Die Morde waren Rituale. Claudia hat mir erzählt, dass die letzten rituellen Opferungen vor seinem Selbstmord nicht nur die Mütter beinhalteten, sondern auch die Kinder.«

»Wie konnte er das ... einem kleinen Kind antun?«, murmelte Rick.

»Was für ein elendes Blutbad«, sagte ich. »Er hat sie getötet und die Wände mit Blut bemalt. Er hat einen wehrlosen kleinen Jungen abgeschlachtet.« Ich zwang mich wieder zu dem kleinen Körper zu sehen, der unter dem Altar zusammengekauert lag. Weggeworfen wie der Rest des Abfalls ringsumher. Was Bernard nicht geschändet hatte, war von den Ratten übernommen worden. Was übrig blieb, war eine Leiche, so verstümmelt, dass ich mir beim ersten Anblick nicht sicher gewesen war, um was es sich dabei handelte. Das Kind musste ein unvorstellbares Grauen durchlebt haben, ein erbärmliches Grauen. Neben der Angst pulsierte jetzt auch Zorn in meinen Adern. »Du Dreckskerl!«, schrie ich der Dunkelheit entgegen. Meine Stimme hallte seltsam durch das leere Gebäude. »Dreckskerl!«

Rick packte mich hart an der Schulter. »Wir müssen uns dringend von hier verpissen.«

Ich entzog mich seinem Griff, hob die Decke auf und warf sie wieder über die Leiche. »Wir gehen nirgendwo hin, bevor wir hier nicht fertig sind.« Ich sah ihm ins Gesicht. »Das Ganze muss aufhören. Hier und heute Nacht.«

Genau in diesem Moment bemerkte Rick etwas in der Dunkelheit. Sein Blick wanderte langsam nach oben, und sein Gesichtsausdruck verriet mir, dass über uns etwas war. »Jesus ... Jesus Christus«, stammelte er. »Lieber Gott im Himmel.«

Ich folgte seinem Blick und richtete den Lichtstrahl der Taschenlampe auf die niedrige Decke über uns. Da sah ich die Frau – die Mutter des Jungen. Sie schwebte mitten in der Luft.

Kapitel 34

Ich stand entweder so sehr unter Schock oder hatte so viel Angst, dass ich nicht in der Lage war, wegzulaufen. Stattdessen gaffte ich auf die Frau und versuchte, meinen Verstand davon abzuhalten, in tausend Stücke zu zerspringen. Kurz darauf begriff ich, dass die Frau doch nicht schwebte.

Sie war an die Decke gekreuzigt worden.

Ich hörte, wie Rick sich übergab, während ich mir das Blutbad dort oben ansah. Die Frau war ausgeweidet worden. Ihr ausgemergelter Torso war geöffnet und leer. Durch ihre Hände und Füße waren Nägel von der Größe eines Schienennagels getrieben worden. Ihre Augenlider waren abgeschnitten worden, die Augen waren eingesunken und mit grauem Schleim überzogen. Sie war auf ewig gezwungen, auf ihr verstümmeltes Kind hinabzuschauen. Ihr Gesicht war verhärmt und blass, genauso, wie ich es auch in Erinnerung gehabt hatte.

Sind Sie der Klempner?

»Nein«, flüsterte ich, »und auch er war nicht der Klempner.«

In diesen wenigen Sekunden kam es uns so vor, als hätte der Wahnsinn endgültig die Kontrolle übernommen. Wir befanden uns in der Hölle, und ich war so entsetzt und vor Angst überwältigt, dass ich einen Nervenzusammenbruch nur mit Mühe abwenden konnte. Die Nerven lagen jetzt blank, und die Spielregeln von Leben und Tod hatten sich verändert. Wahrheit und Lüge, Fantasie und Wirklichkeit, Gut und Böse – sie waren allesamt eins geworden.

»Er ist hier.« Ich nahm die Taschenlampe wieder an mich. »Ich kann ihn spüren.«

Rick wischte sich den Mund ab und nickte entschieden.

Ich drängte mich an Rick vorbei und verließ den Raum. Am Ende des Flurs befanden sich zwei kleine Büros und eine breite Metalltreppe. Rasch untersuchten wir die Büros. Sie waren mit zerbrochenen Möbeln und Müll vollgestopft, ansonsten aber uninteressant, deswegen richtete ich das Licht auf die Treppe. Auf den meisten Stufen lag Schutt. Die zwei großen Fenster am Ende der Treppe waren mit Dreck verschmiert, aber als weitere Raketen am Himmel explodierten, drangen die bunten Lichter durch die alten Scheiben und erlaubten einen kurzen Blick auf den oberen Stock.

In dem aufblitzenden Licht sah ich, wie sich etwas auf dem Treppenabsatz bewegte.

»Kacke!« Ich wich zurück und wäre beinahe gestürzt. Ich

wedelte mit dem Lichtstrahl, aber er war nicht stark genug und kam nicht gegen die Dunkelheit dort oben an.

»Was? Was ist?«

»Da oben ist etwas«, flüsterte ich. »Gerade habe ich gesehen, wie es sich bewegt hat.«

»Noch mehr Ratten?«

Ich schüttelte den Kopf. »Zu groß.«

»Dann muss es immer noch Obdachlose geben, die hier leben«, sagte er hoffnungsvoll.

Anstatt zu antworten, hob ich die Hand und signalisierte Rick damit, still zu sein. Eine Zeit lang standen wir regungslos da und warteten auf die Pausen zwischen den Raketen, um genauer hinzuhören, aber jedes Mal rauschten nur der Wind und das Meer.

Ich nahm die ersten beiden Stufen und verteilte mein Gewicht vorsichtig, um zu prüfen, ob sie uns immer noch trugen, ohne einzustürzen. Rick folgte dicht hinter mir. Nachdem wir drei Stufen hinter uns gebracht hatten, erreichte das Licht aus der Taschenlampe endlich das Ende der Treppe. Ich lehnte mich an das Geländer und richtete das Licht nach oben, aber von dort, wo wir standen, konnte ich dennoch nur Dunkelheit ausmachen. Wir wussten nicht, ob es sicher war, das obere Stockwerk zu betreten, aber *etwas* wartete dort, und koste es, was es wolle – ich würde es mir schnappen.

Wir betraten den Absatz und sahen, dass das erste Stockwerk komplett entkernt war. Es bildete eine riesige offene Fläche mit hoher Decke. Auch hier war der Boden vollgemüllt und dieselben abscheulichen Gerüche zu riechen, aber die Dunkelheit kam mir anders vor.

Fast, als wäre sie am Leben.

Langsam suchte ich den enormen Raum mit dem Lichtstrahl ab.

»Wer ist da?«, rief Rick plötzlich. »Komm raus, wir wollen nur mit dir reden.«

Ich starrte ihn verblüfft an, aber er bemerkte es nicht. Sein Blick war geradeaus gerichtet. Es gab keine Antwort, machte auch keine Geräusche, die auf eine Bewegung hindeuteten.

»Bist du dir sicher, dass du etwas gesehen hast?«, flüsterte er.

Als ich das Licht über die uns am nächsten gelegene Wand wandern ließ, fiel es auf eine Tür. Schatten huschten davon. Dieses Mal wusste ich, dass Rick sie auch gesehen hatte. »Absolut.«

Mein Herz und mein Verstand rasten so schnell, dass ich mir nicht sicher war, wie viel mehr ich noch aushielt. Ich kämpfte dagegen an, vor Angst in Zuckungen zu verfallen, und ging auf die Tür zu. An irgendetwas in dem Raum spiegelte sich das Licht. Kacheln. Eine mit alten, schmutzigen Kacheln verkleidete Wand.

»Eine Toilette«, sagte Rick.

Das Schild, das im Keller von Bernards Haus versteckt gewesen war, stammte aus einer Toilette, einem WC in dieser Mühle.

Mit meiner freien Hand griff ich hinter mich, zog die Pistole aus dem Holster und blickte Rick nervös an. Er legte eine Hand auf den Griff seines Messers, ließ es aber in dem Futteral. Sein Gesicht und sein Hals waren schweißnass.

Am Himmel explodierte eine weitere Runde des Feuerwerks. Das Stockwerk, in dem wir uns jetzt befanden, wurde davon wegen der vielen Fenster und der offenen Fläche heller ausgeleuchtet als das untere. Ich stellte mir unzählige Leute vor, die sich mehrere Meilen von hier entfernt am Strand versammelt hatten, sich das Feuerwerk ansahen und Freude am 4. Juli hatten. Ich stellte mir vor, wie Donald vor dem Telefon auf und ab ging. Ich stellte mir Toni vor, die schwarz gekleidet mit einem anderen Mann neben meinem Grab stand und mich hinter einem schwarzen Schleier angrinste. Ich stellte mir Claudia in ihrem dunklen, schmutzigen Haus vor, wie sie gegrätscht auf mir sitzt und sich langsam auf und nieder bewegt – ihre Hände flach auf meine Brust gelegt. Sie drückt mich tiefer in die abgenutzte Matratze. Ihre Brüste sind prall und nass. Schweiß tropft von ihnen herab, als ich ihr sage: »Ich bin ihm dicht auf den Fersen.« Sie schüttelt den Kopf und flüstert: »Er ist dir dicht auf den Fersen.« Ich stellte mir die Familien und Freunde der Opfer vor, die weinen und trauern und neben Särgen entlanglaufen, aus denen Blut fließt. Ich stellte mir Bernard vor, der mit demselben Blut und mit Exkrementen die Wände bemalt, und von irgendwo tief im Inneren hörte ich das Kreischen der Toten, vermischt mit Bernards Gelächter.

Das Feuerwerk verlosch, und um uns herum wurde es wieder dunkel.

Wir folgten den Schatten in die Toilette. Der Gestank, der uns entgegenschlug, verdrehte uns den Magen, und als der Lichtstrahl vor uns über die gekachelten Wände kroch, sahen wir, dass sie mit einem getrockneten Purpurrot bedeckt waren. Es war so dunkel, dass es an Schwarz grenzte. Ich durchleuchtete den ganzen Raum. Überall klebte Blut. Sogar der Fußboden war damit verschmiert. Wegen des Geruchs, dem wenigen Licht und der Enge des Raumes stellte ich mir vor, dass es sich so in etwa anfühlen musste, in dem blutigen Kadaver eines riesigen, brutal geschlachteten Tieres gefangen zu sein.

»Hier drüben«, sagte Rick. Seine Stimme war flach. Leer.

Ich schwenkte das Licht in die Richtung, in die er zeigte.

Ein großes Waschbecken verlief entlang der beinahe gesamten hinteren Wand. Früher hatte sich darüber ein Spiegel befunden, aber jetzt waren davon nur noch einzelne Scherben und kleine Glasstücke übrig. Unsere dunklen Spiegelbilder wurden deshalb vielfach gebrochen wie in einem verrückt gewordenen Prisma.

Rechts von uns befanden sich mehrere Urinale, von denen aber nur noch wenige an der Wand hingen. Der Rest war heruntergefallen oder herausgerissen worden und lag zerschmettert auf dem Boden. An der gegenüberliegenden Wand standen die zerstörten Überreste der Kabinen und Toiletten. Überall klebriges Blut, so als hätte ein Maler den Raum in stundenlanger Arbeit mehrmals mit einem sehr breiten, feuchten Pinsel gestrichen, nur um dann zum Schluss den Farbeimer zu nehmen und den Rest gegen die Wände zu spritzen.

Wir näherten uns dem Waschbecken. Schon vor langer Zeit war es übergelaufen. Bei der entsprechenden Flüssigkeit konnte es sich nur um eine ekelhafte Mischung aus verschiedenen Körperflüssigkeiten und Blut handeln. Woraus auch immer das Gebräu bestanden haben mochte – jetzt war es bloß noch ein dunkler, gallertartiger Schlick.

Und in dieser dämonischen Substanz lagen zahlreiche Körperteile, die aus der schleimigen Flüssigkeit ragten wie Tiere, die in Teergruben festsaßen. Ich ließ das Licht über das Waschbecken wandern, an einem menschlichen Kopf vorbei zu einer Stelle, wo etwas auf der Seite Liegendes trieb, das wie ein Torso aussah. An der Oberfläche wimmelte es von Maden. Rick drehte sich um und übergab sich erneut. Obwohl mein Körper danach schrie, dasselbe zu tun, würgte ich nur trocken.

»Wir sind in einem verdammten Schlachthaus«, keuchte Rick.

Ich steckte die Pistole ein, beugte mich vor, stützte mich mit den Händen auf den Knien ab und atmete mehrmals tief ein. Das Licht schien zwischen uns. Ein umgekehrtes Kreuz war mit Blut auf den Boden gemalt worden. Es zeigte auf das Spülbecken. Um das Kreuz herum waren weitere seltsame Symbole gezeichnet. Außerdem ein Wort, das verschmiert war und keiner von uns lesen konnte.

»Ich könnte nicht mal sagen, wie viele da drin liegen«, brachte ich kurz darauf hervor.

Rick spuckte auf den Boden. »Hast du jemals in deinem Leben schon einmal so etwas gespürt?«

Ich wusste genau, was er meinte. Überall hier war das Böse gegenwärtig. Seine Essenz hing in der Luft wie ein dichter Nebel, und wir schienen sie berühren zu können. Es war so stark, dass ich fühlte, wie es in meine Poren eingesogen wurde, wie es sich mit der Feuchtigkeit in meinen Augen vermischte, beim Einatmen in meine Nase drang und an meinem Gaumen klebte. »Nein.«

»Wir hauen hier auf der Stelle ab!« Er taumelte in Richtung der Tür.

Ich folgte ihm und gab mir Mühe, ihm mit dem Strahl der Lampe den Weg zu weisen, aber er fing an zu rennen, bevor ich den großen Raum erreichte, und als ich dort war, brauchte ich ein paar Sekunden, um Rick zu finden. Ich leuchtete mit der Taschenlampe in mehrere Richtungen und rief nach ihm. Endlich entdeckte ich ihn, er lief durch den Raum, stolperte dabei über ein paar Müllhaufen, und hatte das Messer gezogen. Er hielt es mit der Spitze nach unten in seiner Hand.

Der Himmel und ein Großteil des Raums leuchteten in vielen Farben auf, was mir etwas Orientierung verschaffte. Rick hingegen rannte nicht auf die Treppe zu, sondern in die falsche Richtung, tiefer in die Dunkelheit hinein. »Nein, Rick! Falsche Richtung! Falsche Richtung!«

Er warf einen Blick über seine Schulter zurück, stürzte beinahe, erlangte rasch sein Gleichgewicht wieder und wirbelte um die eigene Achse, weil er in die andere Richtung laufen wollte. Doch als er das tat, hallte ein lautes Krachen durch den Raum, und mit einem ebenso hilflosen wie verzweifelten Schrei fiel er nach unten und war nicht mehr zu sehen.

Der Boden war unter ihm eingestürzt und hatte ihn verschlungen.

Ich rannte auf die Stelle zu, wo ich ihn zuletzt gesehen hatte. Ich bemühte mich, das Licht gerade zu halten und hatte Angst, dass der Boden irgendwann auch unter mir nachgab. Ich erreichte das Loch, kniete mich vorsichtig auf alle viere und leuchtete nach unten. Ein großer Abschnitt des Fußbodens war eingebrochen und lag nun im Stockwerk darunter auf einem Haufen. Darauf wiederum lag Rick mit ausgebreiteten Armen und Beinen. Er war mit Schmutz bedeckt, war aber bei Bewusstsein.

»Alles in Ordnung bei dir?«, rief ich zu ihm. Er antwortete nicht, bewegte sich aber benommen und schützte seine Augen vor dem Licht. Seine Arme und Beine bewegten sich, wenn auch langsam und nur mit Mühe. Aber er sah nicht so aus, als hätte er sich ernsthaft verletzt. »Bleib da liegen«, sagte ich ihm. »Ich komme zu dir.«

Ich bemerkte sein Messer am Rand des Lochs. Anscheinend hatte er es bei seinem Sturz fallen gelassen. Ich schnappte es mir mit meiner freien Hand und richtete das Licht wieder auf die Treppe. Aber bevor ich auch nur einen Schritt machen konnte, hörte ich ein merkwürdiges, gequetschtes Geräusch. Hinter mir ertönte eine tiefe, gurgelnde Stimme.

»Willkommen in meinem Garten Eden.«

Kapitel 35

Eine ganze Kette von Feuerwerkskörpern schoss durch den Himmel, sprühte Funken und heulte schrill. Dann fielen sie langsam und spiralförmig Richtung Erde zurück. Es folgte ein Geknatter roter und blauer Explosionen, schnell wie Maschinengewehrfeuer.

An der hinteren Wand der Mühle stand eine zusammengekauerte Gestalt. In Schatten gehüllt beobachtete sie mich. Ihr Kopf glänzte feucht und glitschig. Erst als ich näher auf sie zuging, erkannte ich, dass sie blutverschmiert war. Ihr Kopf war kahl, als wäre er vollständig rasiert worden – er trug seine Perücke nicht mehr –, aber ich erkannte das Gesicht sogar, bevor sich die Augen öffneten und sich zwei weiße Kugeln inmitten des Rots auftaten. Sie sahen mich an, als wäre ich eine Art Anomalität, als wäre *ich* derjenige, der nicht in dieses Universum gehörte. Vielleicht war es ja auch so.

Meine Gefühle überwältigten mich, und allein schon der Versuch, sie unter Kontrolle zu bekommen, schien sinnlos. Ich lachte, weinte und würgte gleichzeitig und war mir sicher, endgültig dem Wahnsinn verfallen zu sein, denn was dort vor mir stand, war nicht möglich, *konnte nicht möglich sein* – und doch war es so. Als mir dies bewusst wurde, stellte sich auch eine seltsame Klarheit in mir ein, die Erleichterung und eine Akzeptanz des Unausweichlichen – worin auch immer es bestehen mochte – mit sich brachte. In dem Augenblick, da ich diese Einsicht hatte, verließ mich meine Angst, meine Tränen stoppten, und ich hatte mich überraschend gut im Griff. Ich war zu diesem Höllenhaus gekommen, um das Böse zu finden und es aufzuhalten oder bei dem Versuch zu sterben. Und jetzt hatte ich es gefunden.

Er stellte seinen Kopf schief, als habe er meine Gedanken gehört. Für einen flüchtigen Augenblick sprach mich etwas in seinen Augen an, und ich erhaschte einen Blick auf das, was er vor so langer Zeit gewesen war.

»Bernard«, sagte ich.

»Komm näher, Alan.« Seine Stimme war etwas tiefer als

früher, sie klang gurgelnd und vibrierend, als wäre Bernards Lunge voller Flüssigkeit, oder als gurgelte er, während er zu sprechen versuchte.

Ich tat, was er wollte, und je mehr ich mich ihm näherte, desto weiter und heller wurde der Strahl der Taschenlampe. Er war nackt und bis zu den Schultern mit glänzendem Blut bedeckt, das so dickflüssig und hell war, dass es beinahe wie Farbe aussah. Das Feuerwerks-Finale ging weiter. Eine Explosion folgte auf die nächste, und in der Mühle regnete es Farben, die über unsere Gesichter und Körper huschten. Ich beobachtete einen blauen Lichtstrahl, der sich bis zu Bernards unteren Extremitäten bewegte. Er kauerte dort in der Dunkelheit wie ein Tier, das plötzlich entdeckt und umzingelt worden ist. Um seine Füße herum war der Boden mit einer gallertartigen Masse aus zitterndem Fleisch, Knochen und Blut bedeckt. Die gleiche Masse klebte auch an der Wand hinter ihm, wie wütend dagegen geworfen. Sie sah aus, als sickerte sie Stück für Stück durch den Boden und die Mauer an einen anderen Ort und würde langsam absorbiert werden.

Nicht alle Geister überqueren die Welten friedlich, hatte Claudia gesagt. *Manche halten sich an der lebendigen Welt fest und lassen nicht los.*

Er schien sich normal bewegen zu können, allerdings nur benommen und in Zeitlupe. Er griff mit einer blutgetränkten Hand nach seinem Gesicht, wischte das Blut um seine Augen weg und sah dann zur Seite, um anzudeuten, dass er über einen Gedanken nachgrübelte. Jedes Mal, wenn er durch die Nase ausatmete, lief ihm mehr Blut aus der Nase und vermengte sich mit dem glänzenden Blut, von dem er bereits überzogen war. Irgendwann begann er, laut durch den Mund zu atmen.

Eine Bewegung zu meiner Linken lenkte mich ab. In ein paar Metern Entfernung standen die schattenhaften Gestalten aus unserem Albtraum, die in der dunklen Ecke kaum zu erkennen waren. Das Licht meiner Taschenlampe und des mittlerweile orgiastischen Feuerwerks erreichte sie nicht.

Aber ich wusste, wer sie waren. Ich hatte sie bereits zuvor gesehen.

»Du weißt, weshalb sie hier sind«, gurgelte Bernard.

»Du bist nur Täuschung«, erwiderte ich. »Keiner von euch ist echt.«

»Sind deine Träume echt? Deine Albträume?«

»Ihr seid Geister in meinem Kopf.«

»Fast.« Er atmete mit einem lauten Zischen aus, das wie Luft klang, die aus einem Rohr strömt. Seine blutigen Lippen rollten sich zu einem Grinsen zurück. Er hatte keine Zähne mehr, nur noch glitschiges, rosafarbenes Zahnfleisch. »Es gibt keine Geister, Alan. Nur Erinnerungen ... Echos ... Reste.«

»Warum hast du es getan?«

Seine Augen verengten sich und eine schwarze Zunge glitt langsam über seine Lippen. »Es liegt in meiner Natur.«

»Nein.« Ich schüttelte den Kopf. »Du warst mein Freund.«

»Ein Freund, ein Verwandter«, gurgelte er. »Jemand, dem du vertraust, jemand, dem du glaubst. Ich habe keine besonderen Eigenschaften, es gibt keine Werbegeschenke. Begreifst du das immer noch nicht? Ich bin überall, Alan. Ich bin alle Menschen. *Alle*.« Sein Mund öffnete sich weit, als sich ein Schwall dunklen Blutes daraus ergoss und über sein Kinn lief. »Die Untröstlichen, die Schwachen, die Einsamen und die Verirrten, die Ungläubigen und die Unreinen. Die Verdammten. Die süßen Verdammten.«

Das Feuerwerk endete, Stille und Dunkelheit kehrten in die Mühle zurück. Nur das Licht meiner Taschenlampe blieb übrig, und die Geräusche des Meeres in der Nähe. Ich verstärkte meinen Griff um das Tauchermesser.

»Du bist also hierhergekommen, um mich zu töten?« Seine feuchten weißen Augen richteten sich auf meine Hände. »Mit deinem lächerlichen Spielzeug?«

Ich starrte auf die Monstrosität vor mir. Mein Brustkorb hob und senkte sich.

»Tja, ich habe *dunkleres* Spielzeug.«

»Warum quälst du uns?«

Nasse, blutrote Finger strichen über sein Kinn. Einen Augenblick später streckten sich die Finger mir entgegen. Die Spitzen tropften.

»Komm zu uns, Alan. Ich zeige dir die Schönheit der Qualen.« Er grinste, als ich ein wenig näher kam. »Erwähnte ich, dass deine Mutter hier unten bei uns ist?«

»Meine Mutter ist nicht mal in deiner Nähe.«

»Kannst du dir überhaupt noch sicher sein, über irgendwas? Kannst du das jemals wieder sein?«

Ich zwang mich zu schlucken. »In dieser Hinsicht schon.«

»Damals hattest du solche Albträume«, sagte er und sprach nun in der Stimme meiner Mutter. »Als du ein kleiner Junge warst. Kannst du dich daran erinnern, mein Sohn?«

Ich habe Angst. So große Angst, dass ich kaum atmen kann. Ich weine krampfhaft, muss würgen, und mein ganzer Körper zittert. Aber dann wird mir klar, dass meine Mutter da ist – sie ist so liebevoll und geduldig und hat die schönsten tiefbraunen Augen, die ich je gesehen habe. Sie hält mich fest, sitzt hier mit mir auf dem Bett, wiegt mich in ihren Armen und flüstert mir etwas zu. Sie riecht frisch, sauber und warm, und ich fühle mich sicher. »Alles ist gut«, erklärt sie mir. »Es sind nur böse Träume, mein Kleiner, das ist alles.« Sie wischt mir sanft die Tränen mit ihren Fingern aus dem Gesicht, und ich sehe sie jetzt nicht mehr verschwommen. »Wovon hast du geträumt, das dir solche Angst gemacht hat?«

»Etwas hat mich im Dunkeln verfolgt. Ich lief davon, und es war hinter mir her und wurde größer und hat mich gebissen. Es hat mich in die Füße und Beine gebissen.«

Sie küsst meine Stirn. »Außer dem Dunkel gibt es nichts im Dunkeln.«

»Doch, dort sind Monster.«

»Es gibt keine Monster, mein Liebling.«

Obwohl ich es besser weiß, ist mir auch bewusst, dass sie es nie ganz verstehen wird, deswegen betrachte ich ihr Gesicht und die immerwährende Traurigkeit in ihren Augen. Ich habe Angst, und sie ist traurig. Das sind unsere Kennzeichen, die uns in Fleisch und Blut übergegangen sind und zu uns gehören wie die Punkte zu einem Leoparden.

»Warum bist du immer so traurig? Weil Daddy gestorben ist?«

»Ich bin nicht immer traurig.« Sie lügt, aber sie lächelt und

küsst mich noch einmal. »Meinst du, dass du jetzt wieder einschlafen kannst wie ein großer Junge?«

Ich schaue über ihre Schulter zu der Dunkelheit aus dem Flur, die unter der Tür durchdringt ... oder vielleicht flieht. Es gibt nichts zu sehen. Nichts versteckt sich hinter den Vorhängen oder unter dem Bett. Aber wir sind nicht allein. Ich kann es spüren. Tief in mir kann ich es spüren.

»Es war nur ein Traum«, sagt sie, weil sie merkt, dass ich unsicher bin. »Hast du immer noch Angst?«

Ich schüttele den Kopf. Jetzt bin ich dran mit dem Lügen. »Nein.«

»Lass sie da raus«, sagte ich. »Lass sie in Ruhe.«

»Aber ich habe sie dir gegeben, Alan. Ich habe dir deine perfekte Mutter gegeben.«

»Du machst mir keine Angst.«

»Alles macht dir Angst«, entgegnete es und benutzte erneut Bernards verzerrte, gurgelnde Stimme. »Du bist immer noch ein verängstigter kleiner Junge, der in der Dunkelheit pfeift, um sie zu vertreiben. Und ich kann dich sehen. Ich habe dich immer gesehen. Jetzt siehst du auch mich.«

»Und was sehe ich?«

Er beugte sich ein wenig vor, drehte sich um und schaute auf den Boden. Dann sah er wieder auf die Wand, als würde er sich selber auch in ihr auflösen. »Den Anfang. Das Ende. Das Alte. Das Neue. Die Vergangenheit. Die Zukunft. Verschiedene Gesichter, verschiedene Namen, verschiedene Leben. Aber du bist immer bei mir, und ich immer bei dir. Ich ernähre mich von dir, von deinen Ängsten und Schwächen.«

»Ein Parasit«, sagte ich, »der das Blut von unschuldigen Frauen und Kindern verlangt.«

»Niemand ist unschuldig.« Aus seiner Nase und dem Mund quoll noch mehr Blut, aber er schien es nicht zu bemerken. »Ich habe diesen dummen Fotzen die Freiheit geschenkt. Ich ließ sie ihre nutzlosen Götter sehen.« Das Ding grinste wieder und zeigte sein Zahnfleisch. »Ich stehe auf der Schwelle zu etwas Wunderbarem, Alan. Du bist derjenige, der verloren ist, verloren in deiner eigenen Selbstgerechtigkeit, so wie alle anderen auch. Die Welt will mich nicht aufhalten. Nicht wirklich. Sie hat mich geboren – mich erschaffen – und aus mir ein Ganzes gemacht. Die Wahrheit liegt in der Finsternis, Alan. Hier, bei mir.«

»Du bist eine Krankheit.«

»Nein, nur ein Symptom. Ich bin die offene Wunde, die in ihrem Fleisch eitert, sie von innen auffrisst und über ihre arroganten Versuche lacht, mich zu ignorieren. Sie versuchen nicht, mich aufzuhalten, Alan, sie tun nur so, als wäre ich nicht da. Nero hat die Fiedel gespielt, Alan.« Er seufzte und fuhr sich mit einer blutigen Hand über die ebenso blutige Glatze. »Und Rom brannte.« Er sah sich um, als hätte er kurz vergessen, wo er war. »Ich habe diese Frauen von ihrer Heuchelei und ihrem bedeutungslosen Leben befreit. Ich gab ihnen einen Sinn. Keiner interessiert sich für alleinstehende Mütter in Sozialwohnungen und ihre Bastardkinder. Keinen interessiert, ob sie leben oder sterben, ob sie leiden oder bluten. Die Welt wird sie nicht vermissen. Die Welt vermisst gar nichts. Niemanden. Aber ich habe sie unsterblich gemacht. Ich habe ihrer nutzlosen Existenz Bedeutung verliehen. Im Tod kommt ihnen eine Rolle zu, verstehst du das nicht? Sie erfüllen einen Zweck. Und jetzt gehören sie mir, so wie ihr alle. In meiner Finsternis gehören sie mir. *Ich* bin ihr Gott. *Ich* bin ihr Messias.«

Die Gestalten in der Ecke traten vor, durchquerten den Strahl meiner Taschenlampe. Ihre Augen waren schwarz wie die eines Hais, genau wie in dem Traum.

Ich wich vor ihnen und Bernard zurück und versuchte, sie alle im Auge zu behalten. Die blutverschmierte Abscheulichkeit an der Wand richtete sich auf. Unter ihrer schleimigen Haut hob und senkte sich ein Brustkorb. Unter ihrem Fleisch versteckt wieselten unnennbare Dinge umher, die sich spastisch wanden wie aufgeregte Insekten. Unsere Blicke trafen sich, und Bernard grinste mir wieder zu. Dabei sog er Blut von seinem Zahnfleisch ein.

Mittlerweile konnte ich keine Ähnlichkeit mehr zwischen Bernard und diesem Wesen ausmachen. Nichts erinnerte mehr an den kleinen Jungen, mit dem ich aufgewachsen war, Baseball gespielt hatte, Fahrrad gefahren war, gelacht und so viel ausprobiert hatte. Nichts erinnerte mehr an den jungen Mann, mit dem ich meine Jugend verbracht, den Verlust unseres Freundes durchlebt und die Highschool abgeschlossen hatte. Nichts erinnerte mehr an den erwachsenen Mann, der bei meiner Hochzeit und sein ganzes Leben lang mein Freund gewesen war. Doch selbst inmitten dieses Wahnsinns konnte ich nicht anders, als ihn mir als kleinen Jungen vorzustellen, da dies wahrscheinlich die einzige Zeit gewesen war, in der es sich bei ihm wirklich um die Person gehandelt hatte, für die ich ihn hielt. Mein Herz zerbrach für diesen kleinen Jungen und das, was mit ihm geschehen war, denn Bernard, der unschuldige Junge aus der Kleinstadt, war schon lange tot. Und ein einfacher Tod war anscheinend nicht genug gewesen. Er war vollständig vernichtet worden.

Bernard nickte. Er hatte wieder gehört, was ich dachte. »Du und ich, wir wussten, dass ruhige kleine Städte niemals das sind, für das die Leute sie halten. In ruhigen kleinen Städten verbergen sich ruhige, kleine Geheimnisse ... ruhige kleine Schreie. Hör dir die Schreie an und das Flüstern in deinem Verstand. Gehorche ihnen. Es sind meine Stimmen, begreifst du das nicht? Sowohl in dieser Welt als auch in der nächsten.«

»Du bist kein Prophet, kein dunkler Messias«, spuckte ich ihm entgegen. »Du bist kein Zauberer. Alles Lügen. Bekackte *Lügen*, die uns Angst machen und einschüchtern sollen. Du bist eine einzige Lüge.«

»Nicht ich, Alan, sondern du. Du existierst nur wirklich, weil ich dich so gemacht habe. Ich habe euch verdammt noch mal *erschaffen*, euch alle. Meine Rituale haben euch wirklich gemacht und mich zu einem Gott.«

Die Welt ist nicht immer so, wie du glaubst.

»Du bist bloß ein trauriger und lächerlicher kleiner Mann«, sagte ich. »Ein Loser voller Zorn und Gewalt, der sich einbildet, ganz groß zu sein. Ein schwer gestörter *Mann*, das ist alles.«

Er lächelte denen zu, die uns im Schatten erwarteten, und dann mir. »Du brauchst nichts anderes zu sein. Unsere Fähigkeit, Böses zu tun, brutal zu sein und sinnlose Zerstörung anzurichten, ist beispiellos. Wir sind niemals frei davon, Alan. Wir tun so als ob, aber wir sind niemals frei davon. Die schwarzen Orte in unserer Seele lassen uns nie in Ruhe. Nie.«

Die wirkliche Welt befindet sich darunter. Die Welt dort ist anders. Sie besteht aus Schatten.

Ich ignorierte das Läuten in meinen Ohren und deutete auf die anderen. »Ich weiß, weshalb sie hier sind. Sie sind wegen dir hier, genau wie im Traum.«

»Sie sind nicht hier, um mich in die Hölle zu holen, Alan.« Er blinzelte sich Bluttropfen aus den Augen. »Sie wollen dich holen.«

Das Blut gefror mir in den Adern. »Nein.«

»Komm zu uns, Alan. Bade mit mir in ihrem Blut. Spüre, wie es über dich fließt, während es aus ihren langsam sterbenden Körpern spritzt. Lass es durch die dreckigen Scheißstraßen laufen. Blute sie mit mir aus, Alan. Wir sind Götter.«

Ich hielt das Messer gegen meinen Oberschenkel gedrückt und hielt es fest umschlossen. »Es tut mir leid, was mit dir in deiner Kindheit geschehen ist, Bernard. Es tut mir leid, was deine Mutter dir angetan hat – uns allen. Dieser kleine Junge tut mir leid. Aber nicht das, was aus dem kleinen Jungen geworden ist. Für dieses elende Exemplar von einem Menschen habe ich keinerlei Mitleid. Heute bist du genauso wie damals, und du hast zugelassen, dass es geschieht. Du bist nichts. Machtlos. Einsam. Und du musst sterben.«

Bernard lachte. Seine Stimme krächzte durch den leeren Raum und hallte von den Wänden wider. Erneut sprudelte Blut über seine Lippen. »Was mir als Kind widerfahren ist, hat dich erst möglich gemacht, du beschissener Narr. Dank meiner Rituale konntest du hierbleiben und wirklich werden. Du hättest besser aufpassen sollen, was diese Hure dir gesagt hat. Ich bin bereits mausetot. Ihr träumt nicht von mir. Ihr seht nicht mich. Ihr selber seid es. Ihr träumt von euch. Ihr seht euch, den Teil von mir, der in euch lebt, in euch *allen.*«

Schreie erklangen in der Nacht. Schreie voll unvorstellbarem Grauen. Ricks Schreie.

»Wir sind alle eins. Wir sind alle gleich. Komm zu mir nach Hause, Alan.«

Ricks Schreie wurden schlimmer. »Hör auf damit«, sagte ich.

»Alles, was du hast, stammt von mir. Mit mir hat alles angefangen.«

»Hör auf damit!«

»So wunderschön«, zischte er. »So wunderschön!«

Ich machte einen Satz und stürzte mich auf ihn. Bernard erhob sich, unternahm aber keinen Versuch, sich zu verteidigen. Mit einem Schrei, der tief aus meinem Inneren kam, schlitzte ich ihm mit der Klinge durchs Gesicht und dann durch seine Kehle. Mit meinem Arm wiederholte ich dieselbe brutale Bewegung immer wieder und schnitt durch die purpurne Masse. Blut und Galle spritzten auf uns beide. Bernard taumelte zurück, grinste immer noch, und fiel endlich gegen die Wand.

Außer Atem rammte ich Bernard das Messer in den Bauch, fiel nach hinten und ging in die Knie. Ich griff unter mein Hemd und suchte nach dem Kruzifix, das meine Mutter mir gegeben hatte.

Bist du noch gläubig?

Ich kam langsam auf die Beine. Ich war blutbespritzt und beobachtete das Wesen, das wiederum mich beobachtete. Es war aufgeschlitzt und durchlöchert, stand aber immer noch und starrte mich eindringlich an, bis ich den Blick abwandte. Immer noch grinste es.

Glaubst du noch daran, wofür es steht?

Unablässig sprudelte Blut aus dem Ding, und es sank langsam zu Boden. Es rutschte an der Wand herunter, bis es in einer Melange aus Fleisch und Knochen auf dem Boden saß.

Ich trat näher. »Glaubst du an die Hölle?«

»Die Hölle ist auf Erden«, gurgelte das Wesen. »Guck doch, was direkt vor dir ist. Der ganze Planet ist verdammt, und es begreift noch nicht einmal jemand. Ihr alle seid bereits in der Hölle. Ich bin nur näher am Zentrum, und du jetzt auch. Ihr seid alle am Arsch. *Alle.*«

Hast du immer noch Angst vor der Dunkelheit?

Mit einem Ruck riss ich die Kette auf, an der das Kruzifix um meinen Hals hing. Ich zog es unter meinem Hemd hervor und hielt es fest mit meiner freien Hand umklammert. Das Licht der Taschenlampe wackelte erstaunlicherweise nicht mehr.

Glaubst du immer noch, dass Er dich beschützen kann?

»Glaubst du an einen Gott, der niemals bestraft?«, fragte ich.

Dass Er dich liebt?

»Einen Gott, der vergibt?«

Hast du immer noch Angst vor der Dunkelheit?

Ich sah die Kruzifixe, die vor Julie Hendersons Fenster hingen. Wie sie von *ihrer* Realität beschützt wurde. Ich erinnerte mich an den Tag, an dem mir meine Mutter das Kruzifix in die Hand gedrückt und mir gesagt hatte, dass sie mich liebt. Ich erinnerte mich daran, dass sie bald darauf schon tot war, und alles, was ich noch von ihr hatte, hielt ich nun in der Hand.

Bist du noch gläubig?

»Sag's mir ... Glaubst du an einen solchen Gott?«

Blut lief aus seinem Mund. »Ich glaube überhaupt nicht an Gott.«

»Ich aber schon.«

Ich rammte meine Faust in seinen Mund, an dem schleimigen Zahnfleisch und seiner feucht-klebrigen Zunge vorbei, und als es seinen Kiefer um mein Handgelenk zusammendrückte, schob ich meine Faust tiefer hinein und bohrte das Kruzifix in seinen Rachen.

Es übergab sich mit einem solchen Druck über meinen Arm, dass ich zurücktaumelte und auf den Boden stürzte. Ich ließ die Taschenlampe fallen. Sie rollte davon und warf dabei runde Lichtflecken an die Wände, die flackerten wie ein Stroboskop.

Ich sah meinen Arm, der bis zu meinem Ellbogen glitschig vor Blut war. Ich sah die Albtraumgestalten, die uns aus den Schatten heraus beobachteten.

»Ich *gab* dir deinen Glauben.« Das Ding, das einst Bernard gewesen war, starrte mich mit seinen nassen weißen Augen an, dann begann es, sich zu winden und zu zucken. Es wurde immer schneller, bis die Bewegungen unmöglich schnell und ruckartig wurden und zu einem ekelhaften Durcheinander verschwammen.

Ein vielstimmiges Knurren und Flüstern umkreiste mich wie ein Rudel Wölfe, und die alte Mühle fing an zu beben.

Das ganze Gebäude stürzte um uns herum ein.

Kapitel 36

Das Gebäude bebte. Aus der Decke fielen Betonstücke heraus. Die Wände brachen zusammen und im Boden bildeten sich Risse. Ich stand auf, stolperte über einen Müllhaufen und sah einen alten, aber dicken Holzbalken, der sich in Greifweite befand.

Ich schnappte mir den Balken und ging auf Bernard zu. Seine blutige Gestalt saß zusammengesunken gegen die Wand gelehnt. Immer noch war seine Form verschwommen, immer noch zitterte er vor unmenschlicher Kraft. Ich hob den Balken über meinen Kopf.

Er hielt inne, bewegte sich plötzlich nicht mehr, und die Gewalt in ihm war auf die zusammenstürzende Mühle übergegangen. Die nassen Augen öffneten sich und schielten fast unschuldig zu mir nach oben. »Alan?« Seine Stimme war hoch, wie in unserer Kindheit. »Alan, hilf mir. Hier ist es so dunkel ... Ich weiß nicht, wie ich hier rauskomme.«

Ich hielt meine Waffe weiterhin über den Kopf.

»Ich hab Angst, Alan! Alan, ich habe Angst.«

»Du bist eine Lüge. Dich gibt es nicht in Wirklichkeit.«

»Aber ich bin du, Alan«, sagte er. »Ich bin *du*.«

Ich schlug so hart, wie ich konnte, mit dem Holz zu. Ich traf ihn seitlich am Kopf und brach ihn damit auf. Bernard sackte zusammen. Krämpfe durchzuckten seinen Körper, und als die Mühle um uns herum in Stücke fiel, hob ich das Holz wie einen Baseballschläger und schlug damit wieder und wieder zu. Ich war verstörend ruhig und gefasst – kalt sogar –, während ich seinen Kopf in einen dickflüssigen Brei verwandelte. Ich starrte auf das hinab, was ich getan hatte, unfähig, etwas anderes wahrzunehmen.

Vielleicht hatte er recht.

Von irgendwo drangen tumultartige Geräusche zu mir, gefolgt von mühsamem Atmen, und ich hörte durch die Betäubung hindurch, die sich in mir breitgemacht hatte, dass Rick meinen Namen schrie. Jetzt war ich mir meiner Umgebung wieder bewusst, und plötzlich stand Rick vor mir. Seine Kleider waren schmutzig, er war zerkratzt und zerzaust und hatte eine kleine Wunde an einer Wange, aber abgesehen davon sah er unverletzt aus. Er zitterte, anscheinend sowohl vor Angst als auch Zorn. »Ich habe ihn dort unten gesehen«, sagte er. »Ich habe ihn verdammt noch mal gesehen.«

Ich warf einen Blick über meine Schulter, aber die Dunkelheit hatte das Wesen verschluckt.

»Hier lang«, rief Rick.

Ich ließ den Holzbalken fallen und wich einem Stück Decke aus, das an mir vorbeiraste und auf dem Boden zerschmetterte. Mit dem Unterarm schützte ich meine Augen und rannte geduckt in die Richtung, aus der Ricks Stimme kam. Der Boden neigte sich und wackelte. Ich verlor das Gleichgewicht, rannte aber weiter. Um mich herum fielen Steinbrocken herab.

Rick hatte an der Rückseite des Gebäudes zwei große senkrechte Fenster gefunden, die bis zum Boden reichten und mit Brettern vernagelt waren. Als ich ihn erreichte, hatte er bereits angefangen, das Holz mit den Fäusten einzuschlagen. Es gab nach, und wir rissen gemeinsam an dem Loch in der Holzplatte. Rick achtete nicht auf seine blutenden Hände. Er trat und schlug zu, bis er ein Loch geschaffen hatte, das groß genug war, damit wir uns auf die andere Seite quetschen konnten.

Er griff nach meiner Schulter und schob mich auf das Loch zu. »Los! Los!«

Ich zwängte mich hindurch. Die scharfen Kanten schnitten mir in die Schultern und Beine. Frische Meeresluft schlug mir entgegen. Ich fiel auf den Boden und stellte fest, dass ich im Sand lag und von hohem Gras umgeben war. Das bedeutete, dass an dieser Stelle hinter der Mühle die Klippen anfingen. Das Feuerwerk war vorbei, aber der Himmel war klar, und ein fast schon voller Mond über mir warf genug Licht, damit ich mich orientieren konnte.

Selbst falls wir uns die Zeit nähmen, vorsichtig an den steilen Klippen hinunterzuklettern, würden wir es nicht schaffen. Die Mühle würde einstürzen und uns zerschmettern, bevor wir uns am Strand in den Schutz, den die Klippen bieten würden, flüchten konnten. Wir würden laufen und hinunterspringen müssen und dabei hoffen, mit genügend Schwung das Wasser hinter dem Strand zu erreichen. Dann war alles nur noch eine Frage des Glücks. Der Sturz würde nicht besonders tief sein, aber auch nicht ungefährlich – knapp neunzig Meter. Selbst wenn das Wasser an der Stelle, wo wir auftreffen, tief genug sein sollte, konnten wir nur beten, dass uns die Flut rechtzeitig zurück an den Strand treiben würde, damit wir uns unter den Klippen in Sicherheit bringen konnten. Ansonsten würden wir in tiefem Wasser schwimmen und darauf hoffen müssen, uns weit genug von dem herunterfallenden Schutt entfernen zu können.

Rick kletterte durch die Öffnung und fiel neben mir auf den Sand. »Das ganze gottverdammte Ding fällt uns auf den Kopf!«, keuchte er. »Los, weiter!«

»Wir können nirgendwo hin. Nur nach unten.«

Rick und ich wechselten einen schnellen, nervösen Blick. Uns blieb keine andere Wahl.

Um uns herum krachte die Mühle lautstark zusammen. Wir liefen so schnell wir konnten und sprangen über den Klippenrand.

Ich flog durch die Luft. Meine Angst vor dem Wasser heulte in mir auf, während ich um mich griff und ins Leere trat, damit ich möglichst in gerader Haltung fiel. Mir war klar, dass ich mit den Füßen voran im Wasser aufschlagen musste, da es sonst schlecht um mich stehen würde, aber in dem Moment, da ich von der Klippe sprang, wusste ich nicht mehr, was ich tat. Ich schloss die Augen, und sämtliche Luft in meiner Lunge entwich mit einem einzigen Zischen.

Ich erinnerte mich an den Sturz, der sich so anfühlte, als fiele ich ins Nichts. Die Zeit blieb stehen, und sämtliche Geräusche erstarben.

Bis ich den Aufprall unter meinen Füßen und das Sprudeln des Wassers spürte. Ich tauchte in das Meer ein.

Reflexartig strampelte ich mit den Beinen und stieg zur Wasseroberfläche auf, aber zunächst hatte ich keine Ahnung, wo ich mich befand oder in welche Richtung ich mich bewegte. Ich schluckte eine Menge Wasser und wusste, dass ich keine Panikattacke bekommen durfte und mich so weit wie möglich entspannen musste. Sobald ich dies geschafft hatte, spürte ich, wie die Wellen mich trugen und mich in Richtung des Strands zogen.

Ich drehte mich um und taumelte auf die Küste zu. Ich konnte sie in der Dunkelheit sehen, verlor sie aber aus den Augen, als ich wieder untertauchte. Ich war immer noch benommen und verwirrt, trat mit den Füßen um mich und ruderte mit den Armen, aber dieses Mal mit Absicht und um mich zu vergewissern, dass sie mir noch gehorchten und unverletzt waren.

Meine Beine streiften über etwas Festes, und ich begriff, dass ich nicht mehr auf dem Wasser trieb, sondern mich mit den Fersen vom Meeresgrund abstieß. Ich kroch aus der Brandung und ließ mich mit dem Bauch flach in eine Pfütze fallen, die aus aufschäumendem Meereswasser und feuchtem Sand bestand, die an den Strand gespült wurden. Ich würgte noch mehr Wasser aus, rieb mir die Augen und über das Gesicht und zwang mich, in eine halbe Liegestütze zu gehen. Ich sah, wie es Geröll regnete und hörte die Brocken in das Meer schlagen. Ich schrie nach Rick und suchte wie verrückt nach ihm, indem ich den Kopf ruckartig nach rechts und links drehte.

Am Ende des schmalen Sandstrandes erhoben sich die Klippen. Sicherheit. Ich rollte mich auf die Knie und sah, dass Rick hinter mir vom Wasser angetrieben wurde. Eine Welle spülte den bewegungslosen Rick an den Strand.

Immer noch außer Atem kroch ich auf ihn zu, drehte ihn auf seinen Rücken und zog ihn außer Reichweite der Wellen. Er wachte mit einem plötzlichen gequälten Schrei auf. Jetzt erst bemerkte ich die widerwärtige Art und Weise, in der sein Unterkörper verdreht war. Sein linkes Bein war in einem offensichtlich unnatürlichen Winkel verbogen, und durch sein aufgerissenes rechtes Hosenbein ragte die Spitze eines dicken Knochens aus seinem Oberschenkel. An dem Knochen flatterten ein paar Fleischfetzen. Ich hatte noch niemals einen dermaßen schrecklichen Knochenbruch gesehen, aber ich versuchte, meine Reaktion nicht allzu heftig ausfallen zu lassen, damit Rick sich nicht noch mehr aufregte.

Ich zog ihn bis an den Anfang der Klippen. Dort brach ich zusammen und hielt seinen Kopf und seine Schultern in meinem Schoß. Ich rang nach Atem, während seine Schreie nachließen und zu einem dumpfen Schluchzen wurden. »Meine Beine«, stöhnte Rick, »Herr im Himmel, meine verdammten Beine!«

Ich hielt ihn fest. Seine nassen Haare klebten an meinem Kinn, meine Arme waren um seinen Brustkorb geschlungen. »Halt durch, Alter, halt durch. Ich bringe uns hier raus.«

Er erstarrte, und für einen Moment glaubte ich, er sei gestorben. Aber ich spürte, wie sich seine Brust hob und senkte. Obwohl er nur das Bewusstsein verloren hatte, war mir klar, dass er in ein Krankenhaus musste, und zwar so schnell wie möglich. Wahrscheinlich waren Polizei und Feuerwehr bereits unterwegs zu der Mühle, da der Einsturz mit Sicherheit bis in der Innenstadt bemerkt worden war, und auch weiter nördlich an der Küste, von wo das Feuerwerk gestartet worden war, hatte man sehen können, wie das Geröll ins Meer stürzte. Aber es würde eine Weile dauern, bis sie uns entdeckten, und ich war mir nicht sicher, ob Rick noch so viel Zeit hatte. Ich musste ihn selber hier rausbringen. Das bedeutete, ihn fast eine Meile weit auf meinem Rücken am Wasser entlangzutragen. Sobald ich den Wald erreichte, könnte ich den Aufstieg schaffen und dorthin zurückkehren, wo wir den Jeep abgestellt hatten. Wenn ich Glück hatte, würde uns jemand sehen, während ich mich am Wasser entlangschleppte.

Ich blickte auf das Meer hinaus. Das Beben hatte aufgehört, und obwohl zahllose kleine Steinchen und Mauerreste immer noch wie ein Insektenschwarm durch die Luft schwirrten, fielen keine massiven Stücke der Mühle mehr ins Wasser.

Erschöpft erlaubte ich mir einen Augenblick lang, die Augen zu schließen.

Als ich sie öffnete, bahnten sich dunkle Gestalten im Mondlicht langsam ihren Weg durch das Meer auf die Küste zu. Sie traten aus der Brandung und bewegten sich wie Zombies auf uns zu. Ihre schwarzen Augen funkelten.

Kapitel 37

Ich wachte überrascht auf und stellte fest, dass mich eine junge Krankenschwester sanft an der Schulter schüttelte. »Mr. Chance?«

»Hm, ja.« Mein Körper tat von Kopf bis Fuß weh, und der harte Plastikstuhl, in dem ich eingeschlafen war, machte es nicht besser. Meine Kleider waren schmutzig und teilweise immer noch feucht. Der Schlamm von meinen Schuhen hatte den Fußboden im Wartezimmer verschmutzt.

»Ich wollte Sie nicht erschrecken«, sagte sie herzlich. »Geht es Ihnen gut?«

In einem kleinen Fernseher in der Ecke lief lautlos eine der Talkshows, die tagsüber ausgestrahlt wurden. In dem Stuhl mir gegenüber saß eine hispanische Frau mittleren Alters und blätterte nervös in einer alten Zeitschrift.

»Ja, entschuldigen Sie«, sagte ich. »Ich bin nur ... eingeschlafen.«

Sie lächelte. »Die Operation ist vorbei, und Mr. Brisco ist wach.«

Ich stand mühsam auf und folgte ihr durch einen stillen Korridor. »Wie geht es ihm?«

»Er hat eine lange Physiotherapie vor sich, bevor er wieder gehen kann, und vielleicht muss er irgendwann noch einmal operiert werden, aber es geht ihm erstaunlich gut.« Sie blieb vor einer offenen Tür stehen, bedeutete mir einzutreten und verließ uns, als ich in das Zimmer schlupfte.

Rick lag in einem Bett an der Wand. Es kam mir wie ein Wunder vor, dass er so schwere Verletzungen davongetragen hatte und dennoch lebte.

Ich setzte mich auf einen Stuhl neben das Bett. »Hey Kumpel. Wie geht's dir?«

Er öffnete die Augen. Er war blass, abgespannt und benommen, aber sein Gesicht strahlte ein wenig auf, als er mich sah. »Na ja, das war's wohl mit der Ballettkarriere.«

Ich wollte lachen, aber mir fehlte die Kraft dazu. »Du kommst schon wieder in Ordnung.«

»Das behaupten die Ärzte auch. Mit dir alles klar?«

»Bisschen angeschlagen, aber ja, doch.«

Ohne den Kopf aus dem Kissen zu heben versuchte er, so viel wie möglich von dem Raum wahrzunehmen. »Ist es immer noch Nacht?«

»Nein, schon Morgen.« Ich sah auf meine Uhr, da ich mir immer noch nicht sicher war, wie lange ich in dem Wartezimmer geschlafen hatte. »Ich hab Donald angerufen. Er ist unterwegs.«

Sein Arm fiel auf den Bettrand. Er öffnete seine Hand und streckte sie mir entgegen. »Du hast mein Leben gerettet.«

Ich legte meine Hand in seine. Er drückte sie schwach.

»Ich muss in flachem Wasser gelandet sein, ich habe keine Ahnung, was passiert ist.«

»Wir hatten Glück«, sagte ich. »Als die Mühle einstürzte, kamen die Polizei und ein Rettungsteam, um sich die Sache anzusehen. Als sie eintrafen, hatte ich uns schon über den halben Strand geschleppt. Gott sei Dank haben sie uns gesehen.«

Rick seufzte schwach. »Die haben mich mit Drogen vollgepumpt. Kann noch nicht klar denken.«

»Schon gut, versuch einfach, dich auszuruhen.«

Seine milchigen Augen richteten sich auf mich. »Was hast du den Bullen erzählt?«

Ich warf einen Blick hinter mich. Niemand stand an der Tür, wir waren immer noch alleine. »Dass wir über den Klippen waren, um uns das Feuerwerk anzusehen«, sagte ich leise. »Ich habe behauptet, dass wir etwas weiter südlich waren als in Wirklichkeit, und als die Mühle einstürzte, bebte die Klippe. Wir waren etwas näher am Rand als wir hätten sein sollen. Dann haben wir das Gleichgewicht verloren und sind gestürzt.«

»Haben sie dir das abgekauft?«

»Ja, warum auch nicht? Ich habe so getan, als wäre es ein Unfall und dumm von uns gewesen, überhaupt dort oben gestanden zu haben. Die Bullen meinten, dass sie nachher vorbeikommen würden, um mit dir zu reden. Für die ist das alles keine große Angelegenheit, nur eine Formsache. Erzähl ihnen dieselbe Geschichte, dann kann uns nichts passieren.«

Seine Gedanken schienen an einen anderen Ort zu wandern,

und ich sah, wie Angst in Rick aufstieg und dann langsam wieder verebbte. Ich bin mir sicher, dass er dasselbe in mir gespürt hat. »Ich habe ihn gesehen. Als ich durch den Boden gefallen bin. Dort unten in dem Loch habe ich ihn gesehen.« Er winkte mich näher zu sich heran, also lehnte ich mich zu ihm vor. »Er hat mich *gebissen*«, flüsterte Rick. Seine Augen füllten sich mit Tränen. »Er war dort unten und hat auf mich gewartet, er ... er ...«

»Ganz ruhig«, sagte ich sanft. Ich hielt seine Hand nun fester als zuvor. Ich konnte seine Tränen nur allzu gut verstehen, aber es war schwer zu glauben, dass Rick tatsächlich weinte. »Ich habe ihn auch gesehen.«

Jetzt sah er mir tief in die Augen, als betete er darum, dass ich die Wahrheit sagte. »Wie konnten wir ihn beide ...«

»Ich weiß es nicht.«

»Ich habe ihn getötet«, sagte Rick. »Ich ... bin mir ziemlich sicher, dass ich ihn getötet habe.«

Ich nickte. »Ich auch.«

Er schniefte und kämpfte gegen die Tränen an. »Glaubst du, sie werden dort etwas finden?«

»Keine Ahnung. Ich glaube nicht.«

»Aber sie müssen doch ...«

»Vielleicht war es gar nicht wirklich da?«

»Wir wissen beide, was wir verdammt noch mal gesehen haben, Alan!«

»Wie gesagt, vielleicht hängt alles davon ab, wer nachsieht.«

»Na, wenn ich hinschaue, dann ... Ich will das alles nicht mehr sehen.«

»Ich hoffe, dass es gar nichts mehr zu sehen gibt.«

Rick hatte seine Angst nun unter Kontrolle und wurde wütend. »Warum wir?«

»Vielleicht wusste er, dass wir zuhören würden. Vielleicht wusste er, dass wir keine andere Wahl hatten.«

Die Teufel in unseren Köpfen wurden still und verschwanden langsam. Schatten bewegten sich an den Wänden entlang.

»Ich war immer davon ausgegangen, dass es etwas entweder wirklich gibt oder auch nicht. Aber so einfach ist es nicht, oder?« Als ich nichts erwiderte, sagte er: »Ich kann mich sowieso an nichts erinnern. Ansonsten würde mein Verstand in Stücke springen, glaube ich. Du verstehst, was ich meine? Also erinnere ich mich lieber nicht. Ich erinnere mich an gar nichts, okay?«

»Okay, Kumpel.« Ich signalisierte ihm mit einem Blick, dass ich ihn verstand. »Okay.«

»Ich hab ein paar schlimme Träume gehabt, während ich bewusstlos war. Ganz üble Träume.« Er zog seine Hand wieder an sich und rieb sich müde die Schläfe. »Aber jetzt kann ich schlafen. Die Träume sind vorbei.«

»Genau«, sagte ich. »Sie sind vorbei.«

Direkt vor der Notaufnahme traf ich auf Donald, der eine Zigarette in der für ihn typischen rasanten Weise rauchte. Über ihm hing ein Schild an der Wand des Gebäudes mit der Aufschrift: *Das Rauchen ist auf dem Krankenhausgelände verboten!* Er sah müde und verkatert aus, ansonsten aber ganz gut.

Über uns streckte sich der Himmel wie ein gigantisches Segeltuch mit Wolken. Die Sonne hing als dämmrige Kugel hinter einer Dunstglocke. Es war noch nicht einmal Mittag, und schon war die Luft dick vor Schwüle.

Donald bemerkte mich, den zerzausten Überlebenden. Er wirkte zurückhaltend und unsicher. »Ich hasse Krankenhäuser«, sagte er. »Ich stehe schon seit mindestens zehn Minuten hier draußen und will mich dazu bringen, endlich reinzugehen.«

Mir fiel nichts ein, was ich entgegnen konnte.

Rauch quoll aus seiner Nase. »Im guten alten Potter's Cove war dieses Jahr am 4. Juli ganz schön viel los. Erst stürzt die Buchanan-Mühle ein, und ein großer Teil davon fällt ins Meer. Und dann brach gestern spät in der Nacht – eigentlich war es fast schon Morgen – in der Bridge Street ein furchtbares Feuer aus. Anscheinend ist Bernards altes Haus restlos abgebrannt. Nichts ist mehr davon übrig. Die Polizei ist davon überzeugt, dass es Brandstiftung war. Nicht zu fassen, oder?« Der Ansatz eines Lächelns überkam Donald. »Diese verdammten Jugendlichen.«

»Eine Schande«, murmelte ich.

»Hmm, wirklich schade.«

Ich war froh, dass Donald das Haus angezündet hatte. Ich bedauerte nur, dass ich nicht dabei gewesen war, um den Brand zu genießen.

»Ich habe ihn gesehen.« Sein Gesicht verzog sich zu einem übermüdeten Grinsen. »In dem Haus. In den Flammen. Ich habe ihn *gesehen*, Alan. Ich habe ihn durch das Fenster gesehen, und er hat mich gesehen. Ich habe beobachtet, wie er verbrannt ist.« Donald schaute mich eine Weile an und dachte über etwas nach. »Als ich gehen wollte, zog mich etwas in den Garten zurück, zu den Bäumen. Dort stand Tommy ... aber ich hatte keine Angst. Ich fühlte mich sicher, beschützt, und völlig wahnsinnig. Und dann wich alles weg, und ich ebenfalls.«

Ich wusste, wie sich so etwas anfühlte. Sich so zu fühlen, als hätte einen die Welt von innen heraus aufgefressen und nur eine dünne Hülle zurückgelassen. Wir alle kannten das. Schon immer.

»Was ist gestern Nacht bei den Klippen passiert?« Ich wusste, dass Donald meine Angespanntheit schon in dem Moment spürte, da er die Frage stellte, aber es war offensichtlich, dass er keine Ausreden dulden würde.

»Wir haben die Sache beendet. Jeder auf seine Weise.«

»Dann ist es also vorbei?«

»So weit das jemals möglich ist.«

»Warum hat er das getan?«, fragte Donald aufgebracht.

»Als Tommy starb, ist Bernard zerfallen, glaube ich. Als dann seine Mutter ... Dasselbe Böse hat uns alle berührt, Donald. Vor all den vielen Jahren ist Bernard darin versunken, und wir haben so getan, als wäre es nie geschehen. Er wusste, was uns Angst machte, denn es machte ihm selber auch Angst. Es hat ihn verzehrt und immer mehr gewollt. Es wollte uns.«

Donald presste die Lippen zu einer dünnen Linie zusammen. »Aber was wollte es ... oder er?«

»Ich weiß nicht. Vielleicht wollte er, dass wir alle wieder zusammen sind. Vielleicht ist er einsam und verängstigt im Dunkeln aufgewacht. Kein Gott, sondern nur ein kleines Kind, das Angst hat. Er kannte uns, unser Leben, unsere Vergangenheit.

Er kannte unser Inneres und was uns fehlte.« Ich fuhr mir mit den Händen durch die Haare und seufzte. »Aber wir konnten nicht mehr zu ihm durchdringen. Und umgekehrt war es genauso. So in etwa wie Ritter, die Drachen jagen. Sie fangen nie einen, weil sie eigentlich nur einen dunklen, Feuer speienden Teil ihrer selbst verfolgen.«

»Woher weißt du, dass sie nie einen fangen?« Wie zur Betonung atmete er etwas Rauch aus. Vielleicht war es der verzweifelte Versuch, unsere Stimmung zu heben oder unsere geistige Gesundheit zu retten. Nach einer kurzen Pause sagte er: »Nichts wird mehr so sein wie früher.«

»Möchtest du, dass alles so wie früher bleibt?«

Donald zog eine Sonnenbrille aus seiner Hemdtasche und setzte sie auf. Unsere Kindheit schien so lange her zu sein. »Was hast du in der Mühle gefunden, Alan?«

»Die Hölle.«

»Ich bin mir nicht sicher, ob ich an die Hölle glaube.«

Ich trat näher an ihn heran und senkte meine Stimme. »Angeblich kann man das Böse nicht sehen, aber spüren. Wir haben es alle gesehen, Donald. Wir alle. Du in dem alten Haus, Rick und ich in der Mühle. Wir alle haben gesehen, was wir sehen mussten – die Version, der wir uns stellen mussten, um sie zu töten. Ob es wirklich existierende Wesen waren oder ein Teil unserer Seele oder beides – ich weiß es nicht. Ist er wirklich irgendwo dort draußen und beobachtet uns? Oder ist er nur in unseren Köpfen? Spielt das überhaupt eine Rolle? Das Einzige, was ich mit Sicherheit weiß, ist, dass man an manche Dinge glauben muss, um die Nacht zu überstehen. Und manchmal muss man *nicht* daran glauben. Es ist egal, ob es sie wirklich gibt oder nicht. In beiden Fällen ist dies das Einzige, was wir haben.«

»Was ist also mit Bernard?«, fragte er. »Glaubst du immer noch an ihn?«

Ich zog die Zigarette aus Donalds Mund und warf sie weg. »Bernard ist tot.«

Kapitel 38

Toni wartete auf der Wohnungstreppe auf mich. Ich war zu müde und konnte nichts anderes empfinden als Freude, sie zu sehen. Toni aber war angespannt und sah zu Tode besorgt aus. Wir begrüßten uns mit der Unbeholfenheit, die nun normal für uns war, und gingen hinein. Ich lief direkt in die Küche, um mir einen Drink einzuschenken. Sie folgte mir, ohne dass ich sie dazu aufgefordert hätte. Ich ließ mich auf einen der Küchenstühle fallen und sagte: »Es gab einen Unfall.«

»Ich weiß.« Sie nickte so wütend, dass ihr eine Haarsträhne ins Gesicht fiel. Sie klemmte die Strähne wieder hinter ihr Ohr, ohne sich davon ablenken zu lassen. »Donald hat mich angerufen. Er meinte, dass Rick verletzt ist.«

»Dann hat er dir schon alles erzählt?«, fragte ich und hoffte, dass ich diese Aufgabe nicht selber übernehmen musste.

»Ja.« Ich wusste, dass sie sich nichts vormachen ließ. »Wird er wieder gesund?«

»Er hat friedlich geschlafen, als ich aus dem Krankenhaus gegangen bin.«

Toni trat durch die Tür in die Küche, als wäre es das erste Mal, und sah sich um, als hätte ich den Raum während ihrer Abwesenheit renoviert. »Und wie geht's dir?«

»Ich fühle mich so, als hätte mich jemand mit einer Brechstange bearbeitet. Aber ich habe keine Verletzungen.«

»Ich bin froh, dass du in Ordnung bist.«

»Ich habe nicht behauptet, in Ordnung zu sein.«

Wir schwiegen lange Zeit, und in unserer selbst verordneten Stille stellte ich mir vor, wie sie alleine in dem Cottage am Strand lebte und ich alleine in der Wohnung. Vielleicht war es schlimmer gewesen, gemeinsam alleine zu sein, aber selbst jetzt war ich mir nicht sicher. Ich dachte an ihr Lächeln und war froh, mich noch daran erinnern zu können. Ich dachte daran, wie sehr ich diese Frau liebte. Wie sehr ich die Falten in ihrem Gesicht und die Tiefe ihrer Augen liebte. Ich dachte an ihren Körper, der mir trotz aller Veränderungen immer vertraut war –

mit dem Alter formte er sich weiter und wurde immer besser, so wie es mit Lebewesen nun mal geschieht, auch wenn sie langsam sterben.

»Es tut mir leid, Toni«, sagte ich. »Alles, was ich getan oder nicht getan habe, tut mir leid.«

Sie ließ zu, dass ich sie berührte, und anstatt sich zu krümmen oder zurückzuziehen, drückte sie mich an sich, so wie vor etlichen Jahren, als wir die Zukunft noch nicht kannten.

»Mir auch.« Sie küsste mich auf die Wange.

»Komm nach Hause zurück.«

»Ich kann nicht«, sagte sie schwach. »Und das weißt du auch.«

Ich setzte mich wieder, entfernte mich von ihr, da mir erst jetzt aufging, dass unsere Umarmung für sie ein Abschied gewesen war. Sie war bereits in einem anderen Leben angekommen, das nichts mehr mit mir zu tun hatte.

Wie Donald schon gesagt hatte: Nichts würde mehr so sein wie früher.

Sie fing an zu weinen. Lautlos, eine Hand flach gegen die Stirn gedrückt, die andere gegen ihre Seite gepresst. Ihr zierlicher Körper bebte kaum merklich. »Ich liebe dich, Alan«, sagte sie schließlich, und ihre Stimme zitterte. »Aber wir können nicht so weitermachen.«

»Ich wollte dich immer beschützen, Toni. Ich wollte dich nicht verscheuchen oder dich verletzen, *nie im Leben* wollte ich dich verletzen.«

Sie wischte sich die Tränen von den Wangen, und ich beneidete sie. Ich wollte derjenige sein, der ihre Tränen trocknet, so wie früher. »Ich habe keine Affäre.« Sie sagte es derart gefühllos, dass mir vor Überraschung die Worte fehlten. »Ich habe dich nicht wegen jemand anderem verlassen. Ich habe dich einfach verlassen.«

Trotz der Gespenster hatte uns unsere Liebe einst Sicherheit gegeben, sie hatte uns beschützt. Doch nun ließ uns durch unser bloßes Zusammensein eine Vergangenheit nicht los, von der wir beide große Teile vergessen wollten. Egal, wie sehr wir uns geliebt hatten, wir konnten nicht ungeschehen machen, was bereits geschehen war. Unser Schmerz war immer stärker als unsere Freude gewesen, aber in den Jahreszeiten voller Gewalt und Blut, Erinnerungen und Albträumen, Tod und Wiedergeburt, die nun hinter uns lagen, war es unmöglich geworden, beides voneinander zu trennen.

»Gene ist nur ein Freund«, sagte sie. »Er hilft mir manchmal. Er könnte auch dir helfen, wenn du ihn nur lassen würdest.«

»Wenn ich das täte ... Würdest du dann zurückkommen?«

»Es tut mir leid«, flüsterte sie. »Es tut mir leid.«

Wie ein Ertrinkender, der sich immer noch an einem Rettungsring festhält, aber weiß, dass er irgendwann nicht mehr die Kraft dazu haben wird, weigerte ich mich zunächst, loszulassen. Ich sah mich selbst, wie ich ins Bett fiel, in ihren Armen schlief und wir uns gegenseitig wieder gesund machten. Ich war geheilt, und sie lebte glücklich mit mir zusammen. Aber dann ließ ich den Rettungsring los und sank in die Tiefe, immer weiter von Toni weg.

Obwohl die Endgültigkeit mir Angst machte, hatte sie auch etwas Friedvolles an sich.

Unsere Geheimnisse waren gut bei dem anderen aufgehoben, auch wenn wir selber es nicht mehr waren.

Ich stellte mir Claudia vor, während ich sinnlos dort saß. Nicht aufgrund von Schuldgefühlen oder Zorn oder gar Rache, sondern wegen ihres sehr kurzen, aber doch wichtigen Einflusses auf mein Leben – darauf, dass ich noch am Leben war. In gewisser Weise kam sie mir, anders als Toni, wie eine Einbildung vor.

Ich stand auf, legte meine Arme um Toni und küsste ihre Stirn. Sie hielt mich fest umschlungen, aber nur kurz, und als sie ging, konnte ich nur daran denken, dass der Schlaf mir wieder einmal eine Gelegenheit zur Flucht geben würde. Ich wollte den Rest dieses furchtbaren Sommers verschlafen. Ich wollte schlafen, bis nichts von all dem mehr da war. Ich wollte schlafen, bis ich gelernt hatte, wie ich wieder leben konnte, ohne dass mir all der Wahnsinn durch das Gehirn kroch.

Ich hatte bereits gesehen, was sich hinter dem Vorhang befand, und ich wollte nicht noch einmal hineinsehen. Ich wollte nie mehr hineinsehen.

Ich wollte nur schlafen.

HERBST

Kapitel 39

Der Sommer verließ uns schließlich, aber er gab nicht kampflos auf. Obwohl in den Ruinen der Mühle nichts Nennenswertes gefunden wurde, ordnete der Stadtrat nach dem dramatischen Einsturz an, dass die Überreste planiert werden sollten. Auch die anderen alten Mühlen wurden auf ihre Baufälligkeit hin untersucht, einige rissen sie ab.

Ende Juli – die Arbeiten an den Mühlen dauerten immer noch an – stieß einer der Bauarbeiter zufällig auf ein Grab flach unter der Erde, als er in den nahegelegenen Wald ging, um zu urinieren. Man grub die Skelette von zwei weiteren Leichen aus, und aufgrund von Zahnarzt-Unterlagen konnten sie als eine Frau und ihr kleiner Sohn identifiziert werden. Sie hatten in der Stadt gelebt, nicht weit von den Mühlen entfernt, in einem ärmlichen Viertel. Obwohl beide einige Monate zuvor als vermisst gemeldet worden waren, hatte die Polizei angenommen, dass sie und ihr Sohn umgezogen waren, um die Miete zu prellen, denn die Frau war wegen leichter Vergehen vorbestraft gewesen und hatte Drogenprobleme gehabt. Die Zeitungen und Nachrichten beschrieben, wo sich die Fundstelle befand. Rick und ich mussten genau daran vorbeigegangen sein. Möglicherweise ein weiterer Scherz von Bernard.

Mit diesen Leichen wuchs die Zahl der in der Stadt gefundenen Todesopfer auf vier. Der Umstand, dass es sich bei einem davon um ein Kind handelte, sorgte für noch mehr Presseaufmerksamkeit, und dazu viel Zorn und Angst auf Seiten der Einwohner und örtlichen Politiker.

Niemand sei jetzt mehr sicher, wurde behauptet. Stellt euch das vor.

Aber aus dem Sommer wurde Herbst, und die Polizei hatte immer noch keine Antworten oder vernünftige Spuren. Sie ahnte nicht einmal, dass sich dies auch nie ändern würde. In der Presse wurden ein paar Leute als mögliche Verdächtige präsentiert, aber sie wurden alle schnell entlastet, und die Theorie vom durchreisenden Killer blieb sowohl in den Medien als auch unter den Einwohnern von Potter's Cove der Favorit. Als sich der September anbahnte, war bereits in zahlreichen in den gesamten USA empfangbaren Fernsehsendern über die Stadt und die »ungelösten« Morde berichtet worden; ebenso in etlichen Zeitungen. Sogar zwei Bücher waren über das Thema in Auftrag gegeben und rasch veröffentlicht worden. Dennoch kam nichts Neues heraus.

Von Oktober an wurden die Morde merkwürdigerweise zu einer Sache der Vergangenheit. Die Menschen kehrten hinter ihre Lattenzäune und in ihre aufgeräumten Häuser zurück. Ihnen reichte das Wissen, dass wer auch immer diese furchtbaren Verbrechen begangen hatte, nun verschwunden war. Wie jemand, der voller Angst aufwacht, aber schnell wieder einschläft, sobald er begreift, dass es nur ein Albtraum war, schlossen die Bürger von Potter's Cove die Augen und schliefen weiter. Dieselben stillen Geheimnisse und stillen Schreie verblieben immer noch in der Stadt, doch man hörte nicht mehr hin. Ein paar Gesetzeshüter mit hehren Absichten versprachen, die Morde zu lösen, aber es gelang niemandem. Nachrichten über die Fälle wurden immer seltener, die Polizei- und FBI-Beamten in der Stadt weniger. Das Interesse schrumpfte. Ich verhielt mich genauso wie alle anderen: Ich war bloß ein weiterer Schlafwandler, der so tat, als sei alles in Ordnung.

Was ich wusste, erfüllte mich natürlich mit riesigen Schuldgefühlen, und jedes Mal, wenn ich Familienangehörige von einem der Opfer in der Zeitung sah – das Gesicht voller Grauen und Qual –, wollte ich ihnen unbedingt sagen, was ich wusste. Aber wer würde mir schon glauben? Sogar nach mehreren Monaten war ich mir immer noch nicht sicher, ob ich es selber glauben konnte. Alles, was ich hätte tun können, hätte es für die Hinterbliebenen nur noch schlimmer gemacht und alles unnötig verkompliziert. Ihre Angehörigen waren tot und würden nicht zurückkommen, ob ich nun meine Geistergeschichten erzählte oder nicht. Bernard würde niemals überführt werden, und selbst ich hatte keine Beweise dafür, dass er mehr getan hatte, als sich selbst umzubringen. Also lebte ich mit dem Wissen und hörte auf, die Artikel zu lesen und mir die Bilder trauernder und verwirrter Familienmitglieder anzusehen, die auf Erklärungen hofften.

Die Blätter an den Bäumen färbten sich braun, und die Luft wurde frischer – vor allem abends. Ich versuchte, mich mit angenehmeren Dingen zu beschäftigen. Ich versuchte sogar, wieder etwas zu schreiben, aber jedes Mal, wenn ich mich mit Stift und Papier hinsetzte, sah ich nur Toni oder Rick, Donald oder Bernard oder eines der Gesichter aus der Zeitung, und mit ihnen kamen die Trauer, die Schreie und das Blut.

Der Entschluss, die Stadt zu verlassen, fiel mir überraschend leicht. Obwohl ich außer Potter's Cove keinen anderen Ort gut kenne, ist die Zeit reif, dass ich fortziehe und hoffnungsvoll neu anfange. In ein paar Tagen will ich in Florida sein. Und ebenso, wie sich Toni einst laut diese Frage gestellt hatte, bin auch ich mir nicht sicher, ob es irgendjemandem auffallen wird, oder ob es überhaupt jemanden interessieren oder mich jemand davon abbringen will. Innerlich bin ich bereits abgereist und verbringe meine Tage nun als eine Art seltsame Zwischenkreatur, die an einem rätselhaften Punkt zwischen Leben und Tod hängt. Das Grauen ist einer dauerhaften Unruhe gewichen, auf immer werde ich auf der Hut vor etwas Ungewöhnlichem durch die Fenster schauen und ein flaues Gefühl im Magen haben, wenn seltsame Scheinwerfer einen dunklen Raum durchkreuzen, nachts ein Telefon klingelt oder jemand an der Tür klopft. Ich werde das Wissen niemals loswerden, dass ich nicht allein bin, und dazu gezwungen sein, mit Hilfe von ausgewählten Erinnerungen und den Beschwichtigungen zu überleben, die ich mir bei jedem Sonnenuntergang eintrichtere.

Ich habe immer noch schlimme Träume – das wird sich wahrscheinlich nie ändern – aber *den* schlimmen Traum habe ich nicht mehr. So wie Bernard ist auch er in die Schatten zurückgekehrt und von den lichtlosen Korridoren meines Geistes verschluckt worden. Trotzdem blieb etwas davon übrig, wie die glitschige Spur einer Schnecke, und die Überreste in dieser Spur werde ich niemals loswerden – keiner von uns wird das schaffen – und sie werden uns für immer aneinander binden.

Die Teile eines Ganzen, wie Tommy – Bernards weiser und

geduldiger, bester Freund – gesagt hatte. Erst so viele Jahre nach seinem Tod wurde mir vollständig bewusst, wie zutreffend diese Beschreibung gewesen war. Aber mit seinem Tod hatte auch alles begonnen. Bernard hatte dadurch einen schweren Schaden erlitten, sein junger Verstand war in viele Teile zersprungen, als er mit ansehen musste, wie sein einziger Freund ihm so brutal genommen wurde. In diesem Moment wurden wir wie die verschiedenen Seiten derselben Person, das Ganze löste sich in individuelle Einzelteile auf. Rick, unser furchtloser und unzerstörbarer Beschützer; Donald, unser geistreicher und städtischer Intellektueller; Toni, unsere Mutter, Schwester, Ehefrau und Geliebte, das Weibliche, das uns immer umgab, unsere Stimme der Vernunft; Bernard, unsere dunkle und böse Seite. Und ich, der ein bisschen von allem war und von dem, was noch übrig ist.

Als Bernard zerbrach, wurde er von seiner Mutter in die Dunkelheit eingeführt – wir alle. Von da an waren wir nur noch verwirrte und verängstigte Kinder, die miteinander wetteiferten und alles gaben, um einander zu beschützen und in einer Welt zurechtzukommen, die keiner von uns verstand und in der sich keiner von uns besonders wohlfühlte.

So wie in unserer Haut.

Und immer, wenn ich an uns alle dachte, sah ich nicht die gequälten und am Boden zerstörten Erwachsenen vor mir, zu denen wir geworden waren, sondern die Kinder, von denen ich immer noch glauben wollte, dass wir sie früher waren. Die im Sonnenschein Fahrrad fuhren, immer den Wolken und den dahinter verborgenen Träumen hinterher, die mit jedem Atemzug und mit jedem neuen Tag lebendiger wurden. Ich erinnerte mich lieber an dieses Bild aus unserer Vergangenheit, als wir gesund und glücklich waren, so wie es hatte sein sollen, und an kein anderes.

Auf der Fahrt, die mich über die Grenzen von Massachusetts bringen sollte, fand ich den Mut, zu Claudias Haus zurückzukehren. An diesem Nachmittag war es besonders kalt, was mir passend vorkam. Ich stieg aus meinem Wagen und blieb auf der

Straße stehen, blickte mich um. Der Winter stand bereit, sich über uns zu senken, und das Haus sah noch trostloser aus als sonst, als hätte es nichts mit dem Rest der Welt zu tun, und vielleicht war das auch gar nicht schlecht.

An jenem Tag beobachtete ich die Wolken mehrere Minuten lang. Sie waren dunkel und groß und schoben sich über den Himmel. Trotz des Unwetters, das sie bald entfesseln würden – oder gerade deswegen –, wirkten sie erhaben. Während ich auf die Himmelsdecke starrte, dachte ich daran, wie gänzlich unwichtig wir waren.

Aber wenn ich mich an Claudia erinnerte – wenn ich sie vermisste –, dachte ich an dieses Haus.

Ich erinnerte mich daran, wie der billige Deckenventilator sich über uns drehte wie ein Hubschrauberblatt, wie er durch Licht und Dunkelheit schnitt und Zebrastreifen auf ihrem nackten Körper bildete. Ihr Kopf lag neben mir auf dem Kissen. Ihre Augen öffneten sich, als sie flüsterte: »Du kannst nicht davor weglaufen.«

Ich erinnerte mich daran, gesagt zu haben: »Ich will aufwachen. Ich will jetzt aufwachen.«

Und sie sagte: »Du schläfst gar nicht.«

Und ich erinnerte mich daran, wie sie tot in der mit Blut gefüllten Badewanne lag. Ihre Augenlider waren abgetrennt und die Pulsadern aufgeschnitten worden. Die Rasierklinge lag blutverschmiert auf dem Boden, knapp außerhalb der Reichweite ihrer herabbaumelnden Hand. Das Poster mit der Florida-Werbung – ein Ziel, das nicht weit genug entfernt war – lag zerknüllt in einer Ecke. Überall standen Kerzen. Der Himmel, die Hölle, und alles dazwischen sahen uns zu.

Ich erinnerte mich daran, Luzifer die Hand gereicht zu haben, während er in der Nacht vorbeischlenderte. Und erst in diesem Moment, als der Teufel aus der Tiefe kam, konnte ich mir ansatzweise vorstellen, was Bernard verspürt hatte und was er getan hatte, während ich nicht da gewesen war. Erst in diesem Moment verstand ich seine Rituale und wer er war.

Wer wir alle waren.

Er hatte mehr hinterlassen als das Böse und das von ihm

Zerstörte. Von ihm war auch das zurückgeblieben, das seine Rituale ermöglicht hatte: seine Schöpfungen. Unsere Zeit war nur geliehen, wir lebten mit falschen Erinnerungen und Geschichten, die er erschaffen hatte – und doch waren wir lebendig. Ein junger Mann, der unwiederbringlich zerbrochen war, von dem nichts übrig blieb außer die anderen Personen, die er um sich versammelt hatte, um sich zu beschützen und es ihm zu ermöglichen, jemand zu sein, der er nicht war, und die ein Ganzes aus ihm machten.

Wir waren schattenhafte Gestalten, die er mit Dämonen verwechselt hatte. Wir erfüllten seine kranken Gebete, und wir hatten ihn in die Hölle geschickt, dort, wohin er gehörte. Uns war nicht bewusst, dass wir dadurch selber nie ganz frei sein konnten. Seine Rituale hatten uns verwandelt. Doch letztlich war Bernard nur ein Mensch, und ich hasste ihn dafür. Ich hasste uns alle dafür. Denn ohne Bernard konnte es uns nicht geben – konnte es mich nicht geben. Und dennoch kann es keine Erlösung ohne das Böse geben.

Solch schreckliche Gespenster wurden mit dem Herbstwind davongetragen wie Blütenstaub. An ihre Stelle traten Vergebung und eine dunkle Vision von Julie Henderson, die mich durch ein mit Kruzifixen geschmücktes Fenster anblickte. »Ich weiß, wer du bist.«

Ich nickte ihr zu, denn jetzt wusste ich es auch.

Jene, die zwischen den skelettartigen Bäumen hinter Claudias Haus versammelt waren, riefen über die öde Landschaft hinweg nach mir. Sie griffen mit leprösen Händen nach mir und glotzten mich mit toten Augen an.

Hier sind wir, flüsterte Toni. Ihre Stimme hallte in meinen Ohren nach.

»Schlaf jetzt«, befahl ich ihr. Das hatte ich auch zu Donald gesagt und auch zu Rick. Dasselbe hatte Bernard uns allen einmal gesagt. Aber wir waren nicht mehr Eins. Wir waren aus seinem Nest gehüpft, und ihn selber gab es nicht mehr. »Er kann uns nicht mehr wehtun. Ihr könnt ruhig schlafen.«

Ich spürte, wie sie mich verließen und sich ihrem wohlverdienten Frieden hingaben. Denen, die mich verhöhnten, die in der unendlichen Finsternis der Verdammnis gefesselt waren und sich wanden, kehrte ich den Rücken zu und blickte stattdessen in die Zukunft.

Meine Wunden blieben bestehen. So wird es immer sein.

Aber vorerst bluteten sie zumindest nicht mehr.

Ich schloss die Augen und lächelte. Ich freute mich über die Gewissheit, noch lächeln zu können. Wie Claudia gesagt hatte – für mich, für uns, und von nun an, hier in unserer Welt der Schatten – geht es jetzt nur noch ums Vergessen.

Greg F. Gifune (geb. 1963) gilt als einer der besten Thrillerautoren seiner Generation. Er hat bereits 15 Romane veröffentlicht. Ihr dunkel-melancholischer Ton hat ihm unter Kritikern und Lesern fanatische Fans gesichert. Er lebt mit seiner Frau und einer ganzen Schar Katzen in Massachusetts/USA.